Un Jeu interdit

(La trilogie)

DU MÊME AUTEUR,
CHEZ LE MÊME ÉDITEUR

Déjà parus :

Night World, tome 1 : *Le secret du vampire*
Night World, tome 2 : *Les sœurs des ténèbres*
Night World, tome 3 : *Ensorceleuse*
Night World, tome 4 : *Ange noir*
Night World, tome 5 : *L'élue*
Night World, tome 6 : *Âmes sœurs*
Prémonitions (la trilogie)

À paraître :

Night World, tome 7 : *La chasseresse*
Night World, tome 8 : *L'aube noire*

L. J. Smith

Un Jeu interdit

(La trilogie)

Tome 1 : Le chasseur

Tome 2 : La poursuite

Tome 3 : L'affrontement

Traduit de l'anglais (États-Unis)
par Isabelle Saint-Martin

Michel Lafon

Titre original : *The Forbidden Game Trilogy*

7-13, boulevard Paul-Émile-Victor – Île de la Jatte
92521 Neuilly-sur-Seine Cedex
www.michel-lafon.com

Tome 1

Le chasseur

Pour Peter qui a les deux pieds sur terre – Dieu merci !

Et une pensée spéciale pour John Divola,
qui a prêté quelques-unes de ses extraordinaires photos à Zach.

1

Jenny jeta un coup d'œil derrière elle. Ils étaient toujours là, de l'autre côté de la rue, et ils la suivaient, à coup sûr. Ils avaient adopté son pas, ralentissant quand elle faisait mine de regarder une vitrine.

Ils étaient deux, l'un en tee-shirt noir et veste de cuir, un bandana noir dans les cheveux, l'autre en longue chemise de flanelle à carreaux noirs et bleus.

Le magasin de jeux ne se trouvait qu'à quelques rues de là. Jenny accéléra un peu. Ce n'était pas le quartier le mieux fréquenté de la ville mais elle l'avait choisi car elle ne risquait pas d'y rencontrer des amis. Elle ne s'était pas imaginé qu'Eastman Avenue était devenue si sauvage. Suite aux dernières émeutes, la police avait ramené l'ordre mais beaucoup de boutiques pillées conservaient des planches de protection, donnant à Jenny la sinistre impression de faire face à autant de visages bandés braqués sur elle.

Pas vraiment l'endroit idéal où se promener au crépuscule – mais on en était encore loin, se dit-elle avec détermination. Il suffirait que ces deux types prennent une autre direction. En attendant, elle avait le cœur qui battait trop fort à son goût. Bon, ils étaient peut-être partis...

Elle ralentit de nouveau ; ses baskets lui permettaient de se déplacer sans bruit, si bien qu'elle perçut sans peine la galopade derrière elle, les talons qui claquaient sur le trottoir sale et ralentissaient soudain.

Ils étaient toujours là.

Ne regarde surtout pas, se dit-elle. *Réfléchis. Il faut traverser à Joshua Street pour arriver au magasin – sauf que ça oblige à prendre sur la gauche, à emprunter* leur *trottoir. Mal vu, Jenny. Pendant que tu traverses, ils peuvent te rattraper.*

Bon, dans ce cas, elle allait tourner avant, à la prochaine à droite – voyons, Montevideo Street. Elle allait bien y trouver un magasin où s'engouffrer, un endroit où se cacher jusqu'à ce que les deux types soient passés.

Dommage que Tower Records, à l'angle d'Eastman et de Montevideo, soit désormais fermé. Jenny poursuivit son chemin comme si de rien n'était, longea les vitrines obscures, aperçut sa silhouette dans l'une d'elles : cette grande fille mince aux mèches couleur de miel et de soleil – comme l'avait dit une fois Michael –, les sourcils droits, bien décidés, les yeux vert mousse, en ce moment plus sombres que des aiguilles de pin, plus sérieux que jamais. Elle paraissait inquiète.

Elle emprunta la rue transversale. Dès qu'elle ne vit plus Eastman Avenue, elle s'immobilisa, telle une biche aux aguets, son sac à dos au bout du bras, cherchant désespérément un endroit où se réfugier.

Juste en face d'elle se trouvait un terrain vague et, à côté, un restaurant thaï, fermé. Derrière elle, la masse imposante du magasin de disques présentait un mur aveugle sur la rue jusqu'au parc. Aucun abri. Nulle part où se cacher.

Ça donnait la chair de poule.

Elle reprit la direction d'Eastman et, collée contre le mur, écarta ses cheveux pour mieux écouter.

Entendait-elle encore des pas ou n'étaient-ce que les battements de son cœur ?

Si seulement Tom était là !

Mais évidemment Tom ne pouvait l'accompagner puisque c'était pour préparer sa soirée d'anniversaire qu'elle était venue faire ces courses.

En principe, il aurait dû s'agir d'une soirée piscine. Jenny Thornton était connue pour ses soirées piscine et, dans le Sud californien, la fin du mois d'avril était parfaite pour ce genre de réception – la température tournait autour de vingt-quatre degrés la nuit – ; le bassin des Thornton brillait alors de tout son éclat bleu-vert émoussé par une légère brume de chaleur. Cadre idéal pour un barbecue.

Pas de chance, trois jours auparavant une vague de froid avait frappé… anéantissant les beaux projets de Jenny. Seuls les ours polaires se baignaient par un temps pareil.

Ainsi, elle avait dû changer ses plans, trouver une autre idée, tout aussi brillante… mais la semaine avait connu d'autres incidents… D'abord, il avait fallu faire piquer le schnauzer de Summer, âgé de quatorze ans, et donc soutenir sa maîtresse. Ensuite, Dee avait une compétition de kung-fu et Jenny était allée l'encourager. Audrey et Michael s'étaient disputés et Zach avait eu la grippe…

C'est ainsi qu'on s'était soudain retrouvé le vendredi après-midi, à quelques heures de la soirée. Tout le monde s'attendait à quelque chose de spécial – sauf qu'elle n'avait rien prévu.

Heureusement, une idée avait germé au beau milieu d'un cours d'informatique. Un jeu. On organisait bien des soirées Pictionary ou loup-garou, alors pourquoi pas ? Il faudrait bien sûr que ce soit un jeu extraordinaire. Assez classe pour Audrey, assez passionnant pour Tom et même un peu effrayant pour Dee. Et auquel on puisse jouer à sept.

Quelques vagues idées avaient traversé l'esprit de Jenny, souvenir du seul jeu vraiment captivant auquel elle ait joué enfant. Pas de ceux que les adultes vous préparaient, plutôt le genre qu'on se concoctait soi-même dès qu'ils avaient le dos tourné. « Action ou vérité » ou le jeu de la bouteille. L'idéal serait un mélange des deux, en plus élaboré, histoire d'intéresser ses amis.

C'était ce qui l'amenait sur Eastman Avenue. Elle savait que ce n'était pas très bien fréquenté, mais elle se disait qu'au moins ses amis ne risquaient pas de la surprendre en train d'improviser à la dernière minute. Elle s'était fourrée seule dans ce piège, elle allait devoir s'en sortir seule.

Néanmoins, le piège en question s'avérait plus profond que ce qu'elle avait prévu.

Elle entendait clairement des pas qui se rapprochaient.

L'esprit braqué sur les détails les plus insignifiants, elle se retourna vers Montevideo. Sur le mur du magasin de disques, un graffiti représentait Eastman Avenue avant les émeutes. Étonnant comme certaines parties paraissaient réelles. Par exemple cette devanture au milieu, cette enseigne qu'elle n'arrivait pas à distinguer, cette porte avec sa poignée en trois dimensions. En fait...

Interloquée, Jenny s'en approcha. En y regardant de plus près, elle put distinguer la différence de texture entre la poignée de bois et le mur de ciment peint.

C'était une vraie porte.

Impossible et pourtant... Il y avait bien une ouverture au beau milieu de la peinture.

Pourquoi, Jenny l'ignorait. Pas le temps de se poser des questions. Il fallait qu'elle s'en aille d'ici, et si cette porte n'était pas fermée…

Impulsivement, elle saisit la poignée.

Froide comme de la porcelaine, mais cela tournait, le battant s'ouvrait vers l'intérieur. Jenny aperçut une pièce à peine éclairée.

Après un instant d'hésitation, elle entra.

Ce faisant, elle distingua clairement l'enseigne au-dessus : « Encore des jeux ».

2

Il y avait un verrou à l'intérieur, que Jenny s'empressa de boucler. Aucune fenêtre ne donnant sur Montevideo, elle ne pouvait vérifier si les deux garçons l'avaient suivie. Cependant, elle éprouvait un extraordinaire soulagement. Personne ne la trouverait là.

Comment ça, « Encore des jeux » ? se demanda-t-elle soudain. Elle avait souvent vu ce panneau dans les vieilles librairies du quartier : une flèche pointant un escalier étroit menant à un autre étage plein de rayons. Mais comment pourrait-il y avoir « encore des jeux » quand elle n'en avait pas vu un seul ?

D'ailleurs, le seul fait qu'elle soit justement tombée sur un magasin de jeux l'étonnait déjà. Elle pourrait faire ses courses en attendant que la voie soit libre. Le vendeur serait sans doute enchanté de la voir ; avec cette peinture qui camouflait sa porte, il ne devait pas voir entrer beaucoup de clients.

D'un regard circulaire, elle avisa que l'endroit semblait particulièrement bizarre. Plus encore que les boutiques biscornues d'Eastman Avenue.

Une seule petite lucarne et quelques lampes démodées aux abat-jour de verre multicolore éclairaient tout le magasin. Il y avait des rayons, des tables et des casiers comme n'importe où ailleurs, mais les objets qu'ils contenaient étaient tellement incongrus que Jenny eut l'impression de pénétrer dans un autre monde. Étaient-ce des jeux ? Impensable. Soudain, elle avait l'esprit plein d'images des *Mille et Une Nuits* – des bazars où tout, absolument tout se vendait. Prise de vertige, elle inspecta les étagères.

Curieux, cet échiquier triangulaire. Comment jouer une partie dessus ? Et puis, il y en avait un autre, avec d'étranges pions massifs sculptés dans le cristal. Plus qu'anciens, ils faisaient carrément antiques.

De même, une boîte en métal incrusté d'arabesques et d'inscriptions, sans doute de bronze ou peut-être de cuivre, décorée d'or et d'argent, avec une écriture arabe. Inutile d'en connaître le contenu pour savoir d'avance que c'était au-dessus des moyens de Jenny.

Si elle identifia quelques jeux plus classiques, telle une table de mah-jong d'acajou aux tuiles d'ivoire négligemment répandues à même la feutrine verte, en revanche elle ignorait à quoi correspondait l'étroite boîte d'émail fourmillant de hiéroglyphes, ou cette autre, rouge, ornée d'une étoile de David dans un cercle. Il y avait des dés de toutes tailles et de toutes formes : certains à douze faces, d'autres pyramidaux, d'autres encore banalement cubiques mais d'un matériau spécial. Il y avait des jeux de cartes aux couleurs extraordinaires dignes d'enluminures.

Plus bizarre encore, toutes ces antiquités se mêlaient à d'autres objets ultramodernes. Sur un tableau de liège fixé au mur noir étaient accrochés des panneaux indiquant « Flame », « Rant », « Rave », « Surf the Edge »,

« Cheap Thrills ». Sans doute du cyberpunk, se dit Jenny en reconnaissant vaguement les termes. Logiquement, ils devaient vendre aussi des jeux électroniques. D'ailleurs, une vieille radio ghetto-blaster sur le comptoir crachait de l'acid house.

Drôle d'endroit ! songea Jenny.

Ça faisait tellement... coupé du reste du monde. Comme si le temps s'était arrêté ou s'écoulait à un rythme différent. Même le rayon oblique du pâle soleil qui passait par la vitre semblait déplacé. Jenny aurait juré qu'il était situé en face à cette heure-là. Elle en frissonna.

Tu mélanges tout, conclut-elle, *tu es désorientée. Pas étonnant après une telle journée – une telle semaine. Occupe-toi donc de trouver un jeu qui vous amuse pour la soirée.*

Un autre panneau apparaissait sur le tableau, un rectangle :

B I E N V
E N U E D
A N S M O
N P A Y S

Jenny pencha la tête. Qu'est-ce que ça voulait dire ? Ah oui, bien sûr ! *Bienvenue...*

– Vous désirez ?

La voix résonna juste derrière elle. Elle se retourna et resta le souffle coupé.

Ces yeux. Bleus. Sauf qu'ils n'étaient pas juste bleus mais d'une nuance indescriptible qui lui rappela un éveil au point du jour, quand elle avait aperçu, par la fente entre les rideaux, cette incroyable lueur de l'aube qui n'avait duré qu'une seconde avant de se fondre dans les couleurs habituelles du ciel au petit matin.

Ce n'était pas possible, un garçon avec de tels yeux, d'autant qu'ils étaient bordés de cils presque trop lourds pour ses paupières. Et puis ses cheveux étaient si blonds... non, carrément blancs, comme givrés. Il était trop beau, incroyablement beau, à croire qu'il débarquait d'une autre planète. Et la réaction de Jenny fut immédiate, absolue, parfaitement effrayante. Elle en oublia l'existence de Tom.

Je ne savais pas qu'il pouvait exister des gens comme ça. Du moins dans la vraie vie. Mais peut-être qu'il n'existe pas. Il faut que j'arrête de le fixer...

Seulement elle ne pouvait s'en empêcher. Ces yeux bleus comme le cœur d'une flamme. Non – comme un lac profond au cœur d'un glacier. Non...

Le vendeur se glissa derrière son comptoir, éteignit la radio. Un silence assourdissant s'installa dans le magasin.

– Vous désirez ? répéta-t-il d'un ton aussi poli que détaché.

Jenny s'empourpra.

Je le crois pas. Qu'est-ce qu'il va penser de moi ?

À l'instant où ses yeux s'étaient détournés d'elle, le charme s'était rompu et, maintenant qu'elle le voyait de plus loin, elle pouvait être un peu plus objective. Ce n'était pas un Martien mais un garçon d'à peu près son âge, mince, élégant, dangereusement beau avec cette frange blanche qui lui tombait dans les yeux. Il était vêtu de noir, genre dandy cyberpunk.

Bon, d'accord, il est sublime, et alors ? On dirait que je n'ai jamais vu de beau gosse. Juste le jour de l'anniversaire de Tom, en plus...

Prise d'une bouffée de honte, elle s'avisa qu'elle ferait mieux de s'occuper de ses courses ou de sortir tout de suite, alternative tentante des deux côtés – sauf que les voyous devaient l'attendre dehors.

– Je voudrais acheter un jeu, commença-t-elle un peu trop fort. Pour une soirée – pour mon copain.

Il ne cilla pas ; en fait, il se montra aussi laconique que possible :

– Certainement.

Et puis son sens du commerce parut reprendre le dessus :

– Vous aviez une idée, peut-être ?

– Euh...

– Par exemple, le Senet, le jeu égyptien de la mort ? dit-il en désignant la boîte aux hiéroglyphes. Ou l'Yi-King ? À moins que vous n'ayez envie d'essayer un jeu de runes ?

Il ramassa une coupe de cuir qu'il secoua dans un bruit d'osselets.

– Non, pas ce genre, objecta-t-elle crispée.

Sans trop savoir pourquoi, ce type la faisait frémir d'inquiétude. Elle ferait sans doute mieux de s'en aller.

– Voyons... il y a toujours l'ancien jeu tibétain des chèvres et des tigres.

Il désigna un plateau de bronze ciselé portant de minuscules figurines.

– Vous voyez, les tigres féroces attaquent les innocentes petites chèvres et les innocentes petites chèvres essaient de leur échapper. Pour deux joueurs.

– Je... non.

On aurait dit qu'il se fichait d'elle. Ce petit pli au creux de la bouche le trahissait. Elle répondit avec dignité :

– Je cherchais... juste un jeu auquel beaucoup de gens puissent jouer à la fois. Genre Pictionary ou Taboo. Mais comme vous ne semblez rien avoir de ce genre ici...

– Je vois, coupa-t-il en souriant.

Ce qui eut le don d'énerver encore plus Jenny. Il était vraiment temps de s'en aller et tant pis si les voyous étaient encore là.

– Merci, dit-elle en se dirigeant vers la porte.

– Mystère, articula-t-il.

À ce mot, Jenny s'arrêta au milieu du magasin, hésitant malgré elle. Que voulait-il dire ?

– Danger. Séduction. Peur.

Elle ne put s'empêcher de se retourner, fascinée par cette voix aux sonorités musicales naturelles, comme le chant de l'eau sur les roches d'un torrent.

– Secrets révélés, ajouta-t-il en souriant. Désirs divulgués. Tentation.

– Qu'est-ce que vous racontez ? demanda-t-elle sur ses gardes, prête à filer s'il esquissait un pas dans sa direction.

Il n'en fit rien, l'œil du bleu innocent des fjords nordiques.

– Du Jeu, bien sûr. C'est ce que vous recherchez, non ? Quelque chose de vraiment... spécial.

Quelque chose de vraiment spécial.

Exactement ce qu'elle se disait.

– Je crois, répondit-elle lentement, que je devrais...

– Nous avons quelque chose de ce genre en stock.

Profites-en, se dit-elle comme il disparaissait dans l'arrière-boutique. *C'est le moment de partir.* Et elle allait partir, elle y était presque, quand il reparut.

– Je crois, dit-il, que c'est ce que vous cherchiez.

Elle jeta un coup d'œil à ce qu'il lui apportait, releva la tête :

– Vous rigolez !

C'était une boîte de la taille d'un Monopoly, blanc nacré, sans la moindre inscription ni le plus petit dessin sur le couvercle.

Une boîte blanche.

Jenny attendait la chute.

Néanmoins, il y avait autre chose. Plus elle regardait la boîte, plus elle se sentait...

— Je peux la voir ?

Elle voulait dire « la toucher ». Sans trop savoir pourquoi, elle éprouvait le besoin de la soupeser, d'en évaluer les angles au contact de ses paumes. C'était idiot mais c'était comme ça. Elle en avait très envie.

Le vendeur se pencha en arrière, inclina la boîte entre ses mains sans quitter des yeux le couvercle brillant. Jenny remarqua qu'il n'y avait dessus aucune marque d'empreinte, pas la plus légère tache. Elle nota aussi que le garçon avait de longs doigts minces et un serpent tatoué sur le poignet droit.

— À vrai dire, avoua-t-il, je ne sais pas. En fin de compte, je ne suis pas sûr de pouvoir vous vendre ça.

— Pourquoi ?

— Parce que c'est très spécial. Pas banal. Je ne peux pas le céder à n'importe qui ou sous n'importe quel prétexte. Si vous m'expliquiez à quoi ça doit vous servir...

Il me taquine, songea-t-elle. Ce qui ne la rassura pas le moins du monde, et ne lui remit pas davantage les idées en place ; en revanche, cela l'égaya quelque peu. Sans savoir pourquoi, elle eut presque envie de rire.

Si j'étais aussi superbe que lui, je taquinerais peut-être un peu les gens moi aussi.

— C'est pour une fête que je donne ce soir, expliqua-t-elle en se reprenant. Pour mon copain, Tom. Il a dix-sept ans aujourd'hui. Demain, ce sera la grande cérémonie — vous savez, avec tous les invités —, mais ce soir, ce sera juste notre groupe.

Il pencha la tête de côté, faisant scintiller sa boucle d'oreille — un poignard ou un serpent, Jenny n'était pas sûre.

— Et ?

— Et il faut qu'on ait quelque chose à faire. Quand on reçoit six personnes, on ne peut pas se contenter de leur servir des chips pour occuper la soirée. Je n'ai encore rien organisé du tout, je n'ai pas assuré ! Pas de vrai dîner, pas de décorations. Et Tom...

Il inclina de nouveau la boîte, la faisant apparaître à la lumière tantôt brillante, tantôt veloutée. C'en devenait presque hypnotique.

– Et Tom ne sera pas content ? conclut-il l'air incrédule.

– Je ne sais pas, rétorqua Jenny sur la défensive. Il sera peut-être déçu. Il mérite que je me donne du mal. Il est...

Oh, comment expliquer le fonctionnement d'un Tom Locke ?

– Il est... enfin, incroyablement beau et, à la fin de l'année, il sera classé dans trois sports différents...

– Je vois.

– Non, s'exclama-t-elle horrifiée, vous ne voyez pas du tout ! Il n'est pas comme ça. Il est génial – tellement génial que, parfois, il faut se donner un peu de mal pour lui faire plaisir. En plus, on est ensemble depuis toujours. Et je l'aime depuis que je l'ai rencontré. Vous comprenez ?

Aiguillonnée par la colère, elle fit un pas.

– C'est le petit copain le plus sympa du monde et celui qui osera dire...

Elle s'interrompit car il lui tendait soudain la boîte. Déroutée, elle hésita.

– Vous pouvez la prendre si vous voulez, dit-il doucement.

– D'accord, souffla-t-elle embarrassée.

Ce qui ne l'empêcha pas de la saisir effectivement – et de tout oublier. Le contact lui parut agréable. À l'intérieur, un cliquetis l'intrigua. L'ensemble produisait une sensation indescriptible, une sorte de courant électrique qui lui traversa les doigts.

– On va fermer, dit brusquement le vendeur dans une nouvelle volte-face. Vous l'achetez ou pas ?

Elle avait déjà pris sa décision, tout en sachant parfaitement qu'il fallait être fou pour acheter une boîte sans même regarder à l'intérieur, mais elle s'en fichait. Elle la voulait, au point d'éprouver une certaine répugnance à en soulever le couvercle. De toute façon, elle aurait une bonne histoire à raconter ce soir à Tom et aux autres. *« Il m'est arrivé un truc complètement dingue, aujourd'hui... »*

– Combien ? demanda-t-elle.

Il retourna derrière son comptoir, frappa une touche sur une antique caisse enregistreuse en cuivre.

– Disons vingt.

Elle paya, non sans remarquer que le tiroir était plein de monnaies anciennes, pièces carrées ou trouées au centre, billets froissés aux couleurs pastel ; ce qui eut pour effet d'atténuer quelque peu sa joie, au point qu'elle en éprouva un nouveau frisson comme si des araignées couraient sur sa peau.

Quand elle releva la tête, le vendeur lui souriait.

– Amusez-vous bien.

Les longs cils s'abattirent sur les yeux bleus comme s'il venait de lâcher une bonne plaisanterie.

Quelque part résonna la petite note infinie d'une horloge marquant la demie d'elle ne savait plus quelle heure. Jenny vérifia sur sa montre et se figea, épouvantée.

Sept heures et demie – ce n'était pas vrai ! Elle n'avait tout de même pas passé plus d'une heure dans ce magasin...

– Merci. Il faut que j'y aille, bredouilla-t-elle en filant vers la porte. Euh... à bientôt.

Ce n'était guère qu'une vague formule de politesse, qui n'appelait pas de réponse, pourtant il répondit, murmurant quelque chose comme « à neuf heures », mais ce ne pouvait qu'être un « sans erreur » ou quelque chose comme ça.

Un dernier coup d'œil et elle le vit à moitié dans l'ombre, des reflets rouges et bleus sur ses cheveux, projetés par une lampe. Un quart de seconde, elle capta une lueur dans ses yeux – un regard vorace, complètement à l'opposé des manières indifférentes qu'il arborait jusque-là ; tel un tigre affamé parti en chasse. Jenny en fut tellement choquée que son « au revoir » resta gelé dans sa gorge.

Et ce fut tout. Le garçon en noir était en train de rallumer la radio.

Sacrée insonorisation ! songea Jenny quand la porte se fut refermée sur elle, la plongeant dans le silence de la rue. Elle se secoua mentalement, repoussant l'image entêtante de ces yeux bleus. Elle n'avait plus qu'à courir jusqu'à la maison si elle voulait avoir encore le temps de jeter des hamburgers dans le micro-ondes et de sélectionner une série de CD. Bon sang, quelle journée !

Elle s'aperçut alors que les voyous étaient toujours là.

Ils l'attendaient, de l'autre côté de la rue, cachés dans l'ombre du crépuscule. En les voyant bouger, elle eut un haut-le-cœur et sauta instinctivement en arrière, cherchant à tâtons la poignée de la porte. Introuvable ? Décidément, elle était trop nulle, aujourd'hui ! Elle aurait mieux fait de téléphoner à Tom – ou à Dee. *Où était cette poignée ?*

Les voyous s'approchaient assez pour qu'elle commence à distinguer l'acné du type en chemise de flanelle ; quant à celui au bandana, il affichait un sourire mauvais. Ils arrivaient tous les deux et *où se trouvait cette fichue poignée ?* Derrière elle, Jenny ne sentait que le béton froid.

Où elle est ? Où elle est ?

Lance-leur la boîte à la figure, se dit-elle soudain décidée. *Jette-la et cours. Ils vont peut-être s'arrêter pour regarder dedans.* Son esprit pratique la poussait à oublier cette poignée qui, à l'évidence, n'était plus là. Perte de temps.

Des deux mains, elle souleva la boîte pour la jeter sur eux et ne saurait trop dire ce qui se passa ensuite. Les deux types la regardèrent, se détournèrent et se mirent à courir.

Ils prirent la fuite, la chemise de flanelle en tête, le bandana sur ses talons, filant comme des dards, sans se faire prier.

Si bien que Jenny n'eut pas à leur jeter la boîte.

Mes doigts... je ne l'ai pas jetée parce que je ne pouvais pas la lâcher...

Arrête, lui dit son esprit. *Si tu es assez bête pour tenir plus à une boîte qu'à ta vie.*

À marche rapide, les bras croisés sur sa boîte, elle reprit le chemin de la maison.

Elle ne se retourna pas pour tâcher de comprendre comment elle avait pu manquer cette poignée dans son dos. Elle l'avait déjà oubliée.

À huit heures moins dix, elle atteignit enfin le bout de sa rue. Les salons éclairés dans les maisons paraissaient accueillants alors qu'elle se trouvait encore dans le froid de la nuit.

Durant le trajet, elle avait commencé à douter de son choix. Sa mère lui reprochait toujours d'être trop impulsive. Et voilà qu'elle avait acheté ce... truc... sans même savoir ce qu'il y avait dedans. En même temps, elle avait l'impression que cela frémissait contre sa poitrine, comme chargé d'une vie cachée.

Arrête. C'est juste une boîte.

Pourtant, ces types se sont enfuis, lui rappela une petite voix. *Ils ont eu peur.*

Dès qu'elle serait rentrée, elle allait l'examiner sous toutes les coutures.

Le vent s'était levé sur Mariposa Street et agitait les arbres. Jenny habitait une grande demeure en forme de ranch au milieu de la verdure. Arrivée à proximité, elle crut voir une ombre passer furtivement devant la porte – une petite ombre.

Qui la fit frémir.

Soudain l'intrus apparut sous la lumière de la véranda et s'avéra être la chatte la plus laide d'Amérique avec sa fourrure marbrée de gris et de beige qui lui donnait l'air d'avoir la gale, et son œil gauche fermé en permanence. Jenny l'avait prise sous sa protection un an auparavant et elle était encore sauvage.

– Hé, Cosette ! lança-t-elle en la caressant avec soulagement.

Je commence à m'inquiéter pour vraiment n'importe quoi, songea-t-elle agacée.

Cosette plia les oreilles en arrière et se mit à gronder comme l'héroïne de *L'Exorciste*. Heureusement, elle ne mordait pas. Les animaux ne mordaient jamais Jenny.

Dans l'entrée, celle-ci renifla, croyant reconnaître une odeur d'huile de sésame. Ses parents devaient partir pour le week-end. S'ils avaient changé d'idée...

Inquiète, elle abandonna son sac à dos – ainsi que la boîte blanche – sur la table basse du séjour, et galopa vers la cuisine.

– Enfin ! On commençait à croire que tu ne viendrais plus.

La fille en veste de treillis qui venait de parler s'était assise au bord du plan de travail, laissant pendre ses jambes d'une incroyable longueur ; elle portait les cheveux si courts qu'ils faisaient plutôt penser à des plaques de velours noir collées contre son crâne. Elle était belle comme une prêtresse africaine et souriait d'un air malicieux.

— Dee… commença Jenny.

L'autre occupante de la cuisine portait une veste pied-de-poule et des boucles d'oreilles Chanel. Autour d'elle s'étalaient une multitude d'ustensiles et d'ingrédients : couteaux et louches, œufs, une boîte de pousses de bambou, une bouteille de vin de riz. Un wok crépitait sur le feu.

— … et Audrey ! s'exclama Jenny. Qu'est-ce que tu fais là ?

— Je te sauve la mise, rétorqua paisiblement celle-ci.

— Mais… tu fais la cuisine !

— Et pourquoi pas ? Quand papa a été nommé à Hong Kong, on avait un chef cuisinier qui faisait littéralement partie de la famille. Il me parlait cantonnais pendant que papa travaillait et que maman traînait dans les salons de coiffure. Je l'adorais. Évidemment que je sais faire la cuisine !

Pendant ce discours, Jenny observa tour à tour les deux filles, jusqu'à en éclater de rire. Elle aurait pourtant dû se douter que ces deux-là ne se laisseraient pas avoir. Elles avaient forcément vu que, sous son air décontracté, leur amie se faisait un sang d'encre pour sa soirée. Toutes deux la connaissaient trop bien… et elles étaient venues à son secours.

Impulsivement, elle les étreignit l'une après l'autre.

— Comme Tom aime manger chinois, j'ai décidé de me charger du repas, poursuivit Audrey en jetant des sortes de boulettes dans le wok. Au fait, où est-ce que tu étais ? Encore à te fourrer dans des histoires pas possibles ?

— Mais… non !

Si elle racontait ce qui lui était arrivé, sa copine allait hurler et lui reprocher de s'être rendue seule dans un quartier qui craint. Non pas Dee, bien sûr — l'imprudence de Deirdre Eliade n'avait d'égal que son sens de l'humour quelque peu décalé –, mais la toujours pragmatique Audrey Myers.

– Non, j'étais juste sortie acheter un jeu pour ce soir. Mais je ne suis pas sûre qu'on s'en serve, finalement.

– Pourquoi ?

– Eh bien...

Jenny n'avait pas davantage envie d'expliquer son escapade. Elle ne savait par où commencer. Elle savait seulement qu'elle devait regarder ce que contenait cette boîte avant l'arrivée des autres.

– Il est peut-être un peu barbant. Alors, qu'est-ce que vous nous préparez ?

Elle regarda dans le wok pour changer de sujet.

– Oh, du *mu chu rou* et quelques *hei jiao niu liu.*

Audrey se déplaçait à travers la cuisine avec sa grâce habituelle, sans faire la moindre tache sur ses élégants vêtements.

– C'est-à-dire, pour les ignorantes, du porc frit et des nems.

– Le porc, c'est mortel, lâcha Dee en sirotant un Red Bull, sa boisson préférée. Il te faut une semaine de gym pour l'éliminer.

– Tom adore ça, rétorqua Audrey. Et ça a l'air de lui réussir.

Dee partit d'un éclat de rire exaspéré.

– C'est bon ! marmonna Jenny. Vous ne pouvez pas vous mettre d'accord, pour une fois dans l'année ?

– Dans tes rêves, chantonna Audrey en sortant un nem du wok à l'aide de deux baguettes.

Un sourire radieux illumina le visage de Dee.

– Je n'ai pas envie que mes deux meilleures amies gâchent la soirée de Tom.

– Ça va, monte dans ta chambre te faire belle, ordonna Audrey.

La boîte, songea Jenny – mais elle devait se changer et ferait mieux de se dépêcher.

3

Dans sa chambre, Jenny échangea son pull ras du cou et son jean contre une jupe longue noire et un chemisier en lin qu'elle déboutonna un peu.

Son regard tomba sur un lapin blanc en peluche armé d'une marguerite, brodé d'un gentil « Je t'aime » sur le ventre. Un cadeau de Pâques de Tom, un machin ridicule qu'elle garderait toute sa vie. D'autant qu'il se refusait à prononcer de tels mots en public.

Aussi loin qu'elle s'en souvienne, elle avait toujours été amoureuse de Tom. Chaque fois qu'elle pensait à lui, c'était comme une brûlure, une tendresse tellement fortes qu'elles en devenaient difficiles à surmonter. Elle les ressentait un peu partout dans le corps mais surtout dans la poitrine. Et c'était ainsi depuis le primaire. Sur le pourtour de son miroir, elle avait collé des photos d'eux – à la soirée d'Halloween en sixième, au bal de promo de troisième, à la plage... Ils formaient un couple depuis si longtemps que tout le monde disait Tom-et-Jenny comme s'ils ne constituaient qu'une seule entité.

Comme toujours, l'évocation de Tom l'enveloppait d'une fine couverture de protection. Cette fois, cependant, elle sentit le picotement d'une petite gêne ; à croire qu'elle oubliait quelque chose.

Ah oui, la boîte !

Bon, on ira la regarder. Ensuite on ne pensera plus qu'à la soirée.

Elle achevait de se coiffer quand elle entendit gratter à sa porte et Audrey entra.

— Les nems sont prêts et les côtelettes de porc doivent être préparées à la dernière minute.

Elle portait toujours relevés ses longs cheveux auburn clair aux reflets cuivrés, et ses yeux noisette exprimaient pour l'instant un rien de désapprobation.

— Elle est nouvelle, cette jupe.

Jenny frémit. Tom aimait la voir en jupe longue et elle savait qu'Audrey le savait.

— Et alors ? répliqua-t-elle d'un ton de défi.

— Arrête ! soupira son amie. Tu fais tout ce qu'il veut.

— Oh, ça va...

— Tu as tort, crois-moi. Les mecs sont déjà assez bizarres, il ne faut pas leur faciliter les choses comme tu le fais.

— C'est nul de dire ça...

Cependant, Jenny s'interrompit. Sans raison précise, elle pensait au garçon du magasin. À ses yeux bleus comme le cœur d'une flamme.

— Non, sérieux, insistait Audrey en la regardant sous ses longs cils. Quand un mec est trop sûr des sentiments d'une fille, il n'y fait plus attention, il croit que c'est gagné, il ne se donne plus aucun mal. Il se met à regarder ses copines. Tu dois entretenir l'incertitude, qu'il ne sache jamais ce que tu vas faire.

– Comme toi avec Michael.

– Oh, Michael...

Elle eut un geste vague, agitant ses doigts aux ongles longs impeccables.

– Michael... il me tient chaud en attendant le suivant. C'est... un marque-page. Mais tu comprends ce que je veux dire ? Même Dee trouve que tu en fais trop pour Tom.

Jenny haussa un sourcil ironique :

– Dee ? Elle prend tous les mecs pour ses chiens, du moins ses petits copains.

– C'est vrai... je dois dire qu'elle a raison au moins sur ce point.

– Tu sais, je crois que tu devrais être un peu plus aimable avec elle.

– Ouais... quand il gèlera en enfer.

Jenny poussa un soupir. Audrey était la dernière survenue dans leur clan ; sa famille avait emménagé l'année précédente à Vista Grande. Tous les autres se connaissaient depuis l'enfance. Quand Audrey était arrivée, Dee s'était montrée quelque peu... jalouse. Depuis, elles se disputaient sans arrêt.

– Essayez au moins de ne pas vous entretuer pendant la soirée.

Délibérément, elle tira ses cheveux en arrière, comme Tom les aimait, et enroula un élastique autour.

– Allez, reprit-elle en souriant. On retourne à la cuisine.

Elles y retrouvèrent Michael et Zach qui venaient d'arriver. Ces deux-là différaient l'un de l'autre comme le jour et la nuit.

Avec des airs de nounours, un regard d'épagneul facétieux, Michael Cohen gardait toujours ses cheveux noirs en bataille et ne portait que des sweat-shirts gris.

Zach Taylor, quant à lui, était blond avec un catogan, un grand nez aquilin, des yeux gris comme un ciel d'hiver.

– Ça va, la grippe ? demanda Jenny en l'embrassant sur la joue.

Elle-même ne risquait rien, elle y avait été exposée toute la semaine sans l'attraper. Son cousin lui jeta un bref regard attendri avant de reprendre son air rogue. Elle n'avait jamais trop su s'il l'aimait bien ou s'il ne faisait que la tolérer comme tous ceux qui l'approchaient.

– Salut, Michael, lança-t-elle en tapotant l'épaule de celui-ci.

Les yeux d'épagneul se posèrent sur elle.

– Tu sais, dit-il, parfois je m'inquiète pour nous, pour toute notre génération. Je me demande où on va. Est-ce qu'on sera meilleurs que la génération X ? Qu'est-ce qu'il nous reste à faire, à part mieux nous conduire que nos parents ? Je veux dire, à quoi ça sert ?

– Salut, Michael, dit Audrey.

– Salut, lumière de ma vie ! C'est un pâté impérial que je vois là ?

– Ne touche pas. Remets-le dans le plat et emporte ça dans le séjour.

– À vos ordres, grommela Michael en partant.

Bon sang – la boîte ! songea Jenny. Michael était du genre à farfouiller partout, à lire le courrier, à ouvrir les tiroirs l'air de rien. D'une curiosité insatiable. Elle préféra le suivre.

Son cœur se serra quand elle aperçut le carton blanc, rectangulaire et nacré sur la table basse en pin. Sa mère avait fait fabriquer tous les meubles du séjour dans un style « naturel et nécessaire, surtout pas artistique ». Elle avait ainsi accroché au mur des tissages navajos, des paniers hopis, posé quelques pots zunis à même le parquet et installé une tenture de Chimayo au-dessus de la cheminée. Jenny n'avait pas le droit d'y toucher.

On se calme, se dit-elle. Mais l'approche même de la boîte lui parut encore difficile. En la saisissant, elle s'aperçut qu'elle avait les paumes moites.

Vrrrrrr. En sentant la vibration, elle eut plus que jamais l'impression que quelque chose n'allait pas.

Et merde, je vais la jeter ! Cette seule idée la soulagea tellement qu'elle en fut surprise. *On va jouer à la canasta.*

Tout en mâchonnant un nem, Michael l'observait d'un regard intrigué.

– Qu'est-ce que c'est, un cadeau ?

– Non, un jeu – que je viens d'acheter, mais je vais m'en débarrasser. Tu sais jouer à la canasta ?

– Non. Elle est où, la miss Soleil ?

– Pas encore là – oh ! ce doit être elle. Tu veux aller lui ouvrir ?

Michael jeta un regard absent sur le plat qu'il tenait encore dans une main et sur le nem qu'il avait dans l'autre. Jenny se précipita vers la porte sans lâcher sa boîte.

Summer Parker-Pearson était toute menue, avec une chevelure duveteuse et des fossettes à croquer. Elle portait une robe-chemisier bleu roi et frissonnait.

– Il fait un froid de canard dehors ! Tu es sûre qu'on va se baigner, Jenny ?

– Non, rassure-toi.

– Ah bon ! Alors je n'avais pas besoin d'apporter mon maillot. Tiens, c'est mon cadeau.

Elle posa sur la boîte un paquet emballé dans du papier marron, ajouta par-dessus un petit fourre-tout et se dirigea vers le séjour, suivie de Jenny qui mit l'ensemble sur la table basse, avant de reprendre la boîte de jeu avec elle. *Vrrrrrr.* Summer disait bonjour à Michael, Zach et Dee.

– Les amis, lança Jenny, si vous voulez bien m'excuser une seconde...

Elle fut interrompue par la sonnette. Cette fois, il n'était pas question de demander à quelqu'un d'autre d'ouvrir.

– J'y vais.

Tom se tenait sur le seuil.

Il était trop craquant. Bien sûr, elle le trouvait toujours à son goût, mais ce soir, il était particulièrement beau, diaboliquement séduisant avec ses cheveux brun foncé coupés court et son sourire canaille. Tom portait des vêtements simples comme les autres, mais les portait tellement bien ! Sur lui, un jean de base paraissait taillé sur mesure. Ce soir, il avait une chemise d'un superbe bleu, si intense qu'il rappela quelque chose à Jenny.

– Salut ! lança-t-elle.

Il eut un sourire désinvolte, tendit un bras vers elle. Comme toujours, elle voulut se précipiter contre son torse mais elle gardait la boîte serrée sur sa poitrine.

– Tom, j'ai quelque chose à te dire en tête à tête. C'est difficile à expliquer...

– Ça y est, je me fais jeter le jour de mon anniversaire ! lança-t-il à haute voix en entrant dans le séjour.

– Arrête ! Tu ne peux pas être sérieux une minute ?

Apparemment, il était d'humeur taquine, ce soir. L'entraînant dans une valse improvisée, il fit rire tout le monde, sans tenir compte de ses protestations à vrai dire peu convaincantes. Elle se sentait toujours si bien avec lui ! Toutes ses peurs de l'après-midi lui parurent soudain lointaines et infantiles.

Cependant, elle éprouva un picotement désagréable quand il la débarrassa de la boîte.

– Qu'est-ce que c'est ? C'est pour moi ?

– C'est un jeu, intervint Michael. Jenny n'a pas voulu en dire plus mais elle a l'air de ne pas pouvoir le lâcher.

– Je comprends pourquoi, dit Tom en écoutant la vibration.

Jenny lui jeta un regard noir. Comment pouvait-on dire ça devant une boîte blanche sans aucune inscription ? Pourquoi prendre un air si intrigué en la soupesant et l'examiner avec tant d'intérêt ?

Décidément, songea Jenny, *il se passe quelque chose...* Ce fut le moment que choisit sa mère pour arriver du fond de la maison, fraîchement parfumée de Shalimar, en train d'accrocher une boucle d'oreille. Jenny préféra ne rien dire.

Jeune, Mme Thornton avait été aussi blonde que sa fille, mais, avec les années, ses cheveux avaient viré au doré foncé. Elle sourit à tout le monde, souhaita un bon anniversaire à Tom.

– Bon, reprit-elle à l'adresse de Jenny, Joey est dans un trou perdu du côté de chez les Stenson et nous, on ne rentrera que dimanche en fin d'après-midi, donc tu devrais être tranquille.

Alors que le père de Jenny apparaissait muni d'une petite valise, elle ajouta gravement :

– Ma chérie, je sais que tu vas casser quelque chose. Je te supplie seulement d'épargner le vase navajo R. C. Gorman, d'accord ? Il nous a coûté mille cinq cents dollars et ton père y tient beaucoup. Sinon, tu n'auras qu'à nettoyer vos dégâts, et tâche de nous garder un toit sur la tête.

– S'il s'en va, on le remettra, promit Jenny en l'embrassant sur la joue.

– Il y a de la colle forte dans le tiroir de la cuisine, lui indiqua son père à l'oreille en l'embrassant à son tour. Mais fais bien attention au vase R. C. Gorman. Ta mère en mourrait.

– On ne va même pas s'en approcher.

– Et pas de...

Il fit mine de jouer du violon tout en lorgnant Tom d'un air qu'on aurait pu qualifier de vigilant. Depuis quelque temps, il ne cachait plus ses soupçons envers lui.

– Papa !

– Tu sais ce que je veux dire. D'accord pour que les filles restent dormir, mais c'est tout.

– Ça va de soi.

– Bon.

Il remonta ses lunettes cerclées de métal, redressa les épaules et jeta un coup d'œil interrogateur vers son épouse. Tous deux inspectèrent une dernière fois le séjour d'un regard circulaire – comme pour bien s'en souvenir – puis, tels deux soldats fatalistes, ils se retournèrent et prirent la direction de la porte.

– Ils ne nous font pas beaucoup confiance, on dirait, observa Michael en les suivant des yeux.

– C'est la première fois qu'ils me laissent recevoir des amis alors qu'ils sont partis pour le week-end, répondit Jenny. Du moins qu'ils sont au courant...

Un bruit attira son attention vers la table basse. Tom avait ouvert la boîte.

– Hé... !

Elle n'en dit pas plus. Parce que Tom était en train de soulever d'épaisses planches imprimées de vives couleurs. Elle y distingua des portes et fenêtres, un porche, une tourelle, des bardeaux.

– C'est une maison de poupées, dit Summer. Enfin, un machin comme on en découpe dans de grands livres. Une maison de papier.

Pas un jeu du tout, songea Jenny. *Pas dangereux. Un jouet d'enfant.* Elle se sentit parcourue d'une onde de soulagement et, quand Audrey cria de la cuisine que le dîner était prêt, elle s'y rendit comme sur un petit nuage.

D'excellente humeur, elle regagna le séjour avec un plat et fit installer ses amis autour de la table basse. Pas de chichis. Certains s'assirent sur des tabourets, d'autres, carrément par terre.

Tom parut beaucoup apprécier ce menu chinois et encore plus de savoir que c'était Audrey qui l'avait préparé.

– Tu sais faire la cuisine ?!

– Évidemment ! Je ne suis pas là juste pour décorer !

Elle lui décocha un regard en coin sous ses longs cils et sourit.

Tom lui rendit son sourire ; il ne la quitta pas des yeux quand elle le servit, et lui tendit son assiette d'un geste assez appuyé pour que leurs doigts s'effleurent. Cependant, lorsqu'il se détourna, elle en fit autant avec Jenny, l'air de dire : tu vois ?

Certes, Tom se montrait toujours empressé avec les filles, mais Jenny estimait que ça n'avait pas d'importance.

– Tu as des ciseaux ? demanda Zach. En fait, l'idéal, ce serait un cutter. Il faudrait aussi une règle en métal et de la colle.

– Parce que tu as l'intention de découper ça ? demanda Jenny éberluée.

Elle fut surprise de constater que la boîte avec ses planches n'avait pas encore été mise de côté.

– Oui, pourquoi ? Ça m'a l'air pas mal, comme modèle.

– C'est mignon, gloussa Summer.

– Tu rigoles, là, insista Jenny. Une maison en papier…

Elle interrogea ses amis du regard.

– C'est un jeu, assura Dee. Regarde, il y a les instructions au dos du couvercle. Ça fait peur. J'aime ça !

L'air effaré, Michael en ouvrit grande sa bouche pleine de nourriture.

– Mais on ne peut pas jouer à un jeu avec une maison en papier ! insista Jenny.

Elle faillit ne pas achever sa phrase quand elle vit comment Tom la dévisageait. Lui seul pouvait afficher une telle expression, à la fois avenante, convaincante et tragique, une mine à laquelle ne pouvait résister Jenny.

– C'est bon, gros bébé ! reprit-elle. Si tu y tiens tant ! J'aurais dû t'offrir une tétine et un hochet !

Secouant la tête, elle alla chercher des ciseaux.

Tout en continuant de dîner, ils assemblèrent les pièces en suivant le modèle, non sans y laisser parfois des traces de gras. Bien entendu, c'était Tom qui supervisait. Zach se chargeait des découpages, il avait l'habitude avec ses montages de photos. Jenny l'observa avec admiration transformer de ses doigts habiles les planches en une maison victorienne d'un mètre de haut.

Composée de deux étages et d'une tourelle, la bâtisse n'avait que trois murs comme une maison de poupées. Le toit était amovible. Planche après planche, il fallut ainsi en façonner toutes les cheminées, les moindres corniches, les balcons et les avant-toits. Mais personne ne sembla se lasser, à part Michael. Tom paraissait enchanté, quant à Audrey, que Jenny aurait pourtant cru trop raffinée pour ce genre d'exercice, elle mit la main à la pâte sans se faire prier.

– Regardez, il y a aussi les meubles à installer – tu as fini avec le rez-de-chaussée, Zach ? Tenez, ça, c'est le salon, là, il y a une table basse. Style néogothique, je crois. Maman en a une. Je vais la mettre... là.

– Et ça, on dirait une espèce de paravent oriental, dit Summer. Je vais le poser à côté de la table pour que les poupées puissent le regarder.

– Il n'y a pas de poupées, objecta Jenny.

– Si, tiens, lança Dee en souriant.

Ses longues jambes repliées, elle relut les instructions à voix basse avant de conclure :

– En fait, elles nous représentent. On en a chacun une en guise de pion et il faut dessiner son propre visage dessus, après on les fait évoluer à travers la maison pour essayer de gagner le sommet de la tourelle. C'est le but du jeu.

– Tu as dit que ça faisait peur, objecta Tom.

– Je n'ai pas terminé. C'est une maison hantée. On tombe sur un cauchemar différent dans chaque pièce à mesure qu'on essaie d'atteindre le sommet. Et il faut se méfier de l'homme de l'Ombre.

– De quoi ?

– De l'homme de l'Ombre. C'est comme le marchand de sable, sauf qu'il apporte des cauchemars. Il traîne un peu partout dans la maison et s'il vous attrape, il... tenez, écoutez : « Il concrétisera vos pires fantasmes et vous fera avouer vos peurs les plus secrètes. »

Visiblement, cette perspective la réjouissait.

– Super ! lança Tom.

– Ça craint, maugréa Michael.

– Quel genre de pires fantasmes ? demanda Summer.

Mystère, songea Jenny. *Danger. Séduction. Peur. Secrets révélés. Désirs divulgués.*

Tentation.

– Qu'est-ce qui te chiffonne, Thorny ? demanda affectueusement Tom. Tu m'as l'air inquiète.

– C'est que... je ne sais pas si je vais aimer ce jeu. Mais toi, on dirait que oui ?

– Plutôt ! On va bien se marrer. Et n'aie pas peur, je te protégerai.

S'appuyant sur lui pour se relever, elle lui décocha un regard moqueur. Dès qu'elle se fut éloignée, la peau de son avant-bras le réclama de nouveau, ainsi que son épaule, sa hanche, tout son côté. Le côté droit, car elle s'asseyait toujours à sa gauche.

– Va chercher des pastels dans la chambre de Joey, ordonna Dee à Summer. On va avoir plein de choses à dessiner. Pas seulement les figurines de papier qui nous représenteront, mais aussi nos pires cauchemars.

– Pourquoi ? demanda Michael sans enthousiasme.

– Je te l'ai dit. On va devoir affronter un cauchemar différent dans chaque pièce. Alors on va en représenter chacun un sur une feuille de papier qu'on posera ensuite, face cachée, sur le sol des différentes pièces.

Tom s'essuya les mains sur son jean avant d'aller s'asseoir sur le canapé à côté de Dee pour y lire la règle du jeu par-dessus son épaule. Summer fila chercher des pastels dans la chambre du petit frère de Jenny. Quant à Zach, il travaillait en silence, sans s'occuper des autres. Il n'était pas du genre à parler pour ne rien dire.

– J'ai l'impression que ça va me plaire, dit Audrey en plaçant d'autres meubles dans les différentes pièces.

Elle sifflotait un peu ; ses ongles et ses cheveux auburn brillaient sous la rampe de spots.

– Voilà les pastels, annonça Summer qui revenait armée d'une boîte en plastique. J'ai aussi trouvé des crayons de couleur. On va pouvoir dessiner.

Elle se mit à fouiller parmi les planches restées dans la boîte et en sortit plusieurs en forme de silhouettes humaines. Les figurines.

Ils s'amusaient tous. Finalement, la soirée était très réussie. Jenny en avait encore froid dans le dos.

Elle devait cependant reconnaître qu'elle éprouvait une certaine satisfaction à découper ces personnages en pointillés. Ça lui rappelait sa petite enfance. Ce fut la même chose quand elle entreprit de les colorier.

En revanche, quand il lui fallut dessiner sur la feuille de papier que Summer lui remit ensuite, elle resta paralysée.

Dessiner un cauchemar ? Son pire cauchemar ? Impossible.

Car, à vrai dire, Jenny avait bel et bien un cauchemar. Qui n'appartenait qu'à elle, issu d'un événement survenu longtemps auparavant... et qu'elle ne pouvait se rappeler. Elle n'était jamais parvenue à l'évoquer éveillée.

La désagréable sensation revenait, celle-là même qui la prenait parfois tard dans la nuit et qui lui faisait si peur. Était-elle la seule personne au monde à se réveiller en pleine nuit, certaine d'avoir découvert un affreux secret – à ce détail près qu'une fois consciente, elle ne pouvait mettre la main dessus ? Qui était malade de peur à cause d'une chose dont elle ne se souvenait pas ?

Une image lui traversa l'esprit. Son grand-père maternel, avec ses fins cheveux blancs et son visage aimable, fatigué, ses yeux noirs pétillants. Quand elle avait cinq ans, il lui avait raconté des souvenirs de mondes lointains et de magie qu'avec sa mentalité d'enfant elle n'avait pu que prendre au pied de la lettre. Sa cave regorgeait de merveilles. Jusqu'au jour où s'était produit un accident...

Le dernier jour, l'affreux jour...

La scène s'évanouit et Jenny en fut bien contente. Car il y avait pire que de ne pas se souvenir : se souvenir. Mieux valait encore garder le tout bien enterré. À l'époque, ce n'était pas ce qu'avaient dit les thérapeutes, mais qu'en savaient-ils ?

De toute façon, elle ne pourrait certainement pas le représenter.

Les autres étaient tous en train de dessiner frénétiquement, Tom et Dee en ricanant doucement, le couvercle de la boîte en guise de bureau. Summer riait et secouait ses petites boucles en crayonnant avec ardeur une image pleine de couleurs. Zach fronçait les sourcils sur son cauchemar, l'expression encore plus tendue que d'habitude. Quant à Audrey, elle avait un air amusé.

– Où est le vert ? lança Michael en fouillant parmi les crayons. Il me faut plein de vert.

– Pour quoi faire ? demanda Audrey.

– Peux pas te dire. C'est un secret.

Il lui tourna le dos en cachant sa feuille.

– C'est vrai que ce sont des secrets, acquiesça Dee. Tu ne dois pas les voir avant d'atteindre la pièce où ils se trouvent.

Il n'y en a pas un ici qui puisse me cacher quelque chose, songea Jenny. *À part Audrey, je les connais tous depuis toujours. J'étais là quand ils ont perdu leur première dent, quand elles ont eu leur premier soutien-gorge. Ils ne peuvent pas avoir de secret pour moi, pas un vrai – comme le mien.*

Pourtant, si elle-même en avait un, pourquoi pas les autres ?

Elle regarda Tom, le beau Tom, têtu, un rien arrogant ainsi qu'elle-même devait le reconnaître, ne serait-ce qu'en son for intérieur. Qu'était-il en train de dessiner ?

– Moi aussi, j'ai besoin de vert, dit-il, et de jaune.

– Moi, de noir, pouffa Dee.

– J'ai terminé, lança Audrey.

– Allez, Jenny, dit Tom. Tu n'as pas encore fini ?

Elle jeta un coup d'œil sur sa feuille ; elle n'y avait griffonné que des graffitis sur les bords ; le centre restait vide. Tous les regards étaient posés sur elle, aussi, après un court instant de gêne, elle la retourna, la donna à Dee. Elle s'expliquerait le moment venu.

Dee mélangea les feuilles et les répartit dans les différentes pièces du premier étage de la maison.

– Maintenant, on met nos figurines dans le salon, au rez-de-chaussée, dit-elle. C'est par là qu'on commence tous. Bon, il y a un jeu de cartes dans la boîte. Summer, dis-nous ce qu'il faut en faire et où aller. Pose-les sur la table.

Summer s'exécuta pendant qu'Audrey fixait les figurines sur leurs petits socles de plastique puis les disposait dans le salon.

– Il nous faut encore une chose, reprit Dee.

Elle marqua une pause solennelle avant d'ajouter :

– L'homme de l'Ombre.

– Le voilà, dit Summer en prenant la dernière planche. Je vais d'abord découper ses amis – le Rampeur et le Rôdeur.

Ce qu'elle fit avant de les tendre à Audrey. Le Rampeur était un serpent géant, le Rôdeur, un loup hérissé, et leurs noms étaient inscrits en lettres rouge sang.

– Charmant, commenta Audrey. Je dois les poser quelque part, Dee ?

– Non, les cartes nous diront quand on doit les rencontrer.

– Et voilà l'homme de l'Ombre, acheva Summer. Il peut me faire tout ce qu'il veut, je le trouve craquant.

Alors qu'Audrey prenait la figurine, Jenny lui saisit le poignet, incapable de parler et même de respirer.

Ce n'était pas possible – pourtant, si. Comment ne pas reconnaître la tête imprimée sur la figurine ?

Le garçon en noir, le vendeur aux incroyables yeux bleus.

4

Jenny se sentait comme aspirée par une marée noire. C'était lui. Le vendeur du magasin de jeux. Tous les détails de son visage se trouvaient parfaitement reproduits, pourtant ce n'était pas une photo mais un dessin, comme le serpent et le loup. Il y était représenté avec des cheveux blanc argenté, aux reflets bleutés. L'artiste avait même montré ses longs cils noirs dans un portrait tellement véridique qu'on l'aurait juré sur le point de cligner des paupières, de se mettre à parler.

En même temps, il exhalait le danger.

– Qu'est-ce qui se passe ? demanda Audrey.

Son visage disparut du champ de vision de Jenny, dont le regard venait de se fixer sur son grain de beauté au-dessus de la lèvre supérieure. Elle la vit remuer. Il lui fallut une minute pour sortir de sa rêverie.

– Qu'est-ce qui se passe, Jenny ?

Que répondre ?

Je connais ce type. Je l'ai vu au magasin. Il existe vraiment. Ce n'est pas un personnage inventé pour un jeu. Alors...

Alors quoi ? lui demanderaient-ils. Qu'est-ce que ça changeait ? Le Jeu avait dû être inventé par quelqu'un qui connaissait ce type et l'avait pris pour modèle. Ce qui expliquerait d'ailleurs pourquoi la boîte ne comportait aucune inscription : ce n'était sans doute pas un jeu produit en série.

À moins que le vendeur ne soit un fou qui faisait une fixation sur ce jeu-là au point de se blanchir les cheveux et de s'habiller comme la figurine principale. Comme dans *Donjons et Dragons*... certaines personnes en étaient folles, littéralement. Ceci expliquant cela.

Du moins était-ce la réponse qu'elle recevrait de tous ses amis ce soir. Tom, certainement, parce qu'il avait l'air de vouloir jouer et qu'une fois qu'il avait décidé quelque chose, il ne revenait pas dessus. Dee, parce que le danger la stimulait toujours. Zach, parce que ce jeu faisait appel aux arts graphiques ; et même Summer qui trouvait l'homme de l'Ombre « craquant ». Ils avaient tous envie de jouer.

Une bonne hôtesse ne piquait pas de crise d'hystérie et ne gâchait pas une soirée sous prétexte de zones d'ombre.

Aussi s'efforça-t-elle de sourire.

– Rien, répondit-elle à Audrey en lui lâchant le poignet. Excuse-moi. Je croyais reconnaître ce dessin. C'est trop nul.

– Tu prends encore de ce sirop contre la toux ? badina Michael à l'autre bout de la table.

– Ça va, Thorny, c'est sûr ? insista Tom avec un regard inquiet.

Ce qui eut pour effet de la rassurer quelque peu.

– Très bien, affirma-t-elle.

Il se leva pour diminuer un peu la lumière de la rampe.

– Hé ! protesta Michael.

– Il vaut mieux un peu d'obscurité pour la suite, assura Dee. On va prêter serment.

Elle parcourut toute la tablée d'un regard rêveur.

– Quel serment ? demanda Michael méfiant.

– Le serment du Jeu, énonça Tom d'un ton solennel. On doit tous jurer qu'on y joue de notre plein gré et sérieusement.

Il fit passer devant tous l'intérieur du couvercle. Au-dessus de la règle du jeu apparaissait un grand symbole, une sorte de *U* inversé, à l'arche en biais, imprimé en rouge sombre – pour autant qu'on pouvait l'affirmer dans cette semi-obscurité.

Je ne vais pas gâcher cette partie. Pas question.

Tom lisait les instructions :

– « Il existe un monde des Ombres, parallèle au nôtre et assez différent. Certains l'appellent le monde des rêves, mais il est aussi vrai que possible... » Ensuite, ça dit qu'il peut être assez dangereux d'y pénétrer et qu'on y joue à nos risques et périls, qu'on peut y laisser sa propre vie et qu'il faut jurer qu'on l'a bien compris.

– Je ne sais pas si ça me plaît, marmonna Summer.

– Allez ! s'écria Dee. Il faut vivre dangereusement, faire bouger les choses.

– Euh... souffla Summer en écartant de petites boucles de son front. Il fait un peu chaud là, non ?

– On se lance ! dit Michael. Je me jette à l'eau : je jure que j'ai compris que ce jeu pouvait me tuer avant que je sois assez vieux pour prendre un job pourri comme mon frère Dave.

– À toi, décréta Dee en désignant Zach. Jure.

– Je le jure, maugréa celui-ci d'un air excédé.

Summer poussa un soupir de capitulation :

– Bon, alors moi aussi.

– Moi aussi, dit Audrey en rajustant sa veste pied-de-poule. Et toi, Deirdre ?

– J'allais le dire. Je jure de bien m'amuser à casser la figure au type de l'Ombre !

– Et toi, la fille du diable ? s'enquit Tom. Moi, je jure... et toi ?

En temps normal, Jenny lui aurait décoché un coup de coude dans les côtes mais, cette fois, elle ne parvint qu'à lui répondre d'un sourire sans joie. Ses invités avaient tous envie de se lancer, Tom lui-même...

– Je le jure, balbutia-t-elle d'une voix cassée.

Enchanté, Tom lança le couvercle en l'air et ce fut le pied de Dee qui le renvoya en direction de Jenny.

Enfoiré ! songea celle-ci. *Si tu tenais à moi, tu t'inquiéterais de ce que je pense.* Cela ne lui arrivait pas souvent, mais là elle en voulait vraiment à Tom. Néanmoins, elle se hâta de ravaler cette idée ; après tout, c'était son anniversaire, il avait droit à un peu d'indulgence.

L'attention soudain attirée par l'intérieur du couvercle, elle crut voir un reflet métallique au *U* inversé. Comme un éclair. Mais, bien sûr, ce n'était pas possible.

Tout le monde s'était agenouillé autour de la table.

– Super, souffla Dee. Toutes les figurines sont dans le salon ? Alors que quelqu'un retourne une carte. Qui veut commencer ?

Autant bien faire les choses jusqu'au bout, songea Jenny ; elle souleva la première carte du tas, aussi brillante que la boîte, au toucher satiné, et lut :

– « Vous et vos amis êtes réunis dans cette pièce pour commencer le Jeu. »

Après un court silence, Summer gloussa de rire.

– Première nouvelle, commenta Audrey. À qui le tour ?

– À moi, dit Tom.

Il se pencha au-dessus de Jenny, prit une carte et lut :

– « Chacun de vous a un secret qu'il préférerait cacher jusqu'à la mort. »

Mal à l'aise, Jenny changea de position. Ce n'était qu'une coïncidence, bien sûr, puisque ces cartes étaient imprimées. Cependant, elle avait l'impression d'y trouver une réponse à ses précédentes questions.

– À mon tour, intervint Summer avec ardeur. « Vous entendez des pas dans une pièce du premier étage. » Attends, il n'y a pas d'étage ici !

– T'as rien pigé ! s'esclaffa Tom. On n'est pas dans la maison de Jenny, mais dans celle-là.

Summer observa tour à tour de ses grands yeux marine les murs pastel du séjour et la maison de papier aux sept figurines alignées dans le salon tel un groupe d'invités trop polis pour faire mine de rentrer chez eux.

– Oh !

Elle rangeait la carte lorsqu'ils entendirent des pas au-dessus de leurs têtes. Comme si un enfant courait sur un plancher.

Dans un petit cri, Summer leva les yeux vers le plafond.

Dee sursauta. Audrey se raidit, Michael lui prit la main mais elle se dégagea. Zach en fut tout retourné. Seul Tom éclata de rire.

– Des écureuils ! lança-t-il. Ils passent leur temps à galoper sur le toit. Pas vrai, Jenny ?

L'estomac noué, celle-ci ne put que bafouiller :

– Oui, mais...

– Mais rien. À qui le tour ?

Comme personne ne bougeait, Tom conclut :

– Bon, alors je m'en charge. Pour toi, Michael.

Il retourna une carte.

– « Vous vous rendez à la porte pour respirer un peu d'air frais mais elle est bloquée », lut-il. Allez, les gars, c'est juste un jeu. Tenez !

Dans un mouvement fluide, il se rendit vers les portes-fenêtres coulissantes qui donnaient sur le jardin. Voyant ses doigts se fermer sur la poignée, Jenny frémit.

– Arrête !

Elle sauta pour l'empêcher d'en faire davantage. Si seulement il n'essayait pas... la carte n'aurait pas raison.

Mais Tom ne l'écouta pas et ouvrit. Du moins essaya-t-il...

– Il y a quelque chose qui ne va pas...

– C'est bloqué, constata Michael en se passant une main dans les cheveux d'un geste impuissant.

– N'importe quoi ! s'exclama Audrey.

Une lueur éclairant ses yeux de biche, Dee souleva à son tour une carte :

– « Aucune porte, aucune fenêtre de cette maison ne sera ouverte. »

Tom continuait d'agiter furieusement la poignée. En vain. Jenny lui prit la main. Elle tremblait des pieds à la tête.

– Prends une autre carte, souffla Zach.

Son visage mince trahissait une expression tellement étrange qu'elle lui donnait un air de zombie.

– Non ! cria Jenny.

Elle essaya d'intervenir mais ne put se détacher de Tom.

– Zach, ne lis pas ça.

– « Vous entendez une horloge sonner neuf heures », lut doucement Zach.

– Il n'y a pas d'horloge chez Jenny, remarqua Audrey. Hein, Jenny ?

Celle-ci fit non de la tête, la gorge sèche, tous les sens en alerte.

Le tintement n'en parut que plus clair ; elle reconnut celui de l'horloge du magasin. Cela semblait provenir d'en haut.

Un. Deux. Trois. Quatre.

– Mon Dieu ! souffla Audrey.

Cinq. Six. Sept.

À neuf heures, songea Jenny. *À bientôt – à neuf heures.*

Huit...

– Tom, murmura-t-elle.

Il se retourna enfin. Trop tard.

Neuf.

Et le vent se leva.

*
* *

D'abord, Jenny crut que la marée l'avait emportée, et puis elle se dit que ce devait être un tremblement de terre. En même temps, elle avait l'impression de sentir l'air souffler autour d'elle, comme si un ouragan passait à travers les portes vitrées, un ouragan noir et hurleur qui brûlait et gelait tout sur son passage. Secouée, aveuglée, elle en éprouvait une véritable douleur physique et perdit bientôt toute notion de la pièce qui l'entourait. Elle n'avait plus rien à quoi se raccrocher que la chemise de Tom.

Pourtant, il lui sembla que cela aussi lui échappait. La douleur cessa un instant et elle se sentit dériver.

Elle se réveilla par terre.

Comme la seule fois où elle s'était jamais évanouie, alors que Joey et elle étaient restés à la maison avec la grippe. Elle avait tout d'un coup sauté du lit pour lui dire d'éteindre ce dessin animé nul – et elle s'était retrouvée la tête dans une corbeille à papier. Allongée sur la moquette, elle s'était alors rendu compte que du temps était passé, sans trop savoir comment elle pouvait en être sûre. Là, c'était la même chose.

Levant le visage avec peine, elle plissa les paupières pour tâcher de distinguer le mur d'en face.

Sans résultat. Il y avait quelque chose qui n'allait pas. Au lieu d'un mur pastel où étaient accrochés tentures et paniers, elle découvrit d'obscurs lambris à demi cachés derrière un paravent oriental. D'épais rideaux de velours voilaient les fenêtres. Un chandelier de cuivre était accroché au mur. Jenny n'avait encore jamais vu ces choses-là.

Où suis-je ?

La plus vieille question de la Terre, le cliché par excellence. Cependant, elle n'en connaissait pas la réponse. Elle ne savait pas où elle se trouvait ni comment elle était arrivée là mais se sentait incapable d'affronter cette situation.

Ce genre de chose ne pouvait arriver.

Pourtant si.

Ces deux notions s'entrechoquaient dans son cerveau. Elle était déjà désarçonnée, au bord de la panique, commençait à trembler, à sentir sa gorge se serrer.

Non ! Si tu te mets à crier maintenant, tu ne pourras plus t'arrêter. Pense à autre chose. Ce n'est pas le moment. Trouve déjà Tom.

Tom. Regardant soudain le sol, elle s'aperçut qu'ils gisaient tous là, Zach et son catogan blond étalé sous sa tête (*sur un tapis vert mousse aux roses cent-feuilles, mais ne pense pas à ça, pas pour le moment*), Summer et ses courtes boucles cachées dans ses bras menus, Audrey avec son chignon banane à moitié défait, les longues jambes de Dee étendues devant la fenêtre, et le corps massif de Michael pelotonné à côté d'elle. Tom était allongé contre le mur – qui avait remplacé les portes coulissantes. Comme Jenny se levait péniblement et se dirigeait vers lui, il remua.

– Tom ? Ça va ?

Elle lui prit la main et, au contact de ses doigts vigoureux, se sentit mieux. Il geignit, ouvrit les yeux.

– Le mal de crâne ! murmura-t-il. Qu'est-ce qui s'est passé ?

– Je ne sais pas. On n'est plus dans mon séjour.

Encore au bord de la crise d'hystérie, elle s'accrochait à Tom à lui en briser la main. Il fallait qu'elle partage avec quelqu'un cette vérité, comme Summer avait eu besoin de se confier lorsqu'on avait piqué son chien. Mais Tom railla :

– Ne dis pas n'importe quoi. On y est forcément, t'inquiète.

Elle éprouva un petit pincement au cœur comme chaque fois qu'il l'envoyait promener.

Il ne semblait plus du tout s'amuser et tout son charme avait disparu avec son sourire ravageur. Ses cheveux bruns n'étaient que légèrement hérissés et ses yeux piquetés de vert semblaient à la fois perdus et furieux.

Il est sur la défensive, songea Jenny. *Il a peur d'être responsable de la situation.* Elle voulut lui serrer la main mais il se leva.

Tout comme les autres. Dee se frotta la nuque d'un geste alerte avant d'aller aider Michael à se remettre sur pieds. À peine debout, Audrey ne songea plus qu'à replacer ses peignes dans ses cheveux.

Summer s'était recroquevillée contre le meuble aux pieds grêles qui avait pris la place de la table basse de la mère de Jenny. Seul Zach ne semblait pas effrayé, écarquillant ses grands yeux gris en remuant les lèvres sans pourtant articuler un son, comme en transe, comme s'il se retrouvait au cœur d'un rêve.

Personne ne dit un mot. Tous regardaient autour d'eux en essayant de comprendre ce qu'ils faisaient là.

Ils se trouvaient dans un salon victorien semé de beaux tapis et meublé en style néogothique. Une lampe verte aux franges de soie pendait au plafond. L'endroit parfait pour une séance de spiritisme.

Jenny le reconnaissait.

Elle avait aperçu le motif du tapis aux roses cent-feuilles sur l'une des planches découpées par Zach à la suite des lambris ; quant à la table d'acajou, c'était Audrey qui l'avait assemblée.

Ils se trouvaient dans la maison de papier. Elle s'était matérialisée autour d'eux...

Jenny porta lentement une main à sa bouche pour étouffer un cri et son cœur se mit à battre la chamade.

– Oh, mon Dieu ! murmura Summer. Oh, mon Dieu...

Michael partit d'un rire hystérique.

– Arrêtez ! souffla Audrey. Taisez-vous, tous les deux !

S'approchant du mur, Dee effleura un chandelier avant de poser carrément ses doigts sombres sur la flamme.

– Dee ! s'écria Tom.

– C'est bien vrai, dit-elle en regardant sa peau brûlée.

– Sûrement pas ! contra Audrey. On est... dans une sorte d'illusion. Genre réalité virtuelle...

– Je te jure que ça n'a rien de virtuel ! Ma mère est experte en informatique... elle sait ce que c'est que la réalité virtuelle et ça n'a rien à voir avec les jeux vidéo. Même là-dedans, on ne peut pas faire quelque chose comme ça. D'ailleurs, où est l'ordinateur ? Où sont nos casques ?

Elle frappa le mur du plat de la main.

– Non, ça, c'est bien réel !

Riant encore, Michael était en train de palper une chaise.

– Alors ça doit venir des champignons d'Audrey. Comment on les appelle déjà ? Shiitaké ? Ça nous a réussi !

– Du calme, Michael, laissa tomber Tom d'un ton agacé.

Jenny en conclut qu'il se sentait mal à l'aise ; elle l'observait sans cesser de tâter la table près d'elle. Tout comme Dee et Michael, elle éprouvait le besoin de palper les objets qui les entouraient, comme si elle s'attendait à ce qu'ils aient le toucher du papier, mais là, tout était réel.

– D'accord, dit Tom. On n'est plus dans le séjour de Jenny. On a été... déménagés en quelque sorte. Il y a quelqu'un qui nous fait une farce. Mais on n'est pas obligés de subir sans réagir.

– Et, d'après toi, qu'est-ce qu'on fait ? interrogea Audrey d'un ton aigre.

Tom se dirigea vers la porte d'entrée, l'entrouvrit pour constater qu'elle donnait sur un obscur vestibule.

– Les mecs n'ont qu'à m'accompagner dehors pour voir ce qui se passe ; les filles, restez ici et ouvrez bien les yeux.

Dee lui jeta un regard moqueur avant de se tourner vers les « mecs ». Michael était en train de taper sur les murs en fredonnant, Zach regardait devant lui, comme hypnotisé. Jenny eut envie d'aller le voir mais elle ne pouvait remuer.

– Bonne chance, lança Dee à Tom. Revenez vite nous protéger !

– Non, restez, on ne se sépare pas ! implora Summer.

– Toi, tu protèges Jenny ! gronda Tom en se penchant sur Dee.

À quoi bon dire ça ? Qui pouvait protéger qui, ici ? Néanmoins, Dee vint poser un bras ferme sur l'épaule de Jenny.

– C'est ça.

– On ferait mieux de rester ensemble, protesta Michael d'un ton inquiet.

– Qu'est-ce que ça changera ? intervint Audrey. En fait, il ne se passe rien du tout. On n'est pas là.

– Alors qu'est-ce que c'est, ça ? cria Summer affolée. On est où, là ?

– Dans le Jeu.

La voix provenait d'un angle de la pièce, derrière le paravent ; elle n'appartenait à aucun membre du clan, pourtant Jenny la connaissait. Elle ne l'avait entendue qu'une fois mais ne risquait pas de s'y tromper. Comme le chant de l'eau sur les roches d'un torrent, emplie de sonorités musicales naturelles.

Toutes les têtes s'étaient tournées vers lui.

Le garçon sortit de l'ombre.

Il était aussi beau que dans le magasin. Mais ici, dans le décor de cette pièce vieillotte et raffinée, il paraissait encore plus insolite. Ses cheveux brillaient dans la semi-obscurité, comme la fourrure d'un félin des montagnes. Il portait un gilet noir sans manches qui mettait en valeur les muscles de ses bras dénudés et un pantalon qu'on aurait dit en peau de serpent. Ses yeux aux lourdes paupières et aux longs cils souriaient.

– Le portrait ! s'étrangla Summer. Le personnage dans la boîte. C'est lui...

– L'homme de l'Ombre, articula Michael d'une voix cassée.

– Mort de rire, grommela Tom en dévisageant l'apparition des pieds à la tête. Vous êtes qui, d'abord ? Qu'est-ce que vous voulez ?

Le garçon en noir s'avança d'un pas. À présent, Jenny voyait l'impossible clarté de ses iris, bien qu'il ne regardât pas dans sa direction. Il promenait ses yeux sur les autres et elle put constater qu'ils en étaient tout aussi affectés, comme touchés par une vague de froid qui les forçait à se rassembler. Elle put déchiffrer l'expression de leurs visages face à lui et vit l'effet qu'il produisait sur eux, cette sorte de peur qui les prenait.

– Si vous m'appeliez Julian ?

– C'est votre nom ? s'enquit Tom si bas qu'on l'entendit à peine.

– Il n'est pas pire qu'un autre.

– Qui que vous soyez, vous ne nous faites pas peur, intervint soudain Dee en s'approchant de lui.

Apparemment, son attitude encouragea les autres.

– On veut savoir ce qui se passe, reprit Tom à haute voix.

– On ne vous a rien fait, ajouta Summer. Laissez-nous rentrer chez nous.

– Tu ne peux pas rentrer, murmura Zach avec un étrange sourire.

– Mon pote, tu es encore plus frappé que moi, constata Michael tout bas.

Zach ne répondit pas.

Seule Jenny était restée en arrière, sans rien dire, de plus en plus effrayée à mesure que les minutes passaient. Elle n'avait pas oublié le regard de tigre affamé.

– Dites-nous au moins ce qu'on fait ici, dit Audrey.

– Vous jouez au Jeu. Vous en avez accepté les règles.

– Mais comment... on joue, là ? Vous voulez dire...

– Arrête, Michael ! coupa Tom. On ne va pas entrer dans son jeu débile.

Il est mort d'angoisse, songea Jenny. *Il croit toujours que c'est sa faute. Mais ce n'est pas ça, Tom, ce n'est pas...*

– Je veux dire, expliqua le garçon en noir à Michael, que vous avez juré que vous jouiez de votre plein gré et sérieusement. Vous avez invoqué la rune Uruz.

Du doigt, il esquissa en l'air la forme d'un *U* inversé. Jenny s'aperçut que le serpent tatoué avait disparu de son poignet.

– Vous avez percé le voile entre les mondes.

Audrey éclata d'un rire nerveux qui sonnait faux comme un verre en train de se briser.

– C'est nul, maugréa Michael.

Dee semblait d'accord avec ce point de vue.

– Et d'abord c'est quoi, une rune ? demanda-t-elle.

Audrey faillit répondre mais se tut d'elle-même en voyant Julian prendre la parole d'une voix douce :

– C'est une lettre mystique tirée d'un alphabet ancien, expliqua-t-il. En l'occurrence, elle sert ici à se déplacer entre les mondes. Si vous ne comprenez pas ça, vous devriez d'autant moins vous en mêler.

– Il y a erreur, souffla Summer. On ne voulait se mêler de rien du tout.

Une atmosphère de peur baignait maintenant toute la pièce, Jenny la distinguait presque, telle une aura jaune enveloppant chacun d'entre eux.

– Aucune erreur, reprit le garçon. Vous avez choisi de jouer au Jeu. Maintenant, vous jouez pour gagner... ou ce sera moi.

– Mais pourquoi ? geignit Summer. Qu'est-ce que vous nous voulez ?

Julian sourit, puis son regard la survola, les survola tous pour aller se poser sur la seule personne qui n'avait pas dit un mot depuis qu'il était entré dans la pièce. Sur Jenny.

– Chaque jeu a un prix, décréta-t-il.

Elle croisa l'incroyable regard bleu et comprit qu'elle ne s'était pas trompée.

Ils demeurèrent un moment à se fixer.

Le sourire de Julian s'approfondit. À les voir ainsi s'affronter, Tom parut soudain comprendre.

– Non... balbutia-t-il.

– Chaque jeu a un prix, répéta le garçon. Le vainqueur emportera tout.

– Non !

Là-dessus, Tom se jeta à travers la pièce.

5

Tom se précipita sur le garçon en noir – et s'arrêta net, les yeux fixés sur ses pieds. Jenny ne comprit pas bien – à croire qu'il venait d'apercevoir quelque chose d'horrible sur le tapis. Il se retourna pour changer de direction mais s'arrêta de nouveau. C'était aussi là. Alors il recula lentement vers le mur.

Elle le contemplait sans comprendre, avec l'impression de voir un mime sur la plage de Venice. Un très bon mime, d'ailleurs, en train de lutter contre de petites choses qui tentaient d'escalader ses jambes et lui faisaient terriblement peur. Sauf qu'il n'y avait rien sur le tapis.

– Tom ! souffla-t-elle en s'avançant vers lui.

– Ne t'approche pas ! Ils vont sauter sur toi aussi !

C'était impressionnant. Grimaçant, le souffle court, Tom, qui n'avait jamais peur de rien, se retrouvait acculé par une menace invisible.

– Qu'est-ce qu'il y a ? gémit Summer.

Les autres observaient en silence. Jenny virevolta vers le garçon en noir adossé au mur, qui observait la scène un sourire aux lèvres.

– Qu'est-ce que vous lui faites ?

– Dans ce jeu, on doit affronter ses cauchemars. Ceci n'est qu'un échantillon de ceux de Tom. Aucune raison pour que vous autres soyez dans le secret.

Poussant un soupir, Jenny fit un pas vers son petit ami.

– Recule ! lâcha Tom avec effroi.

– On dirait qu'il ne l'a pas encore surmonté, observa Julian.

Jenny se planta au milieu de la zone que Tom regardait. Elle ne sentit que de l'air autour de ses chevilles dénudées, ne vit rien. Au contraire de Tom qui, la tirant vers lui, l'entraîna dans sa chute et continua de se débattre, donnant des coups de pied en tous sens.

– Tom, arrête ! Il n'y a rien du tout. Regarde-moi !

Il posa sur elle un regard fou :

– Va-t'en ! Recule !

La bouche tordue de dégoût, il balayait d'une jambe le sol autour de lui, comme pour repousser un adversaire.

– Tom ! sanglota-t-elle en le secouant.

Il ne la regarda même pas. Alors elle enfouit la tête dans son épaule, le retint de toutes ses forces, en essayant de l'apaiser.

D'un seul coup, ses bras retombèrent. Ce fut comme le tour de magie où le drap recouvrant la belle partenaire s'effondre au sol. Tom était là... Tom n'était plus là. Voilà tout. Les bras de Jenny se retrouvaient vides.

Elle hurla.

Regarda désespérément autour d'elle, contempla ses mains, ses genoux. Puis le sol. Tom n'était tout de même pas parti !

Si.

D'un coup d'œil circulaire, elle s'aperçut que les autres aussi.

Elle sonda le vestibule obscur, les rideaux de la fenêtre, plats et immobiles. Dee avait disparu, de même qu'Audrey, Zach, Michael et Summer. Tous les six sans un bruit. Comme s'évanouissent les choses dans un rêve.

Pourvu que ce ne soit que ça, un rêve. J'en ai assez, là. Désolée, mais je voudrais me réveiller, maintenant.

Elle s'accrochait si violemment au tapis que ses ongles se retournaient. Ça faisait mal mais la douleur ne la réveilla pas pour autant. Rien ne changea. Ses amis ne reparurent pas.

Seul le garçon en noir était toujours là.

– Où est-ce qu'ils sont partis ? Qu'est-ce que vous leur avez fait ?

Elle était tellement sonnée que sa voix parut presque calme.

Julian eut un sourire étrange.

– Ils sont là-haut, éparpillés à travers la maison. Ils vous attendent. Vous les retrouverez en progressant dans le Jeu.

– En progressant... ? Mais vous ne comprenez pas ! Je ne sais pas quoi...

– C'est vous la joueuse principale, la réprimanda-t-il doucement. La porte qui vous ramènera vers votre monde est ouverte au sommet de la maison. Si vous y parvenez, vous pourrez passer. Menez-y vos amis et ils passeront également.

L'esprit de Jenny restait braqué sur une seule idée :

– Où est Tom ? Je veux...

– Votre... Tom... est tout en haut.

Il avait articulé ce nom comme s'il disait un gros mot.

– Je vais lui consacrer une attention particulière, ajouta-t-il. Vous le verrez en arrivant là-haut... si vous y arrivez.

– Écoutez, je n'ai plus envie de jouer. Je ne sais pas à quoi vous songez, mais...

Jenny s'exprimait encore comme s'il y avait quelque part un malentendu qu'on allait pouvoir vite résoudre, tant qu'elle gardait la tête sur les épaules. Tant qu'elle évitait ses yeux.

Il l'interrompit de nouveau :

– Si vous n'arrivez pas là-haut, alors j'aurai gagné. Et vous resterez ici, avec moi.

– Comment ça... avec vous ? demanda-t-elle sans ambages.

Il sourit.

– Vous resterez ici, dans mon monde. Avec moi... pour moi.

Toute prudence oubliée, elle se releva d'un bond :

– Vous délirez !

Pour une fois, elle regretta de manquer d'entraînement. Elle lui serait bien rentré dans le lard.

– Attention, Jenny !

Elle s'immobilisa, effrayée par ce qu'elle percevait en lui, ce regard fou qui la paralysait. À cet instant, enfin, elle crut en ce qui lui arrivait, comprit ce que ce garçon avait pu accomplir, ce qui s'était produit ce soir, admit que ce jeune homme devant elle, à l'allure presque humaine, pouvait être surnaturel.

– Mon Dieu ! balbutia-t-elle.

Son instinct de violence l'avait abandonnée, remplacé par une peur plus ancienne et plus profonde que tout ce qu'elle avait jamais éprouvé. Une peur qu'elle reconnaissait de très loin. Quelque part, au fond d'elle-même, elle se souvenait de lui, à l'époque où les filles devaient aller chercher l'eau à la rivière dans des outres de peau, une époque où les pumas erraient à l'extérieur des huttes de terre. Une époque qui remontait bien avant l'électricité, bien avant les bougies, alors que l'ombre n'était vaincue que par les silex et représentait le pire des dangers.

Le garçon se tenait toujours devant elle, ses cheveux brillants comme au clair de lune. Si l'Ombre avait jamais possédé une voix et un visage, si les puissances de la nuit s'étaient jamais rassemblées pour former un humain, elles auraient pris la forme d'un être de cette espèce.

– Qui êtes-vous ? murmura Jenny.

– Vous ne le savez pas encore ?

Elle fit non de la tête.

– Peu importe, conclut-il. Cela viendra. Avant la fin du Jeu.

Elle s'efforça de reprendre son calme.

– Écoutez, si on... C'était vous dans le magasin.

– Je vous attendais.

– Alors c'était... un coup monté ? Mais pourquoi moi ? Pourquoi me faire ça ?

De nouveau, elle se sentait gagnée par l'affolement.

Et ce fut là qu'il le dit. Posant sur elle ses iris embrumés comme un matin de novembre, un coin de sa bouche relevé en un demi-sourire, il déclara d'un ton grave, quasi emphatique :

– Parce que je suis tombé amoureux de vous.

Elle en resta bouche bée.

– Vous voilà toute surprise ! Il ne faut pas. La première fois que je vous ai vue remonte à très longtemps... vous étiez une si jolie petite fille ! Vous rayonniez tel le soleil. Connaissez-vous l'histoire d'Hadès ?

– Quoi ?

Il passait du coq à l'âne, elle avait du mal à suivre.

– Hadès, reprit-il comme s'il l'aidait à passer un examen. Le dieu grec des Enfers. Il vivait parmi les ombres... et se sentait très seul. Un jour, en levant la tête vers la surface de la Terre, il aperçut Perséphone, en train de cueillir des fleurs, et qui riait, heureuse. Il tomba instantanément amoureux d'elle et voulut en faire la souveraine de son royaume, tout en sachant qu'elle n'accepterait jamais de l'y suivre. Alors...

– Alors ? le pressa Jenny.

– Alors il attela ses chevaux noirs à son char et la terre s'ouvrit aux pieds de Perséphone qui en laissa tomber ses fleurs.

– Ce n'est qu'une légende, marmonna Jenny d'un ton qui se voulait calme. Un mythe. Hadès n'existe pas.

– En êtes-vous certaine ? De toute façon, vous avez plus de chance que Perséphone. Vous avez la possibilité de vous enfuir.

C'étaient maintenant des saphirs liquides qui la fixaient, la fascinaient au point qu'elle ne pouvait plus bouger.

– Qui êtes-vous ? articula-t-elle encore.

– Qui voulez-vous que je sois ? Je vous aime, Jenny. Je suis venu vous chercher depuis le monde des Ombres. Je serai qui vous voudrez, vous donnerai ce que vous voudrez. Aimez-vous les bijoux ? Des émeraudes assorties à vos yeux ? Des diamants ?

Il tendit vers sa gorge une main ouverte mais l'effleura à peine.

– Et des vêtements ? Une tenue différente pour chaque heure de la journée, dans des couleurs que vous ne sauriez imaginer. Des animaux ? Un ouistiti ou un tigre blanc ? Visiter des pays lointains ? Vous dorer au soleil de Cabo San Lucas ou de la Côte d'Azur ? Tout ce que vous voudrez, Jenny. Il vous suffit d'imaginer.

Elle se prit le visage dans les mains.

– Vous êtes dingue !

– Je peux réaliser vos rêves les plus fous. Littéralement. Demandez-moi quelque chose, une chose qui vous a toujours semblé inaccessible. Vite ; je ne vous le proposerai sans doute pas deux fois.

Au bord des larmes, elle se sentait confondue par cette voix douce et insistante, habitée du terrible désir de tomber dans ses bras.

– Allez, Jenny, pendant que nous sommes encore amis. Ensuite, les choses pourraient ne pas être aussi plaisantes. Je ne veux pas vous faire de mal mais je le ferai s'il le faut. Épargnez-vous bien des épreuves et des inquiétudes et permettez-moi de vous rendre heureuse dès maintenant. Abandonnez-vous à moi. De toute façon, c'est ainsi que cela finira.

Sa confusion la quitta, sa raison la reprit soudain :

– Ah oui ?

– Je ne perds jamais.

Quelque chose s'éveillait en elle. En général, elle avait vite fait de se mettre en colère et aussi vite fait de se calmer, tel un orage d'été. Alors qu'elle sentait en ce moment monter une réaction très différente, une fureur délibérée, pesante, qui risquait de la brûler un long moment.

– Attention, Jenny.

– Jamais je ne céderai. Je préférerais mourir.

– Nous n'en arriverons pas là, j'espère. Mais d'autres choses pourraient se produire... une fois que le Jeu a commencé, je ne peux plus en changer les règles, de peur que vos amis n'aient à en souffrir.

– Quoi ? Comment ?

Il secoua la tête.

– Jenny, Jenny ! Vous ne comprenez pas ce qui se passe ? Ils jouent tous au Jeu. Ils en ont accepté les risques. À présent, ils doivent en assumer les conséquences.

Il se retourna.

– Non, attendez !

– Trop tard, Jenny. Je vous ai donné une chance, vous l'avez repoussée. Désormais, nous allons jouer au Jeu.

– Mais...

– Vous pouvez commencer par cette énigme.

Et il récita :

« Je suis juste deux et deux. Je suis chaud. Je suis froid.
J'ai engendré une interminable progéniture.
Je suis une certitude, un cadeau sans mesure,
Et je cède non sans plaisir – à qui me prend sans droit. »

– Et ça va me dire qui vous êtes ?

Il se mit à rire.

– Non, ce que j'attends de vous. Donnez-moi ce mot et je laisserai partir l'un de vos amis.

Elle préféra repousser l'énigme dans un coin de son cerveau. Ça ne rimait à rien. Et tant que Julian se trouvait dans cette pièce, elle ne pouvait se concentrer sur rien d'autre que lui.

Durant ce temps, il n'avait pas perdu une once de son charme fantasque. À l'évidence, il aimait ce jeu et s'amusait bien.

– C'est tout, conclut-il. Que le Jeu commence. Au fait, si vous êtes blessée dans ces cauchemars, vous êtes vraiment blessée. Si vous mourez, vous mourez. Et je peux d'ores et déjà vous révéler que l'un d'entre vous ne s'en tirera sans doute pas.

Jenny tressaillit :

– Qui ?

– Je n'en dirai pas plus. Il se trouve que l'un d'entre vous n'a certainement pas la force d'aller jusqu'au bout.

Oh, ai-je parlé des délais ? La porte dans la tourelle, la porte qui vous ramènera dans votre monde... va se fermer à l'aube. C'est-à-dire à six heures onze exactement, demain matin. Si vous n'y arrivez pas à temps, vous resterez coincés ici. Alors vous n'avez plus une minute à perdre. Et voici un petit rappel.

Lointaine mais claire retentit une horloge invisible. Jenny pivota dans sa direction en comptant machinalement les dix coups.

Quand elle se retourna, Julian avait disparu.

Elle resta immobile. Pas un bruit. Les franges de l'abat-jour vert frémirent un peu ; à part cela, rien ne bougeait dans la pièce.

Sur le moment, elle faillit céder à la panique ; elle se retrouvait seule dans une maison qui n'existait pas. *Non, pas d'affolement. Réfléchis. Tu n'as qu'à explorer les alentours. Il doit bien exister une sortie.*

Elle se rendit à la fenêtre, tira le lourd rideau pour regarder au-dehors. Se figea.

D'abord, elle ne fit que regarder, le souffle court. Puis elle referma le rideau, le tirant au maximum, l'appuyant des deux mains contre la vitre. Elle eut du mal à s'écarter du tissu de velours mais finit par y parvenir et recula vivement. Elle ne voulait plus voir au-dehors.

Un paysage de terreur brute. Comme remonté de la période glaciaire – comme peint par un impressionniste fou. Une tempête de neige où couraient de lourdes silhouettes pataudes. Des lueurs vertes et bleues comme des éclairs révélaient ces êtres déformés qui glissaient sur le sol glacé, parmi des roches tordues pointant vers un ciel blanc et vide.

Elle ne survivrait pas une minute là-dedans.

Quand il gèlera en enfer, se rappela-t-elle. Et si c'était déjà le cas ? Ha, ha ! Voilà qui aurait sûrement fait rire

Michael. Elle sentit des larmes lui picoter le nez, les yeux. Elle restait là, misérable au milieu de la pièce déserte, à se tenir les coudes. Jamais elle ne s'était sentie aussi seule, jamais elle n'avait eu si peur.

Ses amis lui manquaient désespérément. Le courage de Dee, l'humour de Michael, le bon sens d'Audrey. Même Summer qui lui donnerait quelqu'un à protéger ; quant à Zach... elle voulait savoir ce qui lui arrivait. Depuis le temps qu'elle le connaissait, elle ne l'avait jamais vu se conduire ainsi.

Mais, par-dessus tout, elle voulait retrouver Tom.

Tom, c'est lui qui en bave, pas toi. Dieu sait ce qu'il traverse, grâce aux bons soins de Julian. Ça ne sert à rien de te lamenter ici pendant ce temps-là.

Cette autoréprimande l'aida à se reprendre, faisant taire les petites voix qui lui répétaient qu'elle ne pouvait rien faire.

Julian avait dit que tout dépendait d'elle.

Bon, elle se sentait plus calme maintenant. Il était temps de s'y mettre – mais par où commencer ? Jenny essaya de rassembler ses idées, de se rappeler la configuration de la maison de papier. Le salon, au rez-de-chaussée, donnait sur un long vestibule central qui ouvrait sur un escalier.

En haut, avait dit Julian.

Elle se retrouva en train de longer le vestibule éclairé à la bougie, aux murs peuplés de portraits dans leurs cadres dorés qui semblaient la regarder d'un air désapprobateur.

Elle ne voyait que l'escalier. Large, avec un tapis central. Rien d'extraordinaire – cependant, Jenny ne pouvait se résoudre à poser un pied dessus.

Je devrais m'enfuir, songea-t-elle. Au plan émotionnel, impossible d'avaler l'idée qu'il n'était pas question de revenir sur ses pas pour reprendre le chemin de la maison.

Mais au plan intellectuel, elle savait que rien, dans le salon, ne pourrait l'aider. Et elle préférait ne pas imaginer ce qui l'attendait si elle ouvrait la porte d'entrée de la maison.

Alors tu n'as qu'à rester ici et te cacher, ou tu peux grimper. Il faut choisir.

Elle posa un pied sur l'escalier. Il était bel et bien solide, comme n'importe quel escalier. Elle entreprit de monter vers l'obscurité.

Des deux côtés, le couloir du premier semblait s'étirer à l'infini, si obscur qu'elle n'en voyait pas les bouts. Il y avait bien quelques chandeliers accrochés aux murs de loin en loin mais ils n'éclairaient pas grand-chose. Jenny ne se souvenait pas avoir aperçu ce genre de couloir. En fait, cet endroit lui rappelait surtout le Manoir hanté de Disneyland. Comme n'importe quel petit Californien, Jenny l'avait visité si souvent qu'elle le connaissait par cœur ; d'ailleurs, il y avait le même infâme papier peint.

Mais c'était complètement idiot. À quoi rimerait une telle ressemblance ?

Elle progressa en longeant les murs qu'elle effleurait du bout des doigts. Après une dizaine de pas, elle crut apercevoir un mouvement devant elle, sous la lueur tremblante d'une flamme.

Elle eut à la fois envie de s'enfuir et de foncer dans cette direction. Et puis elle reconnut les longues jambes.

– Dee !

Ce fut tout juste si celle-ci lui jeta un regard lorsqu'elle la rejoignit. Elle se battait contre une porte qui se gonflait et lui résistait, exactement comme dans le Manoir hanté, qui avait fait si peur à Jenny enfant. D'ailleurs, si bien des choses dans ce manoir semblaient idiotes, bien d'autres étaient tout simplement ahurissantes – cependant, une seule d'entre elles avait vraiment marqué la petite Jenny... et c'était une porte.

Une porte fermée, qui se gonflait en son centre, comme si quelque chose d'énorme s'y appuyait de l'autre côté, déformant le bois, s'étalant sans vergogne, au milieu de ricanements qui n'avaient rien d'humain.

Et c'était exactement l'impression que donnait la porte avec laquelle se battait Dee.

Sauf qu'elle était légèrement entrouverte. Dee y opposait son corps de lynx, la tête penchée en avant, les genoux pliés, une jambe en arrière, le talon planté dans le tapis.

Sans un mot de plus, Jenny alla lui prêter main-forte en insistant du côté de la poignée sous laquelle apparaissait une grosse clef.

– Pousse, haleta Dee.

Jenny poussa plus fort, de toutes ses forces et, à deux, elles parvinrent à faire bouger un peu la porte. Le rire gras qui retentissait derrière s'éleva d'un ton. Irrité. Jenny sentait ses muscles commencer à trembler. Elle baissa la tête, ferma les yeux, serra les dents.

– Pousse !

Finalement, la porte franchit le centimètre qui manquait encore pour la fermer. Aussitôt, Dee tourna la clef dans un déclic définitif.

La porte se dégonfla.

Jenny recula, les jambes molles. Les rires aussi avaient cessé. Les deux filles se retrouvaient devant un innocent panneau de bois, dans un couloir calme.

Jenny s'adossa au mur d'en face, tomba lentement sur ses talons, essuya son front en sueur. Quant à Dee, elle passait encore une main incertaine sur l'encadrement de la porte.

– Salut ! lança enfin Jenny.

– Salut !

Toutes deux se regardèrent un moment sans rien dire, puis :

– Tu as vu les autres ?

Dee secoua la tête.

– Moi non plus, souffla Jenny. Il a dit… tu vois de qui je parle… il a dit que vous étiez éparpillés à travers la maison en attendant d'affronter vos cauchemars. Tu étais là-dedans ?

– Non, j'étais dans le salon, à regarder Tom et, tout d'un coup, j'ai eu le vertige et je me suis retrouvée ici, par terre. Je ne voyais qu'une seule porte et je me demandais ce qu'il y avait derrière, alors j'ai ouvert.

– Ah ! Et, qu'est-ce qu'il y avait derrière ?

– Juste un monstre moche comme un pou.

– Quoi, du genre qu'on voit sur les dessins, le Rampeur et le Rôdeur ?

– Non, vraiment laid. Un peu comme Homer Simpson.

Dee semblait prendre la chose assez calmement ; elle avait l'air épuisée, triste, ce qui ne l'empêchait pas de rester très belle, comme une statue d'ébène.

– On ferait mieux d'inspecter les lieux, dit-elle, pour voir si on trouve les autres.

– D'accord.

Jenny ne bougea pas pour autant. Dee lui tendit la main.

– Allez, debout !

– Je vais tourner de l'œil.

– Je ne te le conseille pas. Debout, soldat !

Jenny se leva, considéra le couloir.

– Je croyais que tu avais dit qu'il n'y avait qu'une porte. Qu'est-ce que c'est que ça, alors ?

– Elle n'était pas là tout à l'heure.

Toutes deux examinèrent cette nouvelle porte qui ressemblait en tout point à la précédente.

– Qu'est-ce qu'il y a derrière, d'après toi ? demanda prudemment Jenny.

– On n'a qu'à regarder, proposa Dee en saisissant la poignée.

– Attends, tu es dingue !

S'efforçant de ne pas frémir, Jenny colla une oreille au panneau mais n'entendit rien que sa propre respiration.

– Bon... Mais sois prête à la refermer aussitôt.

Dee lui décocha un de ces sourires barbares dont elle avait le secret et se tint prête à bloquer la porte d'un coup de pied. Jenny posa la main sur la poignée, la tourna.

– Allez ! lança Dee.

Et Jenny ouvrit la porte en grand.

6

La pièce derrière la porte avait des murs ocre doré. Sur l'un était accroché un masque africain dans toute sa gloire primitive. Plusieurs sculptures d'argile reposaient sur une étagère de teck, dont un buste qui aurait pu représenter Néfertiti. Éparpillés au sol, des coussins de cuir entouraient un ensemble d'appareils de musculation.

La chambre de Dee. Le buste la représentait, sculptée par sa grand-mère Aba. Près du lit, s'entassait une pile de cahiers et, sur la table de nuit, des devoirs inachevés.

Jenny avait toujours aimé cette chambre, particulièrement les souvenirs qu'Aba rapportait de ses voyages. Mais, dans la situation présente, elle avait du mal à apprécier.

À peine la porte s'était-elle refermée qu'elle disparut. En l'entendant claquer, Jenny s'était retournée mais elle ne vit plus rien qu'un mur ocré.

– Génial, on est coincées, maintenant.

– On va trouver une autre sortie, maugréa Dee.

Elles essayèrent la fenêtre. Au lieu d'un paysage de la période glaciaire, elles n'y aperçurent que la vue habituelle de cette chambre, la pelouse en contrebas, éclairée par la véranda. Cependant, la vitre restait bloquée et ne se brisa pas lorsque Dee l'attaqua à coups d'haltère.

– Et maintenant ? demanda Jenny. Qu'est-ce qu'on fait dans ta chambre, d'abord ? Je ne comprends pas ce qui se passe.

– Et si c'était comme dans un rêve ? Quand on sait qu'on rêve on peut changer la suite des événements. Mentalement. C'est peut-être ce qu'on doit faire, trouver un moyen de sortir d'ici.

Ensemble, elles se mirent à l'œuvre, sans résultat. Jenny eut beau se concentrer aussi fort que possible pour faire réapparaître la porte, rien ne se produisit.

– J'abandonne.

Dee ôta sa veste et se laissa tomber sur le lit – comme elle l'aurait fait dans sa vraie chambre.

Jenny s'assit à côté d'elle en essayant de réfléchir mais elle avait du mal à se concentrer – le choc, sans doute.

– Bon, écoute. Le type a dit qu'on devait affronter chacun ses cauchemars. Alors ce doit être...

– Mais qui est-ce ? coupa Dee.

– Oh ! Tu... tu crois au diable ?

Dee lui décocha un regard insolent.

– Le seul diable que je connaisse est Dakaki, l'excité. D'après Aba.

– Je crois qu'il voulait se faire passer pour le diable, reprit Jenny. Mais je n'en suis pas sûre.

– Et il veut qu'on joue au Jeu avec lui ? Comme celui de la boîte mais en vrai ?

– Si on arrive à la tourelle avant l'aube, on pourra sortir. Sinon, c'est lui qui aura gagné. Ça ne te fait pas peur, ça, Dee ?

– Moi, tu sais, le surnaturel... Pas de quoi avoir peur. J'ai toujours aimé ces histoires d'épopées magiques. Alors si ça devient la réalité, j'adore. Et puis, je ne vois pas pourquoi on ne battrait pas ce mec. J'ai juré de casser la figure au type de l'Ombre – et c'est ce que je vais faire. Attends.

– Mais... c'est trop fou !

Maintenant qu'elle pouvait y réfléchir un peu, Jenny se remettait à trembler.

– Et si c'est comme tu l'as dit ? ajouta-t-elle. Je veux bien que les perceptions extrasensorielles existent, que des trucs bizarres nous guettent dans le noir. Mais de là à ce que ça nous arrive pour de vrai...

Dee ouvrit la bouche mais Jenny continua de plus belle :

– Et voilà qu'on est en plein dedans, que tout se transforme autour de nous, pour de bon !

– C'est ça, pour de bon. Ça change toutes les règles. Maintenant, il faut s'adapter, et vite. Sinon, on n'y arrivera pas.

– Mais...

– Mais rien, Jenny. Tu sais quel est ton problème ? Tu réfléchis trop. Allez, plus la peine d'en parler. Maintenant, on doit juste tâcher de survivre.

L'esprit acéré de Dee venait de toucher au cœur du sujet. Il arrivait ce qu'il arrivait, vraisemblable ou non. À elles de l'affronter si elles voulaient s'en sortir. Jenny voulait s'en sortir.

– Bon, souffla-t-elle. Alors on s'adapte.

Dee lui décocha un large sourire.

– En plus, je trouve ça marrant. Pas toi ?

En repensant à Tom tremblant devant un agresseur invisible, Jenny se prit le front dans une main.

– Il y a pourtant bien quelque chose qui te fait peur, finit-elle par rétorquer. Tu as dessiné un cauchemar.

Dee sortit un bracelet de perles ndébélé de sa table de nuit.

– En fait, c'est ma mère qui me fait peur, avoua-t-elle. Ses trucs à l'université... les ordinateurs et tout.

Suivant son regard vers la fenêtre, Jenny ne vit que les rideaux brodés du Dahomey.

– C'est la technologie qui te fait peur ? demanda-t-elle incrédule.

– Non, mais j'ai toujours préféré considérer le côté matériel des choses, rester près de la terre.

Pas étonnant qu'elle se réfugie dans les légendes et les récits chevaleresques.

– C'est même pour ça que je n'irai pas à l'université, ajouta-t-elle. Je veux travailler de mes mains, fabriquer du concret.

– Aba serait furieuse si elle t'entendait. Et puis tu as un cerveau digne de tes mains...

Elle s'interrompit parce que son amie regardait encore par la fenêtre, et posa la question qu'elle aurait dû poser dès le début :

– Dee, qu'est-ce que tu as dessiné ?

– Ce n'est rien.

– Qu'est-ce que tu as dessiné ?

Une lumière rouge apparaissait derrière la vitre, telle la lueur d'un lointain incendie. Un craquement attira l'attention de Jenny vers la chaîne stéréo en train de fumer.

– Que... ?

Dee filait vers la fenêtre.

– Qu'est-ce qui va se passer ? hurla Jenny en se levant.

Elle avait dû crier pour couvrir le vacarme soudain qui avait envahi la chambre et la transperçait jusqu'aux os.

À l'extérieur, une silhouette se découpa sur la lumière.

– Dee !

Complètement affolée, Jenny la saisit par les épaules pour l'écarter de la fenêtre. Ce qu'elle avait vu dehors était énorme, au point de bloquer les étoiles, d'un noir mat qui ne reflétait rien, mais émettait son propre halo rouge. Tout autour, les eucalyptus pliaient sous un vent violent.

– Qu'est-ce que c'est ? cria encore Jenny.

Elle se rendait à peine compte que Dee s'accrochait à elle. Et quelle idée de poser une question pareille ! Que pouvait être cette chose énorme au point de boucher la vue d'un premier étage, en forme de demi-sphère au fond plat orienté vers le sol ? Soudain, six rayons de lumière phosphorescente jaillirent de la base.

L'un d'eux s'orienta droit vers la fenêtre. Éblouie, Jenny entendit exploser la vitre, et un courant d'air chargé d'électricité lui balaya les cheveux. Derrière elle, un plateau de cuivre tomba dans un bruit assourdissant.

Alors elle s'aperçut qu'elle ne pouvait plus bouger. D'une façon ou d'une autre, cette lumière la paralysait, ses muscles s'étaient gélifiés et elle sentit l'odeur âcre de l'orage.

Elle perdait connaissance.

Je vais mourir. Jamais je ne me réveillerai.

Dans un ultime effort, elle tourna la tête vers Dee, la vit affronter crânement la lumière, les pupilles tellement contractées qu'elles ne formaient plus que des pointes d'aiguilles. Mais incapable de sauver son amie ou elle-même.

Du cran ! songea faiblement Jenny.

Cette fois, son évanouissement l'entraîna dans une mare de boue noire.

La pièce était ronde. Jenny gisait sur une table de la forme de son corps, les yeux brûlants de larmes, sans aucune envie de bouger. Une lumière blanche brillait au-dessus d'elle.

– C'est exactement ce que je m'étais imaginé, lança une voix près d'elle.

Luttant contre sa léthargie, elle parvint à tourner la tête. Dee était allongée sur une table voisine.

– C'est exactement ce que j'ai lu à propos des Visiteurs, comme dans mes rêves.

Jenny ne s'était jamais trop intéressée aux ovnis, mais elle n'aurait pas vu les choses ainsi. Tout ce qu'elle savait sur les extraterrestres, c'était qu'ils... faisaient des choses... aux humains.

– Alors, c'était ça, ton cauchemar, dit-elle.

Le profil parfait de Dee pointait vers la lampe braquée au-dessus d'elle ; elle avait vraiment l'air d'un bas-relief égyptien !

– Brillante déduction ! marmonna-t-elle. Tu en as d'autres du même genre ?

– Oui. Il faut qu'on s'en aille.

– Peux pas bouger. Et toi ?

Apparemment, aucun lien ne les retenait, pourtant les bras et les jambes de Jenny semblaient trop lourds à soulever. Elle pouvait respirer, bouger légèrement son torse, mais ses membres restaient paralysés.

J'ai peur, songea-t-elle. Puis elle imagina ce que pouvait ressentir Dee. Quoi de plus terrible pour une athlète ? Ce corps long et mince qu'elle cultivait avec tant de soin ne lui servait plus à rien maintenant.

– Cet endroit... c'est tellement stérile, dit celle-ci les narines frémissantes. Tu sens cette odeur ? Je te parie qu'ils sont comme des insectes dans une ruche. Si on pouvait se lever, se défendre contre eux... mais ils ont certainement des armes.

Jenny comprenait tout maintenant. Il fallait plus que des muscles et de l'ingéniosité pour combattre une technologie stérile, atrocement efficace. Pas étonnant que ce soit le cauchemar de Dee.

Le regard de Jenny fut attiré par un mouvement latéral.

Ils étaient petits – de la taille de Summer. Et elle voyait en eux de véritables démons : sans cheveux, avec de petits corps minces et d'énormes yeux sombres. Pas de nez, une simple fente en guise de bouche.

Leur peau brillait comme des champignons vénéneux, de ceux qui poussaient au fond des caves sans jamais voir la lumière. Jenny décela une odeur d'amande.

Ils étaient vivants, mais extraterrestres et aussi néfastes que ces trucs décolorés qui grouillaient dans les sous-sols. Leur seule vue suffit à la frapper de terreur.

Ils étaient nus mais elle ne voyait rien qui puisse distinguer un mâle d'une femelle. Leurs corps n'étaient pas plus sexués que ceux des poupées.

Sans savoir pourquoi, elle était certaine qu'ils allaient lui faire du mal.

Dee laissa échapper un faible gémissement. Jenny se tourna vers elle. Ce fut plus facile que la fois précédente et elle s'aperçut alors que la lumière au-dessus d'elle avait diminué, tandis que celle de Dee avait augmenté car celle-ci tentait de s'enfuir.

C'était la première fois que Jenny voyait son amie affolée – même dans le salon, elle avait paru combative. Tandis que là, ce n'était plus qu'un animal terrorisé, le front baigné de sueur à force de se débattre. Plus elle gigotait, plus la lumière s'intensifiait. C'était une vision intolérable.

– Dee, arrête ! Ce n'est qu'un rêve, ne te laisse pas avoir.

Mais Julian avait dit que s'ils se blessaient durant le rêve, ils le seraient vraiment.

Les Visiteurs se rassemblaient autour de Dee sans paraître inquiets. En fait, ils semblaient absolument indifférents. L'un d'eux amena au pied de la table un chariot où Jenny vit scintiller quelques instruments.

Mon Dieu, non... songea-t-elle.

Épuisée, Dee s'était laissée retomber en arrière.

Un autre être saisit sur le plateau une baguette métallique qu'il examina de son regard brillant, tordit à plusieurs reprises, tel un peintre avec son pinceau. Cela parut lui convenir bien que son visage inexpressif n'en laissât rien paraître. Il la promena sur la cuisse de Dee qui se mit à hurler.

Affolant. C'était comme entendre sa mère pleurer. Jenny eut tellement peur qu'à son tour elle essaya de se redresser mais ne parvint qu'à bouger un peu les jambes. Un être vint la remettre en place avec soin.

Jamais elle ne s'était sentie aussi exposée, vulnérable.

Le leggin noir de Dee s'ouvrit là où l'avait coupé la baguette et quelques gouttes de sang en perlèrent.

L'être tendit l'instrument à un autre qui l'emporta. Impossible de se rendre compte s'ils parlaient ou communiquaient entre eux ; en tout cas, aucun ne tenta d'expliquer quoi que ce soit aux deux filles.

Ils continuaient de tourner autour d'elles. L'un d'eux – celui qui avait coupé Dee ? – prit un autre instrument et s'approcha de la table de Jenny. D'un geste vif et habile, il lui en effleura la main. Elle sentit un pincement.

Et puis la sonde entra dans son oreille. Indignée, Jenny tenta de tourner la tête pour se dégager mais de petites mains – puissantes comme des griffes – lui maintinrent le front. Sentant la sonde pénétrer plus loin dans son conduit auditif, elle s'agita dans tous les sens, jusqu'à ce que son tympan soit touché ; cela lui fit mal comme si elle s'était planté trop profondément un coton-tige.

Elle était complètement désarmée. Ils pouvaient lui faire tout ce qu'ils voulaient.

Des larmes de douleur et de rage coulèrent de ses yeux, sur ses tempes. On enfonça la sonde dans son autre oreille. On lui tamponna un œil en gardant sa paupière ouverte et elle sentit le coton sur son globe oculaire.

– C'est juste un rêve, rappela-t-elle à Dee dans un demi-sanglot. Ça ne se passe pas en vrai.

Aucune réponse ne lui parvint de la table voisine.

Qu'est-ce que c'était que ce Jeu qui ne lui laissait aucune chance ? Julian avait parlé de « surmonter » ses cauchemars mais Jenny ne pensait pas que cela consistait à simplement attendre qu'ils passent. Elle était censée faire quelque chose mais ne savait pas quoi et ne pouvait pas bouger. En outre, elle se disait qu'à rester là sans réagir, Dee et elle ne s'en tireraient pas vivantes.

– Qu'est-ce que vous nous voulez ? cria-t-elle. Qu'est-ce qu'on doit faire ?

Mouvements divers parmi les Visiteurs. Un être nouveau venait de se manifester parmi eux, plus grand, visiblement le chef, la peau cireuse, les doigts deux fois plus longs que ceux des humains. Bien que Jenny n'ait pu qu'entrevoir son visage, elle le trouva plus menaçant que les autres, les traits encore plus accusés.

Il saisit quelque chose sur le chariot et s'approcha de Dee tout en jetant un coup d'œil à Jenny. Celle-ci s'aperçut alors qu'il avait les iris bleus et non noir brillant comme ceux de ses comparses. Bleus comme un lac de haute montagne, et qui vous sondaient.

Elle vit alors ce qu'il tenait à la main. Une aiguille, fine, d'une longueur effrayante, qu'il pointait maintenant au-dessus du ventre de Dee.

Celle-ci respirait lourdement, son tee-shirt kaki collé à la peau par la sueur, ses cheveux trempés brillants comme du mica.

– Ne la touchez pas ! cria Jenny.

C'était encore pire de voir une telle chose infligée à Dee que de la subir soi-même.

L'aiguille se dirigea vers son nombril et son abdomen se creusa comme si c'était tout ce qu'elle pouvait encore faire pour l'éviter. Elle eut quelques soubresauts de terreur, se tortilla quelque peu, jusqu'à ce que la lumière s'intensifie, la paralyse littéralement.

– Laissez-la tranquille !

Qu'est-ce que je peux faire ? Il fallait les en empêcher – mais comment ?

La lumière.

Cela lui sembla soudain évident. À mesure que le spot au-dessus de Dee s'illuminait, le sien diminuait. Alors si elle remuait à son tour...

Elle se mit à gigoter.

Elle pouvait encore contrôler un peu son corps. Pas beaucoup ; ses bras et ses jambes restaient inertes mais elle parvenait à bouger le tronc et le cou. En y mettant toutes ses forces, elle se propulsa d'un côté sur l'autre.

Dee la vit. Tous les autres yeux, noirs ou bleus, restaient fixés sur son ventre et sur l'aiguille. Mais, à force de remuer la tête, Dee s'était tournée vers Jenny et, un court instant, leurs regards se croisèrent. La communication passa et, à son tour, Dee se débattit.

Plus elle bougeait, plus la lumière brillait au-dessus d'elle. Plus la lumière brillait au-dessus d'elle, moins celle de Jenny l'éclairait.

Si tu tombes de la table, lui dit une petite voix, *tu n'auras aucun moyen de contrôler ta chute, tu te casseras un bras ou une jambe ou même le nez. Tu te retrouveras face contre terre.*

Elle continua de gigoter. Sans doute Dee la croyait-elle juste en train de tenter de s'échapper, mais Jenny songeait surtout à distraire leurs tortionnaires, à empêcher cet être aux longs doigts d'enfoncer l'aiguille dans le ventre de Dee. Si elle se blessait, ils seraient obligés de venir s'occuper d'elle, de ficher la paix à Dee.

Elle propulsa son torse avec le plus de violence possible, tel un insecte essayant de s'envoler. Dee se débattait comme une folle, hurlant des insultes pour garder sur elle l'attention des extraterrestres. À peine éclairée, Jenny bondit – et la violence de ses mouvements l'emporta. Quelques secondes encore, elle vacilla sur le côté, puis le poids mort de ses bras et de ses jambes l'entraîna dans sa chute.

Remue-ménage parmi les extraterrestres tandis que la lumière au-dessus d'elle redevenait éclatante. Ce qui n'avait plus d'importance. Le mouvement n'était plus dû à ses muscles mais à la pesanteur.

Le sol blanc se rapprochait à une telle vitesse qu'elle ferma les yeux en guettant l'impact. Comme celui-ci n'arrivait pas, elle les rouvrit.

Elle flottait, la tête en bas, à deux doigts du sol. Suspendue, paralysée. Les extraterrestres se précipitèrent, à croire qu'ils n'étaient pas programmés pour affronter cette situation. Comme s'ils étaient aussi surpris qu'elle de la voir ainsi en suspens. La sensation était des plus bizarres.

Les petits pieds se pressaient maintenant autour d'elle et, finalement, on la remit sur sa table.

La lumière s'était atténuée, ce qui serait passé inaperçu à qui ne l'aurait pas surveillée depuis une demi-heure.

Toujours armé de son aiguille, l'extraterrestre aux yeux bleus se trouvait maintenant devant elle. Pourtant, il ne la toucha pas.

Pourquoi tu ne m'as pas laissée tomber ? songea-t-elle.

D'un seul coup, il se détourna, adressa un signe aux autres et, à sa suite, certains franchirent le portail octogonal de la pièce, emportant le chariot avec eux, tandis que d'autres versaient un liquide vert dans la bouche de Jenny.

Ça avait un goût de sucre et d'iode. Elle recracha. Ils lui bloquèrent la tête, recommencèrent. Cette fois, elle serra les dents en s'empêchant d'avaler. Elle aurait pu les frapper tous et s'enfuir – elle sentait de nouveau ses doigts – mais préféra faire mine de rester paralysée.

Enfin, ils se décidèrent à partir.

Alors elle tourna la tête et recracha. Déjà, elle avait la langue et les lèvres engourdies. Elle vit Dee faire de même.

Toutes deux se regardèrent, vérifièrent les lampes.

– Elles ont diminué ensemble, murmura Jenny.

Dee hocha la tête.

Tout en surveillant la porte, elles se tortillèrent à nouveau pour tomber chacune de sa table. Ce ne fut pas facile mais, avec ces lumières atténuées, cela devenait possible.

Jenny, qui manquait d'entraînement dans l'art de la chute, se contusionna le bras et le genou. Mais Dee l'aida à se relever, à sortir de l'influence de la lumière. À l'extérieur du cercle elles purent à nouveau se mouvoir librement.

– Regarde ! dit-elle en prenant son amie par le bras.

C'était une porte, concave, encastrée dans le mur derrière les tables, qui donnait l'impression de se trouver dans un avion. Débile ! Pourquoi les extraterrestres auraient-ils des portes d'avion ? Dee ne s'en préoccupait pas – en train d'actionner divers leviers. Et finit par dégager une ouverture.

Jenny poussa un cri perçant.

Elle n'avait jamais aimé se retrouver en hauteur et là, c'était pire que jamais, avec des nuages sous ses pieds.

Pourtant, songea-t-elle, *on a pensé toutes les deux à sortir par là. On avait sûrement raison. On est entrées dans la chambre de Dee et la porte a disparu. C'est la première qu'on voit depuis. C'est la bonne.*

Ce qui ne l'empêcha pas de se sentir au bord de l'évanouissement quand elle regarda de nouveau dehors.

– Je m'en fiche. Plutôt mourir que de rester ici. Et puis, j'ai toujours rêvé de faire de la chute libre.

Là-dessus, Dee la prit par la main et sauta.

Cette fois, Jenny hurla vraiment.

Le vent la gifla, elle ferma les yeux contre le froid glacial. Elle ne sentait plus son poids, elle savait juste qu'elle tombait.

Si c'est ça, voler, je ne crois pas que j'aime...

Sans vraiment s'évanouir, elle avait presque perdu conscience. Elle ne vit ni n'entendit plus rien jusqu'au moment où elle heurta violemment une porte de couleur ocre. Dee arriva derrière elle. D'après leur direction et leur vitesse, c'était comme si elles venaient de traverser la fenêtre de la chambre, propulsées par un poing géant. La porte s'ouvrit à leur contact et toutes deux se retrouvèrent dans le couloir.

Le couloir du Manoir hanté. Sombre comme une grotte. Jenny se retourna vers la lueur dorée de la chambre...

... et la porte leur claqua au nez.

Le temps de s'habituer à l'obscurité, toutes deux restèrent le souffle coupé. Alors Dee lui frappa le bras du poing.

– On a réussi ! s'écria-t-elle. Tu m'as sauvée !

– On est vivantes, s'extasia Jenny. On a réussi. Dee... tu te rends compte de ce qui s'est passé ? On a gagné.

– Je veux ! répliqua Dee en passant les doigts dans le trou de son leggin rouge de sang séché.

Après quoi, elle remonta son tee-shirt, révélant ses côtes apparentes sous son soutien-gorge bleu. Mais aucune marque sur le nombril.

– Je te dis que tu m'as sauvée. C'était mon pire cauchemar – ces *choses* qui me touchaient sans que je puisse les en empêcher.

– On a réussi ensemble... en utilisant nos cervelles. Maintenant, on saura quoi faire dans un cauchemar : il faut chercher une porte... n'importe laquelle. Hé, c'est quoi, ça ?

Une boule de papier blanc roula sur le tapis. Jenny le défroissa et y vit un dessin au crayon. Une sorte de chapeau melon noir flottant au-dessus de troncs d'arbres dans des rayons de lumière gribouillés.

– Je n'ai jamais su dessiner, observa Dee. Mais tu vois le truc. Qu'est-ce qu'on fait maintenant ?

Si la peur des extraterrestres avait laissé des traces sur le visage de Dee, elle respirait aussi la joie, le triomphe. Prête à tout. Jenny était ravie d'avoir cette belle fille courageuse de son côté.

– On va chercher les autres, dit-elle. Chercher une autre porte.

Laissant retomber le papier, elle offrit son bras à Dee.

Une horloge invisible sonna onze coups.

Jenny se raidit.

– Tiens, c'est ça que j'ai entendu dans le salon. Ça compte les heures. Il a dit que l'aube se levait à six heures onze.

– Sept heures et des poussières, conclut Dee. On a tout le temps.

Jenny ne répondit pas mais son petit doigt vibra. Sans pouvoir dire pourquoi, elle avait l'impression que Dee se trompait lourdement.

7

Le couloir semblait s'étendre à l'infini dans les deux directions. L'escalier avait disparu.

– Ça a changé, dit-elle. Ça n'arrête pas de changer. Pourquoi ?

– Et qui sait maintenant où aller ? renchérit Dee. On devrait se séparer.

Jenny faillit refuser mais, après ce qu'elles venaient de traverser, elle devrait pouvoir affronter seule un couloir. Au bout de quelques pas, elle avait perdu son amie de vue.

Cela lui donnait presque l'impression de sortir d'un film d'horreur. *On doit s'habituer à tout*, songea-t-elle. Après l'aveuglante stérilité du vaisseau extraterrestre, cet endroit semblait presque coquet.

Pas de porte. Pas même le panneau monstrueux qui devrait pourtant bien se trouver par là. Les minuscules flammes des bougies s'alignaient à perte de vue. En s'arrêtant sous l'une d'elles pour se reposer, Jenny repensa soudain à l'énigme qu'elle avait repoussée dans un coin de son esprit. Si cela pouvait aider l'un d'eux à sortir de là, autant essayer de la résoudre.

« Je suis juste deux et deux. Je suis chaud. Je suis froid.
J'ai engendré une interminable progéniture.
Je suis une certitude, un cadeau sans mesure,
Et je cède non sans plaisir – à qui me prend sans droit. »

Qu'est-ce que cela pouvait signifier ? Deux et deux, chaud et froid – c'était sans doute d'une simplicité enfantine.

– Que pensez-vous du Jeu, jusque-là ?

Une voix d'airain dans un papier de soie.

Julian se tenait derrière elle, adossé au mur. Il s'était encore changé, en jean noir et tee-shirt assorti, aux manches relevées sur les coudes. Elle crut prendre une douche froide.

– C'était vous ? demanda-t-elle. Dans le vaisseau, là-haut ?

Il lui sembla le voir répondre d'un battement de cils, même s'il crut bon d'ajouter :

– Ce serait trop facile.

– Pourquoi vous ne m'avez pas lâchée ?

– Savez-vous que vos yeux sont aussi sombres que des cyprès ? Cela signifie que vous êtes malheureuse. Quand vous êtes heureuse, ils deviennent plus clairs, vert doré.

– Comment le savez-vous ? Vous ne m'avez jamais vue heureuse.

Il se mit à rire.

– Vous croyez ? Je suis un homme de l'Ombre, Jenny. Des yeux vert cyprès, une peau dorée par le soleil... et ces cheveux d'ambre liquide. Pourquoi les tirez-vous en arrière ?

– Parce que ça plaît à Tom, rétorqua-t-elle comme chaque fois. Qu'est-ce que vous vouliez dire...

Il fit claquer sa langue.

– Puis-je ?

Et il tendit le bras vers elle. Il avait dit cela d'un ton si poli, si attentionné que Jenny hocha automatiquement la tête. Elle en était encore à sa question :

– Qu'est-ce que vous... non, arrêtez !

Il avait tiré sur l'élastique de sa queue-de-cheval et elle sentit ses cheveux s'éparpiller dans sa nuque, puis des doigts qui les effleuraient.

Un frisson quasi imperceptible la parcourut.

– Arrêtez ! cria-t-elle encore.

Elle ne savait comment gérer cette situation. Il ne se montrait aucunement grossier, ses gestes restaient gentils, amicaux. Comment le frapper dans le ventre comme le lui avait conseillé Dee quand elle avait affaire à des types qui l'importunaient ?

– Magnifique ! murmura-t-il.

Sa main était douce comme une patte de chat, sa voix, veloutée.

– Vous n'aimez pas ?

– Non, répliqua-t-elle.

Pourtant, elle se sentit rougir. Plaquée contre le mur, elle ne voyait pas comment lui échapper – le pire étant qu'elle ne savait pas trop si son corps y tenait. Les doigts froids frôlaient sa chevelure tiède et elle en éprouva un nouveau frisson.

– Vous ai-je parlé de votre bouche ? continua-t-il. Non ? Elle est douce. La lèvre supérieure fine et l'inférieure, charnue. Quasi parfaite malgré ses moues fréquentes. Il semblerait, Jenny, que vous n'ayez pas obtenu tout ce que vous désiriez.

– Il faut que j'y aille.

Sa réponse habituelle quand elle voulait se débarrasser d'un mec à une soirée. Elle se sentait tellement déroutée que cela ne lui parut même pas déplacé dans la situation actuelle.

– Vous n'avez nulle part où aller.

Il semblait incapable de se détourner de son visage et elle n'avait jamais soutenu un regard aussi longtemps – ni seulement imaginé que de tels yeux pouvaient exister.

– Je pourrais vous montrer ce que vous désirez, Jenny. Voulez-vous ? Je vais vous montrer.

Ces intonations la faisaient fondre. Elle parvint à légèrement secouer la tête, pour tout refuser à la fois, mais elle ne savait pas vraiment ce qui lui arrivait. Autant le contact de Tom la rassurait, autant celui-ci la rendait toute faible, lui serrait le cœur.

– Je vais vous montrer, répéta-t-il si doucement qu'elle l'entendit à peine.

Elle se sentit attirée vers sa bouche.

– Oh, arrêtez ! protesta-t-elle. Arrêtez !

– Vous êtes certaine ?

– Oui.

– Bien.

À son grand étonnement, il recula, ôta les doigts de ses cheveux. Pourtant, elle les sentait encore. *J'ai failli l'embrasser*, songea-t-elle. *Moi. J'ai failli. Une minute de plus et ça y était.*

Tom, oh, Tom !

– Pourquoi faites-vous ça ? demanda-t-elle les yeux à nouveau emplis de larmes.

– Je vous l'ai dit, soupira-t-il. Je suis tombé amoureux de vous. Je ne l'ai pas fait exprès.

Elle avait encore les jambes flageolantes.

– Mais nous sommes si différents... Pourquoi vous intéresser à moi ? Pourquoi ?

– Vous ne comprenez donc pas ? L'éternelle attirance de la lumière envers l'ombre, de l'ombre envers la lumière.

– Je ne sais pas de quoi vous parlez.

Elle ne voulait pas le savoir.

– Imaginez le démon en train de vaquer tranquillement à ses affaires... quand tout à coup il aperçoit une fille. Une fille qui lui fait tout oublier. Il en a déjà vu de plus belles, bien sûr, mais celle-ci respire une bonté, une douceur, une innocence de bon aloi qui l'attirent.

– Pour les détruire.

– Non, non, pour les chérir. Pour s'y réchauffer le cœur. Même un pauvre démon peut rêver, n'est-ce pas ?

– Vous essayez de me rouler.

– Croyez-vous ? insista-t-il gravement.

– Je ne veux pas vous écouter. Vous ne pouvez pas m'y obliger.

– Certes.

Un court instant, Julian parut fatigué, avant de lui décocher son étrange demi-sourire.

– Alors il n'y a pas d'autre choix que de continuer le Jeu. Ni pour vous ni pour moi.

– Julian...

– Quoi ?

Elle-même ne sut qu'ajouter. Ce type était fou, mais comment nier qu'il l'aimait vraiment ? Elle en était certaine, mais elle était aussi certaine d'autre chose – et cela depuis l'instant où elle avait croisé son regard pour la première fois, apercevant les ombres qui l'habitaient. Elle le savait déjà lorsqu'il avait humilié Tom et terrorisé Dee.

C'était un être maléfique, cruel, capricieux, dangereux comme un cobra. Un prince de l'Ombre.

Complètement maléfique – et complètement amoureux d'elle.

Comment réagir à cela ?

– Si vous me désirez tant, dit-elle, qu'est-ce que vous attendez pour m'emporter ? Pourquoi passer par ce Jeu ? Vous pourriez m'enlever quand vous voulez...

Les longs cils retombèrent. À cet instant, il lui rappela exactement le vendeur du magasin, presque vulnérable – presque humain.

Jenny commençait à comprendre.

– Parce que vous ne pouvez pas, souffla-t-elle. C'est ça ? Vous ne pouvez pas faire tout ce que vous voulez, même pas ici.

Il lui jeta un regard de serpent.

– Vous êtes dans mon monde. C'est moi qui dirige ici...

– Non.

Saisie d'un triomphe vertigineux, elle se hâta d'ajouter :

– Pas cette fois. C'est pour ça que vous avez demandé si vous pouviez me toucher les cheveux. C'est pour ça que vous avez voulu me pousser à vous embrasser. Vous ne pouvez rien faire sans mon consentement.

– Méfiez-vous, Jenny.

– Si vous pouvez m'embrasser de force, allez-y ! s'esclaffa-t-elle.

À quoi elle ajouta une phrase en italien qu'Audrey lui avait apprise :

– *Come osi !*

Ce qui signifiait « je vous défie ».

Il ne bougea pas.

Jenny rit de plus belle.

– Vous ne comprenez pas, dit-il. Je vous aurai, à n'importe quel prix. N'importe quel prix, Jenny, même si vous devez en souffrir. Si je ne peux vous forcer, je vous persuaderai – et je sais me montrer très persuasif.

Elle sentit son triomphe quelque peu diminuer.

– N'oubliez pas où vous êtes, Jenny, en quel territoire. N'oubliez pas ce que je peux faire dans le Jeu. Vous m'avez défié... j'imagine qu'il ne me reste qu'à prouver de quoi je suis capable.

– Je me fiche de ce que vous pourriez me faire.

– Qui dit que je m'en prendrais à vous ? Vous voyez votre amie, là ? Elle joue au Jeu, elle aussi.

Il désignait le fond du couloir. À peine visible sous un lointain chandelier, brilla soudain une lueur cuivrée. Jenny retint son souffle.

– Vous n'allez pas...

Elle s'interrompit, se retourna. Julian avait disparu. C'était horripilant de s'adresser à quelqu'un qui pouvait faire ça et elle commençait à se demander si elle avait eu raison de lui rire au nez. Trop tard, maintenant, pour revenir en arrière.

– Audrey ! appela-t-elle en se précipitant.

Celle-ci avait habituellement le teint pâle comme une fleur de magnolia mais, sous la flamme du candélabre, il prenait une nuance dorée et ses cheveux auburn, des reflets cuivrés. Toutes deux s'étreignirent et Jenny se dit qu'il fallait être Audrey pour garder ainsi son calme, pour rester si classe dans de telles circonstances.

– On dirait que tu t'apprêtes à être reçue par un ambassadeur.

– Si papa était là, il se chargerait de tout. Il oublierait sa retraite pour venir nettoyer les lieux. Ça va ? Tu es toute rouge.

Jenny porta une main à sa joue.

– C'est la lumière... enfin... il y a combien de temps que tu es là ? Je veux dire... tu m'as vue avant que je t'appelle ?

– Non, je n'ai pas arrêté de chercher... J'étais toute seule dans cet interminable couloir.

– Bon. Enfin... je suis contente de t'avoir trouvée. À part toi, je n'ai vu que Dee. Elle est là-bas et elle vient de traverser l'enfer. Maintenant, c'est à ton tour, si j'ai bien compris. Je vais t'expliquer.

Tout en rejoignant Dee, elle eut le temps de raconter ce qu'elle savait. Leur amie s'était arrêtée devant une porte.

– Je voulais la surveiller, expliqua-t-elle, pour qu'elle ne se fasse pas la malle.

Audrey n'avait qu'une question à poser :

– Il est nordique, ce mec ? Paraît qu'ils sont vachement sexy.

Jenny préféra ne pas répondre.

– Comme les portes changent de place, qui dit que ce n'est pas l'une des deux qu'on a ouvertes tout à l'heure ?

– Aucun moyen de savoir, répliqua Dee avec son large sourire.

Sa beauté sauvage, bondissante, avait le don d'agacer Audrey.

– Bien sûr, ajouta-t-elle, elle n'a pas de clef comme la première, mais je parie qu'on ferait mieux de s'attendre à combattre un monstre. Il pourrait y avoir n'importe quoi derrière.

Avec Jenny, elles se tinrent prêtes à la refermer aussi vite que possible, sous le regard ébahi d'Audrey.

– Non, merci, déclina poliment celle-ci. Pas en jupe de lin. De toute façon, à quoi ça sert ? On n'a qu'à s'asseoir et annoncer qu'on ne joue plus.

– Tu n'as pas écouté ce que je disais ? intervint Jenny. Si on est encore là à l'aube, c'est fini, on n'en sortira plus. On aura automatiquement perdu.

Derrière la porte, il y avait une forêt.

Un coup de vent frais leur balaya les cheveux. Une odeur de vacances.

– C'est pas vrai ! marmonna Jenny.

– Bon, on y va ! s'écria Audrey en tendant un doigt parfaitement manucuré. Autant voir à quoi ça ressemble.

– C'est trop fou, observa Jenny en entrant... sortant. Au moins la chambre de Dee était une vraie chambre. Tandis que là...

Elles se trouvaient au sommet d'une pente boisée, sous un ciel aux étoiles infiniment plus grandes, à la lune d'un plus pur argent que celles qu'elle voyait habituellement du jardin de Vista Grande.

En claquant derrière elles, la porte avait disparu pour faire place à des prairies tandis que, devant elles, s'élevait une masse sombre de troncs et de buissons. Les filles se retrouvaient seules au clair de lune sur la colline.

– Qu'est-ce qu'on fait maintenant ? demanda Audrey en frissonnant délicatement.

– Tu ne vois pas ? C'est ton cauchemar... à toi de le dire.

– Je me suis dessinée en train d'ouvrir un catalogue de fringues mais il n'y avait rien dessus. C'est mon pire cauchemar. Ne me regardez pas comme ça... ça revient moins cher de faire du shopping que de payer un psy.

Ce fut tout ce qu'elle pouvait en dire.

Dans la vallée en contrebas scintillaient quelques lumières.

– C'est trop loin pour y aller à pied, décréta Jenny. De toute façon, je ne crois pas qu'on y rencontrerait beaucoup de gens.

Audrey lui jeta un regard interrogateur mais Dee acquiesça :

– On se croirait plutôt devant un décor. Ça sent le carton-pâte, il n'y a sûrement personne dans ces maisons. Autrement dit…

Il leur restait la forêt.

– Pourquoi ça ne me tente pas ? demanda Jenny.

– Allez ! insista Dee. On essaie !

Cette fois, les arbres semblaient parfaitement réels et Dee leur ouvrit le chemin parmi les pins entre lesquels se dressait parfois la silhouette grise d'un hêtre.

– J'y suis ! s'exclama Audrey. Je sais où on est maintenant ! La Forêt-Noire.

– On dirait un conte de fées, commenta Jenny.

– Non, elle existe vraiment. J'avais huit ans quand ma famille m'y a emmenée. Mon père travaillait à l'ambassade d'Allemagne. Ça m'avait fait un peu peur, parce que c'était *la* forêt, vous voyez.

– Comment ça, *la* forêt ?

– La forêt où tout se passait… c'est là que les frères Grimm situaient leurs contes de fées, vous savez, *Blanche-Neige, Hansel et Gretel, Le Petit Chaperon rouge* et le…

Audrey s'interrompit au beau milieu de sa phrase. Devant elle, Dee s'était immobilisée et Jenny restait figée sur place.

Face à elles, dans l'obscurité, brillaient des yeux jaunes. Jenny crut même voir au clair de lune scintiller des crocs aiguisés.

Quelques secondes s'écoulèrent dans un silence total. Les yeux ne cillèrent pas mais finirent par regarder dans une autre direction, jusqu'à ce qu'on n'en voie plus qu'un, puis revinrent sur elles, regardèrent ailleurs et disparurent enfin. Un buisson craqua, puis un autre, plus loin. Le bruit s'évanouit. Jenny n'entendit alors plus que les battements de son cœur.

Elle poussa un soupir.

Parvenant enfin à remuer, Dee se pencha pour ramasser un solide bâton qu'elle prit bien en mains, comme une arme.

– ... *et le Loup*, acheva Audrey d'un ton étrangement calme.

Les lèvres serrées, elle rangea quelques mèches dans son chignon. Et puis toutes trois se regardèrent, avant de reprendre leur marche. Que faire d'autre ?

– C'est bizarre, ce loup qui surgit juste au moment où tu en parles, observa Dee.

– À moins que...

Jenny s'arrêta net.

– Attendez ! Laissez-moi réfléchir une minute... Oui ! En fait, ça n'a rien de bizarre, c'est juste qu'il lit dans nos pensées.

– Qui ? demanda Audrey.

– D'après toi ? Julian. L'homme de l'Ombre. C'est lui qui crée le Jeu autour de nous... ou qui nous laisse l'imaginer. Tout vient de nous. Le couloir dans la maison, c'est celui du Manoir hanté de Disneyland. Il me faisait tellement peur quand j'étais petite ! Quant à la porte de l'ovni, c'était une porte d'avion comme on en a toutes vu.

– Et dans le salon ! renchérit Dee. J'avais vu la même lampe à Jamestown. Je me demandais ce qu'elle fabriquait là.

– Tout, le moindre détail, provient de nous. Ce type se sert de nos esprits pour nous manipuler.

– Alors qu'est-ce qui va se passer, maintenant ? reprit Dee à l'adresse d'Audrey. C'est toi qui dois savoir ce qui te fait le plus peur. On doit s'attendre à voir tomber des arbres, ou surgir des lutins, ou quoi ? Pas le Loup, quand même !

– Je n'avais que huit ans. Je ne me rappelle pas bien quel conte... m'a le plus secouée... J'avais une nounou allemande, qui me les a tous racontés.

– En fait, intervint Jenny qui sentait monter la tension entre les deux filles, ça peut venir de toi, ou de moi, ou de toi, Dee. Il peut se passer n'importe quoi.

Elle sentait que ce serait pire que le Loup. Quelque chose de moins éculé. Audrey n'aimait pas ce qui touchait au surnaturel, donc il fallait conclure que la suite le serait... forcément.

N'oublie pas que ce ne sont que des rêves, se dit-elle. En même temps, elle croyait encore entendre la voix de Julian : « Je peux d'ores et déjà vous révéler que l'un d'entre vous ne s'en tirera sans doute pas. »

Elles continuaient de marcher. Les buissons s'accrochaient aux jambes de Jenny comme autant de minuscules doigts. L'odeur des pins rappelait irrésistiblement Noël. Mais on ne voyait que du noir, à l'infini, et les nerfs de Jenny se tendaient de plus en plus.

Elles surgirent littéralement dans la clairière.

Un arbre énorme se dressait au milieu, un if, majestueux parmi les rochers qui semblaient provenir d'un ancien glacier. Avec son écorce rugueuse, ses aiguilles vert foncé et ses petites baies rouges, il était encerclé de jeunes hommes dans d'étranges tuniques de cuir et de fourrure sur des culottes sombres, les bras nus aux muscles rebondis. Tout autour, le sol avait été nettoyé et on y avait tracé un cercle au centre duquel brûlait un feu qui éclairait les dagues incurvées accrochées aux ceintures ; étrangement, les lieux étaient également décorés de fleurs.

– On dirait une cérémonie secrète, murmura Dee enchantée. Et on a l'air de les espionner.

– Beaux mecs, commenta Audrey.

Ils étaient sept. Quatre blonds et trois châtain clair, d'une vingtaine d'années au maximum, et si ce qu'ils faisaient était secret, ils ne semblaient pas vraiment s'en cacher, riant et chantant sans retenue.

C'est fou ! on dirait une soirée d'étudiants.

– Ce Jeu commence à me plaire ! commenta Audrey.

Sans laisser à Jenny le temps de l'arrêter, elle s'avança dans le cercle. Les clameurs se turent, sept visages se tournèrent vers les filles. Et puis un jeune Allemand leva sa corne à boire, les invitant à se joindre à eux.

Ils semblaient enchantés d'apercevoir ces filles et le prouvèrent avec force sourires amicaux, découvrant de belles rangées de dents blanches, tout en leur faisant signe de venir se réchauffer autour du feu. Les jambes nues d'Audrey lui valurent quelques commentaires élogieux, de même que le leggin de Dee.

– Non... non merci, balbutia Jenny lorsqu'on lui offrit une corne.

Elle avait aperçu quelques symboles anguleux gravés dessus et cela lui rappelait quelque chose.

– Audrey, qu'est-ce qu'ils disent ?

– Je ne comprends pas tout. Ça ne ressemble pas à l'allemand que j'ai appris.

Assise entre deux admirateurs, elle abaissait de longs cils langoureux qui contrastaient avec son teint de porcelaine.

– On dirait la langue archaïque, ajouta-t-elle. Ce type-là dit que tu ressembles à Sif. C'est un compliment... Sif était une déesse à la chevelure d'or.

– Hé, lâchez-moi ! s'exclama Dee en reculant pour s'asseoir sur un rocher.

Il y eut un mouvement de surprise parmi les jeunes Allemands visiblement émerveillés par sa peau brune.

Sans se laisser impressionner, elle commença par refuser la guirlande de fleurs qu'ils lui apportèrent.

– Allez, accepte ! lui conseilla Jenny.

Elle commençait à bien s'amuser. Ces jeunes gens paraissaient gentils, même s'ils sentaient un peu la sueur. C'étaient certainement les types les plus costauds qu'elle ait jamais vus, pourtant certains portaient des nattes et ne semblaient pas considérer les fleurs qu'ils portaient comme une atteinte à leur virilité.

L'un d'entre eux cria « *Ostara* ! » et versa de la bière sur le sol.

– C'est une cérémonie en l'honneur de la déesse du Printemps, expliqua Audrey.

Les jeunes gens entonnèrent un chant.

– Ça parle de renouvellement de la vie, traduisit-elle. Il y a autre chose... que je ne comprends pas bien. Ils... demandent ? Ils prient ?

Tous s'étaient à présent levés et entraînaient les filles à faire de même, face aux rochers.

– *Dokkalfar*, psalmodiaient-ils.

– C'est l'obscurité... quelque chose que je... oh, mon Dieu !

D'un seul coup, elle avait complètement changé de voix, essayant de sortir du cercle, mais deux garçons la retinrent.

– Les elfes sombres ! s'écria-t-elle. Voilà de quoi ils parlent ! Ils sont venus ici leur demander protection... et nous, on sert d'offrandes !

Jamais Jenny n'avait entendu Audrey prendre de telles intonations, suraiguës, au bord de l'hystérie. D'un seul coup, les larges sourires n'avaient plus rien d'amical.

– L'offrande à l'Autre monde. Le sacrifice !

Audrey tenta de nouveau de se dégager mais en vain.

À deux contre une, songea Jenny, on ne peut absolument rien faire. Sans compter leur entraînement guerrier. Elle jeta un coup d'œil vers Dee et reçut un choc car celle-ci riait.

Ou plutôt ricanait.

– Des elfes ? s'esclaffa-t-elle. Des fées Clochette ? Des lutins assis sur des glands ?

– Mais non, idiote ! siffla Audrey entre ses dents. Des elfes sombres... des visiteurs de l'au-delà. Tu ne piges rien, ou quoi ?

Dans un grincement effroyable, un rocher monumental se mit à bouger, tournant lentement, poussant une tranchée de terre devant lui, ouvrant sur son passage un trou noir et béant. Un tunnel.

Le rire de Dee se figea... trop tard. Les trois filles furent poussées dans le trou. Jenny tenta de résister mais ses ballerines glissèrent sur le sol rocailleux et elle se sentit tomber.

8

La roche se referma et le clair de lune disparut. Audrey gisait, roulée en boule contre Jenny, au bas de la pente. Dee avait été poussée en arrière et se retrouvait au fond du trou sur le dos, les jambes relevées au-dessus de la tête. Durant ces premiers instants, Jenny ne cessa de se demander comment il se pouvait qu'elle aperçoive encore ses amies.

– Ça va ? lança-t-elle à Dee avant d'étreindre Audrey pour la consoler.

Celle-ci tremblait et poussait de petits gémissements.

– Je suis désolée… désolée, dit-elle en la serrant dans ses bras.

– On n'y est pour rien, rétorqua Dee en se relevant l'air déjà méprisant. Qu'est-ce qu'elle nous fait, là ?

Jenny se retourna pour lui répondre vertement mais aucun mot ne sortit de sa bouche. Elle voyait soudain pourquoi le noir complet ne régnait pas sur les lieux. Un demi-cercle de lanternes éclairaient le fond de la salle, des lanternes tenues par des gens.

Dee s'était tue. La lumière reflétait des visages pour le moins hostiles.

Les elfes étaient très pâles, très beaux... mais très étranges, avec des yeux obliques qui rappelaient irrésistiblement ceux des Visiteurs, des pommettes trop hautes, trop pointues. Et puis ils se tenaient si bizarrement...

Ils ne semblaient pas disposés à la moindre pitié.

L'un d'eux parla dans une langue qui ressemblait à celle employée par les jeunes gens de la surface mais sa voix paraissait plus liquide – plus froide. À l'évidence, il ordonnait aux filles de se lever.

Jenny n'avait aucune envie d'obéir. Elle éprouvait une peur absurde face à ces gens si beaux, si glacés ; et puis elle comprit soudain que cette peur n'était peut-être pas si absurde que cela.

Ils faisaient penser à des animaux – du moins certains d'entre eux. Ils étaient déformés.

Celui qui avait parlé possédait une main normale et une autre fendue en deux comme un sabot de vache, plutôt recouverte de cuir noir que de peau. Jenny en eut le cœur retourné.

Un autre arborait une queue de rat qui remuait à grands coups irrités. Un troisième avait deux petites cornes sur le front, un quatrième, de longs poils brillants qui lui poussaient dans la nuque.

En fait, chacun présentait une difformité qui faisait penser au musée des Horreurs.

– Audrey, lève-toi, souffla-t-elle en ravalant son dégoût. Sinon, ce sont eux qui vont t'y forcer. Tu ne veux pas qu'ils te voient avachie par terre comme ça ! Je suis sûre que ton mascara a coulé.

L'argument de choc pour secouer Audrey, qui s'assit lentement en se frottant les joues.

– C'est du waterproof, maugréa-t-elle.

Alors qu'elle se recoiffait du bout des doigts, elle aperçut les elfes. Ses yeux marron s'écarquillèrent, particulièrement devant la main en sabot.

Jenny saisit son amie par le bras.

– Ils correspondent à ce que tu as cru voir ?

Les lèvres serrées, Audrey hocha la tête.

En s'approchant des filles, l'elfe qui avait parlé répéta son injonction. Audrey eut un mouvement de recul mais, aidée de Jenny, parvint à se lever.

– Il faut qu'on les suive, murmura Jenny.

Elle craignait qu'en cas de résistance, ces êtres n'en viennent à les toucher. Cette seule idée avait déjà quelque chose d'insupportable.

– Audrey, allez ! insista-t-elle.

Il ne fut pas difficile aux elfes de les guider : il leur suffisait de s'avancer dans une direction pour qu'elles filent dans l'autre.

Entourées de lanternes, elles longèrent un couloir sinueux aux multiples embranchements, qui les entraînait de plus en plus profondément dans ce vaste sous-sol.

En marchant, Jenny se calma quelque peu. Les rochers autour d'elles prenaient toutes les formes imaginables – ramures tordues, herbes poussées par le vent, cheveux d'ange, colonnades ornées de fleurs exquises ou d'infâmes champignons.

Ça sentait la terre mouillée après la pluie et il faisait étonnamment bon.

Jenny serra le bras d'Audrey.

– Dis-lui quelque chose, suggéra-t-elle. Demande-lui où on va.

À sa façon, Audrey était aussi téméraire que Dee. Malgré ses cils collés par les larmes, malgré sa mine défaite, elle parvint à parler.

– Il dit qu'ils nous emmènent chez l'*Erlkönig*, finit-elle par expliquer d'une voix tendue. Je crois qu'on dit le Roi des aulnes, le Roi des elfes, quoi. Tiens, ça me rappelle une histoire que j'ai lue à ce sujet. C'est une sorte d'esprit malfaisant qui hante la Forêt-Noire. Il est censé... enlever les gens, surtout les jeunes filles et les enfants.

Dee sursauta :

– Les jeunes filles ?

– Pas besoin de te faire un dessin ! Mais tous les elfes sombres sont comme ça. Tu n'as qu'à voir, ce ne sont que des hommes, c'est une race masculine.

Avec un choc, Jenny en prit soudain conscience. Obnubilée par la délicatesse de leurs traits, elle ne s'était pas rendu compte que leurs ravisseurs étaient tous très beaux... et virils.

Dee eut un sourire carnassier.

– À l'attaque !

– Non ! implora Jenny. Ils sont trop nombreux, on n'aurait aucune chance. De toute façon, on doit affronter nos cauchemars : si c'est du Roi des aulnes qu'Audrey a si peur, c'est lui qu'il faut chercher.

– Quel cauchemar débile ! grommela Dee en agitant les épaules comme si on y promenait un glaçon.

– Crois-moi, rétorqua Audrey caustique, j'aurais préféré que tu n'en fasses pas partie.

Les deux filles continuèrent leur progression sans plus se regarder à travers ces grottes cathédrales où des cristaux de gypse recouvraient tout ce qu'éclairaient les lanternes, jusqu'au sol crissant sous leurs pas.

– Je ne comprends pas, murmura Audrey. Ça ne peut pas être sorti de mon esprit. Je n'ai jamais rien vu de tel.

– Moi si, intervint Dee elle-même impressionnée. En faisant de la spéléologie au Nouveau-Mexique. Mais ça n'était pas aussi... énorme.

Elles finirent par atteindre la plus grande des grottes.

Elles passèrent devant des piliers vermeils évoquant tellement des récifs de corail qu'ils donnaient l'impression de se trouver sous l'eau. On les dirigea vers un gigantesque mur rouge feu, ni plat ni immobile mais agité d'ondulations montantes, tel un Niagara inversé. Et le sol s'ouvrait sur une cavité aux structures irrégulières – comme une entrée.

– Le château, traduisit Audrey.

Ainsi passèrent-elles de l'autre côté du mur de feu.

Là, les elfes séparèrent les filles en deux groupes. Cela se produisit si vite que Jenny n'eut pas le temps de réagir. En un instant, elle se retrouva écartée des autres et, tournant éperdument la tête, elle vit ses amies emmenées dans la direction opposée, la chevelure auburn d'Audrey scintillant avec frénésie en tous sens, Dee lançant des cris de fureur ; mais ils s'évanouirent bientôt et Jenny elle-même fut entraînée dans une grande salle.

L'un de ses ravisseurs émit une phrase qui s'acheva sur *Erlkönig* et tous sortirent, la laissant seule, pour aller se planter telles des sentinelles devant les entrées.

Et maintenant ?

Autour d'elle, les rochers blanc et or formaient plutôt des sortes d'énormes châteaux de sable à moitié liquéfiés par les eaux. En fait, c'était la lune qui les éclairait, Jenny venait de s'en apercevoir en découvrant des cheminées dans le plafond qui ouvraient sur le ciel nocturne. Elle les examina un instant.

À vrai dire, elle n'avait rien d'autre à faire qu'attendre et s'inquiéter. Qu'arrivait-il à Tom en ce moment ?

Tiens, pense plutôt à l'énigme, ça pourra toujours servir.

« Je suis juste deux et deux. Je suis chaud. Je suis froid.
J'ai engendré une interminable progéniture.
Je suis une certitude, un cadeau sans mesure,
Et je cède non sans plaisir – à qui me prend sans droit. »

Tout d'un coup, elle comprit. Oui ! Quelque chose qui pouvait se montrer à la fois chaud et passionné, mais aussi froid et impersonnel. Quelque chose qui pouvait avoir engendré une interminable progéniture parce qu'on ne saurait dire combien de bébés l'avaient suivi. Quelque chose qui était juste deux et deux – deux lèvres touchant deux lèvres.

Un baiser.

Triomphante, Jenny en conclut qu'elle allait pouvoir libérer au moins un de ses amis. Inutile de se demander lequel. Même si elle les adorait tous, Tom passait évidemment en premier.

Le seul ennui étant qu'elle n'avait maintenant plus rien à penser – à part tenter d'imaginer ce qui pourrait lui arriver. L'un des elfes avait parlé d'un *Erlkönig*. Le Roi des aulnes ? Était-ce lui qu'elle attendait ?

Quelle difformité présenterait-il ? Des sabots ? Des cornes ?

Si c'est le Roi, il est peut-être pire que les autres, songea-t-elle glacée d'effroi.

Une silhouette se profila dans l'ouverture et Jenny se redressa, comprenant bien vite à quel point elle s'était trompée.

Il portait une tunique et un pantalon blancs, des bottes souples tout aussi blanches, cette couleur soulignant sa puissante musculature. Dans le clair de lune, sa chevelure brillait comme de l'argent. Il souriait.

– Julian !

– Bienvenue au château du Roi des aulnes.

La dernière fois qu'ils s'étaient parlé, elle était folle de rage contre lui. Difficile de s'en souvenir maintenant, face à ce regard de tigre affamé. Elle ne savait plus que penser.

Tom paraissait toujours parfait dans les vêtements les plus ordinaires – mais, justement, il n'aimait pas se déguiser, même pas pour Halloween. Alors que Julian n'aimait que les tenues les plus extravagantes.

Sa large ceinture de cuir soulignait son ventre plat et ses hanches étroites. Elle était incrustée de saphirs. Jenny aurait aimé avoir la même.

– Le Roi des aulnes... ça vous amuse, comme rôle ?

– Énormément.

– Au moins, vous me parlez dans ce cauchemar. Pas comme dans celui des ovnis.

– Jenny, je suis prêt à vous parler toute la nuit.

– Merci, mais le compte à rebours tourne et je préférerais récupérer mes amis.

– Vous n'avez qu'un mot à dire.

Elle l'interrogea du regard puis comprit de quoi il voulait parler.

– Non. Je m'en tirerai très bien comme ça. On va traverser tous les cauchemars et gagner le Jeu.

– J'admire votre assurance.

– Vous pouvez admirer ma réussite... dès maintenant. J'ai résolu votre énigme et vous n'êtes qu'un machiste. On ne le cède jamais avec plaisir à qui le prend sans droit...

– Quoi ?

– Un baiser. Parce que c'est bien ça, la réponse. Et vous m'avez dit que si je donnais la réponse à cette énigme vous laisseriez partir l'un de mes amis.

– Erreur.

Il attendit sa réaction avant d'ajouter, les yeux pétillants de malice :

– Je vous ai dit que si vous me *donniez* ce mot, je laisserais partir l'un de vos amis. Mais vous ne me l'avez pas encore donné. Voulez-vous le faire maintenant ?

De nouveau, elle explosa de fureur :

– Vous... !

Elle se détourna pour ne pas le laisser savourer le spectacle de sa colère.

– Je vous ai choquée, lâcha-t-il d'un ton penaud. Vous êtes froissée. Tenez, voici de quoi vous dédommager.

À contrecœur, elle regarda. Il lui tendait une rose – blanche, ou plutôt argentée, sous cette lumière, c'était difficile à dire. Néanmoins, elle n'avait jamais rien vu de plus beau.

En la prenant, elle s'aperçut que ce n'était pas une vraie rose mais une reproduction admirablement ciselée ; à peine éclose, la fleur aux doux pétales scintillait entre ses mains.

– Elle est faite d'argent, extrait par les elfes sombres dans les mines les plus profondes du monde.

– Ça, c'est du folklore, maugréa Jenny. Ne me dites pas que vous êtes le véritable Roi des aulnes ! Vous ne voulez pas que je croie à Hansel et Gretel pendant qu'on y est !

– Je suis beaucoup plus que tout ce que vous pourriez imaginer et croyez bien que les enfants qui s'aventurent dans les lieux sombres peuvent disparaître. Les gens racontent ensuite des histoires pour expliquer ces disparitions... parfois c'est vrai, parfois non.

– En tout cas, répondit-elle déconcertée, cette rose est magnifique.

– Allons nous promener dans la cour, proposa-t-il les yeux brillants, ainsi vous pourrez voir le vrai clair de lune.

La cour était peuplée de cheminées naturelles et inondée de lumière argentée. La splendeur des lieux laissa Jenny bouche bée. Il y avait une sorte de magie dans l'éclat de ces rayons répandus sur les ombres obscures de la grotte.

De même, Julian n'était plus qu'une image en noir et blanc, aux traits bien marqués, comme un dessin, aux iris métalliques.

– Vous êtes-vous jamais demandé pourquoi vous pouvez pénétrer sans risque dans les lieux les plus dangereux ? Pourquoi les animaux errants que vous recueillez ne vous mordent jamais ? Pourquoi vous ne vous faites pas agresser... ou pire... lorsque vous vous promenez de nuit dans les quartiers les plus malfamés ?

– Je...

Les gens la réprimandaient sans arrêt pour ces mêmes motifs. Elle-même n'y avait jamais trop réfléchi mais, à présent, un lourd soupçon lui envahissait l'esprit.

– Non, avoua-t-elle. Jamais.

– C'est que je veille sur vous, Jenny. Nul ne peut vous toucher... à part moi.

– Impossible... Vous... J'ai fait ça toute ma vie...

– Et je n'aurais pu veiller sur vous si longtemps ? C'est pourtant la vérité. Je vous aime depuis toujours.

La force de son regard devenait terrifiante et Jenny ne parvenait plus à faire le point sur ses propres émotions. Elle savait qu'elle n'aurait dû ressentir que de la haine, de la colère contre lui, en même temps, il lui fallait reconnaître que, quelque part, elle était fascinée par ce prince de l'Ombre...

... qui l'avait choisie.

D'un seul coup, elle s'éloigna de lui pour essayer de reprendre ses esprits.

– Je n'avais jamais encore été amoureux, reconnut Julian. Vous êtes la première... et vous serez la seule.

Il y avait de la musique dans sa voix et ses paroles retombaient sur Jenny tels des flocons en filigrane, l'enveloppant de leur surréalité.

Jenny se retourna et il la toucha.

Il lui frôla la joue avec la douceur d'un voile de gaze. Elle en fut si surprise qu'elle ne bougea pas. Et puis elle baissa inconsciemment les yeux. Il lui avait pris la main.

Mais je croyais que vous ne pouviez pas...

Il avait les doigts froids comme du jade et leur contact lui envoyait de petits frissons. Elle mourait d'envie de poser la joue sur sa paume.

Non, s'interdit-elle. *Surtout pas...*

– Non, murmura-t-elle.

Il continua pourtant de lui caresser la main en formant de petits cercles sensuels contre sa peau. Elle n'allait bientôt plus savoir où elle était.

Il l'avait si doucement débarrassée de la rose...

De la rose.

Son cadeau. Elle l'avait tenu dans la main, elle l'avait porté à sa joue droite... celle-là même qu'il effleurait maintenant.

Elle recula.

– Vous... m'avez trahie.

– Quelle importance ? demanda-t-il sans la lâcher.

– Beaucoup d'importance, justement ! explosa-t-elle en essayant de se dégager.

Elle s'était comportée comme une idiote. Il se moquait d'elle, rusait pour pouvoir la toucher de plus en plus.

– J'ai compris maintenant, ajouta-t-elle. Je ne vous toucherai plus jamais, ni vous ni rien de ce que vous me donnerez. Ça ne marchera plus.

Il souriait mais son regard restait parfaitement sérieux.

— Peut-être pas, mais un autre le fera. Croyez-moi, Jenny, je vous aurai totalement faite mienne avant la fin de ce Jeu.

Elle regretta de ne rien trouver de plus mature à dire que :

— Dans vos rêves !

— Non... dans les vôtres. Et rappelez-vous que vous n'êtes pas seule ici.

Elle entendit un cri.

— Audrey ! s'exclama-t-elle. C'est Audrey ! Qu'est-ce qui lui arrive ?

Comme il ne voulait pas lui lâcher la main, elle se dégagea brutalement. Leurs regards se croisèrent et ce qu'elle vit dans le sien la glaça.

— Vous le savez, murmura-t-elle. Vous faites ça pour... pour me récupérer.

Le cri retentit de nouveau.

— Je vous ai prévenue, dit Julian. Vous voulez que ça s'arrête ?

Malfaisant, se dit-elle. *Absolument malfaisant. Cruel, capricieux, dangereux comme un cobra. Je ne l'oublierai plus.*

— C'est moi qui vais l'arrêter, rétorqua-t-elle butée. Je vous ai dit que j'allais gagner ce Jeu. Et que jamais je ne vous céderai.

Là-dessus, elle jeta la rose à ses pieds et se précipita dans la direction d'où provenaient les cris d'Audrey.

Comme elle sortait de la salle des châteaux de sable, les elfes voulurent l'intercepter mais elle parvint à leur échapper en louvoyant parmi eux. Les cris devenaient de plus en plus clairs. Elle se jeta dans un passage ouvert au centre du mur rouge et les cris vinrent se répercuter tout autour d'elle.

Audrey était bien là, assise, Dee debout à côté d'elle. Jenny vint s'effondrer à leurs pieds.

– Qu'est-ce qui se passe ?

En fait, Audrey était à demi affalée contre la muraille incrustée de gypse d'une petite grotte, les traits déformés par l'horreur... et Jenny vit alors pourquoi.

Après tout ce qu'elle avait traversé, elle se serait crue immunisée contre les créatures les plus glauques. Mais ces choses, ces choses-là...

– Audrey, j'hallucine, c'est quoi ?

Les ongles de son amie s'enfoncèrent dans son bras.

– Des *draugar*. Des cadavres vivants. Ils sont venus nous chercher. Je...

Elle se détourna avec un haut-le-cœur.

Ils sentaient bien la viande pourrie ; certains avaient le corps hypertrophié, d'autres, la peau noircie et fripée comme un cuir sec, les pires étant ceux qui commençaient à carrément la perdre. L'un d'eux brandissait des ongles interminables, brunis par le temps et qui poussaient en spirales, s'entrechoquaient dans un cliquetis à vous dresser les cheveux sur la tête.

Ils bloquaient complètement l'entrée. Jenny ne savait pas comment elle avait pu les contourner pour atteindre Audrey, mais, à présent, elle se retrouvait coincée.

– À mon signal, on court à la porte ! lança Dee.

– Quelle porte ?

Elle tendit le doigt et Jenny se retourna. À côté du *draugar* le plus proche, sur la droite, s'ouvrait une porte bleue à la voûte d'ogive néogothique.

– D'accord ? cria encore Dee. Prêtes ?

La jambe gauche positionnée en arrière, tout le poids de son corps reposant sur son genou plié, elle ne laissait que le bout de son pied droit effleurer le sol ; elle avait ainsi l'air d'une danseuse alors que c'était une position de kung-fu.

D'un seul coup, elle frappa, envoyant son talon droit dans le menton du *draugar*. Dans un craquement sinistre, la tête de celui-ci tomba en arrière, la nuque brisée.

L'ennui étant que cela ne l'empêchait pas de continuer à marcher, le crâne sur les omoplates, partant dans la mauvaise direction. Mais il marchait.

Jenny ne put retenir un hurlement.

– Debout ! leur cria Dee. Allez, pendant que je détourne leur attention, filez !

Audrey demeurait paralysée.

– On ne va pas te laisser...

– T'inquiète ! Vas-y ! Jenny, emmène-la !

Jenny ne put qu'obéir à cet ordre impérieux. Attrapant son amie par sa veste pied-de-poule, elle l'entraîna vers la porte qu'elle ouvrit, faisant passer Audrey avant de la suivre.

Le panneau claqua derrière elles sans que Jenny puisse l'arrêter. Toutes deux échangèrent un regard alarmé.

Puis attendirent. Attendirent jusqu'à ce qu'un mauvais pressentiment leur serre le cœur. Dee n'allait pas les rejoindre. Audrey pleurait. Jenny eut beau essayer, la poignée ne tourna plus.

– C'est ma faute, geignit son amie.

« L'un d'entre vous ne s'en tirera sans doute pas. »

La porte se rouvrit. Dee la passa en trombe, la referma, s'y adossa en poussant un immense soupir, l'air radieuse.

– Ce n'est pas passé loin ! Mais je mourais d'envie de me battre. Audrey, tu en fais, une tête !

Celle-ci lui opposa un visage défait ; des mèches auburn pendaient lamentablement sur son front, des larmes coulaient sur ses joues rouges, elle avait les mains et les jambes griffées, pleines d'hématomes. Et plus de rouge à lèvres.

L'air impénétrable, elle tendit cependant le poing, ouvrit ses doigts crispés, révélant les peignes qui avaient tenu son chignon.

– Je n'ai pas tout perdu, annonça-t-elle calmement.

Toutes trois éclatèrent d'un rire inextinguible, libérateur.

– Si tu sors vivante de ton pire cauchemar avec tes peignes intacts, c'est que tu as gagné, finit par commenter Dee.

Haussant les sourcils, Audrey daigna enfin lui sourire.

Une horloge invisible sonna douze coups.

– Minuit, articula Jenny.

Chaque fois qu'elles gagnaient, ce tintement retentissait pour venir leur rappeler que le temps passait – vite. D'où provenait-il au fait ? On l'entendait aussi bien dans chaque pièce de la maison.

– Encore six heures avant l'aube, conclut Dee. Et plus que cinq cauchemars. Ça va. On va y arriver facilement.

– Facilement ? rétorqua Audrey. Ça m'étonnerait.

– Regardez, dit Jenny en brandissant un morceau de papier.

9

C'était une représentation assez abstraite d'une forêt à grandes volutes vertes.

– Bon, j'avais dessiné une forêt, dit Audrey. Ça me donnait toujours des cauchemars mais je ne savais pas pourquoi. Je ne savais même pas de quelle forêt j'avais si peur.

– Il se base sur notre subconscient, observa Dee.

– Racontez-moi ce qui vous est arrivé à toutes les deux quand on a été séparées, demanda Jenny.

– Pas grand-chose. Ils nous ont mises dans cette pièce, seulement, au début, il n'y avait pas de porte. Et puis on en a vu une – et c'est juste là que ces cadavres sont arrivés et qu'Audrey s'est mise à crier. Et toi ? Tu as vu le Roi des aulnes ?

– Si on veut, répondit Jenny en détournant la tête. Vous savez que c'est à cause de moi que vous souffrez, non ? C'est moi qu'il veut. Il m'a dit qu'il cesserait de vous faire du mal si... si je le laissais me...

– Je te le défends ! s'enflamma Dee.

– Tu oublies, renchérit Audrey.

Ravalant des larmes de soulagement, Jenny regarda son amie achever de se recoiffer puis sortir un bâton de rouge à lèvres de sa poche ; elle avait vite repris son allure cosmopolite, invulnérable – mais, désormais, Jenny savait ce que cachait cette belle façade.

– Ça a dû être dur de vivre dans tellement de pays différents, observa-t-elle.

Audrey marqua une pause puis fit claquer son poudrier.

– Franchement, c'était terrible, répondit-elle. Tu ne peux pas imaginer le choc des cultures, le bouleversement, cette impression d'insécurité... surtout si on ignore quand aura lieu le prochain déménagement. Même maintenant que papa est à la retraite, j'ai l'impression...

– ... qu'il est difficile de se faire des amis ?

– Oui. Comme si on allait m'annoncer à tout instant qu'il fallait repartir.

– Tu ne risques plus rien à présent. Tu restes avec nous. N'est-ce pas, Dee ?

– Évidemment !

Celle-ci avait répondu pour une fois sans la moindre rancœur, allant jusqu'à poser une longue main brune sur l'épaule d'Audrey.

– Je ne comprends pas, reprit soudain Jenny. Ces types dans la forêt, ils avaient l'air gentils... pourquoi ils ont fait ça ? Pourquoi ils nous ont livrées ?

– C'est parce que les elfes accordent des grâces aux humains. Ils répondent à vos questions, font votre travail. Mais ils demandent toujours quelque chose en échange et si on essaie de les piéger, ce sont eux qui peuvent *vous* attraper. Vous emmener dans leur monde. Je suppose que les types de la forêt ont trouvé qu'on ferait des cadeaux présentables.

– D'accord. Autre chose : laquelle de vous deux a posé cette porte ? Je sais que ce n'est pas moi parce que je n'en avais jamais vu de pareille.

– Moi si, dit Audrey. Il y en a comme ça en Allemagne… mais je n'y suis pour rien. Elle est arrivée toute seule.

– On ne peut pas changer les choses ici par sa seule volonté, commenta Dee. Il faut faire comme si tout était vrai.

– Mais c'est *où*, ici ? demanda Audrey d'un ton morne.

– Bonne question, dit Jenny.

– Le monde des Ombres, laissa tomber Dee. Rappelez-vous les règles du jeu : un monde parallèle au nôtre et assez différent.

– « Certains l'appellent le monde des rêves, mais il est aussi vrai que possible », cita Jenny. Parallèle ou pas, n'empêche qu'aujourd'hui il a rejoint le nôtre. Qu'est-ce qui se passe, là ?

– J'y pense ! lança Audrey. Vous savez, dans la mythologie nordique et germanique, il existe neuf mondes et le nôtre est juste celui du milieu.

– *Neuf ?* s'exclama Jenny.

– Neuf. Ça commence par Asgard, une sorte de paradis, pour finir par Hel, l'enfer ; et puis il y a le monde du feu primal, le monde de l'eau primale, le monde du vent primal… mais, attendez. Il y a aussi le monde de la glace primale, plus ou moins connecté à Hel… qui est aussi le monde des Ombres. On l'appelle Niflheim, et *nifl* signifie « brume », « ombre ».

– Et à quoi ça nous mène ? demanda Dee.

– Je ne sais pas. C'est bizarre, *nicht wahr ?* Voilà que je me mets à penser en allemand, maintenant ! Mais c'est bizarre, non ? Avec ce type qui se fait appeler l'homme de l'Ombre ? Et puis je me rappelle encore autre chose.

Les créatures qui peuplent Niflheim passent pour très destructrices, alors elles sont vouées à une rune restrictive qui les empêche de sortir de leur monde pour qu'elles ne puissent pas atteindre les autres populations. Je ne sais plus quelle rune...

– Ne me dis pas que les runes existent ! s'emporta Jenny. Enfin, ces trucs dont a parlé Julian... qui « percent le voile entre les mondes ». Ça ne marche pas...

– J'aurais dit que non jusqu'ici, que ce n'était qu'une superstition idiote. Mais maintenant... je ne sais plus. En tout cas, on les retrouve dans beaucoup de légendes et elles permettent... comment disent-ils, déjà ? Ah oui, de progresser entre les mondes. Ou de faire appel à des choses dans d'autres mondes. Exactement comme ces garçons allemands quand ils ont appelé les elfes.

Cette discussion mettait Jenny mal à l'aise, elle ne savait pas pourquoi, ce qui la rendait encore plus mal à l'aise. Cela devait avoir un rapport avec les runes et remontait à très longtemps. Après tout ce qu'elle avait vu, pourquoi devrait-elle s'inquiéter de ce que les runes soient réelles ou non ? Ce jour-là, dans la cave de son grand-père...

– Écoutez, lança-t-elle abruptement, on ne va pas rester là à bavarder ! On ferait mieux de chercher les autres. N'oubliez pas qu'on a un délai à respecter.

– C'est vrai, reconnut Dee toujours prête à se lancer dans l'aventure. Tu veux qu'on se sépare de nouveau ?

– Non, se hâta de répondre Jenny. On reste ensemble.

Cédant à quelque étrange loi en cours dans ces lieux, elle avait déjà accordé à Julian le droit de lui toucher la main, la joue, les cheveux. Et il avait clairement laissé entendre qu'il comptait bien la posséder tout entière, petit à petit. Restait seulement à savoir au prix de quelle ruse ou de quelle menace. Désormais, l'important consistait à ne plus jamais se laisser surprendre seule.

Elles trouvèrent Michael au troisième tournant du couloir. Il allait et venait devant une porte, se passant les mains dans les cheveux en marmonnant. À l'arrivée des filles, il s'épanouit.

– Audrey, enfin ! Voilà des siècles...

– J'ai compté chaque seconde qui nous a séparés, répondit celle-ci dans un grand sourire.

– Moi aussi. Il m'aurait fallu un compteur pour les enregistrer.

Ni l'un ni l'autre n'en pensent un mot, heureusement pour eux, songea Jenny. Son amour pour Tom lui tordait la poitrine. Si seulement elle pouvait le voir, ne serait-ce qu'une minute...

Elles racontèrent à Michael tout ce qui venait de se passer. Pour lui, expliqua-t-il ensuite, le salon avait tout simplement disparu alors que Tom essayait d'échapper à d'invisibles créatures. Ensuite, il s'était retrouvé devant cette porte. Il avait essayé la poignée, sans parvenir à l'ouvrir. Depuis, il allait et venait dans le couloir.

– Et tu n'as jamais vu d'escalier ? demanda Jenny.

– Pas d'escalier, pas d'autre porte, rien. Personne jusqu'à votre arrivée.

– Pourtant, on arpente ce couloir depuis des heures, et on a vu trois portes, et je suis arrivée par un escalier. Encore un truc bizarre dans cette maison.

– Pas le temps d'en discuter, intervint Dee. Il faut y aller. Qui veut essayer cette porte ?

– Cette fois, dit Jenny, on tâche de la laisser ouverte après être passés. Du moins si on n'a pas besoin de la claquer à toute vitesse.

– Encore faudrait-il l'ouvrir, dit Michael. Elle est verrouillée.

Avec un large sourire, Dee prit la posture, prête à balancer un coup de pied.

Elle n'en eut pas besoin : quand Jenny tourna la poignée, aucun monstre ne leur sauta dessus. Dee bloqua la porte contre le mur. Il faisait sombre à l'intérieur.

– Euh... passez devant, proposa Michael. Je suis lâche et je le revendique.

Redressant les épaules, Jenny inspira un bon coup et passa le seuil...

... pour se retrouver dans un couloir identique. Elle regarda autour d'elle, abasourdie.

– Qu'est-ce qui se passe ? cria Dee. La porte veut se refermer.

– C'est...

Laissant tomber, Jenny fit signe à Michael et Audrey d'entrer.

– C'est le même endroit, constata cette dernière.

À croire qu'ils venaient d'entrer dans un miroir. Même tapis lugubre, même papier peint défraîchi, mêmes bougeoirs de cuivre.

Michael revint en arrière, auprès de Dee.

– Regardez... la cire a fondu de façon identique sur les bougies. C'est ce couloir qui se dédouble.

Ils eurent beau franchir dix fois le seuil, ils aboutirent toujours dans le même couloir.

– À croire qu'on veut nous empêcher de pénétrer dans ton cauchemar, observa Jenny. Chaque fois on se retrouve à notre point de départ.

– Pas de bol ! maugréa Michael. Moi qui avais tellement envie de l'affronter !

– Faites voir, lança Dee en lâchant la porte qui claqua derrière elle. Ah oui ! C'est pareil. Comme une porte battante sur l'enfer.

– C'est bien Sartre qui a dit que l'enfer, c'était de passer l'éternité dans une pièce avec d'autres personnes ? demanda Michael avec grandiloquence.

– Oh, arrête d'étaler tes connaissances en littérature ! s'insurgea Jenny. Sauf si... c'était ça, ton cauchemar, au fait ?

– Euh, non. C'était un truc beaucoup plus enfantin.

– Oui, mais lequel ?

Michael parut s'empourprer, se gratta le cou sous son col.

– « Chacun de vous a un secret qu'il préférerait cacher jusqu'à la mort », cita pompeusement Dee. Je parie que c'était un truc vraiment gênant, genre monstre dans les WC, hein, Mike ?

En même temps, elle tournait la poignée de la porte mais celle-ci ne bougea pas.

– Génial ! C'est encore fermé.

– Si on est bloqués ici, autant s'asseoir, dit Audrey.

Comme ils n'avaient pas grand-chose d'autre à faire, ils s'assirent et Michael se mit à soliloquer. Au moins pouvait-on compter sur lui pour ne jamais manquer de sujets de conversation.

– Quand je pense, commença-t-il, que j'aurais pu rester à la maison pour regarder des dessins animés... C'est pas un jeu, ton truc, on ne peut pas relancer les dés. Tu gagnes, ou tu perds et tu meurs... Vous connaissez l'histoire du lapin et du séchoir ?

– Michael ! s'exclama soudain Audrey indignée.

Tout en parlant, il avait ôté une basket, révélant une chaussette trouée.

– J'y peux rien, ça me démange. Aaah ! Ça va mieux. Alors, qu'est-ce que tu as dit à... à ce type... une fois qu'on s'est tous fait virer du salon ?

Il s'adressait à Jenny et, devant le regard intense des trois filles, il se mit soudain à chercher ses mots :

– Je veux dire… on voyait bien ce qu'il voulait… et tu t'es retrouvée seule avec lui…

– De toute façon, rétorqua-t-elle, il n'obtiendra rien du tout.

– Évidemment que non ! s'emporta Audrey. Quelle idée !

– Elle ne lui adresserait même pas la parole, renchérit Dee.

– Je ne vois pas ce qu'il me trouve.

Ce qui fit pouffer Dee :

– Toi, sans doute pas, mais nous on voit très bien. À part Zach, peut-être, mais bon, c'est ton cousin.

– Ce n'est pas qu'une question de beauté, ajouta Audrey. Tu es gentille, trop, parfois. Je t'ai dit…

– Aba trouverait que tu as l'âme trop droite, coupa Dee.

– Une vraie jeannette, crut bon de préciser Michael. Gentille, simple et honnête.

– Alors qu'il est *malveillant*, concéda Jenny.

– Exactement, approuva Dee. Et la malveillance recherche toujours la bonté.

– Les extrêmes qui s'attirent, dit Audrey. Regardez-nous, Michael et moi !

Celui-ci changea aussitôt de sujet :

– D'après toi, c'est qui, ce type ?

– Pour moi, un Visiteur, formula Dee. Vous savez, un extraterrestre qui enlève les gens.

Surpris, Michael se gratta le menton. Et Audrey s'écria :

– Tu divagues ! Ce n'est pas un extraterrestre… regarde-le. Et où serait son vaisseau, d'ailleurs ?

– Je crois qu'il peut prendre l'apparence qu'il veut, commenta Dee en se grattant le bras. Et qui dit qu'ils ont besoin de vaisseaux ? Il nous a bien emmenés sur une autre planète.

– Dans un autre monde, à la rigueur – ce n'est pas la même chose, répliqua Audrey. D'après ses dires, il s'est servi d'une rune. Ce qui fait de lui…

– Quoi ? Le Roi des aulnes ? Mais non, ma chérie ! Tu dis ça parce que c'est ce que tu crains le plus.

– Et toi, ma chérie, ce sont les Visiteurs qui te font peur !

Cela tournait de nouveau à l'affrontement Dee-Audrey.

– Ça va, les filles ! intervint Michael en se frottant de nouveau sous le col. Personnellement, je dirais que c'est un démon.

Si Dee et Audrey le fusillèrent du regard, Jenny commençait à éprouver des sueurs froides.

– J'y crois, moi, aux démons ! assura Michael. Pourquoi est-ce qu'ils n'existeraient pas ? En tout cas, s'ils existent, ce type en est sûrement un.

De plus en plus mal à l'aise, Jenny sentait son bras la démanger. Elle se gratta machinalement mais cela ne fit qu'empirer la sensation. Jusqu'au moment où elle regarda.

Même dans la faible lumière, elle aperçut la marque laissée sur sa peau, comme une tache de naissance, à cette différence que celle-ci était verte…

Au même instant, Michael relevait sa manche en poussant une exclamation. Les yeux écarquillés, il montra son avant-bras.

Jenny étouffa un cri.

Quelque chose poussait dessus.

Une plante, avec de jeunes feuilles fraîches qui ressemblaient à de la menthe.

Aussitôt, les autres se levèrent pour aller s'examiner à la lumière des bougies. Tous présentaient ces mêmes taches vertes qui grossissaient dangereusement. Sur Jenny, cela ressemblait à de la mousse, sur Audrey, à de la moisissure.

Alors que les filles restaient frappées d'horreur, Michael se mit à hurler comme un possédé :

– Débarrassez-moi de ça ! Arrachez-le !

Il agitait le bras devant Jenny qui ne put surmonter son dégoût. Seule Dee osa tirer sur une pousse.

– Aïe ! couina Michael.

Dee s'arrêta instantanément.

– Non ! cria-t-il encore. Continue, même si ça fait mal. Arrache-moi ça !

Dee tira encore plus fort. La plante s'accrochait, laissant apparaître des racines blanches qui s'enfonçaient sous la chair. Des gouttes de sang perlèrent.

Michael rugissait de douleur.

– J'arrête, capitula Dee. Je ne veux pas t'arracher la peau.

– Je m'en fiche ! Je m'en fiche !

Il refusait d'ouvrir les yeux, ce qui ne l'empêcha pas d'attraper les plantes de l'autre main. Jenny étouffa un cri.

Il avait également des pousses dans l'autre paume, encore plus luxuriantes que les premières.

– Mike, c'est... tu en as partout, murmura-t-elle.

Soulevant les paupières, il regarda sa main.

– Oh non ! oh non, non, non, non...

D'un mouvement frénétique, il passa son sweat-shirt par-dessus sa tête, dégagea ses bras. Il avait le torse couvert de pousses vertes qui ondulaient suivant sa respiration.

Les hurlements de Michael se répercutèrent sur le plafond.

– Calme-toi ! s'exclama Dee en l'attrapant par les épaules.

Juste à temps pour l'empêcher de s'enfuir éperdument à travers le couloir. Il posa sur elle un regard fou, le souffle court comme un cheval écumant.

– Il faut faire quelque chose pour lui, déclara Jenny.

Elle avait déjà du mal à supporter la mousse sur son avant-bras, mais il lui fallait l'oublier car c'était bien pire pour Michael.

– Oui... mais quoi ? demanda Dee qui le retenait à grand-peine.

Commençant à se griffer partout, il semblait au bord de la convulsion. Alors Audrey s'avança. Sans doute était-elle encore plus troublée que ses amies par ces pousses intempestives qui attaquaient directement sa beauté. Cependant, elle semblait se maîtriser d'une main de fer.

– Michael Allen Cohen, regarde-moi ! Tu te calmes maintenant. Compris ? *Verstehen Sie* ?

Une lueur de compréhension traversa le regard fou.

– Allez ! insista-t-elle.

Plaquant les paumes sur ses deux joues, elle l'embrassa.

Quand elle recula, il avait du rouge à lèvres tout autour de la bouche mais paraissait infiniment plus calme.

– À vos ordres, lâcha-t-il faiblement.

– Tu nous gonfles !

– Hé, on se calme ! intervint Jenny. Il faut réfléchir, maintenant, trouver comment on pourrait se débarrasser de ces trucs. Ça ne s'arrache pas, alors qu'est-ce qu'on va faire d'autre ?

– Herbicide, souffla Dee.

Sur sa peau brune poussait une étrange plante aux feuilles rouges et vertes.

– On n'a rien sous la main ici, pesta Audrey, alors tu penses, du désherbant...

Ce fut Michael qui émit un chuchotement teinté d'une nouvelle intonation.

– On a du feu.

Jenny leva les yeux vers les bougies.

– Tu peux me lâcher, maintenant, ajouta-t-il à l'adresse de Dee. Je n'irai nulle part. Je veux juste vérifier si je peux prendre cette bougie.

Dee le lâcha et il allait s'avancer quand il s'arrêta net, se pencha, la tête presque au niveau du sol. Jenny en fit autant. Ses pieds nus étaient bloqués par un réseau de pousses blanches qui s'enfonçaient dans le tapis noir. Ce fut à peine s'il put en soulever un de quelques centimètres, et le tourner pour apercevoir les racines.

Jenny crut qu'il allait piquer une nouvelle crise. Cependant, Audrey l'avait pris par la main en écrasant les feuilles qui poussaient au dos.

Malgré ses tremblements, il parvint à garder la raison.

– Prends la bougie, dit-il d'une voix pâteuse.

Dee n'eut aucun mal à s'en emparer.

– Je vais d'abord l'essayer sur moi, annonça-t-elle.

– Non. Moi.

Posant sur lui ses yeux de biche, elle hocha la tête puis inclina la flamme vers une feuille qui se contracta et noircit dans une drôle d'odeur. Mais rien ne se passa.

– Essaie les racines.

Dee se rapprocha de la peau de Michael qui frémit un instant mais Audrey l'empêcha de bouger.

La plante commençait à se ratatiner.

– Ça y est !

– Tu tiens le choc ? demanda Dee.

– N'importe quoi pour me débarrasser de ces saloperies. Du moins tant que les encouragements suivent, ajouta-t-il avec un regard libidineux vers Audrey.

Jenny sourit intérieurement. Il fallait une certaine dose de courage pour jouer les énergumènes lubriques quand on mourait de peur.

Dee continua de brûler racine après racine et les plantes se mirent à tomber autour de Michael qui en sanglotait presque de joie. Bientôt, ses bras et son torse reprirent leur aspect normal.

– Tu en as besoin... plus bas ? demanda Dee en dirigeant la flamme vers le pantalon de Michael.

– Non, et fais gaffe avec ça, j'ai encore l'intention de devenir un jour père de famille.

– Regardez, annonça Jenny.

La tache de mousse sur son bras diminuait de plus en plus et finit par disparaître. Ce fut également le cas pour Dee et Audrey. Bientôt, les pieds de Michael furent libérés.

Alors tous quatre éclatèrent de rire, admirant tour à tour leurs peaux parfaitement nettes. Exactement comme à la fin de *Ben-Hur*, songea Jenny, lorsque les deux femmes sont miraculeusement guéries de la lèpre. Michael remit son sweat-shirt et embrassa de nouveau Audrey.

– Tout à l'heure, tu avais de la moisissure sur les lèvres, observa-t-il. J'ai préféré ne pas te le dire.

– Ce n'est pas vrai, souffla Dee à l'oreille d'Audrey.

Celle-ci jeta un regard à la fois critique et indulgent sur Michael.

– Alors, dit Jenny, c'était ça, ton cauchemar ! On s'en est sortis. Il ne nous reste qu'à quitter ce couloir...

La porte s'ouvrit sous la main de Dee et ils passèrent dans l'ancien couloir, apparemment le même que celui qu'ils venaient de laisser derrière eux. Avec toutefois deux différences, nota Jenny : dans celui-ci, il ne manquait aucune bougie sur son chandelier. Et un morceau de papier blanc traînait par terre.

Un dessin évoquant une plante verte, une sorte de caoutchouc, d'où sortaient des bras et des jambes. Mais pas de tête.

– Mon cauchemar, expliqua Michael un peu gêné. Me voir transformé en plante. C'est complètement idiot. Ça doit provenir d'un de mes bouquins de CE2, avec l'histoire d'une fille tellement sale qu'il lui poussait des radis et des légumes sur le corps. Ça m'avait terrifié.

– C'est dégoûtant, admit Audrey.

– Et puis ses parents se sont mis à les cueillir...

– Arrête ! ordonna Dee.

– Enfin, un truc de gamin idiot.

– Ce n'était pas idiot, c'était horrible, dit Jenny. Et je trouve que tu as fait preuve de beaucoup de courage.

Ce compliment lui valut un sourire reconnaissant de Michael.

L'horloge invisible sonna un coup qui se répercuta dans un écho sinistre. Déjà le matin...

– Allez, on se dépêche ! lança Dee.

À cet instant, Michael émit un son étouffé.

– Qu'est-ce qui...

Audrey s'interrompit, car elle aussi venait d'apercevoir l'escalier dans l'ombre.

10

– On va enfin pouvoir bouger ! s'enfiévra Jenny.

– Et enfin quitter ce sinistre couloir, renchérit Dee.

Michael paraissait ravi :

– C'est comme si on passait au niveau suivant d'un jeu vidéo.

Mais Audrey fit la grimace. Quand Jenny lui demanda pourquoi, elle leur jeta un regard en coin sous ses longs cils.

– Dans les jeux vidéo, plus on progresse, plus c'est difficile, n'est-ce pas ?

Les marches étaient rembourrées de caoutchouc usé. De sa place, Jenny ne voyait pas le sommet de l'escalier.

– Qu'est-ce qu'on attend ? lança Dee en sautant sur une marche.

À peine eut-elle posé le pied dessus qu'il lui fallut agripper la rampe car tout l'escalier s'était mis à tressaillir, à souffler, à grogner, à frissonner.

– Ça craint ! s'écria Michael. Je ne vous ai pas dit que quand j'étais petit j'avais très peur des escaliers. Je croyais qu'ils allaient m'attraper par mon écharpe ou un truc dans ce genre...

– Là, tu n'as pas d'écharpe, lâcha Audrey en le poussant devant elle.

– Mike, dit Jenny derrière lui, c'est parce que tu as peur des escaliers que l'homme de l'Ombre a posé cette espèce d'Escalator. N'oublie pas qu'il puise dans nos cerveaux.

Alors qu'ils arrivaient au sommet, elle put constater qu'ils se dirigeaient droit vers une glace. En fait, découvrit-elle en examinant le couloir – après avoir aidé Michael à sauter sur la terre ferme au moment stratégique –, il y avait des glaces partout.

En bas, le couloir restait plongé dans l'obscurité, tandis qu'ici, la lumière jaillissait des glaces et s'y reflétait, zigzaguant le long des tournants, traçant des lignes colorées qui subsistaient même les yeux fermés. En fait, la clarté était telle qu'il devenait impossible de voir quoi que ce soit, au-delà de quelques mètres. Il fallait fixer alternativement la droite et la gauche pour suivre la direction du couloir, et tout ce qui se trouvait devant ou derrière devenait invisible.

– Qui est-ce qui a posé ça là ? interrogea Dee.

– J'ai vraiment les jambes si courtes, demanda Audrey, ou ce sont des miroirs déformants ?

Michael se donna la peine de rajuster son sweat-shirt gris tout fripé, mais renonça vite.

Quant à Jenny, son propre reflet la mit mal à l'aise. Elle avait encore l'impression d'entendre la voix de Julian : « Des yeux vert cyprès, et ces cheveux d'ambre liquide... »

Ce n'était pas ce qu'elle voyait en cette fille aux joues rouges, aux petites mèches humides sur le front, au chemisier de lin fripé, à la jupe de coton poussiéreuse et tachée.

– À droite ou à gauche... décidez, lança-t-elle à ses amis.

– À gauche, choisit Dee.

Ils s'engagèrent dans cette direction et suivirent à nouveau des virages abrupts, de plus en plus déconcertés par ces glaces qui renvoyaient leurs images déformées, reproduites à l'infini. *Si on reste un peu trop longtemps ici*, songea Jenny, *on finira par oublier qui on est vraiment.*

Comme dans l'autre couloir, rien ne changeait par rapport au précédent et c'était particulièrement angoissant de ne rien voir au-delà du virage derrière soi, de ne pas savoir ce qui vous attendait au détour du suivant. Des images du Rampeur et du Rôdeur lui traversèrent l'esprit.

– Dee, ralentis ! s'écria-t-elle alors que son amie disparaissait de sa vue pour la troisième fois.

Tel un skieur en plein slalom, Dee naviguait à longues enjambées à travers les virages escarpés tandis que les autres progressaient les bras écartés pour ne pas se laisser prendre au piège des miroirs.

– Non, vous, dépêchez-vous ! rétorqua-t-elle déjà loin.

Et là jaillit un éclair.

Il se refléta partout à la fois mais Jenny aurait juré qu'il provenait de devant. Avec Audrey et Michael, ils restèrent un instant figés avant de se précipiter.

Dee se tenait les mains sur les hanches face à une porte également tapissée de glaces que Jenny distingua grâce à l'espèce de bouton d'ascenseur rouge situé à côté, puis, en y regardant de plus près, elle parvint à déterminer les contours du battant.

Au-dessus du bouton rouge apparaissait une ampoule bleue, ronde comme un nez de clown.

– Ça vient d'apparaître, déclara Dee en claquant des doigts. Comme ça ! Pendant l'éclair.

Du virage suivant, ils entendirent monter des gémissements.

– Summer ! s'écrièrent-ils en chœur.

C'était bien Summer, pelotonnée dans un coin, ses boucles éparpillées sur les coudes, les jambes repliées sous sa robe-chemisier bleu roi. Elle poussa un petit cri affolé en les voyant surgir.

– C'est vraiment vous ?

– Oui, dit Jenny en s'agenouillant.

Le regard de son amie l'affola quelque peu.

– Vraiment, vraiment vous ?

– Mais oui, Summer ! assura-t-elle en lui passant un bras autour du cou.

– Je suis restée seule si longtemps et je n'arrêtais pas de me voir et parfois j'avais l'impression de voir d'autres gens mais dès que je courais les rejoindre, ils n'étaient plus là...

– Tu as vu qui ? demanda Jenny.

– Quelquefois Zachary... et quelquefois *lui*. Il me fait si peur !

Summer cacha son petit visage dans la veste de Jenny.

À moi aussi, il me fait peur, songea celle-ci.

– Il n'y a plus aucune raison d'avoir peur, maintenant, mentit-elle. On est là.

Summer lui présenta un sourire chagrin.

– Pauvre miss Soleil ! s'apitoya Michael. Ce devait être ça, son cauchemar.

– Bien vu, monsieur Tact ! maugréa Dee.

Ils expliquèrent à Summer comment fonctionnait le jeu du cauchemar, mais elle n'en fut pas aussi perturbée que le craignait Jenny.

– N'importe quoi pourvu qu'on sorte d'ici !

– J'imagine, murmura Dee. Ça fait à peine vingt minutes que je suis là et je déteste déjà cet endroit. On a beaucoup de claustrophobes par ici ?

Devant la porte, Jenny hésitait, un doigt sur le bouton.

– Tu veux bien nous dire ce que tu as dessiné comme cauchemar ?

Elle n'y croyait pas trop. Personne d'autre ne l'avait avoué.

– Bon, répondit Summer. C'était une chambre en désordre.

– Mon Dieu, s'esclaffa Michael, quelle horreur !

– Non, Summer, franchement, dit Audrey d'un ton de maîtresse d'école. Ça nous rendrait service de le savoir.

– Je vous l'ai dit, c'était une chambre en désordre.

– C'est bon, Summer, souffla Jenny. On verra quand on y sera.

Elle appuya sur le bouton rouge et l'ampoule bleue s'alluma. La porte s'ouvrit en coulissant.

Sur une chambre en désordre.

– Vous voyez ! dit Summer.

C'était bien sa chambre, en pire. Depuis qu'elle la connaissait, Jenny avait toujours vu un véritable bazar chez Summer ; ses parents étaient d'anciens hippies qui gardaient toutes sortes de vieilleries. Comme le disait Michael, Summer était une artiste, mais on avait du mal à voir ses rideaux teints à la main ou son magnifique dessus-de-lit brodé, à cause de tout ce qui traînait autour et dessus.

Dans cette pièce, derrière la porte au miroir, Jenny ne voyait même pas le lit. Il n'y avait de place que devant le placard – tout le reste grouillait d'un invraisemblable bric-à-brac.

Dee et Michael pouffèrent de rire.

– Il n'y avait que toi, Summer, pour nous faire un tel cauchemar !

– C'est bon, soupira Jenny qui n'avait pas du tout envie de rire. On y va. Je suppose qu'on est censés tout ranger. Il doit y avoir une porte quelque part, le long des murs du fond.

– Hé, attendez ! s'écria Michael. Pas question que je m'en occupe... En plus, je suis allergique à la poussière.

– Tu entres ! ordonna Audrey en l'attrapant par l'oreille. Quel foutoir ici !

Les yeux marine de Summer s'emplirent de larmes.

– Ma vraie chambre n'est pas dans un état pareil. C'est mon cauchemar, débile !

– Et quel cauchemar ! commenta Audrey impitoyable.

– C'est parce que ma mère s'en fiche. Mais une fois, ma mamie est venue nous voir et elle a failli s'évanouir. Il m'arrive encore de rêver de ce qu'elle a dit.

– Ne sois pas trop dure avec elle, souffla Jenny à Audrey.

Et elle ajouta à haute voix :

– On va essayer d'ouvrir un chemin sur les bords et de vérifier tous les murs pour y trouver une porte.

Il y avait là toutes sortes d'objets, des piles de vêtements chiffonnés, des magazines remontant à plusieurs années, des Ray-Ban cassées, des pots de yaourt, des photos froissées, des sandales dépareillées, des stylos-feutres sans capuchon, des crayons mordillés, des écouteurs entortillés, des mouchoirs sales, des tonnes de sous-vêtements et un zoo de peluches crasseuses ; ainsi qu'un Frisbee mâchonné par un chien, un tapis de jeu avachi et un futon qui puait le renfermé.

– C'est un nid à cafards, ici ! s'exclama Dee. Tu n'utilises jamais d'insecticide ?

– Je n'aime pas tuer les petites bêtes.

Un authentique cauchemar selon Jenny. Cependant ses deux amies se mirent au travail avec enthousiasme et précision, si bien qu'elles finirent par dégager un passage. Quant à Michael, ses rares interventions ne servirent à rien – il s'arrêtait pour feuilleter tous les magazines sur lesquels il tombait.

Ce fut vrai jusqu'à ce qu'ils découvrent un tout autre type de déchets qui firent plisser du nez Audrey : des peaux d'avocats noircies, des journaux moisis et des verres en plastique contenant des liquides impossibles à identifier.

Et puis, en soulevant une boîte, Jenny aperçut quelque chose comme une fleur flétrie sur le parquet. Jusqu'au moment où elle comprit que ce n'était pas une fleur ; le petit museau et les minuscules pattes repliées indiquaient qu'il s'agissait d'une souris aplatie et desséchée.

Elle ne put retenir un cri.

Je ne touche pas à ça. Je ne peux pas. Je ne peux pas.

Dee l'écarta à l'aide d'un calendrier vieux de cinq ans, l'envoyant vers le placard. De plus en plus dégoûtée, Jenny constatait qu'elles découvraient davantage d'immondices à mesure qu'elles progressaient. Jamais personne ne garderait de telles ordures dans sa chambre, des aliments à tous les stades de décomposition, toutes sortes de détritus, ordures et résidus.

Cela ne faisait plus rire aucun d'entre eux.

Dee ramassa un panier d'œufs de Pâques en miettes, qui dégageait une odeur épouvantable. D'un doigt, elle souleva le couvercle tapissé d'herbe synthétique et son visage se convulsa à la vue de la masse d'asticots grouillants qui l'habitait.

Elle jeta le panier contre le placard et, en tombant, son contenu s'éparpilla au sol. Michael lâcha son magazine en poussant un cri. Audrey et Summer couinaient d'épouvante.

Cette fois, Jenny en éprouva une authentique terreur.

– Summer... qu'est-ce que ta grand-mère a dit à propos de ta chambre ?

– Oh… qu'il y poussait des trucs. Que ça attirait les punaises. Qu'on aurait cru qu'il y avait eu un tremblement de terre, qu'un de ces jours je m'y perdrais et que je ne trouverais plus la sortie.

Dee jeta un regard entendu vers Jenny :

– Ouille !

La tension devenait palpable.

– Et qu'est-ce que ça te donne comme cauchemar ? demanda Jenny en s'efforçant de maîtriser ses intonations.

Summer frissonna.

– Euh… D'abord j'ai l'impression d'entendre un crissement, alors je regarde et il y a ces cafards… énormes comme… des baskets. Et alors je vois ce truc par terre qui se lève, cette espèce de pourriture, une vraie colonne de pourriture mais avec une bouche et qui hurle. De la pourriture hurlante.

Elle semblait maintenant au bord des larmes.

– Ça n'a peut-être l'air de rien, mais ça faisait très peur. C'est ce qui m'a fait le plus peur de ma vie.

Un signal d'alarme retentissait en Jenny. Avec Audrey, Dee et Michael, ils se consultèrent du regard.

– Je te crois, dit-elle à Summer. On ne devrait pas rester ici.

– Tu as raison, souffla Michael.

Sans plus se plaindre, il se mit au travail.

Le placard était rempli maintenant, aussi se contentèrent-ils de transférer derrière eux ce qui leur barrait le chemin, comme s'ils creusaient un tunnel. Les ordures devenaient de plus en plus envahissantes, de plus en plus dégoûtantes. En temps normal, jamais Jenny n'aurait posé la main sur de telles choses. Elle s'était enroulé de vieux tee-shirts autour des mains en guise de gants.

Finalement, les bestioles arrivèrent.

Cela commença par un froufrou agréable, comme le mouvement d'une robe du soir. Étonnée, Jenny s'immobilisa, se retourna.

Un cafard, plat et brun, mais énorme, plus gros qu'un pied humain ; il était sorti par une fente du plancher et semblait se promener tranquillement, ses pattes hérissées agrippant la grille d'aération pour émerger sur un tas de papiers qu'il traversa dans un léger cliquetis.

Poussant un cri suraigu, Summer tendit le doigt vers l'insecte. C'est alors qu'un autre cafard émergea, puis un autre. L'index tremblant de Summer se ramollit et Jenny voulut lui donner de l'eau pour l'aider à se calmer mais elle s'aperçut alors que le verre grouillait de blattes aux délicates antennes.

En les voyant, Summer se figea, le visage blême, les yeux cernés.

Des cafards plus petits émergèrent d'une boîte de bonbons dans un bruit de papier chiffonné, tandis que des punaises grosses comme des ballons de rugby escaladaient les murs en faisant vibrer leurs ailes transparentes.

Summer s'était muée en statue de glace.

Au plafond, une dizaine de mouches de la taille de cerfs-volants s'accrochaient en voletant.

– Allez, Summer, aide-nous ! dit Audrey d'une voix étouffée.

Elle donna un coup de pied dans la poubelle, dérangeant des millions de fourmis qui se répandirent sur le sol.

Summer ne bougea pas, l'œil fixé sur un scarabée piégé dans la lumière, tel un lapin fasciné par les phares d'une voiture.

Le sol vibra sous les pieds de Jenny.

D'abord, elle crut que c'était encore un tas d'ordures qui s'écroulait. Et puis elle se rappela : « Elle a dit qu'on aurait cru qu'il y avait eu un tremblement de terre... »

– Vite, il faut se dépêcher ! cria-t-elle.

En même temps que Dee lançait :

– Allez, allez !

Ils se frayèrent un chemin à travers les ordures, écartant juste ce qu'il fallait pour dégager un coin de papier peint décrépi et s'assurer qu'il n'y avait pas de porte à cet endroit. Ils escaladaient les plus petits monticules ou s'y enfonçaient.

Le sol trembla de nouveau.

Jenny ne put retenir un cri de terreur.

– Vite ! lança-t-elle en se dégageant un chemin à grandes brassées. Vite, vite !

Même Michael travaillait frénétiquement. Il n'y avait que Summer pour demeurer pétrifiée.

– La porte ! cria Dee du haut d'une pile de livres.

Jenny leva la tête en poussant un soupir de soulagement. À son tour, elle aperçut le contour d'une ouverture, à peine visible au-dessus d'un amas puant.

– Ça s'ouvre vers l'intérieur, observa Audrey. On doit d'abord dégager tout ça.

Dans une hâte désordonnée, ils se remirent de plus belle à l'ouvrage. Un cafard escalada la jambe de Jenny qui l'envoya aussitôt promener. Elle crierait plus tard.

La pièce remua encore. Les yeux au plafond, Jenny resta le souffle court en apercevant d'inquiétantes fissures.

Pendant ce temps, Dee et Michael achevaient de dégager les derniers obstacles devant la porte et elle se dépêcha de les aider à l'ouvrir. Puis elle se retourna, une dernière fois.

Ce qu'elle vit n'était la chambre de personne. C'était l'enfer. Des crevasses au sol jaillissaient d'énormes insectes mutants. Le plafond se détachait par pans entiers dans une pluie de plâtre, dérangeant les mouches qui volaient maintenant en tous sens et battaient des ailes dans un bruit de jeu de cartes. Au milieu des détritus émergeaient d'absurdes anémones affaissées comme des concombres de mer verdâtres.

Audrey et Michael venaient de regagner le monde des miroirs. Dee tenait la porte. La terre trembla de nouveau.

– Summer, viens vite ! cria Jenny.

Summer se retourna lentement, posa sur elle ses immenses yeux marine et finit par effectuer un pas dans sa direction.

Une pousse se dressa devant elle, grandit pour former une colonne au sommet de laquelle claquait une ouverture qui se fit soudain béante, émit un son abject. Un hululement.

D'autres pousses jaillirent avec des sons de sirènes hurlantes, barrant à Summer le chemin de la porte.

Celle-ci recula vers le placard en gémissant.

– Summer, non ! Par ici !

Le sol se souleva, ondula, secouant les ordures, affolant les bestioles mutantes qui s'égaillaient dans tous les sens mais finissaient par se rassembler autour de Summer. Et la pourriture hurlait.

Les gémissements de Summer devinrent des glapissements.

– Summer !

Stimulée par une montée d'adrénaline, Jenny plongea dans le capharnaüm, tenta de l'escalader.

– Jenny, reviens ! cria Dee.

D'autres débris dégringolèrent. Jenny ne voyait plus du tout Summer et ses cris s'étouffaient.

– Jenny, je ne vais pas pouvoir retenir la porte !

Silence. On n'entendait plus que les sirènes.

– *Summer !*

La terre trembla violemment.

– Ça recommence ! glapit Dee en attrapant son amie par le col.

– Non ! Il faut chercher Summer !

– On ne peut plus chercher personne ! Viens !

– Non... *Summer !*

Cette fois, Dee l'avait saisie par la taille, elle la hissa sur son épaule et la projeta dehors.

Michael et Audrey l'attrapèrent. Dans l'entrebâillement, ils virent le plafond s'effondrer. Dee trébucha et tomba aux pieds de ses amis. Quant à Jenny, elle n'eut même pas la force de se relever.

Poussée par une avalanche d'ordures, la porte claqua.

– Regardez, balbutia Michael.

L'encadrement disparaissait. On aurait dit un trucage de cinéma, comme une surimpression : d'abord une porte, puis une porte transparente, puis une glace qui venait s'y encadrer et enfin un mur tapissé de glaces.

Laissant Jenny ébahie face à sa propre image. Bientôt, elle y aperçut également les autres, Audrey livide, Dee grisâtre, Michael hébété. Tous rassemblés sur le tapis, sidérés.

Cela s'était produit dans une telle précipitation...

– Quand Dee a mis du temps à sortir du cauchemar d'Audrey, murmura Jenny, la porte n'a pas disparu. Elle est restée là... et Dee a pu sortir. Tandis que cette fois...

– Mon Dieu... souffla Dee.

Un long silence s'ensuivit. Ce fut finalement Audrey qui articula :

– Summer est morte.

Jenny se prit le visage dans les mains, geste dont elle ne se serait pas crue capable. Mais là, elle avait envie de se cacher aux yeux du monde, d'empêcher tout ce qui venait d'arriver.

– C'est injuste, murmura-t-elle. Elle n'a jamais fait de mal à personne.

Puis elle se leva en criant :

– C'est injuste ! C'est injuste ! Elle n'a pas mérité ça ! Injuste !

– Jenny, calme-toi... viens, je t'en prie. Assieds-toi.

Ensemble, ils essayaient de la retenir ; tremblant de tous ses membres, la gorge brûlante, elle comprit alors qu'elle était folle de rage. D'un seul coup, sa fureur l'abandonna. Elle se sentit retomber.

– C'est bon, commenta Dee en lui caressant la tête. Tu as le droit d'être hors de toi.

Ils ne comprenaient pas qu'elle était la seule coupable ; c'était elle qui les avait entraînés dans cette histoire. Si elle avait embrassé Julian dans la grotte du Roi des aulnes, elle aurait pu sauver Summer.

Comme pour mieux se moquer d'elle, une horloge invisible sonna deux coups. Mais Jenny resta assise.

11

– Ils en mettent, un temps ! commenta Dee.

Audrey et Michael étaient allés voir s'ils ne trouvaient pas Zach qu'ils croyaient dans les parages. Ils cherchaient aussi de l'eau – ou une couverture, ou quoi que soit – pour Jenny.

Celle-ci les inquiétait, avachie contre le mur au miroir incliné face à la porte de la chambre de Summer – ou du moins ce qui avait été la porte. Car il n'en restait plus une trace mais Jenny ne voulait pas s'en aller.

Elle avait mal partout et ne pouvait penser qu'à Summer, qui faisait partie du clan depuis le CM1, alors qu'ils étaient déjà amis avec Tom, Dee, Zach et Michael. Minuscule, brouillonne et délicieuse, Summer avait besoin qu'on s'occupe d'elle et Jenny se sentait une véritable vocation dans ce domaine.

Pourtant, cette fois-ci, elle avait échoué. Et Summer en était morte. Comment croire que c'était la réalité ? Dans un instant elle allait reparaître à travers ce miroir, avec ses cheveux ébouriffés et ses yeux marine. Dans une seconde...

Mais non.

La tête de Jenny retomba contre le mur.

– Je vais les chercher, annonça Dee. Ils sont partis depuis trop longtemps. Ils ont peut-être des ennuis. Toi, tu restes là, d'accord ? Tu me le promets ?

Elle adoptait un ton ferme et doux, comme si elle s'adressait à un enfant.

Les yeux fermés, Jenny hocha légèrement la tête.

– Bon, je reviens dans une minute.

L'esprit de Jenny s'enfonça dans une sorte de brume et elle revit Summer escalader un arbre dans un camp de vacances, Summer à Newport Beach tombant d'une planche de surf, Summer à l'école en train de mâchonner un crayon. Summer riant. Summer stupéfaite. Ses yeux marine emplis de larmes.

Elle ne possédait pas une once de méchanceté ; c'était l'innocence incarnée. Comment pouvait-il arriver une telle horreur à quelqu'un d'aussi gentil ?

Malgré ses paupières fermées, Jenny vit l'éclair.

Summer ! songea-t-elle en les ouvrant. Mais, en face d'elle, la glace ne reflétait que son propre visage blême, anxieux, et ses cheveux en bataille.

Cela venait peut-être d'un côté. Lequel ? Aussitôt debout, Jenny regarda à droite, à gauche, égarée par sa propre image dupliquée à l'infini. Elle ne savait même pas dans quelle direction Dee était partie.

Elle prit à droite, contournant d'innombrables glaces, jusqu'à ce qu'elle aperçoive, outre sa propre silhouette, la reproduction d'une ampoule bleue.

Retenant son souffle, elle put constater que, dessous, le bouton rouge était enfoncé, laissant apparaître un rectangle sombre – une porte béante.

Sans trop y prendre garde, Jenny passa la tête dans le trou mais n'y vit que du noir. La lumière du couloir ne semblait pas y pénétrer.

Et si Audrey et Michael étaient partis par là ? Et Dee ? Et Summer, peut-être...

Dans un déclic, le bouton ressortit et la porte coulissa. Jenny n'avait qu'un quart de seconde pour prendre sa décision : sauter en arrière ou en avant. Elle choisit cette seconde option.

La porte glissait sans bruit tandis qu'elle essayait de distinguer quelque chose dans l'obscurité. Elle crut apercevoir des étagères, un objet carré sur un trépied, une lampe en hauteur. Alors elle comprit où elle était, simplement les lumières étaient éteintes.

À mesure que sa vision s'adaptait, elle reconnut une affiche géante sur le mur, des tables de cafétéria empilées en pyramide, une poubelle à chaque niveau – une merveille de technique. Jenny connaissait très bien cette photo. Avec Tom et Dee, ils avaient passé une nuit entière à monter ces tables selon les ordres de Zach qui exigeait chaque fois « encore une prise ». Elle considérait encore l'épisode comme l'une des aventures les plus terrifiantes de son année de seconde.

Elle se trouvait dans le garage de son cousin Zach, transformé en studio photo. Elle s'y sentait un peu chez elle... mais ne voyait personne à l'horizon.

La chambre noire... Elle suivit le couloir en L que Zach avait bâti – un piège à lumière, comme il l'appelait – vers la petite pièce installée dans le fond du garage. Elle écarta le rideau de l'entrée.

La lampe inactinique n'éclairait qu'une seule silhouette avec un catogan et une chemise de flanelle.

– Zach !

Jenny courut vers lui mais il ne se retourna pas.

– Zach, c'est moi, Jenny. Zach... qu'est-ce que tu fais ?

Il agitait doucement un bac rempli de liquide recouvrant une photo. En voulant le faire pivoter, elle sentit son corps résister et, malgré la pénombre, découvrit bientôt son expression vitreuse de zombie, la même que chez elle lorsqu'il avait tenu à piocher encore des cartes, puis dans le salon de cette maison alors que tout le monde flippait.

– Oh, Zach, qu'est-ce qui se passe ? s'exclama-t-elle en le prenant dans ses bras.

Toute la soirée elle s'était inquiétée pour lui, ne songeant qu'à le rassurer, à l'aider. Maintenant, elle n'en avait plus la force, c'était elle qui avait besoin d'aide.

Il parut à peine remarquer sa présence et la repoussa pour récupérer son plateau.

– Zach, Dee est passée ici ? Tu as vu Audrey ou Michael ?

– Je n'ai vu personne, répondit-il d'un ton presque neutre. Je suis resté là-bas, au milieu de toutes ces glaces. Jusqu'à ce flash. En cherchant d'où ça venait, j'ai trouvé une porte. J'ai appuyé sur le bouton et je suis entré.

Un flash – bien sûr ! C'était ainsi que Zach avait dû interpréter l'éclair dans le couloir.

– Mais qu'est-ce que tu fais ? insista-t-elle.

– C'était tout prêt. Ça m'attendait, la photo déjà dans le bain révélateur.

Quelque part un minuteur s'arrêta et Zach s'écarta de Jenny.

– Il faut que je la passe maintenant au fixateur et au rinçage.

Jenny cligna des yeux quand il ralluma l'ampoule blanche. Elle regarda ses doigts agiles manipuler la photo avant de la sortir pour la plaquer contre le mur, après quoi il recula afin de mieux l'examiner, les sourcils froncés.

– Zach, s'il te plaît, écoute-moi !

À mesure qu'elle digérait le choc de la disparition de Summer, elle prenait conscience que Zach, son propre cousin, était lui aussi en danger ; il suffisait de voir à quel point il apparaissait pâle dans la lumière, à quel point son regard gris semblait fixe, éperdu.

– Tu ne te rends pas compte que c'est ça, ton cauchemar ? On n'a pas de temps à perdre... on doit trouver une porte pour s'en aller. *Zach !*

Il la repoussa de nouveau.

– Il faut que je termine ça. Il faut...

Elle le rattrapa de justesse lorsqu'il s'effondra et, cette fois, il accepta son aide, s'agrippant à elle comme un gamin effrayé.

– Jenny... Pardon...

– C'est bon... assura-t-elle en l'étreignant. C'est bon, je suis là. Ça sert à ça, les cousins.

Et elle le berça comme un bébé. Il finit par tenter de se relever mais elle dut encore le soutenir. Elle avait au moins autant besoin d'aide que lui et il avait toujours été là pour elle. Avant que leurs deux familles viennent s'installer en Californie, ils avaient vécu dans deux maisons voisines, joué aux Indiens dans la cerisaie. C'était à l'époque où il n'avait pas encore découvert sa passion dévorante pour la photo, où son regard gris était encore chaleureux, non pas glacial comme maintenant. Apparemment, il pensait à la même chose.

– Comme quand on était gosses, dit-il avec un rire étouffé.

– Quand tu te griffais aux branches des arbres et qu'il fallait te laver au jet d'eau pour que tante Lily ne s'en aperçoive pas.

Elle-même pouffa contre l'épaule de son cousin et faillit fondre en larmes.

– Oh, Zach ! Je suis tellement contente de t'avoir trouvé !

– Moi aussi. Je me sentais tout drôle.

– Il s'est passé trop de sales trucs, ajouta-t-elle d'une voix tremblante. J'ai eu trop peur… et maintenant…

Sa gorge se serra. Impossible d'articuler le nom de Summer.

– Ça va, dit-il. On est réunis, maintenant. Tout va s'arranger.

Malheureusement, il ne suffirait pas d'un tuyau d'arrosage et d'un pansement, cette fois, songea-t-elle. Néanmoins, cela faisait du bien de pouvoir s'appuyer sur Zach, se serrer contre lui. Il lui caressait les cheveux et cela l'apaisait. Elle avait l'impression qu'il lui communiquait un peu de sa force. Et aussi une chaleur qui la surprit de la part d'un garçon aussi froid. Il l'embrassait, la rassurait, comme une petite fille apeurée.

S'il n'avait pas été son cousin, elle se serait crue dans les bras d'un amoureux…

Elle préféra repousser une telle pensée. Zach était juste gentil. Il voulait juste l'aider. D'ailleurs, elle se sentait mieux, à ainsi recevoir son affection… sa tendresse.

Elle se blottit contre lui, s'y trouva en sécurité. Bien.

Quand il l'embrassa dans la nuque, ce fut avec une telle tendresse qu'elle se crut plus que jamais à l'abri. Zach était si gentil, elle l'aimait tellement ! Elle était contente de constater que c'était réciproque.

Quand il l'embrassa de nouveau, un tressaillement inattendu la parcourut.

En principe, elle ne devrait pas ressentir *cela*. Pas avec Zach. Il ne devrait pas… absolument pas…

Pourtant, elle n'avait aucune envie de tout gâcher en se détachant de lui. Alors elle goûtait le doux contact de ces lèvres tièdes dans sa nuque, au point d'en éprouver un frisson de délice. Cette fois, impossible de faire comme si... Cette impression... elle savait qu'il ne fallait pas. Posant les mains sur ses épaules, elle le repoussa.

– Zach, souffla-t-elle. Je crois qu'on est tous les deux... un peu secoués. On n'est plus nous-mêmes.

– Je sais, répondit-il comme s'il en souffrait. Pardon, je...

Il se redressa, relâchant son emprise, mais seulement pour lui embrasser les cheveux. Elle sentit son souffle sur sa tête.

– *Zachary*, arrête ! On est cousins.

L'ennui étant qu'elle ne parvenait pas à y mettre la fermeté voulue. Elle pouvait à peine respirer, encore moins bouger.

– À moitié cousins, rectifia-t-il.

Ce qui était vrai même si elle n'y pensait jamais – leurs mères n'étaient que demi-sœurs.

– Et puis, ajouta-t-il, je ne peux pas m'en empêcher.

Et il l'embrassa encore et encore.

Cette fois, elle dut bien se l'avouer : *mais il y a autre chose* – sans parvenir à mettre le doigt dessus. Elle ne put que murmurer :

– Mais, et Tom...

Ce fut là qu'elle éprouva un choc.

Elle n'avait plus pensé à Tom depuis... depuis... Impossible de se rappeler combien de temps. À quoi Zach répondit qu'il n'y pouvait rien.

– D'ailleurs, il ne te mérite pas. Il ne t'aime pas assez. J'ai toujours eu peur de te le dire, mais tu sais que c'est vrai.

Elle voulut protester mais ne put articuler un mot.

– Et maintenant, je sais que toi non plus tu ne l'aimes pas assez. Vous n'êtes pas faits l'un pour l'autre.

Il avait posé les yeux sur elle, une lueur qui éclairait son propre visage, son expression intense. Et ces yeux gris qui en devenaient presque bleu pâle.

– Tu n'y peux rien, Jenny. Tu le sais.

Fermant les paupières, elle lui offrit sa bouche et il l'embrassa. Aussitôt, elle eut l'impression de se fondre en lui, de défaillir entre ses bras. Jamais elle n'avait éprouvé tant de douceur dans un baiser. Elle n'arrivait plus à penser à quoi que ce soit. Elle volait. Elle flottait entre deux eaux.

Submergée de sensations, elle l'embrassa à son tour comme elle n'avait jamais embrassé Tom, caressant ses cheveux qui s'étaient détachés, tellement plus soyeux qu'elle ne l'aurait imaginé. Elle avait toujours cru que Zach possédait une chevelure assez épaisse, tandis que là... on aurait plutôt dit une fourrure de chat...

Entendant son propre geignement, elle sut aussitôt... elle sut, alors qu'elle reculait d'un bond.

Les yeux de Julian luisaient comme des saphirs sous ses longs cils. Il portait une chemise de flanelle qui ressemblait à celle de Zach, un jean délavé comme le sien, des baskets identiques. Mais il avait une grâce languide inaccessible à un Zach, et ses cheveux brillaient comme le sable sous la lune.

Jenny s'essuya machinalement la bouche du dos de la main, trop choquée pour éprouver un début de colère.

Et si je le savais ? Si je le savais depuis le début, avant même qu'il m'embrasse ou pendant qu'il m'embrassait mais avant que je me dégage... est-ce que je pouvais savoir... ?

Impossible de vraiment se rendre compte.

– Comment avez-vous su... ? murmura-t-elle. Vous vous conduisiez comme Zach... vous saviez des choses que lui seul pouvait savoir...

– Je l'ai observé. Et vous aussi. Je suis l'homme de l'Ombre, Jenny... et je vous aime.

Il parlait d'une voix douce, ensorcelante qui la faisait complètement fondre.

Ce fut là qu'elle repensa à Summer.

Prise d'une rage folle, elle sentit ses forces lui revenir instantanément, au point d'en oublier l'attendrissement qui l'habitait depuis quelques minutes. Elle le détestait, maintenant. Sans un mot, elle se détourna et sortit de la chambre noire.

Il la suivit, alluma dans le garage. Forcément, il savait à quoi elle pensait.

– Elle a accepté, commença-t-il, comme vous tous. Elle a accepté de jouer au Jeu.

– Elle ne savait pas que c'était pour de vrai.

Il cita les instructions :

– « Je reconnais que je joue à mes risques et périls... »

– Dites ce que vous voulez, n'empêche que vous l'avez tuée.

– Je ne lui ai rien fait du tout. C'est sa peur qui l'a emportée. Elle n'a pas pu affronter son cauchemar.

Jenny savait bien qu'il était inutile de discuter, pourtant elle laissa échapper d'un ton grave :

– Ce n'est pas juste.

L'air un rien amusé, il secoua la tête.

– La vie n'est pas juste, Jenny, vous ne l'avez donc pas encore appris ?

– Qui vous donne le droit de jouer ainsi avec nous ? enragea-t-elle. En quel honneur ?

– Je n'ai pas besoin de droit. Écoutez, mes mondes sont cruels et ne tiennent pas compte de vous ni d'aucun droit. La bonté immanente n'existe pas. C'est la loi de la jungle. Pas besoin de droit... tant qu'on a la force.

– Je ne vous crois pas.

– Vous ne croyez pas que le monde est cruel ?

Il ramassa un journal sur la banquette.

– Tenez, jetez un coup d'œil là-dessus et dites-moi que le bien l'emporte sur le mal. Dites-moi que ce n'est pas la loi de la jungle dans votre monde.

Jenny n'avait même pas envie de vérifier les titres. Elle en avait trop vu dans sa vie.

– La réalité, reprit Julian avec un sourire éclatant, possède des griffes et des dents. Dans cette optique, il vaut mieux être chasseur que proie, non ?

Bien qu'elle secouât la tête, elle était obligée de reconnaître qu'il disait vrai, mais cela lui tordait le cœur.

– Je vous donne le choix, reprit Julian d'un ton plus dur. Je vous ai déjà dit que si je ne pouvais pas vous persuader, je vous forcerais... Si vous n'êtes pas d'accord, il va falloir que je vous montre ce que je voulais dire. Je ne joue plus, Jenny, j'en ai assez. Je veux juste régler cette affaire... d'une façon ou d'une autre.

– C'est réglé. Je ne ferai jamais un pas vers vous. Je vous hais.

Une lueur de colère traversa le regard bleu de Julian.

– Vous ne comprenez pas que ce qui est arrivé à Summer pourrait bien vous arriver à vous ?

– Si, rétorqua-t-elle d'un ton glacial. Je sais.

Maintenant, elle prenait conscience de ce qu'elle n'aurait sans doute pas cru jusque-là, que Julian était parfaitement capable de mettre ses menaces à exécution et qu'elle, Jenny, y était exposée. La mort, c'était pour les vieux, pas pour des jeunes de son âge. Les – vrais – ennuis n'arrivaient pas aux gens normaux.

Pourtant si.

Dorénavant, elle le savait, son cœur l'assimilait. Parfois les pires choses pouvaient arriver à des gens qui ne l'avaient pas mérité. Même à Summer.

Jenny avait l'impression d'apprendre un secret, de se voir initiée à quelque communauté mondiale. La communauté du chagrin.

Elle faisait désormais partie de ceux qui savaient. Curieusement, elle se sentait rassurée de ne pas en être le seul membre, de comprendre qu'ils étaient nombreux à pleurer un ami, un parent, à subir de terribles épreuves auxquelles ils n'étaient pas préparés.

On est très nombreux, songea-t-elle sans se rendre compte qu'elle pleurait. *On est partout. Et on ne devient pas chasseurs pour autant, on ne se défoule pas sur les autres. Enfin, pas tous.*

Pas Aba. D'un seul coup, Jenny se rappelait la grand-mère de Dee qui avait perdu son mari dans une rixe raciale ; curieusement, elle avait fait graver sur le miroir de sa salle de bains ces maximes :

« Ne cause aucun tort. »

« Aide qui tu peux. »

« Rends le bien pour le mal. »

Jenny n'avait jamais interrogé Aba sur ces lignes tant elles lui paraissaient limpides.

À présent, elle sentait la communauté du chagrin se resserrer autour d'elle pour la consoler silencieusement. Les pires choses pouvaient arriver à Jenny, elle le savait maintenant.

– Vous avez raison, finit-elle par répondre. C'est sans doute grave mais ça ne veut pas dire que je vais céder. Je ne le ferai jamais de mon plein gré. Vous n'avez plus qu'à essayer la force.

– Je n'y manquerai pas.

Et cela commença, tout naturellement. Elle entendit un bourdonnement aigu, vit une abeille se poser sur sa manche.

Une abeille dorée, tout ce qu'il y avait d'ordinaire, qui s'accrochait de ses petites pattes au lin de son chemisier. Alors retentit un autre bourdonnement et une deuxième abeille atterrit sur sa manche. Puis une autre, et encore une autre.

Jenny avait horreur des abeilles. Dans les pique-niques, c'était toujours elle qui glapissait : « Il y en a une dans mes cheveux ? » Elle avait envie de les chasser mais craignait de les exciter.

Elle releva les yeux vers les iris saphir de Julian, ne put s'empêcher d'admirer, une fois de plus, son visage de statue grecque. Dans les vêtements ternes de Zach, il rayonnait d'une beauté tellement irréelle qu'elle en devenait effrayante.

Nouveau bourdonnement. Cette fois, il y avait bel et bien une abeille dans ses cheveux, qui battait des ailes contre son crâne.

Et Julian souriait.

Percevant un son plus profond, une sourde rumeur, elle en chercha la source. Un essaim d'abeilles s'accrochait à la porte du garage tel un ananas géant.

Jenny recula et entendit un *bzzzzz* d'alerte dans ses cheveux. La boule d'insectes s'égailla en tous sens pour former un nuage.

Qui se dirigeait sur elle.

Alors qu'elle jetait un autre regard sur Julian, les abeilles fondaient sur ses bras, ses épaules, sa poitrine. Elle dut écarter les bras pour ne pas écraser celles qui s'étaient posées sur ses côtés, au risque de se faire piquer.

Et elle s'enfonça dans le cauchemar le plus irréel.

Elles l'enveloppaient comme une couverture et pesaient lourd. Trop lourd. Elle défaillit, ferma les yeux ; elles grouillaient sur sa tête, sur son visage, l'inondaient, l'aveuglaient, s'accrochant les unes aux autres car elles ne trouvaient plus de place sur son corps. Elle sentait leurs pattes sur ses joues mais s'interdisait de crier ; parce que si elle se laissait aller… si…

Elles entreraient dans sa bouche et là Jenny deviendrait folle. Cependant, elle n'arrivait plus à respirer par le nez et sentait leur poids lui écraser la poitrine. Elle allait devoir ouvrir la bouche.

Elle pleurait en silence en s'efforçant de ne pas bouger, de les déranger le moins possible. La voix de Julian lui parvint :

– Vous n'avez qu'un mot à dire, Jenny.

Ce fut à peine si elle put secouer la tête, se permettant seulement de sangloter sans émettre un son, sans bouger d'un pouce. Mais elle ne céderait pas – jamais.

Tu peux me faire ce que tu veux. Réfugiée dans l'obscurité de ses paupières baissées, elle tâchait de ne pas sombrer dans l'inconscience, de se raccrocher au mince fil qui lui glissait entre les doigts, qu'on essayait de lui arracher.

Elle allait s'évanouir. Tomber. Non, ne pas céder.

En tombant, je vais les écraser, les affoler et elles me tueront.

Cependant, elle ne prononça pas le mot qui pouvait tout arrêter. Elle sentit l'obscurité l'envahir alors qu'elle commençait à tomber.

12

Alors qu'elle flottait dans les ténèbres grises, elle entendit une horloge sonner trois coups.

Réveille-toi ! Pourtant, elle n'en avait pas envie et se laissa encore flotter un peu.

Non, réveille-toi ! C'est l'alarme. Tu dois aller au lycée... ou quelque chose d'autre. Tu dois aller voir Zach.

Zach.

Elle était réveillée.

Elle gisait sur le sol froid du garage de son cousin, complètement gelée mais débarrassée des abeilles. Elle inspecta ses bras, ses jambes. Pas une marque. Julian n'avait pas insisté.

Néanmoins, elle se retrouvait maintenant coincée dans un garage sans porte. Il ne restait que la lucarne avec son rideau. Toutes les autres ouvertures – la plus grande pour les voitures et la petite qui menait à la maison – avaient tout simplement disparu, cédant la place à un mur blanc.

En outre, elle ignorait ce qu'elle était censée faire ; à trois heures du matin, elle avait surtout sommeil.

Elle jeta un coup d'œil dans le studio d'angle où Zach prenait ses photos. Son appareil attendait sur le trépied. Le projecteur de tungstène était allumé sur une large toile de fond. Zach avait fait beaucoup de photos en peignant une toile en noir pour y jeter ensuite des poignées de farine blanche. Ça donnait une impression de Voie lactée, d'espace infini. Étrange et futuriste.

Cette fois, la toile représentait une porte.

Une poignée émergeait du papier.

La sortie, songea Jenny. Pourtant, quelque chose en elle hésitait encore devant cette sinistre issue en noir et blanc qui lui donnait plutôt la chair de poule.

Parce que tu crois que tu as le choix ?

Elle tourna la poignée. La porte bougea. Elle la franchit.

Et se retrouva comme suspendue parmi les étoiles. Le battant se referma derrière elle mais Jenny s'en aperçut à peine tant elle fixait ce ciel si bas qu'il formait plutôt une sorte de plafond scintillant de taches blanches. Quant au sol, c'était comme une étendue de velours noir qui s'étirait dans toutes les directions.

Terrible, cette sensation d'infini tout autour d'elle. Cela lui rappelait un rêve ancien, lorsqu'elle avait eu cette impression de sol incommensurable et de voûte céleste quasi solide au-dessus de sa tête. Zach faisait-il le même genre de rêve ? Était-ce le cauchemar de son cousin ?

Les seuls points de repère dans cette obscurité insondable étaient offerts par des lampes... des projecteurs comme ceux que Zach utilisait pour ses photos. Ils formaient çà et là de petits îlots de lumière parfois blanche, parfois colorée dans le lointain.

Jenny pivota dans l'espoir de s'orienter – et poussa un grand soupir. La porte se trouvait toujours derrière elle. Il lui restait donc cette issue possible.

Mais si c'était là le cauchemar de Zach, lui devait se trouver dans les parages. Elle ne pouvait partir sans lui.

Après une courte hésitation, elle se dirigea vers le projecteur le plus proche, un néon rose. Il lui fallut un certain courage pour s'éloigner de la sécurité de la porte et elle garda bien, ensuite, les yeux fixés sur son objectif. Sous ses pieds, le sol de velours paraissait d'une totale douceur, sans la moindre ride. Elle aurait presque pu y patiner.

Arrivée à hauteur de la lampe, elle y vit un filtre rose, exactement comme ceux qu'utilisait Zach ; il les récupérait dans la classe de théâtre, quand les projecteurs colorés grillaient. Et la scène qu'il éclairait ressemblait en tout point à un tirage qu'il avait fait – la silhouette en carton d'un coyote au néon rose dans une prairie. Ça donnait un résultat original, très high-tech, comme toutes les photos de Zach, mais Jenny les aimait bien. En revanche, ce coyote tout seul, éclairé de rose, la déconcertait beaucoup.

Il doit attendre son photographe, se dit-elle. Cela donnait juste l'impression qu'il risquait d'attendre là pour l'éternité.

Elle s'approcha du projecteur suivant, blanc, une quinzaine de mètres plus loin - encore qu'il soit difficile d'évaluer correctement une distance dans un endroit pareil.

La lumière se projetait cette fois sur un mur isolé à la fenêtre brisée, décoré de pointes et d'épis argentés. Zach avait ainsi repeint puis photographié certaines maisons abandonnées de Zuma Beach. La police avait parlé de vandalisme mais Zach assurait que c'était de l'art.

Jenny regarda des deux côtés du mur isolé, totalement déconcertant lui aussi. Tout semblait si calme par ici...

Ce fut alors qu'elle perçut un léger cliquetis.

La lumière du projecteur rose diminua un instant – comme si quelque chose venait de passer devant. Toute droite, Jenny plissa les yeux. Elle ne voyait rien bouger, n'entendait plus rien.

Sans doute ton imagination – quoiqu'elle ait du mal à y croire. Non sans regarder plusieurs fois par-dessus son épaule, elle finit par atteindre l'autre lampe.

Celle-ci avait un filtre à néon orange. Quelques années auparavant, Zach avait photographié du bicarbonate de soude jeté en l'air sous des lampes colorées. L'ennui étant qu'ici il restait en l'air, comme un nuage orange suspendu – à rien du tout. Jenny distingua quelques grains qui scintillaient et glissaient légèrement.

Arrête, là il faut que tu te tires.

Elle recula, avant de filer vers l'île de lumière suivante.

En s'approchant, elle sentit son cœur bondir et se mit à courir. Zach se trouvait au pied d'un des deux projecteurs bleus.

Elle ouvrit la bouche pour l'appeler mais se l'interdit à la dernière seconde. Et si ce n'était pas Zach ? Elle avait été échaudée.

Arrivant à pas de loup, elle commença par observer le garçon.

Même chemise de flanelle sur le même tee-shirt. Même jean. Même catogan.

Il posa une pierre près d'une toile peinte en gris avec des striures argentées, la contempla, la reprit, la reposa, presque au même endroit.

– Je vais l'appeler *Pierre sur l'eau*, déclara-t-il. Parce qu'une pierre, ça ne flotte pas vraiment.

– Zach !

S'agenouillant près de lui, Jenny posa une main sur son épaule et il tourna vers elle son regard gris un peu vitreux, exactement comme tout à l'heure... Pourtant, quelque chose disait à Jenny qu'il s'agissait bien cette fois de son cousin.

Un bruit furtif attira son regard vers le projecteur blanc qui se mit à trembloter puis se stabilisa.

– Zach, il faut qu'on y aille, dit-elle en lui serrant le bras. Je t'expliquerai plus tard... mais il se passe des choses, on doit retourner vers la porte.

Il lui décocha l'un de ses sourires absents, de ceux qui ne lui plissaient pas les yeux.

– Je sais, mais ça m'est égal. Ça fait partie de mon hallucination.

– De ta quoi ? Tu veux dire de ton cauchemar ?

– On s'en fiche.

Il reprit la pierre, la soupesa, l'examina.

– Il y a longtemps que je le sais. Ça devait arriver.

– Tu savais, demanda-t-elle interdite, qu'on allait se faire enlever par l'homme de l'Ombre ?

– Je savais que j'allais devenir fou. Tiens, mais ton expression « enlever par l'homme de l'Ombre » me botte pas mal. Très créative. Ça correspond bien à devenir fou.

Elle en resta un instant bouche bée, puis finit par saisir son cousin par les épaules.

– Zach, tu n'es pas fou. C'est ça, ton problème ? C'est pour ça que tu as complètement zappé, tout à l'heure ? Parce que tu te croyais devenir barge ?

– Le cerveau enlevé par l'homme de l'Ombre. Ça devait bien arriver un jour ou l'autre. C'est dans la famille.

– Oh, arrête ton délire !

Elle ne voyait pas du tout de quoi il voulait parler. La lampe orange, encore la plus proche d'eux, se mit à trembloter à son tour.

– T'inquiète, disait Zach. Tu fais juste partie de mon hallucination. Ça ne te fera pas mal.

– Quoi ? Qu'est-ce qui ne fera pas mal ?

Il gardait les yeux rivés sur la pierre.

– C'est une question de dimensions, tu vois ? La toile est en deux dimensions, la pierre...

Une flèche frappa l'une des lampes bleues dans un jaillissement d'éclats de verre et d'étincelles.

Non, se dit Jenny, *un carreau. Un carreau d'arbalète.* Elle le savait car le père de Zach avait participé trois années durant aux championnats nationaux. Ces carreaux étaient encore plus dangereux que des flèches – d'autant que celui-ci était en métal, très futuriste.

Zach écartait de la main les morceaux de verre sur sa toile.

– Mais lève-toi ! lui ordonna-t-elle affolée.

Un nouveau carreau atteignit l'autre lampe bleue. Jenny bondit sur le côté pour éviter les étincelles tandis que Zach protégeait la pierre de son corps.

– Écoute ! cria-t-elle encore. Ce n'est pas une hallucination, ça se passe vraiment et tu pourrais en mourir pour de bon ! Tu peux emporter ta pierre si tu veux mais il faut qu'on parte immédiatement...

En fin de phrase, sa voix avait pris une intonation hystérique.

Cette fois, il parut comprendre. Elle le voyait à peine dans l'obscurité, cependant elle distingua sa silhouette contre le ciel étoilé. Il se leva – sans lâcher sa pierre – et la suivit où elle l'entraînait.

Le projecteur orange, se disait-elle, *ensuite le blanc, et puis le rose. La porte devrait se trouver derrière.*

La lumière orange papillota quand ils arrivèrent à sa hauteur.

– Zach, il y a quelqu'un qui nous poursuit, non ? Ne t'arrête pas ! Viens !

Elle le tira par le coude car il s'était retourné, l'air pensif. Comme s'il n'avait pas peur.

– Moi, dit-il.

Ils atteignirent le mur isolé sous le projecteur blanc et, derrière, Jenny se sentit quelque peu rassurée. Elle regarda son cousin.

– *Toi ?*

– C'est moi. C'est mon hallucination et je me poursuis moi-même. Je me chasse.

– Oh, Zach ! Je te dis que ce n'est pas une hallucination. Il nous arrive à tous la même chose... On en est tous là. Dee, Mike, Tom, Audrey et moi. Il y avait Summer aussi mais son cauchemar l'a tuée parce qu'elle ne pouvait pas l'affronter. Alors tu dois résister, sinon...

Elle en eut les larmes aux yeux.

– On en est tous là ? répéta-t-il. C'est vrai ?

– Oui. Ça se passe pour de bon, le Jeu, l'homme de l'Ombre et tout. Ce n'est pas que dans ta tête. Ça m'a rendue à moitié folle moi aussi, mais il ne faut pas se laisser faire.

Il cligna des paupières, regarda par la fenêtre le vide obscur.

– Si c'est vrai... commença-t-il lentement.

Avant d'achever d'un ton plus ferme :

– ... alors c'est qui, lui ?

Jenny vint jeter un coup d'œil à son tour. Un... individu se tenait à la limite de la lumière projetée par la fenêtre, portant une arbalète des plus futuristes. Quant à lui, Jenny l'aurait plutôt décrit comme un cyberpunk en armure noire ultramoulante, avec une main d'acier pleine de câbles, et un pistolet high-tech collé à la cuisse. Il portait un casque-miroir qui masquait complètement ses traits.

Jenny s'adossa au mur.

– Génial ! marmonna-t-elle.

– J'ai compris que c'était mon double obscur, raisonna Zach, cette part de moi-même qui voulait ma destruction.

Un carreau traversa la fenêtre – Jenny en sentit passer le vent – pour aller exploser le projecteur blanc.

– Viens vite !

Cette fois, Zach courut sans se faire prier.

Le Cyberchasseur atteignit la lampe rose avant eux. C'était impossible, pourtant il y arriva, dressant sa silhouette noire devant le néon rose.

– Par ici ! Il faut qu'on retrouve la porte.

Dans un virage circulaire, Jenny contourna le projecteur pour se diriger vers l'endroit où aurait dû se trouver la porte. Sauf qu'elle n'y était pas.

– Elle a disparu !

Jenny se retourna. Le chasseur leur faisait face dans l'aveuglante lumière rose.

Qu'est-ce qu'on a à voir avec lui ? se demanda-t-elle. *Il faut le tuer ou quoi ? L'écraser avec la pierre ? Ça m'étonnerait.*

Elle avait appris au moins une chose : les cauchemars restaient équitables. On avait toujours une chance de s'en sortir, même des plus improbables. Sans doute Julian n'y voyait-il que justice.

Alors que faire de ce Cyberchasseur ? Comment son cousin devrait-il affronter sa peur ?

– Zach, articula-t-elle soudain. En fait, tu n'as même pas vu son visage ? Tu ne sais pas s'il te ressemble ?

– Non, j'ai juste compris. Il ressemble aux trucs high-tech de mes photos... il vient m'avaler.

– Alors, si tu commençais par le regarder... si tu lui ôtais son casque ?

Elle perçut l'effroi de Zach dans l'obscurité, ferma les yeux, soudain très lasse.

– Allez, je suis sûre que c'est ce que tu dois faire. C'est ton cauchemar, tu dois l'affronter. Je viens avec toi.

En quoi elle prenait un risque. Que le Chasseur soit Julian ou l'un de ses avatars, tels que les elfes sombres ou les Visiteurs, il pouvait fort bien ressembler à Zach.

– Allez, insista-t-elle. Sinon, on ne trouvera jamais la sortie. Même s'il te ressemble, tu dois constater que ce n'est pas toi.

– Mais... si c'est moi... si tu n'es pas vraiment là et que je suis en pleine hallucination...

– Dans ce cas, je vais sans doute disparaître, ou je ne sais quoi ! Mais au moins tu sauras que tu es vraiment fou. Tout ce que je sais, c'est que Summer n'a pas pu affronter son cauchemar et qu'elle en est morte.

Silence. Zach se tourna vers elle mais il faisait trop sombre pour qu'elle puisse distinguer son expression.

– C'est parti, dit-il en se dirigeant vers la lumière.

Le cœur battant de plus en plus fort, Jenny se dit qu'ils offraient une cible idéale au chasseur.

Il ne tira pourtant pas, immobile comme une statue de cire. Il était exactement de la taille de Zach. Celui-ci s'arrêta devant lui.

Jenny crut entendre le sang lui battre les tempes.

Le chasseur souleva lentement son arbalète, attirant des éclats roses dessus puis sur son armure noire. Le visage de Zach se reflétait dans le casque-miroir.

– Allez ! lui souffla Jenny. Ôte-lui son casque. Dis-lui qu'il n'est pas toi, même s'il te ressemble.

Elle n'était pas aussi sûre d'elle qu'elle voulait le faire croire. Était-ce le visage de Zach sous le casque ? Ou celui de Julian ? Ou celui d'un androïde hideux – d'une sorte de robot tueur ? Alors sans doute Zach serait-il mort avant de le découvrir...

Le Cyberchasseur attendait.

D'un geste brusque, Zach lui ôta son casque.

Il n'y avait rien dessous.

Pas de visage, pas de tête. Jenny s'attendait à tout sauf à ça et ne put retenir un cri. L'armure noire s'effondra lamentablement et l'arbalète rebondit dessus.

Une porte apparut à côté du projecteur rose.

Zach contemplait encore l'armure vide. Il écarta du bout du pied la main robotique. Jenny poussa un soupir de soulagement. Ça s'était bien passé. Facile. Et puis elle regarda son cousin. C'était chez lui qu'elle devait chercher la réponse.

– Je suis toujours là, Zach. D'accord ?

Il se retourna dans un halo rose. Sourit.

– D'accord.

L'horrible regard de zombie avait disparu. C'était bien son cousin. Avec toute sa tête. Le soulagement de Jenny était tel que c'en devenait presque douloureux. Zach laissa tomber le casque sur l'armure.

– Je garde la pierre. Cette photo me tente toujours.

Ils franchirent la porte qui menait au couloir des glaces. Une feuille de papier traînait par terre, où s'étalait le dessin de Zach. Jenny la ramassa, fronça les sourcils. Si elle distingua vaguement un profil – un profil au nez aquilin –, derrière apparaissait un méli-mélo de couleurs, de zébrures et de pointes.

– C'est ce que j'ai dans la tête, expliqua-t-il.

Il prit la feuille, la déchira et la balança en l'air sous forme de confettis multicolores.

– Zach... qu'est-ce qui te fait croire qu'on a des antécédents de folie dans la famille ?

Il répondit d'un haussement d'épaules. Les autres avaient expliqué leurs cauchemars, mais Jenny ne fut pas surprise que son cousin refuse. Il était trop secret.

Une horloge invisible émit quatre coups.

– Je déteste cet endroit, dit Zach devant son propre reflet. Ça me rappelle la maison hantée dans les parcs d'attractions où on allait quand on était petits.

– Alors c'est à cause de toi qu'elle est là, dit Jenny.

Elle-même l'avait oubliée, mais elle avait oublié bien des événements de son enfance, particulièrement les années qui avaient précédé leur arrivée en Californie. Elle ne tenait pas à se les rappeler.

Une sorte de prémonition lui serra le cœur. Ses joues la brûlaient. Maintenant qu'ils étaient hors de danger, maintenant que Zach était redevenu lui-même, elle sentait que sa propre attitude envers lui avait changé. À cause de Julian. Elle avait beau parfaitement savoir que son cousin n'avait jamais été amoureux d'elle, elle ne pouvait gommer ce qui s'était passé dans la chambre noire. Chaque fois qu'elle le regardait, elle revoyait ces yeux gris brûlants de passion.

Je finirai par oublier, se dit-elle. *Ça se dissipera. L'important, c'est qu'il ne s'en aperçoive jamais.*

– Il faut qu'on retrouve les autres, dit-elle à haute voix. Dee, Audrey et Mike traînent dans le coin. Je suppose... qu'on devrait se séparer. Mais j'ai peur qu'on ne parvienne pas à s'orienter. Je sais que ça a l'air d'un couloir tout bête, seulement on ne peut se fier à rien, ici.

– Attends, dit-il en sortant deux pastels de la poche de sa chemise. Je les ai pris parce que je me disais que ça pourrait me servir pour mes photos. Choisis, bleu cadet ou rose indien. On marquera notre passage.

Elle choisit le bleu cadet et en traça un trait sur une glace.

– Bravo ! s'extasia-t-elle. Je vais dans ce sens et toi, par là. Le premier qui les retrouve les amène ici.

– Là où se rejoignent les deux pastels, dit Zach en dessinant sa propre ligne qui le suivit jusqu'au premier tournant.

Ni merci ni au revoir. Voilà qui devrait aider Jenny à effacer la scène de la chambre noire. Zach était redevenu lui-même.

Elle partit de son côté en laissant une trace derrière elle.

Le couloir des glaces semblait interminable – et complètement désert. Il allait et venait, toujours le même.

Jusqu'au moment où, à son grand étonnement, elle en atteignit le bout. Ce n'était qu'un mur de béton vide, grisâtre, sans miroir, sans ampoule bleue ni bouton rouge.

Cela faisait peur.

Par terre traînait une feuille de papier blanc. Jenny s'en approcha lentement. Cela aussi faisait peur. Dee, Audrey, Michael, Summer et Zach avaient eu leur cauchemar. Et Julian avait dit que Tom était au sommet de la tourelle.

Il ne restait d'autre cauchemar que le sien.

Elle ramassa la feuille, la retourna, reconnut les graffitis sur les bords ; le centre restait exactement tel qu'elle l'avait laissé – vide.

Jenny regarda le mur vide devant elle.

– Besoin d'aide ? demanda la voix de Julian derrière elle.

Elle fit volte-face en chiffonnant la feuille dans son poing.

Il était adossé à un miroir, dans l'armure noire mais sans le casque. À la place jaillissaient un éclat mauve sur ses cheveux blancs et un triangle bleu dessiné sur sa pommette. On aurait dit une sérigraphie, de l'art corporel poussé à l'extrême. Zach adorerait – ou pas.

Jenny regarda droit dans les yeux de chat. Certaines choses avaient changé depuis que Julian lui avait envoyé cette colonie d'abeilles. Elle avait plus confiance en elle. Quoi qu'il lui fasse, même s'il la tuait, il ne pourrait la briser.

– Alors c'est vous qui nous tiriez dessus, dit-elle.

– Personnellement, je crois que c'était le père de Zach. Il semble en faire un petit complexe. Ce père coincé et démodé face à un fils artiste et branché, vous voyez. D'un autre côté, je suis chasseur.

Il repoussa une mèche violette de son œil.

– Et si vous partiez, tout simplement ? dit Jenny. J'essaie de réfléchir, là.

– Je ne demande qu'à vous aider. Je sais tant de choses sur vous, je vous observe depuis tant d'années, jour après jour, heure après heure...

Jenny se figea. Il avait déjà dit ce genre de chose mais elle ne l'avait pas vraiment écouté. Ou bien elle ne l'avait pas pris au pied de la lettre. Tandis que maintenant, les yeux dans les yeux, elle savait qu'il disait vrai.

Et c'était la pire des choses qu'elle ait jamais entendues. Il l'avait observée des heures durant ? Combien de fois dans sa vie, alors qu'elle se croyait seule, avait-il été là ?

Cela créait une effroyable intimité entre eux, et elle n'en voulait surtout pas.

– Je suis amoureux de vous, reprit-il simplement. J'admire tout ce que vous faites.

– Vous...

– Il ne faut pas que ça vous gêne. Je ne raisonne pas comme vous. Peu m'importe que vos cheveux soient coiffés ou non, que vous soyez maquillée ou non. D'ailleurs, ne saviez-vous pas que j'étais là ?

Il avait posé cette dernière question avec un sourire.

– *Bien sûr que non !*

Pourtant si, dut-elle reconnaître intérieurement. Quelque part, au fond d'elle-même, elle se savait observée. Elle pensait seulement que tout le monde avait cette impression.

Parfois, elle s'éveillait en pleine nuit, certaine qu'une haute silhouette se tenait devant elle dans l'obscurité. Elle en était d'ailleurs si impressionnée qu'elle ne pouvait plus bouger. Il lui arrivait même de distinguer une ombre, son contour dans le noir, et elle regardait, regardait, jusqu'à ce que ses yeux lui fassent mal.

Si elle envoyait un coup de pied dans sa direction ou allumait, l'ombre s'évanouissait. Sa propre chambre lui paraissait toujours bizarre dans cette lumière artificielle au beau milieu de la nuit ; elle ne la voyait pas du même angle le jour et il lui fallait un certain temps avant de pouvoir éteindre à nouveau.

Mais dans son cœur, elle avait toujours su que c'était vrai, qu'il ne s'agissait pas d'un simple rêve. Elle avait les yeux grands ouverts quand elle avait aperçu cette chose qui la surplombait et tant pis si c'était idiot, si personne ne pouvait rien voir dans une telle obscurité. Elle l'avait quand même vue. C'était là.

– Je vous déteste, souffla-t-elle.

– J'aurais cru que vous pourriez avoir besoin de moi en ce moment, dit-il en désignant le mur grisâtre. Le voilà, votre cauchemar, Jenny... mais comment allez-vous y entrer ? Et si vous n'y parvenez pas, comment allez-vous l'affronter ?

Soudain, elle sourit et brandit le pastel bleu cadet.

– J'ai tout ce qu'il me faut, affirma-t-elle en défroissant sa feuille de papier.

– Mais comment vous souviendrez-vous ? interrogea-t-il d'un ton doux et amusé. Vous ne savez pas quoi dessiner. Voilà des années que vous tâchez d'oublier...

– J'en sais bien assez.

Elle se demandait tout de même ce que Julian pouvait vraiment savoir de son cauchemar secret, qu'elle fuyait depuis si longtemps et redoutait de découvrir sous peu.

– Je sais par où commencer : dans la cave de mon grand-père, quand j'avais cinq ans.

Plaquant le papier sur une glace, elle se mit à dessiner.

13

Le bleu cadet, qui avait paru un peu pâle sur la glace, se révéla gris sur le papier.

Jenny n'était pas une artiste mais elle savait dessiner les choses simples. Comme un carré – la cave de son grand-père. Avec des marches vers le haut de la page pour montrer le reste de la maison. Un bureau contre le mur. Un canapé. Trois ou quatre bibliothèques.

C'était tout ce qu'elle se rappelait. Elle espérait que ça suffirait.

D'un regard par-dessus son épaule, elle s'aperçut que Julian était reparti. Tant mieux.

Elle déposa par terre la feuille de papier, en face du mur gris.

L'éclair lui fit exactement le même effet qu'un flash en pleine figure, faisant danser des images rémanentes sous ses yeux. *Un à zéro pour Zach*, songea-t-elle. Quand elle parvint à distinguer de nouveau quelque chose, elle aperçut son reflet dans une glace.

Ça avait marché.

Elle sentit son pouls dans ses poignets, dans sa gorge et dans sa poitrine. *Ce n'est pas le moment de fuir*, se dit-elle.

Après tant d'années de combat pour oublier, elle allait maintenant se jeter au cœur de ses souvenirs. Ce serait brutal ; il lui restait à découvrir à quel point.

Elle appuya sur le bouton rouge. L'ampoule bleue s'alluma. La porte au miroir coulissa. Jenny ne s'autorisa pas le moindre coup d'œil à l'intérieur avant d'entrer.

La lumière dorée du soleil pénétrait par de petites fenêtres ouvertes sous le plafond. À sa grande surprise, Jenny reconnut les lieux et en éprouva de la joie.

Je me rappelle ces fenêtres. Je me rappelle…

Elle entendit la porte se refermer mais cela ne l'empêcha pas d'aller jusqu'au milieu de la pièce, de regarder autour d'elle, de reconnaître les couleurs, les innombrables objets.

C'est plus petit que dans mon souvenir – et plus rempli. Mais c'est la cave de mon grand-père.

Celui-ci, cependant, n'était pas là.

En effet, il avait dû s'absenter ce jour-là. Je me rappelle. J'étais entrée dans la maison pour le chercher, mais je ne l'avais pas trouvé là-haut.

Alors… je suis descendue ici – je crois, certainement… Je ne me souviens pas de l'avoir fait, mais c'est sûrement ça.

Jenny se tourna vers l'escalier qui donnait sur un mur. Pas de porte, bien sûr, puisque c'était un cauchemar. Un mur aussi vide que dans son souvenir – le plaisir du souvenir s'évanouit d'un seul coup. Elle ignorait ce qui allait suivre.

C'est alors qu'elle crut distinguer l'ombre fantomatique d'un enfant qui la contemplait d'en haut. Une petite fille en short, aux cheveux ébouriffés par le vent, au genou écorché.

Elle-même. À cinq ans.

Cela lui donnait l'impression de voir un film. La fillette dévala les marches en faisant claquer ses tongs et en appelant son grand-père, avant de s'arrêter net au pied de l'escalier quand elle découvrit qu'il n'était pas là non plus.

Jenny regardait sans essayer d'orienter les images et le film continua de se dérouler.

La fillette fantôme inspectait les lieux en écarquillant ses yeux verts, puis comprenait qu'elle se retrouvait seule, ce qui ne lui était jamais arrivé.

Habituellement, la porte de la cave restait toujours fermée à clef – sauf ce jour-là. Jenny se rappela son délicieux sentiment de culpabilité quand elle était entrée dans ce lieu interdit. Mais elle ne se souvenait pas de la suite.

Ne cherche pas trop. N'insiste pas. Détends-toi et vois ce qui se passe. Bientôt, elle crut apercevoir de nouveau l'enfant qui semblait hésiter, se balancer sur la pointe des pieds sans trop savoir si elle allait rester ou remonter.

Elle resta et se mit à examiner tout ce qui l'entourait d'un air indifférent avant de s'attaquer à la première bibliothèque en se mordant les lèvres.

Bon, se dit Jenny. *On va voir ce qu'il y a dedans.* Elle suivit l'image de la fillette qui promenait un doigt crasseux le long des livres – qu'elle ne saurait évidemment pas lire. Pas plus qu'elle ne pourrait en déchiffrer les titres. Mais la Jenny de seize ans le pouvait.

Certains paraissaient tout ce qu'il y avait de normal, tel le *Faust* de Goethe. Mais d'autres lui étaient parfaitement inconnus, par exemple *La Kabbale*, *De Occulta Philosophia* et *Galdrabok*.

La petite fille attaquait la deuxième bibliothèque qui contenait toutes sortes d'objets. Une étagère entière présentait de petites boîtes en bois à couvercles de verre, emplies de ce qui ressemblait à des épices. *Non, des herbes*, se dit Jenny. Des herbes séchées.

La fillette fantôme passait une main fascinée sur des boules de verre coloré reliées entre elles par des ficelles. La Jenny de seize ans s'intéressait davantage à la croix ansée qui se trouvait à côté – elle était certaine qu'il s'agissait d'un ankh. Le père de Summer avait dit que c'était un symbole égyptien de la vie et qu'il portait bonheur.

Et ce losange tissé, l'Œil de Dieu mexicain, censé écarter le mauvais sort. La mère de Jenny en avait un dans sa cuisine, en guise de décoration.

Mais que dire de ce bracelet de cobalt, de turquoises et d'amulettes en argent ? Et de ces cadres religieux en plaqué or ? Et de cette flûte de bois enrobée de fourrure ?

... Tant de symboles de protection ? Jenny ne savait trop ce qui lui avait mis cette idée en tête mais plus elle les regardait, plus elle en était certaine.

Cependant, il n'y avait pas que cette bibliothèque. Pivotant, elle se mit à regarder autour d'elle. Tous ces beaux objets exotiques... ne se trouvaient-ils là que pour leur fonction de porte-bonheur ?

Qui pouvait avoir besoin de tant de talismans ? Et pourquoi ?

La fillette observait le contour d'une cloche d'argent mais l'attention de Jenny fut attirée par un groupe de tableaux accrochés au mur. L'un portait pour titre *L'Alphabet thébain* et présentait une succession d'étranges symboles. Il y avait aussi *L'Alphabet des mages, L'Alphabet secret des Étrusques, L'Alphabet de l'Arbre celtique, Les Valeurs numériques de l'alphabet hébreux.* Tout cela autour d'une effrayante gravure représentant un squelette qui tenait un corbeau dans sa main osseuse.

La fillette fantôme se déplaça de nouveau pour s'approcher du grand bureau, se hissa sur la pointe des pieds et appuya les coudes sur la feutrine. Si bien que

Jenny se trouva en train de lire à travers sa tête blonde transparente.

Tant de papiers – sans autre intérêt pour une gamine de cinq ans que de lui être interdits, tandis que la fille de seize ans pouvait les déchiffrer. L'un était un tableau comme ceux accrochés aux murs, intitulé *Elder Futhark* ; cette fois, Jenny en reconnut les symboles angulaires.

Des runes.

Comme celles qu'elle avait vues sur les cornes à boire des jeunes gens de la forêt. Comme celle à l'intérieur du couvercle de la boîte de jeu. Chacune portait un nom rédigé à la main par la ferme écriture de son grand-père, ainsi que des notes.

« Uruz », lut-elle. « Pour percer le voile entre les mondes. » Elle reconnut la forme du *U* inversé, à l'arche en biais.

« Raidho » – en forme de *R* tout en angles – « pour les voyages dans l'espace ou dans le temps. »

« Dagaz », qui ressemblait à un sablier couché. « Pour l'éveil et le changement. »

L'une des runes était entourée d'un épais trait de plume.

« Naudhiz », lut Jenny, en forme de *X* incliné, avec un pied plus long que l'autre. « Pour la contrainte. »

Ce dernier mot était souligné.

Jenny promena encore son regard autour de la pièce.

Oh, je le crois pas...

Impossible de le nier plus longtemps. Elle avait eu la vérité sous les yeux depuis si longtemps et avait refusé de la voir mais, à présent, celle-ci lui éclatait au visage avec la force d'une absolue certitude.

Son grand-père était un sorcier. Le père de sa mère...

Non, n'y pense pas... dit une petite voix dans son cerveau. *Ne te rappelle pas. Personne ne peut t'obliger à te rappeler. Reste tranquille à l'abri de ton mur, ou...*

À partir de maintenant, les choses risquaient d'empirer. Mais elle devait se rappeler, ne serait-ce que pour Tom. Il s'était produit tant de choses depuis qu'elle l'avait vu pour la dernière fois… juste quelques heures auparavant. Elle avait tellement changé depuis. Elle essaya d'évoquer son sourire canaille, ses yeux noisette piquetés de vert mais n'obtint qu'une image lointaine, comme le portrait figé de quelqu'un qu'elle avait connu longtemps auparavant.

Je n'arrive plus à éprouver quoi que ce soit pour lui.

Le cœur retourné, elle sentit ses paumes la picoter.

Il faut quand même que je me rappelle. Pour Dee. Pour Zach. Pour Audrey et Michael – et Summer. Oui. *Pour Summer.*

Tous les autres avaient affronté leurs cauchemars. Même Summer avait essayé. Des images se bousculaient dans l'esprit de Jenny : Dee en train de se débattre comme un animal ; Audrey pelotonnée sur elle-même en train de gémir ; Michael en train de hurler ; les lèvres bleutées de Summer ; les yeux vitreux de Zach. Tous avaient éprouvé la terreur de leur vie. Et si le cauchemar de Jenny était encore pire ?

Oui, je crois, répondit la petite voix. Mais Jenny ne l'écoutait plus. Elle qui s'était tellement bouché les oreilles et les yeux faisait maintenant tout son possible pour se souvenir.

Ça va peut-être m'aider, se dit-elle presque calmement. Avec l'impression de remplir son destin, elle ramassa un livre relié de cuir sur le bureau.

Une sorte de journal. Ou plutôt un rapport sur diverses expériences. La puissante écriture de son grand-père s'achevait parfois par des gribouillages mais certaines phrases restaient parfaitement claires.

« ... de toutes les méthodes utilisées par les différentes cultures celle-ci semble la plus sûre... la rune Nyd ou Naudhiz assure une éternelle contrainte, empêche le voyage dans quelque direction que ce soit... Elle doit être gravée puis imprégnée de sang et enfin chargée de puissance par l'énoncé de son nom à haute voix... »

Jenny tourna quelques pages pour découvrir un autre sujet :

« ... intéressant traité des méthodes traditionnelles de communication avec un djinn, ou, ainsi qu'on les appelle en haoussa, les *aljunnu*. Je ne comprends pas pourquoi certains imaginent qu'il faut pour ça utiliser une bouteille... je suppose que l'espace que j'ai prévu est à peine suffisant pour contenir les monstrueuses énergies concernées... »

Là, il s'exprimait carrément comme un scientifique, un savant fou. Elle tourna d'autres pages.

« ... j'ai enfin réussi l'endiguement ! Je suis très satisfait... méthodes infaillibles... pas le moindre danger... exploité les forces monstrueuses... dans une totale sécurité... »

Vers la fin, elle repéra une sorte de marque-page, un morceau de papier déchiré, jauni, desséché, certainement très ancien. S'y étalait une écriture très différente de celle de son grand-père – fine et tremblante – qui disparaissait parfois sous des taches brunes.

C'était un poème, sans titre mais avec un nom d'auteur, Johannes Eckhart, et daté de 1943.

« Je glisse sur les pierres aux bords limoneux
Vers ce lieu sombre qu'éclaire une brune luminescence
Où ils gisent et regardent et, à ma question,
Tendent leurs doigts osseux. Des profondeurs du puits
De la Forêt-Noire, où règne le Roi des aulnes

Et jaillit toute vérité pourvu qu'en soit payé le prix,
Je puise mon énigme. Tels les autres fous
Qui glissèrent sur ces mêmes pierres, jouèrent et perdirent
Je viens remplir mon devoir. Nul choix ne m'est offert.
Le Jeu est éternel et... »

Le reste était couvert de taches brunes d'où ne ressortaient que les deux derniers vers :

« Là je les laisse encore attendre, en contrebas,
Je les entends rire comme je m'en vais. »

Jenny s'adossa en soupirant. Visiblement, ce poème avait impressionné son grand-père au point qu'il le garde quarante années par-devers lui. Elle savait qu'il avait fait la Seconde Guerre mondiale – qu'il avait été retenu prisonnier dans un camp allemand. Peut-être y avait-il rencontré ce Johannes Eckhart et que celui-ci l'avait initié à...

Elle avait toutes les pièces en main maintenant, mais ne voulait pas encore les assembler, préférant observer l'étape suivante du drame qui se jouait.

L'étape finale.

La fillette fantôme en tongs avait disparu, le film s'était éteint mais Jenny n'essaya pas de le remettre en route. Maintenant habitée par l'irrésistible secousse du souvenir vrai, elle savait ce qu'il lui restait à faire.

D'abord inspecter la troisième bibliothèque.

En acajou massif, celle-ci avait longtemps côtoyé le bureau mais se trouvait maintenant repoussée dans un angle, laissant d'évidentes traces sur le mur.

On l'avait poussée pour dégager une porte.

Vers laquelle Jenny se sentait évidemment attirée. Elle semblait ouvrir sur un placard et ne présentait qu'un détail pour le moins étonnant, cet immense X incliné, profondément incrusté dans le bois. Et coloré du même brun que les taches sur le poème.

Le film s'était remis en route bien que Jenny ne pensât plus en avoir besoin. La fillette fantôme se tenait toute surprise devant cette même porte, dansant d'un pied sur l'autre. La tentation de désobéir semblait trop forte. Deux petites mains agrippèrent la poignée – et le fantôme disparut.

C'est là que j'ai ouvert, songea Jenny. Elle ne se voyait plus le faire, ne voyait plus ce qui s'ensuivait. Il lui faudrait donc le découvrir par elle-même.

Comme s'il désapprouvait sa démarche, son cœur battait furieusement alors qu'elle se dirigeait vers la porte, à croire qu'il était plus raisonnable qu'elle. *Non-n'y-va-pas, non-n'y-va-pas, non-n'y-va-pas.*

Elle saisit la poignée. Les battements virèrent aux hurlements.

Non-n'y-va-pas. N'y. Va. Pas...

Elle ouvrit grande la porte.

Glace et ombres.

C'était tout ce qu'elle voyait. Un placard gigantesque et très profond, à l'intérieur duquel tout n'était que bouillonnement de blanc et de noir. Les murs étaient tapissés de verglas, des stalactites de glace pendaient au plafond, comme des dents. Un courant d'air froid la gela, lui donnant l'impression d'avoir plongé dans l'Arctique. Frissonnante, elle resta le souffle coupé, aveuglée par les scintillements du givre.

Elle ne capta qu'un aperçu de ce qui se trouvait au centre de ce tourbillon de lumière et d'obscurité.

Des yeux.

Innombrables. Sombres, attentifs, sardoniques, cruels, amusés. Des yeux qui en avaient déjà beaucoup vu. Des yeux qu'elle reconnaissait. Ceux-là mêmes qu'elle apercevait au moment de s'endormir ou de se réveiller. Les yeux qu'elle voyait la nuit dans sa chambre.

Des yeux dans l'ombre. Sataniques, malfaisants, malins.

Une paire était d'un bleu incroyablement beau.

Elle manquait d'air pour pouvoir crier ; ses poumons se rebellaient contre le vent glacé dont elle tentait de les emplir. Pourtant, elle avait besoin de crier – il fallait qu'elle réagisse – parce qu'ils allaient sortir. *Les yeux allaient sortir.*

C'était comme s'ils venaient de très loin, se précipitaient vers elle, amenaient la tempête. Elle devait réagir – fuir. Les yeux noirs étincelants des Visiteurs, les yeux obliques des elfes sombres – Jenny les avait trouvés effrayants mais ce n'était rien comparé à ceux-ci, de pâles imitations. Pas une de ces horreurs inventées par les humains pour se faire peur, vampires, extraterrestres, loups-garous, goules, rien que des histoires destinées à camoufler leur véritable épouvante.

Une épouvante montée de l'ombre, que tout le monde connaissait mais oubliait. Rares étaient les moments où, entre deux rêves, surgissait la pleine connaissance, encore plus rares en étaient les souvenirs car au petit matin ils se fondaient dans l'oubli. Cette connaissance ne pouvait survivre à la lumière du jour. Mais la nuit, certains percevaient parfois la vérité. Que les humains n'étaient pas seuls.

Qu'ils partageaient le monde avec *eux*.

Les Autres.

Les Guetteurs.

Les Chasseurs.

Les hommes de l'Ombre.

Ceux-là qui allaient librement dans le monde des humains bien qu'ils en possédassent un autre. Ceux-là qui avaient reçu différentes appellations à travers les âges mais dont la vraie nature ne changeait jamais.

Ils accordaient des bienfaits – parfois. Ils demandaient toujours quelque chose en retour, habituellement plus qu'on ne pouvait donner.

Ils aimaient les jeux, les énigmes, toutes formes de divertissements. Cependant, on ne pouvait se fier à eux – ils étaient trop fantasques. Ils ternissaient chacune de leurs bonnes actions par les plus odieux caprices.

Ils s'en prenaient constamment aux humains. Quand on perdait du temps, c'était à eux qu'on le devait. Quand une personne disparaissait, ils riaient. Et si l'on s'aventurait dans leur monde, on n'en revenait généralement pas.

Ils possédaient de grands pouvoirs. Mieux valait ne pas trop les regarder – encore moins leur tendre de piège.

Dernière précision. Ils étaient d'une beauté confondante.

Tout cela traversa l'esprit de Jenny en l'espace de quelques secondes sans qu'elle ait eu besoin d'y réfléchir. Elle *savait*. Comme si son esprit venait de se débarrasser de la croûte qui l'aveuglait. *C'est donc ça*, pensa-t-elle. *Je me souviens, maintenant.*

Les yeux continuaient de la fixer. Un coup de vent enroula ses cheveux dénoués autour de son visage. Tandis qu'elle-même, frigorifiée, ne pouvait plus bouger.

– *Jenny !*

Son nom appelé par une terrible voix. Elle se sentit attrapée par la taille et soulevée – soulevée comme si elle n'avait pas plus de cinq ans et pesait moins de vingt kilos.

– Grand-père ! s'exclama-t-elle en jetant les bras autour de son cou.

Lui aussi était plus petit que dans son souvenir – et là, son bon visage fatigué était marqué d'une horreur absolue. Elle essaya de s'accrocher à lui mais il la repoussa, la renvoyant derrière la bibliothèque.

– *Naudhiz ! Naudhiz !* cria-t-il.

Il tenta de refermer la porte tout en traçant dessus la rune, un X incliné, à grands gestes violents, en criant de la voix la plus menaçante du monde :

– *Naudhiz !*

La porte refusait de se fermer et les cris de colère tournèrent au désespoir.

Une lumière blanche jaillit du placard, un vent de tempête blanche, un orage de brume, mêlé de pointes noires et de vrilles claires qui vinrent tournoyer autour du grand-père de Jenny.

Celle-ci voulut crier mais n'y parvint pas.

Le vent fit voleter les rares cheveux du vieil homme, plaqua ses vêtements contre son corps tandis qu'un givre tombait du plafond sur le bureau, sur les fenêtres et s'éparpillait en cristaux le long des murs.

Les larmes de Jenny gelèrent dans ses yeux et elle se sentait prise au piège sous la forme d'une fillette de cinq ans, incapable d'aider son grand-père.

Des voix s'élevèrent de la brume, aussi froides que le vent.

– Nous ne repartirons pas...

– Tu connais les lois...

– Nous réclamons notre droit...

Et celle de son grand-père, vibrante de terreur :

– Tout ce que vous voudrez... mais pas ça...

– Elle a enfreint la rune...

– ... nous libérant...

– ... elle est à nous.

– Donne-la-nous ! lança le chœur.

– Je ne peux pas ! gémit-il.

– Alors nous la prendrons…

– Gardons-la, dit une voix aux sonorités musicales naturelles, comme le chant de l'eau sur les roches d'un torrent. Je la veux.

– Nous la voulons tous…

– Nous avons tous *faim*.

– *Non !* cria le grand-père.

Une autre voix, glaciale comme une banquise, ajouta :

– Il n'existe qu'un moyen de modifier ces conséquences. Passons un nouveau marché.

La mine défaite, le grand-père recula de quelques pas.

– Vous voulez dire…

– Une vie pour une vie.

– Quelqu'un doit prendre sa place.

– Allons, ce n'est que justice.

Le ton restait courtois, malfaisant. Seule la voix liquide parut émettre une objection.

– Je la veux…

– Ah, jeunesse ! lança une autre, lente comme un glacier.

L'éclat de rire général tenait presque d'un carillon de Noël.

– Je suis prêt ! dit le grand-père de Jenny.

– *Non !* cria celle-ci.

Cette fois, elle pouvait bouger – mais il était trop tard. À présent, elle se rappelait tout. Elle s'était glissée derrière la bibliothèque, son esprit de cinq ans sans doute plus apte à traiter la réalité des hommes de l'Ombre que celui d'un adulte. C'étaient les monstres qui vous faisaient peur à cinq ans, les croque-mitaines, les dragons. Et ceux-là emportaient son grand-père.

Elle s'était alors précipitée, comme en ce moment. Vers le placard. Vers les vrilles de brume blanche, vers la tempête glacée de ces yeux. Elle avait entendu les cris de son grand-père tandis que la tempête l'emportait dans le placard. Elle l'avait rejoint, avait pris sa main déjà flasque. Elle aussi avait crié, tout comme elle criait maintenant, et le vent glacial avait hurlé autour d'elle, plein de voix furieuses, cruelles et *voraces*.

Un court instant, comme en ce moment, la lutte avait été acharnée. D'un côté la fillette qui tirait de toutes ses forces la main de son grand-père, *eux* de l'autre, qui l'entraînaient dans les profondeurs infinies du placard, dans un tunnel qui n'ouvrait que sur quelque autre monde.

Impossible de les arrêter, bien sûr ; elle ne parvint qu'à se faire traîner au sol, à déchirer ses vêtements, à perdre ses chaussures pour racler la glace de ses pieds nus.

Ils y entraient ensemble.

Jusqu'à ce que son grand-père lui tape sur les mains.

Il finit par se débarrasser d'elle et elle tomba par terre, brûlant ses jambes nues sur le givre. Elle se trouvait alors juste en face du placard et elle vit parfaitement la torche hurlante qu'était devenu son grand-père disparaître dans un nuage blanc qui s'éloigna si vite qu'il parut comme avalé par le mur grisâtre du placard.

Alors le vent retomba et Jenny se retrouva seule en train de sangloter au milieu de la pièce.

14

— Jenny ? lança la voix hésitante de Dee. Jenny, ça va ?

Quel rêve étrange je viens de faire ! songea Jenny. Mais, quand elle leva le visage, elle vit que c'était la réalité. Elle était bel et bien assise par terre au milieu de la cave de son grand-père, dans une flaque d'eau glacée. Dee, Audrey, Zach et Michael se tenaient dans une autre flaque et la regardaient.

— J'ai trouvé ces trois-là dans le couloir, annonça Zach.

— On était tombés dans un puits, dit Michael. Un trou qui s'est ouvert devant nous et qui nous a ramenés vers le rez-de-chaussée.

— Moi aussi, je suis tombée, expliqua Dee. Et ensuite, on a dû remonter.

— On a suivi ta trace au pastel, qui s'arrêtait devant une porte, acheva Zach. On a appuyé sur le bouton et...

— ... on a pu entrer, dit Audrey d'un ton crispé. Mais j'ai l'impression qu'on arrive un peu tard.

— Mon cauchemar, souffla Jenny.

Elle avait toutes les peines du monde à revenir au temps présent. La fillette de cinq ans dans son esprit semblait plus réelle que la fille de seize ans à qui s'adressaient ses amis. Eux-mêmes n'apparaissaient à ses yeux que comme des étrangers.

À part Zach puisqu'il était déjà là lorsqu'elle avait cinq ans.

Peut-être que lui la comprenait. Toujours est-il qu'il s'agenouilla devant elle sans s'occuper de l'eau qui inondait son jean.

– Qu'est-ce qui s'est passé ?

– J'ai perdu, lâcha-t-elle d'un ton détaché de tout. J'ai échoué. Je n'ai pas pu le sauver. J'ai perdu.

– C'est à propos de grand-père Evenson, c'est ça ?

– Qu'est-ce que tu peux m'en dire ?

Zach hésita puis, la regardant droit dans les yeux :

– Juste ce que mes parents m'ont raconté. Que... qu'il était devenu fou ce jour-là. Qu'il avait tenté... enfin... de te faire du mal.

La révélation fut si choquante qu'elle tira Jenny de son apathie.

– *Quoi ?*

– On t'a retrouvée là, dans la cave, les vêtements déchirés, les bras griffés, les jambes et les pieds en sang...

– À cause de la glace, murmura Jenny. On m'a traînée sur la glace. Et il m'a tapé sur les mains pour m'obliger à le lâcher. Parce que les autres l'emportaient. Il voulait qu'on le prenne à ma place.

Soudain, elle éclata en sanglots et sentit un bras léger la serrer. Dee. Une main froide lui frôler le poignet. Audrey. Une paume rassurante se poser sur son épaule. Michael. Ils l'entouraient, tentaient de la consoler.

– Tu nous as accompagnés dans chacun de nos cauchemars, souffla Audrey. Et tu as dû affronter seule le tien. Ce n'est pas juste.

– Vous ne comprenez pas, soupira-t-elle. Vous ne rêviez que de choses que vous craigniez de voir arriver. Tandis que pour moi, ça s'est vraiment passé... à cause de moi. Par ma faute.

– Raconte, la pressa Dee d'un ton grave.

– Il était sorcier.

Soudain, elle releva la tête vers Zach :

– Attends, tu veux dire que, jusqu'ici, tout le monde a cru qu'il avait voulu me faire du mal ?

– Qu'est-ce que tu voulais qu'on croie d'autre ? On t'a retrouvée là, à moitié dans le coma. Tu hurlais dès que quelqu'un te touchait mais tu n'as rien voulu raconter. Et lui, il était parti. On a cru qu'il s'était enfui après s'être rendu compte de ce qu'il avait essayé de te faire. Il suffisait d'ailleurs de voir cet endroit... pour comprendre qu'il était fou. Parano. Avec tous ces trucs pour...

– ... le protéger, acheva Jenny.

– C'est ça. Il faut être chtarbé pour collectionner des porte-bonheur du monde entier, non ? En plus, il avait des tonnes de bouquins sur les sciences occultes...

– C'était un sorcier, reprit Jenny. Pas en magie noire, même s'il ne faisait pas que des tours de passe-passe. Il n'essayait pas de faire le mal. Il était juste un peu... naïf. Il ne voulait pas provoquer d'accident... comme une petite fille de cinq ans qui viendrait se cacher ici un jour où il ne s'y attendait pas et qui aurait ouvert la porte défendue.

– Celle-ci ? demanda Dee en désignant le placard vide.

Jenny hocha la tête.

– Mais qu'est-ce qu'il y avait derrière ? Un monstre ?

– Julian.

Ils en restèrent sans voix. Et Jenny poursuivit, amère :

– Mon grand-père voulait... enfin, la même chose que ces jeunes Allemands dans la forêt, je crois. Le pouvoir.

Il savait que des êtres habitaient l'obscurité, il en avait attrapé quelques-uns. Il a sans doute fait appel aux runes pour les attirer, je ne sais pas trop. Tout ce que je sais, c'est qu'il en a utilisé une pour les retenir. Il l'a gravée sur cette porte.

– D'après toi, demanda Michael d'un ton particulièrement lugubre, comment s'appellent ces êtres qu'il avait capturés ?

– Des extraterrestres, selon Dee. Des elfes sombres, selon Audrey. Des démons, selon Michael. Les hommes de l'Ombre, selon Zach.

Dee émit un léger sifflement de compréhension.

Maintenant qu'elle était lancée, Jenny ne pouvait plus s'arrêter.

– Dakaki. Le Roi des aulnes. Les anciens dieux. Les fées…

– D'accord, on a pigé, dit Michael.

– Ils existent, insista Jenny. Ils sont là depuis toujours… comme les génies, vous savez ? L'ancien nom pour génie, c'était djinn, et dans ses notes, mon grand-père les appelait *aljunnu*. Djinn… aljunnu… Julian… Vu ? Encore une plaisanterie. Ils aiment jouer avec nous…

Son intonation virait à l'aigu. Elle se sentait agrippée de tous les côtés. Pourtant, elle continua :

– Il les gardait enfermés… mais je leur ai ouvert et ça a tout changé. Ils disaient qu'ils avaient le droit de m'emporter. Alors il a pris ma place.

Cette fois, elle s'arrêta.

– Si on veut s'en sortir, déclara Dee, il faut être forts, rester ensemble ; d'accord ?

– D'accord, approuva Audrey.

À son grand étonnement, Jenny vit qu'Audrey avait pris entre ses doigts ceux de Dee. Toutes deux s'unissaient. Pour elle.

– D'accord, renchérit Zach sans hésiter.

Et sa main d'artiste couvrit celles des deux filles.

– D'accord, murmura Michael en y joignant sa poigne potelée.

– Mais, déplora Jenny encore au bord des larmes, il n'y a plus rien à faire. Il a gagné, j'ai perdu. Je n'ai pas su affronter mon cauchemar. Cette porte a toujours été là. Ce n'est pas par là qu'on sortira.

– Et celle-là ? demanda Michael en désignant l'escalier.

Jenny dut faire le tour de la bibliothèque pour la voir. À la place du mur vide qu'elle avait vu plus tôt se dressait une porte.

Juste au-dessus d'eux, une horloge sonna cinq heures.

– Tu as sûrement fait ce qu'il fallait, observa Dee.

Avec sa jupe détrempée qui lui collait aux jambes, ses cheveux en bataille, Jenny n'en pouvait plus. Comme si elle n'avait pas fermé l'œil depuis des années.

– Je passe devant, décréta-t-elle pourtant.

Et elle grimpa d'un pas qui se voulait aussi ferme que celui de Dee, fière comme une princesse. Elle trouva une feuille de papier sur la dernière marche et la foula des pieds.

– Si cette porte mène à la tourelle, dit Audrey, on a gagné.

Jenny craignait que ce ne soit pas aussi facile.

Elle tourna la poignée et poussa. Le panneau pivota sur ses gonds bien huilés. Tout le groupe entra dans la salle située exactement au-dessus de la cave. Rien à voir avec une tourelle.

C'était le magasin de jeux.

Enfin presque, se dit Jenny. Mêmes rayons, mêmes casiers, mêmes tables exposant les jeux les plus improbables. Et puis toujours cette lucarne et les mêmes lampes aux abat-jour de verre mauve, rouge et bleu.

Cependant, certains détails variaient. D'abord l'horloge du grand-père dans un angle, au tic-tac puissant et régulier.

Et puis Tom.

Jenny courut vers lui. Il était enchaîné à l'horloge. Elle perçut sa fureur et son humiliation mais passa vite aux choses sérieuses.

– Tommy... souffla-t-elle en tendant les mains.

Comme il levait la tête, elle reçut un choc. Si son visage ne présentait aucun hématome, aucune tuméfaction, il paraissait... ravagé, le teint livide, les yeux cernés de noir. Il grimaça un pauvre sourire.

– Salut, Thorny, articula-t-il.

Posant la tête sur son épaule, elle fondit en larmes.

Le souvenir du portrait figé s'évanouit pour faire place au jour de leur premier baiser, derrière l'hibiscus de l'école élémentaire George-Washington. Ils avaient été punis mais cela valait le coup.

Ce baiser, songea-t-elle. Tout innocent. Tout doux. Tom n'était pas arrogant comme aujourd'hui. Il n'avait pas eu l'air de trouver ça tout naturel. Il l'aimait vraiment, alors.

– Tommy, tu m'as tellement manqué ! Qu'est-ce qu'il t'a fait ?

– Presque rien... Je pige pas. Il y avait tous ces rats, et ils ont disparu maintenant.

Des rats. Voilà donc ce qu'il avait vu dans le salon – ces choses invisibles qui lui escaladaient les jambes. En CE1, il avait une tortue et son grand frère, Greg, possédait un rat ; un matin, au réveil, ils avaient découvert que le rat avait mangé la tortue – en l'arrachant à sa carapace.

Je savais que ça l'avait bouleversé – et que, depuis, il déteste les rats. J'aurais dû comprendre que c'était ce qu'il voyait dans le salon.

Dans un sens, ça ne paraissait pas si terrible que ça mais Jenny avait maintenant compris la leçon : aux yeux de chacun, son cauchemar était forcément le pire de tous. Il fallait le vivre avec eux, se mettre dans leur peau pour comprendre.

– Je suis désolée, murmura-t-elle. Mais... oh, Tom ! Tes poignets...

Ils saignaient, ceints par des menottes comme celles qu'utilisait son autre frère, Bruce, policier. Il était enchaîné comme le fantôme de Marley.

– J'ai essayé de me délivrer, expliqua-t-il. Pas à cause des rats mais parce que je t'ai vue. Il venait avec une glace pour me montrer ce que tu faisais et ce qui t'arrivait. J'ai tout vu, même la mort de Summer...

Il s'interrompit, se crispa, le temps de se reprendre.

Il m'a vue ? songea-t-elle horrifiée. Forcément, Julian lui avait montré ce qui s'était passé entre eux.

– Et lui ? demanda-t-elle affolée. Il y était aussi... dans le miroir ?

– Non. Mais il m'a raconté... ce qu'il t'a fait. À toi et aux autres. Ça le faisait rire.

Jenny lui prit les mains.

– C'est fini, Tom ! Il ne peut plus nous faire de mal. On est libres... on a *gagné* ! Il ne nous reste qu'à trouver le chemin de la sortie.

D'un mouvement du menton, il l'incita à se retourner.

Elle ne s'en était pas encore rendu compte, parce qu'elle n'avait vu que Tom en entrant, mais il y avait une porte, exactement comme celle du magasin donnant sur Montevideo Street. Celle-ci était entrouverte sur la nuit.

Et devant, bloquant l'entrée, un serpent géant enroulé et un grand loup.

– Le Rampeur et le Rôdeur, enfin ! observa Dee.

– Un léger petit obstacle, commenta nerveusement Michael.

Ce n'étaient pas de vrais animaux, on aurait plutôt dit des peintures phosphorescentes, comme les effets spéciaux des photos de Zach ; pourtant, le loup respirait et la langue du serpent jaillissait de temps à autre. Jenny ne douta pas un instant qu'ils puissent bouger, se montrer dangereux.

Elle désigna les chaînes de Tom.

– Il doit nous lâcher. La règle du Jeu disait que si on arrivait au sommet de la maison on serait libres.

– Pas exactement, répondit la voix du fond de la pièce.

Il était vêtu comme dans le magasin, de noir, genre dandy cyberpunk. Le tatouage serpent avait regagné son poignet.

Il semblait aussi laconique qu'alors, et aussi beau, avec ses cheveux pierre de lune aux reflets bleutés et ses yeux bleu marine dans ce faible éclairage.

Elle le trouvait... charmant, sinistre, un peu fou. Un prince des démons au visage d'ange.

À présent, il lui faisait très peur.

En même temps, elle se sentait animée d'une énergie nouvelle ; sa vue lui avait fait l'impression d'une douche froide. Tout en restant à genoux, elle se redressa.

Les autres aussi se tenaient prêts. Un rayon de lumière capta la blondeur de Zach et la ceinture d'Audrey. À l'expression de ses amis, Jenny avisa qu'ils connaissaient mieux Julian, désormais – pas parce qu'ils l'avaient vu dans le Jeu mais parce qu'ils comprenaient à qui ils avaient affaire.

Julian leur décocha son étrange et doux sourire.

– Vous vouliez tous savoir qui je suis. Très bien, je vais vous soumettre une dernière énigme. Je suis un visiteur des étoiles. Je suis le Roi des aulnes. Je suis Loki. Je suis Puck. Je suis le Chasseur. Je suis l'homme de l'Ombre. Je suis la réalisation de vos cauchemars.

– On le sait, dit tranquillement Jenny. Mais on a joué à votre Jeu et on a gagné. Maintenant, on veut rentrer chez nous.

– Vous ne m'avez pas laissé terminer, dit-il en portant son sourire sur elle. Vous souvenez-vous, lorsque vous êtes entrée dans le magasin, je vous ai montré l'ancien jeu tibétain des chèvres et des tigres ?

D'un geste, il désigna le plateau de bronze ciselé installé sur une table. De minuscules figurines s'y tenaient, un peu comme des pièces de jeu d'échecs.

– À vrai dire, continua-t-il, c'était à cela que vous jouiez. Vous êtes les innocentes petites chèvres… *et je suis le tigre.*

Les mains de Tom étreignirent celles de Jenny ; Dee s'était mise en posture d'attaque, Zach arborait un air morne, Audrey et Michael s'étaient rapprochés.

– Vous ne croyiez tout de même pas, dit Julian à Jenny, que j'allais vous laisser partir ?

Elle se sentit prise de vertige.

– Vous aviez dit… que vous joueriez le jeu loyalement, lâcha-t-elle à bout de souffle. Vous m'aviez promis…

– Je ne suis pas buté et je joue loyalement – j'ai dit que si vous atteigniez la tourelle avant l'aube, vous trouveriez la porte de la maison ouverte. Elle est ouverte – c'est juste que je ne vous laisserai pas la passer.

Jenny considéra les animaux plantés devant. Comment les combattre ? Même si on s'appelait Dee ?

– Au fait, *Tommy*, ici présent, n'a pas encore affronté son propre cauchemar. Mais vous aurez tout le temps.

Nous avons quelque chose comme l'éternité devant nous, vous savez.

Il les dévisageait de ses yeux de cobalt liquide, affamés, plus encore que ceux du loup.

Mon Dieu, aidez-moi ! implora mentalement Jenny. Tom fixait Julian avec une telle fureur qu'il lui fit peur.

– Alors tout ce Jeu n'était qu'une farce, cracha-t-il.

Ouvrant les bras, Julian pencha légèrement la tête de côté. Comme s'il venait de recevoir des compliments pour travail bien fait. Pourtant ce fut à Jenny qu'il s'adressa :

– Je vous ai dit que je ferais le nécessaire pour vous garder. Au début, j'étais certain que vous perdriez la partie... comme la plupart des gens. Ensuite, lorsque j'ai vu que vous aviez une chance de gagner, j'ai pensé que vous pourriez m'appeler à l'aide. Mais vous n'en avez rien fait. Elle est très forte, vous savez, ajouta-t-il à l'adresse de Tom. Beaucoup trop bien pour vous.

– Je sais, répondit celui-ci au grand étonnement de Jenny. Mais elle est mille fois trop bien pour vous.

– Et si c'était justement pour ça qu'elle m'intéressait ? Sa lumière dans mon obscurité. Vous verrez, Tommy, vous aurez des années et des années pour constater à quel point elle et moi sommes faits l'un pour l'autre. Jenny, de toute façon, vous êtes arrivée jusqu'ici et je crains d'avoir à vous dire la vérité, en l'occurrence que le Jeu n'a jamais été qu'un jeu... du chat et de la souris.

– Avant que vous la mangiez ? intervint Dee d'un ton tranchant.

Ce fut à peine si Julian lui jeta un regard.

– Je n'ai faim que d'une chose, en ce moment, Deirdre. Néanmoins, mes amis devant la porte possèdent un vigoureux appétit. À votre place, je ne m'en approcherais pas trop. D'autant qu'il reste encore tous ces hommes de l'Ombre – tous mes aînés, ces anciens spectres suceurs de moelle et de sang – qui seraient si contents de s'emparer de vous. Ils ne peuvent pénétrer dans cette maison... mais vous n'iriez pas loin si vous ouvriez une fenêtre.

Jenny sentit la main de Tom se crisper et baissa la tête. Elle pensait au poème dans la cave de son grand-père.

« ... Tels les autres fous/Qui glissèrent sur ces mêmes pierres, jouèrent et perdirent... »

Tout le monde était-il voué à perdre face aux hommes de l'Ombre ?

Les dés sont truqués, se dit-elle. *On ne peut pas gagner.*

Impossible de prédire la suite.

– Ils ne rêvent que de planter leurs dents dans cette jolie chair, disait Julian à Dee. Savez-vous que vous êtes la parfaite reproduction d'Ankhesenamon, l'une des plus fracassantes beautés d'Égypte ?

Pour toute réponse, Dee envoya sa jambe en avant pour lui balancer un coup de talon ravageur. Du moins était-ce ce qu'elle avait prévu car Julian, dans un réflexe de serpent à sonnette, lui attrapa le pied et la renversa sur le dos.

– Règle numéro un dans ce Jeu, asséna-t-il avec un sourire, ne pas s'en prendre à moi. Je vous battrai invariablement.

Touchée au moral comme au physique, Dee se releva non sans peine – impossible d'amortir ce genre de chute – tandis que Julian se retournait vers Jenny. En croisant son regard affamé, elle sentit en elle quelque chose se métamorphoser à jamais.

– Laissez-les partir, déclara-t-elle d'un ton ferme, et je reste avec vous.

Tous les regards se portèrent sur elle.

Après un court moment de flottement, elle crut entendre un éclat de rire – Michael sans doute.

Julian esquissa un léger sourire du coin des lèvres. Non pas moqueur. Ses yeux venaient de tourner au bleu flamme.

– Je vois, dit-il.

Jenny détacha sa main de celle de Tom et se leva.

– Je ne plaisante pas. Laissez-les partir... et je resterai... de mon plein gré. Vous savez ce que ça veut dire.

Elle pensait à la chambre noire, à ce garçon qui s'était fait passer pour son cousin afin de la serrer contre lui. Ce garçon qu'elle avait *embrassé* – volontairement. Elle espérait que Julian s'en souvenait, lui aussi.

Ce qui semblait le cas. Il parut d'abord intrigué et puis un sourire sensuel lui parcourut les lèvres.

– Vraiment ? insista-t-il sceptique.

– Vraiment.

– Non... souffla Tom.

– De mon plein gré, répéta Jenny sans quitter Julian des yeux.

Celui-ci paraissait sous le charme – quoique méfiant.

– Il va falloir me faire une promesse – signer un contrat. Sans rétractation possible.

– Oui.

Elle voyait bien qu'il était surpris. Il s'attendait à la voir gagner du temps, à discuter. Il ne comprenait donc pas qu'elle avait changé ? Elle haussa un sourcil ironique.

– Le plus tôt sera le mieux.

Clignant des yeux, il répondit lentement :

– La belle Deirdre peut partir, ainsi qu'Audrey, Zach et Michael. Mais Tommy reste. Je le garderai en otage pour m'assurer de votre bonne conduite.

– Vous n'avez pas besoin... articula-t-elle dans un demi-sourire.

– Quand même.

– Bon. Ça m'est égal.

Elle se rapprocha pour lui glisser à l'oreille :

– Julian, vous ne voyez pas que j'ai changé ? Je tiens toujours à Tom, mais... ce n'est plus pareil. Il me paraîtrait insipide après vous, lui et tout le reste...

Il écarquilla les yeux, fasciné. Jenny poussa un soupir.

– Je serais peut-être venue à vous beaucoup plus vite si vous me l'aviez demandé directement. Ça ne vous a pas traversé l'esprit ? Qu'il vous aurait suffi de sonner à ma porte, sans jeu, sans menace, et juste de me le demander ?

– Pas vraiment, avoua-t-il décontenancé.

– Vous êtes trop cynique. Je crois que c'est votre façon de voir les choses qui finit par vous aveugler ; vous vous êtes tellement endurci que vous croyez devoir vous battre avec le monde entier pour obtenir ce que vous voulez. Comme si vous deviez toujours l'arracher aux gens.

– Et... c'est faux ?

– Souvent. Il existe parfois une solution beaucoup plus simple. Il y a des choses qu'on n'obtient pas de force, Julian, mais qu'on ne peut pas non plus acheter. Il faut les obtenir pour rien. Et c'est ce que je vais vous donner.

– Alors soyez ma promise, articula-t-il subjugué.

Ce disant, il produisit comme par magie un anneau d'or qu'il tenait entre les doigts.

Jenny le saisit d'un geste machinal. C'était une bague toute simple, ornée à l'extérieur de motifs qu'elle ne put identifier. Elle l'approcha d'une lampe pour en lire l'inscription à l'intérieur :

« À tout je renonce qui ne me vient de toi. »

– Passez-la au doigt et vous êtes mienne sans retour, dit Julian. Vous ne pourrez briser votre promesse ni renoncer à cette union. Je ne vous demande qu'une courte cérémonie. Le voulez-vous vraiment ?

15

– Oui, dit Jenny.

– Tu es folle ! s'écria Audrey.

Jenny ne la regarda même pas. Tom remua, sans attirer davantage son attention.

– Jenny… murmura Dee. Ça n'en vaut pas la peine. Tu seras prise au piège. Ne fais pas ça pour nous.

Cette fois, Jenny réagit. Elle la regarda droit dans les yeux.

– Désolée… Dee. Je sais que tu ne comprends pas et je ne peux pas t'expliquer. Mais crois-moi, s'il te plaît, je reste parce que j'en ai *envie*. Audrey, tu ne comprends pas ça ?

Celle-ci fit non de la tête.

– Je n'ai pas beaucoup de vrais amis. Je tiens à toi.

– Tu vas quand même partir. De cette façon, ce sera plus facile pour tout le monde. Et je tiens à rester, juré.

L'expression de Dee s'altéra soudain, pour ne plus rien exprimer.

– C'est bon, dit-elle. Tu dois t'occuper du plus important. Vas-y, ma chérie, et bonne chance.

Jenny ne put s'empêcher de remarquer qu'elle avait les yeux un peu trop brillants. Cependant, elle se retourna vers Julian qui lui reprit la bague.

– Une courte cérémonie, répéta-t-il. Donnez-moi votre main.

Un abat-jour vitrail projetait une lumière bleue et mauve sur eux. Jenny lui tendit une main aussi froide que la sienne.

– Oh non ! laissa tomber Audrey.

Jenny ne broncha pas.

– Une bague du XVIIe siècle en gage de notre amour, expliqua Julian. Elle porte une inscription disant que vous refusez le monde entier à part celui qui vous le donne. Ces paroles vous caresseront la peau et vous lieront par leur pouvoir.

Jenny lui sourit.

Tom se leva lentement, ses chaînes raclant les côtés de l'horloge, mais Julian n'y prêta guère attention. Il ne voyait que Jenny.

– À présent, répétez après moi. Mais n'oubliez pas : cette promesse est irrévocable.

Et il récita avec solennité :

« Cette bague est le symbole de mon serment,
Qui m'attachera aux paroles que je prononce :
À tout je renonce qui ne me vient de toi. »

Jenny répéta le serment et sentit l'anneau glisser le long de son doigt, le vit briller d'un éclat chaud et rassurant, comme s'il avait toujours été là.

– À présent, si nous scellons ce marché par un baiser, il deviendra irrévocable, reprit Julian.

Comme s'il lui laissait une dernière chance de lui échapper. La bague la brûla tant elle était glacée.

Elle leva la tête vers Julian, se hissa sur la pointe des pieds et lui donna un baiser, léger mais en rien furtif.

Ce fut lui qui finit par se détacher.

– Tu es mienne, murmura-t-il. À jamais.

La violence surgit d'où on pouvait le moins l'attendre.

– *Non !* cria Zachary en bondissant comme s'il allait attaquer Julian.

Celui-ci ne lui accorda même pas un regard et le garçon heurta un mur invisible qui le catapulta contre Dee.

Ce fut Jenny qui se retourna pour les regarder tous. Audrey et Zach et Dee et Michael. Ses amis.

– Je savais que ça ne vous plairait pas... commença-t-elle.

Mais son cousin l'interrompit en se relevant, ses yeux gris jetant des étincelles comme elle ne lui en avait jamais vu.

– Comment tu as pu faire ça ? cria-t-il hors de lui.

À croire que c'était lui qu'elle trahissait, et non Tom.

– Laisse-la, conseilla Michael.

Ce fut dans son regard d'épagneul qu'elle lut le plus de compréhension. Comme s'il estimait qu'elle avait agi comme elle le pouvait pour se tirer d'une terrible situation.

– Qu'est-ce que tu veux qu'elle y fasse ? ajouta-t-il à l'adresse de Zach.

– Qu'au moins elle n'y aille pas de si bon cœur. Qu'elle ne lâche pas tout pour... ça.

Tom suivait la scène d'un air impénétrable. Jenny se força à le regarder.

– Je suis désolée, Tommy.

Le voyant grimacer, elle crut, l'espace d'un terrible instant, qu'il allait pleurer. Mais il haussa les épaules.

– Ça devait arriver, je suppose. C'est bien le but du Jeu, non ? ajouta-t-il à l'adresse de Julian.

Celui-ci lui décocha un étrange sourire et Jenny s'avisa qu'ils parlaient d'une chose qu'elle ne comprenait pas.

– Je tiens mes promesses, moi aussi, dit Julian. Je les tiens toutes.

Jenny lui effleura la manche et vit son expression changer lorsqu'il se tourna vers elle, comme s'il oubliait tous ceux qui les entouraient.

– La cérémonie est finie, dit-il. Nous voici promis l'un à l'autre.

– Je sais.

Elle laissa échapper un profond soupir. L'anneau pesait légèrement à son doigt, pourtant elle se sentait libérée. Elle parla calmement, tranquillement, comme si elle était en train d'organiser un pique-nique. Vite et bien.

– Laisse-les partir maintenant, Julian. J'aimerais que tu relâches également Tom... sinon, pourrais-tu au moins le mettre plus à l'aise ? Je crois que dans quelques jours tu comprendras que tu n'as pas besoin d'otage pour m'obliger à être sage.

Il la dévisageait comme s'il était soudain pris d'un doute.

– Jenny... tu veux vraiment rester ici ? Ce sera bizarre pour toi...

– C'est le moins qu'on puisse dire ! J'espère seulement qu'on a une autre vue depuis le salon. Si c'est le cas, alors oui, je veux bien rester. Je ne m'étais jamais rendu compte de tout ce que je ratais dans la vie. Maintenant que je le sais, je ne peux pas revenir en arrière. Je ne suis plus la même personne.

Il sourit.

– Non. En moins de douze heures tu as changé. Tu es devenue...

Elle haussa les sourcils :

– Quoi ?

– Je te le dirai plus tard. J'y mettrai du temps et j'y prendrai du plaisir.

– Allez-vous-en !

Elle entendit les chaînes de Tom cliqueter puis tomber au sol. Du coin de l'œil, elle vit qu'il était libre.

– Dehors ! cria Julian en claquant des doigts.

Un instant, Jenny crut qu'il s'adressait à Dee et aux autres, mais c'est alors que le loup fantôme au poil hérissé baissa la tête et s'en alla furtivement, à travers le mur, aurait-on dit. Le serpent phosphorescent rampa vers un trou dans le sol et cela lui prit un certain temps car il était décidément très long.

La porte restait ouverte, libre d'accès. De sa place, Jenny voyait dessus la rune Uruz, le *U* inversé d'un rouge vibrant.

Dans l'ouverture – ainsi qu'à travers la fenêtre – elle apercevait aussi la nuit bleu-noir. Un coup d'œil à l'horloge lui indiqua qu'il était six heures moins dix.

L'aube n'allait plus tarder.

– Partez, dit Julian comme s'il voulait maintenant se débarrasser d'eux.

– Pas sans Jenny ! lâcha Dee.

Apparemment, Michael était surpris, la bouche ouverte, tandis que Zach grimaçait de fureur et qu'Audrey secouait la tête, l'air de ne pas comprendre. Quant à Tom, il restait immobile près d'eux.

Jenny se détourna.

– Allons, partez ou restez, s'impatienta Julian, comme vous voudrez. Mais n'oubliez pas que cette porte se fermera au lever du jour. À six heures onze exactement. Si vous êtes toujours à l'intérieur, vous n'en partirez plus... et rien ne dit que je tienne à votre compagnie.

Il se tourna vers Jenny :

– Que de monde ici !

– Je sais. Il y a un canapé en bas. On pourrait s'y asseoir pour mieux faire connaissance.

Et ils descendirent.

Le canapé dans la cave du grand-père était un peu défoncé mais large et profond. Cela fit drôle à Jenny de se retrouver assise à côté de Julian sans éprouver le besoin de le repousser.

C'était un coin très intime. Elle savait que les autres n'ouvriraient pas la porte de l'escalier et n'essaieraient pas de venir les rejoindre ni même de passer un œil avant de quitter la maison des Ombres. Il avait suffi que Julian dise qu'il ne tenait pas à leur compagnie. Ils savaient tous de quoi il était capable.

Il la regardait de près, de ses iris couleur d'un matin de mai.

Très profonds, très doux.

Elle percevait sa faim.

Et se sentait trembler un peu, les nerfs vibrant d'excitation – et de peur. Mais il ne la toucha même pas, au début. Il la contemplait avec une expression qu'elle ne lui avait jamais vue. Un air émerveillé. Cette tendresse qu'il avait exprimée en prenant l'apparence de Zach.

– Tu as peur ? demanda-t-il.

– Un peu.

Elle s'efforçait de ne pas le montrer et se hâta de demander :

– Ainsi, tu es le plus jeune des hommes de l'Ombre ?

– Et le plus gentil.

– Je n'en doute pas.

Cette fois, il posa les doigts sur ses cheveux et survint ce court instant d'atonie, ce changement de perception qui précède une réponse. Fermant les yeux, elle s'interdit de penser, de ressentir autre chose que ce frôlement délicat qui l'émouvait d'autant plus qu'il était imperceptible.

Si bien qu'elle fut surprise lorsqu'il arrêta son geste ; elle rouvrit les yeux... et fut encore plus surprise de découvrir l'expression rageuse de Julian.

Sur le moment, elle eut peur et prit conscience de ce qu'elle était en train de faire. Et puis elle comprit que Julian n'était pas furieux contre elle mais pour elle.

– Tu es... tellement innocente, dit-il. Ton ami, ce... Tommy, ce fanfaron gâté – il n'a jamais vraiment pensé à toi dans votre histoire. Il ne pensait qu'à lui. Il a tout gâché. Je voudrais le tuer.

Ce n'était sûrement pas à cela qu'elle avait envie de penser. Elle allait le lui dire mais il continuait de parler, les yeux emplis d'une violente lueur bleue.

– Tu veux protéger aussi ton espèce de cousin. Lui, il pense beaucoup à toi, je peux te le dire. J'en suis témoin.

Tout en sachant que c'était complètement déplacé, elle ne put s'empêcher d'éclater de rire.

– Tu es jaloux ! finit-elle par articuler. De *Zach !* Mais Zach n'aime pas les gens, il n'aime que les photos et les écrans.

Il parut s'apaiser quelque peu.

– Peu importe. Il ne pourra plus t'approcher, ici. Personne ne le pourra. Jamais. Je te protégerai...

Jenny le fit taire d'un baiser et il ne songea plus qu'à le lui rendre avec une douceur inimaginable.

Qui ne dura d'ailleurs pas longtemps, cédant à la pression d'une ferveur brûlante. Jenny avait toujours aussi peur, alors même qu'elle s'accrochait à lui, mais n'avait-elle pas entendu dire que la peur était un des ingrédients de la passion ? Partout où il la touchait, elle sentait le feu et la glace.

En haut, l'horloge sonna six coups.

Jenny se détacha de lui à contrecœur.

– Laisse-moi respirer, dit-elle en se secouant un peu.

Et puis elle se leva :

– Tout va tellement vite !

En souriant, il la regarda se mettre à marcher, reprendre son souffle, s'éventer les joues. Elle n'arrivait plus à le regarder, il lui fallait d'abord se reprendre. D'un geste machinal, elle caressa le bracelet de cobalt sur l'étagère.

– Pourquoi ne m'as-tu pas laissée affronter mon cauchemar ? demanda-t-elle brusquement. Pour des raisons sentimentales ?

– Pas du tout ! s'esclaffa-t-il. J'ai vraiment joué le jeu. Je ne mens pas, même si parfois je... retiens des informations. Ton cauchemar revenait sur ce qui t'était arrivé ce jour-là. Tu ne la voyais pas mais la porte est apparue dès l'instant où tu t'es rappelé avoir ouvert le placard.

– Oh ! Le placard... Au fait, qu'est-ce qu'il te voulait, mon grand-père ?

– Ce que tout le monde veut. Le pouvoir, la connaissance, la facilité. Un tour gratis.

– Et les runes marchent vraiment, dit-elle en hochant légèrement la tête.

– Beaucoup de choses marchent, beaucoup d'autres, non. On ne peut pas dire lesquelles tant qu'on ne les a pas essayées... et ce ne sont pas les surprises qui manquent.

Jenny se dirigea vers le placard, jeta un coup d'œil à l'intérieur. Julian la suivit, resta à côté d'elle.

– Je suis désolée, dit-elle doucement sans le regarder. Désolée qu'il ait fait ça. Ce n'était pas un homme mauvais. Quand je pense qu'il t'a gardé prisonnier là-dedans !

– Tu peux le croire.

– Ça ne m'empêchera pas de toujours l'aimer. Mais il a eu tort de faire ça.

Elle entra dans le placard.

– Ce n'est pas aussi petit que ça en a l'air.

– Ça l'est bien assez comme ça, dit-il en y pénétrant à son tour. Ça me rappelle de mauvais souvenirs.

– On va essayer de changer ça, sourit-elle en se plaquant contre le mur.

Il lui rendit son sourire. Tous deux se retrouvaient très proches l'un de l'autre dans cet espace confiné ; Jenny se sentait un peu empruntée, une jambe derrière l'autre.

Il pencha de nouveau la tête, la bouche gourmande ; elle s'y abandonna et leur baiser s'ouvrit comme une fleur en train d'éclore, s'enfiévra, au point qu'elle ne parvint plus à le briser, alors qu'elle se savait tenue de le faire. Elle ne pouvait s'empêcher de penser : *encore une minute, juste une dernière minute...*

Ce fut Julian qui se redressa.

– Ce n'est pas très confortable par ici.

– Tu crois ? sourit-elle.

– Oui.

– Alors on devrait peut-être...

Maintenant ! songea-t-elle.

Au beau milieu de sa phrase, elle bougea. Elle avait adopté la posture en fente du kung-fu que lui avait enseignée Dee. Parfaite pour un brusque mouvement latéral. En un quart de seconde, elle utilisa toute la force de sa jambe gauche pour lancer la droite de côté et bondir hors du placard. Dans le même mouvement, elle claqua la porte.

– *Naudhiz !* cria-t-elle.

Et elle traça le X dans l'air.

Comme elle invoquait son nom, la rune explosa de lumière sur la porte, non en rouge, cette fois, mais en un blanc bleuté.

Jenny ne savait trop si elle procédait correctement mais c'était ce que son grand-père avait fait – ou du moins essayé de faire. Fermer la porte, tracer la rune, dire le nom. Elle le prononça comme son grand-père l'avait prononcé.

Et Julian ne jaillit pas à travers.

La porte resta vraiment fermée.

Dans un silence de mort.

Jenny courut alors vers l'escalier.

Il a menti, se dit-elle en escaladant les marches. *Il a changé les règles et il a menti. Parfois on ne peut pas tirer un bien d'un mal. Parfois, il faut juste* arrêter *le mal.*

Elle savait tout cela évidemment, c'était dans son esprit depuis le début, dès l'instant où elle avait offert de rester avec Julian. Elle n'avait pas besoin de s'en convaincre.

C'était juste ce qu'elle disait aux petites voix qui protestaient dans sa tête et la suppliaient de revenir en arrière.

L'aube colorait la tourelle de rose lorsqu'elle surgit dans la salle, par une porte rectangulaire du rose le plus pâle ornée de nuages duveteux. La vue en était juste quelque peu obscurcie par les cinq personnes qui s'y tenaient.

Cinq. Eux tous. Dee... elle s'était attendue à Dee, elle la connaissait. Pour Tom, elle s'était inquiétée ; elle avait voulu lui faire comprendre mais elle n'en désirait que plus le faire libérer. Elle espérait que Zach serait assez furieux pour partir, Audrey, assez raisonnable ; quant à Michael, il allait filer le premier.

– Partez ! cria-t-elle en courant dans leur direction.

Elle ne put s'empêcher de jeter un coup d'œil vers l'horloge du grand-père dont la grande aiguille s'éloignait trop vite du dix.

– Allez !

L'expression de Tom s'était illuminée d'un tel sourire que Jenny accéléra encore.

– On dégage ! cria-t-il à la cantonade.

Ce qui n'était pas aussi facile que ça en avait l'air. Passé la porte, il n'y avait plus rien. Ni période glaciaire, ni salon. Juste l'aube. Comment s'y jeter à pieds joints ?

– Et merde ! s'écria Michael.

Attrapant la main d'Audrey, il franchit le pas.

Dee leur décocha un sourire carnassier par-dessus l'épaule et plongea en chute libre.

Ce fut Zach qui regimba. Jenny n'en croyait pas ses yeux.

– Tu l'as laissé où ? demanda-t-il.

– Dans le placard. Vas-y !

– Je croyais que tu...

Du plat de la main, Tom le poussa en avant et Zach tomba, battant des bras et des jambes comme s'il essayait de voler.

Ça n'avait pas l'air facile. Ils devaient bien s'en remettre au hasard, ou plutôt... à Julian, option autrement dangereuse ; croire, quand celui-ci avait dit que les amis de Jenny s'en tireraient, que ce serait vivants.

Et croire aussi grand-père Evenson, songea Jenny, *croire que la rune de la contrainte saura effectivement contraindre.*

Tom lui prit la main, la serra entre ses paumes. Le ciel explosait de rayons roses et dorés.

Sans se quitter des yeux, tous deux chutèrent.

Ils tombaient lorsque le soleil apparut. À cet instant, le ciel entier prit une couleur que Jenny n'avait vue qu'une fois dans sa vie. Un bleu d'une incroyable luminosité, la couleur des yeux de Julian.

Qu'on s'évanouisse une fois ou mille, on ne s'y habituait jamais. Jenny revint lentement à elle et sentit aussitôt qu'elle était étendue sur quelque chose de froid et de très dur.

Des carreaux mexicains.

Elle s'assit beaucoup trop vite, manquant de retomber en arrière.

La première chose qu'elle vit fut le Jeu.

Posé au milieu de la table basse en pin de sa mère. Le couvercle blanc gisait au sol à côté d'un pied et la rune Uruz paraissait bien terne, comme rouillée.

La maison de papier victorienne gardait ses couleurs rutilantes à la lumière rosée de l'aurore. À cette différence près que les feuilles de papier sur lesquelles ils avaient dessiné leurs cauchemars la veille avaient disparu – ainsi que les figurines censées les représenter chacun.

Tout cela paraissait tellement innocent, bon enfant avec les pastels de Joey dans leur boîte en plastique...

– On n'a peut-être fait que rêver, suggéra Michael d'une voix éraillée.

Il aida Audrey à s'asseoir et elle mit un peu d'ordre dans ses cheveux auburn que le vent avait transformés en crinière de lionne. Ainsi, elle paraissait très différente de son image habituelle, plus... libre.

– Ce n'était pas un rêve, objecta Dee en étirant ses longues jambes et en se levant. Summer est morte.

Assis sur un tabouret de cuir, Zach se frottait le front sans rien dire, comme s'il avait mal à la tête.

Jenny regarda Tom.

Il était en train de se redresser très lentement, en s'appuyant sur la table. Elle l'aida en lui passant une main sous le bras et il la remercia du regard. Il avait changé. Peut-être même davantage qu'Audrey. Il paraissait abattu, moulu, il avait perdu son petit air conquérant et ses yeux n'exprimaient plus qu'une sorte de tristesse reconnaissante. Jenny ne voyait pas quel mot pouvait décrire une telle expression.

Peut-être quelque chose comme « humilité ».

– Tommy, souffla-t-elle inquiète.

Le sourire canaille s'étira de travers, abattu, autant que sa superbe.

– Je croyais que tu allais vraiment rester avec lui. Pour me sauver... et parce que tu en avais envie. Pour tout dire, j'aurais compris. Ça m'est venu quand il t'a donné cette bague.

Elle allait protester mais, soudain, elle regarda sa main. S'il lui restait le moindre doute sur la réalité de cette nuit, elle pouvait l'oublier. La bague était bel et bien là, qui brillait à son doigt.

– J'étais persuadée que tu allais rester avec lui, renchérit Audrey. Tu m'avais convaincue... alors que c'était juste une ruse ?

– C'était la vérité. Je le faisais de mon plein gré et j'avais envie de rester... le temps de m'assurer que Tom et vous tous alliez pouvoir partir.

– Je le savais ! laissa tomber Dee.

– On ne te la fait pas, à toi !

– Et moi qui te croyais si gentille, intervint Michael. Si honnête...

– C'est vrai... je suis comme ça avec les gens qui le méritent, ceux qui ne tuent pas mes amis, ceux qui tiennent parole. J'ai compris que c'était lui qui avait établi les règles du Jeu et que la triche en faisait partie. Alors j'ai triché, moi aussi.

– Mais tu n'as jamais rien éprouvé pour lui ? insista Audrey. Ce n'était que de la comédie ?

– Tu peux m'appeler Sarah Bernhardt.

Elle espérait qu'ainsi son amie ne remarquerait pas qu'elle avait esquivé la question.

– Qu'est-ce que ça peut faire ? coupa Michael. On est rentrés. On a réussi.

Il regardait le soleil inonder les murs pastel du salon.

– Je vous ai dit que j'adorais tous ces paniers ? Que j'embrasserais bien ce carrelage ? Et aussi toi, Audrey ?

– Il ne faut pas t'en priver, dit celle-ci en se penchant vers lui.

Dee fixait Jenny de son regard noir.

– Et ces fiançailles, alors ? Cette bague ? En principe, tu t'es promise à lui.

– Et alors ? Je vais la jeter, cette bague, en même temps que toutes ces cochonneries.

D'un geste brutal qui fit sursauter Zach, elle écrasa la maison de papier, l'aplatit complètement, la rangea dans sa boîte blanche, y ajouta le jeu de cartes en tassant bien, comme pour fermer une valise trop remplie.

Ensuite, elle ôta la bague sans difficulté, n'en relut même pas l'inscription et la jeta au milieu du jeu, entre les figurines du Rampeur et du Rôdeur. Mais elle s'arrêta sur la troisième figurine.

Celle du garçon aux extraordinaires yeux bleus qui semblaient la fixer. Mais elle se dit qu'il n'en était rien, que ce n'était qu'une poupée de carton, que l'original se trouvait enfermé sous la garde de la rune de la contrainte qui allait le retenir, espérait-elle, à jamais.

Elle n'en avait pas fini avec la poupée de l'homme de l'Ombre.

C'était ton Jeu. Tu nous as pourchassés. Tu m'as dit de devenir moi-même chasseuse. Sauf que tu ne t'attendais pas à tomber dans un piège.

Que serait ce monde sans des êtres comme Julian ? Plus sûr, évidemment. Plus calme. Mais plus banal aussi, dans un sens.

Elle avait vaincu l'homme de l'Ombre, cependant il lui semblait singulièrement difficile de le jeter dans l'oubli. Pour un peu, elle le regretterait presque, comme si elle venait de perdre quelque chose à jamais.

Sous le regard de ses amis silencieux, elle déposa la figurine dans la boîte qu'elle se hâta de fermer avant de la sceller avec du ruban adhésif.

Quand elle eut fini, elle posa la boîte sur la table et s'assit sur ses talons. Un sourire se transmit à chacun des membres du groupe, un sourire de soulagement et de joie. Ils avaient gagné. Ils s'en étaient sortis. Ils étaient vivants... enfin presque tous.

– Qu'est-ce qu'on va dire, pour Summer ? demanda Tom.

– La vérité, asséna Jenny.

Audrey haussa les sourcils.

– Personne ne nous croira jamais !

– Je sais. N'empêche qu'on la leur dira quand même.

– Ça ira, assura Dee. Après tout ce qu'on a traversé, on pourra assumer ça. Tant qu'on restera unis.

– On l'est, dit Jenny aussitôt approuvée par Tom.

Autrefois – la veille – ç'aurait été l'inverse.

Audrey et Michael, qui ne semblaient plus devoir se séparer, acquiescèrent ensemble, bientôt imités par Zach qui, pour une fois, faisait attention au reste de la bande au lieu de se réfugier dans son petit monde.

Je crois que ça lui a fait du bien, songea Jenny, *de savoir que son grand-père ne faisait qu'invoquer les démons, qu'il n'était pas un criminel, en fin de compte.*

– On peut appeler la police, proposa-t-elle à haute voix.

16

Ce fut Dee qui se chargea du coup de téléphone, car Audrey et Michael étaient trop occupés à regarder par la fenêtre de la cuisine ; quant à Zach, il n'était pas du genre bavard.

De leur côté, Jenny et Tom s'étaient mis un peu à l'écart des autres.

– Je voulais te montrer ça, commença-t-il en lui tendant un morceau de papier froissé.

Cela représentait quelques dessins à peu près tous rayés d'une croix – Jenny crut entre autres reconnaître un rat. Le seul élément resté intact se trouvait au milieu mais elle ne voyait pas de quoi il s'agissait.

– Je suis nul en dessin, avoua-t-il. Tu ne reconnais même pas les cheveux jaunes et les yeux verts ?

– C'est *moi* ton pire cauchemar ? s'exclama-t-elle mi-moqueuse mi-estomaquée.

– Non. J'ai eu du mal à le dessiner, mais c'était ce que je voulais dire quand j'ai raconté à Julian que ça devait arriver. Le but du Jeu, affronter ses pires cauchemars. Mon pire cauchemar à moi, c'était ça : te perdre.

Jenny ne put que le regarder.

– Je ne suis pas doué pour dire ce genre de chose, reprit Tom, sans doute même pas pour le montrer. Mais… je t'aime. Autant que lui. Encore plus.

Jenny ne pensait plus qu'au petit Tommy en primaire. Le garçon qu'elle avait décidé d'épouser – d'emblée.

Au fond d'elle-même, quelque chose la dérangeait, mais elle savait qu'elle devrait l'écarter de son cœur autant que de sa mémoire, à jamais. Ne plus jamais y penser. Et ne jamais rien en dire à Tom.

Jamais.

– Moi aussi je t'aime, murmura-t-elle. Oh, Tom, je t'aime tant !

Ce fut là qu'ils entendirent le verre se briser.

D'abord, aucun d'eux ne bougea ; ils étaient pétrifiés.

Cependant, au bout de quelques secondes, ils coururent vérifier ce qui se passait dans le salon, juste à temps pour voir deux silhouettes plonger à une vitesse stupéfiante par la porte coulissante cassée.

La boîte blanche avait disparu de la table basse.

Tom et Dee s'étaient rués dans le jardin mais Jenny comprit qu'ils n'avaient aucune chance de les rattraper. Les deux créatures avaient escaladé le mur avant que leurs poursuivants n'aient pu les rejoindre. Après un bref coup d'œil aux alentours, Tom et Dee revinrent lentement.

– Ils se sont volatilisés, maugréa Dee dégoûtée.

– Ils *volaient*, assura Tom à bout de souffle.

– De toute façon, je n'avais pas l'intention de remettre ce Jeu à la police, conclut Jenny. Il ne peut plus servir à rien.

– Mais c'était qui ? demanda Michael. Des hommes de l'Ombre ?

– Des hommes de l'Ombre en baskets, indiqua Dee en désignant une empreinte sur le carrelage.

– Qu'est-ce qu'ils voulaient...

Jenny le fit taire. Les yeux sur le verre brisé, elle essayait de ne pas trop réfléchir. Même si elle les avait vus de loin, elle croyait avoir reconnu ces deux types.

Cependant, ce qu'elle avait dit était sûrement vrai. Le Jeu avait été fabriqué pour elle ; il ne devrait plus pouvoir servir à personne. D'autant qu'il était maintenant dans un état lamentable, écrasé, chiffonné, déchiré. En supposant toutefois que quelqu'un d'autre parvienne à le reconstituer, quelles chances avait-il de grimper au premier étage, ou de descendre dans la cave du grand-père ? Et quand bien même... quelles chances avait-il d'ouvrir la porte du placard ?

– Bon débarras ! conclut Tom.

Ses cheveux sombres brillaient dans la lumière du petit matin, et ses yeux noisette piquetés de vert avaient pris une nuance dorée.

– Pour moi, le plus important est ici, ajouta-t-il en souriant à Jenny. Plus de cauchemar.

Son visage exprimait ouvertement l'amour qu'il lui portait, au vu et au su de tout le groupe.

Jenny se réfugia dans ses bras.

Dans un terrain vague, deux garçons essoufflés venaient de s'arrêter en constatant qu'ils n'étaient plus poursuivis.

– Je crois qu'on les a semés, dit celui au bandana noir.

– Ils n'ont pas beaucoup insisté, rétorqua celui en chemise de flanelle à carreaux noirs et bleus.

Ils échangèrent un regard où se mêlaient la victoire et la peur.

Ils ne savaient pas ce qu'il y avait dans cette boîte, malgré une nuit passée à observer la maison de la fille blonde. Ce ne fut qu'à l'aube qu'ils trouvèrent le courage d'entrer par effraction – et qu'ils virent cette boîte blanche sur la table, à portée de mains.

Ils savaient seulement que, depuis qu'ils l'avaient aperçue dans les bras de cette fille, ils n'avaient pu s'empêcher de la suivre. Elle leur faisait peur et pourtant ils mouraient d'envie de l'approcher. Ils ne pouvaient plus penser à autre chose, au point de passer toute la nuit à guetter le bon moment.

À présent ils la tenaient, enfin.

L'un d'eux sortit un couteau et coupa le ruban adhésif.

Tome 2

la poursuite

Pour Joanne Finucan, cette authentique héroïne
et modèle de toute une vie.

1

Ce n'était pas tant la chasse que la mise à mort.

Voilà ce qui amenait Gordie Wilson au pied des collines de Santa Ana par ce beau matin de mai. Voilà pourquoi il manquait les cours, même si rien ne garantissait qu'en imitant la signature de sa mère il serait autorisé à revenir. Ce n'étaient pas les prairies pleines de fleurs sauvages, les lupins bleu ciel ni les sauges mauves et odorantes. C'était le chuintement humide du plomb pénétrant dans la chair.

La mise à mort.

Gordie préférait le gros gibier, mais les lapins faisaient également l'affaire – pourvu qu'on sache échapper aux gardes forestiers. Jusqu'ici, il ne s'était jamais fait prendre.

Il avait toujours aimé les mises à mort. À sept ans, il tirait des merles et des étourneaux avec sa carabine à air comprimé. À neuf, il était passé aux écureuils, avec un fusil. À douze, son père l'avait emmené à une vraie chasse et il avait abattu son premier cerf avec une vieille Winchester 243.

Il avait trouvé ça génial. Mais chaque mise à mort l'était. Comme disait son père :

– Une bonne chasse ne s'achève jamais.

Tous les soirs en s'endormant, Gordie repensait aux meilleurs moments de traque, de tir, à l'instant électrique de la mort. Il chassait même dans ses rêves.

Alors qu'il longeait un lit de rivière à sec, un souvenir lui revint, telle une petite langue de feu. Un cauchemar. Une fois, il avait rêvé qu'il se trouvait à l'autre bout du canon, que c'était lui que les chiens mordaient, lui qu'on chassait. À son réveil, il était trempé de sueur.

Quel rêve débile ! Gordie n'était pas un lapin mais un chasseur. Au sommet de la chaîne alimentaire.

Il avait eu un orignal l'année précédente. Mieux valait observer un certain temps ce genre de gros gibier, l'étudier, mettre une stratégie au point. C'était autre chose pour les lapins. Il aimait venir ici, les débusquer de leurs buissons.

Il appréciait cet endroit, cette pente couverte de sauge, qui s'élevait jusqu'à un bois de chênes et de sycomores, avec des broussailles pour se camoufler. Il allait bien y trouver un lapin ou deux.

Justement, là... à découvert, droit devant lui, en train de prendre le soleil dans l'herbe. La bestiole l'avait vu, lui aussi, mais restait immobile. Figée. Gordie savait comment s'en approcher sans peine, au point de pratiquement pouvoir l'attraper à mains nues.

Le truc, c'était de lui faire croire qu'il ne s'y intéressait pas. Il suffisait de regarder ailleurs, d'avancer par zigzags, de progresser lentement, insensiblement...

Tant que l'animal gardait les oreilles basses, tant qu'il ne les dressait pas pour écouter, c'était que tout allait bien.

Gordie contourna précautionneusement un arbuste tout en surveillant sa proie du coin de l'œil ; il en était si proche qu'il apercevait maintenant ses moustaches. Pris d'une bouffée de bonheur, l'estomac palpitant, il épaula son fusil. Le lapin restait bien tranquille.

C'était à ce moment-là que ça devenait excitant. Retenant son souffle, il visa, orienta le réticule, prêt à appuyer sur la détente.

S'ensuivit une explosion de mouvements, une tache brune, l'éclat d'une queue blanche. Le lapin détalait !

Le fusil donna de la voix mais la balle atterrit dans le sol, derrière l'animal, ne soulevant qu'un peu de poussière. Le lapin fila droit dans le lit de rivière et disparut derrière les quenouilles.

Si seulement il avait amené un chien ! Comme le beagle de son père, Aggie. Les chiens adoraient la chasse et Gordie aimait les observer à la tâche, faire durer le plaisir le temps de la traque. C'était toujours dommage d'interrompre trop vite une bonne partie. Son père finissait parfois par laisser le lapin s'échapper, s'il avait bien couru. Trop nul ! Pas la peine de chasser s'il n'y avait pas de mise à mort.

Parfois, Gordie... se posait des questions sur lui-même.

Il sentait vaguement qu'il ne considérait pas la chasse de la même façon que son père. Quand il était seul, il faisait des choses dont il ne parlait jamais à personne. À cinq ans, il aimait verser de l'alcool à 90 ° sur les perce-oreilles car ceux-ci gigotaient longtemps avant de mourir. Au volant, il faisait volontiers un écart pour écraser un opossum ou un chat s'il en voyait traîner sur la route.

C'était tellement agréable de tuer ! De toutes les façons possibles.

Tel était le petit secret de Gordie Wilson.

Le lapin avait disparu. Il lui avait fait peur. À moins que...

À moins que ça n'ait été autre chose.

Une étrange impression montait en lui. Au début, il s'en était à peine aperçu. Pourtant, ça ne ressemblait à rien de ce qu'il connaissait – du moins à l'état de veille. Une impression de lapin... ce que pourrait ressentir un lapin qui s'immobilisait, se tapissait sur lui-même sous le regard du chasseur. Ce que pourrait éprouver un écureuil en voyant une énorme silhouette se rapprocher.

L'impression d'être... observé.

Ses poils se dressèrent dans son dos.

On le suivait des yeux. Il le sentait dans cette partie du crâne qui n'avait pas changé depuis cent millions d'années. Le cerveau reptilien.

Frémissant, il se retourna lentement.

Juste derrière lui, se dressaient trois vieux sycomores assez proches pour offrir un abri. Mais l'obscurité à leurs pieds était trop forte pour ne provenir que de leur ombre. On aurait plutôt dit un nuage de vapeur noire.

Il y avait *quelque chose* sous ces arbres. Quelque chose qui guettait également le lapin.

Et qui maintenant le guettait, lui.

La vapeur noire parut s'étirer. Des dents blanches brillèrent, tel un rayon de soleil sur l'eau.

Les yeux de Gordie sortirent de leurs orbites.

Qu'est-ce que... c'était quoi ?

La vapeur bougea encore et il vit.

Sauf que – c'était impossible. Ça ne pouvait pas être ce qu'il croyait, parce que – c'était carrément impossible. Parce que ça n'existait pas, nulle part au monde, ça ne pouvait pas...

Jamais il n'aurait pu imaginer un truc pareil. Ça bougeait trop vite. Gordie détala en le voyant arriver sur lui.

Il fila dans la même direction que le lapin, glissant et dérapant sur la pente, déchirant son jean et écorchant ses mains sur des cactus. La chose arrivait derrière lui. Il l'entendait respirer. Son pied heurta une pierre et il tomba lourdement, les bras écartés.

Roulant sur lui-même, il aperçut la chose en pleine lumière et en resta bouche bée, essaya encore de se sauver mais la terreur le paralysait.

Et la chose approchait encore.

Un lourd gémissement jaillit de la gorge de Gordie. Sa dernière pensée ne fut plus qu'un misérable *pas moi... pas moi... je suis pas un lapin... pas moooiiii...*

Son cœur s'arrêta avant que les dents ne s'abattent sur lui.

En ce bel après-midi de mai, Jenny se coiffait à grands coups de brosse, sentant ses cheveux se hérisser sous l'électricité statique. Elle se regardait à peine dans la glace des toilettes du lycée, cette image de blonde aux yeux vert mousse, sombres comme des aiguilles de pin, aux sourcils droits comme deux coups de pinceau, aux mèches couleur de miel et de soleil.

– Ils y sont pour rien.

Jenny s'arrêta net. Le reflet d'une fille venait d'apparaître derrière le sien.

Brune aux yeux noirs, elle avait les paupières rougies de pleurs et semblait sur le point de filer.

– Pardon ?

– J'ai dit qu'ils y étaient pour rien, Slug et PC. Ils ont pas tué ta copine Summer.

Incapable de tourner la tête, Jenny se surprit à serrer sa brosse à l'en écraser. Elle ne parvenait qu'à regarder les yeux de la fille dans la glace, mais maintenant elle comprenait.

– Je n'ai jamais dit ça, rectifia-t-elle doucement. J'ai juste déclaré à la police qu'ils se trouvaient dans le coin cette nuit-là. Et qu'ils avaient volé quelque chose chez moi. Une maison de papier. Un jeu.

– Je peux pas te saquer !

Choquée, Jenny se retourna.

– Toi et tes copains bon chic bon genre – c'est vous qui l'avez tuée. Un jour, tout le monde le saura et vous serez condamnés.

La fille tordait un Kleenex entre ses minces doigts bronzés, le déchirait en lambeaux. Ses longs cheveux raides rebiquaient aux extrémités. Ce n'était pas une élève du lycée de Vista Grande ; Jenny ne l'avait jamais vue.

Reposant sa brosse, elle se retourna pour lui faire face. La fille en parut stupéfaite.

– C'est ça qui t'a fait pleurer ? demanda doucement Jenny.

– Qu'est-ce que ça peut te faire ? Tu te la pètes, tu portes les dernières fringues à la mode et tu traînes avec des amis friqués...

– Qui est riche ? Qu'est-ce que mes fringues viennent faire dans cette histoire ?

En même temps, Jenny ne pouvait s'empêcher de fixer le jean de marque savamment usé de son interlocutrice.

Et celle-ci répéta, hargneuse :

– Tu te la pètes.

Jenny l'attrapa par les épaules.

– Je me la pète pas du tout. Je suis une fille comme toi. C'est quoi, ton problème ?

L'autre ne répondit pas, se tortilla pour se dégager et ses os trop fins roulèrent sous les paumes de Jenny. À la fin, elle lui cracha presque à la figure :

– PC était mon pote. Il a pas touché à ta copine. C'est toi et tes amis, vous lui avez fait quelque chose de si grave que vous avez dû cacher son corps avant de raconter tous ces mensonges. Mais tu vas voir. J'ai la preuve que PC l'a pas touchée.

Malgré la chaleur de la pièce, Jenny en eut la chair de poule.

– C'est-à-dire ?

Quelque chose dans son expression dut faire peur à la fille.

– Laisse tomber.

– Non, dis-le-moi. Quelle preuve ? Tu as...

– Lâche-moi !

J'y vais trop fort, songea Jenny. Pourtant, elle ne parvenait pas à s'arrêter. Parcourue de frissons d'effroi, elle voulait absolument arracher l'information à la fille.

– Tu l'as vu ? Il est rentré au petit matin tout seul ? Tu as vu ce qu'il a fait de la maison de pa...

Une violente douleur explosa dans son tibia. La fille lui avait donné un coup de pied. Jenny lâcha prise et l'autre s'enfuit.

– Attends ! Tu ne comprends pas...

La porte des toilettes claqua presque au nez de Jenny qui la rouvrit aussitôt pour se lancer à sa poursuite ; mais elle eut beau inspecter les deux côtés de la passerelle, elle n'aperçut la fille nulle part. Il ne restait que quelques morceaux de Kleenex sur le béton.

Jenny partit en boitillant vers le vestiaire le plus proche, y jeta un coup d'œil avant d'aller se pencher à la balustrade qui donnait sur la cour. Rien que des élèves en train de déjeuner.

Cette fille était très jeune, sans doute en troisième. Elle venait probablement du collège Magnolia voisin.

En tout cas, Jenny devait absolument la retrouver, lui faire dire ce qu'elle avait vu, ce qu'elle pourrait bien *savoir*...

J'ai laissé mon sac aux toilettes ! songea-t-elle soudain. Elle fonça le chercher et, en ressortant, entendit sonner le téléphone public dans le couloir. Autour d'elle, un prof fermait une salle, des élèves se dirigeaient vers l'escalier. Personne ne semblait concerné.

Elle alla décrocher et pour toute réponse n'entendit d'abord qu'une sorte de chuintement électronique, puis des grésillements et enfin le murmure d'une voix grave, déformée, lointaine, qui articulait bizarrement ses syllabes. Comme si on répétait sans cesse le même mot.

A. Puis un long soupir : *é. A... é...*

Assez !

– Allô ?

Mmmmmmmmmmmm. Clic. À l'arrière-plan, elle crut percevoir quelque chose comme un discours, violent, saccadé. Là aussi, le rythme était bizarre. Sans doute une langue étrangère, comme elle n'en avait jamais entendu.

Mauvaise communication, songea-t-elle en raccrochant.

Elle avait autre chose à penser pour le moment. Il fallait retrouver cette fille.

Je ferais mieux d'avertir les autres.

2

Elle commença par regarder dans la salle de classe de Tom, mais il n'était pas là. Elle descendit, inspecta tout le campus en saluant au passage les autres élèves installés sur leurs bancs préférés, qui dépiautaient leur repas dans un bruit de papier et des effluves de nourriture.

Le groupe de Jenny ne déjeunait plus ensemble depuis ces quinze derniers jours – ça les aurait obligés à parler. Mais aujourd'hui, ils n'avaient pas le choix.

Ensuite, Audrey, songea-t-elle en traversant l'amphithéâtre avec ses bancs de bois cloqués. Audrey prenait des cours de décoration intérieure et – bien sûr – y excellait.

Jenny attendit devant la porte jusqu'à ce que son amie, qui parlait avec le prof, capte son regard. Alors celle-ci ferma son dossier, le jeta dans son sac à dos et arriva.

– Qu'est-ce qu'il y a ?

– Il faut réunir tout le monde. Tu as ton déjeuner ?

– Oui.

Elle ne demanda pas pourquoi, chassa d'un geste quasi professionnel une mèche auburn de son front et pinça ses lèvres enduites de gloss.

Ensemble, elles se dirigèrent vers la salle de gym. Le soleil brûlait la tête de Jenny et commençait à la faire transpirer. Trop chaud pour un mois de mai, même en Californie. Alors pourquoi avait-elle si froid à l'intérieur ?

Elles se rendirent droit au vestiaire des filles. Dee n'était même pas encore habillée, trop occupée par une bataille de serviettes avec deux copines de l'équipe de natation. Elle était nue et visiblement cela ne la gênait pas d'exposer ainsi son corps de panthère noire. Quand elle aperçut Jenny et Audrey, elle leur fit signe qu'elle arrivait, enfila un tee-shirt grenat et les rejoignit quelques minutes plus tard.

Toutes trois retrouvèrent Zach dans le bâtiment des arts, seul devant son labo photo. Ce qui n'avait rien de surprenant – Zach était très souvent seul. Non, ce qui étonna Jenny, c'était de ne pas le trouver *à l'intérieur* du labo. Son visage émacié avait toujours été pâle mais, ces derniers temps, il était plutôt livide. D'autant qu'il avait opté pour le noir à la place de ses éternels tee-shirts gris. Il avait changé, mais personne ne pourrait sortir intact de ce qu'ils avaient traversé.

Il aperçut Jenny qui, d'un signe du menton, lui indiqua le parking du personnel. L'endroit où ils se retrouvaient habituellement. Il répondit d'un bref hochement de tête.

Ensuite, ils allèrent à la rencontre de Michael, qu'ils trouvèrent près du bâtiment des lettres, en train de ramasser des paperasses et des livres tombés par terre.

– Abrutis, tarés, bouffons, primates ! grommelait-il.

– Qui est-ce qui t'a fait ça ? demanda Jenny.

Et Audrey chercha aussitôt s'il n'avait pas été blessé.

– Carl Vortman et Steve Matsushima.

Les joues rondes de Michael étaient rouges, ses cheveux noirs, encore plus ébouriffés que jamais.

– Ça aiderait si tu embrassais *ici,* dit-il à Audrey en désignant le coin de sa bouche.

Dee effectua un rapide coup de pied-coup de poing dans l'air, comme si elle dansait.

– Je m'en charge ! affirma-t-elle avec son sourire carnassier.

– Viens, il faut qu'on discute, dit Jenny. Quelqu'un a vu Tom ?

– Je crois qu'il a séché la matinée, dit Audrey. Il n'était pas au cours de lettres.

Génial ! Zach portait le deuil, Michael se faisait tabasser et Tom, le super étudiant, manquait les cours – juste au moment où elle avait le plus besoin de lui.

Ils s'assirent devant le parking sur ce que tout Vista Grande appelait la butte verte, car recouverte d'herbe. Zach y arriva le premier et laissa tomber son sac puis lui-même à terre, pliant ses longues jambes maigres en tailleur.

– Qu'est-ce qui se passe ? demanda Dee.

Jenny commença par prendre une longue inspiration, puis :

– C'est cette fille, dit-elle avant de décrire du mieux qu'elle le pouvait la Pleurnicheuse. Sans doute une élève de troisième. Quelqu'un la connaît ?

Ils firent tous non de la tête.

– Parce qu'elle dit qu'on a tué Summer et caché son corps, qu'elle sait que PC n'a rien fait. Franchement, elle n'avait pas l'air de raconter n'importe quoi.

Dee la fixa de ses grands yeux de biche :

– Tu crois...

– Je crois qu'elle l'a vu ce matin-là. Ce qui voudrait dire...

– Qu'elle sait peut-être où se trouve la maison de papier, intervint Michael inquiet.

– Dans ce cas, il faut absolument la retrouver.

Michael poussa un gémissement.

Jenny le comprenait. Ils étaient dans une terrible situation. Les gens les regardaient de travers, et puis il y avait toujours ce danger… que personne ne mesurait à part eux.

Et c'était presque entièrement la faute de Jenny, sa brillante idée. *On va dire la vérité à la police…*

On leur avait envoyé deux policières. L'une était hawaiienne ou polynésienne, belle comme une déesse. L'autre faisait plutôt mémère un peu trapue. Toutes deux avaient commencé par examiner les fragments de verre autour de la porte coulissante.

– Mais ça n'a rien à voir avec Summer, leur dit Jenny.

Avec Tom, Michael et Audrey, ils reprirent leurs explications.

Non, il n'y avait pas eu d'ovni… enfin, ça y ressemblait un peu – Julian n'était certes pas un humain, mais il n'avait pas brisé la porte. Il était sorti d'un jeu – ou plutôt il les avait entraînés dans un jeu. Ou du moins…

Bon. Reprendre depuis le début.

Jenny avait acheté le Jeu sur Montevideo Street, dans un magasin appelé Encore des jeux. Elle l'avait emporté à la maison et ils l'avaient ouvert tous ensemble. Oui, eux six plus Summer. On avait organisé une fête pour les dix-sept ans de Tom.

À l'intérieur, ils avaient trouvé cette maison de papier qu'ils avaient montée. Une maison victorienne de deux étages avec une tourelle. Bleue.

Après quoi, ils avaient installé les figurines au rez-de-chaussée, sur lesquelles ils avaient dessiné chacun son visage. D'accord, ils avaient passé l'âge de jouer à la poupée, mais il y avait tout un jeu autour de la maison.

Il s'agissait de représenter son pire cauchemar sur une feuille de papier qu'on allait ensuite déposer dans une pièce différente. Ensuite, on devait atteindre le sommet de la tourelle, en passant par les cauchemars de chaque joueur.

L'idée semblait assez attrayante au début. Jusqu'à ce qu'elle devienne réalité.

Oui, réalité. *Réalité*. Comment fallait-il le dire ?

Ils s'étaient tous évanouis, en quelque sorte, pour se réveiller dans la maison victorienne. À l'intérieur. Elle n'était plus du tout en papier, mais solide, comme n'importe quelle maison. Et puis Julian avait fait son apparition.

Qui était Julian ? Qui ou quoi ? pourrait-on se demander. Si on disait un prince des démons, on ne serait sans doute pas loin de la vérité. Il se faisait appeler l'homme de l'Ombre.

L'homme de l'Ombre. Une sorte de marchand de sable qui apporterait des cauchemars.

Enfin, l'important, c'était de se dire qu'il avait tué Summer. En lui faisant affronter son pire cauchemar, c'est-à-dire une chambre en désordre. Pleine d'ordures et de cafards géants. Oui, à première vue, on pouvait trouver l'idée plutôt marrante, sauf que ça ne l'était pas du tout...

Non, aucun d'entre eux n'avait lu Kafka.

Écoutez, ce n'était pas marrant parce que Summer en était *morte*, enterrée sous des tonnes d'immondices moisies. Ils l'avaient entendue crier, appeler à l'aide, jusqu'à ce que tout s'arrête.

Le corps ? Où voulez-vous qu'il soit ? Là-bas, enfoui sous ces détritus, dans la maison de papier, dans le monde des Ombres.

Non ! la porte coulissante n'avait rien à voir avec ça. L'incident s'était produit après leur fuite du monde des

Ombres. Jenny avait tendu un piège à Julian en l'enfermant derrière une porte protégée par une rune de contrainte. De retour dans le monde réel, Jenny avait remis la maison de papier dans sa boîte et ils avaient appelé la police. Oui, c'était bien le coup de téléphone donné à six heures trente-quatre, ce matin. À ce moment-là, ils avaient entendu la vitre se briser et ils étaient sortis juste à temps pour voir les deux types s'enfuir avec le Jeu.

Quelle idée de voler cette boîte ! En fait, ces types suivaient déjà Jenny lorsqu'elle l'avait achetée. Rien que de la voir, ça vous faisait quelque chose. Une fois que vous aviez aperçu cette boîte blanc nacré, il vous la fallait à tout prix. Alors ils avaient dû continuer de la suivre, jusque chez elle.

NON, SUMMER N'ÉTAIT PAS PARTIE AVEC EUX ! SUMMER N'ÉTAIT PAS LÀ ! SUMMER ÉTAIT ALORS DÉJÀ MORTE.

Ce ne fut qu'après l'avoir racontée que Jenny prit conscience de l'absurdité d'une telle histoire aux yeux des policières. Au début, elles n'avaient même pas voulu croire à la disparition de Summer, bien que Tom ait demandé à plusieurs reprises de passer au détecteur de mensonges.

Pour les convaincre, il avait fallu téléphoner aux parents de Summer et ceux-ci avaient confirmé que personne n'avait vu la jeune fille depuis la veille au soir. À ce moment-là, Jenny et le reste du groupe étaient assis dans une salle d'interrogatoire, autour d'une grande table, entourés d'inspecteurs. Elle avait déjà identifié les deux types sur des photos qu'on lui avait montrées : PC Serrani et Scott Martell, dit Slug, sobriquet qu'il s'était donné lui-même. Ils étaient tous les deux connus pour de nombreux vols à l'étalage et vols de voitures. C'était

PC qui portait le bandana et la veste de cuir noir, Slug, la chemise de flanelle à carreaux.

Or, il s'avéra que tous deux avaient également disparu.

Le pire fut lorsque les parents de Summer arrivèrent au poste pour demander à Jenny où était passée leur fille. Ils ne comprenaient pas pourquoi une amie de plus de sept ans refusait de leur dire la vérité. Le groupe fut ensuite soumis à un test de dépistage de drogue car, selon le père de Summer, leur récit rappelait trop un mauvais trip style années soixante.

Mme Parker-Pearson ne cessait de répéter :

– Quoi que Summer ait fait, ce n'est pas grave. Dites-nous seulement où elle est.

C'était *horrible*.

Ce fut Aba qui finit par mettre un terme à tout cela.

Alors que l'agitation était à son comble, elle apparut dans son large vêtement orange au turban assorti. C'était la grand-mère de Dee mais elle avait plutôt l'air d'une reine en visite officielle. Elle pria la police de la laisser seule avec les jeunes.

Tremblant de tous ses membres, Jenny dut reprendre son récit à zéro.

Quand elle eut terminé, Aba les considéra tous l'un après l'autre. Tom, le champion toutes catégories, aux cheveux bruns anormalement ébouriffés. Audrey, l'impeccable gravure de mode, au mascara qui coulait. Zach, l'imperturbable photographe, aux yeux vitreux d'effroi. Michael, la tête dans ses mains. Dee, la seule qui se tenait encore droite, fière et furieuse, moite de transpiration.

Et puis Jenny qui la fixait d'un air implorant.

Ensuite, Aba regarda ses propres mains jointes, ses doigts de sculptrice, longs et encore magnifiques malgré les rhumatismes.

– Je vous ai relaté beaucoup d'histoires, dit-elle à Jenny, mais il en reste une célèbre que je ne crois pas avoir mentionnée. C'est l'histoire d'Haoussa. Mes ancêtres étaient Ceux-qui-parlent-haoussa, vous savez, et ma mère me l'a racontée quand j'étais petite.

Michael releva lentement la tête de la table.

– Il était une fois un chasseur qui pénétra dans un buisson et y trouva un crâne abandonné sur le sol. « Que fais-tu là, toi ? » dit-il à haute voix. À son grand étonnement, le crâne lui répondit : « J'en suis arrivé là pour avoir trop parlé, mon ami. »

Penché en avant, Tom écoutait attentivement. Audrey regardait de ses grands yeux. Elle ne connaissait pas Aba aussi bien que les autres.

– Enthousiasmé, le chasseur courut vers son village pour raconter à tout le monde qu'il avait vu un crâne bavard. Sur quoi, le chef lui demanda de l'emmener aussitôt voir cette merveille.

« Alors, le chasseur emmena le chef auprès du crâne. "Parle", lui dit-il. Mais le crâne demeura muet. Le chef fut tellement irrité qu'on se soit moqué de lui qu'il coupa la tête du chasseur et l'abandonna sur le sol.

« Dès qu'il fut parti, le crâne dit à la tête coupée à côté de lui : "Que fais-tu là, toi ?" Et la tête répondit : "J'en suis arrivée là pour avoir trop parlé, mon ami." »

Au cours du long silence qui s'ensuivit, Jenny entendit sonner des téléphones dans les pièces voisines, des voix qui s'interpellaient.

– Si je comprends bien, conclut Michael, on a trop parlé.

– Voyez-vous, il n'est pas nécessaire de toujours *tout* raconter à *tout le monde*. Mieux vaut parfois se taire. D'autre part, ne croyez pas que votre point de vue soit le seul possible, même si vous le pensez en toute bonne foi. Ce chasseur serait peut-être resté en vie s'il avait dit : « Je crois qu'un crâne m'a parlé, mais j'ai sans doute rêvé. »

– Sauf qu'il n'avait pas rêvé, murmura Jenny.

La réponse d'Aba changea tout, d'abord parce qu'elle les mit à l'aise :

– Je vous crois, dit-elle en lui prenant gentiment la main.

Lorsque la police revint, le groupe s'était calmé et voulait bien reconnaître que s'il pensait dire la vérité, il avait pu être victime d'une sorte de rêve ou d'hallucination. La police en conclut qu'il était arrivé à Summer quelque chose de si affreux que ses amis ne pouvaient accepter ce qu'ils avaient vu, au point d'en inventer une histoire à dormir debout pour effacer ce souvenir. Les adolescents étaient particulièrement vulnérables aux hallucinations de masse, expliqua l'inspecteur Machin à Aba. S'ils acceptaient de se soumettre au détecteur de mensonges afin de prouver qu'ils n'avaient rien fait à Summer...

Ce qui fut fait.

Après quoi la police les remit à la garde de leurs parents et Jenny rentra dormir seize heures d'affilée. Quand elle se réveilla, on était dimanche et Summer restait introuvable. De même que Slug et PC.

Ainsi fut créé le Centre.

Selon la dernière théorie en cours, Slug et PC seraient partis avec Summer, à moins que tous les trois n'aient suivi quelqu'un d'autre. Le marché local offrit un stand pour y installer un centre de recherche. Des centaines de volontaires partirent inspecter les égouts et autres fossés ainsi que les bennes à ordures.

Jenny n'avait aucun moyen de les en empêcher. Chaque jour, le nombre de volontaires augmentait, les recherches s'étendaient.

Elle se sentait dans un état affreux. Jusqu'au moment où elle comprit quelque chose.

Le corps de Summer n'était pas dans une poubelle mais la maison de papier, sans doute. S'il était inutile de chercher Summer, il pouvait s'avérer essentiel de retrouver Slug et PC.

– Parce que, expliqua-t-elle sombrement à Dee et aux autres, ils sont sûrement entrés dans la maison de papier. Ce qui veut dire qu'ils peuvent descendre à la cave, ouvrir une certaine porte et laisser Julian sortir...

Si bien que le groupe s'engagea parmi les volontaires, dans le but de trouver un indice sur le lieu où Slug Martell et PC Serrani auraient pu emporter le Jeu. C'était une course contre la montre. Il fallait retrouver cette maison avant que Slug et PC n'atteignent Julian. Car, après ce que Jenny lui avait fait en lui tendant ce piège et en l'enfermant dans ce placard – malgré toutes ses promesses de rester à jamais avec lui – pour ensuite s'enfuir...

Si jamais il sortait, il la retrouverait. Il la traquerait. Et prendrait sa revanche.

3

Sur la butte verte, Michael ronchonnait encore à l'idée de retrouver la Pleurnicheuse.

– Elle ne sait certainement rien du tout, marmonna Zach, les yeux gris comme un ciel d'hiver. Elle doit juste se demander si on est coupables ou non. Au fond, je crois que tout le monde se pose la question.

Il y avait là Dee, paresseusement étalée sur l'herbe qui donnait un éclat particulier à sa peau sombre ; Audrey, assise sur un porte-documents pour protéger son pantalon blanc ; Michael avec ses airs de nounours et son regard d'épagneul facétieux ; et Zach assis en tailleur coiffé d'un catogan. Ils n'avaient certes pas l'air de meurtriers. Mais Zach avait raison et c'était bien son genre de mettre le doigt où ça faisait mal.

– De toute façon, dit Audrey, il faut qu'on aille distribuer ces tracts, aujourd'hui. Alors autant chercher cette fille pendant qu'on y est.

– Ça n'y changera rien, rétorqua Zach.

Les autres se tournèrent vers Jenny, l'air de dire : c'est ton cousin, c'est toi qui gères.

Elle prit de nouveau une longue inspiration.

– Tu sais très bien que ça changera tout. Si on ne récupère pas cette maison… tu sais ce qui pourrait arriver.

– Et qu'est-ce que tu feras si on la récupère ? Tu vas la brûler ? La déchirer ? Avec eux à l'intérieur ? Ce n'est pas un meurtre, ça ? À moins que PC et Slug ne comptent pour rien…

– Si tu crois qu'ils feraient attention à nous, eux… commença Audrey.

– On se calme ! rugit Dee près de Zach.

– Ils ne sont peut-être pas là-dedans, suggéra Michael. Ils ont peut-être juste pris la boîte et quitté la ville, ou je ne sais quoi.

S'efforçant de se maîtriser, Jenny se leva, les yeux plantés sur Zach :

– Si tu n'as rien de plus utile à dire, tu peux t'en aller.

Si les autres parurent surpris, ce ne fut pas le cas de son cousin. À son tour il se leva, tendant son nez aquilin vers elle puis, sans un mot, tourna les talons et partit.

– C'est pas vrai… souffla Michael.

– Bien fait, marmonna Dee.

Jenny ignorait s'il l'avait mérité ou non, tout ce qu'elle voyait, c'était qu'elle n'aurait jamais pu faire cela en temps normal.

J'ai changé, songea-t-elle. Elle n'avait pas trop envie d'y penser mais se rendait compte que ce devait être encore pire que tout ce qu'on pouvait imaginer.

– Il faut qu'on retrouve la maison de papier, dit-elle.

– Tu as raison, approuva Dee. Même si je ne crois pas que PC et Slug aient la moindre chance d'atteindre le placard de Julian. Surtout avec le serpent et le loup dans les parages…

– Le Rampeur et le Rôdeur, précisa Audrey.

– … donc on ne risque sans doute rien.

Une cloche sonna.

– On se retrouve en bio, ajouta Dee à l'adresse de Jenny.

Elle ramassa sa cannette de Red Bull, sa boisson préférée, et courut vers le bâtiment des arts.

Michael balaya les miettes de biscuits tombées sur ses genoux, se leva et partit au petit trot vers la salle de gym.

Jenny savait qu'elle ferait mieux de se dépêcher. Avec Audrey, elles devaient se changer pour le cours de sport. Mais, là, elle se fichait un peu d'arriver en retard.

– On sèche ? proposa-t-elle à Audrey.

Celle-ci s'interrompit net dans son application de rouge à lèvres, puis se remit à l'œuvre avant de ranger le bâton cerise.

– Qu'est-ce qui *t'arrive* ? souffla-t-elle.

– Rien…

C'est alors qu'elle vit quelqu'un venir dans leur direction.

Un garçon, un élève de terminale, dans la même classe qu'elle en lettres. Brian Dettlinger. Il jeta un regard interrogateur sur Jenny mais, quand il comprit qu'elle restait là, il leur adressa un signe à toutes les deux.

Elles lui répondirent ensemble. Après un coup d'œil vers un bourdon qui voletait au-dessus d'un buisson d'amaryllis.

– Je me demandais, dit-il en s'approchant, si tu avais… enfin… quelqu'un pour t'accompagner au bal de fin d'année.

– Non, elle n'a personne ! intervint Audrey avec empressement.

À quoi elle ajouta une moue coquette.

– Attends, j'ai un copain ! s'écria Jenny stupéfaite.

Tout le monde le savait, de même que tout le monde savait qu'elle était avec Tom depuis l'école primaire, qu'on les avait surnommés Tom-et-Jenny des années durant, comme s'il s'agissait de siamois soudés par la hanche. Tout le monde le savait.

– Ah oui, dit Brian Dettlinger un rien gêné. Mais je croyais... on ne le voit plus beaucoup dans les parages, et...

– Merci, dit Jenny, mais je ne suis pas libre.

Elle avait pris un ton scandalisé que Brian ne méritait pas. Il voulait juste être gentil. Cependant, la situation la désarçonnait. D'abord, elle n'était certainement pas la première fille à laquelle il proposait cela puisqu'on était lundi et que le bal avait lieu samedi, mais il fallait tout de même y voir un joli compliment. Brian Dettlinger n'était pas un élève de terminale boutonneux à la recherche d'une cavalière à la dernière minute, c'était le capitaine de l'équipe de football, qui sortait avec la leader des pom-pom girls. Une star.

– *Ma sei pazza ?* demanda Audrey quand il fut parti. Tu es folle ? C'était *Brian Dettlinger !*

– Et alors ? Tu ne voudrais pas que je sorte avec lui, quand même ?

– Non... mais...

Secouant la tête, Audrey recula pour mieux examiner son amie.

– Tu as changé, tu sais. Ça fait un peu peur. Je te trouve épanouie, et je ne suis pas la seule à le dire. Comme si une lumière s'était allumée en toi. Depuis...

– Il faut qu'on aille au cours de gym, coupa Jenny.

– Je croyais que tu voulais sécher.

– Plus maintenant.

Elle n'avait aucune envie de voir autre chose changer. Elle voulait se sentir à l'abri, comme avant. Elle voulait être une élève de première normale, qui attendait avec impatience les grandes vacances, dans un peu plus d'un mois. Elle voulait Tom.

– Tu viens ? dit-elle.

Le temps d'aller jeter leurs cannettes de thé glacé dans la poubelle du parking, Jenny se sentit observée et tourna vivement la tête. Mais elle ne vit rien.

Tom la regarda partir.

Il s'en voulait de se cacher ainsi dans l'ombre du bâtiment des lettres, derrière les piliers métalliques du porche d'entrée. Mais il ne parvenait pas à s'en détacher.

Il allait la perdre, et en était seul responsable.

En fait, c'était déjà fichu. Et toute sa vie avec – il n'en avait pris conscience que dix-sept jours auparavant. Le 22 avril. Le jour du Jeu. Le jour où Julian était venu lui prendre Jenny.

Bien sûr qu'il l'aimait. C'était facile d'aimer. Mais il n'avait jamais imaginé ce que ce serait de vivre sans elle, parce qu'il avait toujours su qu'elle serait là. Qui songerait jamais à se demander, ce que ça ferait si le soleil ne se levait pas le lendemain ?

Il ne se posait pas de question, cette fille était à lui, point. Quelle paresse mentale ! Voilà ce qu'il en était quand on vous servait tout sur un plat d'argent. Quand on n'avait jamais à faire ses preuves. Quand les gens rampaient devant vous parce que vous étiez beau, que vous aviez une belle voiture et une belle frappe de ballon. Parce que vous étiez Tom Locke. On en arrivait à se dire qu'on n'avait plus besoin de rien.

Et on découvrait soudain combien on se trompait.

L'ennui étant qu'à l'instant même où il comprenait combien il tenait à Jenny Thornton, celle-ci se rendait compte qu'elle pouvait se passer de lui.

Il l'avait vue, là-bas, dans la maison de papier. Il l'avait trouvée si courageuse, plus belle que jamais... et parfaitement capable de fonctionner sans lui.

À la rigueur, il s'en serait accommodé, s'il n'y avait pas eu Julian. L'homme de l'Ombre. Le type aux yeux de glacier, celui-là même qui les avait tous enlevés, parce qu'il voulait Jenny. Action odieuse mais qu'au fond il comprenait plutôt.

Et Jenny avait changé depuis que Julian l'avait approchée. Peut-être que les autres ne s'en étaient pas encore vraiment aperçus, mais Tom, si. Elle était encore plus belle, différente... Parfois, elle s'asseyait, le regard lointain, comme si elle écoutait des choses que personne d'autre ne pouvait entendre. Peut-être la voix de Julian dans son esprit.

Parce que Julian l'avait aimée. Il l'avait dit, il avait dit toutes ces choses que Tom n'avait jamais songé à préciser. Et Julian avait la beauté du diable.

Comment Jenny aurait-elle pu y résister ? Surtout avec son innocence. Elle devait se croire capable de transformer Julian, ou penser qu'il n'était pas aussi démoniaque qu'il le paraissait. Tom voyait les choses autrement mais à quoi bon le lui dire ? Il les avait vus ensemble, avait vu les yeux de Julian quand il la regardait, vu les sorts qu'il pouvait jeter. La prochaine fois qu'il se manifesterait, Tom aurait tout perdu.

À présent, il ne pouvait rien faire d'autre que se tapir dans l'ombre pour la surveiller, observer ses mèches couleur de miel dans le soleil, se rappeler ses yeux vert foncé pailletés d'or. Tout en elle était doré, même sa peau. Pourquoi n'avait-il jamais songé à le lui dire ? Et si c'était ce que Dettlinger s'appliquait à faire maintenant ? Comment s'étonner que cette star du football s'intéresse à Jenny ? Une seule chose le surprenait : qu'il soit reparti aussi vite. Dommage que Tom n'ait pas entendu ce qu'il lui disait.

Mais peu importait. Peu importait le nombre de types qui pouvaient tourner autour d'elle. Un seul l'inquiétait vraiment – et celui-là ferait mieux de se méfier.

Tom ne pouvait plus la retenir, mais il pouvait la protéger. Lorsque Julian reviendrait – car il allait forcément revenir – la chercher et tenterait de profiter encore de son innocence, Tom serait là pour l'en empêcher. Il ne savait trop comment, mais il l'en empêcherait.

Quitte à y perdre la vie.

Et tant pis si cela devait lui attirer la haine de Jenny. Un jour, elle le remercierait.

Prudemment, il suivit les deux filles jusqu'à la salle de gym. D'autant qu'il avait l'impression de ne pas être le seul à les filer.

Ils se rendirent au Centre à deux voitures ; Audrey prit Jenny dans sa petite Alfa Spider rouge, et Michael emmena Dee dans sa Coccinelle.

En approchant du stand, Jenny dut se faire violence car le mur du fond regorgeait de photos de Summer. Des centaines. Pas seulement les portraits apportés par sa famille mais aussi ceux qu'avaient pris ses camarades sous différents angles. On avait tiré une gigantesque affiche à son image, où ses courtes boucles blondes et ses yeux bleu marine dominaient les volontaires de plusieurs mètres.

– Où est passé Tom ? demanda une étudiante qui se renseignait toujours sur lui.

– J'en sais rien, répondit Jenny.

En fait, elle se posait cette question depuis midi.

— À ta place, je le saurais. Un beau gosse comme lui tu ferais mieux de l'avoir à l'œil...

Jenny n'en écouta pas davantage. Comme chaque fois, elle voulait passer le moins de temps possible au Centre ; l'atmosphère y était active et chaleureuse — mais elle ne savait que trop que toute cette agitation ne servait à rien.

Le cœur serré, elle regarda la carte punaisée au mur, sur laquelle on reportait tous les endroits inspectés. Elle fit semblant de l'étudier quand elle savait déjà exactement où elle allait se rendre. Si la Pleurnicheuse était l'amie de PC, elle devait habiter non loin de chez lui.

Ce fut à peine si elle entendit un volontaire prévenir un autre :

— Cette médium qui a téléphoné de Beverly Hills. Elle est là.

— Tu as vu la Mercedes ? demanda Michael.

Jenny se retourna et aperçut une femme aux cheveux blond platine, le cou orné de nombreuses chaînes d'or. Au même moment, la médium la vit — et resta le souffle court.

Écarquillant les yeux, elle s'approcha de Jenny jusqu'à ce que son parfum domine celui d'Audrey.

— Vous... vous les avez vus. Ceux de l'Autre monde ! J'ai un message pour vous.

4

– Quel message ? intervint Dee.

La médium ne quittait pas Jenny des yeux.

– Vous avez le regard, continua-t-elle. Vous les avez vus… les Enchanteurs.

– Quels Enchanteurs ? coupa Audrey.

Dans la maison de papier, son cauchemar avait été un conte de fées, une histoire qui tournait autour du Roi des aulnes, esprit qui hantait la Forêt-Noire et enlevait les enfants. Le Roi des elfes. Julian avait joué ce rôle à la perfection, allant jusqu'à se proclamer le véritable Roi des aulnes.

Les hommes de l'Ombre. Les Enchanteurs. Différents noms pour différentes époques. Ainsi cette femme connaissait la vérité. *Je devrais m'en réjouir*, songea Jenny le cœur serré.

– La race des anciens, reprit la femme. Certaines personnes ont le don de les percevoir quand le reste du monde n'entrevoit qu'un peu de vent sur l'herbe, ou une ombre, ou un reflet de lumière.

Il y avait quelque chose de déplacé dans le ton de cette médium. À croire qu'elle adorait ce qu'elle racontait, au lieu d'en avoir peur.

– À quoi est-ce qu'ils ressemblent ?

La femme lui jeta un regard rieur. *Comme si vous ne le saviez pas.*

– Ce sont les plus beaux êtres qu'on puisse imaginer. Des créatures de lumière et de bonheur. Je les vois souvent danser à Malibu Creek.

Elle souleva une de ses chaînes pour en montrer le médaillon, une jolie jeune femme aux ailes de libellule.

– La fée Clochette, maugréa Dee impassible.

Jenny se détendit. Cette femme ne savait strictement rien des hommes de l'Ombre. Encore une allumée.

– Voici mon message, ajouta la médium toujours souriante : « Malfamé ». On m'a dit de vous dire ça.

– Malfamé ? Ah, bon... Merci.

Quelle nouvelle, depuis le temps qu'elle se baladait dans les quartiers les plus chauds de la ville !

– Malfamé, répéta la femme. Enfin... je crois. Parfois je ne perçois que les voyelles. Ce pouvait être...

Elle hésita puis regagna sa Mercedes en secouant la tête.

– Un instant, j'ai cru qu'elle allait nous apprendre du nouveau, marmonna Audrey.

Jenny prit une poignée de tracts et une carte.

– On y va.

Sur le parking, ils établirent leur planning.

– La maison de PC est au 1322 Ramona Street, dit Jenny.

Elle connaissait cette adresse par cœur. C'était le premier endroit qu'ils avaient vérifié, en même temps que le pavillon de Slug. Bien sûr, ils n'avaient rien pu fouiller, mais un inspecteur compatissant leur avait assuré qu'on n'avait trouvé aucune maison de papier chez aucun des deux garçons.

– Dee et Michael, vous pouvez commencer là et couvrir toute la zone ouest, disons jusqu'à Anchor Street. Audrey et moi nous chargerons de la zone est, jusqu'au croisement de Landana et Sycamore Streets. N'oubliez pas, c'est la fille qu'on cherche, maintenant.

– Autrement dit, on ratisse tout le sud de la ville, grommela Michael. On fait du porte-à-porte.

– C'est sûr qu'on ne va pas pouvoir tout faire aujourd'hui. Mais on finira par y arriver.

Ce qui ne paraissait pas enchanter Audrey.

– On en a déjà tellement visité, de ces maisons ! Qu'est-ce qu'on devra répondre aux gens quand ils nous diront qu'ils ont déjà eu sa photo ?

– Tu n'as qu'à dire que tu vends des encyclopédies ! railla Dee.

Là-dessus, elle poussa Michael vers la Coccinelle.

Les deux filles reprirent la Spider dont elles plièrent le toit pour rouler à l'air libre. Très vite des mèches cuivrées s'échappèrent du chignon d'Audrey. Jenny ferma les yeux pour mieux goûter le vent.

Elle n'avait plus envie de penser à quoi que ce soit, surtout pas à la médium, encore moins à Zach ou à Tom. Quelque part lui restait le faible espoir qu'il finirait par se présenter au Centre après les cours. Il faisait tout pour l'éviter, semblait-il.

Son nez et ses yeux la picotaient. Elle avait tellement envie qu'il lui revienne ! Si elle continuait d'évoquer ses yeux noisette piquetés de vert, sa gentillesse et sa force, son sourire insouciant, elle allait se mettre à pleurer.

– On commence par Eastman et Montevideo, s'entendit-elle dire.

Audrey lui jeta un regard irrité sous ses longs cils mais ne s'engagea pas moins dans la direction indiquée.

Eastman Avenue, où avaient eu lieu tant d'émeutes, restait désormais quasi déserte. Jenny n'y avait plus mis les pieds depuis l'anniversaire de Tom, ce jour où elle était venue dans le quartier pour y acheter un jeu. En approchant de Montevideo Street, elle crut revoir précisément tout ce qui lui était arrivé la dernière fois – ce crépuscule bleuté, ces pas derrière elle, sa peur. Elle s'attendait presque à voir PC dans sa veste noire et Slug dans sa chemise de flanelle, longer le trottoir.

Audrey s'engagea dans la rue et s'arrêta.

La peinture murale représentait toujours une scène d'émeute et, au milieu, un magasin très bien reproduit : Encore des jeux. Juste de la peinture sur du béton. Aucune poignée de porte qui dépassait.

C'était pourtant derrière ce mur qu'elle avait rencontré Julian, dans un endroit qui n'existait pas.

Des morceaux de papier jonchaient la rue, dont la photo jaune vif de Summer.

Jenny se sentit soudain vidée. Qu'avait-elle donc espéré trouver ici ?

– Je n'aime pas cet endroit, lâcha Audrey en frissonnant.

– Moi non plus. Je n'aurais pas dû...

Elles remontèrent vers le nord, passant à proximité de la maison de Summer, dans un quartier où les voitures paraissaient plutôt vieilles, rayées, mal en point. Néanmoins, l'atmosphère y était plus agréable, avec ces enfants aux cheveux blondis par le soleil et à la peau pleine de taches de rousseur, qui couraient en tous sens.

Elles se garèrent devant l'école élémentaire George-Washington et remontèrent le toit de la Spider.

À chaque maison, elles servirent le même laïus :

– Bonjour, nous faisons partie du comité de recherche Summer Parker-Pearson. Est-ce qu'on peut vous laisser une photo... ?

Si leurs interlocuteurs paraissaient gentils, elles essayaient de se faire inviter à entrer. C'était alors qu'arrivait la transition de « Nous sommes à la recherche de Summer » à « Nous cherchons quelqu'un qui pourrait savoir quelque chose à son sujet. »

Autrement dit, la Pleurnicheuse aux longs cheveux noirs et aux yeux hagards.

Avant tout, elles tâchaient de parler avec les enfants.

Les enfants savaient bien des choses. En général, les adultes dans les maisons écoutaient poliment, tandis que les gosses ne demandaient qu'à les aider. Ils les suivaient avec leurs bicyclettes en leur indiquant des endroits où vérifier ; parfois, ils croyaient avoir vu quelqu'un, la veille, qui aurait bien pu être Summer, à moins que ça ne remonte à l'avant-veille...

– La maison de papier est très importante mais pourrait s'avérer dangereuse. N'importe qui pourrait l'avoir récupérée en s'imaginant qu'il s'agissait d'un jouet.

C'était ce que Jenny disait à un gamin de neuf ans pendant qu'Audrey occupait sa mère. Le petit écoutait attentivement, l'œil vif. Derrière lui, sur un canapé de cuir usé, une fillette de quatre ou cinq ans regardait un livre aux pages écornées.

– C'est Nori. Elle sait pas encore lire.

– Si, je sais, d'abord ! s'indigna la petite. « Alors le Petit Chaperon rouge dit : "Mère-grand, que vous avez de grands *yeux* !" Et le loup répond : "C'est pour mieux te *voir*, mon enfant." »

Jenny lui sourit puis revint vers le garçon :

— Alors si tu la vois, ou juste une boîte blanche, surtout n'y touche pas mais appelle le numéro sur le tract et laisse-moi un message.

— « Mère-grand, que vous avez de grandes *oreilles*... »

— Je saurai ce que tu veux dire si tu annonces : « Je l'ai trouvée. »

Le gamin hocha de nouveau la tête. Les messages et les codes secrets, c'était son domaine.

— « ... C'est pour mieux t'*entendre*, mon enfant. »

— Ou si un de tes amis connaît une fille aux cheveux noirs qui était très amie avec PC Serrani...

— « Mère-grand, que vous avez de grandes *dents*... »

Audrey en avait fini avec la mère. Jenny toucha l'épaule du gamin pour le remercier et prit la direction de la porte.

— *« ... C'est pour mieux te* MANGER, *mon enfant ! »*

Nori poussa un petit cri en se dressant sur le canapé. Jenny en laissa tomber les photos ; la fillette s'était mise debout, les yeux écarquillés, la bouche grimaçante. Un court instant, Jenny vit non pas une enfant mais un lutin difforme.

— Nori ! cria sa mère.

Ce qui ramena Jenny à la réalité. Écarlate, elle ramassa les tracts, sous les gloussements ravis de la gamine que sa mère réprimanda. Jenny s'excusa et les deux filles finirent par sortir de la maison.

— Jamais je n'aurai d'enfant ! commenta Audrey une fois dehors.

Elles reprirent leur quête. Certaines personnes se montraient aimables, d'autres, désagréables. Un homme torse nu s'esclaffa quand elles entonnèrent leur discours sur Summer.

— Vous avez vérifié au centre commercial ?

Presque tous étaient au courant de la disparition de cette fille.

À l'heure du dîner, elles appelèrent leurs parents pour dire de ne pas les attendre, qu'elles continueraient tant qu'il faisait encore jour. Ce qui surprit quelque peu Jenny, car Audrey n'était pas du genre à souffrir en silence. Décidément, elle avait encore beaucoup de choses à apprendre sur son amie.

Elles pénétrèrent dans une rue où jouaient des quantités d'enfants. Jenny reconnut le petit blond, la tête appuyée contre un arbre. Le frère de Summer, âgé de dix ans.

– Cam ! cria-t-elle stupéfaite.

Il ne l'entendit pas et continua de compter contre ses bras croisés pendant que ses copains couraient se cacher. Jenny en repéra deux autres, la petite sœur de Dee, Kiah, et son propre frère, Joey.

Ils sont venus jouer après le dîner avec Cam, se dit-elle. Cela faisait loin pour Kiah, même à vélo. Elle ne serait jamais aussi grande que sa sœur mais possédait la même ossature fine, et promettait d'être d'une beauté tout aussi éclatante. Cam avait les cheveux encore plus clairs que Summer, mais tout aussi touffus, comme un pissenlit, ce qui lui donnait un air particulièrement candide auquel il valait mieux ne pas trop se fier. C'était un gamin des plus solides.

Au contraire de Summer à l'émouvante fragilité.

Depuis la nuit du Jeu, les émotions de Jenny se heurtaient comme des bateaux contre un filet dans la tempête, agitées mais toujours contrôlables. Cependant, à la vue de Cam, ce fut comme si la toile se déchirait, laissant remonter son chagrin pour Summer. Son sentiment de culpabilité. Ses yeux s'emplirent de larmes.

Que pourrait-elle bien lui dire ? « Je suis désolée » ? Nul, déplacé.

Les autres gamins vinrent entourer les nouvelles venues et, devant l'émotion patente de son amie, Audrey se sentit tenue de prendre la parole :

– Alors, vous jouez à quoi ?

– Aux agneaux et aux monstres, dit Cam. C'est moi le monstre.

– Ah ? Et comment on y joue ?

Kiah prit la parole :

– Quand on est un agneau, on se cache et alors le monstre vient voir s'il peut pas vous trouver. Et alors, quand on est capturé, on doit aller dans le repaire du monstre et y rester jusqu'à ce qu'un autre agneau vienne vous...

– Ou jusqu'à ce que le monstre vous mange, coupa Cam.

Kiah s'enflamma :

– Sauf qu'il peut pas vous manger tant qu'il a pas attrapé tous les agneaux. Tous.

Cependant, Jenny considérait Cam en se demandant comment il pouvait supporter l'atmosphère à la maison.

– Hé, Cam ! lâcha-t-elle.

Il leva sur elle ses yeux bleu marine.

– Tes parents t'ont dit ce qui était arrivé à Summer ?

Il hocha la tête.

– Eh bien...

Sans doute Aba n'approuverait-elle pas ce qui allait s'ensuivre, mais Jenny connaissait Cam et l'aimait bien.

– Eh bien... Je sais que ça peut paraître fou, je sais que ton papa et ta maman n'y croient pas. Mais je te jure qu'on a dit la vérité. On n'a rien fait à ta sœur et jamais on n'aurait laissé personne lui faire de mal. Tu ne peux pas savoir à quel point...

Cette fois, ses larmes coulèrent à flots et l'enfant se détourna. Jenny tâcha de se reprendre.

– En ce moment, on fait tout notre possible pour empêcher la personne qui l'a attaquée de s'en prendre à quelqu'un d'autre.

Elle se sentait bêtasse, empruntée.

Joey qui venait de se mêler au groupe rougit jusqu'aux racines de ses cheveux blonds devant cette frangine qui pleurait sur le trottoir. Cependant, Cam parut mieux prendre la chose.

– Tu parles de tous ces trucs qu'on raconte sur vous et sur cette maison en papier que vous cherchez ?

– On raconte ça ? Tant mieux.

Ça marche, songea Jenny. *Le téléphone arabe*. Il y avait quelque chose d'apaisant dans l'expression sincère de ces enfants. Loin des adultes, ils restaient ouverts, attentifs, curieux.

– Écoutez tous, reprit-elle. On cherche toujours cette maison, mais ce n'est pas tout. Il y a aussi une fille qui était amie avec PC Serrani.

Pour la centième fois, elle décrivit la Pleurnicheuse.

Les enfants l'écoutaient.

– Il faut absolument qu'on lui parle, martela-t-elle.

Et elle expliqua pourquoi. Pourquoi ils recherchaient la fille et la maison. Elle évoqua également Julian, dans une version édulcorée.

Quand elle eut terminé, elle laissa échapper un long soupir – et crut lire une sorte de détermination dans tous ces regards. Ils s'étaient fait leur propre opinion et avaient décidé de lui donner sa chance. Même Joey qui avait plutôt tendance à la fuir, ces derniers temps, semblait à demi convaincu.

– On cherchera la fille demain, décréta-t-il. On verra avec les copains qui ont des sœurs ou des frères au collège. Ils pourraient la connaître.

– Parfait ! s'écria Jenny.

Elle lui épargna l'humiliation de se voir embrassé en public par sa sœur.

– Et rappelez-vous, insista-t-elle, si vous trouvez la maison de papier, n'y touchez surtout pas !

Les dernières traces de doute disparurent des jeunes visages, pour faire place à des sourires d'assentiment. Elle se faisait l'impression d'avoir engagé une équipe de jeunes détectives privés.

– Merci, lança-t-elle à la cantonade.

Il était temps maintenant d'opérer une retraite diplomatique. Elle fit signe à Audrey de l'accompagner dans la maison suivante.

– Encore une partie ! lança un gamin alors que toutes deux s'éloignaient.

– Et qui ce sera ? ajouta un autre.

– Cam ! flûta Kiah. Sauf s'il devine qui touche l'œil.

Sur le seuil, Jenny se retourna. On faisait tourner Cam sur lui-même pour qu'il désigne le prochain monstre.

– Je dessine un serpent sur ton dos, chantonna Kiah. Qui va toucher l'œil ?

Une main se tendit et le toucha entre les omoplates.

– Courtney ! cria Cam.

– Faux ! C'est encore toi le monstre !

Comme Audrey frappait, la porte s'ouvrit.

– Oui ?

Jenny essaya de détourner son attention du jeu. Il y avait quelque chose là-dedans... et cette histoire de serpent... les jeux d'enfants étaient-ils tous si horribles ? Et leurs histoires ? *C'est pour mieux te manger, mon enfant...*

Et si les enfants savaient des choses que les adultes ignoraient ? se demanda-t-elle en frissonnant. Une dame les fit entrer dans sa maison.

Quand elles en sortirent, le ciel était bleu pervenche mais perdait ses couleurs vers l'est. La lumière diminuait. La rue était déserte.

Tant mieux, songea Jenny, contente à l'idée que Joey rentre – peut-être même était-il déjà rentré.

– On termine ce pâté de maisons ? proposa Audrey décidément infatigable.

– Je... oui, bien sûr.

Elle descendirent la rue puis la remontèrent par l'autre trottoir. Jenny se trouvait de plus en plus inefficace. Le crépuscule tombait. Sans trop savoir pourquoi, elle sentait monter en elle une sorte d'anxiété.

– On arrête ici, dit-elle alors qu'il ne leur restait que trois maisons. Il faut rentrer, maintenant.

Les lampadaires venaient de s'allumer, lui rappelant instantanément les îlots de lumière dans le cauchemar de Zach. Un cauchemar où ils avaient été traqués par un chasseur à travers une nuit sans fin.

– Hé, attends ! s'indigna Audrey.

Jenny la saisit par le bras.

– Non, on se dépêche. Viens vite, il faut qu'on reprenne la voiture.

– Mais qu'est-ce qui te prend ?

– Sais pas. On se casse, vite !

Un signal d'alarme résonnait en elle, un appel qui remontait aux temps où les filles allaient chercher l'eau à la rivière dans des outres de peau. Vision qu'elle avait déjà évoquée avec Julian. Une époque où les pumas erraient dans la nuit à l'extérieur des huttes de terre. Une époque où l'obscurité constituait le pire des dangers.

– Jenny, ça ne te ressemble pas ! S'il fallait avoir peur de quelque chose, c'est moi qui aurais peur. Toi qui vas toujours te promener dans les coins les plus malfamés de la ville...

– C'est ça, et tu vois où ça nous a menés ! Dépêche-toi.

– Désolée, mais je n'arrive pas à courir avec ces talons. J'ai trop mal aux pieds depuis des heures.

À la lumière vacillante des lampadaires, Jenny regarda les fines sandales italiennes de son amie.

– Tu ne pouvais pas le dire plus tôt ?

En même temps, elle ne put s'empêcher de jeter un coup d'œil par-dessus son épaule, attirée par un bruissement dans les lauriers-roses.

« Quand le reste du monde n'entrevoit qu'un peu de vent sur l'herbe, ou une ombre... »

– Audrey, enlève vite tes chaussures !

– Je ne peux pas courir pieds nus...

– Il y a quelque chose derrière nous. Allez, on se casse. Dépêche-toi !

Elle la tira par la main alors qu'Audrey finissait à peine d'ôter ses chaussures. *Pour marcher le plus vite possible car si on se met à courir, l'autre nous foncera dessus*, songea Jenny, éperdue. Pourtant, elle n'avait qu'une envie, prendre ses jambes à son cou.

Parce qu'il y avait bel et bien quelque chose lancé à leur poursuite. Elle percevait parfaitement le bruit léger d'un pas derrière la haie, sur la droite. Elle sentait son regard.

C'est peut-être Cam ou l'un de ses copains... mais elle n'y croyait pas une minute. Celui qui les suivait ne leur voulait pas du bien. Il se déplaçait à leur vitesse, à une vingtaine de pas derrière elles.

– Vite, Audrey...

Mais celle-ci s'arrêta net. Pour écouter. Jenny lut la peur dans son regard.

– Mon Dieu ! Il y a quelque chose !

Le bruissement se rapprochait. *On aurait dû se réfugier dans une maison*, songea Jenny. Maintenant elles longeaient le terrain de sport de l'école et la voiture était encore loin. Jamais elles n'y arriveraient.

– Viens !

Necourspasnecourspasnecourspas, martelait le subconscient de Jenny, alors que ses pieds n'avaient envie que de décoller.

La chose allait les rejoindre.

Ce ne peut pas être une personne, songea-t-elle, *on verrait sa tête dépasser par-dessus la haie.* Soudain, son cerveau lui envoya une image abominable : la petite Nori en train de filer comme une araignée derrière les buissons, le visage contorsionné sur une grimace.

Ne cours pas ne cours pas ne cours pas...

La voiture était un peu plus haut, plutôt noire que rouge dans l'obscurité. Jenny avait l'impression d'entendre une respiration derrière elle.

Necourspasnecourspasnecourspas...

– Donne-moi les clefs, haleta-t-elle. Donne-moi les clefs, Audrey...

Bientôt la voiture. Mais le bruissement retentissait à côté de Jenny maintenant, derrière la haie. Cette chose allait traverser les buissons et l'attraper...

Audrey fouillait dans son sac. Elle avait lâché ses chaussures. Jenny attrapa la poignée de la portière.

– Audrey ! bredouilla-t-elle.

Celle-ci renversa le contenu de son sac sur le trottoir, fouilla dans le tas, attrapa les clefs.

– Audrey ! Ouvre !

Complètement affolée, Jenny la regarda courir vers la place du conducteur en laissant ses affaires par terre.

Mais trop tard. Un craquement retentit dans son dos.

Une silhouette noire jaillit de l'ombre et se planta devant elle.

5

Jenny poussa un hurlement.

Ou juste un petit cri. Le reste fut étouffé dans le mouvement qui la jeta par terre, provoqué par la silhouette devant elle, en train de l'interpeller :

– Jenny, couche-toi !

Son cerveau ne déchiffra ces mots qu'une fois qu'elle se retrouva au sol. Un chuintement suivi d'un bruit sourd et d'une débandade, qui pouvait aussi bien provenir du sang dans ses oreilles. Et puis le chuintement s'arrêta.

– Attends, dit la voix de Tom. Reste par terre jusqu'à ce que je sois sûr qu'il est bien parti.

Éberluée, elle se leva quand même. *Qu'est-ce que tu fais là ?* songea-t-elle. Mais elle dit tout autre chose :

– Tu l'as vu ?

– Non, c'était toi que je regardais. Je l'ai entendu et je...

– ... tu m'as jetée à terre. Tu l'as vu, Audrey ?

– Moi ? J'essayais d'ouvrir ma portière. Je l'ai entendu passer à côté mais quand j'ai regardé il était parti.

– Je ne crois pas qu'il soit passé à côté de ta voiture mais *par-dessus* le capot.

– Impossible, objecta Jenny. Personne ne...

Elle s'interrompit. Une fois encore l'affreuse image de Nori filant comme une araignée lui traversa l'esprit.

– Je ne crois pas que c'était une personne, rétorqua Tom à voix basse. Je crois...

– Regardez ! s'écria Audrey d'un ton apeuré. Là... derrière ce lampadaire... une espèce d'animal...

– Allume tes phares, dit Tom.

Un rayon blanc perça l'obscurité, surprenant l'animal qui lui opposa des yeux verts.

Un chien.

Une espèce de labrador, se dit Jenny. Assez noir pour se fondre dans la nuit – ou derrière une haie. Il les regarda avec curiosité puis remua la queue d'un mouvement hésitant.

Ce bruissement dans les buissons, songea Jenny. *La queue qui remue ! Et sa respiration essoufflée.*

– Un halètement de chien, balbutia-t-elle tellement soulagée qu'elle n'en avait presque plus de voix.

Audrey appuya son front contre le volant.

– C'est pour ça que j'ai perdu mes chaussures ? demanda-t-elle en fusillant Jenny du regard.

– On va retourner les chercher. Je suis désolée, je t'assure. Tom, je suis quand même contente que tu sois là.

Il regardait le chien.

– Je ne crois pas... reprit-il. Pardon, Jenny, je ne voulais pas te faire mal.

– C'est vrai ?

Elle ne parlait pas de la chute et voulut le lui faire comprendre. Mais lui semblait soudain fort occupé à aider Audrey à ramasser ses affaires. Ils ne retrouvèrent qu'une seule chaussure.

– Oh, laisse tomber ! dit la jeune fille dégoûtée. Je m'en fiche, maintenant. Je voudrais juste rentrer à la maison et prendre un bain pendant une heure.

– Vas-y, Tom me ramènera.

Devant la stupéfaction du garçon, Jenny crut bon d'ajouter :

– Tu as bien ta voiture, au moins ? Tu n'es pas venu à pied ?

– Non, elle est en bas de la rue, mais...

– Alors tu me ramènes.

L'air perplexe, Audrey gagna sa Spider et démarra avec un « Ciao » accompagné d'un geste de la main.

Tom et Jenny descendirent retrouver la Mazda. Cependant, une fois qu'ils furent assis, Tom ne démarra pas tout de suite. Il resta là, sans rien dire.

– On ne t'a pas beaucoup vu, ces derniers temps, commença Jenny sans pouvoir s'en empêcher. Alors qu'on était tous là à travailler...

Il fit mine de chercher une station sur sa radio.

– Désolé, Jenny. J'avais des trucs à faire.

Où était passé son sourire – cette expression canaille qui lui étirait juste un coin de la bouche ? Il lui répondait poliment, comme à *n'importe qui*.

Pire, il l'appelait Jenny. D'habitude, il disait Thorny, déformant son nom de famille pour en faire une « épine », ou il trouvait autre chose d'amusant.

– Tom, qu'est-ce qui t'arrive ?

– Rien.

– Comment ça, *rien ?* Regarde-moi ! Tu m'as évitée toute la journée. Qu'est-ce que je dois en conclure ? Qu'est-ce qui se passe ?

Pour toute réponse, il secoua légèrement la tête.

– Alors tu as fait exprès de m'éviter, conclut-elle incrédule. Pas seulement aujourd'hui, mais depuis... Tom. Ce n'est pas... ça n'a rien à voir avec...

Impossible d'en dire davantage, ça devenait trop ridicule. Mais quelle autre explication pouvait-il exister ?

– Ça n'a rien à voir avec ce qui s'est passé pendant le Jeu, quand même ? Avec... *lui ?*

À son silence, elle dut bien conclure que si.

– *Tu délires, là ?*

– On peut parler d'autre chose ?

– On *peut parler d'autre chose ?*

Jenny avait de plus en plus de mal à contrôler sa fureur. Dans la pénombre, elle crut deviner un fin rictus.

– Écoute, murmura-t-il, je sais ce qu'il en est, d'accord ? Et sans doute mieux que toi.

Elle parvint encore à se maîtriser.

– Tom, je suis ta copine. Je t'aime. On a toujours été ensemble. Et voilà que tout d'un coup tu changes complètement, que tu te comportes comme si, comme si...

– Ce n'est pas moi qui ai changé, dit-il en se tournant vers elle. Tiens, regarde-moi dans les yeux et dis-moi que tu ne penses pas à lui.

Elle en resta coite.

– Alors, tu peux m'affirmer que tu ne penses jamais à lui ?

– Il me fait atrocement peur et c'est pour ça que je pense à lui.

De plus en plus mal à l'aise, elle avait l'impression que le sol allait se dérober sous elle.

– Je t'ai vue avec lui... j'ai vu comment vous vous regardiez.

Oh non ! Elle ne pouvait chasser les images qui se bousculaient dans son esprit. La main de Julian dans ses cheveux, légère et douce comme une patte de chat. Julian lui soulevant le menton, et elle qui se jetait dans ses bras, et lui qui l'emportait, l'embrassait dans la nuque...

Mais Tom n'avait pas vu tout ça. Il avait juste été témoin de la dernière scène, quand elle n'avait plus songé qu'à permettre à ses amis de sortir de la maison de papier.

– Je faisais ce que je pouvais pour nous sauver tous, tu le sais très bien.

– Ça veut dire que tu ne ressentais absolument rien pour lui ?

Mensonge, se dit-elle. Et puis non, elle n'avait aucune raison de mentir. Elle ne ressentait rien du tout pour Julian. Cependant, elle était tellement égarée, elle avait tellement peur, qu'elle n'y comprenait plus rien.

– *Rien*, dit-elle.

– Je te connais, Jenny... je sais quand il t'arrive quelque chose. Je t'ai vue... lui répondre. Il t'a fait changer.

– Tom...

– Et j'ai vu ce qu'il pouvait faire, tout ce qu'il pouvait faire. Il est surhumain. Comment veux-tu que je me mesure à lui ?

C'est bien là le problème, songea Jenny soudain plus lucide. Si Tom Locke le parfait avait finalement une faiblesse, elle se situait là. Lui qui était habitué à toujours gagner, sans peine, ne s'aventurerait pas dans une entreprise qu'il ne serait pas certain de réussir du premier coup.

– D'ailleurs, tu n'as plus besoin de moi.

Ah bon ! Il en était là. Jenny ferma les yeux.

– Tu as tort, murmura-t-elle. J'ai eu besoin de toi toute la journée. Et tu n'étais pas là...

– Hé... oh, Jenny, ne pleure pas ! Hé, Jen !

Il avait changé de voix. Il posa une main sur son épaule, la prit dans ses bras, avec des gestes maladroits, comme si c'était la première fois. Et elle ne pouvait ravaler ses sanglots.

– Ne pleure pas. Je ne voulais pas...

Il se pencha pour lui saisir l'autre épaule. Elle rouvrit les yeux.

Il se tenait si près de son visage, l'air inquiet... amoureux. Oublié l'air canaille, la fière allure, tout d'un coup elle voyait le véritable Tom Locke.

– Tommy...

Leurs doigts se joignirent et tous deux s'étreignirent sans qu'elle sache vraiment si c'était lui ou elle qui s'était jeté contre l'autre. Un intense soulagement la parcourut, qui la mit de nouveau au bord des larmes, mais cela faisait tellement de bien de retrouver Tom ! Il allait l'embrasser et tout rentrerait dans l'ordre.

Pourtant... quelque chose se produisit. L'habitacle était petit, comme un cockpit d'avion, et la console centrale prenait toute la place. Tom recula un peu pour l'embrasser et sa main ou son coude heurta le bouton de la radio : la musique les envahit.

En fait c'était une vieille chanson de Dan Fogelberg que la mère de Jenny écoutait de temps en temps. Elle n'en avait jamais vraiment écouté les paroles mais, maintenant, celles-ci résonnaient clairement dans la voiture :

« ... Comme les chansons que l'obscurité compose pour célébrer la lumière... »

Jenny eut un mouvement de recul, le cœur battant.

Incroyable ! Inimaginable ! D'où un chanteur des années soixante-dix tenait-il que l'obscurité célébrait la lumière ?

Subjuguée, elle contempla la radio jusqu'au moment où elle s'aperçut que Tom la regardait, elle. Alors elle éteignit et le silence retomba. Maintenant, c'était à elle de dire quelque chose... mais rien ne lui venait à l'esprit. Elle n'entendait que l'écho de la voix de Julian : « Et si c'était justement pour ça qu'elle m'intéressait ? Sa lumière dans mon obscurité. Vous verrez, Tommy... »

Le silence devenait pesant.

– Bon, je te ramène chez toi, dit-il poliment. Il est tard.

– Ce n'était qu'une chanson ! explosa-t-elle.

Tout en sachant très bien que là n'était pas le problème. Le problème, c'était sa réaction.

– Tu as changé, Jenny.

– J'en ai marre d'entendre ça ! Si j'ai tellement changé, dis tout de suite que je ne t'intéresse plus, que tu veux rompre !

Elle avait crié ça d'un seul coup et se rendait compte avec effroi qu'il n'avait pas l'intention de la contredire.

– Je te ramène chez toi, répéta-t-il.

Elle comprit que c'était trop tard. Comment ravaler ses paroles maintenant ? Sa fierté l'empêchait de pleurer ou même d'essayer de le faire changer d'avis. Elle resta figée sur son siège jusqu'à ce qu'ils arrivent devant sa maison. Tom l'accompagna à la porte.

La mère de Jenny les accueillit. C'était une femme blonde au tempérament bien trempé.

– Où étiez-vous passés ? demanda-t-elle.

– C'est ma faute, madame.

– Il n'y est pour rien ! rétorqua Jenny. Je suis assez grande pour savoir ce que je fais.

– Du moment que tu es rentrée... soupira Mme Thornton.

Tout comme sa fille, elle s'apaisait aussi vivement qu'elle s'emportait.

– Vous avez faim ? Avez-vous dîné, Tom ?

– Je crois que je ferais mieux de rentrer, merci.

– En effet, intervint M. Thornton derrière elle.

Le père de Jenny n'était pas très grand mais possédait un regard sardonique propre à clouer sur place un importun.

– Je suis certain que tes parents t'attendent. La prochaine fois, tâchez de rentrer avant la nuit.

Comme la porte se fermait derrière Tom, Jenny laissa tomber :

– Il n'y aura sans doute pas de prochaine fois.

– Jenny ? s'exclama sa mère stupéfaite.

Celle-ci alla se réfugier dans la cuisine, non sans avoir vu ses parents échanger un regard puis son père reprendre la lecture de son journal.

Mais sa mère la suivit.

– Ma chérie... tu ne vas pas te mettre dans cet état parce qu'on te demande de rentrer plus tôt ! Nous ne faisons que veiller sur votre sécurité, à Joey et à toi.

– Ce n'est pas ça, marmonna Jenny en ravalant ses larmes. C'est juste... je crois que Tom et moi, on va rompre.

– Oh, ma puce !

– C'est comme ça...

D'un seul coup, elle se jeta dans ses bras.

– Oh, maman, tout va mal !

– La vie évolue, ma chérie. Tu es à un âge où tout peut arriver. Je sais que ça fait peur et je suis navrée pour Tom et toi...

Toutes deux avaient déjà beaucoup parlé de l'avenir et, jusque-là, Jenny s'était sentie plutôt fière de si bien faire face. Elle avait tout planifié : le lycée avec Tom, puis la fac avec Tom et ensuite, dans un avenir plus ou moins lointain, le mariage avec Tom, une carrière intéressante, un tour du monde. Et puis les bébés. Un garçon et une fille, ce serait parfait.

Tout était réglé. Enfin jusqu'à aujourd'hui où elle avait l'impression de voir s'écrouler son bel avenir.

Elle se dégagea de sa mère.

– Jenny... tu ne nous cacherais pas quelque chose... à propos de Zach ? Parce que tante Lily est très inquiète. Elle trouve son comportement bizarre.... On dirait même qu'il ne s'intéresse plus à la photo.

– Qu'est-ce que tu veux que je te cache ? dit Jenny en se raidissant.

– Écoute, nous savons bien qu'il n'a pas... fait de mal à Summer. Mais c'est bien lui qui a inventé cette histoire, non ? Et vous l'avez tous cru parce que vous tenez à lui.

Elle venait d'énoncer cette théorie avec une telle tranquillité que Jenny en fut horrifiée.

– Non ! D'abord et avant tout, personne n'a rien inventé.

Bien que Mme Thornton continuât à lui faire face, Jenny remarqua que les yeux mordorés de sa mère semblaient s'assombrir, qu'elle se braquait insensiblement. L'attitude classique des parents quand ils n'écoutaient plus. Ils vous croyaient parce que vous étiez leur enfant alors qu'en fait ils *n'arrivaient* pas à vous croire.

– Personne n'a rien inventé, répéta Jenny découragée. Bon, et puis... je n'ai pas très faim.

Elle s'esquiva dans le salon où son frère jouait à un jeu vidéo. Mais elle n'eut pas le temps de souffler – le téléphone sonna.

Machinalement, elle répondit :

– Allô ?

– Mmmmmmmmmmmmm...

Elle en eut froid dans le dos.

Le bruit blanc continua mais, par-dessus, monta un murmure :

– A... mmmmmm...

– Joey, éteins-moi cette télé !

Le murmure haletant revint et Jenny perçut la voix de la médium dans sa tête. « Malfamé... »

– *Malfamé*, répéta la voix.

Jenny agrippait le combiné en essayant d'écouter.

– Qui est-ce ?

Tout d'un coup, elle se sentait plus en colère qu'effrayée en imaginant la médium blond platine à l'autre bout du fil. Pourtant la voix semblait plutôt masculine et tellement déformée que le mot lui-même en devenait difficile à comprendre. Ça ressemblait à « malfamé », cependant...

Un déclic puis une tonalité continue.

– Qu'est-ce qui se passe ? demanda Mme Thornton en entrant. On a téléphoné ?

– Tu n'as pas entendu la sonnerie ?

– Je n'entends rien avec cette télévision. Qu'est-ce qu'il y a, Jenny ? Tu es si pâle...

– Rien.

Elle n'avait aucune envie d'en parler. Plus de question – plus de trucs bizarres – plus rien...

– Je suis trop fatiguée, dit-elle en filant vers le fond de la maison avant que sa mère puisse l'arrêter.

Une fois dans sa chambre, elle se laissa tomber sur le lit. D'habitude, elle se sentait bien ici. Michael disait qu'on s'y croyait dans un jardin à cause de l'édredon Ralph Lauren bleu et doré, orné de roses et de coquelicots, et des paniers sur la commode entremêlés de fleurs de soie. Sur le rebord de la fenêtre poussaient des pétunias et des alysses.

Mais là, Jenny s'y sentait comme... étrangère. À croire que ce n'était plus du tout chez elle.

Elle écoutait les bruits de la maison, la télé qu'on éteignait, l'eau qu'on faisait couler dans la salle de bains. Joey qui allait se coucher. Des voix qui s'élevaient dans l'entrée. Des portes qui se fermaient. Ses parents qui allaient se coucher. Après quoi tout fut tranquille.

Jenny demeura encore un long moment sans bouger. Elle n'arrivait pas à s'endormir ; il lui fallait d'abord chasser les incohérences qui habitaient son esprit. Elle voulait... elle voulait...

Elle voulait effectuer un geste rituel et... voilà, *purificateur*. D'elle-même.

Cette fois, elle savait. Elle alla ouvrir doucement la porte, sortit dans le couloir obscur, l'oreille aux aguets. Silence. Tout le monde dormait ; c'était la tranquillité du cœur de la nuit.

Sans bruit, elle ouvrit le placard à linge, en sortit une serviette, puis se dirigea vers le salon et ouvrit la porte coulissante qui donnait sur le jardin.

Une lune décroissante se levait sur les collines. Jenny vit que ses parents avaient descendu leurs stores vénitiens et une rangée de lauriers-roses leur masquait la vue sur la piscine. Personne ne la verrait.

Furtivement, Jenny se dirigea vers une niche dans le mur, tourna un bouton. La piscine s'alluma. Magique. Cela transformait un vide menaçant en cathédrale bleu-vert fluorescente.

Tout en prenant garde de rester derrière les buissons, elle ôta ses vêtements puis s'assit sur le rebord de la piscine, trempa ses jambes. Elle sentait bien le béton sous ses cuisses, l'eau froide sur ses genoux, et ses pieds vert pâle semblaient grossis à la loupe. Dans un mouvement fluide, elle se trempa tout entière.

Léger choc de froid. Elle remonta à la surface, fit la planche, les bras écartés. L'odeur du chlore lui emplit les narines.

Loin dans le ciel, la lune dispensait ses rayons argentés et Jenny se sentait aussi éloignée de ses émotions habituelles. Alors, que fait-on quand on a vendu son âme au diable ?

Car telle était la question. Elle avait laissé Julian lui glisser une bague au doigt. Un anneau d'or portant l'inscription : « À tout je renonce qui ne me vient de toi. »

Des paroles magiques gravées à l'intérieur de la bague afin de lui caresser la peau et de la lier par leur pouvoir.

En revenant du monde des Ombres, Jenny avait jeté la bague dans la boîte blanche, celle-là même qui contenait la maison de papier et que PC et Slug avaient volée. À présent, elle ne songeait qu'à la récupérer pour la fondre ou l'écraser à coups de marteau.

L'eau glissait lourdement entre ses doigts, s'immisçait sur tout son corps. C'était très sensuel de se sentir ainsi enveloppée dans ce flot de fraîcheur.

Jenny ressentait davantage... les choses, ces derniers temps. À son grand étonnement, si ce n'était avec un certain effroi, elle s'était rendu compte qu'elle trouvait tout plus beau qu'auparavant. L'air de la nuit, plus parfumé, la fourrure de son chat, plus douce. Elle remarquait de minuscules détails qui lui auraient échappé en temps normal.

En quelque sorte, ce petit intermède avec Julian l'avait ouverte aux choses, à leur sensualité, à leur *immédiateté*. Sans doute était-ce ce que remarquaient les gens quand ils disaient qu'elle avait changé. À moins qu'elle ait toujours été différente. Parce qu'elle avait été choisie. Julian l'avait choisie, était tombé amoureux d'elle et, depuis, n'avait cessé de l'observer alors qu'elle avait à peine cinq ans.

Car à cette époque, elle avait ouvert un placard secret dans la cave de son grand-père, une porte gravée du symbole de Naudhiz, la rune de la contrainte. Mais comment ne l'aurait-elle pas ouverte ? Où était le mal ?

En principe, il n'y en avait pas. Quand on avait pour grand-père un brave vieux monsieur qui aimait le jardinage et le golf. Mais si ce grand-père était en fait un amateur de magie noire, c'était une autre histoire. D'autant plus s'il avait réussi à invoquer des esprits d'un autre monde, à les prendre au piège... et si la porte que vous ouvriez était celle derrière laquelle il les gardait captifs...

Les conséquences avaient été inimaginables.

D'abord la fillette avait vu un tourbillon de glaces et d'ombres au milieu duquel brillaient des yeux. Des yeux sombres, attentifs, sardoniques, cruels, amusés. Des yeux ancestraux. Les yeux des Autres, des hommes de l'Ombre.

On leur donnait différents noms à travers les âges, mais leur nature foncière transparaissait toujours. Ceux qui observaient dans l'ombre. Ceux qui enlevaient parfois les gens pour les emmener... chez eux. Avant tout, Jenny se rappelait combien ils lui avaient paru affamés. Malfaisants, puissants et voraces.

« Ils ne rêvent que de planter leurs dents dans cette jolie chair, avait révélé Julian à Dee. Tous mes aînés, ces anciens spectres suceurs de moelle et de sang. »

Soudain, l'eau lui parut plus froide et Jenny nagea jusqu'aux marches pour sortir en frissonnant.

Dans sa chambre, elle se frictionna avec la serviette jusqu'à ce qu'elle cesse de trembler, puis elle enfila un tee-shirt et se glissa dans son lit. La vision des yeux brillants la hanta encore et, épuisée le sommeil l'emporta.

Elle s'éveilla en sursaut lorsque le téléphone sonna, pensant d'abord que c'était l'alarme de son réveil.

Il faisait encore nuit et sa montre lumineuse indiquait trois heures trente-cinq. Pourtant, la sonnerie continuait, stridente. Ses parents allaient décrocher d'une minute à l'autre.

Comme ils n'en faisaient rien, elle commençait à se poser des questions. Il fallait qu'ils décrochent. Même Joey ne pouvait dormir aussi profondément. Chaque coup la faisait tressaillir comme un éclair et elle se remit à frémir.

Elle s'aperçut qu'elle avait compté machinalement et qu'on arrivait à neuf sonneries. Dix. Onze. Douze. Qui déchiraient la nuit.

Et si c'était Dee, pour annoncer qu'avec Michael ils avaient trouvé quelque chose d'important et qu'ils n'avaient pu appeler avant, pour une raison ou pour une autre ? Le cœur battant, elle alla décrocher.

– A... mmm..., murmura une voix.

Jenny se figea.

– A... mmm...

D'informes bruits électroniques brouillaient le mot et Jenny ne percevait que les voyelles ainsi que le léger chuintement à la fin. A. Puis *mmmm... Femme ?* Ça ne ressemblait plus du tout à « malfamé ».

Incapable d'articuler un mot, Jenny ne pouvait que serrer le combiné et écouter.

– A... mmmé...

Abîmé ? Non, on en était très loin. A-mmmmé. Amé. Famé.

Oh non ! Non, non, non... Prise d'une terreur atroce, elle sentit tous ses poils se dresser, ses yeux s'emplir de larmes. Maintenant, elle comprenait ce que disait la voix. Elle *savait.*

Pas « malfamé ». Ça sonnait un peu de la même façon mais ce n'était pas ça. C'était bien pire. La voix déformée ne cessait de marmonner « affamé ».

Affamé.

Jenny envoya promener le téléphone aussi loin qu'elle put à travers la pièce. *Affamé. Affamé.* Les yeux dans le placard. Les hommes de l'Ombre.

Ces yeux malfaisants, *voraces*...

« C'est pour mieux te manger, mon enfant. »

6

– C'était cette médium, observa Dee. À force de se décolorer les cheveux, ça a touché son cerveau.

– Non, dit Michael. Vous savez ce que c'était ?

Jenny s'attendait à une blague vaseuse mais, pour une fois, il était sérieux.

– C'est le stress du combat. On est tous atteints. Au maximum, alors on voit et on entend des trucs qui n'existent pas.

C'était le lendemain et ils se retrouvaient tous sur la butte verte, sauf Tom, bien sûr. Jenny fut plutôt surprise de voir arriver Zach. Après ce qu'elle lui avait dit au déjeuner la veille, il aurait eu de bonnes raisons de s'éloigner d'eux à jamais. Pourtant il avait regagné sa place, ses longues jambes pliées sous lui, sa tête blonde penchée sur son déjeuner.

Quant à Jenny, elle n'avait guère d'appétit.

– Ces appels n'avaient rien d'une hallucination, dit-elle en s'efforçant de ne pas laisser trembler sa voix. Je veux bien que le dernier n'ait peut-être été qu'un rêve... puisque j'ai réveillé mes parents en hurlant et qu'ils assurent ne pas avoir entendu le téléphone. Mais les autres fois... j'étais debout, Michael, réveillée.

– Non, non, je ne dis pas que ces appels n'ont pas existé, je dis que le téléphone a bien sonné, qu'il y a peut-être même quelqu'un qui te murmurait des trucs... ou alors c'était juste l'électricité statique... mais tu as imaginé ce qu'il disait. Tu as attribué ta propre interprétation à ces bruits. Tu n'as pas entendu « malfamé » avant que cette médium ne l'ait prononcé elle-même, pas vrai ?

– Si, reconnut-elle.

Par cette belle journée de mai, la terreur de la nuit passée semblait déjà moins réelle.

– Mais ça ne ressemblait pas à une chose que j'aurais imaginée. J'ai entendu ces bruits déjà au lycée, ça n'a fait que se préciser. Ce n'était pas « malfamé » mais « affamé ». Et ce mot colle très bien avec ces yeux.

– Justement, c'est pour ça que tu l'as imaginé, insista Michael en agitant son paquet de gâteaux. Enfin, si tu veux, pas *imaginé*... disons que c'est la réponse la plus raisonnable que ton cerveau a forgée à partir des informations fournies par tes sens. Et comme tu étais stressée, tu as mal interprété certaines solutions qui t'ont paru réelles juste parce qu'elles étaient dans ton cerveau.

Dee ne semblait pas du tout prête à se méfier de son cerveau.

– Alors qu'en fait elles n'étaient pas réelles ?

– Si, autant que toutes les autres informations envoyées par ton cerveau à longueur de journée. Arrive un moment où tu crois que c'est vrai alors que ça ne l'est plus.

Ce qui rappelait à Jenny l'incident du chien, la veille au soir. Elle avait cru y voir un ennemi juste parce qu'elle avait peur. Un rien soulagée, elle poussa un soupir et s'avisa qu'elle pourrait penser à autre chose.

À Tom, par exemple. Tant qu'il ne serait pas là, rien n'irait.

Les autres discutaient entre eux.

– ... on a parcouru au moins trente rues, hier, expliquait Dee, mais ça n'a rien donné...

– À moi, ça m'a donné des ampoules, dit Michael.

– Et si je rate encore des cours de kung-fu, je ne serai jamais prête pour les prochaines compétitions.

– Oui, renchérit Audrey, et moi j'ai retrouvé ma voiture toute rayée, ce matin. Papa va me tuer quand il verra ça.

Elle raconta l'histoire du chien qui les avait suivies.

– Tu vois ! triompha Michael. Encore une mauvaise interprétation...

Cependant, Audrey abaissa d'un doigt ses lunettes de soleil.

– Jenny ? Ça ne va pas ?

Tous les regards se tournèrent sur cette dernière. Elle avait les lèvres qui tremblaient un peu mais parvint à contrôler sa voix :

– C'est juste que... Tom et moi, on s'est disputés. Et qu'on a... enfin... Bon, voilà, je ne sais pas si on est encore ensemble ou non.

Ils en parurent aussi consternés que si elle venait de leur annoncer la fin du monde.

Michael se passa une main dans les cheveux en émettant un sifflement. Dee, qui avait plutôt tendance à ricaner dès qu'il était question de petits copains, posa un bras sur l'épaule de son amie. Zach secouait la tête et Audrey restait stupéfaite.

Ce fut pourtant elle qui se ressaisit le plus vite :

– Ne t'inquiète pas, chérie, dit-elle en ôtant ses lunettes. Ça va s'arranger. Il faudrait juste le secouer un peu, ton Tom ; les mecs ont trop souvent besoin qu'on leur rappelle où est leur place.

Ce disant, elle jeta un regard sévère à Michael qui toussota.

– Non, précisa Jenny, ce n'était pas une simple querelle. C'était à cause de *lui*... Julian. Tom croit que j'appartiens à Julian, ou quelque chose comme ça, comme dans ces vieux films d'horreur, genre l'*Épouse du diable* ou je ne sais quoi. Il croit que je lui ai complètement échappé, que ce n'est même pas la peine d'insister.

Audrey, qui l'écoutait attentivement, leva soudain la tête, un sourire sardonique aux lèvres.

– Il va falloir agir, ma belle. Et j'ai une idée.

– Laquelle ?

Désignant le bâtiment voisin, elle leur montra une affiche posée à même la brique : « Venez nombreux à la Mascarade de minuit ».

– Voilà !

– Quoi ? demanda Jenny.

– Le bal. Brian Dettlinger. Hier. Tu te rappelles ?

– Oui, mais...

– Tu as dit que Tom ne se croyait pas de taille face à un démon amoureux. Mais... et s'il voyait que son rival est humain ? Ça devrait le motiver.

Jenny la dévisagea un instant. Ça semblait fou... mais ça pouvait marcher.

– Attends, j'ai dit non à Brian. Il doit avoir trouvé une autre cavalière à l'heure qu'il est.

– Pas sûr. D'après Amy Cheng, il aurait laissé tomber Karen Lalonde pour toi.

Là, Jenny n'en revenait pas. Karen, la capitaine des pom-pom girls. Belle, intelligente, brillante, magnétique.

– Il l'a laissée tomber... pour moi ?

– Ça ne marchait plus très bien entre eux depuis un moment. Karen voyait David Michelli en douce. Mais Brian avait l'air de le supporter, du moins jusqu'à maintenant.

– Mais...

– Écoute, Jenny. Après ce que Tom a fait, qui pourrait te reprocher d'aller voir ailleurs ? En plus, tu es susceptible de bien t'amuser... c'est quand même Brian Dettlinger ! Tiens, si tu veux, je viens avec toi. Je sais m'y prendre avec les mecs.

– Hé ! protesta Michael.

– Ça va, pas de panique. Je n'y vais pas pour rigoler ; c'est comme les soirées charitables de ma mère... pour la bonne cause. Tu ne veux pas que Jenny et Tom se remettent ensemble ?

Michael toussota mais Dee eut un large sourire.

– Vas-y, ma chérie. Et assure.

Zach chiffonna son sac de déjeuner d'un air excédé.

– Allez, on y va ! lança Audrey. En se dépêchant, on devrait encore le trouver avant la sonnerie. Tu vas voir, ce sera facile.

Elle avait raison. Brian parut surpris en voyant arriver Jenny mais son regard s'illumina. Et les filles comprirent tout de suite qu'il n'avait trouvé personne d'autre.

Ça faisait drôle de voir un élève de terminale la considérer avec tant d'intérêt. Mais Jenny se demandait encore si elle avait raison d'agir ainsi. Elle repensait aux maximes d'Aba, la grand-mère de Dee, inscrites au beau milieu du miroir de sa salle de bains :

« Ne cause aucun tort. »

« Aide qui tu peux. »

« Rends le bien pour le mal. »

Durant le Jeu, Jenny avait compris leur importance si on ne voulait pas que le monde ressemble aux descriptions de Julian. Elle avait décidé de les suivre dans la vie. Et son attitude actuelle n'y correspondait pas vraiment.

Seulement, il était trop tard, maintenant. Audrey bavardait avec Brian, le taquinait, laissant entendre ce que Jenny venait faire par ici. Tout fut réglé en quelques minutes.

– Je passe te prendre à sept heures, annonça-t-il à Jenny les yeux brillants.

Comment lui dire qu'entre-temps elle avait changé d'avis ?

– Bon, répondit-elle seulement.

Et elle suivit Audrey. *Qu'est-ce que j'ai fait ? Je n'ai même pas de robe...*

La cloche sonna.

Jenny, Michael et Audrey avaient un cours de maths ensemble ; ensuite, Jenny suivrait des travaux pratiques d'informatique. Comme son binôme était absent, elle se retrouva seule devant l'ordinateur.

Elle allait taper son nom quand la touche du *J* se bloqua. Pourtant, elle l'avait à peine effleurée de l'index droit. Sur l'écran, une ligne entière de *J* s'inscrivit. Et les lettres s'effacèrent les unes après les autres de droite à gauche. Affolée, Jenny crut avoir cassé l'ordinateur. Elle aimait l'informatique, au contraire de Dee qui détestait tout ce qui touchait à la technologie, pourtant elle devait reconnaître qu'elle n'y connaissait pas grand-chose. Et là, elle se demandait pourquoi certains éléments pouvaient ainsi apparaître de leur propre chef sur un écran. Quand elle était petite, après avoir joué toute la journée sur l'ordinateur de son père, il lui arrivait de faire de drôles de rêves avec des jeux impossibles. Comme si un ordinateur n'était pas qu'une machine mais une sorte de connexion qui pouvait vous relier à l'inconnu.

Les yeux écarquillés, elle regardait les *J* réapparaître sur l'écran. Ce n'était pas possible. La touche « retour » ne fonctionnait plus et les lettres continuaient à emplir la page tel un serpent.

Ses petits doigts vibrèrent, sa nuque se raidit. Quelque chose n'allait pas. Cette ligne de *J* qui parcourait ainsi l'écran semblait animée d'une vie propre, l'entraînant à droite de l'écran, loin, très loin de l'espace prévu pour le texte. Elle était perdue quelque part dans un espace virtuel et se demandait avec épouvante ce qu'elle allait y trouver.

JJJJJJJJJJJJJJJJJJJJJJJJJJJJJJJJJJJJJJJJJJJJJJJJJJJJJJJJJJJJJJJJJ

Elle ne cessait d'appuyer sur la touche d'échappement et finit par essayer « entrée » pour provoquer un retour forcé. Rien ne se produisit.

JJJJJJJJJJJJJJJJJJJJJJJJJJJJJJJJJJJJJJJJJJJJJJJJJJJJJJJJJJJJJJJJJ

Hallucinant ! Que pouvait-il y avoir là-bas ? Où ces *J* l'emmenaient-ils ? À des kilomètres de son document, à un endroit qui n'avait pas de place propre, au bout du monde.

Il ne lui restait qu'à quitter de force, à obliger l'appareil à redémarrer. Il n'en fut rien. Les *J* continuaient leur route. L'écran avait pris un joli fond bleu ; jusque-là, Jenny ne l'avait pas remarqué, mais les *J* avaient viré au blanc et elle commençait à se sentir défaillir…

Alors elle décida de faire ce que le prof leur avait interdit : elle appuya sur le bouton d'alimentation, coupant le programme.

Sauf que l'écran ne s'éteignit pas.

Le bouton du moniteur était éteint, celui de la tour aussi, mais les *J* poursuivaient leur course. Jenny n'en croyait pas ses yeux. Elle alla carrément débrancher l'ordinateur.

– Qu'est-ce que tu *fabriques ?* demanda sa voisine.

L'écran continuait d'émettre sa lumière bleue. Les *J* couraient encore. Jenny débrancha cette fois le clavier. Il fallait qu'elle arrête ça d'une façon ou d'une autre. Il se passait quelque chose de terrible et elle devait y mettre un terme avant...

– Madame Godfrey ! cria sa voisine. Madame Godfrey, Jenny...

Celle-ci n'eut qu'un quart de seconde pour voir ce qui en découla. Les *J* continuaient inlassablement de courir – du moins était-ce son impression. Tout se passa si vite qu'elle n'aurait su l'affirmer. Dans un éclair, l'écran devint d'un blanc aveuglant et une image rémanente s'imprima sur sa rétine. Enfin, l'écran s'éteignit.

Ainsi que les lumières de la salle – et tous les autres ordinateurs.

– Tu vois ce que tu as fait ! souffla sa voisine.

Le souffle coupé, Jenny se rassit. Ce n'était pas en débranchant un clavier qu'on provoquait un court-circuit. Même si elle avait massacré son ordinateur, ça n'aurait pas dû arriver. Il ne faisait pas totalement noir dans la salle mais très obscur car les fenêtres étaient teintées pour protéger le matériel. Et ce fut là qu'apparurent des soleils bleus et des filaments lumineux.

Oh non ! songea-t-elle le cœur battant.

Et puis elle entendit monter un bruit provenant de sous les tables. Léger comme une allumette qu'on frotterait, mouvant comme une corde qu'on tirerait. Comme si quelque chose rampait sur le sol.

Dans sa direction.

Elle tourna la tête pour tenter de le localiser. La voix du prof semblait lointaine alors qu'elle entendait de plus en plus clairement le froissement sur le sol, comme une feuille poussée sur le trottoir qui venait et s'arrêtait et repartait. Comme les *J*. Droit et décidé.

Il la touchait presque, arrivait sous sa table. Et Jenny ne pouvait remuer d'un pouce, pétrifiée.

Elle entendit un sifflement électrique, un bruit blanc. Ou...

Un effleurement sur sa jambe.

Elle cria. Libérée d'un coup de sa paralysie, elle sauta sur ses pieds, se tapa sur la jambe pour attraper ce qui l'attaquait. Elle y parvint, essaya de le tuer...

... et se retrouva armée du fil du clavier.

Il avait dû tomber de la table et elle le serrait tant qu'elle en sentit comme une morsure dans la paume.

Les lumières revinrent. Plusieurs personnes s'étaient assemblées autour d'elle pour lui demander ce qui se passait.

C'est juste ton cerveau qui détourne les informations, se dit-elle désespérément. *L'ordinateur a déraillé et tu t'es affolée, tu as entendu un craquement électrique quand le courant a disjoncté et ça n'a rien arrangé, tu en as fait toute une histoire. En réalité il ne se passait rien du tout.*

– Vous devriez rentrer vous reposer pour la journée, dit Mme Godfrey. Ça ne vous ferait pas de mal.

– Ça y est, j'ai compris pour cette nuit, dit-elle le même soir au téléphone à Michael. Ça devait provenir du système d'alimentation sans interruption. C'est une sorte de batterie qui continue à fonctionner quand le courant saute.

– Si tu le dis...

Il n'y connaissait pas grand-chose en informatique mais ne voulait surtout pas l'avouer.

Il lui rapporta que cet après-midi-là, avec Dee et Audrey, ils étaient allés distribuer des tracts dans un autre quartier. Sans rien trouver de spécial.

Pendant ce temps, Jenny avait dormi et elle se sentait beaucoup mieux. Sa mère avait voulu l'emmener chez le médecin mais elle avait refusé.

Elle était très contente d'avoir compris que tous ces événements avaient été échafaudés par son esprit et se promettait de garder son calme à l'avenir.

– Tant mieux, dit Michael d'une voix faible. Euh... Jenny...

– Quoi ?

– Non, rien. À demain. Te stresse pas.

– Toi non plus, répondit-elle un peu surprise. À plus.

Michael contemplait le téléphone qu'il venait de raccrocher puis tourna la tête vers la fenêtre en se demandant s'il n'aurait quand même pas mieux fait de prévenir Jenny... Pourtant, elle avait assez de soucis comme ça.

Et puis il n'avait aucune raison d'attaquer sa brillante théorie. Ce n'était que le stress du combat. Il y était sujet comme tout le monde.

Le stress. La tension. D'autant qu'il était lui-même d'un tempérament plutôt nerveux. Il n'avait jamais caché qu'il se trouvait plutôt lâche.

Ce qui devait renforcer cette impression qu'il avait d'être constamment suivi. Rien ne bougeait derrière sa fenêtre du premier étage.

Audrey s'étira dans sa chemise Christian Dior et se glissa entre ses draps de satin rose. Trois quarts d'heure de Jacuzzi n'avaient pas suffi à chasser la fatigue de ses pieds. Elle allait sûrement avoir des durillons.

Pire, elle ne pourrait se débarrasser de cette étrange impression qui ne la quittait plus depuis le début de l'après-midi, comme lorsqu'elle entrait dans une pièce.

Que tous les yeux se posaient sur elle. À cette différence près que ceux-ci n'avaient rien d'admiratif. Ils l'observaient... la critiquaient. Elle avait même l'impression d'être suivie.

Sans doute des conséquences de sa frayeur de la veille. Pas de quoi s'inquiéter... elle était chez elle, en sécurité dans son lit.

Elle s'étira de nouveau et son esprit se mit à vagabonder. *Des yeux... Enfin pas maintenant. C'est bon. Va bene.*

Elle s'endormit.

Et fit de beaux rêves. Elle était un chat, pas une infâme bestiole dépenaillée comme celui de Jenny mais un élégant abyssin, pelotonné contre un autre chat, en train de lui faire sa toilette.

Audrey sourit en offrant sa nuque à la délicieuse sensation. La langue de l'autre chat était rêche mais agréable. Ce devait être un gros félin, se dit-elle en s'éveillant à moitié. Peut-être même un tigre. Ou bien...

Dans un petit cri, elle se dressa soudain sur son lit. Elle avait beau être réveillée, l'impression persistait d'une langue qui lui avait léché la nuque.

D'ailleurs, au contact de sa paume, celle-ci s'avéra mouillée.

Une drôle d'odeur musquée flottait dans la chambre.

Audrey faillit renverser sa lampe de chevet en voulant l'allumer, puis regarda autour d'elle, à la recherche de la chose qui était entrée dans son lit.

7

Dee s'éveilla en sursaut. Du moins le crut-elle... car elle ne pouvait pas bouger.

Il y avait quelqu'un sur elle.

La chambre était plongée dans l'obscurité, ce qui ne ressemblait pas à Dee qui aimait dormir la fenêtre ouverte pour respirer l'air frais, non le répugnant air conditionné du climatiseur.

Ce soir, elle avait dû oublier d'ouvrir les rideaux. Elle n'aurait su le dire parce qu'elle ne pouvait pas bouger la tête. Elle ne voyait que ce qui se situait immédiatement au-dessus d'elle – cette silhouette.

Ce n'était qu'une ombre encore plus noire sur l'obscurité, une forme humaine, à l'envers, qui se penchait depuis la tête de lit.

Le cœur de Dee battait à tout rompre et elle sentait ses lèvres se crisper.

Et là, elle prit conscience d'un détail encore plus atroce.

La tête de lit. Si la silhouette se penchait sur elle de ce côté, c'était qu'elle *sortait du mur.*

– Lâchez-moi !

Son cri brisa l'enchantement. Elle tomba du lit, entraînant une masse de draps sur le tapis, s'en débarrassa d'un coup de pied et, d'un mouvement souple, se trouva devant l'interrupteur près de la porte.

La lumière emplit la pièce aux murs ocre. Pas d'ombre douteuse dans les parages.

Au-dessus du lit, entre un masque africain et une broderie syrienne, elle avait accroché un poster de Bruce Lee. C'était exactement là qu'était apparue la silhouette.

Dee s'en approcha lentement, prête à tout. Rien d'extraordinaire dans cette affiche. Juste la tête de l'acteur qui lui opposait son expression arrogante...

D'un seul coup, elle l'arracha, faisant tomber les punaises, la chiffonna entre ses mains et la jeta du côté de la corbeille.

Puis elle s'assit sur le lit, haletante.

Voilà des heures que Zach n'arrivait pas à trouver le sommeil. Trop de pensées qui s'emmêlaient dans son esprit. Des pensées – et des images.

Lui et Jenny enfants, jouant aux Indiens dans la cerisaie, aux pirates dans le ruisseau. Toujours en train de jouer à quelque chose, perdus dans quelque monde imaginaire. Parce qu'on était mieux dans les mondes imaginaires que dans la réalité. Plus en sécurité, selon Zach.

Il laissa échapper un soupir, ses paupières s'ouvrirent – et il cria.

Suspendue dans les airs à quelques centimètres au-dessus de son nez, flottait une tête de cerf, si bien que ses yeux habitués à l'obscurité la distinguaient très bien. Mais il était paralysé. Il avait envie de la chasser, de s'en débarrasser, cependant ses bras et ses jambes n'obéissaient pas.

Elle lui tombait dessus !

Son corps sursauta et, l'adrénaline aidant, il parvint à donner un coup de poing, les yeux fermés, anticipant déjà le choc. Qui n'arriva jamais. Sa main retomba et il rouvrit les yeux.

Rien autour de lui.

Zach ne s'en débattit pas moins sur son lit ; il ne se calma qu'en constatant que ses membres ne recevaient aucune résistance. Alors il se leva, alluma mais n'inspecta pas sa chambre, préférant descendre au rez-de-chaussée.

Il éclaira le panneau de bois où son père exposait ses trophées. La tête de cerf était toujours là. Zach regarda ses yeux de verre, puis ses bois magnifiques, son museau délicat, son encolure brillante.

Tout paraissait normal, bien réel, solidement accroché au mur.

Alors c'est que je perds la tête, que je deviens dingue. Marrant, non, que je me sois sorti du Jeu pour me faire piéger sur un si petit détail !

Ha ha.

Le bureau était tranquille comme une photo. Zach ne pourrait plus dormir. En temps normal, il se serait rendu dans sa chambre noire, au fond du garage, pour y travailler. C'était ce qu'il faisait toujours quand il ne pouvait pas dormir.

Du moins avant. Cette nuit, il se contenterait de regarder le plafond, incapable de rien faire d'autre.

– Hallucination hypnopompique, expliqua le lendemain Michael à Dee. C'est quand tu te crois éveillée alors que ton esprit continue de rêver. La silhouette noire en est un exemple classique. On lui a même donné un nom : le syndrome de la vieille sorcière. Parce que certaines personnes croient que c'est une vieille dame assise sur leur poitrine pour les paralyser.

– C'est ça, acquiesça Dee, c'est sûrement ça. Évidemment.

– Pareil pour toi, Zach, continua Michael. Seulement, toi, c'était une hallucination hypnagogique... tu croyais que tu ne dormais pas encore alors que ton cerveau errait déjà au pays des songes.

Zach ne dit rien.

– Et moi ? intervint Audrey. Je dormais, mais quand je me suis réveillée, j'ai constaté que mon rêve était devenu réalité. Là, c'était mouillé.

De ses longs ongles vernis, elle effleura sa nuque, juste sous le chignon banane aux reflets cuivrés.

– Trempé de sueur, rectifia tranquillement Michael.

– Je ne sue pas.

– Disons que tu transpires un peu, quand il fait chaud.

Le groupe poursuivit ainsi sa discussion sur ce ton posé, rationnel. Cependant, le sourire de Michael faisait un peu forcé et Zach paraissait plus pâle que jamais. L'énergie de Dee semblait à peine plus contrôlable qu'un champ électrique. Quant à Audrey, elle serrait les lèvres. Malgré leurs paroles déterminées, ils étaient tous sur les nerfs.

Et Tom, où est-il ? se demandait Jenny. *Il devrait être là, quoi qu'il pense de moi, il devrait au moins s'occuper des autres. Qu'est-ce qu'il fabrique ?*

– J'ai entendu dire qu'on avait trouvé un cadavre dans les collines de Santa Ana, indiqua Dee. Un mec du lycée.

– Gordie Wilson, précisa Audrey en se pinçant le nez. Vous savez, l'élève de terminale aux bottes de cow-boy. On dit qu'il aimait bien écraser les chats.

– Ça lui apprendra. Paraît qu'il s'est fait tuer par un puma.

Tom avait entendu parler du cadavre la veille et sa première réaction avait été : *Zach ? Michael ?*

Heureusement, ils étaient tous deux sains et saufs. Tout comme Jenny, qu'il savait en sécurité au lycée aujourd'hui – encore que le lycée ne soit pas forcément sûr, en ce moment. La veille, elle s'était fait renvoyer chez elle après un incident aux TP d'informatique. Difficile de savoir exactement ce qui s'était passé à partir des récits contradictoires qu'il avait entendus.

Sur le moment, il eut presque envie de lui téléphoner pour lui poser la question – mais il avait déjà choisi sa ligne de conduite et ne pouvait plus en changer ; d'ailleurs, Jenny l'en empêcherait sans doute. Il l'avait bien vu dans la voiture, il avait vu ses yeux lorsque cette chanson s'était mise à brailler ; certes, elle avait peur, mais il y avait encore autre chose. Jamais elle ne l'avait regardé comme ça, lui.

Peu importait. Il la protégerait quand même. Toutefois la veille, certain qu'elle était bien rentrée chez elle, il en avait profité pour se rendre au poste de police ; à force de charme auprès d'une inspectrice, il avait ainsi appris où, exactement, on avait trouvé le cadavre.

Aujourd'hui, il manquerait toute la journée de cours. Les profs allaient bientôt commencer à se poser des questions sur lui.

Et alors ?

Il trouva le lit de rivière à sec, pas très loin de la piste de Bell Canyon où un gamin avait été attaqué par un puma six ans plus tôt. L'air embaumait la sauge.

Apercevant un ruban de police jaunâtre accroché le long de la berge, ainsi que de petits drapeaux de diverses couleurs plantés dans le sol, il dévala la pente pour s'arrêter sur des rochers tachés de noir, regarda autour de lui.

Sur la rive opposée apparaissaient encore des traces d'une intense activité, cactus cassés, matricaires déracinées, nombreuses empreintes de pas.

Il suivit la piste qui remontait le long de la pente couverte de sauges mauves jusqu'à un petit bois, sans cesser d'examiner le sol. Évitant les buissons, il arriva ainsi au pied de trois vieux sycomores si proches les uns des autres que leurs branches s'entremêlaient.

L'atmosphère était nettement plus lourde à cet endroit et une odeur curieuse dominait les autres, sauvage. Un prédateur.

Parfois apparaissaient des plaques de sumac vénéneux, que Tom contournait prudemment ; du bout des pieds, il écartait les broussailles. L'odeur devenait plus forte. Apparemment, un gros animal avait stationné là un certain temps.

Il fit demi-tour, remonta lentement sa propre piste.

C'est alors qu'il l'aperçut. Sur un rocher maculé, exactement entre les arbres et le lieu du crime. Une tache noire comme du goudron. Une substance épaisse, visqueuse qui semblait avoir bouillonné sur les bords.

Tom émit un léger sifflement et s'agenouilla pour y regarder de plus près.

Apparemment, la chose était intacte. Soit la police ne l'avait pas vue, soit elle n'y avait pas prêté attention. Ça ne ressemblait pas à du sang animal, on n'y avait pas accordé la moindre importance.

Pourtant ça en avait. Tom sortit son couteau suisse et gratta un peu pour examiner la consistance de plus près. L'âpre odeur restait très présente et le mince liquide qui s'en écoulait était rouge, non pas noir.

Il s'assit sur les talons, ferma les yeux en s'efforçant de conserver cette maîtrise de soi qui faisait sa réputation.

Le jeudi, Jenny trouva que Zach avait les yeux cernés et que Dee réagissait avec plus de violence que jamais. Michael lui opposait une mine barbouillée et Audrey s'était rongé un ongle.

Ils s'effondraient.

À cause de leurs rêves. Ni plus ni moins. Il ne se passait strictement rien la nuit, rien ne leur arrivait. Pourtant, les rêves suffisaient à les détruire.

Le vendredi, ils devaient reprendre une tournée de tracts mais Jenny voulut d'abord passer à l'Association des jeunes, à quelques rues du Centre. Ce fut là qu'il se passa enfin quelque chose.

Elle guettait cet événement, le cherchait depuis si longtemps qu'elle aurait dû s'y attendre. Néanmoins, lorsqu'il se produisit, elle se rendit compte qu'elle n'était pas prête du tout.

Elle alla trouver Mme Birkenkamp, la monitrice de natation de l'association, où Jenny venait le vendredi s'occuper d'enfants handicapés. Elle y tenait et détestait leur faire faux bond.

– Je suis obligée de distribuer ces tracts, expliqua-t-elle d'un air malheureux. Et peut-être que vendredi prochain aussi. J'aurais dû vous le dire avant mais j'ai oublié...

– Ce n'est pas grave, Jenny. Comment vous sentez-vous ?

Elle leva les yeux vers les clairs iris qui la considéraient avec tant de sagesse – tout d'un coup, elle eut envie de se réfugier dans les bras de cette femme et de tout lui dire.

Mme Birkenkamp avait toujours été son héroïne, une femme qui n'abandonnait jamais et ne doutait pas de sa foi. Elle avait enseigné la natation à un enfant sans bras. N'aurait-elle pas une réponse pour Jenny ?

Mais que lui dire ? Rien qu'un adulte pourrait croire. Et puis, c'était à elle de se prendre en main. Elle ne pouvait plus s'appuyer sur Tom. Elle devait tenir seule sur ses jambes.

– Ça ira, assura-t-elle. Saluez les enfants de ma part…

Ce fut là que Cam entra.

Dee était derrière lui. Au lieu d'attendre dehors dans sa Jeep.

– Il arrive du Centre, annonça-t-elle. Il ne veut parler qu'à toi.

– Je l'ai trouvée, dit l'enfant sans ambages.

Jenny en éprouva un petit vertige.

– *Où ?*

– J'ai son adresse.

Il sortit un morceau de papier de la poche de son jean.

– Bon, dit Jenny. On y va.

– Attendez, intervint Mme Birkenkamp. Jenny, qu'est-ce que…

– C'est bon, madame, rétorqua celle-ci en faisant volte-face. Tout ira bien maintenant.

Elle se sentait optimiste.

– Elle s'appelle Angela Seecombe, reprit Cam en les accompagnant. La grande sœur de Kimberly Hall, Jolie, connaît un mec qui la connaît. Voilà la rue.

Filbert Street. À l'est de Ramona où habitait PC. Elles y étaient allées avec Audrey pour distribuer leurs tracts.

Cependant, elles n'étaient pas entrées dans cette maison jaune à la grille de fer forgé noir écaillé. Jenny ne savait plus trop pourquoi.

– Tu restes ici, dit-elle à l'enfant. Je m'en charge. Mais… merci.

Elle se pencha vers le gamin à la tête de pissenlit dont la vie avait été bouleversée depuis que sa sœur s'était rendue à une fête. Il haussa les épaules mais son regard suffit à dire sa connivence.

– Je voulais participer.

Personne ne répondit à la porte de la maison jaune. Jenny laissa son doigt appuyé sur la sonnette. Toujours pas de réponse. Cependant, de l'intérieur montait un faible bruit de télévision.

Jenny jeta un coup d'œil sur l'allée menant au garage. Pas de voiture en vue. Les habitants n'étaient sans doute pas encore rentrés du travail. Elle fit signe à Dee et à Cam de rester dans la voiture puis contourna la maison, ouvrit la grille de fer forgé et se faufila parmi les herbes folles jusqu'au perron.

Elle saisit la poignée, prit une longue inspiration et tourna.

Ce n'était pas fermé à clef. Alors elle entra et suivit les bruits de télé jusqu'à un salon. Dans un canapé couleur rouille était assise la Pleurnicheuse.

En voyant Jenny, elle sursauta, laissant tomber son sachet de pop-corn sur le tapis. Ses longs cheveux se répandirent sur ses épaules et elle resta bouche bée.

– N'aie pas peur, dit Jenny. Je ne vais pas te faire de mal. Je te l'ai déjà dit, je voudrais te parler.

Une lueur de haine traversa le regard de la fille.

– Et moi j'ai rien à te dire. J'appelle la police... t'as pas le droit d'entrer ici comme ça.

– Vas-y, appelle-les, rétorqua Jenny faussement calme. Moi je leur dirai que tu sais des choses que tu ne leur as pas dites sur le matin où PC a disparu. Parce que tu l'as vu, PC, non ? Tu sais où il est allé.

Là, elle jouait à pile ou face. Angela avait déjà menacé d'aller trouver la police pour leur fournir la preuve que PC n'avait pas tué Summer. Néanmoins, elle n'en avait rien fait – autrement dit, elle n'y tenait pas. Maintenant, Jenny pariait qu'elle préférerait lui parler à elle plutôt qu'à la police.

Cependant, Angela ne dit rien, la main posée sur le téléphone.

Comme quatre jours auparavant dans les toilettes du lycée, Jenny s'avança vers elle, lui prit les épaules, mais plus gentiment.

– Tu as *vraiment* vu PC ? Tu as vu ce qu'il avait emporté. Tu dois me le dire. Tu ne comprends pas comme c'est important. Si tu ne me le dis pas, ce qui est arrivé à PC pourrait bien arriver à d'autres gens.

Les os délicats sous ses paumes se soulevaient au rythme de la respiration d'Angela.

– Je peux pas te saquer.

– Je sais. Tu souffres, tu as besoin de t'en prendre à quelqu'un. Je te comprends. Mais je ne suis pas ton ennemie. Je suis une fille comme toi, je fais ce que je peux pour empêcher un drame. Et je souffre moi aussi.

Des yeux sombres l'examinaient pensivement.

– Ah ouais ?

– *Ouais.* Vraiment. Et si tu ne me crois pas, c'est que tu n'es pas aussi futée que tu en as l'air.

Le nez et les yeux brûlants, Jenny continua :

– Écoute, Summer Parker-Pearson était l'une de mes meilleures amies. Je l'ai perdue. Et à cause de ça, j'ai aussi perdu mon copain. Je n'ai pas envie qu'il se passe encore quelque chose de grave... mais pour ça, il faut que tu m'aides.

Angela baissa les paupières mais pas assez vite pour que Jenny n'y aperçoive une larme. Alors celle-ci insista :

– Si tu sais où PC est allé ce matin-là, il faut me le dire tout de suite.

La fille se dégagea brutalement mais s'effondra aussi vite :

– Je vais pas te le dire... je vais te montrer.

– Jenny ? Tu es là ?

La voix de Dee, qui appelait de la porte du jardin. Lorsqu'elle apparut de sa démarche féline, Jenny se hâta de rassurer Angela :

– Ça va. C'est mon amie. Tu peux nous montrer à toutes les deux.

La fille hésita puis finit par acquiescer.

Au grand étonnement de Jenny, elle ne se dirigea pas vers la porte d'entrée mais vers le jardin. Cam les suivit à travers les herbes hautes. Le jardin descendait en pente vers des buissons touffus ; il était beaucoup plus grand qu'elle ne l'aurait imaginé. À proximité d'un bosquet se dressait une cabane à outils à demi effondrée.

– Là, dit Angela. C'est là que PC est allé.

– Arrête ! s'écria Jenny en attrapant Dee par les bras. Ce n'est pas le moment d'enfoncer les portes. Rappelle-toi, le Jeu !

Elle-même tremblait d'anxiété, de triomphe et d'impatience.

Angela sortit une clef de son soutien-gorge.

– De toute façon, il vous faudra ça pour l'ouvrir. Je l'avais refermée... après. C'était notre coin secret avec PC. Personne d'autre en voulait.

– Tu l'as donc vu ce matin-là, conclut Jenny. Et ensuite... ?

– Slug est arrivé aussi. PC avait escaladé le perron et il m'a réveillée pour me demander la clef, dans ma chambre, là...

Elle désigna une fenêtre à l'étage.

– Et puis avec Slug ils sont redescendus, ils ont ouvert la cabane et sont entrés. Je voyais tout de ma fenêtre. J'ai attendu qu'ils sortent... d'habitude, ils y mettaient juste leur matos et ils s'en allaient.

– Mais pas cette fois.

– Non... alors j'ai attendu, attendu et puis je me suis habillée. Quand je suis descendue ici, la porte était toujours fermée. Alors j'ai ouvert avec mon double. Mais ils étaient pas à l'intérieur.

Elle tourna sur Jenny un regard plein de larmes.

– Ils y étaient pas. Et il y a pas de fenêtres là-dedans, et ils étaient pas sortis par la porte. Et l'autre clef était par terre. PC l'aurait jamais laissée traîner ; il fermait toujours et me la rendait. Où ils sont passés ?

Jenny répondit par une question :

– Il devait y avoir autre chose par terre, non ? Avec la clef ?

Angela hocha lentement la tête.

– Une... souffla Jenny le cœur battant. Une maison de papier.

– Ouais. Un truc de bébé. Même pas neuve, tout abîmée et chiffonnée. Avec du ruban adhésif décollé qui avait servi à fermer le couvercle. Je sais pas pourquoi ils avaient pris ça. D'habitude, c'est plutôt des trucs comme...

Elle s'interrompit. Dee jeta un regard entendu à Jenny.

– Ce n'est pas grave, assura Jenny. Au moins, on sait tout, maintenant. Et cette boîte devrait être encore là si tu as laissé la porte fermée.

– J'ai touché à rien, alors que... enfin, j'avais un peu envie de regarder cette maison. Mais je l'ai pas fait. Je l'ai laissée par terre. Et personne d'autre n'a de clef.

– Alors on va voir.

Jenny tremblait intérieurement. La maison de papier était donc là, elles l'avaient trouvée ! Pas étonnant qu'elle leur ait échappé aussi longtemps, cachée dans cette cabane qui servait à receler les larcins de jeunes délinquants.

– Je me prépare au cas où il y aurait des monstres ! lança Dee avec son sourire carnassier.

Visiblement, elle s'amusait. Jenny se plaça devant la porte tandis que son amie adoptait une position de kung-fu, prête à la refermer immédiatement. Habitude prise durant le Jeu dans la maison de papier.

– Recule, Angela, dit Jenny. Toi aussi, Cam. C'est parti !

Elle tourna la clef, tira la porte.

Rien ne se passa. Un rectangle de lumière tomba dans la cabane poussiéreuse, que Jenny masqua de son ombre en entrant. Puis ce fut au tour de Dee.

– Entre, je ne vois rien.

Et puis elle vit – et son cœur chancela.

La boîte blanche gisait sur le sol, ouverte. À côté apparut la maison de papier qu'elle avait décrite à la police : victorienne, deux étages et une tourelle. Bleue.

Dee laissa échapper un son guttural.

Lorsque Jenny avait voulu se débarrasser de cette maison, elle l'avait chiffonnée, pliée n'importe comment pour la tasser dans la boîte. Pourtant, elle se dressait maintenant, renforcée par du ruban adhésif noir. Mais ce n'était pas ça qui avait donné un vertige à Jenny.

La maison de papier avait éclaté.

Elle était en miettes. Plus de toit. Façades en ruines. Sols effondrés. Comme si quelque chose d'énorme avait explosé à l'intérieur.

Sur le sol de la cabane apparaissait une empreinte comme gravée dans le béton. La rune Uruz, une lettre de l'alphabet magique, un sort destiné à percer le voile entre les mondes. Jenny l'avait déjà vue à l'intérieur du couvercle de la boîte qui les avait entraînés vers le monde des Ombres, avec sa forme de *U* inversé, à l'arche en biais.

De sa place, Jenny la voyait à l'envers, donc comme un *U* normal. Cependant, la rune avait une jambe vraiment plus courte que l'autre. Sous cet angle on aurait plutôt dit un *J*.

Comme une signature.

En se tournant vers Dee, elle faillit s'effondrer.

– Trop tard, murmura-t-elle. Il est sorti.

– C'est bon, souffla Dee en rattrapant son amie. Ça va...

– Non, ça ne va pas du tout.

Apercevant Angela et Cam qui passaient la tête par la porte, elle leur cria :

– Vous deux, vous sortez !

Ils entrèrent.

– C'est ce que vous cherchiez ?

Cam examina la maison en ruines de ses grands yeux marine, comme ceux de Summer, et la lumière faisait scintiller sa tête de pissenlit.

– Qu'est-ce qui lui est arrivé ?

À côté de lui, Angela posait sur les deux filles un regard tout aussi interrogateur.

– Qu'est-ce qui est arrivé à PC ?

Jenny déglutit et finit par répondre :

– Il est sans doute mort. Désolée.

– Tu vas en parler à la police ? interrogea Angela. De PC, de moi, de cet endroit ?

– La police... ça ne sert à rien. Ils ne peuvent rien y faire. D'ailleurs personne n'y peut rien...

Jenny s'interrompit soudain, comme prise d'un subit espoir :

– Angela, tu as dit que tu n'avais pas touché à cette maison, mais tu en es sûre ? Tu n'as rien vu par terre... une sorte de bijou ?

Angela fit non de la tête. Jenny chercha tout de même la bague. Elle l'avait laissée dans la boîte, peut-être avait-elle roulé dans un coin. Ça n'aiderait pas les policiers à les croire mais cela pourrait la sauver – pour peu qu'elle la retrouve et la détruise…

Elle fouilla dans la boîte et un peu partout sur le sol en ciment, souleva les ruines de la maison de papier.

Mais elle ne la trouva nulle part. L'anneau d'or que Julian lui avait glissé au doigt, celui qu'elle avait voulu jeter, avait disparu.

8

– Qu'est-ce qu'on pourrait faire ?

Ils se retrouvaient dans la maison d'Audrey, dans le salon où aucun adulte ne viendrait les déranger. Michael dévisageait Jenny de son regard d'épagneul.

– C'est bien la question, non ? répondit Zach crispé. Qu'est-ce qu'on pourrait faire ?

– Je n'en sais rien, murmura Jenny.

La maison de papier – ou ce qu'il en restait – avait été déposée sur la table basse, après que Jenny l'eut apportée pour la mettre à l'abri. Encore qu'elle ne savait pas du tout ce qu'ils allaient en faire.

Avant de partir, elle avait serré Angela et Cam dans ses bras. Malgré sa peur, elle voulait les remercier – les consoler comme elle le pouvait.

– Je sais que ça n'a pas été facile de nous aider. Maintenant, il va falloir essayer de penser à autre chose, on se charge du reste. Mais je n'oublierai jamais ce que vous avez fait... l'un et l'autre.

Dans Filbert Street, avec Dee, elles avaient retrouvé la Mazda de Tom garée derrière la Jeep. À l'évidence, il les avait suivis, et Jenny se demandait bien pourquoi.

À présent, il était assis à côté de Jenny et posait sur elle ses yeux noisette, l'air pensif.

– Tu sais, je ne crois pas qu'ils te feraient du mal, observa-t-il.

– Qui ça, *ils* ?

– Le loup et le serpent. Comment les appelait Julian ? Le Rôdeur et le Rampeur ?

– Qu'est-ce que tu racontes ?

– Ils sont sortis eux aussi. C'est le loup qui vous a suivies, Audrey et toi, lundi. Le loup de l'Ombre. Je l'ai juste entraperçu, mais ce n'était pas un chien.

Audrey s'étrangla :

– Ce sont des griffes de loup qui ont rayé ma voiture ?

– Quant au serpent, je suis sûr qu'il est aussi dans les parages.

Jenny ferma les yeux au souvenir du glissement sur le sol de la salle d'informatique, du frottement contre sa jambe, du sifflement.

– Mon Dieu ! Alors c'était bien réel tout ça ! Et les appels téléphoniques... oh, mon Dieu, mon Dieu ! Ils disaient vraiment...

Elle ne put achever.

– Interprétations du cerveau, n'importe quoi ! lança Dee à Michael.

Celui-ci se tassa sur lui-même, se prit la tête dans les mains.

– Et les rêves, marmotta Audrey. Tu crois qu'ils étaient réels aussi ? Qu'il y avait quelque chose dans mon lit... avec moi ?

– On dirait, répondit Zach avec une satisfaction morbide. Sauf si Julian arrive à nous faire rêver exactement de ce qu'il veut.

– Il faut faire quelque chose, déclara Dee.

– Genre ? demanda Zach avec un regard mauvais. Qu'est-ce qu'on pourrait faire contre Julian ? Sans compter ce serpent et ce loup ! Tu ne te rappelles pas à quoi ils ressemblaient ?

– Je crois que ce sont eux qui ont eu Gordie Wilson, lança Tom. Je suis allé voir l'endroit où on a trouvé son corps.

– Génial, conclut Michael. On n'a pas une chance.

– Attends, intervint Dee, on est tous sous le choc. On devrait se réunir ce week-end chez quelqu'un et préparer un plan.

– Chez Tom, par exemple, dit Michael. J'y serai déjà puisque mon père part une semaine pour New York.

Audrey interrogea ses amis du regard. Son teint de camélia s'était coloré d'un rose délicat et elle passa un doigt sur ses longs cils.

– Désolée, mais je ne pourrai pas, annonça-t-elle. Ni moi ni Jenny, d'ailleurs. Vous oubliez le bal de fin d'année.

Tom leva la tête.

– ... *Quoi ?*

– Jenny et moi, continua-t-elle impitoyable. On va au bal.

– Avec Brian Dettlinger et Eric Rankin, précisa Michael d'un ton de compagnon de misère.

Tom scrutait Jenny du regard, blême, ses yeux piquetés de vert un peu trop brillants, la bouche tremblante. Horrifiée, Jenny ne savait que dire.

– Je vois, conclut-il lentement.

– Non, murmura-t-elle.

Elle n'avait jamais vu Tom dans cet état. Même pas quand sa grand-mère était morte, même pas quand son père avait eu une crise cardiaque. Tom Locke l'invulnérable n'avait jamais fait cette tête. Il se leva.

– Ça va. J'aurais dû m'en douter.

– *Tom...*

Comme il se dirigeait vers la porte, Jenny fit volte-face vers Audrey et Michael.

– Vous êtes contents ? Vous l'avez fait partir !

– Tu crois que je vais quand même pouvoir passer le week-end chez lui ? demanda Michael.

– Il n'était pas vraiment là, intervint Dee. Il n'est plus avec nous, ma chérie, et tu ne peux pas l'obliger à rester.

Jenny laissa les paroles de son amie imprégner son esprit. Dee avait raison, bien sûr, impossible de le nier. Jenny n'avait strictement rien à perdre en ce moment.

Elle se rassit en répondant d'un ton lugubre :

– C'est clair. Mais je ne suis pas certaine que ça va me servir à quelque chose d'aller au bal avec Brian Dettlinger.

Audrey ne se laissa pas impressionner par son regard.

– Qui sait ? Peut-être qu'il réagira autrement en constatant que tu y vas vraiment.

– Je ne vais pas y aller.

– Alors tu vas téléphoner à Brian pour lui annoncer que tu le laisses tomber à la dernière minute ?

– Oui, assura Jenny en cherchant son carnet d'adresses.

Elle composa un numéro sur le vieux téléphone d'Audrey.

– Allô, Brian ? C'est Jenny.

– Jenny ! Content de t'entendre.

Elle chancela.

– C'est vrai ?

– Oui, j'allais t'appeler... écoute, je suis trop nul, parfois. J'ai oublié de te demander la couleur de ta robe.

– Ma robe ?

– Je sais que j'aurais dû te demander ça avant, ajouta-t-il d'une voix débordante d'enthousiasme. Ce n'est pas que je ne pensais pas à toi. La limousine est prête et j'ai réservé à l'Avenue... tu aimes la cuisine française ?

– Oh... oui, bien sûr.

– Super. Alors, la couleur de ta robe ?

Audrey s'était approchée pour prendre l'écouteur.

– Dis-lui dorée, souffla-t-elle.

– Dorée, répéta machinalement Jenny.

Puis elle se tourna vers Audrey :

– Oh non ! Pas celle-là !

– Quoi ? C'est très bien, doré. On se voit demain.

Elle raccrocha, effondrée. Elle n'avait pas eu le courage d'aller jusqu'au bout.

– Tu vois ? sourit Audrey. Je suis coincée moi aussi. Arrête de me regarder comme ça, Michael. Eric ne m'intéresse pas...

– En fait, observa Dee en s'étirant, qu'est-ce que ça change qu'on soit à tel ou tel endroit ? Ils peuvent entrer dans toutes les maisons qu'ils veulent.

Elle avait raison et ça ne consolait personne. Jenny ne voyait toujours pas comment elle pourrait y aller... ni comment s'en sortir.

– Je ne vais pas mettre cette robe-là, insista-t-elle auprès d'Audrey. Tom ne voulait pas que je la porte avec lui. S'il apprend que je l'ai mise pour Brian, il va criser...

Elle s'interrompit comme habitée d'un nouvel espoir.

– Dans ce cas, dit Audrey avec un fin sourire, c'est que ce bal aura finalement servi à quelque chose.

Jenny reprit entre les mains cette masse d'or liquide, la reposa. Dire qu'elle allait faire ça !

D'un autre côté, Dee avait raison. Elle pouvait bien se rendre où elle voulait, ça n'y changerait rien. Elle ne serait à l'abri nulle part. Au moins le Monarch Hotel était-il un lieu public très fréquenté. Audrey et elle seraient entourées de gens.

La soirée de la veille et toute la journée qui avait suivi s'étaient déroulées dans le plus grand calme. Pas de rêves, aucun incident. Le calme avant la tempête ? À moins... à moins qu'une sorte de miracle ne se soit produit, que tous ces êtres aient fini par s'éclipser dans leur monde des Ombres. Et si Julian avait décidé de laisser tomber ?

Ne te berce pas d'illusions, Jenny.

Elle secoua la tête en soupirant. À force de s'inquiéter, elle en perdait toute énergie et devenait fataliste. Elle reprit la robe dorée, un fin brocart de fleurs et de feuilles où venait jouer la lumière, doux comme la soie. Audrey en était folle, mais comme elle ne portait que du noir et du blanc...

– Il faut que tu la prennes, avait-elle dit à Jenny dans la boutique.

– Mais Tom...

– Oublie Tom. Tu ne vas pas le laisser te dicter ce que tu dois ou non porter. *Tu dois acheter cette robe.* Avec ton teint doré et tes cheveux, ce sera *exquis*.

Alors Jenny l'avait achetée. Mais elle avait raison, Tom refusa de la voir porter cette tenue pour une soirée scolaire. Il la trouvait trop courte, trop moulante, comme une deuxième peau. Même si ça lui faisait des jambes aussi longues que celles de Dee.

Cette fois, elle l'enfila puis prit une brosse, se coiffa la tête à l'envers, se redressa en renvoyant ses cheveux en arrière, y passa les doigts pour les faire gonfler. Après quoi elle alla se regarder dans la glace en pied. Il fallait le reconnaître, cette robe était un chef-d'œuvre et ses cheveux formaient une masse d'or autour de son visage, qui la changeait de son air innocent. C'était toute sa silhouette qui était empreinte d'or.

Elle avait l'air d'une princesse mais se sentait comme une vierge sacrificielle.

– Jenny ! lança sa mère en frappant à sa porte. Il est là.

Elle se regarda une dernière fois puis sortit.

Brian en resta bouche bée ; malheureusement, M. Thornton aussi. Il fallut que son épouse l'emmène à la cuisine pour lui rappeler que leur fille savait désormais prendre ses responsabilités et que la mère de Brian faisait partie du comité d'aide à l'enfance.

– C'est pour moi, ces fleurs ? demanda Jenny à Brian toujours pantois.

Il lui tendit maladroitement le petit bouquet de roses jaunes miniatures.

– Elles sont ravissantes !

– Euh... oui... bredouilla-t-il sans détacher les yeux de son décolleté profond.

Ce fut elle qui dut se charger d'y accrocher les fleurs, ainsi qu'à la boutonnière de son cavalier.

Une limousine champagne les attendait, pour eux tout seuls. Brian avait fière allure, blond et beau garçon avec sa large ceinture bleu roi et son nœud papillon assorti. Durant tout le trajet jusqu'au restaurant, Jenny tâcha de se concentrer sur les petits boutons de son smoking pour s'empêcher de pleurer.

Jamais elle n'était sortie avec un autre garçon que Tom.

Le dîner se passa normalement. Brian semblait fasciné par tout ce qu'elle faisait et disait, ce qui facilitait nettement les relations. Il n'était pas aussi intelligent que Tom mais plutôt gentil.

Des palmiers longeaient l'allée privée de l'hôtel installé sur une falaise au bord de la mer. Mercedes et Cadillac s'alignaient sur le parking attenant et des voituriers en rouge s'affairaient pour les manœuvrer.

En sortant de la limousine, Jenny commençait à prendre conscience de l'aspect conte de fées de la soirée, parmi les colonnades de marbre, les gigantesques urnes de fleurs, les tapis persans, les murs tendus de soie, les lustres en cristal de Bohême. Audrey devait adorer.

En pénétrant dans la salle de bal, Jenny eut le souffle coupé. C'était... fabuleux. On se serait cru dans un palais de légende aux plafonds d'une hauteur incroyable, aux innombrables candélabres, aux arbres en pots entremêlés de guirlandes lumineuses, parmi les tables. Au fond de la salle, des rideaux bouffants s'ouvraient sur un balcon qui devait donner sur l'océan.

– C'est magnifique ! souffla-t-elle éblouie.

Un court instant, elle oublia tout et s'aperçut que Brian la regardait, elle.

– Oui, dit-il, magnifique !

Les tables étaient tout aussi incroyables que le reste, ornées de fleurs fraîches dans des pots de verre soufflé plus hauts que la tête des convives quand ils s'asseyaient. À chaque place attendait un petit masque métallique en guise de cadeau.

– C'est pour la Mascarade de minuit, dit Brian en plaçant un loup argenté devant ses yeux. Mais ne mets pas le tien, tu es trop jolie pour te cacher.

Jenny détourna les yeux.

– Ces roses sont très belles, se hâta-t-elle d'observer en humant leur enivrante senteur.

– Oui. Enfin, je dois avouer que je n'y suis pour rien. J'en avais commandé des blanches pour Ka... enfin, des blanches. Le fleuriste a dû se tromper, mais ça n'est pas plus mal.

Un rien mal à l'aise, Jenny essaya de se détendre. Ce fut là qu'arrivèrent des amis de Brian. L'un d'eux regarda Jenny en clignant des yeux avant de murmurer quelque chose à Brian, qui s'acheva par :

– Je parie que tu comptes rester tard !

Le jeune homme rougit. Jenny se pencha vers l'importun avant de lâcher :

– *Vada via, cretino !*

C'était Audrey qui le lui avait appris et ça signifiait : « Dégage, crétin. » Exactement ce qu'elle pensait en ce moment.

Le garçon s'éloigna en marmonnant :

– Tu parles d'une fille charmante !

Très gêné, Brian ne savait comment s'excuser. *Vraiment gentil*, songea Jenny désolée pour lui. *Vraiment gentil...*

Ils bavardèrent. Jenny gardait les yeux fixés sur la nappe et sur les verres de cristal ; elle jouait avec son programme et son billet de tombola. Finalement, cependant, il fallut bien en venir au sujet qui les avait amenés là tous les deux :

– On danse ?

Que dire ?

Bon, songea-t-elle en le suivant vers la piste, *ce n'est pas comme si tu n'avais jamais dansé avec d'autres garçons.* Pourtant, ça ne lui était pas arrivé souvent. Tom n'aimait pas ça. D'ailleurs, les autres garçons le savaient et ne s'approchaient pas d'elle.

Évidemment, la danse suivante fut un slow et la pièce fut plongée dans une semi-pénombre des plus romantiques. Les bras de Brian entourèrent sa taille et Jenny s'efforça de poser ses mains sur ses épaules aussi légèrement que possible. Elle tourna la tête pour regarder le buffet de marbre, orné de grands bouquets à chaque extrémité. Elle tenta d'en identifier chaque fleur l'une après l'autre. Puis elle aperçut un reflet cuivré.

– Regarde, c'est Audrey ! s'exclama-t-elle. Si on allait la voir ?

Son amie portait une insolente petite robe noire avec une large ceinture de soie rose et des diamants aux oreilles. Ses yeux marron s'écarquillèrent à la vue de Jenny.

– Non mais regarde-moi ça ! Tu es sensationnelle, Jenny ! *Wunderschön !*

Trop contente de la trouver, Jenny se lança dans un interminable bavardage. D'autres gens passaient autour d'eux, des robes de toutes les couleurs de l'arc-en-ciel, des ceintures vert pomme, roses, écossaises. Mais, en fin de compte, Eric et Audrey allèrent danser et il fallut bien suivre de nouveau Brian.

Quand arriva le slow suivant, elle demeura un peu raide entre ses bras, les yeux fixés sur la piste. Il était trop empressé, elle l'avait vu depuis le début de la soirée : ce regard, cette façon qu'il avait de la tenir, de lui parler. Il était si gentil, si beau, mais elle n'éprouvait strictement *rien*.

– Tout à l'heure, on pourra aller sur la plage, proposa-t-il.

Elle préféra ne pas répondre et s'en voulut de penser que ce serait un moyen d'échapper à son after-shave au citron vert. Si seulement quelqu'un pouvait la tirer de là !

Quelqu'un vint la tirer de là.

C'était un autre garçon, qui voulait l'inviter à danser. Elle faillit lui montrer sa gratitude en s'appuyant trop sur son épaule. Elle aurait bien dit qu'il était en terminale, quoiqu'elle ne puisse le reconnaître puisqu'il portait un loup noir.

De toute façon, elle s'en moquait. Il l'avait tirée des bras de Brian, arrachée à son remords d'avoir accepté de venir sous un faux prétexte, autant qu'à son appréhension de lui annoncer qu'elle ne terminerait pas la soirée avec lui. Il allait la détester, peut-être même l'abandonner sur place. À la rigueur, elle se sentirait moins gênée.

Ce garçon inconnu la serrait à peine entre ses bras, si bien qu'elle se sentait libre de penser à autre chose. Par exemple au dernier bal qui s'était terminé dans un McDo avec tout le groupe... Ils étaient alors si bien ensemble, sans arrière-pensées.

Tandis que maintenant, dans ce décor de conte de fées, elle n'était entourée que d'inconnus.

Son cavalier l'avait entraînée un peu à l'écart des autres danseurs. Il faisait plus sombre près du balcon, au point que Jenny finit par se sentir étrangement isolée.

En même temps, sensation curieuse, tout paraissait avoir ralenti. La musique avait changé, comme si l'orchestre attaquait un deuxième slow, chanté par une obsédante voix féminine. Jenny connaissait cet air mais n'aurait su dire de quoi il s'agissait. Bizarre qu'ils ne laissent pas les danseurs changer de partenaires.

Étrange mélodie aussi, du genre qui vous allait droit au cœur, qui vous prenait aux tripes.

Jenny se sentait dans un drôle d'état.

Le temps semblait s'écourter. Elle n'osait pas lever la tête de peur que son cavalier pense qu'elle voulait l'embrasser. Et elle n'y tenait pas du tout, malgré la musique. Autant garder la tête basse.

Ils se trouvaient maintenant sur le balcon et elle apercevait l'océan ; les projecteurs se reflétaient dans l'eau comme autant de lunes.

Curieusement, il n'y avait personne d'autre avec eux ; Jenny aurait pourtant juré que ça grouillerait de monde, mais non. Et son cavalier qui l'entraînait vers le coin le plus sombre.

Je ne devrais pas le suivre... Oh non, il va falloir dire encore Vada via, cretino...

Pourtant, elle ne parvint pas à résister.

Là, sur le balcon, elle sentit la fraîcheur de la nuit sur ses bras, dans sa nuque. La musique semblait maintenant lointaine ; elle n'en comprenait plus les paroles mais percevait encore clairement les notes, comme des gouttes d'eau tombant dans un bassin tranquille. Lentement. Et elle eut l'impression de tomber elle aussi.

Les grondements de l'océan lui parurent même couvrir les autres bruits. Ils arrivaient au niveau de la balustrade. Les vagues sifflaient en s'abattant sur le rivage, marmonnaient une étrange chanson incessante, informe. Un bruit blanc...

Mmmmmmmmmmmm.

Elle se reprit d'un coup, le cœur serré d'une terreur glacée.

Va-t'en !

Cette fois, elle essaya de se dégager mais son cavalier ne voulait pas lâcher prise et la retenait d'une main de fer.

Elle ne pouvait plus bouger. Impossible de crier. Elle était toute seule avec lui sur ce balcon, à des kilomètres de la piste de danse. Elle n'entendait plus de musique, rien que le vent dans les palmiers et les mouvements de l'océan.

Elle aperçut une mèche de son cavalier sur le col de sa chemise aussi noire que son smoking. Elle ne s'en était pas rendu compte jusque-là, mais il était blond, entièrement vêtu de noir. Plus blond que Brian, plus blond même que Cam. En fait, il avait les cheveux presque blancs...

... Blancs comme le givre, les glaçons, la brume, blancs comme l'hiver...

... Blancs comme la mort...

Une voix lui murmura à l'oreille :

– *Affamé.*

Non, plus lentement :

– *Affffaaaaammmmé...*

9

Tout devint gris.

Le sang rugit dans les oreilles de Jenny aussi fort que l'océan. D'un seul coup, elle se retrouvait catapultée en arrière, au moment où, avec Tom et les autres, elle était emportée dans le Jeu, entraînée dans le monde des Ombres. En ce moment, elle se sentait submergée par la même marée, par le même brouillard aveuglant, et tombait dans le vide.

Elle ne s'évanouit pas. Elle aurait préféré mais ce ne fut pas le cas ; comme elle ne tenait plus sur ses jambes, il lui fallut s'accrocher aux bras de son cavalier dans une obscurité maintenant à peu près totale.

Il allait la tuer. C'était lui, la voix du téléphone. Lui qui avait envoyé le loup de l'Ombre les attaquer, avec Audrey, lui qui avait envoyé le serpent aux TP d'informatique. Lui qui avait tué Gordie Wilson.

Dans sa tête, elle entendait encore le murmure déformé, obsédant :

– *Affamé...*

Au milieu de ses larmes, ce fut cette pure terreur qui lui donna la force d'essayer encore de se dégager et, à son grand étonnement, il n'insista pas. Elle recula de deux pas pour venir heurter la balustrade du balcon. Alors seulement elle le regarda.

Sa première pensée fut qu'elle aurait dû s'y attendre – mais comment s'attendre à Julian, l'être qui avait le don de lui faire perdre la tête ?

Sous le masque noir, elle distinguait des iris aux teintes de cobalt. Tout le visage disparaissait dans l'ombre alors que les cheveux brillaient du même éclat que la lune sur l'océan.

Il n'avait rien d'humain. Il était plus fort, plus dur, plus brillant. Plus *réel* aussi, ce qui semblait bizarre dans la mesure où cela se passait ici, dans le vrai monde.

Parce que, cette fois, il débarquait dans sa dimension à elle, pas dans un lieu intermédiaire, comme le magasin qui semblait faire le lien entre leurs deux mondes. Il était là, tranquille, capable de *tout*, irradiant une sensation de menace, de danger.

Le cœur de Jenny battait si fort qu'elle le crut sur le point d'exploser.

– Sais-tu que les roses jaunes sont un symbole d'infidélité ? lança-t-il d'un ton neutre.

Maintenant, elle se rappelait sa voix. Loin de lui, elle l'avait oubliée pour n'en garder qu'une impression : ses sonorités musicales naturelles, comme le chant de l'eau sur les roches d'un torrent. Mais cela ne décrivait pas sa beauté – ni sa froideur.

Portant la main sur le petit bouquet de roses jaunes miniatures accroché à son épaule, elle revit Brian en train de dire : « Le fleuriste a dû se tromper... »

– C'est toi qui les as envoyées, lança-t-elle d'un ton tellement effrayé qu'elle en eut honte.

Elle eut envie d'arracher ces fleurs, mais ses mains tremblaient beaucoup trop.

– Bien sûr. Tu n'avais pas compris ?

Elle aurait dû comprendre, mais s'était encore laissé emporter par sa naïveté. En suivant ainsi un garçon masqué sous prétexte qu'il ne ressemblait pas à Julian, elle avait tout simplement oublié que Julian pouvait ressembler à n'importe qui. À moins qu'elle ne l'ait *pas oublié* ? Peut-être s'en était-elle doutée quelque part mais n'avait-elle pas voulu en tenir compte ? Sa peur la hantait depuis trop longtemps.

Il y avait de quoi. Au cours de leur dernière rencontre, elle l'avait trahi, à coups de mensonges éhontés. Tout cela pour lui claquer une porte au nez dans le but de l'emprisonner pour l'éternité, tel un génie dans une bouteille. Impossible de seulement imaginer ce qu'il avait pu ressentir en comprenant ce qu'elle lui avait fait. Maintenant, il venait se venger.

– Allez, vas-y, dit-elle d'une voix plus ferme. Tue-moi.

Au moins mourrait-elle dignement.

Il pencha de côté sa tête blanc argenté.

– Parce que tu crois que c'est ce que j'ai envie de faire ?

– Tu l'as bien fait à Gordie Wilson.

Il sourit… de ce sourire qu'elle avait oublié, vorace. À vous faire prendre vos jambes à votre cou en hurlant – ou tomber à la renverse.

– Pas personnellement.

– N'empêche que c'est pour ça que tu m'as amenée ici, non ?

Derrière elle, la falaise. Elle se sentait partir à la dérive entre faiblesse et affolement. S'il ne la jetait pas par-dessus bord, elle ferait sans doute mieux de sauter d'elle-même ; ainsi sa mort serait-elle plus rapide et plus douce que tout ce qu'il pourrait lui infliger…

– Vas-y ! Qu'on en finisse !

– D'accord.

Et il l'embrassa.

Oh !

Elle qui croyait se rappeler ce que c'était que d'échanger un baiser avec Julian s'aperçut que ses souvenirs lui mentaient. À moins que ce genre de sensation ait été trop forte pour que sa mémoire en conserve davantage qu'une ombre. En un instant, elle fut transportée vers la maison de papier, vers le choc du premier contact. Lorsque Tom l'étreignait – naguère, quand il l'aimait encore –, elle se sentait en sécurité dans ses bras. Rassurée.

Ce qui n'était pas du tout le cas avec Julian. Elle se remit aussitôt à trembler, les jambes flageolantes, électrifiée par son énergie, les nerfs vibrants de petits chocs aussi intenses que délicieux.

Non, je ne peux pas ! C'est horrible. Je ne peux pas ressentir quelque chose pour cet être malfaisant. J'ai dit à Tom que je ne ressentais rien...

Son corps ne la suivait pas.

Il veut me tuer...

Pourtant, il ne faisait que l'embrasser, doucement, de petits baisers en alternance avec d'autres plus longs, qui la rendaient folle. À croire que c'étaient là les retrouvailles de deux amoureux, non du chasseur et de sa proie.

Et Jenny lui rendit ses baisers, croisa ses mains sur la nuque pour le rapprocher d'elle. Elle crut sentir un éclair la traverser, rouvrit les paupières, secouée.

– Jenny, murmura-t-il contre ses lèvres d'un ton exalté. Tu vois comment ça se passe entre nous ? Tu ne peux pas y résister toi non plus. Tu as essayé ; tu as fait tout ce que tu pouvais pour y échapper. Mais tu ne peux pas tuer mon amour pour toi.

– Non...

Leurs visages étaient trop proches, le masque le faisant apparaître plus dangereux que jamais. Il était terrifiant – et trop beau. Elle n'arrivait pas à détacher ses yeux de lui.

– Nous sommes faits l'un pour l'autre. C'est notre destin. Tu t'es bien débattue, mais c'est fini, maintenant. Tu dois lâcher prise et me laisser t'aimer.

– *Non !*

Habitée d'une force subite, elle le repoussa avec une telle violence qu'elle s'en retrouva elle-même propulsée contre la rambarde.

D'abord pris d'un élan de fureur, il s'arrêta soudain et poussa un profond soupir.

– Tu vas lutter jusqu'au bout, n'est-ce pas ? Fort bien. La colère te rend encore plus attirante et, pour ma part, je suis en manque de ta présence. En fait, on pourrait même dire que je suis affamé...

– *Arrête !*

– J'aime ta robe, continua-t-il comme si elle n'avait rien dit. D'un point de vue purement esthétique, bien sûr, et j'aime aussi ta coiffure. Ça te donne un air sauvage et magnifique.

Malgré son effroi, Jenny se sentait effectivement sauvage et magnifique, désirable. Elle avait tort, bien sûr, mais il lui donnait l'impression qu'aucune femme n'avait jamais été aussi belle qu'elle, depuis le début des temps.

Mais il lui faisait toujours aussi peur.

Il lui prit la main. Elle sentit – sans le voir car elle ne pouvait détacher les yeux des siens – quelque chose glisser sur son doigt. Un anneau glacial qui la fit frémir de tout son corps.

L'anneau d'or qu'elle avait jeté.

Et Julian récita :

« Cette bague est le symbole de mon serment,
Qui m'attachera aux paroles que je prononce :
À tout je renonce qui ne me vient de toi. »

Elle ferma les yeux.

– Tu ne te souviens pas ? Je t'ai dit que ta promesse était irrévocable. Tu es mienne, Jenny, à jamais.

Si les ténèbres avaient pris un visage et une voix, si les puissances de la nuit s'étaient rassemblées pour ne former qu'un seul être humain, cela aurait donné quelque chose comme Julian.

Et elle était sienne.

Comme dans un vieux film d'horreur, en effet. L'Épouse du diable. Elle s'était promise à lui, maintenant, elle n'avait plus le choix. Du moins le croyait-elle quelque part. Une part d'elle-même dont elle ne connaissait même pas l'existence avant d'avoir rencontré Julian. Une part qui l'avait transformée ces derniers temps, au point que tous s'en apercevaient. Cette part sauvage qui aimait l'aventure. Comme celle de Dee qui aimait le danger.

C'était cette part qui se rapprochait de lui, qui trouvait le reste du monde insipide en comparaison. Cette part qui faisait battre son cœur et lui serrait la gorge. Elle avait les jambes flageolantes, comme après le dernier tremblement de terre à Los Angeles, lorsque le sol ne ressemblait plus à la terre ferme, lorsqu'elle se croyait sur le point de mourir.

– Je suis simplement venu réclamer mon dû, Jenny. Tu as toi-même choisi ton sort. C'est ainsi que fonctionnent les runes et les serments. Tu as prononcé les paroles, tu les as vues s'inscrire sur ta bague. Croyais-tu t'en tirer ainsi ?

Jenny ne savait plus ce qu'elle croyait. Elle avait fait cela pour sauver Tom et les autres – elle aurait fait n'importe quoi pour les sauver, à ce moment-là.

– C'était... je ne pouvais pas... ce n'était pas *juste*.

Elle cherchait ses mots. Elle était en position de faiblesse et n'arrivait pas à réfléchir normalement.

– Juste... nous n'allons pas revenir là-dessus. La vie est injuste. Là n'est pas la question. Tu t'es promise à moi.

Jenny ouvrit la bouche pour répondre mais aucun mot n'en sortit. Car, malheureusement, il avait raison. Impossible de vraiment justifier ce qu'elle avait fait. Elle lui avait donné sa parole, elle avait prêté serment en sachant qu'elle serait désormais liée à lui pour l'éternité. Le pire était sans doute qu'elle avait ensuite cru pouvoir se débarrasser de Julian pour lui échapper.

De l'index, il dessina une figure dans l'air, comme un vase couché.

– C'est Perthro, la rune du jeu et de la divination. La coupe qui contient les runes, ou les dés, avant qu'ils soient lancés.

– Ah oui ? balbutia-t-elle.

Elle n'avait pas la moindre idée de ce qu'il voulait dire.

– Je vais te raconter quelque chose d'intéressant sur les gens qui ont découvert ces runes. Ils aimaient le jeu. Ils en étaient même fous. Ils pariaient à tout propos... y compris leur liberté, qu'ils jouaient sur un coup de dés. Et s'ils perdaient, ils acceptaient l'esclavage de grand cœur car ils avaient fait une promesse et tenaient à respecter les règles. Pour eux, l'honneur passait avant tout.

Jenny détourna les yeux en se frottant les bras. Elle avait très froid mais, par-dessus tout, cherchait un trou de souris où se cacher.

– Vas-tu tenir ta promesse ?

Que dire ? Que c'était une promesse qu'elle n'aurait jamais dû avoir à faire ? Pour commencer, Julian l'avait forcée à participer au Jeu – mais c'était elle qui était venue en chercher un, quelque chose d'un peu effrayant, d'un peu excitant pour meubler une soirée entre amis. Julian n'avait fait que lui donner ce qu'elle demandait. Voilà ce qui arrivait quand on voulait franchir l'interdit.

Mais elle ne pouvait pas – elle ne *pouvait* pas.

En se mordant la lèvre, elle releva les yeux vers lui, s'obligeant à le regarder. Répondit non de la tête.

Là. C'était lâché. Elle n'avait aucune excuse mais elle ne tiendrait pas sa promesse.

– Tu sais que je pourrais t'y forcer.

Oui. Elle s'y attendait. Au moins ne se rendrait-elle pas de son plein gré.

Il tourna lentement la tête vers l'océan, et Jenny attendit.

– Et si nous tentions un nouveau jeu ?

– Oh, *non*, murmura-t-elle.

Cependant, il continuait :

– Je pourrais tout simplement t'y forcer... mais je vais te donner une chance. Un coup de dés, Jenny. Encore un jeu. Si tu gagnes, tu seras libérée de ta promesse. Si tu perds, tu la tiendras.

Il posa de nouveau le regard sur elle et, sous le masque, elle aperçut des yeux bleu nuit.

– Veux-tu jouer ou devons-nous démêler l'affaire sur-le-champ ?

Ne t'affole pas – réfléchis. *C'est ta seule chance. Ça vaut mieux que pas de chance du tout.* Et puis la part sauvage en elle-même voulait relever le défi. Affronter le danger, le risque, la fièvre.

– Un coup de dés, dit-elle à voix basse. Je joue.

Il lui décocha son sourire vorace.

– Tous les coups sont permis. Pas de quartier... pour aucun des autres joueurs.

Elle se figea.

– Attends...

– Quoi ? Tu croyais que je disais n'importe quoi ? Ce Jeu est totalement sérieux... comme le précédent.

– Mais c'est entre nous deux, tenta-t-elle désespérément. Juste entre toi et moi...

– Non. C'est une partie qui concerne les joueurs initiaux, tous ceux qui se trouvaient dans la maison de papier. Ni plus ni moins. De mon côté, moi-même, le Rôdeur et le Rampeur. Du tien... ceux qui ont contribué à me piéger et à me trahir. Je vais les attraper tous, l'un après l'autre, à commencer par le Petit Chaperon rouge.

– *Non !* cria-t-elle affolée.

Qu'avait-elle fait ? Summer était morte lors de la partie précédente.

– Si. Et ça commence maintenant. Que tu sois prête ou non, j'arrive. Trouve ma base et tu m'empêcheras de les emmener dans le monde des Ombres.

– Emmener *qui*... ?

– Tes amis. Retrouve-les une fois que je les aurai emmenés et vous serez tous libres. Sinon... je les garde, acheva-t-il en souriant.

Jenny ne comprenait pas mais la panique grandissait en elle. Elle n'était pas prête – elle ne connaissait même pas les règles du Jeu. Elle ne savait même pas à quoi ils jouaient !

– Julian...

Rapide comme un félin, vif comme un serpent, il l'embrassa. D'un baiser appuyé, qu'elle lui rendit sans même y réfléchir.

Quand ce fut fini, il la tint serrée contre lui pendant un instant. L'oreille collée contre son torse, elle entendait son cœur battre – *tel un cœur humain*, songea-t-elle l'esprit embrumé. Et puis il lui glissa à l'oreille :

– À présent, nous jouons aux agneaux et aux monstres.

Là-dessus, il s'éclipsa.

Tout d'un coup, elle se retrouva seule sur le balcon. Elle entendait de nouveau la musique. Peut-être n'avait-elle fait que rêver, mais elle sentait encore le baiser de Julian sur sa bouche.

Les ombres du balcon avaient disparu ; elle regarda autour d'elle avec anxiété. Il avait dit que le Jeu commençait immédiatement. Il n'était pas du genre à raconter n'importe quoi.

Néanmoins, elle ne distinguait rien d'anormal. Les gens continuaient de danser sur la piste. Elle agrippa la balustrade pour vérifier en bas. Des projecteurs éclairaient la plage. Et l'un d'eux capta le reflet cuivré.

Audrey ! C'était Audrey qui passait là, et le brun qui l'accompagnait devait être Eric. Ils se trouvaient à des mètres des autres promeneurs, marchant main dans la main sur le sable. Vers l'obscurité.

« Le Jeu commence maintenant... Je vais les attraper tous, l'un après l'autre, à commencer par le Petit Chaperon rouge. »

Rouge... comme les cheveux d'Audrey.

– Audrey ! *Audrey* ! cria Jenny.

Sa voix fut avalée par les flonflons de la musique et les rugissements de l'océan. De plus, aucun chemin ne reliait le balcon et la plage.

Eric et Audrey s'éloignaient de la lumière.

– *Audrey* !

Celle-ci ne l'entendit pas.

Audrey l'avait constaté depuis longtemps. C'était chaque fois la même chose pendant un bal. Par exemple, elle n'appréciait que moyennement la compagnie d'Eric, pourtant elle était en train de l'embrasser. Elle ne pouvait s'en empêcher – question d'ambiance sans doute. Toutes ces lumières... tous ces coins sombres. Les belles robes, les compliments, la musique. Encore mieux que du lèche-vitrines.

Et puis Eric embrassait très bien pour un Américain.

Pas aussi bien que Michael, toutefois. Michael Cohen entrait dans la catégorie champions du monde en la matière, ce qui ne se devinait certes pas à première vue. C'était l'un des secrets les mieux gardés du lycée de Vista Grande et Audrey comptait bien qu'il le reste.

Elle en éprouva un léger pincement de culpabilité. Pauvre Michael ! Bon, mais elle lui avait dit qu'Eric ne l'intéressait pas. Elle faisait ça pour aider Jenny. Celle-ci devait être en train de se débattre dans l'hôtel pour écarter comme elle le pouvait les attentions inopportunes de Brian. Il serait peut-être temps d'aller la retrouver.

– Eric, dit-elle en se détachant. On devrait rentrer.

Il commença par protester mais elle se détournait déjà. Elle n'avait pas vu qu'ils s'étaient à ce point éloignés des lumières de l'hôtel.

– Viens, soupira-t-elle.

Au bout de quelques pas, elle capta un mouvement sur sa gauche, du côté des falaises, une lueur furtive.

Sans doute un animal, un oiseau.

– Viens, Eric.

– Vas-y, si tu veux, bouda-t-il.

C'est ton problème. Elle partit à grandes enjambées malgré ses pieds qui s'enfonçaient dans le sable humide.

Les lumières semblaient encore à des kilomètres. L'océan étendait son immensité sur sa droite. Sur sa gauche, elle repéra une colline couverte de griffes de sorcière. Entre l'obscurité et la mer, elle se sentait toute petite et fragile. Impression désagréable.

D'un seul coup, elle se tourna vers cette obscurité. Maintenant, elle ne distinguait plus rien. Sans doute parce qu'il n'y avait rien à voir. C'est alors qu'elle perçut un cri derrière elle. Nouvelle volte-face mais, elle avait beau chercher, elle ne voyait décidément rien. Pourtant, il se passait quelque chose là-bas...

– Eric ? Eric !

Un autre cri puis, plus strident, un bruit terrible qui domina l'océan. Un grondement guttural, vibrant, bestial.

Tout près d'elle, le sable s'envola. On se battait par là.

– *Eric !* Eric, qu'est-ce qui se passe ?

Le remue-ménage cessa. Elle osa un pas en avant.

– Eric ?

Un scintillement arrivait dans sa direction. Pas Eric. Quelque chose de bleu et de brillant, comme une illusion d'optique qui se baladerait. Elle fronça les sourcils – et cette incertitude lui fut fatale. Le temps qu'elle distingue la lueur, celle-ci était sur elle.

Oh non ! Impossible. Dans le monde des Ombres, le loup ressemblait à un loup. Énorme, massif, mais un loup tout de même. Tandis que ça... c'était un fantôme. Comme une peinture lumineuse dans l'air, rien que quelques coups de pinceau, pas vraiment un squelette – pire. Un spectre. Une chimère de loup.

Au grognement tout ce qu'il y avait de réel.

Audrey s'enfuit. La chose la suivit. Elle l'entendait par-dessus les rugissements de l'océan, par-dessus ses propres sanglots. Ses jambes lui faisaient déjà mal mais le sable la retardait inexorablement. Elle avait l'impression de courir au ralenti.

Elle se rapprochait des lumières. Si seulement elle pouvait y arriver – mais c'était trop loin. Et voilà que le sol s'ouvrait devant elle. Un trou béant, noir aux rebords bleu électrique.

Elle tomba à genoux devant le fossé et le sable la retint. Jamais elle n'avait vu une chose pareille, ce puits noir au fond duquel semblait briller une flamme bleue.

Elle parvint cependant à se redresser et à courir vers la colline sur sa gauche. Si elle parvenait à l'escalader parmi les griffes de sorcière, peut-être pourrait-elle s'y cacher.

Mais le spectre était trop rapide ; il surgit sur sa gauche, lui barrant le chemin, l'obligeant à dévier de sa route. Il virait avec elle, la poussait vers le puits.

Audrey trébucha, perçut un grognement derrière elle, un souffle chaud dans sa nuque.

Trop épuisée pour pouvoir crier, elle parvint tout de même à se relever et à repartir. Exactement là où l'expédiait le spectre.

Elle s'en rendit compte trop tard. Le puits était devant elle, presque sous ses pieds. Cette fois, elle ne put s'arrêter à temps.

10

Dans sa chute, elle fut propulsée sur le côté, comme saisie à bras-le-corps. Elle atterrit le visage dans le sable. Pas au fond du puits, sur la plage.

Au-dessus d'elle régnait un véritable chaos. Sur elle. Comme une mêlée de rugby, grognements, halètements et un soudain glapissement. Le sable jaillit en geyser.

Et tout s'arrêta.

Audrey demeura un moment immobile puis roula sur le dos avant de se redresser pour regarder.

Tom était accroupi à côté d'elle, les cheveux en bataille, le visage griffé, le souffle court. Il tenait à la main un couteau suisse à la lame noircie. Le loup avait disparu. Ainsi que le puits.

– Il est mort, articula-t-elle d'un ton suraigu.

– Non, il est parti dans cette espèce de cratère et tout s'est rebouché.

– Ah... Tu sais, on devrait cesser de se voir comme ça.

Là-dessus, elle retomba sur le dos.

– *Audrey* ? Audrey, où es-tu ? *Audrey* !

Jamais elle n'avait entendu une voix à ce point habitée par la terreur, mais elle était en train de sombrer dans un nuage d'épuisement. Ce fut à peine si elle eut la force de lever une main.

– On est là ! cria Tom.

En quelques secondes, Jenny se retrouva à genoux devant elle.

– Audrey, qu'est-ce qui t'arrive ? Ça va ?

– Le loup, dit Tom. Elle va bien, c'est juste le choc.

– Et toi, tu vas bien ? Mais... tu saignes !

Froissements d'étreinte. En temps normal, Audrey les aurait laissés se retrouver en paix, mais là, elle prit la parole :

– Eric est resté là-bas. Je ne sais pas s'il va bien.

– Je vais voir.

Tom se détacha des bras de Jenny et s'éloigna. Audrey ne vit plus que la robe dorée briller dans la semi-obscurité.

– *Qu'est-ce qui s'est passé ?* lui demanda son amie.

– Il a voulu me faire tomber dans un puits. Un trou noir bordé de lumière bleue. Je ne sais pas pourquoi, mais il essayait de me jeter dedans.

– Oh, mon Dieu ! murmura Jenny. Audrey, c'est ma faute. Et si Eric est mort...

– Il n'est pas mort, annonça Tom qui revenait. Il respire et je ne lui ai trouvé aucune blessure. Il n'intéressait pas le loup. C'était juste Audrey.

Alors seulement, Jenny songea à lui demander :

– Qu'est-ce que tu fais ici ?

– Je n'aurais jamais cru qu'il se passerait quelque chose dans cet hôtel, dit-il en contemplant l'océan, mais j'ai préféré passer, au cas où. Quand j'ai vu Audrey descendre sur la plage, j'ai gardé un œil sur elle depuis la jetée.

– Oh, Tom !

– Heureusement que tu as pris cette initiative ! commenta Audrey en se redressant.

Elle présentait quelques bleus mais n'avait rien de cassé. En revanche, c'était une autre histoire pour sa tenue.

– Dommage que tu n'aies pas pu préserver ma robe aussi. Enfin, merci de m'avoir sauvé la vie !

– On ne peut pas prévenir la police pour Eric, dit Jenny. On n'a pas le temps et ils risqueraient de nous retarder. Mais on ne peut pas non plus le laisser là.

Tous ses muscles vibraient ; sa réaction était presque aussi violente que celle d'Audrey. Ce qui ne l'empêchait pas de ressentir, au fond d'elle-même, une détermination d'airain. Elle savait ce qu'il lui restait à faire.

– Pourquoi, pas le temps ? demanda Tom.

– Parce qu'on doit aller chercher les autres. Il faut qu'on se réunisse pour discuter.

Audrey, qui était en train de remettre de l'ordre dans ses cheveux et ses vêtements, lui jeta un coup d'œil inquisiteur.

– Je vous expliquerai plus tard, ajouta-t-elle, pour le moment, il faut juste me faire confiance.

Les yeux noisette de Tom s'étaient assombris mais il finit par hocher la tête.

– Laisse-moi cinq minutes pour me nettoyer, ensuite j'irai prévenir à la réception qu'il y a une personne évanouie sur la plage. Et puis on s'en ira.

En partant, il prit également un mot de Jenny à remettre à Brian, lui expliquant qu'elle devait s'en aller et qu'elle s'excusait.

S'adossant au mur, elle ferma les yeux. *Réfléchis*, se dit-elle. *Ne te laisse pas aller.*

– Audrey, il faut qu'on appelle toutes les deux nos parents pour leur dire… quelque chose… leur donner une raison expliquant pourquoi on ne passera pas la nuit à la maison. Et puis il va falloir nous trouver un endroit. Je me demande combien coûte une chambre d'hôtel.

Deux épingles à cheveux dans sa bouche, Audrey se contenta de lui jeter un regard entendu.

– On ne fait rien de dangereux, assura Jenny. Mais il faut qu'on discute. Et je crois qu'on ne sera en sécurité que tous ensemble.

Audrey ôta les épingles de sa bouche, s'humecta les lèvres.

– Et l'appartement de Michael ? Son père est parti pour la semaine.

– Mais tu es géniale ! Maintenant, trouve-nous quelque chose à dire aux parents, et ça ira.

Elles finirent par opter pour le double jeu le plus classique du monde : Jenny appela sa mère pour lui dire qu'elle dormirait chez Audrey et Audrey appela Gabrielle, la gouvernante, pour dire qu'elle passerait la nuit chez Jenny. Après quoi, elles téléphonèrent à Dee en lui demandant de les rejoindre à l'hôtel avec sa Jeep, tandis que Tom se rendait chez lui avec sa voiture pour y prendre Michael, avant de repartir chercher Zach pendant qu'un Michael encore à moitié endormi faisait entrer le groupe chez lui.

Il n'était pas loin d'une heure et demie du matin lorsqu'ils se retrouvèrent tous réunis.

– De la caféine, marmonna Michael. Vite !

– Ça freine la croissance, le prévint Dee. Et ça rend aveugle.

– Comment se fait-il, rouspéta Audrey, qu'il n'y ait dans ce réfrigérateur que de la mayonnaise et du Coca light ?

– Il doit y avoir aussi du fromage frais quelque part. Et des chips dans le placard. Si vous m'aimez, apportez-moi un Coca et dites-moi ce qui se passe. Je dormais, moi.

– Et moi, j'ai failli me faire tuer, dit Audrey qui le vit écarquiller les yeux. Tenez.

Elle distribua sodas et chips à tout le monde, à part Dee qui lui opposa un refus méprisant.

Michael et Audrey étaient avachis sur le canapé, lui dans un survêtement gris qui lui servait de pyjama, elle dans sa robe de soirée en loques. À côté d'elle, Dee se tenait toute droite, prête à en découdre, en leggin et pull sans manches kaki, ses longues jambes étendues devant elle.

Tom, sur la causeuse, était encore ébouriffé mais superbe dans son jean et son pull marine. Zach s'était assis par terre, dans une tenue vaguement orientale, pyjama ou jogging. Quant à Jenny, elle s'était posée sur un bras de la causeuse, toujours dans son éclatante robe dorée, totalement inappropriée en la circonstance. Elle n'avait pas pensé à se changer.

Elle voyait que Dee la contemplait d'un œil amusé mais ne put lui rendre son regard.

– Est-ce que quelqu'un pourrait m'expliquer ce qui se passe ? demanda Michael en croquant une chips.

– Audrey n'a qu'à commencer, dit Jenny en joignant les mains pour les empêcher de trembler.

Son amie raconta brièvement ce qui lui était arrivé.

– Ça rime à quoi cette histoire de puits ? demanda Michael quand elle eut fini. Pardon de te demander ça, mais je ne comprends pas pourquoi le loup ne s'est pas contenté de te tuer. Surtout si c'est lui qui a tué Gordie Wilson.

– Parce que c'est un jeu, souligna Jenny. Un nouveau jeu.

L'œil noir de Dee se plissa.

– Toi, tu as vu Julian ! lança-t-elle sans une hésitation.

Jenny acquiesça de la tête tout en serrant ses mains encore plus fort. Tom lui jeta un coup d'œil acerbe mais ne dit rien. Zach la dévisagea d'un air impénétrable, plus pâle que jamais dans sa tenue noire. Quant à Michael, il émit un sifflement.

– Raconte, dit Audrey très droite.

Et Jenny leur raconta. L'essentiel, sans entrer dans tous les détails, comme, par exemple, leur baiser.

– Il a dit qu'il me donnait une chance de me libérer de ma promesse, acheva-t-elle. Qu'il allait jouer le jeu avec nous et qu'on était tous de la partie. Pour finir, il a précisé que le nouveau Jeu était celui des agneaux et des monstres.

Audrey se rembrunit.

– Comme celui auquel on a vu jouer les gosses ?

– C'est quoi, les agneaux et les monstres ? demanda Michael. Jamais entendu parler.

– Ça ressemble au gendarme et au voleur, dit Jenny. Ça commence comme une partie de cache-cache... si tu es le monstre, tu comptes pendant que les agneaux se cachent. Et puis, quand tu en trouves un, tu le poursuis. Si tu l'attrapes, tu le ramènes à ta base où tu le gardes prisonnier jusqu'à ce que quelqu'un d'autre essaie de le libérer.

– Ou jusqu'à ce que tous les agneaux soient pris et se fassent manger, ajouta sombrement Audrey.

– Charmant, commenta Zach avant de se renfermer dans son mutisme.

– Si on doit y jouer, autant connaître les règles, remarqua Dee.

– On n'est peut-être pas obligés de jouer, dit Jenny.

Ils l'interrogèrent tous du regard et elle se sentit rougir. Elle n'avait pas cessé de réfléchir depuis qu'elle avait vu la fine silhouette d'Audrey s'évanouir dans l'obscurité de la plage et se retrouver dans un drôle d'état.

– Explique, la pria Dee.

Jenny s'entendit partir d'un drôle de petit rire.

– En fait, je pourrais peut-être tout arrêter dès maintenant.

Elle fut surprise par le volume des protestations.

– *Non !* cria Audrey. Céder à un mec... à n'importe quel mec ? Certainement pas. Jamais !

– Il faut nous battre, déclara Dee en frappant sa paume du poing. Tu le sais, Jenny.

– On va se battre, dit Tom farouchement.

– Hé, attendez ! intervint Michael.

Ce qui lui valut un coup de coude dans les côtes de la part d'Audrey.

– Je veux dire... t'as pas intérêt...

– C'est ça, renchérit Audrey. T'as pas intérêt. Et puis c'est moi qui me suis fait poursuivre, aujourd'hui, alors c'est moi qui ai le droit de le dire.

– On ne te laissera pas faire, assura Dee. C'est notre problème à nous aussi.

Submergée par la culpabilité, Jenny se sentit rougir encore plus fort. Ils ne comprenaient pas. Ils ne savaient pas qu'elle avait failli céder de son plein gré.

– C'est un démon, dit Tom. Tu ne vas pas baisser les bras et le laisser gagner à cause de nous. Tu ne *peux* pas, Jenny.

La voix sèche de Zach trancha au milieu de cette atmosphère passionnée :

– Je ne crois pas qu'il y ait grand-chose à dire contre ça. Mais, si j'ai bien compris, Jenny, tu as déjà accepté ce nouveau Jeu.

– C'est vrai, seulement je croyais, à ce moment-là, qu'il vous laisserait tranquilles. Que ce serait entre lui et moi.

– Et il a dit que le Jeu avait commencé. Ce qui signifie...

– ... qu'elle ne peut plus rien y changer, même si elle le voulait, coupa Audrey.

– C'est bien ce que je dis, conclut Dee avec son sourire carnassier ; on ferait mieux d'en vérifier toutes les règles.

Apparemment, ils étaient tous d'accord, même Tom. Comme aux meilleurs jours. Un pour tous, tous pour un.

– Alors, qu'est-ce qu'il faut faire pour gagner ? demanda Audrey.

– Éviter de se faire prendre, commença Zach.

Tout en plongeant la main dans son paquet de chips, Michael marmotta :

– Comment ? On ne va pas rester ici toute la vie.

– Ce n'est pas si simple, rétorqua Dee. Bon, il existe donc plusieurs sortes de Jeux. Le premier, c'était celui de la maison de papier, où il s'agissait de parcourir un certain trajet dans un temps donné – ou d'arriver avant tout le monde.

– Comme dans *Le jeu de l'échelle* ! s'exclama Michael ravi. Vous vous rappelez ? On jette son dé et on avance sur le plateau, parfois on trouve une échelle et on monte, comme dans la maison de papier. Et parfois on tombe dans un trou...

– ... ce qui nous est arrivé au premier étage, remarqua Dee.

– On jouait à ça quand on était petits, rappela Zach à Jenny. Seulement le nôtre s'appelait *Serpents et échelles*.

– Bon, tout ça pour dire qu'il y a beaucoup de jeux qui tournent autour du principe de la course, continua Dee en se mettant à faire les cent pas. Mais il existe aussi des jeux de piste... en fait, ce sont les plus anciens de tous. Comme cache-cache. Ça servait d'entraînement pour la traque d'animaux sauvages.

– Comment tu le sais ? demanda Michael méfiant.

– C'est Aba qui me l'a dit. Et quand on joue à chat, c'est comme si on capturait des animaux domestiques. Le nouveau Jeu de Julian consiste à chasser et à capturer des proies.

– Autrement dit, résuma sombrement Tom, il s'apprête à chasser et à capturer les animaux que nous sommes.

– Des trophées, dit Zach. Comme ceux de mon père.

– Non, pas comme ceux de ton père, rectifia Dee en s'arrêtant devant lui. Ceux de ton père sont morts. Là, ça ressemble plus à un jeu où on attrape chaque animal pour l'enfermer dans un grand puits en attendant le massacre.

Michael s'étrangla avec son Coca.

– C'est vrai, continua Dee. Il n'a pas dit qu'il allait nous tuer l'un après l'autre mais nous capturer... jusqu'à ce que ceux qui sont encore en liberté trouvent sa base.

– Donc, on doit inventer un truc pour ne pas tomber dans le panneau, acheva Michael en s'essuyant la bouche.

– C'est ça, le hic, reprit Dee en s'asseyant au bord de la fenêtre. Comment on fait ?

– On ne peut pas, dit Zach. C'est fichu d'avance.

Tom gardait les yeux dans le vague.

– Il pourrait y avoir une autre solution, commença-t-il.

Mais il s'arrêta là, secoua la tête. Jenny n'aima pas l'expression de son visage, ni la lueur verte dans ses yeux.

– Tom...

Cependant, Audrey avait pris la parole :

– Il ne t'a rien dit là-dessus, Jenny ? Sur sa base ?

– Non. Juste que c'était un endroit où il nous garderait avant de nous emmener vers le monde des Ombres.

– Ce qui veut dire que ça ne se trouve pas dans le monde des Ombres, conclut Dee.

– Encore heureux, marmonna Michael.

– Où que ce soit, reprit Audrey, on y va par un puits ? Génial ! Je passe mon tour.

– Justement, ces puits, dit Michael. Je pense qu'ils présentent un aspect intéressant.

– Ils sont aussi vides que ton cerveau, lâcha Audrey avec une virulence qu'elle n'avait plus montrée depuis des semaines à son égard.

Il lui décocha un regard meurtri.

– Non, ils me font penser à quelque chose. Un bouquin d'Ambrose Bierce qui doit se trouver quelque part par là.

De la tête, il désigna la bibliothèque qui occupait presque tout le salon. Le père de Michael écrivait des romans de science-fiction, si bien qu'il remplissait l'appartement des objets les plus hétéroclites. Modèles de vaisseaux spatiaux, posters d'obscurs films de SF, marques bizarres – mais surtout d'innombrables livres, alignés sur les étagères et entassés par piles à même le sol. Comme d'habitude, Michael ne put trouver celui qu'il cherchait.

– Enfin, bref. Ambrose Bierce a écrit une trilogie sur d'étranges disparitions et il raconte l'histoire d'un garçon de seize ans, Charles Ashmore. Un soir enneigé, il est sorti chercher de l'eau à la source et n'est jamais revenu. Au bout d'un moment, sa famille s'est lancée à sa recherche et a trouvé sa trace dans la neige – à mi-chemin de la source, elle s'arrêtait net. Personne ne l'a jamais revu, ajouta-t-il en baissant la voix.

– Super, dit Jenny, mais quel rapport avec nous ?

– En principe, c'est de la fiction. Mais dans une autre partie de l'ouvrage, il y a un médecin allemand, le Dr Hen, ou je ne sais plus quoi, qui émet une théorie sur les personnes qui disparaissent, disant que « dans le monde visible existent des endroits vides »... un peu comme des trous dans le gruyère.

– Et ce type est tombé dedans ? souffla Dee intriguée.

– Tombé... à moins qu'on ne l'y ait attiré. Comme je vous ai dit, en principe, c'est de la fiction. Mais si ces vides existaient ? Si Julian pouvait... disons, les contrôler ?

– Quelle sale idée ! se rengorgea Dee. J'adore.

– D'après toi, les gens qui disparaissent tombent dans le monde des Ombres ? demanda Audrey.

– Peut-être pas tous. Et peut-être pas toujours comme ça. Dans l'histoire, quand la mère de Charles Ashmore est retournée à l'endroit d'où il a disparu, le lendemain, elle a cru entendre sa voix. Jour après jour, cette voix a diminué jusqu'à totalement disparaître.

– Un lieu intermédiaire, murmura Jenny. Comme le magasin, entre le monde des Ombres et celui-ci.

– Comme la base de Julian ? conclut Dee. Un coin où nous garder avant de nous emmener dans le monde des Ombres.

– Et vous avez entendu parler des vortex à Stonehenge et à Sedona, en Arizona ? reprit Michael. Ça ressemblait à un tourbillon, Audrey ?

– C'était énorme et noir...

Elle lui donna le cadeau bonus trouvé dans son sachet de chips, une loupe en plastique bleu. Qu'il déposa à côté de son propre bonus, une minicarte de base-ball.

Jenny jouait machinalement avec le sien, encore dans son emballage, sans vraiment le voir.

– Ce n'est pas ça qui va nous aider à trouver la base, dit-elle. À moins de sauter dans un de ces trous... et je ne sais pas comment on en ressort.

– Celui qu'on a vu s'est complètement refermé, dit Tom. Une fois que le loup a bondi dedans, il a disparu. Je ne suis même pas certain de retrouver l'endroit exact.

– De toute façon, je parie qu'il les déplace, observa Michael.

C'est alors que Jenny poussa un petit cri. Elle venait d'ouvrir l'emballage de son cadeau.

– Qu'est-ce qu'il y a ? demanda Dee en sautant de son rebord.

– C'est une sorte de recueil de poésie.

Un tout petit livre, avec de grosses lettres imprimées sur un papier ordinaire. Une phrase par page. Et le poème paraissait des plus déplacés pour ce genre de bonus :

« Au mitan du mot qu'elle articulait,
Au mitan de ses rires et de sa joie,
Soudain elle s'était évaporée...
Car, voyez-vous, le snark était un boojum. »

Silence complet dans le salon.

– Ça pourrait être une coïncidence, dit Zach.

– Attends, intervint Michael, ce n'est pas ça... vous allez voir, j'ai le livre.

Il alla chercher dans sa chambre *Alice au pays des merveilles et autres œuvres.*

– Ça vient d'un poème sur les gens qui partent à la chasse d'animaux imaginaires, les snarks. Seulement, certains snarks sont des boojums, et eux, ils vous chassent. À la fin, l'un d'eux trouve un snark qui s'avère être un boojum. Mais, dans le poème, c'est « il », pas « elle ». « Au mitan du mot qu'*il* articulait... » Vous voyez ?

– Le fabricant de chips n'aurait pas commis une telle erreur, dit Tom avec un sourire de travers.

– Non, murmura Jenny. Ça vient de Julian. Mais est-ce que c'est au sujet de ce qui a failli se produire cette nuit... ou est-ce que ça doit se produire plus tard ?

Le silence devint pesant. Tom fronçait les sourcils. Avec son air de jaguar, Dee avait repris ses allées et venues. Les paupières plissées sur ses yeux gris, Zach restait tendu, concentré.

Michael avait reposé son livre.

– Vous croyez qu'il nous donnerait des indices pour nous mettre sur la piste ?

– Ce serait jouer franc jeu, dit Jenny. D'ailleurs, il m'en avait déjà donné un sur le balcon. Il a dit qu'il commencerait par le Petit Chaperon rouge.

Tous se regardèrent d'un air interrogateur. Soudain, Dee virevolta dans un gracieux coup de pied-coup de poing.

– Alors c'est qu'on a peut-être une chance !

Son enthousiasme se transmit aux autres comme des étincelles sur une mèche.

– Si on trouve les indices à l'avance... et si on se concentre sur la personne à protéger...

– On y arrivera ! s'écria Michael. J'ai toujours rêvé d'être Sherlock Holmes.

– Ça pourrait marcher, dit Tom l'œil vif.

Dee éclata d'un rire sonore.

– Je veux, que ça marchera ! On va le battre.

Gagnée par leur ardeur, Jenny se reprit à espérer. Et s'ils pouvaient anticiper les manœuvres de Julian ?

– Ce ne sera pas facile...

– Mais on y arrivera, dit Audrey, parce qu'il le faudra bien.

Sous ses longs cils brillait un regard complice. Elle ramassa les cannettes de Coca vides, les emporta.

– On pourrait commencer par ce qu'on a déjà, lâcha Zach en désignant le mini livre de Jenny.

– Sauf si cet indice est passé, dit Michael. Oui, si ça concernait Audrey... enfin, le Petit Chaperon rouge, cria-t-il vers la cuisine.

– Petit toi-même, lança Audrey qui avait recouvré sa bonne humeur. Tu es prié de m'appeler madame.

Et elle entonna une chanson de Paul Simon :

– « Je peux t'appeler Betty, et Betty, quand tu m'appelles, tu peux m'appeler... »

– Comment ? lança Michael comme elle n'achevait pas sa phrase. Comment je peux t'appeler ?

Comme Audrey ne répondait pas, Michael grommela :

– Les femmes !

– N'empêche qu'il est peut-être toujours valable, continuait Zach. Ces vers parlent d'« elle », ça pourrait être...

Jenny l'entendait à travers une purée de pois. Elle écoutait, écoutait et, soudain, ne pouvait plus respirer.

– Audrey ? appela-t-elle.

Les bruits de vaisselle avaient cessé dans la cuisine.

– Audrey ? Audrey ?

Les autres la regardaient, impressionnés par son ton affolé. Mais elle les voyait flous, n'entendait plus que le silence de la cuisine.

Elle se leva d'un bond, fonça encore plus vite que Dee.

Et ses cris emplirent l'appartement :

– Non ! Non ! Oh, mon Dieu, non !

11

La cuisine était vide. Un filet d'eau coulait du robinet et une odeur un peu forte frappait les narines. Sur le linoléum vert, traînait une poupée en papier.

Elle était un peu pliée pour prendre une posture assise, un bras ouvert pour lui donner un air faussement décontracté. Comme si Audrey disait : *Je suis là. Où étiez-vous passés ?*

C'était obscène.

Tom posa les mains sur les épaules de Jenny pour tâcher de la calmer, mais elle se dégagea et ramassa la figurine qu'Audrey avait utilisée durant le Jeu, dans la maison de papier. C'était elle qui en avait dessiné le visage et coloré les cheveux et les vêtements avec les pastels de Joey. Jenny ne l'avait plus revue depuis qu'elle l'avait rangée dans la boîte blanche avec le reste du Jeu. Elle s'avisait soudain qu'on ne l'avait pas trouvée dans la cabane à outils d'Angela. Ni celle-là, ni aucune des autres poupées.

La figurine considérait Jenny avec un sourire fourbe, un *U* rose vif. Comme si elle savait ce qui était arrivé à la véritable Audrey, et s'en réjouissait.

– Oh, mon Dieu… soufflait Jenny au bord des sanglots.

Sa main se crispa. Tout tournait autour d'elle.

– C'est pas vrai ! laissa tomber Michael en bousculant les autres. Où est-elle ?

Il attrapa Jenny par le bras :

– Où est-elle ?

– Lâche-la, intervint Tom.

– *Où est Audrey ?*

– Je t'ai dit de la lâcher !

– Hé, on se calme, tous les deux ! les invectiva Dee.

– Mais comment elle a pu sortir de la cuisine ? demanda Michael affolé. On était juste à côté, on n'a rien entendu. Il ne pouvait rien lui arriver. On était juste là.

Agenouillée sur le sol, Dee passait les doigts sur le linoléum.

– C'est plus sombre, là… vous voyez ? Tout le coin est plus sombre. Et ça sent le brûlé.

Jenny l'apercevait aussi, un cercle vert foncé de plus d'un mètre de diamètre.

Tom retenait toujours Michael mais il parla d'une voix calme :

– Tu n'as pas vu ça sur la plage, ce vide. Ça ne fait pas de bruit. C'est par là qu'elle est sortie de la cuisine.

– « Au mitan du mot qu'elle articulait /Au mitan de ses rires et de sa joie… », récita Zach.

Jenny se retourna brusquement pour voir en lui comme une sombre apparition ; avec son air grave et ses yeux cernés, il évoquait un prophète de malheur. Mais lorsque ses yeux gris rencontrèrent ceux de Jenny, il comprit qu'elle l'avait écouté. Il tenait toujours le poème à la main.

Les dernières brumes s'étaient effacées du cerveau de Jenny. Ce n'étaient pas des larmes et des cris qui allaient aider Audrey. Elle regarda la poupée chiffonnée dans sa main.

C'était sa faute. Audrey était tombée dans un trou noir à cause d'elle, comme Summer était morte auparavant. Seulement, Audrey, elle, n'était pas encore morte.

– Je vais la trouver, confia-t-elle doucement à la figurine. Et alors, je te déchirerai en mille morceaux. Je vais le gagner, ce Jeu !

Le sourire fourbe parut lui répondre, froid et malfaisant.

Michael reniflait en se frottant le nez. Dee examinait le sol telle une chasseresse.

– C'est comme les marques qu'un ovni aurait laissées, dit-elle. En atterrissant. Un cercle parfait.

– Ou un rond de sorcières, rétorqua Michael. Elle qui avait si peur de ce genre de chose... ces trucs de légendes.

Tom lui tapota le dos.

– Le Roi des aulnes, dit sombrement Jenny en le tirant par la manche. Mais on l'a ramenée la dernière fois, Michael. On la ramènera encore.

Dee se leva d'un bond gracieux.

– N'empêche qu'on ferait mieux de ne plus se séparer à partir de maintenant.

Zach s'était glissé derrière Jenny. Tous les cinq se retrouvaient ensemble, réunis au milieu de la cuisine, et elle se sentit revigorée.

– On peut dormir dans le salon, dit Michael. Par terre. On n'a qu'à pousser les meubles.

Ils prirent couvertures et matelas dans les chambres, trouvèrent des sacs de couchage dans un placard. Dans la salle de bains, Jenny ôta sa robe dorée pour enfiler un vieux survêtement de Michael. Elle fourra la rutilante tenue dans le panier à linge en espérant ne jamais la revoir.

Elle ne voulait pas rester seule. Même une minute.

Mais on n'a plus aucun indice, se dit-elle. *Il ne peut rien faire d'autre tant qu'on n'aura pas d'indice. Ce serait de la triche.*

– Ce ne serait pas sport, dit-elle à haute voix.

D'un seul coup, elle prit conscience que Julian pouvait fort bien l'avoir entendue ; qui savait s'il ne la voyait pas en ce moment ? Ne l'avait-il pas guettée dans l'ombre des années durant ? C'était gênant sans doute mais, en l'occurrence, elle espéra qu'il l'écoutait.

– Ce n'est plus du jeu si on n'a aucune chance, lança-t-elle au mur.

Revenue dans le salon, elle s'assit sur un matelas à côté de Tom. Il lui passa un bras sur l'épaule et elle s'appuya contre lui, heureuse de pouvoir compter sur sa chaleur et sur sa force.

Si elle pouvait tirer un mince réconfort de ces événements, c'était l'idée que Tom lui soit revenu. Blottie contre lui, elle ferma les yeux. Là, et nulle part ailleurs, elle pourrait oublier Julian – oublier ténèbres et dangers. La main ferme de Tom prit la sienne.

Alors elle le sentit se tendre, se crisper. Il lui tenait la main, la regardait.

Non, pas sa main, l'anneau.

La bague d'or qui lui avait paru de glace s'était réchauffée à la température de son corps. Voilà des heures qu'elle n'y faisait plus attention.

Horrifiée, elle retira sa main, essaya d'enlever la bague, en vain. Du savon, voilà ce qu'il lui fallait, ou du beurre, ou... Ça ne servirait à rien.

Inutile d'essayer, elle le savait d'avance. Cette bague ne se laisserait ôter que si Julian le voulait. Sinon, Jenny pourrait tout aussi bien changer les mots qui se trouvaient à l'intérieur... risque qu'il ne prendrait jamais. Il avait dit que c'était en les prononçant et en les écrivant qu'on les rendait vrais. Jamais il ne la laisserait les transformer et ainsi transformer son destin.

– On va gagner le Jeu, dit-elle face à l'expression butée de Tom. Et alors je serai libérée de ma promesse.

C'était presque un plaidoyer – mais le visage de Tom restait fermé.

– On ferait mieux de dormir, indiqua-t-il en s'enveloppant d'une couverture.

Et il lui tourna le dos. Jenny se sentit plus seule que jamais, le doigt brûlé par l'inscription de l'anneau.

Rien de plus effrayant que de s'éveiller sans savoir qui on est. Ce fut ce qui arriva ce dimanche matin à Jenny. Elle ouvrit les yeux sans plus comprendre où était quoi. Elle ignorait jusqu'à sa place dans le monde, dans le temps, dans l'espace.

Et puis cela lui revint. Le salon de Michael. Ils étaient là à cause de Julian.

Elle s'assit si brusquement qu'elle en eut le vertige, regarda les autres avec angoisse.

Ils étaient tous là. Michael roulé en boule sous sa couverture ; Dee paresseusement étalée sur le canapé, telle une lionne assoupie. Zach endormi sur le dos à même le sol, son catogan blond étalé sur son oreiller. À côté de lui, Tom avait la tête tournée vers Jenny, une main tendue dans sa direction. Comme s'il l'avait cherchée dans son sommeil.

Elle l'observa un long moment. Il semblait un autre, assoupi, très jeune, vulnérable. Parfois, elle l'aimait tant que c'en devenait physiquement douloureux.

Dee bâilla, s'étira, s'assit.

– Tout le monde est là ? demanda-t-elle aussitôt sur le qui-vive. Alors on secoue Michael, qu'il aille nous préparer un petit déjeuner. C'est nous, les invités.

En s'éveillant, Tom ramena sa main vers lui et évita le regard de Jenny.

– Tu crois qu'on pourra s'en tirer comme ça ? demanda Michael dubitatif.

– Il le faut, dit Jenny. Qu'est-ce que tu veux qu'on leur dise d'autre ? « Désolés, votre fille a été enlevée, mais ne vous inquiétez pas parce qu'on va vous la ramener » ?

– Ça ira tant qu'on n'aura affaire qu'à la gouvernante, commenta Dee. Je lui parlerai et, pendant ce temps-là, tu monteras dans sa chambre.

– Alors on doit passer chez toi ensuite, reprit Jenny. Pour que tu dises à tes parents que tu viens chez moi. Et puis que Zach va chez Tom, et Tom...

– N'empêche qu'on peut toujours se demander s'ils vont gober ça, dit Michael. Il ne s'agit pas d'une simple nuit, cette fois-ci. On pourrait en avoir pour des jours avant de trouver cette base.

– On va leur dire qu'on a un dossier à préparer pour la fin de l'année. Qu'il va nous falloir quelques soirées pour y travailler. À nous de le leur faire avaler.

Jenny et Zach partirent dans la voiture de Dee, Tom et Michael suivirent dans la Mazda. Tom ne lui avait pas adressé un mot de la matinée et Jenny s'efforçait de cacher sa main gauche chaque fois qu'elle le pouvait. Elle portait cette bague comme un signe d'infamie.

Bien sûr, le groupe avait décidé de ne plus se séparer. Personne ne devrait plus jamais s'isoler et, chaque fois que c'était possible, tous les cinq devaient se trouver ensemble. Les deux voitures se garèrent devant la maison d'Audrey, et Dee et Jenny frappèrent à la porte pendant que les garçons les surveillaient du trottoir.

– Bonjour, Gabrielle, lança Dee à la gouvernante. M. et Mme Myers sont-ils là ? Oooh, quel dommage ! Alors, pourriez-vous leur dire qu'avec Audrey, on va passer quelques nuits chez Jenny ?

Pendant ce temps, cette dernière se hâta de grimper l'escalier du manoir ; elle revint quelques minutes plus tard, les bras chargés de vêtements.

– Audrey m'a demandé de récupérer quelques fringues, expliqua-t-elle jovialement.

Après quoi, elle fit rapidement retraite en compagnie de Dee.

– Ouf ! souffla celle-ci dans la Jeep.

Jenny essuya une larme. Les habits d'Audrey avaient ravivé son sentiment de culpabilité. Mais il avait bien fallu aller les chercher. Audrey n'irait jamais passer la nuit dehors sans une valise de vêtements de rechange.

– On aurait dû aussi prendre sa voiture, observa Dee. Elle l'emmène partout.

– Plus tard, peut-être. J'ai pris ses clefs à tout hasard.

– Pas d'affolement, commenta Zach à l'arrière.

Tom en eut vite terminé avec ses parents ; avec Michael, ils ressortirent de la maison en portant chacun un sac d'habits.

– Et quelques cahiers, précisa Michael. Pour faire plus vrai.

Sa mère étant à l'église, Jenny lança le message à son père en train de nettoyer la piscine :

– Je vais passer quelques jours chez Dee, papa ! On prépare un important dossier de physiologie !

– Appelle-nous à l'occasion, pour nous faire savoir si tu es encore vivante, rétorqua-t-il sans lâcher son jet d'eau.

Elle lui jeta un regard effrayé avant de comprendre qu'il plaisantait. M. Thornton se plaignait souvent d'être le père d'une adolescente à la vie sociale effrénée. Elle le surprit beaucoup en venant l'embrasser.

– Promis, papa. Je t'aime.

Puis elle fila en courant.

Ce fut chez Zach qu'ils rencontrèrent des difficultés.

Tout ragaillardis par leur réussite, ils ne s'attendaient pas à l'accueil qui leur fut réservé en ouvrant la porte de la maison de style Tudor. Jenny se rendit au garage avec Zach tandis que les autres allaient discuter avec la tante Lily.

– C'est là que tu mets tes cahiers ?

– Mes albums photo. Et j'ai pensé qu'on pourrait prendre aussi une torche électrique.

Joignant le geste à la parole, il en décrocha une du mur.

Jenny examina le studio qu'il s'était installé dans le garage. Cela lui faisait forcément penser à Julian, lorsque celui-ci s'était fait passer pour son cousin dans la maison de papier. Troublée, elle examina une affiche au mur, représentant des tables de cafétéria empilées en pyramide, qui bloquait presque l'entrée de la salle. Zach l'avait prise l'année précédente après qu'avec Tom et Dee ils eurent passé la soirée à les entasser. Ils les avaient ensuite laissées telles quelles pour que le personnel les trouve en arrivant le lendemain.

Jenny tâcha de se concentrer sur le plaisir qu'ils en avaient alors éprouvé, son esprit ajoutant de la couleur aux tons gris de la photo, mais de drôles de sensations venaient de s'emparer d'elle. Si elle voyait toujours le visage de Zach dans son esprit, il se transformait lentement en Julian et c'était bien la douceur de sa chevelure argentée qu'elle sentait sous ses doigts.

– Ça va, Jenny ? Tu es toute rouge.

– Oui, oui, ça va.

Plus troublée que jamais, elle se hâta d'ajouter :

– Qu'est-ce que tu as réalisé, ces derniers temps ? Ça fait un moment que tu ne m'as plus montré de nouvelle affiche.

Son cousin haussa imperceptiblement les épaules et il détourna le regard.

– J'étais occupé ailleurs.

Elle cligna des yeux. Ça, c'était nouveau ! Zach trop occupé pour faire des photos ? Cependant, il fallait faire la conversation, elle avait trop peur de laisser s'installer le silence.

– Qu'est-ce que c'est ? demanda-t-elle devant un livre ouvert sur le bureau.

– Magritte.

– Magritte ? C'est un peintre, c'est ça ?

– Un surréaliste belge.

Brusquement, les traits tendus, il attrapa le livre.

– Tiens, regarde ça, dit-il en tournant une page. Je voulais faire quelque chose dans le même esprit. J'aimerais...

Il s'interrompit, la laissant découvrir une image des plus bizarres : une pipe marron, du genre de celles que fumait le père d'Audrey, avec, en dessous, la mention : « Ceci n'est pas une pipe. »

Jenny se sentit un peu bête, d'autant que Zach attendait sa réponse.

– Mais c'est une pipe, dit-elle timidement en tapotant sur le fourneau.

– Non, rétorqua Zach sans quitter le livre des yeux.

– Si.

– Non. C'est la représentation d'une pipe, pas une pipe.

Sur le coup, elle comprit – puis ça lui donna la migraine, un rien de fièvre. Mystique.

– Cette image n'est pas la réalité, continua Zach. Même si on a pris l'habitude de considérer les choses sous cet angle. Si tu montres à un gosse une photo de chien et lui dis : « C'est un chien », c'est faux ! C'est juste une image.

Il lui jeta un coup d'œil latéral en ajoutant :

– Une maison de papier n'est pas une maison.

– Sauf si tu as quelqu'un qui peut transformer une image en réalité, répliqua Jenny.

– Dans ce cas, c'est une sorte d'artiste, dit Zach en tournant une autre page. Tiens. Voilà une peinture célèbre.

Encore une composition des plus bizarres quoiqu'il faille un certain temps pour prendre conscience de son anomalie. Cela représentait une fenêtre dans une chambre ; à travers la vitre on apercevait un beau paysage, collines, arbres et nuages. Toutefois, sous la fenêtre apparaissaient trois objets de bois, comme des pieds de guéridon. Ou plutôt d'un chevalet, s'avisa-t-elle soudain. C'était en fait un chevalet surmonté d'une toile qui se trouvait devant la fenêtre, mais dont les dimensions épousaient si parfaitement les contours qu'il en cachait la vue. Ou pas.

Si bien qu'on se demandait : où était l'artiste et qui a pu peindre un tableau si conforme à la réalité ?

– C'est bizarre, dit Jenny. J'aime bien.

Elle sourit à Zach, avec l'impression qu'ils partageaient un secret. Elle vit son expression changer et il détourna les yeux.

– Il est important de connaître la différence entre image et réalité, dit-il doucement.

Nouveau regard en biais, comme s'il hésitait à lui confier un autre secret, comme s'il se demandait s'il pouvait lui faire confiance. Avant de lâcher d'un ton dégagé :

– Tu sais, j'ai toujours cru que les mondes imaginaires étaient plus sûrs que le réel. Jusqu'au jour où j'ai vu un vrai monde imaginaire. Et c'était...

Il se tut. Son expression frappa Jenny. Elle lui posa une main sur le bras.

– Je sais.

– Tu te souviens quand on jouait dans la cerisaie ? À l'époque, ce n'était pas très important de savoir la différence entre le réel et l'imaginaire. Alors qu'aujourd'hui c'est hyper important. Pour moi.

Oh ! D'un seul coup, elle comprit. Pas étonnant qu'il se soit montré si désagréable ces derniers temps. Sa photo, son art... Il n'en était plus trop sûr maintenant qu'ils avaient été contaminés par son expérience du monde des Ombres. Pour la première fois de sa vie, il devait faire face à la réalité.

– C'est pour ça que tu n'as pas pris de nouvelle photo ? demanda-t-elle. Tu... tu fais un blocage artistique ?

Il ne haussa qu'une seule épaule.

– Je n'ai rien vu qui me donne envie de le photographier. Avant je voyais tout le temps des choses qui m'inspiraient... mais là, je m'en fiche.

– Je suis désolée, Zach.

Mais contente que tu me l'aies dit. Elle se sentait maintenant très proche de son cousin.

– Peut-être que quand tout ça sera fini... ajouta-t-elle d'une voix incertaine.

Elle fut interrompue par un claquement de porte et la magie du moment s'évanouit. Le père de Zach se tenait devant l'entrée.

Il dit sèchement bonjour à Jenny puis se tourna vers Zach :

– Alors tu es là ! Comment se fait-il que tu nous aies faussé compagnie cette nuit ?

Jenny n'avait jamais trop su si elle aimait son oncle Bill. C'était un homme de haute taille aux larges mains poilues, au visage constamment rouge.

Zach garda un calme glacial.

– J'étais ailleurs. C'est un crime ?

– Oui, quand tu n'avertis ni ta mère ni moi.

– J'ai laissé un message.

M. Taylor s'empourpra davantage.

– Il s'agit bien de ça ! Je ne sais pas ce que tu as, ces temps-ci. Toi qui restais constamment coincé dans ce...

Il désigna le garage d'un geste.

– Et tout d'un coup, on ne te voit plus. Ta mère dit que tu comptes passer une nouvelle nuit dehors.

– J'ai un dossier à préparer...

– Tu peux très bien le préparer ici. On ne découche pas en semaine, sinon c'est que tu as une autre idée derrière la tête.

Sentant son cœur chavirer, Jenny ouvrit la bouche pour intervenir mais vit à l'expression de son oncle que cela ne risquerait que d'aggraver les choses. Il était aussi têtu que Zach, si ce n'était davantage.

Il partit en claquant la porte.

– Qu'est-ce que tu vas faire ? demanda Jenny.

– Rien.

Sans la regarder, son cousin ferma le livre d'un coup sec et le rangea sur l'étagère.

– Mais, Zach, on doit...

– Écoute, quand on le contredit, il se fiche en pétard et fait des histoires. Tu veux qu'il aille parler à tes parents ?

Il se retourna, l'air toujours aussi calme malgré le chagrin qu'elle crut lire dans ses yeux.

– N'en rajoute pas, Jenny. Peut-être qu'il me laissera venir demain.

– Mais cette nuit…

– Ça ira. Et toi… fais attention à toi, d'accord ?

Il recula lorsqu'elle tendit une main vers lui.

– Dis à tout le monde ce qui s'est passé. Je crois que je vais rester là, maintenant. Pour travailler un peu.

Elle n'insista pas.

– C'est bon, Zach, alors au revoir. Enfin… à plus.

Elle préféra sortir le plus vite possible.

– Et maintenant ? lança Dee en rentrant dans l'appartement.

Ils n'avaient plus envie de pavoiser.

– Maintenant, on commande des pizzas et on attend, dit Michael.

– Et on réfléchit, corrigea Jenny. Il faut découvrir où se trouve cette base.

Jenny ouvrit brusquement les yeux, certaine d'être victime d'une hallucination hypnopompique. *Je crois que je suis réveillée mais en fait je rêve encore.*

Julian était penché sur elle.

– Tom ! cria-t-elle.

Celui-ci dormait profondément à côté d'elle.

– Ne t'inquiète pas, ce n'est qu'un rêve. Viens dans la pièce voisine que nous puissions discuter un peu.

D'un geste pudique, elle remonta la couverture sur son menton.

– Tu es fou, souffla-t-elle avec un calme que seuls permettaient les rêves. Si je te suis là-bas, tu m'enlèveras.

Il eut un large sourire qui découvrit ses dents.

– Non, promis. Tu n'as pas oublié Perthro ?

La rune du jeu, du fair-play. Fallait-il en conclure qu'il tiendrait ses promesses ? Ou au moins celle-ci ?

D'un autre côté, sans doute voulait-il lui communiquer un nouvel indice qui les mènerait à sa base. Le groupe n'avait pas trop avancé, ces dernières heures. Et puis, elle ne devait pas oublier que ceci n'était qu'un rêve.

Elle se leva et le suivit dans la chambre de Michael où le radio-réveil indiquait quatre heures trente-trois.

– Où est Audrey ? demanda-t-elle de prime abord.

Dans le monde réel, elle aurait eu trop peur de lui pour oser dire une chose pareille.

– En sécurité.

– Mais où ?

– Je ne vais pas tout te révéler. Laisse-moi déjà te dire que tu es aussi belle en pyjama qu'en robe du soir.

Ce n'était pas un rêve. Elle se sentait beaucoup trop fébrile et troublée pour ça. Il ne portait plus son masque et, à la lumière de la lampe de chevet, elle voyait ses yeux. Cette fois, elle pouvait en déterminer la couleur. Un bleu éblouissant. Des filaments de lumière s'étirant dans le noir, plus vibrants que le bleu électrique. Une couleur qui ne faisait pas vraiment partie de l'éventail perceptible par l'œil humain.

Elle se détourna, tout en lui montrant sa main.

– Je voudrais que ça s'en aille. Jusqu'à la fin du Jeu. Reprends cette bague.

Il se contenta de lui caresser la paume avec le pouce.

– Ça énerve Tom ?

– Non... je ne sais pas. Je n'aime pas.

Elle essaya de récupérer sa main. Il avait les doigts plus froids que ceux de Tom mais aussi forts.

– Tu sais très bien que je te déteste, ajouta-t-elle brutalement.

Pourquoi ne le comprenait-il pas ?

– Tu fais tout ce que tu peux pour que je te déteste.

– C'est tout ce que tu ressens ? De la haine ?

Tremblante mais obstinée, elle hocha la tête.

Sans la brusquer, il l'attira vers lui. Elle se trompait, il n'était pas aussi fort que Tom, mais beaucoup plus. *Je me débats ou je crie ?* Il était si près d'elle, maintenant, qu'elle le sentait respirer, et cela lui donnait des palpitations dans la gorge.

En levant les yeux vers lui, elle découvrit l'expression de son visage et fut prise d'un nouveau vertige.

– Qu'est-ce que tu vas faire ?

– T'embrasser...

Ah bon, pas plus ?

– ... à t'en faire perdre conscience.

Les ombres parurent emplir les angles de la chambre et se refermer sur eux. Pourtant, elle conservait encore des forces quelque part dans son esprit. Elle parvint à le repousser.

– Tu es malfaisant ! Tu crois que je pourrais jamais aimer un être malfaisant ? À moins que je ne le sois moi aussi...

Elle commençait à se poser des questions sur ce point. Mais il éclata de rire.

– Le bien et le mal n'existent pas, il n'y a que le noir et le blanc ; mais chacun est ennuyeux dans son excès. Mieux vaut les mélanger pour obtenir des couleurs... tant de couleurs...

Elle se détourna, l'entendit prendre un des livres de Michael.

– Tiens, dit-il. As-tu lu celui-ci ?

C'était un poème, « De la condition humaine », d'Howard Nemerov. Jenny posa les yeux dessus sans bien saisir ce qu'elle lisait.

– C'est au sujet du monde et de la pensée, expliqua Julian. Le monde étant le monde, et la pensée... tout le reste. L'image. Opposée à la réalité.

Il sourit :

– Au fait, c'est un indice.

Elle avait les idées trop embrouillées pour réagir, incapable de se concentrer, fatiguée comme jamais, les paupières lourdes, le corps engourdi.

Julian l'entoura de ses bras pour la soutenir.

– Tu ferais mieux de te réveiller, maintenant.

– Tu veux dire, de m'endormir.

– Je veux dire de te réveiller. Si tu ne veux pas être en retard.

Elle sentit ses lèvres sur son front et s'aperçut qu'elle avait les yeux fermés.

Il fallait les ouvrir... ouvrir les yeux... Mais elle dérivait vers un lieu sombre, tiède et silencieux. Dérivait... flottait.

Peu après, elle s'obligea à soulever les paupières et vit qu'elle était allongée par terre dans le salon de Michael.

Finalement, elle avait bel et bien rêvé.

Pourtant, à côté d'elle, il y avait un livre ouvert, retourné. *Poésie contemporaine.* Elle le prit et vit le poème que Julian lui avait montré.

Maintenant qu'elle était réveillée, avec les idées claires, le poème lui parut beaucoup plus intelligible, sans doute captivant pour qui avait le temps de l'apprécier ; mais son regard s'était arrêté sur certains mots et son cœur se mit à palpiter.

« Un jour j'ai vu le monde et la pensée se rencontrer,
Mais seulement dans une peinture, de Magritte... »

Le poème traitait de l'image d'une image, par Magritte – celle que Zach avait montrée à Jenny. Celle d'une toile installée devant une fenêtre ouverte, dont elle reproduisait exactement la vue, encastrée dedans comme une pièce de puzzle, seule dans une pièce vide.

Magritte, songea-t-elle. *Oh non ! Une pièce vide.*

Lâchant le livre, elle secoua l'épaule de Tom.

– Tom ! Tom, lève-toi ! Dee ! Michael ! C'est Zach !

12

Zach dormait encore lorsqu'il sentit quelque chose ramper sur ses jambes. Du moins sommeillait-il, car il n'avait pas vraiment dormi depuis des jours. Ni rêvé. Ses pensées continuaient à rouler comme en plein jour alors qu'il restait étendu des heures entières dans le noir.

Il se demandait ce qui finissait par arriver quand on n'avait plus rêvé depuis longtemps. Des hallucinations, sans doute ?

Cette nuit, pourtant, il s'était assoupi jusqu'au moment où il sentit ce contact sur sa cheville. Subtile et caressante sensation. Un moment il en demeura paralysé, et il n'en fallut pas davantage pour que la sensation remonte jusqu'à son ventre, sur son torse. Et cela serrait comme une corde, lui coupant le souffle.

Il ouvrit brusquement les paupières et vit clairement la tête du serpent face à lui, les deux points lumineux à la place des yeux, la gueule béante, comme si sa mâchoire s'était décrochée. Comme s'il allait le manger. Et de cette gueule sortait un menaçant sifflement... Ssssssssss...

Incapable de bouger, Zach ne pouvait que contempler l'animal, jusqu'à ce que ses yeux lui fassent mal et que les deux points lumineux se confondent avec les étoiles qu'il avait dessinées au plafond à l'âge de huit ans – il les avait presque toutes effacées lorsque son père avait crié, mais on en voyait encore quelques-unes.

Et là, il n'entendit plus le sifflement. Seulement le *sssssssssss* de la clim. Il avait les bras et les jambes emmêlés dans le drap.

Il s'en débarrassa comme de la couverture, se leva, alluma. À présent, il savait ce qui se passait quand on ne rêvait pas des jours durant. Évidemment qu'il n'y avait pas de serpent dans son lit.

Maintenant, plutôt mourir que de se recoucher. Mieux valait regagner le garage. Même s'il ne pouvait pas travailler. Ça lui permettrait de se concentrer sur quelque chose.

Quand il arriva au garage, le serpent l'attendait.

Ce n'était pas un vrai serpent mais une conception surréaliste digne d'un peintre – des tourbillons d'obscurité qui ondulaient dans un mouvement reptilien. Une lueur bleu argenté reliait les anneaux entre eux, offrant une combinaison de serpent et d'éclair.

Cela venait vers lui avec la détermination aveugle d'une chenille de trois mètres.

Si je pouvais le coincer dans un angle... songea Zach l'esprit clair. Il se tourna vers son appareil toujours sur le trépied. Avec un peu de chance, il devrait pouvoir le prendre en photo.

Ce qui ne l'en rendait pas pour autant inconscient du danger qu'il courait. Mais cette idée finit par dominer toutes les autres.

C'était la première fois qu'il avait envie de faire une photo depuis le Jeu. D'un seul coup, son blocage avait disparu, sa créativité revenait. Il avait devant lui la plus réelle des irréalités. Sans doute était-ce risqué, mais aussi diablement beau. C'était de l'art.

Il lui fallait absolument cette photo.

Essaie le 35 mm pour commencer. Les yeux fixés sur ce merveilleux monstre, il saisit son appareil photo.

L'horloge de la Jeep indiquait cinq heures quarante-cinq. Une bonne heure plus tard que dans le rêve de Jenny.

– Vite ! On va arriver trop tard, geignait-elle.

Et c'était sa faute. Elle ne s'était pas réveillée à temps. Malgré les avertissements de Julian, elle ne s'était pas réveillée à temps.

– Vite, Dee ! Plus vite !

Les silhouettes des arbres se découpaient sur une aube flamboyante lorsqu'ils atteignirent la maison de Zach.

– On va direct au garage, proposa Tom en sautant de la Jeep. La dernière fois que j'y suis allé, la porte n'était pas bouclée.

Cette nuit, Zach n'aura pas commis cette erreur, songea Jenny ; mais ils n'avaient pas le temps de discuter. À la suite des autres, elle se rua vers la porte du garage. Qui s'ouvrit sans résistance.

La lumière était allumée. Une odeur forte régnait sur les lieux. Un cercle noir de suie marquait le sol.

Au centre gisait une poupée de papier aux yeux gris.

– Je m'y suis prise trop tard, gémit Jenny à l'adresse de la figurine de Zach qu'elle tenait dans la main.

Il la regardait, de son visage artistement dessiné. Les yeux semblaient vaguement surpris.

Dee frottait la suie entre ses doigts. Tom se tenait devant l'angle où étaient tombés l'appareil photo et le spot de Zach.

– On s'est battu, observa-t-il.

Michael s'humecta les lèvres en frissonnant.

– Ses parents n'ont rien dû entendre, énonça lentement Jenny. Sinon, ils seraient descendus. On ferait peut-être bien de leur laisser un message... de la part de Zach, disant qu'il est déjà parti au lycée.

– Tu es barge ! objecta Michael. On ne peut pas garder ça secret. Nos parents vont finir par se parler...

– À quoi ça servirait d'annoncer à mon oncle et à ma tante que Zach a disparu ? Qu'est-ce que tu veux qu'ils y fassent ?

– À part nous faire jeter en prison, je ne vois pas, commenta Dee. Trop de disparitions. Bon, assez bavardé, on se tire.

Jenny se faufila dans la maison pour y glisser le message avant de rejoindre ses amis.

– Je ne vois pas comment on pourrait aller au lycée, maintenant, dit Tom dans la voiture. Surtout si on ne veut pas se séparer.

– Alors on sèche, conclut Dee. Dommage...

De son siège passager, Michael lui jeta un regard soupçonneux.

– Ça ne te déplaît pas tant que ça, on dirait.

À quoi elle répondit d'un sourire effronté.

– Il faut qu'on trouve où est cette base, reprit Jenny à l'arrière.

Cette fois, elle était parvenue à se contrôler, à ne pas crier ni pleurer quand elle avait vu la poupée de Zach. Néanmoins l'obsédante sensation de culpabilité restait présente.

– C'est exactement ce que veut Julian, laissa tomber Dee.

Jenny leur avait parlé du rêve – en omettant le baiser – durant le trajet vers la maison de Zach.

– Il ne joue pas le jeu, ajouta Dee. On a eu le premier indice largement à temps mais c'était incompréhensible.

Le deuxième était hyper facile, mais on n'a pas eu le temps d'intervenir.

– J'aurais dû me réveiller plus tôt, répéta Jenny.

Assis à côté d'elle, Tom lui prit la main et elle vit son visage à la lumière du petit matin. Tom Locke avait bonne mine même aux premières heures du jour. Dès le réveil il était superbe.

Il laissa retomber la main sur ses genoux et elle comprit tout de suite : assis à sa gauche, il ne voyait que l'anneau d'or qui les séparait. Alors elle fit mine de s'intéresser au paysage, comme si elle s'en fichait.

– Tu sais que j'ai d'excellentes raisons pour ne pas vouloir aller au lycée aujourd'hui, dit-elle. D'abord, il faudrait retrouver Eric, le type avec qui était Audrey.

– Je pourrais appeler chez lui, dit Tom pour montrer qu'il lui parlait encore même s'il ne la touchait plus. Je le connais un peu.

Quelle courtoisie ! songea Jenny. *Pour ce que ça change...*

– On téléphonera, mais il faudrait d'abord trouver quelque chose à manger, proposa Michael.

– Non, je sais ce qu'on va faire ! s'écria Dee. On va voir Aba.

– *À cette heure-là ?*

– Tout le monde ne dort pas autant que toi, Mike. En plus, elle nous offrira un petit déjeuner.

Jenny se pencha vers l'avant, un rien soulagée.

– Tu as raison, on va voir Aba. Elle saura peut-être ce qu'on devrait faire.

Aba vivait à côté de sa fille. Leurs deux maisons se trouvaient sur le même terrain mais celle d'Aba se distinguait nettement de n'importe quel autre bâtiment. Dee et ses amis l'appelaient le pavillon des Arts.

Une aile entière était consacrée à ses œuvres, entourant son atelier de sculpture. La grande salle claire semblait s'élancer vers le ciel grâce à ses larges ouvertures asymétriques.

La vieille dame était déjà au travail, les mains pleines d'argile grise qu'elle étalait sur une armature de métal.

– Qu'est-ce que ce sera ? s'enquit Dee en entrant.

– Bonjour, répondit sa grand-mère.

Quand ils l'eurent tous saluée, elle ajouta :

– Un buste de Neetu Badhu, la manucure de ta mère. Elle possède un visage très intéressant. Elle doit arriver à sept heures.

– Alors on se dépêche. Tu permets qu'on utilise ton téléphone ? Et qu'on prenne un petit déjeuner ?

– Il y a des petits pains au caramel à la cuisine. Prenez-les et revenez me dire ce qui vous amène.

Tandis que les autres allaient se servir, Tom prit le téléphone.

– Eric va bien, annonça-t-il en raccrochant. Il n'ira pas au lycée aujourd'hui, mais son état n'a rien d'inquiétant. La police cherche des témoins, à commencer par Audrey, bien sûr.

– Ce qui veut dire, commença Michael la bouche pleine, qu'ils vont lancer un avis de recherche. Génial !

– T'inquiète, Mike, le rassura Dee. Comme tu seras sans doute le prochain sur la liste, tu n'auras pas à te taper la révélation de notre grande bouffonnerie.

– Dee, intervint Aba, aurais-tu menti ?

– Eh ouais ! Toute notre vie ces derniers temps n'a été qu'un tissu de mensonges.

Secouant la tête, Aba s'essuya les mains sur son tablier.

– Bon, dit-elle en s'adressant à tous. Maintenant vous allez me raconter ça.

Ce qu'ils firent. De leur témoignage au poste de police à ce qui était arrivé à Audrey puis à Zach, en passant par la recherche de la maison de papier et ce que Julian avait raconté à Jenny au sujet du nouveau Jeu.

Le beau visage grave de la vieille dame suivait chaque détail avec attention. Quand sept heures sonnèrent, elle renvoya la manucure, couvrit le buste d'un tissu humide et reprit son écoute. Le récit terminé, elle demeura un moment à réfléchir. Jenny s'attendait à des reproches pour avoir menti à leurs parents, peut-être même à une interdiction pour Dee de repartir avec le groupe à cause du danger. En même temps, et sans trop y croire, elle espérait l'entendre annoncer : « Voici la réponse » et résoudre leur problème.

Aba n'en fit rien, commençant juste par énoncer :

– Cette nuit, j'ai rêvé d'une légende haoussa que ma mère me racontait. Voilà bien longtemps que je n'y avais plus pensé. Je me demande si ce n'est pas pour vous que j'ai fait ce rêve.

– Pour nous ?

– Oui. Mon rôle est peut-être de vous la rapporter. Voilà, il était une fois deux jeunes amoureux. Un jour qu'ils étaient assis ensemble sur leur natte, surgit Iblis qui coupa la tête du garçon.

– Iblis ?

Ce nom rappelait quelque chose à Jenny.

– Le prince des ténèbres, dit gravement Aba, le prince des *aljunnu*...

– Les génies, précisa Dee.

– Oui, reprit sa grand-mère. Mais dans notre folklore, les *aljunnu* n'étaient pas de bons génies, plutôt des esprits puissants et malfaisants, sur lesquels régnait Iblis. Ma mère ne m'a jamais dit pourquoi il avait coupé la tête du garçon... mais comme ce prince n'aimait rien que faire le mal et se moquer des autres, il n'avait sans doute pas de raison particulière. Toujours est-il qu'il a tué ce garçon et que la fille n'avait plus que ses larmes pour pleurer. Peu après, les parents du garçon sont arrivés et, en voyant ce qui s'était produit, ils se sont mis à pleurer eux aussi.

« Alors Iblis est revenu. D'un geste de la main il a fait trembler la terre. Devant le cadavre du garçon apparurent une rivière de feu, une rivière d'eau et une rivière de cobras. Iblis se tourna vers la mère du garçon : "J'aimerais rendre la vie à ton fils. Tu n'as qu'à traverser les trois rivières pour le retrouver." »

– Ben voyons, grommela Michael.

Aba lui sourit et continua :

– Mais la mère du garçon eut peur. Elle se tourna vers son mari qui avait aussi peur qu'elle.

« La fille se leva : "Moi, j'irai !", dit-elle. Bien sûr, elle avait terriblement peur mais son amour pour le garçon était plus fort encore. Alors la fille plongea dans la rivière de feu. Le feu la brûla, bien sûr, c'était dans l'ordre des choses, disait ma mère... cependant, elle parvint à la traverser et sauta dans la rivière d'eau. Et l'eau la suffoqua, comme il se doit, mais elle se débattit jusqu'à tomber dans la rivière de serpents. Et les serpents la mordirent... »

– ... comme tout serpent qui se respecte, intervint Dee.

– ... mais la fille parvint à leur échapper et finit par rejoindre le garçon.

« Aussitôt qu'elle le toucha, la tête du garçon rejoignit ses épaules et il se redressa, sain et sauf. Iblis s'en alla en les maudissant, pour aller répandre le malheur ailleurs dans le monde. Je suppose que le garçon et la fille se marièrent, quoique je ne me rappelle pas exactement ce que ma mère me disait à ce sujet.

« Enfin voilà l'histoire que j'ai entendue dans mon enfance. Je ne sais pas quelle signification elle peut avoir pour vous... peut-être aucune. Mais vous la connaissez maintenant. »

– Ça doit signifier que l'amour est parfois plus fort que la peur, dit Jenny songeuse.

– Ou qu'on ne peut pas se fier à ses parents, ajouta Michael imperturbable.

Aba éclata de rire.

– Je préfère l'interprétation de Jenny. Mais, comme je l'ai dit, il ne faut pas forcément chercher de symbole dans cette légende. Ou peut-être juste sur la puissance toute relative du bien et du mal.

– Vous croyez au bien et au mal ? demanda Jenny troublée.

– Oh oui ! Très fort. Et je crois qu'il faut parfois combattre le mal, s'y impliquer personnellement. Se mouiller si on trouve que ça en vaut la peine.

– Vous savez ce qu'on dit sur les jeunes de notre âge, objecta Michael. Qu'on se fiche de savoir si on a raison ou pas. Qu'on se fiche même de l'avenir.

– Oui, renchérit Dee, en bons *baby-busters.*

– Mais non, on est trop jeunes pour ça. Nous, on est les bébés boostés.

– Sérieusement, intervint Jenny, on ne se fiche pas de tout. Surtout toi, Michael, justement. Tu fais semblant mais il y a des choses qui comptent beaucoup pour toi. C'est pour ça qu'Audrey...

Elle s'arrêta en le voyant détourner les yeux.

– On va la retrouver, ajouta-t-elle la gorge serrée.

– Je sais, dit-il en se frottant le nez.

– J'aimerais faire quelque chose pour vous, dit Aba, mais je suis une vieille femme. Pour moi, la lutte n'est plus à l'ordre du jour.

– Pas pour moi, assura Dee en montrant les muscles sur ses bras minces. Elle ne fait que commencer.

Aba sourit au souvenir de leurs prises de bec lorsque sa petite-fille affirmait préférer le kung-fu aux études et ne vouloir rien faire d'intellectuel comme sa mère, ni d'artistique comme sa grand-mère. Mais, en ce moment, Jenny la voyait plutôt fière de cette jeune guerrière.

– C'est notre combat à nous, dit-elle. Il ne laissera personne d'autre participer au Jeu. Il a bien parlé des joueurs initiaux.

– Je crois, dit Aba, que si quelqu'un peut retrouver vos amis, c'est bien vous, Jenny.

Elle la considérait d'un regard doux et triste qui rappelait un peu Albert Einstein. Ce fut là que Jenny la trouva décidément plus belle que Dee.

– Je vais essayer, dit-elle.

Comme la vieille dame se détournait, Jenny dut être la seule à l'entendre murmurer :

– Mais je me demande quel en sera le prix.

Avant leur départ, Aba les laissa opérer une rafle dans la cuisine. Ils prirent un gros pot de fromage blanc et des ailes de poulet ; des céréales, des petits gâteaux maison, du raisin et des pommes.

Sur le chemin du retour, ils s'arrêtèrent devant chez Audrey pour récupérer sa voiture.

Le salon de Michael commençait à prendre des airs de lendemain de fête avec ses meubles repoussés contre les murs, ses matelas et sacs de couchage, le tout jonché de cannettes de Coca vides, de livres et d'assiettes sales.

– Bon, commença Dee en sortant de la cuisine avec Michael. Si on s'occupait de cette base ?

Elle s'assit sur un tabouret avec un bol de fromage blanc et une pomme râpée.

– On manque d'informations, annonça Jenny. Il ne m'en a pas dit assez.

Chaque fois qu'elle disait « il », Tom se braquait. Elle n'y pouvait rien, pas plus qu'elle ne pouvait ôter l'anneau qui brillait à son doigt. Il captait le moindre rayon de soleil qui passait par la fenêtre de Michael et elle aurait pu jurer qu'elle en sentait l'inscription se graver dans sa chair.

– J'ai réfléchi aux bâtiments abandonnés des environs, à tous les endroits où il aurait pu se réfugier. Mais je n'ai rien trouvé.

– Dans les mystères, énonça Michael, les choses se cachent aux endroits les plus inattendus… ou les plus évidents, parce qu'on se dit que ce serait trop facile. À mon avis, ça ne peut pas être la maison de papier.

– Dans l'état où elle est, elle ne pourrait rien contenir. Et puis, je ne vois pas comment on arriverait à y pénétrer de nous-mêmes. C'est Julian qui nous y a fait entrer la dernière fois.

D'ailleurs, elle était certaine qu'il ne tiendrait jamais sa base dans ce détritus. De même qu'elle pouvait affirmer une chose : Julian ne trouverait pas le Jeu amusant s'ils n'avaient aucune chance de localiser la base. Il l'avait forcément installée dans un lieu où ils pouvaient se rendre… s'ils se montraient assez malins pour comprendre où chercher.

– Je suppose que le magasin Encore des jeux, ce serait trop facile, murmura Michael.

– Trop facile et inaccessible. Ce n'est plus qu'un mur, aujourd'hui. Non, Julian l'a installée dans un endroit *intelligent.*

– Qu'est-ce qu'il y a, Tom ? interrogea Dee. Tu as une idée ?

Celui-ci arborait sa physionomie la plus courante ces derniers temps – détachée. Soudain pigmentée de désarroi. Il se leva, se rendit à la cuisine, les mains dans les poches.

– Si tu crois savoir quelque chose... souffla Dee.

– Non. Rien.

Il revint s'asseoir peu après.

– Bon, on recommence au début, dit Michael.

Ce qui ne servit à rien. Toute la matinée et une partie de l'après-midi, ils échangèrent des idées et des points de vue, jusqu'à ce qu'une voisine sonne, demandant que Michael déplace la voiture d'Audrey garée sur sa place de parking.

Dee descendit avec lui. Tom faisait les cent pas dans le salon tandis que Jenny, de son canapé, regardait par la fenêtre. Ils étaient coincés, à peu près au même point que deux jours auparavant.

Fatiguée, elle ne put s'empêcher de fermer les yeux, apercevant encore les rayons dorés du soleil à travers ses paupières. Subitement, ce fut l'obscurité.

Elle les rouvrit d'un coup. Par cette magnifique journée sans nuages, elle voyait soudain une brume assombrir la fenêtre, au point d'en boucher la vue. Le cœur battant, elle retint sa respiration et se pencha.

Ce n'était pas de la brume... ce qui en soi aurait semblé surprenant. Mais c'était encore plus étrange : de la glace.

En Pennsylvanie, quand elle était petite, on voyait parfois cela l'hiver et elle aimait alors dessiner sur le givre.

Une trace apparut sur la fenêtre, comme marquée par un doigt invisible. Une lettre.

L.

Le souffle court, Jenny voulut appeler Tom mais aucun son ne sortit de sa bouche.

A.P.E.T.I.T.E.

La petite. Les lettres apparaissaient lentement comme si quelqu'un écrivait à même le givre.

M.I.S.S.M.U.F.F.E.T.A.S.S.I.S.E.

Jenny ne pouvait détacher ses yeux de la vitre. C'était tellement étrange d'assister en plein jour à une scène qui n'existait pas.

S.U.R.U.N.T.A.B.O.U.R.E.T.M.A.N.G.E.A.I.T.S.O.N.

C'est moi, songea Jenny saisie par une certitude irrationnelle. *Cette fois, c'est moi qu'il vise. Je suis Miss Muffet.*

L.AI.T.C.A.I.L.L.É.Q.U.A.N.D.V.I.N.T.U.N.E...

Toujours incapable de bouger, elle leva les yeux. Une araignée. Elle avait peur des araignées et de tous les insectes en général. Elle s'attendait à voir un fil descendre du plafond, mais non.

A.R.A.I.G.N.É.E.Q.U.I.S.A.S.S.I.T.À.C.Ô.T.É...

L'araignée. *Spider. La voiture d'Audrey.*

– Tom, murmura-t-elle.

D'un seul coup, elle bondit, détachant son regard des lettres qui continuaient d'apparaître.

– Tom, viens voir. *Tom !*

Comme elle courait, elle faillit trébucher sur le tabouret où Dee s'était assise pour y manger son fromage blanc. Lait caillé...

13

– La vieille bique ! marmonna Michael sur le siège passager de la Spider. Elle ne se sert jamais de cette place mais pas question de laisser quelqu'un d'autre s'y mettre. Maintenant, il va falloir descendre jusqu'au garage, contourner les poubelles...

– Je ne savais même pas qu'il y avait un garage dans cette résidence.

– On ne l'utilise jamais. Les auvents, c'est beaucoup mieux.

Sur les indications de Michael, Dee suivit la rampe menant au sous-sol.

– En fait, reprit-elle, il vaut peut-être mieux laisser la voiture d'Audrey en bas. Ainsi que toutes les autres voitures d'ailleurs... si quelqu'un les remarque devant chez toi, c'est le meilleur moyen d'indiquer qu'on est là. On aurait dû y penser avant.

– Peut-être, dit Michael sans enthousiasme. Je ne sais pas... quand j'étais petit, je détestais cet endroit. Je croyais qu'un dragon s'y cachait.

– C'est juste un garage, Mike.

Néanmoins, elle comprenait cette réaction. Il y avait quelque chose de déplaisant dans ces locaux miteux, mal éclairés. Pas étonnant qu'un gamin aille s'inventer des histoires de dragon dans son antre.

D'autant qu'il y faisait noir comme en pleine nuit aux endroits où les lumières ne fonctionnaient plus. Pire : les autres se mirent à papilloter puis s'éteignirent.

Cette fois, on avait l'impression d'être dans le tunnel d'un train fantôme. Cette panne était trop soudaine pour ne pas paraître suspecte. Dee ne distingua plus rien du tout. Mais elle entendit le grognement à l'arrière de la voiture.

Un son animal, épais, menaçant – énorme. Il ne pouvait que provenir d'une bête monstrueuse, qui se déplaçait lentement. Tout cela tenait de l'hallucination.

– *Qu'est-ce que...*

Michael avait ôté sa ceinture pour mieux se tourner et Dee ne vit plus alors que le blanc de ses yeux. À son tour, elle jeta un regard par-dessus son épaule et eut un aperçu de ce qui se passait derrière elle.

Des yeux pâles et des crocs éclatants. La vision de Dee s'adaptait. Elle distingua une masse gigantesque en train de se matérialiser dans ce lieu minuscule, tel un génie sortant de sa bouteille.

Pas encore complètement sorti, se dit-elle.

Pas le temps de réfléchir à une autre solution.

– Sors de là ! cria-t-elle.

Paralysé, Michael restait accroché à son siège en haletant. Dee se pencha devant lui pour saisir la poignée de la portière qu'elle ouvrit d'une poussée avant de le jeter d'un coup d'épaule dehors tout en freinant.

Michael roula sur lui-même et Dee sentit passer un courant d'air chaud et humide sur sa joue. Une odeur de fauve emplit l'habitacle. Le grognement résonna juste dans son oreille.

On se bouge !

Elle écrasa l'accélérateur. Le grognement s'éloigna et elle entendit les griffes accrocher le dos de son siège. D'un même mouvement, elle ouvrit sa portière et plongea dehors.

On appelait ça *to-jin-ho*, l'art de la chute sur une surface dure. Dee roula sur elle-même et se retrouva sur ses pieds à l'instant où la Spider s'écrasait contre le mur du garage.

Elle ne put s'empêcher d'éprouver une sorte de joie mauvaise. Pour un crash, c'était un crash. Et puis elle vit un mouvement sur l'épave, une masse qui sortait de la voiture, dans un grognement plus que jamais primitif.

Dee prit ses jambes à son cou.

Elle aperçut la lumière de l'escalier devant elle. Si elle pouvait l'atteindre...

Ses baskets rebondissaient sur le béton. Et Dee Eliade souriait, contente de vivre des moments d'une telle intensité qu'ils lui donnaient l'impression de voler.

– Allez, sac à puces ! cria-t-elle. Essaie de me rattraper !

C'était bien la première fois qu'elle luttait contre un être à quatre pattes mais cela valait la peine d'essayer. Elle allait voir comment un loup réagissait à un coup de pied circulaire.

Arrivée au pied de l'escalier, elle virevolta en riant de toutes ses dents. Le sang chantait dans ses veines, chacune de ses respirations était un délice, ses muscles vibraient d'énergie. Elle se sentait sûre d'elle, dynamique et prête à tout.

C'est alors qu'elle entendit une porte s'ouvrir derrière elle... et un sifflement sauvage, interminable.

Michael se redressait lorsque Jenny et Tom apparurent au pied de la rampe, essayant de distinguer quelque chose dans l'obscurité du garage. Il se tenait la cheville.

– *Dee ?* souffla Jenny.

Les échos d'un fracas métallique se répercutaient encore à travers son esprit.

Michael désigna le sous-sol. Alors elle aperçut la carcasse écrasée contre le mur. La Spider.

Ce fut là que l'éclairage revint et elle distingua des couleurs. L'avant de la voiture était complètement enfoncé. Pas trace de Dee.

– Vite ! lança Tom en courant. L'escalier !

Mais la porte venait de se refermer. Jenny l'entendit claquer et sentit son cœur se soulever. Tom y arriva le premier, saisit la poignée des deux mains. Le panneau s'ouvrit brutalement pour aller claquer contre le mur. Un seul néon courait au plafond, éclairant toute la cage ; Jenny crut entendre ses propres battements de cœur se répercuter contre les murs. Mais rien ne bougeait que des ombres.

La poupée de Dee traînait au sol, au milieu d'un cercle brûlé sur le béton.

– Il va tous nous avoir.

Jenny serra le bandage autour de la cheville de Michael.

– Si Dee n'a pas pu leur échapper, on n'a aucune chance.

Il avait encore du mal à respirer et gardait les yeux ronds, tout blancs autour des iris sombres.

– Tu as dit qu'avec Tom vous êtes arrivés aussitôt que vous avez reçu l'indice. Ça veut dire qu'on n'a pas le temps d'agir. Jamais on ne trouvera cette base.

Jenny referma la trousse à pharmacie. La poupée de papier traînait à côté sur la table basse, sur le dos, ce qui ne ressemblait pas à Dee. Le regard crayonné de noir paraissait contempler le plafond d'un air malin.

Ils avaient poussé la voiture d'Audrey au fin fond du garage en espérant que personne n'irait l'y chercher. Encore avaient-ils eu de la chance que personne ne soit venu vérifier à quoi correspondait ce bruit infernal – mais qu'est-ce que cela changerait ? Rien n'avait plus d'importance maintenant.

– Je parle tout seul, ou quoi ? Personne ne va me répondre ?

Jenny jeta un regard vers Michael puis vers Tom qui allait et venait sans s'occuper d'eux, revint vers Michael qui se laissa retomber sur le canapé.

– Que veux-tu qu'on te dise ? demanda-t-elle.

La soirée s'écoula dans un quasi-silence, Tom faisant les cent pas, Jenny et Michael contemplant un téléviseur éteint.

Les événements allaient forcément se précipiter sous peu. Jenny avait appelé la tante Lily pour lui annoncer que Zach passait la nuit chez Tom. Ensuite, ce fut au tour de la mère de Dee qui apprit que celle-ci resterait chez Jenny. Au grand mécontentement des deux femmes qui ne tarderaient sans doute pas à téléphoner chez les parents de Tom ou de Jenny, ouvrant dès lors les vannes des représailles.

Michael avait raison, ils ne trouveraient jamais cette base – pas avec les informations dont ils disposaient. Il leur en fallait davantage.

Elle fut presque contente de retrouver, cette nuit-là, Julian dans ses rêves.

Il lui avait fallu un bon moment pour s'endormir devant le canapé vide qu'aurait dû occuper Dee. Sa dernière pensée cohérente fut qu'elle ne trouverait jamais le sommeil – qui avait dû arriver là-dessus. Quand elle ouvrit les yeux, elle sut que c'était juste un rêve.

Elle se tenait dans une pièce blanche, face à Julian, devant une table où il avait installé un étrange modèle réduit de ville avec ses maisons, ses arbres, ses rues et ses lampadaires. Très détaillé, jusque dans les moindres feuilles des minuscules buissons ou dans les styles de fenêtres variant d'une maison à l'autre.

À vrai dire, c'était Vista Grande. *Mon quartier, ma maison.*

Julian tenait un loup miniature qu'il s'apprêtait à y déposer. Quand il eut terminé, il releva la tête en souriant.

Jenny ne lui rendit pas son sourire. Même si elle était en train de rêver, elle avait les idées claires et une, plus précisément, derrière la tête. Tâcher de lui soutirer le maximum d'informations.

– C'est comme ça que tu leur indiques ce qu'il faut faire ? Au loup et au serpent ?

– Peut-être. Qu'est-ce qui est noir à l'intérieur et blanc et chaud à l'extérieur ?

Elle en resta coite mais lui décocha un regard digne d'Audrey quand elle voulait rabaisser Michael.

– Quoi ? dit-elle sèchement.

– Un loup dans une peau d'agneau.

– C'est comme ça que tu te vois ?

– Moi ? Non. Je suis un loup dans une peau de loup.

Une lueur traversa son regard saphir.

Je me demande comment j'ai pu le prendre une seconde pour un humain, se dit-elle. Julian provenait d'une race plus ancienne et plus farouche, qui fascinait les hommes depuis la nuit des temps.

Ne pas me laisser distraire... Ne pas oublier ce que je vise.

– Alors, que penses-tu de ce nouveau Jeu ?

– Nul. Pas fair-play du tout. Ce n'est pas du jeu si on n'a aucune chance de trouver ta base.

– Parce que tu considères que tu n'en as pas ?

– Il nous manque trop d'informations.

Rejetant la tête en arrière, il éclata de rire, ses dents brillant comme du jade blanc.

– Tu veux un indice ?

– Oui, et tu me le donnerais si seulement tu jouais franc jeu. Mais ça, tu ne sais pas faire.

Il fit claquer sa langue.

– Tu me prends vraiment pour un ogre ? Je ne suis pourtant pas méchant. Si je voulais, je pourrais manipuler le Jeu pour être sûr de gagner. Par exemple…

Il reprit le loup pour le tenir au-dessus d'une autre rue. Jenny reconnut la façade grise et la petite tête de pissenlit du gamin qui courait devant.

– Cam ! Ah non, tu as dit…

– J'ai dit que je ne voulais y voir que les participants initiaux… et je m'y tiendrai. C'est juste pour te montrer ce que je *pourrais* faire. Tu vois bien que je ne suis pas si méchant.

– Gordie Wilson n'était pas un joueur.

– Il a fourré son nez dans ce qui ne le regardait pas.

– Et PC et Slug, alors ?

Il eut un sourire glacial.

– Oh, ils jouaient eux aussi. De leur côté… et ils ont perdu.

Maintenant je sais, songea-t-elle. *Je suppose que je vais devoir prévenir Angela… si je ne disparais pas avant.*

Alors qu'elle contemplait la petite figurine de Cam, une autre idée lui vint à l'esprit. Elle releva la tête.

– C'est toi qui as soufflé à ces enfants le jeu des agneaux et des monstres ? Toute cette violence, c'est toi qui la leur as inspirée ?

– Moi ? s'esclaffa-t-il encore. Oh, Jenny… ils n'ont pas besoin de moi ! Les enfants sont naturellement violents. Tu ne t'en es jamais aperçue ?

Certes, mais elle préféra ne pas répondre et se détourna.

– La guerre, la chasse, la traque... c'est la vie, Jenny, personne ne peut y échapper. Et pourquoi, d'ailleurs ? Quoi de plus excitant qu'une bonne chasse ? Ça échauffe les sangs. Ça vous donne des frissons partout...

Le sentant s'approcher, elle s'écarta. C'était son sang à elle qui s'échauffait. Cette voix grisante, étrange et envoûtante comme la mélodie qu'elle avait entendue sur le balcon de l'hôtel du bal, la fit frémir.

Discret comme un chat, il la suivit. *Je ne vais pas me retourner.*

– L'amour et la mort sont l'essence de toute existence, Jenny. Le danger constitue le plus bel aspect du jeu. Je croyais que tu le savais.

Quelque part, elle le savait, cette part farouche qu'il avait transformée en elle, celle qui, comprit-elle soudain, appartiendrait toujours à Julian.

– Et moi qui croyais que tu allais me donner un indice, dit-elle.

– Bien sûr, si tu veux... mais rien n'est gratuit.

Sans se retourner, elle hocha la tête. Elle s'y attendait.

– L'indice d'abord.

– Tu peux trouver tes amis derrière une porte.

– Quelle porte ? Je l'ai déjà vue ?

– Oui.

– Je l'ai déjà franchie ?

– Oui... et non.

Furieuse, elle fit volte-face.

– C'est quoi, cette réponse ?

Quand elle était en colère, elle trouvait le cran de l'affronter.

– Ça se voit noir sur blanc, pourvu que tu considères la chose sous le bon angle. Maintenant... ça va te coûter...

Il s'approcha, pencha la tête et elle dut faire appel à toute sa volonté pour rester impassible et ne pas réagir dans ses bras. Finalement, elle parvint à se dégager.

– Oh, Jenny ! Cessons ce Jeu. Tu peux récupérer tes amis... tu aimerais bien revoir Dee, n'est-ce pas ?

Elle sentait encore des décharges partout où il l'avait touchée.

– Je la reverrai, hoqueta-t-elle. Dee et tous les autres... à ma façon.

– Comme toujours, j'admire ton assurance. Mais tu ne peux pas gagner. Tu n'as aucune chance contre moi, Jenny. Je suis le maître du Jeu.

– Une porte que j'ai franchie sans la franchir... Une porte qu'il faut considérer sous le bon angle.

– Une porte dans le noir, sourit-il. Mais tu ne la trouveras pas tant que je ne t'y aurai pas menée.

C'est ce qu'on verra, songea-t-elle. Tout redevenait flou autour d'elle, les ombres grandissaient. Le rêve s'effaçait.

– Tiens, dit Julian. Pour que tu ne m'oublies pas.

Il lui posa une rose d'argent dans la main.

Jenny la reconnut. C'était celle qu'il lui avait offerte dans la grotte du Roi des aulnes, une fleur à peine éclose, reproduction admirablement ciselée, aux doux pétales caressants sur la paume.

Elle crut discerner un papier blanc autour de la tige. *Là, je vais me réveiller*, se dit-elle.

Effectivement. Et la rose d'argent reposait sur son oreiller ; elle faillit l'envoyer promener en s'asseyant pour vérifier que ses deux amis étaient toujours là sous leurs couvertures. Deux têtes brunes qui dépassaient. Elle secoua l'épaule la plus proche.

– Michael, Tom, réveillez-vous ! J'ai un nouvel indice.

Mais quand elle ouvrit le morceau de papier accroché à la tige, elle n'en fut plus aussi sûre.

– C'est du français, dit Michael. Aucun de nous ne le parle. C'est pas juste.

– La vie n'est pas juste, rétorqua Jenny en essayant de déchiffrer les mots.

« Il ne faut point puiser aux ruisseaux, quand on peut puiser à la source. »

– Si seulement Audrey était là ! soupira-t-elle.

– Papa doit avoir un dictionnaire anglais-français quelque part, dit Michael. Je vais chercher.

Tom n'essaya même pas de se mêler à la conversation. Quand il aperçut la rose d'argent, il se détourna, les yeux fixés sur ses propres mains.

Jenny voulut lui parler mais s'en abstint. À quoi bon ?

L'anneau lui gelait les doigts et lui pesait comme du plomb.

– C'est moi que cet indice concerne, dit Michael. Je le sais, parce que c'est du français, qu'Audrey s'intéresse au français et que je m'intéresse à Audrey. C'est à mon tour.

– N'importe quoi ! protesta Jenny. On ne peut pas savoir qui est visé... mais si on reste toujours ensemble...

– Michael et Dee étaient ensemble, hier, fit remarquer Tom. Pour ce que ça a changé...

– Il va tous nous avoir, l'un après l'autre, reprit Michael. Et c'est à mon tour.

Il faisait sombre et lourd dans cet appartement ; dehors, le ciel était gris, nuageux, menaçant. Jenny se sentait prise comme un rat.

En se frottant les yeux, elle essaya de se concentrer sur la base au lieu de cette phrase en français. Elle avait rapporté à Tom et à Michael ce que Julian avait dit au sujet de la porte, mais ni l'un ni l'autre ne purent en tirer de conclusion. Tom n'arrêtait pas de faire les cent pas, comme un lion en cage, quant à Michael, il gardait les yeux dans le vide, l'air absent. Et Jenny avait sommeil.

Le sang lui battait les tempes, ses yeux la brûlaient. Elle n'avait pour ainsi dire pas dormi de la nuit. Peut-être réfléchirait-elle mieux en fermant les paupières, ne serait-ce que quelques minutes...

Un fracas la réveilla en sursaut.

– Pardon, murmura Michael en ramassant son plateau télé.

Il semblait encore plus nerveux qu'à l'accoutumée, les cheveux dans tous les sens, les yeux rouges.

– Il est quelle heure ? demanda-t-elle en essayant de remettre de l'ordre dans ses idées.

On aurait dit que le soir tombait déjà.

– Dans les quatre heures de l'après-midi. Tu as beaucoup dormi.

Elle se demanda un instant pourquoi ils chuchotaient puis aperçut la masse de couvertures à la place de Tom. Lui aussi s'était endormi, épuisé.

Le morceau de papier sur ses genoux, Jenny s'efforça d'y regarder de plus près. « Il ne faut point... »

Elle se redressa brusquement, le souffle court.

– Michael, Tom ! s'exclama-t-elle enthousiaste. « Ruisseaux » ! Ça a un rapport avec l'eau. Quelqu'un a une idée ?

L'expression navrée de Michael lui donna un haut-le-cœur. Avec le bruit qu'ils venaient de faire tous les deux... Tom n'avait même pas frémi.

– Michael...

Il la dévisageait de ses yeux d'épagneul. Brusquement, elle sauta sur les couvertures de Tom et atterrit sur une masse molle qui s'aplatit sous elle.

– Michael... reprit-elle en écartant les oreillers.

Il tendit les mains comme pour se défendre.

– Où est-il, Michael ?

– Il m'a fait promettre... Je lui ai bien dit de ne pas partir, mais il n'a rien voulu savoir...

– *Michael, où est-il ?*

Sans trop savoir comment, elle se retrouva les mains agrippées à son sweat-shirt gris, en train de le secouer.

– Où est-il ?

Les larmes aux yeux, Michael ne put que désigner la fenêtre du menton.

– Parti dans les montagnes, finit-il par souffler. Tu sais, l'endroit dont il nous a parlé, où on a découvert Gordie Wilson. Il pensait pouvoir y trouver la base... ou juste tuer le loup ou le serpent. Il estime que ça pourrait nous aider... Je te jure, je lui ai dit de ne pas faire ça, Jenny... je te jure...

Elle entendit sa propre voix, d'un calme quasi mélodieux.

– Dans les montagnes. Où on a trouvé Gordie Wilson... dans un lit de rivière. C'est ça, Michael ?

Éperdu, celui-ci cligna des paupières.

– Dans un lit...

Tous deux se regardèrent.

– Viens, conclut Jenny. Il faut le retrouver.

– Il m'a dit de te retenir ici...

– Rien ne me retiendra. Je m'en vais, Michael, avec ou sans toi.

Il déglutit.

– J'arrive.

– On se dépêche. C'est peut-être déjà trop tard.

14

Tom n'avait encore jamais fait usage d'arme à feu. Pourtant, il avait pris ce fusil dans le râtelier du père de Zach et tant pis si celui-ci piquait encore une crise en constatant sa disparition, ou tout simplement que la porte du jardin avait été forcée.

De toute façon, Tom serait loin.

Il ne se faisait aucune illusion ; en principe, il ne reviendrait pas de cette escapade.

Certes, la base de Julian ne se trouvait pas forcément là. Il n'y avait aucune porte sur les pentes de la colline, mais c'était un lieu hanté par le loup et le serpent... qui ne se priveraient sûrement pas de l'attaquer s'il passait à leur portée.

Si seulement il arrivait à en supprimer un, cela donnerait davantage de chances à Jenny. S'il les supprimait tous les deux, peut-être réussirait-elle.

Cette idée lui était venue la nuit de la disparition d'Audrey, alors qu'ils s'étaient réunis dans le salon de Michael. Ce dernier et Dee avaient conclu que le seul moyen de gagner le Jeu consistait à trouver la base, à quoi Tom avait répondu : « Il pourrait y avoir une autre solution »... sans préciser. Car cette autre solution était trop dangereuse, du moins pour Jenny. Il ne voulait pas l'entraîner dans cette aventure.

Il y avait réfléchi les deux jours qui avaient suivi en se demandant s'il devait en parler à Dee ou non. Elle voudrait certainement se joindre à lui, ce qui laisserait Jenny pratiquement seule. Car là était l'ennui : s'il abandonnait Jenny, elle deviendrait totalement vulnérable.

Puis Dee avait disparu... et soudain cette idée revint s'imposer à son esprit. Bientôt, Jenny n'aurait de toute façon plus personne pour la protéger... et Julian pourrait à nouveau s'insinuer dans ses rêves.

Ce fut là qu'il prit sa décision. Puisqu'il ne pouvait empêcher Julian de pénétrer dans cet appartement, il pouvait au moins réduire le nombre de leurs ennemis.

Je parie qu'ils ont dû s'y mettre à deux – le loup et le serpent – pour vaincre Dee, songea-t-il en remontant le lit humide de la rivière. *Seule contre un, elle aurait certainement pu l'emporter.*

Ce qui laissait sans doute une petite chance à Jenny, si elle ne devait en affronter qu'un seul. À moins que, la chance aidant, Tom ne parvienne à les détruire tous les deux lui-même, avant que Julian ne l'attrape.

Personne d'autre n'avait proposé de s'en prendre aux animaux. L'idée ne les avait pas effleurés. Ils les considéraient plutôt comme des fantômes. Ce qui pouvait se concevoir, mais le loup qu'il avait affronté sur la plage était bien de chair et d'os.

Tom en avait eu la preuve éclatante lors de son premier déplacement dans les collines. La masse goudronneuse qu'il avait grattée sur le rocher était du sang. Gordie avait dû blesser l'un des deux animaux avant de se faire massacrer. Ces créatures pouvaient donc saigner et Tom en avait reçu une seconde preuve sur la plage. Son couteau était sorti noirci à la suite d'une blessure infligée au loup.

En outre, celui-ci avait laissé des traces de griffes sur la voiture d'Audrey. Il avait bel et bien une sorte d'existence matérielle. De là à conclure qu'il pouvait aussi mourir...

À Tom de le découvrir.

La pluie lui aspergeait le visage, froide et insistante, rien d'une averse de printemps. Tout était gris, ciel, plantes, paysage.

Il approchait de son but, à contrevent. Peut-être pourrait-il surprendre les bestioles.

Dans le froid hostile, une seule chose lui réchauffait le cœur, une photo de Jenny. Jenny – chaleureuse, lumineuse, à la chevelure de soleil. Jenny dans un vent d'été, heureuse et rieuse. C'était là tout ce que Tom désirait : qu'elle vive un nouvel été, dans ce monde, non dans un royaume de glace et d'ombres.

Même s'il n'était plus là pour l'y voir.

Un mouvement devant lui. Il plissa les yeux puis sourit. Oui, c'était bien cela, cette masse noire sur fond gris, énorme, aux contours d'un bleu scintillant, une sorte de loup dessiné au néon. Cette seule apparition pouvait suffire à faire fuir un humain.

Car il n'était pas irréel mais surréel. L'archétype du loup, celui des légendes, qui faisait peur aux enfants et avait inspiré le conte du *Petit Chaperon rouge*. Celui qui traînait dans le subconscient des adultes, toujours prêt à bondir, à rappeler aux humains que leur monde avait été autrefois un site sauvage où ils avaient servi de proies, lorsque la griffe et la dent venaient vous menacer la nuit, vous déchiqueter et vous manger.

Étonnant, songea-t-il, *comme nombre de gens s'imaginent qu'ils ne peuvent plus, aujourd'hui, se faire dévorer.* Il n'y avait pas si longtemps, quelques milliers d'années auparavant, c'était encore leur premier tourment, un danger constant, qui persistait pour les oiseaux, pour les chatons, les souris, les gazelles...

À la vue du Rôdeur, le loup de l'Ombre, ce sentiment reprit possession de l'esprit de Tom. Jamais il ne laisserait Jenny vivre de telles angoisses.

La bête s'était tapie sur elle-même et avançait à pas mesurés. Il entendait son grognement sourd par-dessus les crépitements de la pluie. Il épaula son fusil.

Doucement, posément... Il était assez bon tireur dans les fêtes foraines. Le loup arrivait dans son champ. Il ajusta son viseur...

... et entendit un bruit derrière lui.

Une ondulation, un glissement... Le Rampeur. Le serpent.

Tom ne se retourna pas. Il savait que l'animal était pratiquement sur lui, que s'il ne s'enfuyait pas immédiatement, c'en serait fini. Il ne se retourna pas, concentrant toute sa volonté sur le loup.

Tire. *Maintenant !*

Un horrible sifflement juste derrière lui.

Sans en tenir compte, il appuya sur la détente.

Le recul le surprit. Les carabines de fêtes foraines ne ruaient pas ainsi. Mais le loup titubait.

Je l'ai eu ! J'ai réussi...

Le serpent frappa.

Tom sentit le coup en plein dos ; déjà déséquilibré, il tomba. Mais parvint encore à pivoter sur lui-même. Un autre coup de feu... s'il pouvait tirer un autre coup de feu...

Il gisait dans la boue, le serpent dressé au-dessus de lui telle une colonne mouvante et noire, immense, d'une puissance atroce, ses petits yeux brillant d'une lumière irréelle, la mâchoire ouverte en triangle, reculant pour mordre à nouveau...

Vas-y ! Pour Jenny...

Tom tira en plein dans la gueule béante, lui explosant la tête.

Affreux. Un sang noir gicla partout, noyant le visage de Tom, l'aveuglant, et les lourds anneaux lui tombèrent dessus, le recouvrant complètement. Impossible de se dégager. Tout n'était plus que sang, ténèbres et terreur.

Mais j'ai réussi... si seulement je pouvais me dégager... J'ai réussi. *Ils sont morts.*

Ce fut alors qu'il entendit le bruit.

Un rugissement comme une gigantesque chute d'eau... ou une rivière. Qui se rapprochait à grande vitesse. Et il ne pouvait rien voir, encore moins se lever.

Jenny... et l'eau arriva.

– Jenny, tu me fais peur, geignit Michael.

Quant à elle, elle n'avait pas peur. Elle se sentait froide, les idées claires, folle de rage.

L'idée que la base de Julian puisse se trouver du côté de la rivière lui avait effleuré l'esprit une ou deux fois, mais elle l'avait repoussée, car elle ne voyait pas le rapport avec la porte.

Apparemment, Tom n'était pas de cet avis.

– On marche, dit-elle.

Elle avait l'impression de marcher depuis des jours. Elle savait qu'ils étaient dans la bonne direction car ils avaient découvert la voiture de Tom... mais où se trouvait donc ce lit de rivière ? Et Michael qui boitait lamentablement...

– C'est quoi, ça ?

Un rugissement torrentiel, plus fort que la pluie. Jenny savait ce qu'ils allaient voir avant d'escalader la pente suivante qui leur permettrait de dominer le paysage. La rivière n'était pas desséchée comme la plupart en Californie, et cela ne pouvait provenir de la pluie tombée aujourd'hui. Il n'y avait aucune explication naturelle à cette crue subite.

Pourtant, elle était là, coulant de la colline aux sycomores pour se faufiler entre les rochers. Et, dans un petit tourbillon aux pieds de Jenny, flottait un bateau de papier occupé par une poupée aux cheveux sombres.

Elle ne comprit que ce bateau représentait un nouvel indice que lorsqu'ils eurent regagné l'appartement.

Elle avait joué avec tout le long du trajet. Arrivée dans le salon, elle avait déposé la figurine de Tom sur la table basse, avec les autres, en les disposant soigneusement autour des clefs de voiture que Michael avait jetées d'un geste absent. Une petite rangée de poupées assises en face d'elle et qui la regardaient, alors qu'elle s'effondrait sur le canapé, tournant le bateau dans tous les sens, à côté d'un Michael avachi sur la causeuse.

C'est alors qu'elle aperçut une inscription sur le papier. Toute simple, une devinette de bébé.

« Plus tu me vides, plus je grandis. Qui suis-je ? »

Elle avait entendu ça à la maternelle et Michael connaissait aussi bien la réponse qu'elle.

Un trou.

– Ça ne dit pas qui va y passer maintenant... commenta Michael en se blottissant sous sa couverture, mais pas la peine. Il te garde pour la fin... pour la bonne bouche. Donc c'est à mon tour. Et ça ne dit pas non plus comment ça va se passer, mais on s'en fiche. Tant qu'on sait que ça va arriver, tôt ou tard... on ne peut rien faire pour l'empêcher. Ce Julian, il finit toujours par obtenir ce qu'il veut...

– Michael, calme-toi.

– Alors, il y a un trou quelque part et je vais tomber dedans. C'est tout ce qui nous intéresse.

– Pas forcément. Tu as dit que Tom voulait se faire le loup ou le serpent... il y est peut-être arrivé. En tout cas, la base n'était pas là-bas, mais peut-être qu'on peut encore la trouver.

– Peut-être... toujours peut-être.

Il contemplait la fenêtre totalement noire à cette heure.

– Tu sais très bien, reprit-il, qu'on ne la trouvera jamais.

– C'est toi qui le dis.

Elle avait les mains glacées mais gardait un ton ferme.

– J'ai une idée... Julian a dit autre chose, à propos d'un indice noir sur blanc. Et avant, dans mon premier rêve, il avait parlé de quelque chose qui tournait autour de l'image et de la réalité.

– Qu'est-ce qu'il y connaît, à la réalité ? Et nous, on n'est même pas sûrs d'être sortis de cette maison de papier, au fond. Qui te dit que ça n'est pas encore une illusion ? Comme quand tu te crois réveillée alors que tu rêves encore. On est peut-être toujours dans l'ancien Jeu. Et rien n'a changé.

Avec un petit rire nerveux, il se pencha vers la table basse.

– Tu ferais mieux de dormir un peu, Michael. Tiens, je vais te chercher de l'eau...

– Ah non ! Tu ne me laisses pas tout seul ! À tous les coups, c'est là qu'il m'attrape.

– Ça va, c'est bon... soupira-t-elle en lui caressant la tête. Je reste.

– Non, ça va pas. Il faut que j'aille aux toilettes et il va en profiter...

– Pas si je viens avec toi. Je resterai derrière la porte.

– Il va m'attraper. Tu sais, comme quand les serpents sortent de la cuvette... Alors qu'est-ce qu'on fait, maintenant ? On le laisse m'emporter ou j'explose ?

Il en pleurait presque, tout en continuant à glousser.

– Michael, arrête ! Ça suffit !

Elle le secoua pour la deuxième fois ce jour-là.

– Calme-toi ! Le monstre des WC ne va pas t'emporter, je te le promets. On vérifiera ensemble s'il n'y a pas de serpent avant que tu entres. On y va tout de suite. Ensuite on réfléchira aux moyens de trouver cette base.

Fermant les yeux, Michael respira un bon coup, parut se calmer.

– D'accord.

Pourtant, il marchait comme un somnambule en se rendant aux toilettes.

– Tu vois, il n'y a aucun serpent. Et je t'attends là.

– Laisse la porte entrouverte.

– Si tu veux, dit-elle en s'adossant au mur.

– Jenny ? bredouilla-t-il d'une toute petite voix. Cette cuvette, c'est comme un trou...

– Vas-y, Michael !

– C'est bon.

Une minute plus tard, la chasse d'eau se vida.

– Tu vois ? Tout va bien.

Il ne répondit pas. La chasse fut de nouveau tirée.

– Michael ?

L'eau, engloutie.

– Michael, c'est pas drôle ! Sors de là ou j'entre.

L'eau coulait toujours.

– Merde, Michael ! Je t'aurai prévenu...

Elle ouvrit la porte.

Les toilettes étaient vides. La chasse repartait de plus belle dans des tourbillons d'eau. Au bord de la cuvette de porcelaine était perchée une poupée de papier.

*

* *

Cinq petites poupées alignées. Audrey assise un bras ouvert, l'air de dire : « Tu m'écoutes ? » Zach avec son long visage crayonné et son expression malicieuse. Dee qui ne cessait de tomber sur le dos. Tom, la tête maculée par deux gouttes d'eau. Et Michael qui semblait la fixer d'un regard accusateur.

Elle avait promis qu'aucun monstre ne l'attraperait et il avait disparu.

Jenny se sentait au moins aussi coupable qu'après la mort de Summer. C'était elle qui les avait entraînés dans ce Jeu qui s'était avéré mortel. Pour son amie et peut-être aussi pour le reste du groupe.

Elle se retrouvait seule, dans un appartement qui semblait résonner à chacun de ses pas. Plus aucun bruit depuis qu'elle avait glissé un livre sous la chasse d'eau pour l'empêcher de se tirer.

Tous ses amis avaient été capturés l'un après l'autre. Il ne restait qu'elle et c'était maintenant à son tour.

La base. Il faut que je trouve la base. Que je les en fasse sortir avant que Julian ne m'attrape.

Mais comment ?

Les indices. Elle devait revenir sur chacun d'eux. Mais elle avait l'esprit tellement embrouillé qu'elle n'arrivait pas à se les rappeler. *Allez, un effort.*

Je suis toute seule...

L'image opposée à la réalité.

Une porte qu'elle avait vue. Qu'elle avait franchie sans la franchir.

Pas dans le monde des Ombres. Peut-être entre les deux.

Qu'y avait-il d'autre entre les deux mondes ? Par exemple le magasin Encore des jeux...

Noir sur blanc.

Une lueur s'alluma dans l'esprit de Jenny. Oui. Ça devrait correspondre. Une porte qu'elle avait vue et franchie – sans la franchir, selon l'angle sous lequel on considérait la chose. Une porte en noir et blanc.

Ce fut là que le morceau de papier arriva en tourbillonnant. Tombé de nulle part, comme si on l'avait jeté du plafond, il atterrit presque sur ses genoux.

Elle le ramassa, lut le message :

« Je suis tout. Je ne suis rien.
Je suis fugace. Je suis large.
Si tu tombes à l'exercice, je trébuche.
Nul ne me voit sous la nouvelle lune.
Je prospère le soir, m'évanouis à midi.
Je pèse moins que l'air, pèse moins qu'un souffle ;
L'obscurité me détruit, la lumière est ma mort. »

Quelques semaines auparavant, Jenny n'aurait sans doute rien compris. Qui craignait à la fois lumière et obscurité ? Qui était à la fois fugace et large ? Quelque chose et rien ?

Mais, depuis le 22 avril, le jour du Jeu, le sujet de cette énigme n'avait plus quitté l'esprit de Jenny, au point de la hanter, au point de l'empêcher de penser à autre chose.

Elle voyait des ombres partout, ces derniers temps.

Elle ne douta pas une seconde du sens de cette énigme. Une ombre venait à elle – l'homme de l'Ombre. Julian allait s'en occuper personnellement.

À peine en avait-elle pris conscience que toutes les lumières s'éteignirent. Elle frissonna. Des doigts glacés lui parcoururent la nuque. Ses paumes vibraient.

Là, ça devient grave, mais je crois que je connais la réponse. Je sais où se trouve la base. Il faudrait juste que je puisse m'y rendre... avant qu'il ne m'attrape.

D'abord sortir de l'appartement. Un peu de l'éclairage de la rue filtrait à travers les rideaux. Bon, la porte d'entrée n'était pas loin. Elle récupéra les clefs et avança les bras tendus.

À peine déboucha-t-elle dehors que les lumières de la rue s'éteignirent.

Il veut jouer au chat et à la souris ? Parfait ! La souris s'en va.

S'accrochant à la rampe, elle descendit vers les auvents, retrouva la Coccinelle de Michael, ouvrit la portière, se glissa à l'intérieur, tourna la clef de contact et sortit dans la rue.

Tout droit derrière moi...

D'un coup de volant, elle sortit de la résidence. La pluie s'était remise à tomber, inondant le pare-brise. Difficile de conduire vite dans ces conditions, néanmoins Jenny accéléra, en espérant que personne ne se trouverait sur son chemin.

Un feu rouge... les freins crissèrent. *Mon Dieu, faites que je ne renverse personne. Pitié...* Le rouge disparut mais le vert ne s'alluma pas. Jenny accéléra.

Canyonwood Avenue. Sequoia Street. Tassajara...

Le moteur de la Coccinelle toussa.

Non... il faut que j'y arrive... absolument. Je suis tout près...

Le moteur hoqueta.

Elle s'y engagea sur les chapeaux de roue, dans un couinement désespéré des pneus, dérapa, heurta le trottoir – et s'arrêta.

Affolée, Jenny tourna la clef de contact mais n'obtint chaque fois qu'un crissement métallique qui la faisait grincer des dents. Et puis ce fut le silence.

Va-t'en ! Vite !

Abandonnant la clef, elle parvint à ouvrir la portière, sauta sous la pluie et courut.

Devant elle, encore quelques maisons. *Vite ! Vite !* Elle galopait sur le trottoir mouillé. *Ne regarde pas derrière ! Ne réfléchis pas ! Cours !*

Là ! Tu la vois ! Encore quelques mètres.

Les poumons en feu, elle déboula dans l'allée menant à la maison de style Tudor. Chez Zach. Personne à l'horizon. Elle tituba en direction du garage, saisit la lourde poignée du portail, tira aussi fort qu'elle le put.

Fermée à clef.

Oh non ! Pas de panique. La porte de la maison, vite !

En s'y dirigeant, elle ne put s'empêcher de jeter un regard dans la rue, où la Coccinelle était tombée en panne sous un lampadaire.

Qui s'éteignit.

Bientôt imité par les autres. Une vague d'obscurité qui allait bientôt tout noyer. La porte de la maison, c'était par là.

Jenny contourna la maison pour filer vers la porte principale, qui, à sa grande surprise, s'ouvrit dès sa première tentative. Ils étaient tous fous, là-dedans ?

– Oncle Bill ! Tante Lily ! C'est moi !

Elle criait parce qu'elle ne voulait pas qu'ils l'attaquent en la prenant pour un voleur et parce qu'elle se fichait désormais de garder ou non le secret. Il fallait absolument qu'elle trouve quelqu'un.

– *Oncle Bill ! Tante Lily !*

Le silence devenait pesant, tangible, la seule présence effective. Il n'y avait personne. Pour quelque raison insondable, ils étaient partis en laissant leur porte ouverte. Jenny était toute seule.

On ne pleure pas, on ne crie pas. On va juste au garage, c'est tout. Rien n'a changé. Je sais très bien comment y aller.

Son cœur se figeait de panique.

Allez ! Un pied devant l'autre. Il suffit de traverser cette maison déserte.

La lumière de l'entrée s'éteignit.

Oh, non ! Il est là... il est là... dans cette maison, il me tient...

Allez !

Elle trébucha dans l'obscurité, se dirigea vers le salon allumé, les jambes tellement tremblantes qu'elle parvenait à peine à marcher, les bras engourdis.

Le temps d'apercevoir l'intérieur du salon, tout s'éteignit ; elle renversa une corbeille creusée dans un pied d'éléphant, un objet qui l'avait toujours emplie d'horreur. Elle retint de justesse un hurlement.

Il pouvait attaquer à tout moment et cela lui donnait la chair de poule. Il pouvait être n'importe où, tapi dans l'ombre, se déplaçant sans le moindre bruit. Si elle faisait un pas dans sa direction, elle pourrait aussi bien se heurter à lui.

Elle devait quand même trouver le garage. Pour Tom... pour Dee. Ils l'attendaient, elle devait les délivrer. Elle avait promis à Michael...

Pleurant sans bruit, elle fit un pas.

Maintenant un autre. *Trace ton chemin.* Mais c'était sans doute trop lui demander dans une telle obscurité.

Et si quelque chose lui accrochait la main ? N'importe quoi...

Vas-y !

Un autre pas. Prudemment, le pied glissant sur le sol. Sa main toucha un mur, et rien après. L'entrée de la salle à manger. *C'est ça. Le garage est juste en face, après la cuisine. Tu vas y arriver.*

Elle longea le mur en effleurant le papier peint pour se guider. Elle n'était pas protégée de l'autre côté, à la merci des ténèbres... Mais Julian avait prouvé qu'il savait traverser les murs. Elle ôta sa main. Il pouvait surgir de toutes les directions.

Continue !

À tâtons, elle finit par trouver une autre ouverture, l'entrée de la cuisine. Ouf ! Plus que quelques pas. À gauche du réfrigérateur. *Bon. Maintenant, la route est libre jusqu'au garage...*

Son pied heurta un obstacle tiède et là, elle cria.

– Tu n'allais pas croire, chanta la voix qui coulait comme l'eau sur les roches d'un torrent, que je te laisserais vraiment entrer là ?

Il la retint par les avant-bras, sans brutalité mais fermement. Déjà aveuglée, elle n'entendait plus que le sang qui lui battait les oreilles.

– À vrai dire, je suis surpris que tu sois arrivée si loin. Je ne pensais pas que tu y parviendrais... mais j'avais éloigné ton oncle et ta tante à tout hasard. Un message urgent de leur fils disparu.

Je vais tourner de l'œil. Là, c'est sûr.

Elle tenait à peine debout et il devait la soutenir à moitié.

– Tu ne vas pas pleurer ! Tu as perdu le Jeu, c'est tout.

Le noir. Elle était plongée dans un noir total. Si seulement elle distinguait une pointe de lumière. Mais rien. Le loup et le serpent n'étaient pas là, elle aurait aperçu leur fluorescence écœurante. Elle était seule avec l'homme de l'Ombre. Et il allait l'emporter.

– On est où ? cria-t-elle affolée. Déjà à la base ?

– Non. Chut, Jenny, chut ! Nous allons y arriver. C'est par là.

Alors elle aperçut une lumière... juste une lueur, étrange, surnaturelle comme un bleu électrique, qui ouvrait un espace au sol, derrière Julian. Un puits, un vortex. Un trou.

15

Non... Elle ne pouvait en supporter la vue. Elle se détourna, se cacha le visage contre la poitrine de Julian.

– Ce n'est rien, Jenny. Rien qu'un petit pas. Ensuite, nous serons réunis.

Il lui souleva le menton du bout de ses doigts froids comme le marbre. Avec une telle autorité... comme s'il la voyait dans cette obscurité. Si tranquille... il traça le contour de sa pommette humide, essuya ses larmes. Elle ne put s'empêcher de fermer les yeux.

– Ensemble à jamais.

Les doigts froids glissèrent sur ses cils, caressèrent la naissance de ses cheveux aux tempes, dessinèrent l'un de ses sourcils.

– C'est dans l'ordre des choses, Jenny, et tu le sais bien. Tu ne pourras t'y opposer plus longtemps.

Le doigt descendit le long de sa joue, contourna sa bouche, passa entre ses lèvres avec une telle délicatesse qu'elle le sentit à peine. Mais elle ne tenait plus sur ses jambes.

Elle allait tomber...

– Viens avec moi, maintenant, Jenny.

Il lui effleura la mâchoire, la faisant frissonner de tout son corps. Elle s'aperçut qu'elle avait renversé la tête en arrière, comme si elle attendait un baiser.

– Je t'accompagnerai. L'heure est venue d'avouer ta défaite. De céder…

Une lueur s'alluma dans l'esprit de Jenny.

Pas de loup, pas de serpent. Et ils se trouvaient toujours dans la cuisine de Zach, qu'elle connaissait très bien. Le trou était derrière Julian – et au-delà, la porte du garage…

– C'est bon, murmura-t-elle. Mais lâche-moi. Je peux marcher.

Dee expliquait toujours que la surprise constituait l'un des principaux éléments d'une attaque. Ne pas laisser à l'adversaire une seconde pour réfléchir.

À l'instant où Julian lâcha son étreinte, elle le poussa. D'un seul coup, aussi fort qu'elle le put. Pris par surprise, il n'eut pas assez de ses réflexes de serpent pour réagir. Dans un cri, l'homme de l'Ombre sombra en arrière dans son propre vortex.

En même temps que Jenny sautait par-dessus.

Un saut dans l'obscurité. Une seule erreur d'évaluation et elle se prenait le mur. En l'occurrence, ses mains atterrirent sur la porte et elle s'y retint de justesse pour ne pas perdre l'équilibre. Ses doigts se fermèrent sur la poignée qu'elle tourna aussitôt – elle était dans le garage.

La torche de Zach devait se trouver au mur. Du moins l'espérait-elle. Elle courut dans sa direction. Julian n'allait pas tarder à se reprendre – il pourrait la rejoindre d'une minute à l'autre…

La torche ! Elle appuya sur le bouton. Jamais elle n'avait été aussi contente d'apercevoir un rayon de lumière. Enfin !

Elle le promena sur le mur, certaine de ce qui l'attendait. L'affiche de Zach, prise à la cafétéria.

Julian lui avait dit que le noir et blanc mélangés donnaient tant de couleurs – mais pas dans une photo. Une photo – une image de la réalité –, une image qui comportait une porte. La porte de sortie que la pyramide de tables avait presque bloquée, une porte dans l'ombre, qu'elle avait franchie de nombreuses fois dans la vie réelle. Sans avoir jamais franchi celle-là – car on ne peut ouvrir une image de porte.

Sauf si, comme avec la peinture murale de Montevideo Street, c'était une porte qui ouvrait vers l'irréalité. Sur un lieu à mi-chemin du monde des Ombres, comme le magasin Encore des jeux. Julian pouvait donner une réalité aux images, donner vie aux affiches et aux peintures. Si Jenny regardait cette image comme il le fallait...

Alors qu'elle examinait la porte, la poignée parut se matérialiser. En trois dimensions. Comme celle du magasin Encore des jeux était sortie de la peinture.

– Jenny !

La voix de Julian retentissait derrière elle, acérée, dangereuse. La torche s'éteignit.

Mais Jenny avait repéré la poignée et parvint à la saisir dans l'obscurité ; elle était toute froide. Du vrai métal. Gagné !

Elle tira.

Un courant d'air l'envahit. Le métal froid parut fondre sous ses doigts et elle tomba. Son cri se désintégra dans le fracas de l'air.

Elle n'avait jamais vu une telle surprise que celle exprimée par les regards d'Audrey, de Zach, de Dee, de Tom et de Michael. Cinq visages tournés vers elle, cinq bouches bées à son arrivée sur les genoux.

Que s'était-il passé, au juste... ? Elle n'eut pas le temps de vérifier derrière elle qu'ils l'entouraient tous.

– Tu es passée par la *porte !* s'écria Audrey.

Elle portait toujours sa robe noire en loques et ses cheveux auburn étaient détachés.

– Ça va ? demanda Tom.

Des traces de boue maculaient sa joue. Mais il ne songea qu'à lui prendre la main, la gauche, sans paraître se préoccuper de la bague.

– Bien sûr qu'elle va bien ! lança Dee en lui caressant affectueusement la tête. Elle est passée par la porte.

– Tu m'as menti, dit Michael en faisant son regard d'épagneul. Tu as dit qu'il ne m'attraperait pas.

Jenny s'appuya sur Tom en fermant les yeux, ce qui fit glisser une larme sur sa joue. Jamais elle n'avait été aussi contente d'entendre Michael se plaindre.

– C'est vous... vous tous, souffla-t-elle dans un demi-sanglot. Vous êtes vraiment là !

– Évidemment qu'on est là ! grommela Audrey. Où veux-tu qu'on soit ?

Quand elle prenait cet air râleur, c'était pour masquer son émotion.

– On attendait que tu viennes nous libérer, sourit Dee. Pas vrai ? Je l'ai dit ou pas ?

Jenny se tourna vers Zach qu'elle trouva plus pâle que jamais, les yeux encore plus cernés ; cependant, il affichait une expression étrangement apaisée.

– Ça va ? lui demanda-t-elle. Vous tous, ça va ?

– On est vivants, dit Zach en haussant les épaules. J'ai l'impression de traîner là depuis une semaine mais Tom dit qu'il n'y a que deux jours... J'ai surtout hâte de rentrer pour découvrir les fantastiques photos que j'ai prises de ce serpent.

Enfin, il sourit. Jenny fut trop heureuse de lui rendre ce sourire.

– Au début, j'étais toute seule ici, dit Audrey. Plus d'une journée. Très marrant.

– Ce n'est pas si terrible, riposta Dee. Ça ressemble à l'armée. On dort sur les tables... tu vois, il y a des couvertures. On a des toilettes et ce n'est pas la nourriture qui manque dans une cafétéria. Mais on n'a jamais réussi à ouvrir cette porte et aucun de nous n'est arrivé par là.

Jenny reconnut en effet la cafétéria du lycée. Exactement semblable à la photo, à cette différence près que les tables n'étaient pas entassées en pyramide. Et puis, il n'y avait qu'une seule porte sur les quatre murs, la seule visible sur l'affiche.

– Alors vous, demanda-t-elle, comment vous êtes arrivés là ?

– Par le plafond, grimaça Michael. Sans rire.

Jenny leva les yeux vers le plafond ; un large trou noir s'ouvrait au milieu, bordé de lumières bleu électrique.

– On ne peut pas remonter par là, expliqua paisiblement Tom à côté d'elle. On a essayé. Il n'y a pas assez de tables... et puis il se passe des choses bizarres quand on grimpe là-haut. On a l'impression que le temps ralentit et on tourne de l'œil.

– Pourtant, vous avez tous l'air en forme. Le serpent et le loup n'ont blessé personne ?

– Non, assura Dee. Ils voulaient juste nous précipiter dans le vortex. D'ailleurs, ils sont morts, maintenant, tu sais ? C'est Tom qui les a eus.

– Je *crois* les avoir eus, rectifia celui-ci. Michael nous expliquait justement que vous ne les aviez pas vus cette nuit...

– Tu les as eus, confirma Jenny en lui tapotant l'épaule. Forcément, puisqu'ils ont disparu. C'était complètement dingue d'aller là-bas tout seul, mais je suis contente que tu l'aies fait parce que, sinon, je ne serais pas là. J'ai dû sauter par-dessus un trou… un vortex ou je ne sais quoi… et s'ils avaient été dans les parages, je suis sûre qu'ils m'y auraient précipitée.

Ce qui parut intéresser Dee :

– Et Julian, où est-ce qu'il se trouvait quand tu as sauté ?

– Dans le vortex. Je l'avais poussé.

Elle ouvrit grand les yeux puis éclata d'un rire tonitruant, bientôt imitée par tout le groupe ; même Zach pouffait sans retenue. Dee envoya un coup sur le bras de Jenny.

– Il va être fou de rage, hoqueta Michael.

– Et alors ? dit Jenny. J'ai trouvé la base. J'ai gagné. Mes petits agneaux, vous êtes libres !

Joignant le geste à la parole, elle leur désigna la sortie du bras, regarda autour d'elle.

Rien ne se produisit.

Ils reculèrent tous. Leur joyeuse animation se figeait quelque peu tandis qu'ils attendaient un changement quelconque. Tom fut le premier à froncer les sourcils. Les lèvres de Dee tremblèrent.

– Alors comme ça, monstre, tu oses ! lâcha-t-elle entre ses dents. Tu triches !

– On devrait le crier, dit Michael. Hé ! La partie est finie, bonnes gens !

– On ne joue plus, renchérit Zach. On veut sortir, maintenant.

– Il est obligé de nous laisser sortir, dit Jenny. Ce sont les règles du Jeu. Sauf s'il a l'intention de tricher.

Elle avait crié fort, car elle se sentait toutes les audaces avec Tom auprès d'elle, qui lui tenait la main.

– Je ne triche jamais, laissa tomber Julian derrière eux. Je pratique la stratégie de ceux qui gagnent à la régulière.

Jenny se tourna pour le découvrir devant la porte – à présent ouverte. Le panneau lumineux indiquant la sortie scintillait avec une telle vigueur qu'il semblait sur le point de griller à tout moment. Ce qui aurait pu être bon signe, n'eût été l'expression de Julian, de ses yeux qui brillaient comme des glaçons bleus, de son sourire prédateur.

– Alors, tu dois nous laisser partir, dit Jenny un peu moins sûre d'elle. Je suis arrivée ici toute seule. J'ai trouvé la base.

– Certes. Tu as trouvé la base. Tu as gagné le Jeu. Il ne vous reste plus qu'à sortir d'ici.

Même au milieu de cette cafétéria bien éclairée, on avait l'impression qu'il était entouré d'une sorte de crépuscule. Un étrange crépuscule plus brillant et plus tangible que bien des journées dans le monde réel.

– C'est pour ça que vous nous bloquez la porte ? railla Dee. On dirait que vous allez devoir mettre la main à la pâte cette fois-ci, puisque vos amis ne sont plus là pour vous aider.

– Qui parle de bloquer la porte ? s'étonna-t-il.

Avec ses airs faussement innocents, il paraissait plus beau que jamais. Et plus triomphant aussi.

– Jamais de la vie ! ajouta-t-il en s'écartant.

Il leur fit gracieusement signe de passer.

– Allez-y ! Vous n'avez qu'à franchir ce seuil et vous sortirez de la photo, vous arriverez dans le garage de Zach. Sains et saufs.

– À ta place, je ne lui ferais pas confiance, souffla Michael à l'oreille de Jenny.

Cependant, Dee, qui ne songeait qu'à relever les défis, se dirigeait déjà vers la porte. Elle jeta un regard noir sur Julian en passant devant lui et il s'inclina aimablement, avant de relever la tête en souriant à Jenny qui se serrait contre Tom.

– Je vous avais prévenus de ne pas me provoquer, dit-il.

Sous ses longs cils, ses yeux brillaient comme des flammes bleues. Jenny tressaillit mais trop tard.

– *Dee...*

À peine celle-ci avait-elle atteint la porte qu'un vacarme à la fois énorme et doux retentit, comme un brûleur un peu trop chargé de gaz : *vvvoouuff* ! En cent fois plus fort et tout autour d'eux. Les oreilles de Jenny éclatèrent et la chaleur la saisit de toutes parts tandis qu'un coup de vent chaud soulevait ses cheveux à la verticale.

Dee fut rejetée en arrière par la force de l'explosion et parvint tout juste à amortir sa chute avec les paumes. Jenny se précipita pour l'aider à se relever.

– Ça va ? demanda-t-elle anxieuse.

Dee cligna des cils ; son buste fin se soulevait comme si elle ne parvenait plus à respirer et son long cou de cygne retomba dans les bras de Jenny.

– *Dee !*

– Je vais t'en donner, de la stratégie à la régulière ! maugréa-t-elle enfin.

Entrouvrant les yeux, elle haletait encore.

– Il est parti, annonça Zach. Garde ton souffle, tu vas en avoir besoin, comme nous tous.

Sur le coup, Jenny fut si contente de constater que Dee s'en était tirée qu'elle n'y prit pas garde, mais, quand elle releva la tête, elle comprit ce que Zach voulait dire.

Ils se trouvaient au milieu d'un cercle de feu. À peine plus petit que la cafétéria elle-même, mais on ne voyait plus rien à l'extérieur car les flammes montaient jusqu'au plafond. Et puis la chaleur et le bruit devenaient insoutenables.

Ils devaient tous crier pour couvrir le rugissement des flammes qui semblaient les agresser comme les chutes du Niagara, ou comme un ouragan.

Curieux, ne put s'empêcher de penser Jenny avec un calme qui l'étonna elle-même. *Passé un certain degré, les sons produisent tous le même effet – le feu hurle comme l'eau qui hurle comme le vent. Il faudra que je m'en souvienne.*

En même temps, ce bruit produisait un effet mortel. Si la destruction avait une voix, ce ne pouvait être que celle-ci.

– Je suppose que c'est pour ça que les gens sautent par la fenêtre dans les incendies, dit-elle presque songeuse à Tom.

Il lui jeta un regard acéré puis, soudain, la souleva de terre et la hissa sur une table.

– Allonge-toi.

– C'est bon, je vais bien...

– Jenny, allonge-toi avant de t'évanouir.

D'un seul coup, elle comprit pourquoi il disait cela. Prise de spasmes qui semblaient provenir du plus profond d'elle-même, elle tremblait violemment. Ses doigts et ses lèvres semblaient gelés, insensibles.

– Elle est en état de choc, diagnostiqua Audrey. Ce qui n'a rien d'étonnant après tout ce qui vient de se passer. Jenny, ferme les yeux. Essaie de te détendre.

Celle-ci s'exécuta docilement. Mais elle continuait de voir le feu aussi bien que s'ils étaient ouverts et elle fut prise de vertige. Elle entendait les autres parler mais plutôt dans le lointain.

– ... pas durer longtemps avec cette chaleur, disait Tom.

– Non… mais qu'est-ce que tu veux qu'on y fasse ?

Ça, c'était Zach.

– On va rôtir sur place, geignait Michael. Ils ont pas prévu de sauce barbecue ?

– Ta gueule ou je te grille moi-même ! menaça Dee.

Je ne peux pas les laisser brûler comme ça, songea Jenny comme dans un rêve. Elle se sentait pourtant bien, à l'instar des moments où l'on va s'endormir, où les plus folles idées vous paraissent raisonnables, où mille images et paroles naissent de nulle part.

Pour l'instant, elle avait plutôt l'impression de se noyer et sa vie repassait devant elle – du moins ces trois dernières semaines – par lambeaux. Par images discontinues.

Julian qui lui apparaissait, magnifique comme un matin de décembre avec ses yeux de cobalt et ses cheveux de clair de lune.

« Je ne triche jamais. Je pratique la stratégie de ceux qui gagnent à la régulière… »

Et Aba, avec son visage ridé aux os si fins sous sa peau sombre comme la nuit.

« Cette nuit, j'ai rêvé d'une légende haoussa… »

Et Michael, ce cher Michael avec ses cheveux ébouriffés, ses yeux sombres qui brillaient d'enthousiasme.

« C'est la réponse la plus raisonnable que ton cerveau a forgé à partir des informations fournies par tes sens… »

Et Zach, au visage fin, au nez aquilin, aux yeux gris où brillait une lueur intense.

« C'est la représentation d'une pipe, pas une pipe. »

Plus Jenny partait à la dérive, plus ses oreilles s'emplissaient du bruit des flammes, plus elle avait l'impression de voir se superposer images et paroles, comme si Aba, Michael et Zach discutaient ensemble.

« Alors la fille plongea dans la rivière de feu… »

« Cette image n'est pas la réalité. Même si on a pris l'habitude de considérer les choses sous cet angle... »

« Le feu la brûla, bien sûr, c'était dans l'ordre des choses... »

« Arrive un moment où tu crois que c'est vrai alors que ça ne l'est plus... »

« Si tu montres à un enfant une photo de chien et lui dis : "C'est un chien"... c'est faux... »

Jenny s'assit. Le feu n'avait pas diminué d'intensité. Tom, Dee et les autres étaient assis non loin d'elle, à discuter. Jenny se sentait un peu évaporée mais en forme, avec juste l'impression que son sang faisait des bulles et qu'elle allait s'envoler. C'était plutôt agréable.

– C'est ça, murmura-t-elle. C'est ça.

Cependant, elle dut crier pour se faire entendre.

– Tom ! Tom, viens ici... venez tous ! J'ai pigé. Je sais comment sortir d'ici.

Ils s'assemblèrent autour d'elle.

– Quoi ?

– Tu rigoles ?

– Dis-nous !

Elle se sentait si bien qu'elle éclata de rire, leva les bras en l'air et rit plus fort. Les autres échangèrent des regards consternés.

– Non, ça va, leur assura-t-elle. Je sais comment sortir... il suffit de marcher. Vous ne voyez pas ? Le feu n'est pas réel. C'est un leurre forgé par nos cerveaux.

Ils n'en parurent pas aussi soulagés qu'elle l'aurait espéré. Michael ouvrit la bouche, la referma en jetant un coup d'œil inquiet vers Audrey qui poussa un soupir.

– Ah là là... lança Dee en lui caressant l'épaule. Ma chérie, rendors-toi. On en reparlera plus tard.

– Pourquoi, vous pensez que je rigole ? Pas du tout. Je vous dis... on peut sortir d'ici à pied.

– Euh... ma belle, souffla Dee. Désolée de te contredire, mais ce feu n'a rien d'un leurre, tu peux me croire. Il brûle bien.

Elle lui montra ses mains pleines de cloques.

Jenny les regarda, resta un instant sans voix mais se reprit vite.

– C'est parce que tu l'as accepté. Tu as cru qu'il y avait un feu et ça t'a donné des cloques. Non, Dee, je suis sérieuse ! Tu sais très bien qu'une personne sous hypnose peut produire des cloques pour peu qu'on lui dise qu'elle touche quelque chose de trop chaud... même si c'est faux.

– Non mais Jenny, objecta Michael, je te jure que ça brûle pour de bon. On ne peut même pas s'en approcher.

– C'est ce que tu crois. Tu l'as dit toi-même : certaines informations peuvent paraître tellement justes qu'on ne fait plus la différence avec la réalité.

Elle les regardait l'un après l'autre et ne se sentait plus aussi euphorique. Maintenant, c'était la déception qui l'emportait.

– Vous me croyez tous folle, c'est ça ?

– Jenny, tu en as tellement bavé...

– Je ne demande pas qu'on me plaigne, Audrey, mais qu'on m'écoute ! Tu m'écoutes, Zach ? Souviens-toi de Magritte. C'est toi qui m'as dit que l'image n'était pas la réalité, et j'ai répondu : « Sauf si tu as quelqu'un qui peut transformer une image en réalité. » Et si, au contraire, Julian se contentait de nous faire *croire* qu'il peut créer une réalité ? S'il montrait à nos sens un spectacle assez convaincant pour que notre cerveau le prenne pour une information et y croie ? Alors qu'il ne s'agit que d'une illusion ? Comme un rêve.

— Et si...? répéta Zach. Ça fait de sacrés « si » ! Et si tu te trompais ?

— Là on est grillés, commenta Michael.

— Mais c'est la seule réponse qui tienne debout ! insista-t-elle. Rappelez-vous, il a dit qu'il ne trichait jamais. Si le feu est réel et qu'on n'a aucun moyen de sortir d'ici, c'est de la triche, d'accord ? Vous ne croyez pas ?

— Je crois que ta confiance en lui devient attendrissante, lâcha Audrey d'un ton acide.

Elle jeta un coup d'œil vers Tom mais celui-ci se détourna, comme s'il refusait de prendre parti contre Jenny... sans la regarder pour autant.

— Ce n'est pas une question de confiance mais de bon sens. Rappelez-vous, le rêve d'Aba avait exactement le même thème. Et la fille de cette légende s'en est très bien sortie. Parce que sa volonté était plus forte que tout.

— N'empêche que le feu l'a brûlée, observa Michael.

— Mais ne l'a pas tuée. Je ne dis pas que ça ira sans peine... il suffit de voir les cloques de Dee. Mais ça ne nous tuera pas, sauf si on se laisse faire. Si notre volonté est assez forte, on s'en sortira.

À voir leurs expressions, ils n'étaient toujours pas convaincus.

Le désespoir l'étreignit.

— Dee ? insista-t-elle d'un ton presque implorant.

Celle-ci ne paraissait pas à l'aise.

— Ma chérie... en d'autres circonstances, peut-être. Mais je viens juste de l'affronter, ton feu. Je te jure qu'il était tout ce qu'il y a de réel. Et même si j'arrivais à me convaincre de le traverser... qu'est-ce qui se passerait si en plein milieu des flammes ma volonté n'était plus assez forte ?

— Tu grilles, répondit Michael.

– Je ne prends pas ce risque, décréta Audrey.

– Quand une illusion est aussi forte, ajouta Zach, c'est comme la réalité ; ça peut vous tuer.

Jenny se leva.

– Bon, je comprends... si l'idée ne venait pas de moi, je la trouverais sans doute débile, moi aussi. Et puis c'est moi qui vous ai entraînés dans tout ça, c'est à moi de vous en sortir. J'y vais.

– Hé, minute ! intervint Tom.

– Attends ! s'écria en même temps Zach.

– Non, c'est décidé, affirma-t-elle. C'est moi qui ai le plus de chances puisque je crois pouvoir m'en tirer.

– Juste si ta théorie est bonne, objecta Dee en lui bloquant le passage. Si tu te trompes, tu es morte. Non, ma chérie, tu ne vas nulle part.

– Ça me regarde, riposta Jenny en soutenant son regard. J'y vais et personne ne pourra m'en empêcher. Vu ?

Avec un énorme soupir, Dee finit par s'effacer. Michael se dépêcha de dégager le chemin à son tour, entraînant Audrey avec lui. Même Zach, malgré son expression furieuse, recula, incapable de résister à Jenny. Seul Tom la saisit par le bras.

– Hé, attends !

Elle releva la tête en se donnant des airs d'altesse parce qu'au fond elle mourait de peur, et que seule cette peur pourrait finalement la faire changer d'avis. Elle avait l'impression de s'observer de loin, dressée face aux autres, les cheveux défaits, brillant à la lumière des flammes. Elle espérait pouvoir tenir le coup. Elle se sentait grande et fière d'elle-même... et magnifique.

– J'ai dit que personne ne pourrait m'arrêter, Tom. Même pas toi.

– Je n'essaie pas de t'arrêter, énonça-t-il paisiblement. Je viens avec toi.

Parcourue d'une vague de bonheur, elle lui serra la main.

– Alors, tu me crois !

– On y va. Viens.

Ce fut lui qui la prit par le bras avant de saisir sa main gauche, celle qui portait la bague. Si bien qu'elle se sentit assez forte pour pouvoir sauter dans le feu.

Tous deux firent face aux flammes.

Heureusement que Jenny se sentait invulnérable, car le spectacle était terrible et ils eurent l'impression de s'avancer vers un haut-fourneau ; des gouttes de sueur perlèrent sur le front de Jenny, sa peau se tendit et vibra.

– On se dépêche, cria Tom par-dessus le rugissement.

Elle tendit la main droite :

– Je crois que la porte est par là.

– Hé, les gars, attendez ! cria Michael.

Mais Jenny ne voyait que les flammes reflétées dans les yeux de Tom.

– Un, deux, trois...

Avec un signe de tête mutuel, ils sautèrent dans le cercle de feu sans tenir compte des hurlements bouleversés derrière eux.

– Qu'on est bien avec les pieds dans l'eau ! brailla Tom.

Et ils se retrouvèrent au milieu des flammes.

16

La peau de Jenny se consuma.

Du moins, ce fut son impression, comme si elle partait en lambeaux, grillait et noircissait tel du papier, comme si ses cheveux s'enflammaient sur sa tête.

Facile de déclarer : « Le feu n'est pas réel, c'est un leurre. » Mais à l'instant où elle était entrée dedans, elle avait compris ce que Dee avait voulu dire en assurant qu'il brûlait bien. Si elle y avait goûté avec la même intensité, jamais elle n'aurait proposé cette solution.

La première seconde fut la pire expérience de sa vie. C'était atroce et elle paniqua complètement, perdit la tête en se disant qu'elle avait eu tort, que ça n'avait rien d'une illusion et qu'elle se retrouvait au milieu d'un feu, qu'elle était en feu. Il fallait courir pour s'en dégager. Mais elle ne savait dans quelle direction aller. Le rugissement des flammes meurtrières la brûlait comme une poupée de cire dans un four, la rôtissait vivante.

Je vais mourir, songea-t-elle épouvantée. *Je vais mourir...*

Alors elle entendit le faible couplet à côté d'elle :

– Qu'on est bien avec les pieds dans l'eau !

Et elle sentit la main de Tom dans la sienne. Il la tirait, l'entraînait.

Il faut que j'y arrive… pour Tom. Si je m'effondre, il ne m'abandonnera pas et il mourra lui aussi. Il faut continuer…

Elle parvint à se bouger encore, à enjamber les flammes dans la direction qu'il indiquait. En espérant que c'était la bonne. « Elle avait terriblement peur mais son amour pour le garçon était plus fort encore… »

– Qu'on est bien avec les pieds dans l'eau ! chantait Tom.

C'est alors qu'un immense apaisement la saisit. Elle fonça tête baissée dans l'obscurité puis dans la lumière, heurta un obstacle et se retrouva en train de rouler à terre au bras de Tom.

Ils étaient passés.

Elle gisait par terre dans le garage de Zach, sur un béton glacé qu'elle caressa de sa joue avant d'y étirer tout son corps en bénissant ce froid délicieux.

Puis, se hissant sur un coude, elle regarda Tom, car la lumière était allumée. Il paraissait en pleine forme lui aussi, ouvrant les yeux, respirant régulièrement. Elle l'embrassa.

– On a réussi, murmura-t-il d'un ton extasié. On a réussi. On est vivants.

– Je sais ! Je sais !

Folle de bonheur, elle l'étreignit et l'embrassa encore.

– On est vivants ! On est vivants !

Il fallait frôler la mort pour se rendre compte à quel point il était bon de vivre.

– Attends, souffla Tom en secouant la tête. C'est impossible ! Personne ne peut survivre à un feu pareil !

– Tom…

Elle s'interrompit, le dévisagea.

– Mais, Tom... c'était une illusion. Tu le savais... non ?

Il prit un air penaud digne de Michael :

– Euh... pas vraiment.

– Tu ne me croyais pas ?

– Eh bien...

– Alors, pourquoi tu es venu avec moi ?

Toujours posés sur elle, ses iris paraissaient à la fois verts, dorés et bruns comme les feuilles d'automne.

– Parce que je le voulais, avoua-t-il simplement. Quoi qu'il arrive, je voulais rester avec toi.

Abasourdie, elle ne sut que dire sur le moment. Il lui fallut un certain temps avant de murmurer :

– Oh, Tom !

Alors elle se jeta dans ses bras en sanglotant son nom, en le répétant encore et encore, le cœur au bord de l'explosion.

Dire que j'aurais pu le perdre, à jamais... Alors qu'il n'est que bonté, que courage... qu'il y a tant d'amour en lui. Dire que j'aurais pu le perdre... et me perdre dans la noirceur de Julian.

Plus jamais, se dit-elle farouchement en s'accrochant à lui. *Les ombres n'ont plus aucun pouvoir sur moi.* Comme si le grand incendie avait brûlé toutes ses sombres pensées, la part en elle qui se laissait attirer par Julian, fascinée par le danger et la bestialité. À présent, elle se sentait comme purifiée, rénovée. Née à nouveau, tel le Phénix.

Cependant, la vigueur qu'elle avait acquise à lutter contre Julian existait toujours... et cela ne changerait pas. Elle se sentait plus forte que jamais et cela l'aiderait à n'en aimer Tom que davantage. Ils étaient égaux. Ils pouvaient se tenir côte à côte, sans que l'un éclipse l'autre.

En outre, elle savait maintenant qu'elle pourrait lui faire confiance jusqu'au bout. Pourvu qu'il en soit également sûr de son côté… ou qu'elle parvienne à le lui prouver. Elle ne demandait qu'à y consacrer les prochaines décennies.

L'étreinte de Tom sur sa main changea d'intensité. Il l'avait serrée à lui faire mal, à présent il la retournait pour la contempler.

Jenny avait posé la tête sur son épaule mais la redressa soudain.

– Elle est partie, observa Tom l'air étonné. La bague.

– Évidemment, assura-t-elle en lui soulevant le menton.

Plus rien ne pouvait la surprendre désormais.

– Elle est partie parce qu'on a gagné. Je suis libre. Tu connaîtrais quelqu'un qui serait intéressé par une copine pas encombrante et possédant un certain sens de l'humour ?

– Arrête, Jenny ! dit-il en l'enlaçant. Tu es bonne pour passer une annonce… Oh, Thorny, je t'aime ! ajouta-t-il dans ses cheveux.

– Je le sais, puisque tu m'as appelée Thorny, articula-t-elle entre ses larmes. Je t'aime aussi, Tommy. Pour toujours et à jamais.

Ce fut là, en pleine euphorie, qu'elle reprit contact avec la réalité :

– Il faut qu'on récupère les autres ! Oh non !

Elle regardait l'affiche au mur. En flammes.

– Reste ici !

Tom s'était levé d'un bond. Il saisit la poignée métallique de la porte de la cafétéria.

– Je viens avec toi ! cria Jenny en attrapant à son tour la poignée. Tu ne vas plus nulle part sans moi…

L'obscurité les enveloppa de nouveau, les avala, les déposa dans le feu.

Ce fut moins pénible, cette fois. Jenny baissa la tête, s'accrochant à la main de Tom, et força ses jambes à courir. *Dans une minute ce sera fini*, se promit-elle. *Fini dans une minute, fini dans une minute...*

Et ce fut fini. L'air frais régnait de nouveau autour d'eux. Dee, Zach, Audrey et Michael en rang les regardaient arriver et les aidaient à atterrir.

– Tu vois ? souffla Jenny à Dee. C'est tout dans la tête.

– Mon Dieu, vous êtes vivants !

– Pas très original comme remarque ! commenta Tom. Alors voici le contrat : c'est chaud, ça fait mal, mais ça ne tue pas. On compte jusqu'à dix et c'est bon, d'accord ?

Juste dix ? songea Jenny.

– Je dirais jusqu'à cent, confia-t-elle à l'oreille de Dee.

– C'est parti ! s'exclama celle-ci.

Mais Michael faisait des yeux ronds comme s'il ne pouvait s'y résoudre, Audrey reculait carrément, quant à Zach, il demeurait immobile sans quitter sa cousine des yeux.

– Bon, finit-il par soupirer. C'est juste une illusion. Irréalité, nous voici.

– Vite, on se bouge ! dit Tom aux autres. Il faut sortir de là avant que l'affiche ne brûle complètement. On sait ce qui se passera ensuite.

Il tira Michael par son sweat-shirt, lui prit la main, tendit l'autre à Dee.

Jenny attrapa Audrey.

– Non ! cria celle-ci. Je ne veux pas...

– Par ici ! cria Tom à Michael. Allez. Droit devant !

Dee se retourna pour saisir la main d'Audrey et l'entraîner tandis que Jenny la poussait tout en tendant sa main libre à Zach. Elle sentit ses longs doigts se fermer dessus en même temps qu'une intense chaleur les envahissait.

Tout le monde se retrouva à courir et sauter avec ardeur, même si Audrey finit par prendre la mauvaise direction. Le feu envahissait les yeux et les oreilles de Jenny. Elle essaya de compter jusqu'à dix, mais ce fut impossible – son esprit était trop occupé à pousser Audrey devant elle.

Les flammes et la douleur et la chaleur... Ce fut là que Zach trébucha.

Jenny n'aurait su dire comment cela se produisit. Tout d'un coup, elle l'avait lâché et elle tenta comme une folle de le récupérer mais rien ; elle tourna la tête, cherchant désespérément derrière elle. Un instant, elle crut apercevoir une silhouette noire dans cet enfer orange, cependant les flammes l'avalèrent.

Zach...

Elle ouvrit la bouche pour crier et l'air brûlant lui emplit les poumons, la faisant tousser tandis qu'on l'attirait en avant. Elle ne pouvait plus rien faire... à moins de lâcher Audrey. Entraînée dans un sens, elle laissait Zach loin derrière elle.

Et puis le froid l'envahit et elle tomba, atterrit sur Audrey qui tentait de reprendre sa respiration. Elle se sentait brûlée de partout, épuisée, les oreilles sifflantes, les yeux et le nez douloureux. Quand elle essaya de se lever, ses jambes s'effondrèrent sous elle.

Mais elle était vivante, et Audrey aussi, qui faisait du bruit. Michael était vivant, toussait, suffoquait en tapant sur ses vêtements fumants. Dee était vivante qui caressait joyeusement le béton.

Tom était vivant et déjà debout, grand, beau, sévère.

– Où est Zach ?

Jenny se racla la gorge.

– Il m'a lâché la main, balbutia-t-elle. Il a fait un faux pas et m'a lâché la main...

Le sourire de Dee s'effaça. Elle leva les yeux vers l'affiche sur le mur, léchée par les flammes.

– Je n'ai pas pu le retenir, avoua Jenny effondrée. Pas pu...

– Je vais le chercher, dit Tom.

– *Tu es dingue ?* cria Michael.

Il s'interrompit pour éternuer, cracha, se redressa :

– Ça va pas ? Tu vas y passer !

Audrey contemplait l'affiche d'un regard terrifié qui faisait cligner ses longs cils.

– Il faudrait un extincteur... commença Dee.

– Non ! Pas avant notre retour. Ça pourrait faire je ne sais quoi, fermer la porte... Attendez-nous... on sera là dans une minute.

Jenny déglutit. Le feu lui avait finalement paru plus terrible, cette fois. Elle n'allait pas laisser Tom...

– Oh, mon Dieu ! sanglota-t-elle. Tom, je viens avec toi.

Elle essaya de se relever mais ses jambes ne lui obéissaient plus et elle leur jeta un regard étonné.

– Non ! dit Tom. Dee, occupe-toi d'elle !

– Tom ! cria Jenny.

– Je reviens. Promis.

Il replongea vers l'affiche, tira sur la poignée et disparut. Les flammes parurent exploser de joie, s'emparer de lui avec gourmandise et envahir toute la photo.

Il n'en restait pas un centimètre intact, tout se consumait avec une telle vigueur qu'en temps normal Jenny n'aurait même pas osé s'en approcher et qu'elle se mettait à craindre pour la maison de Zach. Elle n'avait jamais vu un incendie pareil.

En ce moment, rien au monde ne comptait plus pour elle que cette photo, cette affiche dévorée par les flammes, qui noircissait et se consumait.

– Non ! cria-t-elle. Tom ! *Tom !*

– Il faut aller chercher de l'eau, lança Dee.

– Non ! Il a dit de ne pas… oh, Tom !

Tout brûlait, on ne reconnaissait rien de l'affiche qui ne ressemblait plus qu'à un amas noirci ; la pyramide de tables s'évanouissait en même temps que la porte et le panneau lumineux de la sortie.

– *Tommyyyyyy !*

Les mains puissantes de Dee la retinrent, l'empêchant d'essayer de sauter dans l'affiche. Cela n'aurait de toute façon servi à rien. Il n'y avait plus de poignée accessible, il ne restait rien.

Les flammes elles-mêmes commençaient à diminuer alors que les derniers restes de la photo disparaissaient et tombaient en miettes calcinées, envoyant encore quelques étincelles. Ce ne fut bientôt plus qu'un rectangle noirci sur le panneau.

Jenny tomba à genoux, se prit la tête dans les mains. Elle n'aurait pas cru pouvoir émettre un tel cri.

– Jenny, arrête. Arrête ! Je t'en prie, Jenny !

Dee aussi pleurait, elle qui ne se plaignait jamais. Audrey vint s'asseoir de l'autre côté pour les prendre toutes les deux dans ses bras et sangloter avec elles.

– Eh, arrêtez, les filles… s'étrangla Michael.

Jenny sentit d'autres bras les étreindre, les secouer.

– Jenny… attends, ce n'est peut-être pas ce que tu crois. Il est peut-être passé ; s'il a réussi à entrer dans la cafétéria, ça va.

Sans pouvoir s'arrêter de pleurer, elle parvint cependant à tourner la tête pour faire face au visage anxieux de Michael.

– Réfléchis, continua-t-il. Il a fallu plus de dix secondes à cette affiche pour se consumer. Et sans nous pour le retenir, Tom a dû aller beaucoup plus vite. Alors, il a dû passer… ça veut dire qu'au moins il est vivant.

Elle se sentit toute secouée.

– Mais... mais Zach...

– Il est peut-être retourné en arrière lui aussi, articula Michael sans conviction. Il s'en est peut-être sorti.

Sans cesser de trembler, Jenny le dévisageait et se sentait soudain un tout petit peu plus connectée au reste du monde.

– C'est vrai ? murmura-t-elle. Tu crois ?

C'est alors que Dee émit un couinement étrange, comme si elle venait de subir une morsure.

– Regardez !

Tordant le cou, Jenny suivit son regard vers la photo. La respiration sifflante, elle se retourna complètement.

Des lettres apparaissaient sur la surface noircie, comme il en était apparu sur la fenêtre anormalement givrée de Michael. Sauf qu'ici, c'était une écriture élégante et gracieuse qui courait le long de l'affiche, avec des reflets rouges comme de la braise, et qui émettait une petite fumée rose en se formant.

« Tes amis sont avec moi – dans le monde des Ombres. Si tu veux les revoir, viens à ma chasse au trésor. Mais n'oublie pas : si tu échoues, ils devront payer cash. »

– Oh non ! murmura Michael.

– Au moins, ils ne sont pas morts, remarqua Audrey d'une voix tremblante.

Déjà les lettres rouges disparaissaient.

– Vous voyez, ils ne sont pas morts. Julian les garde comme monnaie d'échange.

– C'est pas vrai ! souffla Dee.

Cependant, Jenny s'assit sur ses talons, ouvrant et refermant les mains, prête à reprendre l'action. Elle pensait au monde des Ombres, au placard habité par les tempêtes de glace, aux yeux des anciens, cruels et affamés. Tom se trouvait quelque part parmi ces yeux, ainsi que son cousin.

Elle le savait... et ne tremblait plus. Faiblesse et appréhension l'avaient quittée. Elle avait compris le défi.

Julian ne lui faisait plus peur. Elle se sentait plus forte que jamais – plus forte qu'elle ne s'en serait cru capable. Et elle savait ce qui lui restait à faire.

– Bien, lança-t-elle d'une voix claire et posée. Il veut jouer à un autre jeu ? Il va être servi. Je sais maintenant que je peux le battre.

– Jenny... balbutia Michael impressionné.

Mais elle secoua la tête, se redressa.

– Je peux le battre, répéta-t-elle totalement sûre d'elle.

Se plantant devant l'affiche encore fumante, elle ajouta :

– Prépare-toi, Julian ! Ce n'est pas fini, loin de là !

Tome 3

L'affrontement

Pour la vraie Sue Carson, qui m'a inspiré jusqu'à son nom.
Et pour John G. Check III, avec ma tendresse
et ma reconnaissance.

1

L'hôtesse arrivait dans leur direction et Jenny frissonna.

Prends un air dégagé, se dit-elle. *Du calme.*

Mais les battements de son cœur s'accélérèrent encore quand elle la vit approcher de leurs sièges, vêtue d'un uniforme bleu marine avec quelques galons crème, l'air très militaire, la physionomie aimable mais autoritaire d'un prof sur le qui-vive.

Ne la regarde pas. Regarde par le hublot.

Jenny releva le store pour jeter un œil sur le ciel nocturne. Elle sentait la présence de Michael à côté d'elle, son corps de nounours plus tendu qu'à l'accoutumée. Du coin de l'œil, elle apercevait également Audrey côté couloir, sa tête auburn aux reflets cuivrés penchée sur un magazine. L'hôtesse bloquait la vue de l'autre côté.

Mais qu'elle s'en aille, bon sang ! Qu'est-ce qu'elle fait à rester là ?

Si cela continuait, Michael allait éclater d'un de ces gloussements nerveux dont il avait le secret – ou pire, se lancer dans une confession hystérique. Sans remuer un muscle, elle l'adjura mentalement de rester tranquille. Il fallait que cette hôtesse s'éloigne, elle n'allait pas passer tout le vol devant eux !

Pourtant, il s'avéra bientôt qu'elle ne s'était pas plantée là juste pour le plaisir. Elle les surveillait, l'un après l'autre, d'un air grave et inquisiteur.

On est des lycéens en route pour une finale de concours d'élocution. Notre accompagnateur est tombé malade mais il y en a un autre qui nous attend à notre arrivée à Pittsburgh. On est des lycéens en route pour une finale de concours d'élocution. Notre accompagnateur est tombé malade mais...

L'hôtesse se pencha vers Jenny. *Oh non, je vais être malade !*

Audrey restait figée sur son magazine, ses longs cils immobiles sur sa joue au teint de camélia. Michael ne respira plus.

Du calme, du calme, du calme...

– C'est vous, demanda-t-elle, qui avez commandé une assiette de fruits ?

L'esprit de Jenny plongea en chute libre et se déroba. Un terrible instant, elle crut qu'elle allait lâcher l'excuse qu'elle se répétait depuis un moment, mais elle se lécha le palais et finit par murmurer :

– Non. C'est là-bas... de l'autre côté du couloir.

L'hôtesse recula, se retourna. Dee, affalée sur son siège, une longue jambe repliée sur son genou, leva les yeux de son jeu vidéo et sourit. Si elle ne portait pas cette veste de treillis, elle aurait été le pur sosie de Néfertiti. Même son sourire était royal.

– L'assiette de fruits, dit l'hôtesse. Siège 18-D. Bon appétit.

Et elle s'éclipsa.

– Toi et tes fichus fruits ! maugréa Jenny à travers le couloir.

Avant d'ajouter à l'adresse de Michael :

– Et toi, relaxe-toi un peu !

Il laissa échapper un soupir sifflé.

– Qu'est-ce qu'ils pourraient nous faire, de toute façon ? demanda Audrey sans lever les yeux de son magazine. Nous balancer dehors ? On est à dix mille mètres du sol.

Elle avait dit cela sans même remuer les lèvres, la voix à peine audible par-dessus le vrombissement du 757.

– C'est bon, je suis au courant, grommela Jenny en direction du hublot.

Ce qui n'empêcha pas Michael de faire à Audrey un rapport précis de ce qui pouvait attendre quatre fugueurs à Pittsburgh.

Fugueurs. Je suis une fugueuse, songea-t-elle déconcertée. Cela ressemblait si peu à Jenny Thornton !

Sur la vitre sombre, elle apercevait fugitivement son reflet de blonde aux yeux vert mousse, sombres comme des aiguilles de pins, aux sourcils droits et aux mèches couleur de miel et de soleil. Derrière se dessinait parfois un nuage éclairé par les lumières de l'avion. Maintenant que le danger de l'hôtesse était passé, elle pouvait de nouveau se dire qu'elle allait mourir.

Elle avait horreur de l'altitude.

Le plus étrange étant que, outre sa peur, cela lui procurait une véritable fascination, comme devant un désastre imminent, une catastrophe naturelle sur le point de se produire. Lorsque le déroulement normal des choses s'interrompt, lorsque les lois ordinaires n'ont plus cours.

Comme le lycée, par exemple. Comme l'approbation des parents. Comme la vie quotidienne d'une jeune fille modèle.

Rien de tout cela n'existait plus depuis qu'elle avait pris la fuite. Et ses parents ne comprendraient même pas pourquoi, car le message qu'elle leur avait laissé ne disait à peu près rien :

« Il faut que je m'en aille mais je vais sans doute revenir. Je vous aime. J'ai juste quelque chose à faire.

Pardon, je vous dois six cents dollars. »

Pas très détaillé. Mais que fallait-il leur dire ? *Chers papa et maman. Il s'est produit une chose terrible à l'anniversaire de Tom, le mois dernier. Vous voyez, cette maison de papier qu'on a construite est devenue réelle et on s'est tous retrouvés dedans ; un garçon appelé Julian nous a fait jouer à un jeu dans lequel il fallait affronter ses pires cauchemars et gagner, sinon il nous aurait gardés avec lui à jamais dans le monde des Ombres. On s'en est tous sortis sauf Summer – la pauvre, vous savez qu'elle était fragile – et c'est pour ça qu'elle a disparu depuis. Elle est morte dans son cauchemar.*

Seulement, voilà, quand on a quitté le monde des Ombres, Julian nous a suivis. Il est entré dans notre monde parce qu'il n'a qu'une idée fixe – moi. Il nous a fait jouer à un autre jeu qui a mal tourné puisqu'à la fin il a gardé Tom et Zach dans le monde des Ombres. C'est là qu'ils se trouvent maintenant – ils n'ont pas fugué comme tout le monde le croit. Et la dernière chose que Julian m'a dite après, c'était : « Si tu veux les revoir, viens à ma chasse au trésor. »

Voilà, c'est ce que je fais. Le seul ennui, c'est que je ne sais pas du tout comment pénétrer dans son monde. Alors j'ai pris l'avion pour la Pennsylvanie, où se trouve la maison de grand-père Evenson. Il a ouvert une porte vers le monde des Ombres il y a longtemps et peut-être qu'il a laissé quelques indices.

Leur dire une chose pareille ? Pas question. Un jour, elle avait eu le malheur d'en mentionner la première partie et, bien sûr, ils n'en avaient pas cru un mot. Quant à la seconde, ce serait le meilleur moyen de leur indiquer où elle allait. *Excusez-moi, docteur, ma fille a déraillé. Elle croit qu'un prince des démons a enlevé son petit ami et son cousin. Nous devons la faire enfermer pour son bien. Ah oui, vous pouvez lui faire cette énoooorme injection hypodermique.*

Non, Jenny ne pouvait le dire à personne. Avec Audrey, Dee et Michael, ils avaient passé trois jours à organiser leur voyage. Il leur avait fallu tout ce temps pour trouver de quoi payer leurs billets d'avion, chacun d'eux prélevant quotidiennement deux cents dollars avec la carte de crédit de leurs parents. À présent, ils se retrouvaient dans le vol de nuit Los Angeles-Pittsburgh, seuls et vulnérables, à dix mille mètres d'altitude, alors que leurs parents les croyaient en train de dormir.

En même temps, Jenny trouvait cela enivrant. Marche ou crève. C'était littéralement le cas pour eux. Adieu la confortable sécurité de leur vie quotidienne. Elle se rendait dans un endroit où les cauchemars se réalisaient – et vous tuaient. Elle n'oublierait jamais la tête blonde de Summer en train de disparaître sous ce tas d'ordures.

Une fois à terre, elle ne pourrait plus se fier qu'à elle-même – et à ses amis.

Michael Cohen avec ses cheveux en bataille et ses yeux de chien battu, portant toujours des vêtements propres mais froissés, sans aucun style particulier. Audrey Myers, au contraire, follement élégante dans son tailleur-pantalon italien noir et blanc, qui cachait si bien ses émois sous un aspect parfaitement policé. Et Dee Eliade, princesse de la nuit avec son sens de l'humour un peu décalé, ceinture noire de kung-fu. Tous âgés de seize ans, en première au lycée, partis en guerre contre le démon.

Les hôtesses servirent le dîner. Dee mangea effrontément son assiette de fruits. Une fois le repas desservi, les lumières s'éteignirent peu à peu.

Avec les maigres loupiotes qui restaient ici et là, on se serait maintenant cru à un enterrement. Cela rappela à Jenny la chambre funéraire où elle avait vu pour la dernière fois sa grand-tante Sheila. Elle se sentait trop sur les dents pour pouvoir dormir mais elle allait essayer.

Pense à tout sauf à lui, se dit-elle en appuyant la tête contre la paroi froide et vibrante. *Et puis après, qu'est-ce que ça peut faire ? Pense à lui si tu veux. Il a perdu tout pouvoir sur toi. Cette part de toi qui n'aspirait qu'à retrouver sa noirceur a disparu. Cette fois, tu peux le battre – parce que tu ne ressens rien pour lui.*

Pour se le prouver, elle laissa les images défiler dans son esprit. Julian en train de rire, avec son étrange beauté qui surpassait tout ce dont étaient capables les humains. Ses cheveux blancs comme le givre, comme des vrilles de brume. Non, plus blancs encore, d'une impossible couleur de glace. Ses yeux, tout aussi impossibles, d'un bleu qu'elle ne pouvait décrire car rien n'y était comparable.

En même temps, elle se rappelait certaines autres choses. Le corps de Julian, mince mais puissamment musclé contre lequel il la serrait avec douceur. Ses longs baisers fervents, comme s'il ne doutait pas un instant de ce qu'il faisait. Certes, il avait l'apparence d'un garçon de l'âge de Jenny, certes, il était le plus jeune de son espèce, mais il était plus ancien que tout ce qu'elle pouvait imaginer, plus expérimenté ; des filles, il en avait connu au cours des siècles autant qu'il en voulait, incapables de résister à son contact dans l'obscurité.

Jenny entrouvrit les lèvres, la langue sur les dents. Il fallait peut-être arrêter ce petit jeu. Julian n'avait aucun pouvoir sur elle mais inutile de tenter le diable...

Mieux valait penser à Tom, le petit Tommy qui l'embrassait derrière le buisson d'hibiscus, Tom Locke, la star classée dans trois sports différents. À ses yeux noisette piquetés de vert, à ses cheveux bruns toujours nets, à son sourire canaille. À la façon dont il la regardait quand il murmurait : « Oh, Thorny, je t'aime » – comme si ces paroles le faisaient souffrir.

Il n'était qu'humain – pas un sinistre prince de l'ombre, mais bien réel, humain, son égal... et il avait besoin d'elle. Surtout en ce moment. Elle ne trahirait pas sa confiance. Elle allait le retrouver et le ramener du lieu infernal où Julian le retenait. Et, une fois qu'elle l'aurait récupéré, elle ne le lâcherait plus d'une semelle.

Il lui suffisait de penser à Tom pour se sentir apaisée. En quelques minutes, ses pensées se détendirent et alors...

Elle était dans un ascenseur. Un masque d'argent couvrait le visage d'un petit homme, si petit qu'elle se demandait si ce n'était pas un nain.

– Viendrez-vous avec nous ? Pouvons-nous vous emmener ?

Jenny s'aperçut qu'il lui posait la même question depuis un bon moment. Et cela lui fit peur.

– Nous assurons les transports, ajouta-t-il.

– Non, merci. Qui êtes-vous ?

Mais lui poursuivait sa litanie :

– Pouvons-nous vous emmener ?

Derrière elle, dans la cabine, s'étalait un poster de Joyland Park, un parc d'attractions dans lequel elle était allée enfant.

– Pouvons-nous vous emmener ?

– Oui... finit-elle par répondre.

Les yeux brillants sous son masque, il se pencha, comme s'il n'en revenait pas.

– Vraiment ?

– Oui... si vous me dites qui vous êtes.

Il recula, visiblement déçu.

– Dites-moi qui vous êtes vraiment, insista-t-elle.

Elle le menaçait d'une bouteille, prête à l'assommer. Quelque part, elle savait qu'il n'était pas vraiment là, que ce n'était que son image, néanmoins elle pensait qu'il pourrait se matérialiser un bref instant, histoire de lui montrer qui il était vraiment.

Il n'en fit rien et sa bouteille s'enfonça dans le vide chaque fois qu'elle en frappa l'image, qui finit par s'évanouir. Tant mieux, songea Jenny. Cela prouvait qu'il n'existait pas et qu'elle ne se laissait pas leurrer.

L'ascenseur s'arrêta et elle sortit... pour entrer dans un autre.

– Pouvons-nous vous emmener ? Nous assurons les transports.

Sous son masque d'argent, le petit homme riait.

Jenny tressaillit en se redressant. Un avion. Elle était dans un avion, pas dans un ascenseur. Un avion qui lui paraissait menaçant jusque dans ses moindres recoins. Elle était seule, dans la mesure où tout le monde dormait. Les autres passagers auraient aussi bien pu être des statues de cire. À côté d'elle, Michael gisait complètement immobile, la tête sur l'épaule d'Audrey.

Soudain, il ouvrit les yeux en émettant un son affreux, s'assit tout droit, portant les mains à sa gorge, comme s'il ne pouvait plus respirer.

– Qu'est-ce qui se passe ? demanda Audrey éveillée en sursaut.

Voilà belle lurette qu'elle faisait mine de ne pas s'intéresser à lui mais, parfois, le naturel reprenait le dessus. Michael était effrayant à voir ainsi. Jenny frissonna.

– Michael, demanda Audrey, tu peux respirer ? Ça va ?

Alors seulement il laissa échapper un long soupir puis se renfonça dans son siège, les yeux encore écarquillés.

– Un mauvais rêve, dit-il.

– Toi aussi ? demanda Jenny.

De l'autre côté du couloir, Dee s'était appuyée sur le bras de son siège, et plusieurs autres passagers les regardaient. Jenny préféra éviter leurs regards.

– À quel sujet ? reprit-elle à voix basse. Ça se passait aussi... dans un ascenseur ?

Elle ne voyait pas du tout à quoi cela correspondait mais en gardait une mauvaise impression.

– Quoi ? Non. C'était au sujet de Summer, dit-il en s'humectant les lèvres comme pour chasser un mauvais goût.

– Ah...

– Mais pas tout à fait Summer. Juste sa tête. Sur une table et qui me parlait.

Un frisson d'horreur parcourut Jenny.

Ce fut là que l'avion plongea.

2

Jenny poussa un hurlement. Comme tous les autres passagers. Dee, qui avait détaché sa ceinture pour se pencher sur Michael, fut projetée en l'air avec une telle violence qu'elle faillit heurter le plafond.

Ils tombaient et c'était bien pire que mille ascenseurs. Il n'y avait rien sous Jenny parce que son siège se dérobait. *À quoi pensent les gens quand ils savent qu'ils vont mourir ? À quoi devrais-je penser ?*

Tom. Elle devrait penser à Tom et à l'amour qu'elle lui portait. Mais c'était impossible, il n'y avait en elle de place que pour la peur et la stupéfaction.

Et puis l'avion se redressa. Le tout n'avait pas duré deux secondes.

La voix du pilote retentit dans les haut-parleurs, douce et sucrée comme de la crème Chantilly :

– Veuillez nous excuser pour cette secousse... nous venons de traverser une zone de turbulences. Nous allons monter au-dessus des perturbations et vous prions de garder vos ceintures attachées.

Juste une zone de turbulence. Rien que de très ordinaire. Ils n'allaient pas mourir. Jenny regarda de nouveau par le hublot. Elle ne distinguait pas grand-chose, ils étaient au milieu des nuages. Brume et ténèbres...

Comme la brume et les ténèbres apportées par les hommes de l'Ombre, lui rappela aussitôt son esprit. *Là, tu vas voir apparaître les yeux, les yeux affamés...*

Mais elle ne vit rien du tout.

– Écoute, disait Michael d'une voix cassée. Au sujet de mon rêve...

– Ce n'était qu'un rêve, coupa Audrey toujours pratique.

Jenny lui fut reconnaissante de ce rappel à la raison.

– Oui, approuva-t-elle. Ça ne voulait rien dire.

Même si, sur le coup, elle avait été prête à croire le contraire. Néanmoins, elle n'avait aucune idée de ce que ça signifiait et elle n'avait d'autre solution que de faire cause commune avec Michael. Et si Julian était derrière tout ça ? À les torturer avec des images de Summer ? Les cauchemars n'étaient-ils pas la spécialité de l'homme de l'Ombre ?

L'homme de l'Ombre. Comme le marchand de sable, sauf qu'il apporte des cauchemars. Et, maintenant, il nous connaît tous, connaît nos points faibles. Il peut donner vie à nos pires craintes et, même si elles ne sont pas réelles, nous sommes incapables de faire la différence.

Dans quel piège va-t-on se jeter ?

Elle passa le reste du vol à regarder par le hublot, ses mains agrippées aux extrémités métalliques des bras de son siège.

*

* *

Pittsburgh, six heures cinquante-six. Le froid, le vent mais un ciel plus bleu qu'en Californie à la même heure. À Vista Grande, où vivait Jenny, les ciels de mai avaient davantage une couleur de béton humide, jusqu'à ce qu'ils prennent assez de force pour briser les nuages.

Le groupe dut emprunter un taxi à l'aéroport parce que Hertz ne voulait pas louer de voiture aux moins de vingt-cinq ans. Dee trouva ça scandaleux et voulut le dire mais Jenny l'en dissuada.

– Ce n'est pas le moment de nous faire remarquer, dit-elle.

Durant le trajet vers Monessen, ils virent une rivière où naviguaient de larges bateaux plats, assez laids.

– La Monongahela et ses barges de charbon, se souvint Jenny.

Ils virent des arbres délicats aux troncs élancés, pleins de petits bourgeons rosés.

– Des gainiers du Canada, expliqua-t-elle. Et les autres là-bas, avec les fleurs blanches, sont des cornouillers.

Au loin, la fumée blanche d'une aciérie tournait au gris à mesure qu'elle s'élevait dans le ciel.

– Avant, il y avait des hauts-fourneaux partout dans la région. C'était l'horreur, toutes ces cheminées qui crachaient le feu et des fumées noires. Quand j'étais petite, je croyais que l'enfer ressemblait à ça.

Michael regardait avec inquiétude tourner le compteur du taxi. Mais c'était bien le seul. Les autres s'intéressaient au paysage.

– Des rues pavées ! observa Dee. J'y crois pas !

– *C'est drôle, ça !* dit Audrey en français.

– Elles ne sont pas toutes pavées, précisa Jenny.

– En tout cas, elles sont toutes en pente.

Effectivement, la ville était construite sur des collines – sept collines. Avec Zach, quand ils étaient petits, ils trouvaient ça un peu magique… *Arrête de penser à Zach et encore plus à Tom.* Mais, comme toujours, la seule évocation de Tom lui serra le cœur.

– On est arrivés, lâcha-t-elle d'un ton faussement gai.

– 3, Center Drive, annonça le chauffeur en s'arrêtant.

Il sortit pour les aider à prendre leurs sacs dans le coffre.

Fille de diplomate, Audrey avait vécu à peu près partout dans le monde. Ce fut elle qui régla la course et ajouta un pourboire astronomique. Elle savait s'y prendre dans ce genre de tractation.

– L'argent... souffla Michael angoissé.

Audrey parut ne pas l'entendre et laissa partir le taxi en souriant.

Jenny regardait autour d'elle avec une émotion non feinte. Depuis Pittsburgh, elle n'avait cessé de retrouver des détails qui suscitaient mille souvenirs, mais là, devant la maison de son grand-père, ils revinrent par tombereaux, la submergeant presque.

Je me rappelle ! Je connais trop bien cet endroit !

Après tout, n'avait-elle pas passé ici les premières années de sa vie ? Cette grande pelouse verte qui descendait jusqu'à la chaussée sans trottoir. Elle y avait tant joué avec Zach... Et puis cette petite maison avec son perron blanc – impossible de compter combien de fois ils l'avaient escaladé en courant.

Néanmoins, Jenny la trouvait comme rapetissée et un peu différente des images qu'elle gardait en mémoire. Plus vieille et plus neuve à la fois. Sans doute parce qu'elle était inhabitée depuis dix ans. À moins qu'elle n'ait vraiment changé...

En fait non, c'était Jenny qui avait changé. La dernière fois qu'elle était venue là, elle avait cinq ans. Et ce souvenir-là lui fit l'effet d'une douche glacée. Cela lui rappela ce qu'elle venait faire ici.

Vais-je en avoir le courage ? Suis-je assez audacieuse pour retourner dans cette pièce et affronter tout ce qui s'y est passé ?

Un bras mince, mais vigoureux comme celui d'un garçon, la prit par l'épaule. Jenny ravala ses larmes et vit que tout le monde la regardait, Audrey dont les cheveux renvoyaient leur éclat cuivré à la lumière du petit matin, Michael au visage rond et solennel.

Et Dee, qui la serrait contre elle, avec son sourire carnassier.

– Viens, ma chérie. On y va.

Poussant un soupir, Jenny tâcha de se montrer aussi positive.

– On fait le tour. Il doit y avoir... euh... des marches de pierre et une porte qui mènent à la cave. Si ma mémoire est bonne.

Elle l'était. Devant la porte souterraine, Dee sortit de son sac de voyage une pince à levier. Ils avaient tout prévu en partant, emportant dans leurs bagages des serviettes qui boucheraient les fenêtres au cas où ils devraient en briser, un marteau et un tournevis.

– Heureusement que personne n'habite là, observa Dee en glissant la pince dans la fente. Sinon, on n'aurait jamais pu faire ça.

– Dans ce cas-là, on n'en aurait pas besoin, répliqua Jenny, parce que les nouveaux propriétaires auraient forcément réaménagé le sous-sol. En l'occurrence, on n'est même pas sûrs que quelqu'un ne s'en soit pas déjà chargé...

– Attends ! cria Audrey le doigt tendu vers le contour de la porte.

Un autocollant noir et blanc aux rebords ondulés. Michael le dépoussiéra pour que Jenny puisse lire ce qui y était écrit.

PROPRIÉTÉ PRIVÉE PROTÉGÉE PAR LA SÉCURITÉ DE LA MONONGAHELA VALLEY. INTERVENTION RAPIDE.

– Une alarme ! s'exclama Michael. Super !

– Tu crois qu'elle marche encore ? interrogea Audrey.

Dee restait les yeux fixés sur sa pince.

– On peut toujours essayer, dit-elle en souriant.

– Non, surtout pas ! riposta Jenny. C'est exactement ce qu'il ne faut pas faire, parce que si elle fonctionne, on ne pourra pas revenir aujourd'hui, il y aura des flics partout pour surveiller la maison.

– Alors on est mal, conclut Michael.

Jenny ferma les yeux. Pourquoi n'avait-elle pas songé à ça ? C'était sans doute son grand-père lui-même qui avait installé cette sécurité – mais quel enfant remarquerait ce genre de chose ? *Sauf que je ne suis plus une enfant. J'aurais dû y songer.*

– Il y a sûrement un autre moyen d'entrer, remarqua Dee.

– Lequel ? maugréa Audrey pas rassurée. Il n'y a pas toujours de solution à tout ce que tu veux, Dee.

Réfléchis, Jenny. Réfléchis, réfléchis, réfléchis. Tu avais oublié l'alarme – tu n'aurais pas oublié autre chose ?

– D'un point de vue philosophique... commença Michael.

– Mme Durash ! s'exclama Jenny. La femme de ménage de mon grand-père. Qui sait si elle ne vient pas encore nettoyer de temps en temps ? Elle a peut-être une clef.

– Génial ! s'extasia Dee en récupérant sa pince.

– Il faut qu'on trouve son numéro de téléphone... oh, j'espère qu'elle est toujours vivante ! Euh... ah oui... le salon de thé. C'est par là, je crois, assez loin à pied.

Michael semblait méfiant.

– Je reste ici pour garder les bagages.

– Tu viens avec nous ! rétorqua Audrey. Les bagages, on peut toujours les cacher dans les buissons.

– Oui, ma chérie, tout ce que tu voudras...

Le salon de thé, Chez Pedro, semblait assez prospère, comme tout ce qu'ils avaient vu en chemin. Jenny entra dans la cabine téléphonique à l'extérieur et fut soulagée d'y trouver un annuaire accroché à une chaîne.

– Gagné ! B. Durash. Il ne peut pas y avoir d'autre Durash à Monessen. Ce doit être elle.

Elle glissa une pièce dans la fente et composa le numéro avant de se rendre compte qu'elle n'avait pas réfléchi une seconde à ce qu'elle allait dire.

– Al-lôo...

La voix mélodieuse à l'autre bout du fil avait des intonations traînantes, sans doute d'origine étrangère.

– Bonjour, je suis Jenny Thornton et...

Concours d'élocution, vacances, ville natale... parents. Où devraient être mes parents ?

– Vous êtes bien madame Durash ? lâcha-t-elle soudain.

S'ensuivit une pause qui lui parut durer une éternité. Puis :

– Mme Durash n'est pas là pour le moment. Je suis sa belle-fille.

– Ah... mais elle habite toujours ici ? Et... vous savez si c'est la même Mme Durash qui travaillait pour M. Eric Evenson ?

Elle doit me prendre pour une folle, songea Jenny en traçant machinalement un dessin sur la vitre.

Une autre pause, puis :

– Ou-ouii, elle s'occupe de la maison Evenson.

Génial ! Elle en avait donc la clef. Jenny en fut soulagée.

– Merci... c'est super. Je veux dire... ce sera super de pouvoir lui parler. Vous savez quand elle rentrera ?

– Elle passe toujours voir son fils à Charleroi le samedi. Elle devrait être là vers sept heures. Vous n'avez qu'à rappeler à ce moment-là.

– À sept heures du soir ? répéta Michael dépité lorsque Jenny leur répéta sa conversation.

Il se laissa tomber sur le banc écaillé, au pied de la devanture du salon de thé.

– On n'a plus qu'à l'attendre ici. Je ne retourne pas là-bas tant qu'on n'aura pas mangé une glace.

– Trop cher, rétorqua Audrey.

Un bus s'arrêta devant eux, que Jenny regarda d'un œil distrait. Neuf heures à tuer. Tout le monde allait les repérer dans une si petite ville. Mieux vaudrait se cacher dans le jardin du grand-père ou... Une affiche sur le côté du bus attira son attention.

Joyland Park, capitale mondiale des montagnes russes. L'affiche comportait des photos d'attractions.

Jenny crut que le banc se dérobait sous elle. Quand elle put de nouveau respirer, les derniers passagers grimpaient. Elle se décida en une seconde.

– On monte !

Dee sauta d'un bond, Michael appuya la tête contre la vitrine, Audrey demanda :

– Où ?

– Dans ce bus, vite ! cria Jenny en courant pour empêcher la portière de se refermer. Vous allez à Joyland Park ?

– Clairton, Duquesne, West Mifflin, Joyland, répondit le chauffeur.

– Bon, quatre places, s'il vous plaît.

Les autres entrèrent derrière elle. Le bus était presque vide et sentait le vieux pneu. Ils prirent place à l'arrière, sur une banquette au cuir déchiré.

– Maintenant, commença Audrey, tu vas nous expliquer ce qu'on fait.

– On va à Joyland Park.

– Pourquoi ?

– Parce qu'ils font des hot dogs, laissa tomber Michael.

– Vous n'avez pas vu cette affiche, sur le côté du bus ? reprit Jenny. Elle était dans mon rêve, dans l'avion, au moment où Michael revoyait Summer.

Audrey mordit sa lèvre inférieure rouge cerise.

– Ça n'aurait rien d'extraordinaire. Tu pouvais penser à ce parc puisque tu revenais dans la région.

– À moins que ça n'ait été autre chose, reprit Jenny… comme une sorte de message. Personne ne se demande si Summer est vraiment morte ?

Audrey parut choquée. Quant à Dee, elle répondit sèchement :

– C'est ce qu'on dit à la police depuis un mois.

Mais Michael était d'un autre avis.

– Elle était vivante dans mon rêve, et parlait comme d'habitude.

– Qu'est-ce qu'elle disait ? demanda Jenny troublée.

– Elle était furieuse parce qu'on l'avait laissée tomber. Elle avait peur.

Ce qui n'en troubla que davantage Jenny. Audrey intervint :

– Alors comme ça, tu crois que vos deux rêves étaient connectés, ou quelque chose de ce genre ? Que c'était une sorte de message ?

– Je ne sais pas, c'est trop compliqué. Je ne vois même pas pourquoi on voudrait nous envoyer dans un parc d'attractions…

– Laisse tomber, conseilla Dee en lui tapotant le dos. Tu as suivi ton instinct ; ça ne trompe pas. Et même s'il n'y avait pas de message, on n'en mourra pas. On va s'amuser, ça nous fera du bien. D'accord, tout le monde ?

– Je préfère le shopping, marmonna Audrey. Mais c'est une façon de tuer le temps comme une autre.

En changeant de position, Michael se cogna les genoux contre le siège devant lui.

– Et de bouffer tout notre fric. Je vous ai raconté mes cauchemars d'enfant sur les parcs d'attractions... ?

– La ferme, Michael ! répondirent les trois filles en chœur.

Ils traversèrent une ancienne zone industrielle à peu près abandonnée, au bout de laquelle apparut enfin Joyland Park. En descendant du bus, Michael émit un grognement inarticulé avant de s'extasier :

– Mais on dirait l'arche de Noé, là !

– En fait, c'est la Maison de l'Épouvante, indiqua Jenny. On y pénètre par cette porte en forme de baleine.

Même en plein soleil, elle éprouvait une impression bizarre en franchissant l'entrée du parc, sans doute parce que tout avait finalement bien changé, se dit-elle. Plus de vieux train qui vous emmenait à travers le parc, remplacé par un train fantôme à travers une mine, appelé Train de l'Enfer, et puis des montagnes russes, le Démon d'Acier et aussi un Tour sur les Rapides rutilant, qui vous transportait à travers des torrents et des tunnels métalliques.

Mais ce n'était rien à côté de la nouvelle salle de jeux vidéo, flambant neuve ; pourtant l'ancienne, sombre et un peu effrayante, avait son charme, au souvenir de Jenny, pleine de machines âgées de près d'un siècle, de bois sculpté et de cuivre, au lieu de l'acier et des néons actuels.

Cependant, elle parvint à se détendre peu à peu. Elle adorait ce parc, ces odeurs de pop-corn et de graisse à essieux – et aussi d'autre chose, une odeur qui n'en était pas vraiment une. Une sensation d'effervescence et de barbe à papa.

– Je ne vois pas pourquoi Summer voudrait nous envoyer ici, dit Audrey lorsqu'ils s'arrêtèrent pour acheter des hot dogs.

– Finalement, il ne devait pas y avoir de message, convint Jenny.

Même si d'horribles choses les attendaient ce soir, ils pouvaient se donner un peu de bon temps d'ici là.

Michael se régalait avec un sourire extasié, lorsqu'il se figea soudain.

– C'est peut-être mieux comme ça, soupira-t-il. Je préférerais mourir que de ressembler à la Summer que j'ai vue dans mon rêve.

Ils s'offrirent un tour de montagnes russes, criant à tue-tête, les cheveux de Jenny flottant comme un drapeau. Le Démon d'Acier était sympathique mais ils furent tous d'accord pour convenir que les anciennes attractions cahotantes avec leurs bruits de planches disjointes avaient beaucoup plus de charme.

– Ça faisait plus peur, évoqua Dee avec délice. On avait l'impression que tout risquait de s'écrouler à tout moment.

Normalement, le train fantôme était censé faire peur, avec ses lumières aveuglantes simulant des explosions à la dynamite.

– C'est une mine d'or, au moins ? s'enquit Audrey.

– Un petit effort d'imagination ! conseilla Michael en lui passant un bras sur l'épaule.

Jenny détourna la tête. Cela lui faisait tellement penser à Tom qu'elle dut refouler ses larmes.

En revanche, la Maison de l'Épouvante restait très impressionnante. Un « mur » de briques compresseur tournait autour d'eux, au point que plus personne à part Dee ne put marcher normalement. Le sol sautait et ondulait, et Michael finit par menacer de porter plainte – ou de vomir.

Quant à Dee, elle jubilait.

– Viens là ! lança-t-elle à Jenny.

Derrière une paroi vitrée, on apercevait vaguement une silhouette rouge. Alors que Jenny s'approchait, la scène s'assombrit. Elle colla le nez contre la glace – et ce fut là que, dans un hurlement rageur, la créature fondit au bout d'un fil dans sa direction. Jenny recula en poussant un petit cri.

– Trop cool ! s'écria Dee en riant.

Jenny allait la rabrouer quand elle remarqua un détail : ce démon rouge, avec des cornes, des sabots fendus et une queue, possédait de ces iris... des iris d'un bleu effrayant sous les lumières noires. Juste avant de se voir tiré en arrière par le fil, il lui décocha un clin d'œil.

Après quoi, tout lui parut faussé dans ce parc. Le bonimenteur du jeu d'anneaux la considérait avec une drôle de lueur dans le regard. Même Léo, le lion mangeur de papier, lui sembla vaguement sinistre.

– C'est quoi, ce truc ? demanda Michael en se laissant tomber sur un banc.

Il regardait un wagon au toit rouge et aux barreaux métalliques au milieu desquels jaillissait une tête de lion, la gueule ouverte sur un large sourire.

– Je suis Léo, le lion mangeur de papier ! piaillait une voix stridente.

C'était trop bizarre et Jenny en ressentit comme l'effet d'un glaçon dans la nuque.

– Je mange toutes sortes de papiers, continuait gaiement la voix, et aussi du carton. Les emballages de chewing-gum, les boîtes de pop-corn... Alors nourrissez-moi.

– C'est une poubelle qui fait sa pub, expliqua Dee. Il avale tout comme un aspirateur.

Une mère de famille arrivait derrière une double poussette ; les deux bébés considérèrent le lion d'un air grave.

– Vous voulez le nourrir ? demanda la maman.

L'un des enfants hocha la tête sans se dérider. Alors elle plia une serviette en papier et la lui donna. Le gamin tendit la main et se pencha.

– Je parie que j'aurai mal au ventre demain, couinait le lion.

Plus près, plus près – la menotte se rapprochait...

– Léo a toujours faim...

Jenny bondit pour boucher la gueule béante avant que les doigts du petit ne l'atteignent. Le bambin la dévisagea sans changer d'expression. La maman glapit.

– Excusez-moi, dit Jenny confuse.

Tout le monde la regardait, y compris Dee, Audrey et Michael. Elle ne bougea pourtant pas la main. L'enfant se rassit. La mère, après un instant de stupeur, tourna brusquement la poussette et s'éloigna.

Jenny sentait toujours sa nuque glacée en retirant lentement sa main. Elle avait eu peur... de quoi au juste ?

– C'est bon, lança-t-elle à la cantonade. C'était idiot, je reconnais.

– On est tous un peu nerveux, commenta Michael.

Il le prouva en se couchant sur le sol quand il se vit attaqué par deux petites silhouettes hurlantes. Jenny s'abrita sous la tête du lion avant de se rendre compte qu'il s'agissait de deux gamins qui plongèrent sous le banc d'où ils ressortirent triomphants :

– Ça y est ! On en a un autre !

– Un autre quoi ? intervint Dee en leur barrant le chemin d'un pied.

– Un doublon, débile ! lança l'un des gamins en brandissant un objet rond et brillant.

Jenny crut y voir une pièce en chocolat recouverte de papier doré. Jusqu'à ce qu'il ajoute :

– Tu sais pas lire ?

Elle tordit le cou vers le panneau lumineux derrière eux qui annonçait en énormes lettres rouges :

NOTRE DERNIÈRE ATTRACTION ! RÉCOLTEZ TROIS DOUBLONS D'OR ET SOYEZ LE PREMIER À POSER LE PIED SUR... L'ÎLE AU TRÉSOR.

– Tu as tes trois jetons et tu peux y entrer gratos le jour de l'ouverture. Mais faut d'abord passer le pont. Ils en ont caché à travers tout le parc.

Aussitôt, ils repartirent dans leur quête. Sur le panneau, un coffre de pirates s'ouvrait lentement et se refermait, comme une huître. Derrière, Jenny apercevait l'île artificielle de Joyland Park au milieu d'un lagon tout aussi fabriqué. La dernière fois qu'elle y avait mis les pieds, c'était une sorte de scène avec des acrobates et des musiciens. À présent, on n'y voyait qu'un chantier où pointait déjà un phare. Mais pas de pont pour s'y rendre.

Pourquoi se sentait-elle si mal à l'aise ?

– Jetez-moi ces déchets dans la bouche. Léo attend...

– On y va, dit Jenny le cœur serré. On va faire des trucs de gamins, nous aussi. Aller à la pêche.

De sombres canaux alimentaient en eaux tourbillonnantes la mare aux poissons.

– On dirait un bar à sushis, observa Michael en regardant l'eau entrer d'un côté et sortir de l'autre. Vous savez, ceux où les assiettes flottent au milieu.

Pour vingt-cinq cents, on pouvait plonger une ligne dans la mare. Au bout, une pince attrapait un numéro et on recevait un lot.

– Quand j'étais petite, j'avais chaque fois l'impression d'aller à la pêche au trésor, dit Jenny ravie.

– Ça mord ! s'écria Dee.

Elle remonta sa ligne garnie d'une plaque de bois portant un numéro. Le forain vérifia et le rejeta dans l'eau puis offrit à Dee un porte-monnaie en plastique. Rose.

– Le rêve de ma vie !

À son tour, Jenny avait une prise ; ce fut assez brutal, comme si elle tenait un gros poisson bien vivant. Elle remonta sa ligne…

… et manqua de s'étrangler.

À côté d'elle, Michael toussa en écarquillant les yeux.

Ce n'était pas une plaque de bois qu'elle avait rapportée mais un petit anneau d'or qu'elle n'eut pas besoin de regarder à deux fois pour le reconnaître.

La bague.

La bague que Julian lui avait donnée, dont l'intérieur était gravé de ces mots fatidiques qui l'avaient assujettie par leur pouvoir magique : « À tout je renonce qui ne me vient de toi. » Qui l'avait engagée à refuser le monde pour ne choisir que lui. Une promesse à laquelle Julian avait tenté de l'attacher. Elle s'en était libérée, à présent – mais ce souvenir la glaçait.

Elle avait eu bien tort de penser qu'ils allaient pouvoir se distraire jusqu'au soir. Julian était en train de l'observer à l'instant même, ainsi qu'il le faisait depuis des années. Impossible de lui échapper, ni ici ni ailleurs.

Rien d'autre à faire que d'aller l'affronter.

– On rentre, dit-elle surprise par la fermeté de sa propre voix.

Elle prit la bague au bout de la pince et la jeta dans les eaux bouillonnantes.

3

– Vous voulez la clef ?

– Oui, enfin mes parents. Le voyage les a fatigués, ils sont restés à l'hôtel, vous voyez. Madame Durash, vous vous rappelez cette vieille machine à laver si bruyante qui appartenait à mon arrière-grand-mère ?

Je suis super aimable, là ! se dit Jenny abasourdie. *Une vraie arnaqueuse.*

Un sourire éclaircit les traits fins de Mme Durash. C'était une petite femme mince, habillée comme dans les souvenirs de Jenny, d'une robe imprimée et d'un cardigan.

– Je m'en servais, de cette machine ! dit-elle d'un ton vaguement menaçant.

– Je sais, c'est ça le plus beau !

Si j'en rajoute encore dans le mielleux, je vais vomir.

Pourtant, cela fonctionna. Mme Durash fouilla dans un sac noir.

– Je vais vous expliquer comment couper l'alarme.

Jenny laissa échapper un soupir qu'elle parvint à rendre discret puis écouta aussi attentivement qu'elle le put les instructions, avant de sortir en se répétant : *36-55, ensuite Entrée, Fermer, Entrée. 36-55, ensuite Entrée...*

En rejoignant les autres qui l'attendaient au coin de la rue, elle leur annonça :

– Bon, on est limités dans le temps. Elle demande que mes parents l'appellent demain, parce qu'elle ne savait même pas qu'on venait dans les parages. Si elle ne reçoit pas ce coup de fil, elle va se douter de quelque chose.

– Mais on n'a même pas dormi ! fit remarquer Michael. Et on est à deux kilomètres de la maison de ton grand-père. Au moins.

– On n'a qu'à appeler un taxi ! s'exclama Audrey impatientée.

– Surtout pas, rétorqua Dee en sortant le sac qui contenait leur réserve d'argent. On a dépensé treize dollars quatre-vingt-quinze par personne pour entrer dans ce parc, sans parler de tous les hot dogs que Michael a mangés ; on a dépensé tout ce qu'on avait réuni pour plusieurs jours. On est fauchés, princesse.

– C'est ma faute, soupira Jenny. J'aurais dû y réfléchir. Il faut absolument qu'on termine tout cette nuit – une fois qu'on sera entrés, on n'aura plus à s'en faire pour l'argent. Certains pourront dormir pendant que les autres fouilleront dans les affaires de mon grand-père – on se relaiera, d'accord ? Et on pourra manger les barres énergétiques qu'on a apportées.

– Mais si on ne trouve rien cette nuit ? objecta Michael.

– Il va bien falloir, dit Jenny.

La vieille maison de brique avait encore l'électricité, sans doute pour alimenter le système d'alarme, ce qui n'empêchait pas l'intérieur de paraître complètement abandonné avec ses draps blancs antipoussière, ses pendules arrêtées. Jenny conservait toujours la même impression de familiarité et d'inconnu tout à la fois...

Le pire, et de loin, c'était la cave. D'abord, les jambes de Jenny ne voulurent pas la porter dans l'escalier. Elle avait revu cet endroit un mois auparavant dans une sorte de rêve, une hallucination créée par Julian – mais n'y avait plus remis les pieds pour de vrai depuis plus de dix ans, en fait depuis que les voisins avaient entendu un cri épouvantable et appelé la police. On avait retrouvé à la cave la fillette de cinq ans, les bras écorchés, les vêtements déchirés, les cheveux en bataille. Et qui criait, criait en regardant la porte béante d'un placard, sur laquelle était gravé un étrange symbole. Il avait fallu faire appel à des secouristes pour pouvoir approcher la petite Jenny tant elle était affolée.

La police en conclut que le grand-père l'avait maltraitée, sans écouter une seconde le récit invraisemblable de l'enfant sur la glace et les ombres qui peuplaient ce placard, sur les yeux affamés qui la regardaient et avaient tenté de s'emparer d'elle. Sur la disparition du grand-père qui avait pris sa place.

On en avait conclu à une crise de démence du grand-père – et, dans cette cave, Jenny comprenait pourquoi. Tous les murs, toutes les bibliothèques, le moindre recoin étaient porteurs de fétiches de protection.

Ce qui avait du sens quand on savait qu'il invoquait les démons pour pouvoir les prendre au piège. Néanmoins, l'effet restait des plus glauques.

– Venez voir ces trucs ! lança Audrey fascinée. Il y a beaucoup de camelote, mais certaines pièces ont une valeur folle. Tenez, cette cloche d'argent, elle vient de Chine... j'en ai vu quelques-unes quand papa était en poste à Hong Kong. On les fait sonner pour écarter les mauvais esprits. Et ça… c'est un authentique moulin à prières tibétain. Et ça…

Elle souleva un bracelet d'agate et de perles d'or.

– C'est égyptien, coupa Dee. Sept rangs ? Aba m'a appris que le chiffre 7 était sacré chez les Égyptiens.

La grand-mère de Dee voyageait beaucoup.

– Et ça, reprit Audrey devant une image pieuse sous sa riza dorée, ce sont des icônes russes. Très rares, très chères.

– Et ça, ça vient de la kabbale, dit Michael en désignant triomphalement un tableau intitulé *Les Valeurs numériques de l'alphabet hébreu*. Le système ésotérique de divination hébreu.

– Il y a plein d'objets dignes d'un musée, conclut Audrey.

Quant à Jenny, elle avait du mal à respirer dans cette pièce *pesante* en quelque sorte – surchargée, oppressante, à l'atmosphère confinée, lourde, vibrante d'énergie.

Magique, quoi, songea-t-elle. *C'est bien pour ça qu'on est venus. Il est temps de s'y mettre.*

Elle alla s'installer devant le bureau. Dans son rêve, le journal rédigé par son grand-père était ouvert dessus. En réalité, il n'y avait qu'un buvard en cuir sur le meuble.

– Sur les étagères, dit-elle.

Elle alla examiner les rayons des bibliothèques ; elle cherchait un cahier relié de cuir marron, elle le reconnaîtrait sûrement quand…

– Je l'ai trouvé ! s'exclama-t-elle.

Elle l'ouvrit pour y découvrir la grande écriture noire de son grand-père.

– Mon Dieu, s'écria-t-elle en sortant d'autres volumes, il n'y en a pas un mais trois ! On va devoir les lire tous.

– On va se relayer, comme tu as dit, proposa Dee. Michael et toi, vous allez remonter dormir un peu, vous êtes les plus fatigués. Audrey et moi, on s'y met tout de suite.

Jenny dormit trois heures d'affilée sur le canapé du salon – elle n'avait pas eu le courage de s'installer dans une chambre – avant de redescendre prendre son tour à la cave avec Michael. Tous deux se plongèrent dans leur lecture en mâchonnant des barres de céréales chocolatées. Elle n'avait pas vraiment faim et détestait ce genre de produit hyperprotéiné mais elle avait besoin de faire le plein d'énergie.

Ces journaux rédigés avec une précision scientifique étaient vraiment bizarres. Tout ou presque tournait autour de la façon d'invoquer les hommes de l'Ombre.

Les hommes de l'Ombre, connus sous bien des noms à travers les âges : extraterrestres, fées, Visiteurs, ou les Autres, tout simplement. Ceux qui épiaient dans l'ombre et enlevaient parfois les humains.

Machinalement, elle jeta un coup d'œil vers la porte du placard restée entrouverte, et son cœur se serra. C'était là qu'ils avaient entraîné son grand-père, à travers le portail qui menait... à leur monde, parallèle à celui des humains. Le monde des Ombres.

Son grand-père les avait invoqués car il désirait acquérir leur pouvoir. Mais ils s'étaient avérés trop puissants pour lui.

Une phrase du journal retint l'attention de Jenny : « le Marcheur entre les mondes ». Le cœur battant, elle déchiffra le texte qui suivait. Quelques lignes illisibles, « devenir un Marcheur entre les mondes moi-même, si le danger n'était pas si grand. Il existe différentes méthodes pour » – à nouveau illisible – « mais celui que je considère comme le plus apte à réussir serait le cercle runique »...

– Les runes, murmura Jenny.

L'alphabet magique que Julian et son grand-père avaient utilisé pour percer le voile entre les mondes. Elle regarda le dessin qui suivait.

– Michael, j'ai trouvé !

– C'est vrai ?

Elle lut quelques lignes supplémentaires et ses doigts se crispèrent sur la couverture de cuir.

– C'est vrai. Appelle Dee et Audrey. Et prends un couteau.

Ils avaient apporté le couteau suisse de Tom, et Dee avait aussi un vieux poignard de pêche.

– Il faut qu'on grave ces runes sur une porte, indiqua Jenny. Ensuite, on les colore et on dit leurs noms pour les charger de pouvoir, puis on ouvre la porte.

– On les colore avec quoi ? demanda Michael soupçonneux.

– Avec du sang, bien sûr. Ne t'inquiète pas, je m'en occupe. On va faire ça sur la porte de la cave, pas du côté de l'escalier, de l'autre. Le panneau est souple, ce sera plus facile.

Étonnant comme la solution pouvait paraître simple. Il suffisait d'accomplir ce devant quoi son grand-père lui-même avait reculé car il l'estimait trop dangereux. Personne ne se demanda s'ils allaient s'en sortir, personne n'émit d'objection, pas même Michael. Ils procédèrent de la même façon que lorsqu'ils avaient aidé Tom à monter un meuble range-CD dans sa chambre. Michael lisait les instructions et les autres exécutaient.

– Deux cercles, l'un dans l'autre. Ça ne dit pas de quelle taille, observa-t-il. Mais il faut laisser de quoi inscrire des runes entre les deux.

Jenny traça les cercles au feutre sur la porte de chêne.

– Bon, maintenant, les runes. D'abord, Dagaz, tout en haut, en forme de sablier couché.

Jenny traça le symbole angulaire au sommet du cercle intérieur.

– Il est dit ici que Dagaz agit comme un catalyseur. Il représente les moments comme le crépuscule et l'aube, lorsque les choses changent, et « opère entre ombre et lumière ».

L'aube, songea Jenny en évoquant le bleu éclatant des aubes de Pennsylvanie – et les yeux qui en avaient juste la couleur. Julian était comme Dagaz, un catalyseur entre ombre et lumière. Un pied dans chaque monde.

– Ensuite, on a Thurisaz, l'épine. Située à droite... non, un peu plus bas. Elle a la forme... regarde. Une ligne droite avec un triangle sur le côté. Comme une épine sur une tige.

– On parle beaucoup d'épines dans les contes de fées, intervint Audrey. Ça vous pique et vous pouvez en mourir ou perdre la vue ou vous endormir à jamais.

Sans rien dire, Jenny dessina la rune.

– La suivante est Gebo. Elle représente beaucoup de choses : un cadeau, un sacrifice, la mort, la soumission de l'esprit. Elle a la forme d'un X. Tu vois ?

Le sacrifice, la mort. Un frisson parcourut Jenny. Elle regarda le croquis. Un X normal, effectivement, pas incliné comme celui de Naudhiz, la rune tracée par son grand-père sur le placard pour contraindre les hommes de l'Ombre.

– Tu vois, Jenny ?

Hochant la tête, elle la dessina. Mais elle avait un mauvais pressentiment, en rapport direct avec Gebo, la rune du sacrifice. Il allait se produire quelque chose...

Pas maintenant, pas tout de suite. Dans l'avenir.

La voix de Michael la fit tressaillir.

– Ensuite, il y a Isa. C'est une rune qui invoque le pouvoir primal de la glace. Une pure ligne droite verticale.

Jenny se détacha de l'évocation du sacrifice pour s'obliger à dessiner.

– Kenaz, la torche. Pour le pouvoir du feu primal, en forme d'angle, regarde... Raidho, pour le mouvement, le voyage. Pour la protection lors des déplacements entre les mondes. En forme de *R*... Uruz, l'auroch... en forme de *U* inversé...

– Je sais, Michael.

C'était Uruz qui apparaissait sur la boîte de jeu que lui avait vendue Julian.

– En principe, dit Jenny, il évoque deux cornes de taureau pointées vers le sol, prêtes à percer le voile entre les mondes. C'est la dernière ?

– Oui, maintenant, on doit les graver.

Cette opération ne fut pas aussi difficile que Jenny ne l'avait craint, sans doute parce que les runes étaient anguleuses, infiniment plus faciles à tracer que des cercles. Néanmoins, à certains moments, le couteau de Tom dévia quelque peu. Jenny put constater avec effroi à quel point la lame en était aiguisée.

Et puis elle s'inquiétait pour le sang. Comment allait-elle faire ? Elle qui avait peur des rasoirs... et pas question de prendre une épingle. S'ils voulaient colorer toutes ces runes, il leur faudrait beaucoup plus de sang que les quelques gouttes procurées par une pointe.

Tu verras plus tard. Tu n'auras qu'à utiliser le couteau – en tâchant de ne pas te couper le doigt par la même occasion.

Ce fut alors que le problème se résolut de lui-même. Le couteau dérapa.

– Aïe !

Ce fut si fulgurant qu'elle ne ressentit pas tout de suite de douleur. Elle jeta le couteau et écarquilla les yeux en voyant sa main – en se demandant finalement à quel point elle s'était blessée.

Pas trop. Une entaille d'un centimètre et quelques au milieu du pouce ; elle en vit d'abord les bords blancs puis le sang jaillit et coula le long de sa main.

Au bord de la nausée, elle ne pouvait s'empêcher de regarder quand même à l'intérieur de sa peau.

– Vas-y ! s'exclama Michael. Ne le gâche pas... c'est précieux.

Là, ça commençait à faire mal. Jenny chercha du regard ce qui pourrait leur servir de plume, avant d'en imprégner un ongle et de le promener sur les runes déjà creusées, colorant de rouge vif les pâles sillons de chêne.

Audrey et Dee achevèrent de graver les dernières lettres et Jenny poursuivit sa tâche. À la fin, elle dut appuyer un peu sur la coupure pour en tirer davantage de sang mais l'essentiel était fait.

Le résultat se révéla un rien tremblé mais impressionnant. Deux cercles concentriques et ces runes entre eux. Jenny se demanda ce qu'un témoin extérieur – par exemple un voisin – pourrait bien penser de ces jeunes en train de se livrer à de telles activités. Destruction de propriété. Vandalisme. Qu'y verraient-ils d'autre que des graffitis ?

Mais peu importait à Jenny. Elle fonctionnait en mode crise, où les lois n'avaient plus cours. Avec ses amis, ils étaient sortis de la vie quotidienne pour entrer dans une logique où tout pouvait arriver, où ils n'obéissaient plus qu'à leurs propres règles. C'était effrayant – et follement libérateur. Elle se sentait voler vers Tom sur des ailes de feu.

Tu croyais me l'arracher ? songea-t-elle à l'adresse de Julian. *Tu plaisantes ? Quand j'en aurai fini avec toi, tu regretteras de nous avoir entraînés dans ce Jeu.*

Dee contemplait le cercle d'un œil critique.

– Et maintenant ? demanda-t-elle. Ça fonctionne comment ?

– Il semblerait que, lorsqu'on trace ces runes, on mette en œuvre leurs fonctions, dit Michael. C'est comme quand on a dessiné nos cauchemars pour le premier Jeu. On a représenté ce qui nous faisait le plus peur et ces scènes sont devenues réelles. Pareil pour les runes. On crée une… une *représentation* d'une chose qui se matérialise. On change la réalité en créant cette représentation.

– C'est ce que Julian m'a dit, expliqua paisiblement Jenny. Quand j'ai enfilé son anneau et prononcé les paroles, j'ai décidé de mon propre sort. Les paroles se sont réalisées dès que je les ai articulées.

– Et c'est ce qui nous reste à faire ici, dit Michael. On a déjà effectué les deux premiers pas. Maintenant, il faut juste charger les runes de pouvoir en prononçant leurs noms à haute voix. Ça les activera et alors…

– Alors gaffe ! coupa Dee les yeux brillants. C'est parti, bonnes gens !

– Il faut d'abord qu'on récupère nos affaires, dit Jenny.

Elle tremblait mais restait déterminée à faire les choses comme il le fallait, sans sauter aucune étape.

– On ne sait pas ce qui va se passer une fois que ces runes seront activées… on n'aura peut-être plus le temps de faire autre chose.

Ils coururent se changer et sortir quelques objets de leurs sacs. En revenant vers la porte, Jenny était en Levi's et chemise de jean, surmontée d'une veste et d'un coupe-vent ; elle avait aux pieds d'épaisses chaussettes et des chaussures de randonnée ; à sa ceinture, elle avait accroché une outre pleine d'eau et des gants de cuir, ainsi qu'un kit de survie miniature.

Dans le kit, tout avait été choisi en fonction de sa légèreté autant que de son efficacité. Une boîte d'allumettes résistantes à l'eau, un mètre de papier hygiénique, une couverture de survie pliée en un carré de dix centimètres de côté. Des protège-chaussures. Deux grands sacs-poubelle. Deux aspirines. Une tablette de chocolat. Trois sachets de thé, trois cubes de bouillon. Une série d'épingles à nourrice. Le tout dans une tasse en fer-blanc, accompagnée d'une corde en nylon de quinze mètres, de deux barres énergétiques et d'une torche.

Elle y ajouta le couteau suisse à manche rouge de Tom.

Ils n'avaient aucune idée de ce qui les attendait dans le monde des Ombres. Quelle sorte de terrain, quel temps, quelle atmosphère. Jenny en avait aperçu un aspect par la fenêtre de la maison de papier : des roches tordues, balayées par une éternelle tempête de neige, illuminées par des lueurs vertes et bleues comme des éclairs. Mais ce monde était-il entièrement ainsi ?

Je vais bientôt le savoir. Au moins, cette fois, on sera préparés.

Les autres arrivèrent, habillés comme elle. Même Audrey portait des bottines et une veste imperméable. Dee avait glissé son poignard de pêche dans un étui de plastique noir à sa ceinture, mais son arme la plus radicale restait ses mains fines et ses pieds enfermés dans de hautes bottes.

Tous se regardèrent avant de se diriger silencieusement vers la porte.

– C'est à toi de faire ça, dit Michael à Jenny.

Elle prit une longue inspiration et, le journal de son grand-père dans les mains, elle se mit à lire les noms :

– Dagaz.

La rune du changement.

– Thurisaz.

L'épine.

– Gebo.

Pour le sacrifice. La voix de Jenny commençait à trembler, elle n'arrivait plus à bien respirer. Inconsciemment, elle éleva la voix :

– Isa.

La glace primale.

– Kenaz.

Le feu primal. Les mots lui échappaient, saccadés.

– Raidho.

Le voyage.

La gorge de Jenny se bloqua ; elle leva la tête pour contempler la dernière rune dans le cercle. Un long moment s'écoula.

Ça y est, une fois que j'aurai prononcé son nom, je ne pourrai pas me dédire. On ne pourra pas revenir en arrière.

– Uruz, murmura-t-elle d'un ton à peine audible.

Pour percer le voile entre les mondes.

Là-dessus, la porte se mit à flamboyer comme une lumière stroboscopique. Noir, blanc, noir, blanc, noir, blanc, noir, blanc.

– Mon Dieu ! souffla Audrey.

Tous sautèrent en arrière, mais ils n'avaient nulle part où aller, car ils se retrouvèrent collés au mur. Michael plongea sous une console, faisant tomber le téléphone qui était posé dessus.

Ces derniers temps, Jenny avait vu bien des choses bizarres. La spécialité de Julian. Mais là, c'était autre chose – peut-être parce qu'ils se trouvaient dans un environnement banal, une maison normale, une porte normale. À moins que ce ne soit parce qu'ils l'avaient provoqué eux-mêmes.

Et ça n'était pas seulement effrayant à vous glacer le sang, ça donnait envie de s'enfuir en hurlant. D'autant que, sous les éclairs, le cercle de runes se mettait à scintiller comme une roue de feu, puis à tournoyer tel un soleil de feu d'artifice, éblouissant.

Glacée d'effroi, Jenny jeta un coup d'œil vers les autres. Dee avait pris une posture de cheval cabré, parfaitement en équilibre, prête à tout. Audrey restait plaquée contre le mur, ses cheveux auburn illuminés par à-coups, tandis que Michael contemplait la scène les yeux exorbités.

Un grondement sourd s'éleva, monté de la terre elle-même, semblait-il, faisant trembler le sol sous leurs pieds.

Qu'est-ce qu'on a fait ?

Le cœur au bord de la désintégration, Jenny n'arrivait plus à soutenir l'éclat de la scène.

Dans une dernière explosion de lumière, alors que le rugissement tonitruant leur déchirait encore l'ouïe, Jenny dut se faire violence pour ne pas se tapir en se bouchant les yeux et les oreilles.

Et puis tout s'arrêta.

Comme ça. Un calme aussi parfait que soudain. La porte avait repris son aspect initial et les cercles runiques ne tournaient plus.

Cependant, Jenny voyait bien que quelque chose avait changé. Dagaz, la rune du sommet, se trouvait maintenant à droite. Comme si la roue n'avait pas repris sa place initiale. D'ailleurs, les runes se calcinaient doucement sur le bois.

Jenny était essoufflée comme si elle venait de courir un cent mètres.

– On a réussi ! murmura Dee en souriant à pleines dents.

– Tu crois ? balbutia Michael.

Il n'y avait qu'un moyen de le vérifier. Jenny s'accorda un instant puis tendit lentement la main vers la poignée.

Elle sentit son pouls dans sa paume lorsqu'elle l'attrapa. Le métal n'était même pas tiède.

Elle la tourna, ouvrit la porte.

Oh !

Ce n'était pas l'escalier menant au jardin qu'elle avait devant elle mais une totale obscurité, comme une nuit sans étoiles.

4

Allumant sa torche, Jenny s'avança mais sentit une résistance en franchissant le seuil. Rien de très solide, plutôt comme la force de gravitation qu'on sentait au décollage d'un avion. Cela la fit trébucher mais elle réussit à ne pas tomber.

Le rayon de lumière de la torche révéla un sol d'asphalte et aussi quelque chose qui ressemblait à une petite fleur jaune. Écrasée.

Non, pas une fleur, se dit Jenny. Elle reconnaissait cette forme mais s'y attendait si peu en un tel endroit qu'elle ne l'identifia pas tout de suite. Du pop-corn écrasé.

Du pop-corn ?

Les torches s'allumaient derrière elle. Les rayons s'entrecroisaient dans l'obscurité. Dee, Audrey et Michael la rejoignirent.

– Qu'est-ce que… ? demanda Dee.

Elle fut interrompue par un claquement et Jenny put constater que cela provenait de la porte de la cave qui se fermait puis disparaissait.

Complètement. Évaporée, les laissant… là où ils étaient.

– J'y crois pas ! s'écria Audrey.

Leurs torches balayaient les alentours et ce qu'ils voyaient leur suffisait. Ce fut Michael qui le constata, d'un ton indigné :

– Ça n'a pas marché ! Après tout ce qu'on a fait... Ce n'est pas du tout le monde des Ombres !

Ils étaient à Joyland Park.

Joyland exactement tel qu'ils l'avaient vu l'après-midi même – mais plongé dans le noir, et désert.

Les mêmes bancs de fer forgé peints en vert avec des planches en bois sur les sièges. Les mêmes barrières de bois (aussi vertes) barrant les mêmes buissons bien taillés. Les mêmes bégonias blancs et roses que Jenny avait remarqués – elle remarquait toujours les fleurs. Maintenant, leurs pétales étaient fermés.

La torche de Jenny capta une énorme benne à ordures, puis une enseigne à l'ancienne indiquant : CONFISERIE.

Le rideau de fer en était baissé et les petites lumières au-dessus de la boutique, annonçant CARAMELS MAISON et POMMES D'AMOUR, étaient éteintes.

Impossible d'y croire. Cet après-midi, le parc résonnait de toutes sortes de bruits : bavardages, cris, galopades, rires, musique. À présent, on n'entendait que sa propre respiration. Le seul mouvement perceptible était le léger flottement des fanions au sommet des montagnes russes.

Jusqu'à ce qu'elle repère autre chose.

Sur un large panneau lumineux, le coffre des pirates qui s'ouvrait lentement et se refermait comme une huître.

– Il n'y a personne ici... même pas d'agents de nettoyage, remarqua Dee contrariée.

– Il est trop tard, dit Michael. Ils sont tous rentrés chez eux.

– Mais il devait bien y avoir *quelqu'un* ici. Regardez !

Le sourire aux lèvres, Dee désigna un chariot orange garé contre une barrière ; il aurait effectivement très bien pu appartenir à une personne chargée de la maintenance.

Sauf qu'on ne l'a aperçu qu'après que Dee s'est étonnée qu'il n'y ait pas d'équipe de nuit, songea Jenny.

Ce n'étaient plus seulement ses petits doigts qui vibraient mais tout le côté de ses mains. Il y avait quelque chose qui clochait. Les lieux ressemblaient à Joyland – de son lagon artificiel à la carriole de rafraîchissements avec ses roues rouge et jaune. Mais ça sonnait faux.

Elle sentait comme une présence qui les surveillait dans l'ombre, comme si le parc pouvait reprendre vie à tout instant.

– Ça fiche les jetons, maugréa soudain Audrey.

– Ouais, trop ! s'esclaffa Michael. Rien de plus craignos qu'un parc d'attractions fermé.

Ses mots se répercutaient dans la mémoire de Jenny : « Je vous ai raconté mes cauchemars d'enfant sur les parcs d'attractions... ? »

– Écoutez, dit-elle en se retournant brusquement. À part Michael, personne d'autre n'a fait de mauvais rêves ?

Audrey s'arrêta, sa lampe s'abaissa, et elle finit par avouer :

– Si, moi.

– Moi aussi, dit Jenny. Ce doit être assez universel...

– Un archétype, confirma Michael d'une voix vacillante. Mais bon, ça ne veut rien dire...

Jenny commençait à comprendre quels affreux cauchemars il avait pu faire.

– Tu es ouf, Michael ! répliqua gentiment Audrey en lui prenant la main. Qu'est-ce que tu en penses ? ajouta-t-elle à l'adresse de Jenny.

– Je ne sais pas. Je ne m'attendais pas à ça. On dirait Joyland, mais...

– Mais Julian peut recréer n'importe quel décor, conclut nerveusement Audrey.

Dee regarda autour d'elle en riant.

– Bon, écoutez, bande de tarés ! Si c'est bien le monde des Ombres... du moins en partie... c'est un endroit qu'on connaît. Ça nous donne donc un avantage. Et puis c'est mieux qu'une tempête de neige verte et bleue ou tout ce que Jenny a pu voir par la fenêtre la dernière fois, non ?

Audrey hocha la tête sans enthousiasme. Michael ne réagit pas.

– Alors que si ce n'est pas le monde des Ombres, on est mal parce que ça voudra dire qu'on n'a plus aucune chance de retrouver Tom et Zach.

– *C'est juste*, reconnut Audrey en français. J'avais oublié.

Jenny n'avait pas oublié.

– On devrait vérifier si c'est le vrai Joyland ou...

Elle n'eut pas besoin d'achever sa phrase et ne voyait pas trop comment s'y prendre pour inspecter les lieux. Tout paraissait authentique. Il ne leur restait qu'à traverser le parc ; ils commencèrent par retourner vers l'entrée, passèrent devant un restaurant obscur et désert.

– C'est quoi, ça ? souffla Audrey. J'entends quelque chose.

Un murmure aquatique, léger, devant eux.

– La mare aux poissons, dit Jenny.

Elle reconnut la baraque à l'enseigne rouge. Fermée, comme tout le reste. Mais en s'approchant, elle vit que les eaux opaques continuaient de courir dans leurs canaux circulaires.

– Ils ne laisseraient pas ça tourner toute la nuit, dit Audrey sur le pied de guerre. Vous n'êtes pas d'accord ?

– « Mon petit Toto, on n'est plus au Kansas[1] », murmura-t-elle.

– Et ça, lança Dee en s'approchant. Qu'est-ce que vous en dites ?

Il y avait une ligne posée contre la baraque. Dee enroula un index autour.

– Alors là, objecta Michael… ça ne m'emballe pas.

C'était la première fois qu'il parlait depuis un bon moment.

Jenny comprit ce qu'il voulait dire. C'était trop évident, trop *tentant*. Mais ils ignoraient s'ils étaient vraiment à Joyland ou non. Après tout, les forains laissaient peut-être l'eau couler la nuit pour empêcher la formation d'algues ou quelque chose comme ça…

– J'y vais ? proposa Dee.

– Tu t'amuses bien, constata Michael avec un rien d'amertume. Mais il n'y a pas que toi, ici. Tout ce que tu feras peut nous retomber dessus.

– Oh, ça va, les gars ! C'est le seul moyen de savoir où on est, pas vrai ?

Jenny se mordit la lèvre. Parfois, l'audace de Dee devenait incontrôlable et Jenny était la seule à pouvoir l'arrêter. Si elle ne disait rien, Dee continuait.

Elle hésita.

Et Dee plongea la ligne dans le bassin sous le regard anxieux de ses amis. S'ils se trouvaient bien dans le monde des Ombres, ils risquaient les pires ennuis.

Jenny ne pouvait s'empêcher d'imaginer ce qu'elle pourrait en remonter : chatons morts, mains coupées, mutants marins.

---

1. Jenny cite ici Dorothy, héroïne du roman *Le Magicien d'Oz* de L. Frank Baum *(N.d.T.)*.

Julian savait parfaitement ce que vous pensiez. Il captait des éléments de votre esprit pour les matérialiser. Alors s'ils se trouvaient dans le monde des Ombres, les pires choses – bien pires que ce qu'ils pouvaient imaginer...

– Ça mord ! annonça Dee. Ah non, il a dû juste s'accrocher...

Elle se pencha pour y regarder de plus près, tirant sur le fil épais de sa main nue.

– Dee...

– Allez, allez ! dit-elle en fouillant l'eau à tâtons. Qu'est-ce qui se passe...

– Dee, *arrête*...

Audrey cria.

L'eau jaillit.

On aurait dit un geyser, une explosion de boue, verticale, qui arrosa le visage et le coupe-vent de Jenny. Puis resta tel quel, jusqu'à ce que Jenny comprenne que ce n'était pas du tout de l'eau, qu'autre chose avait surgi pour s'emparer de Dee.

Un homme... enfin des mains d'homme qui lui serraient la gorge. Néanmoins, quelque chose empêchait Jenny d'y reconnaître un homme et elle comprit bientôt pourquoi.

La chose n'avait pas de tête.

Son corps s'arrêtait aux épaules, sur un moignon de cou. Cependant, à défaut de cervelle, elle possédait une certaine volonté. Au moins celle d'attirer Dee sous l'eau.

Cela s'était déroulé en moins d'une seconde, assez longtemps toutefois pour l'entraîner presque à hauteur de la surface.

Je ne suis pas courageuse. Je ne sais pas me battre. Pourtant, Jenny tirait le bras de la chose des deux mains ; à son grand effroi, elle vit ses ongles s'y enfoncer, s'y enfoncer… disparaître sous les loques qui lui servaient de manches.

Et cela sentait atrocement mauvais, cette chair cireuse et blanche qui tremblotait comme de la gelée sur ses os. Quand Jenny ôta la main, elle vit qu'elle en avait plein les ongles…

Tous ses amis criaient, et elle avec eux. Les jambes bloquées contre la baraque, Michael et Audrey accrochés à elle, Dee n'avait pas beaucoup d'espace pour se débattre, d'autant qu'elle cherchait à dégager le poignard de sa ceinture.

Quand enfin elle y parvint, son bras fusa – à l'instant où Michael la tirait d'un coup sec, si bien que le poignard de pêche tomba dans l'eau tourbillonnante.

– Sa chemise ! Sa chemise ! Sa chemise ! hurlait Michael.

Le corps tenait maintenant Dee par le col et Michael essayait de la dégager de son vêtement mais les boutons restaient bien fermés et résistaient.

Jenny n'avait pas envie de toucher encore cette chose sans tête, jusqu'au moment où Dee plongea à moitié sous l'eau ; alors elle fut bien obligée d'y remettre les mains. Cette bestiole était affreuse avec sa peau boursouflée comme si on l'avait bouillie vivante.

Les hurlements continuaient de plus belle mais, ils avaient beau faire, ni Audrey ni Michael n'arrivaient à libérer Dee. Sans vraiment le vouloir, Jenny se retrouva au-dessus du muret de la baraque, une jambe plongée dans l'eau, juste derrière l'être sans tête.

– Tire, Michael, tire !

Elle-même attrapa la chose en lui emprisonnant le torse entre ses bras mais eut l'impression de serrer un fruit pourri qui lui éclata contre la poitrine, s'écrasa sous ses vêtements en loques. Malgré tout, Jenny tint bon et parvint même à lui saisir un bras.

Cette *puanteur* ! Elle ouvrit la bouche pour crier encore des encouragements à Michael mais fut bâillonnée par la masse gélatineuse de son adversaire. Elle ne voyait strictement rien de ce qui se passait devant elle et ne pouvait que s'accrocher envers et contre tout.

La chose semblait enracinée au sol, impossible de l'y arracher ; la lutte devenait acharnée entre Jenny qui tirait le monstre et Michael et Audrey qui tiraient Dee. Soudain, il lui sembla que cela cédait. Le corps fit une embardée en avant, la tension s'évanouit. Dee était libre.

Lâchant prise, Jenny tomba contre le mur des lots, derrière elle. Les bras de la chose battirent l'air et puis, comme attirée par le fond, elle disparut brusquement sous l'eau.

Le silence retomba.

Jenny se retrouvait assise dans un bac empli de sifflets en plastique, d'orchidées en plastique, de petites voitures et de koalas en peluche. Elle se releva lourdement et regarda ce qui se passait au-dessus du bassin.

Dee était étalée sur Michael, Audrey à genoux à côté. Tout le monde reprenant difficilement sa respiration.

Dee fut la première à relever la tête.

– Saute par-dessus, vite ! cria-t-elle d'un ton suraigu. Je ne sais pas s'il voit quelque chose, mais il sent quand on touche l'eau.

Jenny s'exécuta, découvrant au passage qu'elle s'était blessé la cheville. Tous les quatre restèrent un instant allongés sur l'asphalte sans rien dire, trop abasourdis pour bouger.

– Je ne sais pas ce que c'était, mais c'était pas humain, commenta enfin Audrey. Je veux dire... même avec une tête, un corps humain n'aurait pas cet aspect.

– Sa peau était fripée comme après un long bain, observa Michael. Elle ressemblait à du savon. Mon père avait un masque comme ça... il a dû s'en séparer parce que ça me faisait peur.

Le père de Michael écrivait des romans de science-fiction et possédait une collection de masques et de costumes.

– Alors tout ça, c'est ta faute, gronda la voix de Dee encore rauque. C'était *ton* cauchemar.

Curieusement, Michael parut plein d'espoir :

– Tu crois ? Ça voudrait dire que je n'ai plus à m'en faire. Que le pire est peut-être passé... pour moi.

– Si ton père avait un masque, il ne manquait pas une tête, au contraire, observa Jenny.

Il parut ne pas comprendre.

– Quoi ?

– Je veux dire que ce monstre ne correspondait pas exactement à ce que tu avais rêvé. J'ai l'impression que Julian met son grain de sel. En plus...

Un petit détail asticotait Jenny depuis que la chose avait jailli de l'eau. Une impression de déjà-vu. Mais où pourrait-elle avoir vu un être aussi répugnant ? Audrey avait raison, il n'évoquait en rien un humain, à part le fait qu'il avait deux jambes, deux bras et qu'il portait des vêtements...

Des *vêtements*... humides et puants... en loques et noircis par l'eau... mais qu'elle reconnaissait. Une longue chemise de flanelle à carreaux noirs et bleus, déboutonnée.

– Oh, mon Dieu, non ! s'écria-t-elle d'une voix stridente. Oh non ! C'était Slug. Vous ne voyez pas ? C'était Slug. C'était Slug...

Les autres la dévisageaient, horrifiés. Scott Martell dit Slug et PC Serrani étaient les deux voyous qui avaient volé la maison de papier chez Jenny – avant de disparaître dans le monde des Ombres. S'ils ne leur inspiraient guère de sympathie, ils ne méritaient pas un tel sort pour autant...

– Ce n'était pas Slug, soupira Audrey.

– Si, je te jure !

– Bon, intervint Dee en posant un bras sur l'épaule de Jenny. On se calme.

– Mais vous ne pigez pas ! se débattit celle-ci. C'était Slug sans tête. Et, dans son rêve, Michael a vu la tête de Summer. Alors maintenant, si on retrouvait le corps de Summer comme ça... qu'est-ce qu'on ferait ?

– Mince... souffla Dee. Je sais que tu as parfois l'impression d'être pour quelque chose dans la mort de Summer...

– Et si elle n'était pas morte ? Et si elle errait dans les parages...

Jenny se sentait partir en vrille, hyperventiler, les mains glacées crispées sur la poitrine.

Dee la gifla.

Pour l'aider à se reprendre et cela fonctionna. Si Dee apprenait à se battre, jamais elle n'avait recours à la violence, sauf pour se défendre. Jenny eut un petit hoquet et se calma.

– C'est moche, reprit Dee en la fixant de son regard de biche. Très moche, personne ne dit le contraire. Mais il faut garder son calme, sinon on est tous morts. C'est sûr, maintenant, on est dans le monde des Ombres... je suppose que personne ne dira le contraire... et Julian nous a entraînés dans un nouveau Jeu. On ne sait pas à quoi il faut s'attendre, on n'en connaît même pas les règles. Mais on sait au moins une chose. Si on se laisse rattraper, on est morts avant de commencer, d'accord ?

Elle secoua légèrement Jenny.

– D'accord ?

Celle-ci comprenait qu'elle devait s'accrocher, ne serait-ce que pour ses amis. Pour Tom. Elle ne pouvait se permettre de sombrer maintenant. Elle eut un nouveau hoquet.

– D'accord, répondit-elle.

– On reste tous calmes, reprit Dee. Maintenant, il va falloir se procurer de nouvelles armes. J'ai perdu mon poignard et s'il y a d'autres créatures de ce genre dans le coin…

Jenny s'avisa soudain qu'elle n'avait même pas songé à sortir le couteau suisse de Tom. Elle n'avait pas l'habitude de se battre. Elle ouvrit son sac en vitesse, vérifia qu'il était toujours là.

– Tiens, j'ai ça, dit-elle en le tendant à Dee.

– C'est trop petit. Il nous faut quelque chose de plus efficace pour combattre ces fumiers.

– Il y avait des pieux et d'autres trucs de ce genre dans le train fantôme, cet après-midi.

– C'est vrai ! s'écria Michael. Les tableaux avec les mineurs… armés de haches et de pelles et d'un tas d'autres trucs. On y va !

Jenny se leva lentement.

– Il faut d'abord que je me nettoie. Il y a sûrement des lavabos par ici.

Si son jean était mouillé, elle parlait surtout de son coupe-vent plein de vase puante, de ses mains qui avaient touché ce… ce…

Ils trouvèrent effectivement des toilettes ouvertes du côté du restaurant. Jenny nettoya son jean autant qu'elle le put, jeta son coupe-vent et sa veste trempés à la poubelle, se lava les mains et le visage puis se mit sous le sèche-mains en essayant de rattraper comme elle le pouvait son jean et sa chemise.

Avec Dee, elles gardèrent l'entrée des toilettes pendant qu'Audrey et Michael prenaient leur tour, et Jenny repéra un mégot de cigarette écrasé par terre. Elle le contempla plusieurs minutes tandis que la brise fraîche de la nuit rafraîchissait son jean humide. Julian avait dû copier le moindre détail du vrai parc pour donner un aspect plus authentique à son Jeu.

Ce qui ne voulait pas dire que d'autres mauvaises surprises ne les attendaient pas au détour du chemin. Ils n'étaient là que depuis une demi-heure et, déjà, l'une d'entre eux avait failli mourir. Sur son terrain, les illusions de Julian étaient tout ce qu'il y avait de plus réel – ou du moins assez pour vous obliger à y croire. Dans le monde des Ombres, il était le maître. Jenny craignait que tous ses cauchemars liés aux parcs d'attractions ne se matérialisent.

Et on n'a pas encore vu Julian, songea-t-elle. *Il doit être là, dans les parages, à se marrer dans notre dos.*

Alors qu'ils se dirigeaient vers le train fantôme, Audrey annonça :

– J'entends de la musique.

5

La musique semblait provenir d'un coin éloigné du parc – quelque part dans le fond, peut-être du côté de la salle de jeux. Un instant, Jenny vit des lumières scintiller à travers les arbres, pourtant ils ne traversèrent que des allées sombres et muettes. Les autos tamponneuses restaient immobiles, tel un troupeau congelé, et Jenny reçut une bouffée du graphite qui maintenait le sol glissant.

Qu'est-ce qu'ils ont, ces parcs d'attractions ? se demanda-t-elle devant les montagnes russes. *Pourquoi donnent-ils des cauchemars aux gens ?*

C'était à cause de leur dimension mystique, du moins pour certains – pas les plus récents, complètement sécurisés, édulcorés, mais la plupart des anciens parcs, qui avaient conservé des attractions archaïques, qui semblaient palpiter, abriter d'invisibles secrets.

Les lumières clignotaient toujours devant eux, comme si elles s'éloignaient à mesure qu'ils progressaient. La musique était si faible que Jenny ne parvenait pas à en distinguer la mélodie.

Et puis retentit un autre son, une sorte de *clac-paf, clac-paf*, comme des pieds nus en train de courir. Dee fit volte-face, Jenny serra le couteau de Tom. Une heure auparavant, elle n'aurait pas voulu se déplacer avec cette lame ouverte – tellement aiguisée – mais là, elle avait plutôt peur de la refermer.

Quatre torches balayèrent les massifs d'arbustes, pour n'éclairer qu'une sorte de pendule de fleurs. Et puis Michael cria :

– Là !

Quelque chose courait dans une allée contiguë. Les rayons captèrent une silhouette gris ardoise, trop rapide pour qu'on la distingue vraiment ; pourtant Jenny en tira l'impression d'un être très petit, complètement difforme. Quelque chose comme un fœtus blanchâtre.

Il disparut derrière le carrousel – ou à l'intérieur.

– On le poursuit ? demanda Dee.

Dee qui *demandait ? Elle doit être à moitié morte*, se dit Jenny.

– Non, répondit-elle. Il ne nous a rien fait, et puis on n'est pas encore armés. On continue jusqu'à la mine.

– Mais qu'est-ce que c'était ? bredouilla Audrey.

– On aurait dit un singe, suggéra Michael.

– C'était petit, assura Jenny.

Et puis cela lui revint. Son rêve. Le petit homme dans l'ascenseur, celui qui portait le masque.

« Pouvons-nous vous emmener ? Nous assurons les transports. »

Les hommes de l'Ombre pouvaient bien poser ce genre de question. Mais cet être ratatiné ne pouvait être un homme de l'Ombre – ils étaient trop beaux, d'une effrayante beauté.

– Quoi qu'il en soit, conclut Dee, on a intérêt à surveiller nos arrières. Ils sont peut-être plusieurs.

La mine était aussi sombre que le reste. Jenny éclaira la loge d'entrée en appuyant sur un bouton.

– On ne va pas faire fonctionner ça ! marmonna Michael.

– Je ne pense pas, dit Jenny.

Elle regarda derrière elle le train miniature qui attendait devant le quai puis tourna sa lampe vers les rails.

– Je crois qu'il est autoalimenté... ces rails ressemblent trop à des rails normaux... mais ça ne fait rien. À mon avis, on devrait y aller à pied.

Audrey ouvrit la bouche comme si elle voulait protester, mais la referma. Toutes les lampes se braquèrent sur l'entrée de la grotte où disparaissaient les rails. Dans un parc normal, ce genre de grotte fourmillait de mineurs fantomatiques, de couloirs inondés, de squelettes, de chauves-souris et de dynamite. Dans le parc des Ombres, elle pouvait contenir n'importe quoi.

– On y va, dit Jenny.

Tout de suite, ils eurent l'impression d'être avalés ; en se retournant, ils aperçurent le cercle noir de la sortie, un peu moins noir que ce qui les entourait... et qui rapetissait, rapetissait.

À cet endroit, dans un train fantôme normal, il y avait des quantités de lumières colorées et de fumée, sans doute destinées à vous donner l'impression de reculer dans le temps. Cette nuit, c'était juste une brume à l'odeur un peu moisie.

Aucune lampe pour illuminer les scènes censées faire peur, si bien que Jenny tressaillit lorsque sa torche révéla une silhouette dans l'ombre. Un mineur moustachu aux manches retroussées, qui chargeait de dynamite un trou dans la paroi, assisté par deux collègues.

– Celui-là porte un marteau de forgeron, observa Dee.

– Oui, mais c'est beaucoup trop lourd, on ne pourrait même pas le lui enlever. On devrait voir un peu plus loin. Je me rappelle qu'il y avait des pics et des pioches.

– De toute façon, on ne pourra pas se perdre tant qu'on suivra les rails, observa Michael presque guilleret.

Dee haussa les épaules et ils continuèrent. La scène suivante montrait ce qui se passait une fois que la dynamite avait explosé – un effondrement qui enfermait les trois mineurs derrière un mur d'éboulis. Quand le manège fonctionnait, on les entendait crier « Laissez-moi sortir ! » et « À l'aide ! ». En fait, c'était presque plus effrayant sans les effets sonores. Les personnages muets devenaient impressionnants, comme des statues de cire, et les lampes des torches dessinaient toutes sortes d'ombres autour d'eux. Jenny se surprit à regarder une main agrippée à la roche.

– Mais ils bougent !

– C'est ta main qui bouge, rectifia Audrey d'une voix pointue.

– C'est du papier mâché ! railla Michael en tapant sur une paroi qui résonna comme une planche de surf. Ouille, perdu, c'est de la fibre de verre !

D'autres scènes s'ensuivirent, un couloir inondé avec de la vraie eau, une pendaison, et même un saloon avec des squelettes en guise de clients. Ils décidèrent d'aller y regarder de plus près.

– Ces bouteilles pourraient faire l'affaire, commenta Dee en se servant sur une main osseuse.

Curieux, songea Jenny, *on ne dirait pas du verre moderne. Il paraît épais et opaque, avec de vieilles étiquettes.*

– Ça fait très authentique, observa-t-elle. Je n'aurais pas cru que Joyland pousserait si loin le détail.

Les autres échangèrent un regard sans répondre.

– Bon, on continue.

Ils passèrent devant un autre mineur, pris au piège, la figure grouillante de fourmis. Jenny aimait de moins en moins ces personnages, elle avait trop l'impression qu'ils pourraient s'animer à tout instant.

Ensuite, ce furent d'étranges cascades d'eau violette.

– Là ! s'exclama Dee après un tournant. Des pics !

Les mineurs se tenaient autour d'un ruisseau, appuyés sur leurs pelles ou leurs pioches. Certains portaient également des couteaux de chasse ou des pistolets coincés dans la ceinture.

Dee avait déjà sauté au milieu de la scène.

– Regardez, c'est génial !

Elle indiquait une sorte de piolet au long manche de bois surmonté d'une tête métallique, pas vraiment aiguisée, plutôt marteau d'un côté, tandis que l'autre s'avérait plat et triangulaire. Pour creuser ? se demanda Jenny.

Dee le remuait dans tous les sens en essayant de l'arracher au mineur qui lui opposait une résistance butée.

– J'ai trouvé ce qu'il me faut, dit Audrey en montrant un pic pointu aux deux extrémités.

– Trop léger, contesta Dee, ça risque de ne pas résister. Attendez, là je tiens mon arme ! ajouta-t-elle triomphante.

Quant à Michael, il brandissait une fourche genre *Les Griffes de la nuit*.

Jenny rangea dans sa poche le couteau suisse, cala la torche entre ses dents et dégagea une arme à son goût : court manche de bois et tête de fer entre pic et marteau qu'elle tenait bien en main. Elle la balança un peu, histoire de s'entraîner.

Ce fut pour cette raison qu'elle n'aurait trop su dire si le sol bougea vraiment quelques minutes plus tard, ou si ce fut elle qui perdit l'équilibre.

– Hé, vous avez senti ça ?

Dee examinait la plate-forme sur laquelle ils se tenaient.

– Ça ne m'a pas l'air très stable, ce truc.

– Rien senti, dit Michael.

Jenny éprouva un pincement au cœur. Sans doute n'était-ce que la plate-forme – à moins qu'elle ait le vertige – mais elle estima qu'il était temps de s'en aller.

– On retourne sur nos pas.

– Tu as raison, ma chérie, approuva Dee en hissant le piolet sur son épaule.

Ils descendirent ensemble, projetant des cailloux autour d'eux, qui sonnaient comme du pop-corn dans une casserole.

– On suit la voie jaune, dit Michael en éclairant les rails.

On ne peut pas se perdre, se rappela Jenny. *Impossible. Tout ira bien.*

Alors pourquoi avait-elle le cœur serré ? Devant, Michael chantonnait. Jusqu'à ce que sa torche s'immobilise.

– *Hé !* Qu'est-ce que... *hé !*

Retenant son souffle, Jenny passa devant Audrey. Michael piétinait avec indignation. Elle vit aussitôt le problème.

La voie ferrée formait un embranchement.

– On avait vu ça ? interrogea-t-elle en éclairant une direction puis l'autre.

– Non, je l'aurais remarqué, assura Dee.

Audrey en laissa tomber son pic dans un bruit sourd.

– Ça ne ressemblait pas à un embranchement vu de l'autre sens, mais à deux voies qui se rejoignaient.

– Qui se séparaient ou qui se rejoignaient, de toute façon, ça faisait deux voies. Je l'aurais remarqué.

– Mais c'était peut-être derrière nous, et dans le noir...

– *Je l'aurais remarqué !*

– Hé, temps mort, les gars ! intervint Michael.

Ce qui n'eut pas l'effet escompté.

– D'abord, je ne suis pas un *gars !* protesta Audrey.

Et elle se retourna vers Dee pour entretenir une prise de bec qui, en fin de compte, durait depuis des années.

– C'est ça, tu t'en prends à moi maintenant, reprit Michael.

– La ferme... *tout le monde !* cria Jenny.

Cette fois, ils se turent tous.

– Vous délirez, ou quoi ? On n'a pas le temps pour les embrouilles. On n'a le temps pour rien du tout. Le rail formait déjà un embranchement ou pas, en tout cas, on est arrivés en longeant ce mur-là. Alors on le suit dans l'autre sens et ça devrait le faire.

Sauf, songea-t-elle, *si Julian s'en mêle*. Et cette angoisse l'avait déjà saisie un peu plus tôt. Le sol avait peut-être bel et bien bougé.

Les autres semblaient déjà se remettre d'un simple orage d'été, aussi vite parti qu'il était arrivé, et prenaient la direction qu'elle avait indiquée.

– Si on suit le bon chemin, observa tranquillement Dee, on devrait bientôt voir ce mineur au visage plein de fourmis.

Ce ne fut pas le cas.

L'angoisse étreignit Jenny. Les murs semblaient se refermer sur eux et les lieux ressemblaient de moins en moins à un tunnel de train fantôme, et de plus en plus à un vrai puits de mine.

Elle fut presque soulagée d'en recevoir la preuve éclatante. Au détour du chemin, ils aperçurent un wagon sur les rails. Un wagon de mineurs tout ce qu'il y avait d'authentique, pour autant qu'elle puisse l'affirmer, mal entretenu, spartiate, rouillé – qui renvoyait un léger écho quand on se penchait au-dessus pour parler.

– Ça n'a rien à voir avec une attraction foraine, dit-elle.

– Il faudrait être idiots pour le laisser traîner ici, rétorqua Dee en essayant de le déplacer.

Il bougea légèrement mais pas autant qu'elle l'aurait voulu. Jenny eut une envie subite de sauter à l'intérieur. Elle jeta un regard vers ses amis. La torche de Michael éclairait les cheveux d'Audrey en formant un halo cuivré ; la silhouette mince de Dee se tenait juste derrière elle. Pas la peine de voir leurs visages pour comprendre ce qu'ils ressentaient.

– Bon, on est mal, là, admit-elle. On aurait dû s'en douter. Alors, c'est le cauchemar de qui ?

La silhouette mince montra une rangée de dents éclatantes.

– Le mien, je crois. Je n'apprécie que moyennement les espaces clos.

Ce qui surprit Jenny. La dernière fois qu'elles étaient descendues dans une grotte, elle n'avait pas remarqué que Dee pouvait en souffrir – encore qu'à l'époque, elle se préoccupait essentiellement d'Audrey.

– Je suis juste un peu claustrophobe. Je ne fais pas vraiment de rêves sur ce sujet. Mais, enfin, si on me demandait quelle était la pire façon de mourir selon moi, je dirais par enfermement.

– Il s'agit bien de ça ! explosa Michael. La pire façon de mourir, je pourrais t'en remplir un bouquin.

– Qu'est-ce qui me fait le plus peur ? laissa tomber Audrey. La douleur ? Une énorme douleur ?

Jenny préférait ne pas y songer.

– Bon, on rebrousse chemin et on suit l'autre embranchement. C'est notre seule chance.

En réalité, ils ne faisaient que s'enfoncer davantage dans la mine et elle dut bien finir par le reconnaître.

S'ils revenaient sur leurs pas, le tunnel aurait dû s'élargir, or ce n'était pas le cas et, quand elle passait la main sur les murs, elle sentait des aspérités de plus en plus irrégulières. Le plafond baissait, au point qu'il lui effleurait maintenant les cheveux.

Sa torche et son marteau dans une main, elle tâta encore la paroi.

– Ce n'est absolument pas de la fibre de verre, déclara-t-elle.

C'était de la roche, plutôt belle, d'ailleurs. On y apercevait des veines blanc et orange, même chocolat, le tout scintillant de millions d'infinitésimales pointes de quartz.

– Du minerai d'or, décréta Michael.

– Ce parc a été bâti sur une mine d'or, expliqua Jenny. Il y avait beaucoup de charbon dans la région, mais ils se sont concentrés sur les métaux précieux.

– Ça me va, dit Michael. On est bien dans une mine d'or.

Toute cette roche, si naturelle, si irrégulière, on se croirait dans un château, songea Jenny. Mais il y faisait si *froid*. Elle commençait à regretter d'avoir jeté sa veste.

Devant elle, Dee progressait les épaules rentrées, et Jenny la comprenait car elle-même commençait à sentir l'oppression de ces pierres qui les entouraient.

Au premier croisement, tous s'arrêtèrent.

– Les rails continuent tout droit, dit Jenny.

Elle savait très bien que ça ne voulait rien dire. Ce n'était pas l'embranchement qu'ils avaient vu auparavant, juste un long couloir qui s'enfonçait dans l'obscurité.

Ils suivirent les rails droit devant eux.

Les veines blanches sur la muraille devenaient plus larges. On sentait mieux l'humidité, mais aussi le froid glacial de la roche. Et cette saleté qui vous collait aux doigts.

Ils débouchèrent sur une grotte au plafond plus haut, peut-être à dix mètres, avec une veine chocolatée vers le sommet, et des sortes de colonnes de rocher. En dessous, on distinguait nettement des traces d'eau, comme si la grotte était régulièrement inondée.

– Ce puits, cette caverne, ou ce que vous voulez, mène bien quelque part, lança Dee. On pourrait grimper...

– Ou pas, coupa Jenny. On risquerait de se blesser et il n'y aurait rien ni personne pour nous secourir.

– C'est clair, ajouta Audrey, que la disposition des lieux change autour de nous. J'avais tout faux pour la voie, tout à l'heure, Dee.

Celle-ci lui jeta un regard surpris. Audrey qui s'excusait...

Une sensation froide frappa la joue de Jenny ; en y portant la main, elle sentit de l'humidité. Une autre goutte lui tomba sur la tête.

– Écoutez, dit Michael.

D'abord, elle n'entendit rien. Et puis le son lui parvint : de l'eau qui coulait goutte à goutte sur la roche, dans une éternelle obscurité.

– Là, murmura-t-elle, on est vraiment perdus.

– Hé ! souffla Dee.

– Quoi ?

– Je me rappelle un cauchemar à propos d'une grotte.

– Ne me dis pas qu'elle était inondée, implora Jenny.

– Non, juste effondrée.

– Ce n'est pas le moment de *discuter* de ça, objecta Audrey.

Elle avait raison, bien sûr. Ni discuter, ni réfléchir. Il fallait avancer, envers et contre tout. Mais Jenny ne pouvait s'empêcher d'entrer dans le scénario de Dee.

– Sur toi ? Effondrée sur toi ? Ou tu étais juste piégée...

Ce fut là que le sol se remit à trembler, et pas seulement le sol, mais aussi le plafond, les parois, tout.

– D'où ça vient ? cria Dee en balançant sa torche dans tous les sens.

Ils virent des fragments de roche tomber de la colonne la plus proche.

– Vite ! cria Michael en courant dans le sens opposé. Venez, vite !

– Tout va s'écrouler ! hurla Audrey.

– *Allez ! Allez !* insistait Michael d'une voix plus aiguë.

Le sol vibrait – comme tout à l'heure, selon Jenny, mais en plus fort. Elle ne distinguait rien autour d'elle. Les torches s'entrecroisaient dans des mouvements affolés.

– Pas par là !

– Attention... la pierre...

Par-dessus leurs cris retentit celui de la roche, grinçant, trépidant, écrasant. Jenny essayait de courir, s'écorchant au passage sur des saillies qui semblaient n'exister que pour obstruer sa route. Elle se sentait projetée d'un côté vers l'autre.

– Le sol...

Elle entendit le glapissement d'Audrey mais il était trop tard pour s'arrêter. Un trou béant venait d'apparaître devant elle où tombaient des débris de roche, dans un tourbillon de poussières déchaînées. À son tour, elle y fut entraînée.

Le premier choc la blessa mais, ensuite, elle ne sentit même plus qu'elle rebondissait de roche en roche, se rendit vaguement compte que son kit de secours se détachait. Son marteau et sa torche lui avaient échappé depuis longtemps. Et elle continuait de rouler et de rebondir en avalanche.

Dans le bruit et la confusion qui s'ensuivirent, elle perdit connaissance.

Elle était seule, dans une obscurité complète et un silence épais, la gorge remplie de poussière. Terrifiée.

Jenny s'en rendit compte avant même de se rappeler qui elle était ou comment elle était arrivée là. C'était l'un de ces terribles réveils, comparables à ceux qu'elle avait au beau milieu de la nuit quand elle sursautait, certaine que quelqu'un la surveillait dans l'ombre. Certaine aussi qu'au matin elle l'aurait oublié.

Le pire étant qu'il ne s'agissait pas d'un rêve, qu'elle ne pouvait allumer aucune lampe de chevet, ni se précipiter dans les bras d'aucun parent. Elle était juste plongée dans les ténèbres et n'entendait que sa propre respiration.

– Dee !

Le cri sortit, d'une faiblesse lamentable, et ne reçut aucun écho. Elle tourna la tête mais ne perçut pas le moindre souffle d'air.

Elle était dans un endroit confiné. Les rochers devaient avoir bouché l'issue par laquelle elle était tombée.

– Dee ! Audrey !

Pire que lamentable. Sa voix s'étouffa complètement au milieu de « Michael ! ».

Elle s'assit dans le silence, écouta.

Si je ne bouge pas, il ne me prendra pas.

Raisonnement nul, évidemment. Ça ne marchait qu'avec les monstres sous le lit. Mais tous ses muscles étaient bloqués, si tendus qu'ils en tremblaient.

Elle n'entendait pas un son, même pas des restes d'éboulement, et se sentait gagnée par la panique.

Oh non, non, calme-toi, pense à quelque chose... mais j'ai peur. *Il doit bien exister une sortie... tu peux voir autour de toi : à quoi ressemble cet endroit ?*

Pourtant elle ne pouvait pas. Même pas bouger. Il faisait trop noir. Elle avait beau écarquiller les yeux, ça ne servait à rien.

Il pouvait y avoir n'importe quoi autour d'elle – ou qui viendrait sur elle – de toutes les directions...

Totalement affolée, elle craignait maintenant de percevoir le *moindre* bruit, car cela indiquerait que quelque chose s'approchait dans l'ombre.

Pourtant, je suis tombée toute seule. C'est minuscule ici ; je le sens. Je suis seule. Il n'y a rien avec moi. Rien ne peut entrer. Rien...

Petit grattement de rocher.

Jenny fit volte-face, le cœur battant si fort, les oreilles bourdonnant si furieusement qu'elle ne distingua d'abord pas d'autre son.

Mon Dieu...

– Le Ragnarök, énonça une voix musicale, évoque en même temps une pluie de poussière et la fin du monde. Du moins pour les peuples qui ont découvert les runes. Tu ne trouves pas ça intéressant ?

6

– Julian...

Cela lui fit la même impression que si elle retombait dans le puits.

– Où es-tu ? demanda-t-elle sèchement.

– Là.

Une lumière rouge apparut.

Le temps que sa vision s'adapte, Jenny essaya de se ressaisir. Mais elle ne parvenait jamais à se reprendre face à Julian – face à lui, elle éprouvait toujours le même choc qu'à la première heure.

Un choc ébloui, comme un riff totalement inattendu dans un morceau de jazz monotone. Comme un tableau devant lequel on s'extasiait des heures en y découvrant chaque fois des détails nouveaux. Tout en lui était si démesurément parfait que l'œil s'abîmait sans cesse dans un trouble fasciné.

La lumière rouge projetait des reflets de feu et de neige sur ses cheveux, donnant à ses impossibles yeux bleus une nuance violette tout aussi impossible, jetant des ombres dansantes sur les angles de son visage, accentuant la beauté sculpturale de sa lèvre supérieure, un halo indescriptible autour de lui – ce qui lui seyait à la perfection car Julian était séduisant comme le péché mortel et altier comme le démon.

Il portait le noir comme une seconde peau, pantalon et veste sans chemise. La lumière rouge provenait de la torche qu'il tenait à la main.

Jenny n'osait songer à l'état de son jean qui avait séché sur elle, ni à sa chemise couverte de suie.

– Tu m'as invitée, lança-t-elle bravache. Me voici.

Il répondit avec autant de détachement que si tous deux discutaient depuis des heures :

– Oui, et plutôt mal partie. Tu n'as pas pu esquiver ce simple piège. Et tu ne sais même pas à quel Jeu on joue.

– En tout cas, c'est le dernier.

Elle n'éprouvait plus la même impression qu'à l'époque où elle se croyait en train de le combattre sans cesse dans son esprit – qu'il ait été physiquement présent ou non. Combattre sa sensualité, combattre sa beauté, combattre le souvenir de son contact.

À l'époque, une part d'elle-même rêvait du moment où elle cesserait de résister, où elle se rendrait. Tandis que maintenant...

Jenny avait changé. Le feu qu'elle avait traversé au cours du Jeu précédent, celui que Julian avait créé pour la prendre à son piège, l'avait transformée, brûlant en elle la part qui aimait l'homme de l'Ombre, la part qui se délectait de cette aventure, de cette folie. Jenny était sortie du cercle de feu vivante – et purifiée. Sans doute n'était-elle pas aussi puissante que Julian, mais elle lui en remontrait en matière de volonté.

Jamais elle ne céderait plus aux ombres. Tout avait changé entre eux. Et elle vit qu'il s'en rendait compte.

– Encore un peu de lumière ? demanda-t-il en traçant une ligne dans l'air.

Kenaz, songea Jenny. La rune de la torche, l'une de celles qu'elle avait gravées sur la porte de chêne de son grand-père. En forme d'angle, comme le signe mathématique « inférieur à ». Tandis que les longs doigts de Julian en traçaient le symbole, la lumière parut onduler et, avec une emphase de magicien, il produisit une seconde torche.

L'air impassible, Jenny applaudit mollement.

Le regard de Julian brilla comme une flamme bleue.

– Tu ne vas pas me mettre en colère, gronda-t-il entre ses dents. Pas si vite.

– Je croyais que je devais avoir l'air impressionnée.

– Tu tiens absolument à me fâcher !

Oh, il était trop canon ! Inhumain, incompréhensible, et tellement vivant que pour un peu elle en aurait vu des flammes ou des étincelles lui échapper des doigts. Il scintillait comme un diamant dans le carbone. Mais Jenny se sentait de marbre.

– Où est Tom ? demanda-t-elle.

– Tu ne pensais pas à lui.

Il avait raison. Elle ne passait pas son temps à penser à Tom, beaucoup moins qu'à l'époque où elle avait l'impression de ne faire qu'un avec lui : Tom-et-Jenny. Mais qu'importait maintenant ?

– Je suis venue pour lui. Je n'ai pas besoin de penser à lui vingt-quatre heures sur vingt-quatre pour l'aimer. Je veux qu'il revienne.

– Alors gagne le Jeu, rétorqua-t-il d'un ton glacial.

Il coinça une torche dans une anfractuosité de la muraille. Jenny n'avait pas encore pris conscience de ce qui l'entourait – en présence de Julian, il était toujours difficile de détacher son attention de lui – mais elle savait désormais qu'elle ne s'était pas trompée sur sa première hypothèse. Elle se trouvait bien dans un lieu clos, minuscule, à peine plus grand que sa chambre à coucher. Trois murailles étaient en pierre, la quatrième, en éboulis.

En dessous de l'anfractuosité apparaissait une sorte d'escalier naturel dont chaque marche s'élargissait à mesure qu'on montait. *Comme les fausses cascades dans la mine artificielle*, songea Jenny, *mais sans eau*. Elle aperçut sa torche électrique, apparemment cassée, qui gisait au pied de la dernière marche.

Pas d'entrée ni de sortie possible, un plafond bas. La sensation d'enfermement devenait oppressante.

Non, ne te laisse pas impressionner par ses manœuvres, c'est ce qu'il veut, c'est ça qui l'excite.

D'ailleurs, de quoi pourrait-elle encore avoir peur ? Quand on était enterrée vivante sous des tonnes de roche, seule avec un prince démoniaque qui voulait s'emparer de votre corps et de votre âme et ferait tout pour les obtenir, capable de vous tuer plutôt que de laisser la place à quelqu'un d'autre... et qu'on se fichait délibérément de lui... le reste n'était que broutilles.

Elle s'efforça de parler d'une voix ferme, si ce n'était blasée :

– Alors, c'est quoi, le Jeu, cette fois-ci ?

– Les indices ne sont pas gratuits.

Une froide fureur s'empara de Jenny :

– Tu es ignoble, tu le sais ?

– Je suis cruel, comme la vie, comme l'amour.

Colère et détermination donnèrent à Jenny le courage de faire une chose qui l'étonna elle-même. Elle avait envie de gifler Julian. Au lieu de quoi, elle l'embrassa.

Rien de comparable avec les gentils baisers qu'elle donnait à Tom, pas plus qu'avec les sauvages et terrorisantes étreintes que Julian avait obtenues d'elle naguère. Elle avait bondi vers lui pour prendre son visage entre les paumes avant qu'il ait rien pu faire avec sa torche. Elle l'embrassa brutalement, agressivement, sans le moindre vestige d'une quelconque pudibonderie.

Et perçut son effroi. De sa main libre, il lui entoura la taille mais ne put la serrer davantage contre lui. Elle ne prit pas garde une seconde à la torche – si la flamme lui effleurait les cheveux, ça regardait Julian. Que le grand maître des éléments s'en charge donc.

Celui-ci se remit vite de sa stupéfaction. S'il était possible de le surprendre, il ne restait jamais longtemps déconcerté. Jenny sentit qu'il cherchait à reprendre le contrôle de la situation, à adoucir ce baiser.

Mais elle ne connaissait que trop le danger de sa douceur, lui qui était capable de jeter un voile d'ombres autour de vous, qui savait vous caresser avec la légèreté d'une aile de papillon. Il pouvait retourner contre vous vos propres émois jusqu'à vous en faire perdre le souffle et l'équilibre, au point de vous laisser brûler par ses effleurements. Le temps de comprendre ce que cachait cette douceur, vous acheviez de vous y fondre.

Si bien que Jenny ne songeait à rien d'autre qu'à son objectif, donnant en quelque sorte un tour purement professionnel à ce baiser. Dommage car, outre Julian, elle n'avait jamais embrassé que Tom. Mais là, elle parvint à rester rageuse et froide, avec toute la maîtrise dont elle pouvait faire preuve. En fin de compte, elle s'aperçut qu'elle avait réussi à le surprendre deux fois en l'espace de quelques minutes. Quand elle se détacha de lui – ce qui ne lui fut pas difficile –, elle lut un choc dans son regard.

Tu ne croyais pas que je pouvais te résister ? songea-t-elle. Reculant d'un pas, elle laissa tomber :

– Bon, mon indice maintenant.

Il resta un instant immobile, avant d'éclater de rire. Cependant, elle sentait bien qu'il perdait son calme, qu'une lueur de rage faisait scintiller ses yeux saphir. Elle l'avait atteint dans sa fierté.

– Là, marmonna-t-il, je ne suis pas certain d'en avoir pour mon argent. Je connais des glaçons qui embrassent mieux que ça.

– Et je connais des poissons morts qui embrassent mieux que toi, mentit-elle sans vergogne.

Et sans crainte du danger. C'était de la *folie*, mais tant pis. Cette liberté qu'elle venait de conquérir en comprenant que les ombres n'avaient plus d'effet sur elle avait quelque chose d'enivrant, et rendait leur présente rencontre différente de toutes les autres.

Une fois encore, Jenny avait touché le point sensible. Une fureur menaçante brilla dans les yeux de Julian, avant que ses longs cils viennent les couvrir, et qu'un demi-sourire lui étire la bouche.

Jenny eut un haut-le-cœur. Il était malfaisant, elle ne le savait que trop. Cruel, capricieux et dangereux comme un cobra. Et elle s'était montrée idiote en le provoquant de la sorte car il en concevrait forcément une vengeance.

– Je te donne ton indice, dit-il en glissant la main dans sa poche.

Et il en sortit un objet doré qui brillait à la lumière de la torche.

– Pile, je gagne, face, tu perds, énonça-t-il avec un sourire d'une terrible tendresse.

Là-dessus, il lui lança l'objet doré si vivement qu'elle le manqua. Il heurta la muraille dans un tintement clair. C'était une pièce, ronde mais irrégulière.

– Un doublon espagnol, précisa-t-il.

Elle jeta un coup d'œil dessus avant de se pencher pour le ramasser.

Mais bien sûr... Le jeu – celui qu'organisait le vrai Joyland Park. Qu'avait dit ce gamin, déjà ? « Tu as tes trois jetons et tu peux y entrer gratos... » Et le panneau : RÉCOLTEZ TROIS DOUBLONS D'OR ET SOYEZ LE PREMIER À POSER LE PIED SUR... L'ÎLE AU TRÉSOR.

Et Julian les avait invités à une chasse au trésor. Cependant, Jenny n'avait pas fait le lien. Pas même au vu du coffre géant, cette nuit, la seule chose qui ait bougé dans le parc désert.

– Tu as fabriqué ce faux Joyland pour nous entraîner dans une chasse au trésor ? Pourquoi ? Parce que je jouais ici quand j'étais petite ?

– Ne te flatte pas ! s'esclaffa-t-il. Tout ce... parc des Ombres, si tu veux, existait déjà. Il a été créé il y a dix ans pour une raison bien précise. Une raison que tu découvriras plus tard. On l'a construit sur une mine de charbon, tu sais... un puits. Les hommes de l'Ombre y ont passé beaucoup de temps.

Un puits. « Des profondeurs du puits », se rappela Jenny. C'était un vers du poème retrouvé sur le bureau de son grand-père, durant le premier Jeu. Était-ce ainsi qu'il avait découvert l'existence des hommes de l'Ombre ? Ceux-ci l'avaient-ils orienté vers un puits, dans quelque endroit où les deux mondes étaient connectés ?

Sans doute ne le saurait-elle jamais – à moins que Julian ne le lui dise, ce qui paraissait hautement improbable. Mais cela jetait une lumière un rien sinistre sur le vrai Joyland Park.

Allez, oublie les hypothèses, reviens aux choses sérieuses.

– Tom et Zach sont sur l'île au Trésor, lâcha-t-elle.

Ce qui lui valut un sourire de loup.

– Exact. Et je ne te conseille pas d'essayer de t'y rendre à la nage. On ne peut y accéder que par le pont. Le prix du passage est de trois doublons. Ces pièces sont cachées à travers tout le parc.

– J'en ai déjà une.

– Eh oui, n'est-ce pas ! Il ne te reste qu'à sortir d'ici.

Là-dessus, tout s'éteignit.

Cela s'était produit si vite que Jenny en eut le souffle coupé. Elle se retrouvait plongée dans d'épaisses ténèbres qui lui étreignirent le cœur. Elle devina la lueur de lointains soleils bleutés puis plus rien. Comme si elle était soudain frappée de cécité.

Bon, pas de panique. Il a commis une erreur... il a laissé sa torche électrique.

Enfin j'espère... Elle fourra le doublon dans sa poche puis entreprit de chercher prudemment son chemin dans l'obscurité.

Sa main tomba sur le manche de métal. Le cœur battant, elle trouva l'interrupteur à tâtons.

La lumière. Une petite lumière orangée. Soit la torche fonctionnait mal, soit les piles allaient bientôt lâcher. Mais cela permit à Jenny de ne pas devenir folle.

Tu n'aurais pas dû le provoquer comme ça. C'était débile.

Parce que, lumière ou pas, elle était dans une effrayante situation. En tenant la lampe tout près d'elle, il lui était possible de distinguer les parois de sa prison, d'en examiner chaque centimètre jusqu'au plafond bas et au sol irrégulier ou aux éboulis qui bloquaient l'entrée.

Pas d'issue possible. Elle n'avait aucun moyen de remuer ces roches – d'ailleurs, si elle en remuait une seule, elle risquait de voir aussitôt les autres s'effondrer sur elle.

Pas de panique. Pas de panique. Pas de panique.

Mais la lumière baissait encore, au point de ne plus rien éclairer. Et Jenny se trouvait complètement seule dans cette prison, au milieu d'un silence total. Même pas de goutte-à-goutte...

Attends. C'est toi qui as trouvé comment franchir le cercle de feu durant le deuxième Jeu... Allez, on essaie. Imagine déjà le mur en train de fondre, ta main qui passe à travers...

Mais cela ne marcha pas. Comme elle s'en était doutée, ici, dans le monde des Ombres, les illusions de Julian étaient trop fortes pour être rompues. Ici, il était le maître.

Autrement dit, elle était coincée, à moins que quelqu'un vienne à son aide.

Bon, alors il ne me reste plus qu'à crier.

Elle parvint à hurler, encore et encore, alla jusqu'à ramasser une pierre pour en frapper les parois de sa prison, lentement, rythmiquement. Entre chaque coup, entre chaque cri, elle écoutait.

Elle ne reçut absolument aucune réponse.

Finalement, alors que la torche menaçait de s'éteindre à tout instant, elle s'assit, adossée à l'éboulis, les bras et les jambes repliés.

C'est alors que commencèrent les murmures.

Au début, ce fut si léger qu'elle crut que c'était le sang dans ses oreilles. Mais non, cela provenait bien de l'extérieur. Des voix lointaines et mélodieuses... mais aussi menaçantes. Et impossible de comprendre ce qu'elles disaient.

Elle tourna lentement la tête en essayant déjà de localiser ce bruit. Et là, dans le noir, elle vit les yeux.

Qui brillaient de leur propre éclat, comme des feux follets, froids, affamés. Elle les reconnaissait. Comme dans le placard de son grand-père.

Les hommes de l'Ombre. Là, avec elle.

Leurs yeux semblaient provenir de la muraille. Elle en eut la chair de poule, sentit le courant passer de ses doigts jusqu'à ses coudes. Réaction primitive à ce qu'elle avait en face d'elle.

Tout le monde, partout, connaissait ces yeux. Même si, la plupart du temps, on s'efforçait à la lumière du jour d'en oublier l'existence. La nuit, parfois, cette sensation revenait avec force. Des yeux anciens et infiniment malveillants qui n'avaient pas plus notion de la pitié qu'une guêpe ou un tyrannosaure.

À cette différence près que ceux-ci étaient dotés d'intelligence, et peut-être davantage que les humains. Ce qui ne les en rendait que plus terrifiants.

Et c'est exactement ce qu'ils recherchent, Jenny. Alors ne perds pas la tête. Ils sont là pour te faire peur, mais ils ne te feront rien du tout.

Pourtant, ils murmurent...

Une litanie si infantile. Un incompréhensible charabia qui la rendait malade de peur. Des sons distordus, contre nature. Comme des disques passés à l'envers et au ralenti.

Elle ne pouvait pourtant s'empêcher de les écouter, d'essayer de comprendre, même si cela devait la terrifier.

Soudain, à son grand étonnement, autant qu'à son grand soulagement, les yeux disparurent. Ou plutôt s'éloignèrent, tandis que les voix finissaient par s'éteindre.

Merci mon Dieu ! songea Jenny avec ferveur, en appuyant la tête sur ses genoux. Le silence était presque préférable.

Alors apparut un autre son, un clapotis que les voix avaient couvert. Elle tourna la lampe vers le mur aux marches, là où elle avait vu les yeux. Soudain, elle sursauta et s'en rapprocha.

Les marches bougeaient. Non. La lumière lui montra autre chose : elles étaient couvertes d'eau. De l'eau qui coulait le long de la paroi, douce comme du verre, comme un voile tombé d'une cavité à un peu plus d'un mètre au-dessus de sa tête. Comme une fontaine. Curieusement, au début, elle n'y vit qu'un désagrément, beaucoup moins effrayant que les yeux. Elle n'en identifia le danger que lorsque ses pieds furent trempés.

Ça ne provient pas des éboulis, s'avisa-t-elle soudain. *Bizarre. Les pierres doivent être tellement serrées que rien ne peut passer, à moins qu'il n'y ait un mur derrière et que je sois plutôt arrivée par le plafond. Mais, maintenant, lui aussi est bouché.*

Et cette eau qui coule toujours...

Qui coulait de plus en plus vite, glacée, au point de lui geler les pieds dans ses baskets. *Dommage que j'aie perdu mon kit de survie, j'avais des protège-chaussures en plastique.*

Alors elle comprit qu'elle allait mourir. Mourir dans cette grotte sans issue qui se remplissait plus vite qu'une piscine. *Et où ira l'eau ?* songea-t-elle un instant distraite par cette question de physique. Un court instant durant lequel elle crut qu'elle était sauvée. Si l'air ne pouvait sortir, l'eau ne pouvait rentrer.

Mais il devait y avoir une issue pour l'air, quelque part au-delà des éboulis, là-haut, une fissure qu'elle ne voyait pas parce que sa torche était complètement morte maintenant. Elle restait dans l'obscurité avec de l'eau jusqu'aux genoux. Si elle essayait d'escalader ces roches à l'aveuglette, de les déplacer, celles-ci allaient l'écraser. Mais si elle ne faisait rien, elle se retrouverait bientôt la bouche collée contre le plafond à la recherche d'un dernier souffle d'air avant de se noyer.

Sans se laisser gagner par l'hystérie, il y avait de quoi sentir les pensées se heurter dans son cerveau à une vitesse supersonique. Elle se rappelait la scène de la grotte inondée dans le train fantôme, de la main agrippée à la roche au-dessus des éboulis. Là, elle crut percevoir des voix qui bredouillaient :

– *Meurs... meurs...*

Ainsi, c'était le sens du petit sourire de Julian...

Le plus étrange étant que, malgré la montée des eaux, elle ne parvenait pas à y croire. Julian souhaiter sa *mort* ? Bon, ça n'aurait rien de surprenant de la part de cet être malfaisant. D'autant qu'elle l'avait mis hors de lui.

De là à vouloir la faire mourir...

L'eau atteignait maintenant ses cuisses. Une eau terriblement froide. Dire qu'elle s'était donné tant de mal pour sécher son jean tout à l'heure...

Sans trop savoir comment elle était arrivée là, elle se retrouva à genoux sur une marche de la cascade, les mains appuyées sur la fissure, essayant d'y glisser une pierre. Ce qui ne servit à rien ; elle sentait l'eau jaillir dans le noir, lui glacer les mains.

Et si Julian voulait juste l'humilier ? Lui faire peur jusqu'à ce qu'elle appelle à l'aide ? Non, ça ne tenait pas debout. Il savait qu'elle ne le supplierait jamais. Il en avait déjà eu la preuve lorsqu'il lui avait envoyé cet essaim d'abeilles au cours du premier Jeu. Jenny aurait préféré mourir que de céder.

Il savait que ce serait encore le cas. Donc il l'avait condamnée à mort.

À moins que...

Elle n'aurait pas cru qu'il soit possible d'avoir encore plus peur. Elle aurait pensé qu'il y avait des limites, que son esprit allait s'engourdir. Cependant, si son corps s'engourdissait effectivement de froid, son esprit s'effrayait d'une nouvelle idée qui la submergea d'horreur.

Si Julian ne savait pas ? Si ce n'était pas lui qui faisait ça ? Il était parti ivre de rage – après quoi *ils* étaient venus. Et si cette eau provenait d'*eux* ?

Elle serait morte avant qu'il l'apprenne.

D'un seul coup, elle croyait tout comprendre : Julian s'était brouillé avec les autres hommes de l'Ombre – lorsque à cinq ans elle avait ouvert le placard de son grand-père. Les autres avaient voulu tuer leur proie mais Julian s'y était opposé. Il voulait la garder vivante.

Et elle était restée vivante, parce que son grand-père s'était offert à sa place. Mais maintenant...

Maintenant, ils achèvent le travail. Et Julian ne le sait pas.

Curieusement, elle en était certaine. Sans doute Julian était-il malfaisant, mais ce n'était rien comparé aux autres hommes de l'Ombre, plus tordus, plus malins. Dans la maison de papier, Julian contrôlait la situation – seulement, on n'était plus dans la maison de papier, mais dans le monde des Ombres proprement dit, dont *tous* les hommes de l'Ombre étaient les maîtres.

L'eau lui arrivait jusqu'au cou. Glaciale. C'est alors que Jenny eut une idée. Et si l'eau devenait plus froide encore – gelée ? Julian avait suscité une torche grâce à la rune Kenaz. Alors peut-être...

Elle était tellement engourdie qu'elle ne savait plus si elle nageait ou flottait, néanmoins elle trouva la marche la plus haute, ainsi que la pierre qu'elle avait essayé de fourrer dans la fissure. Elle ne voyait rien mais elle sentait le mur, et la rune qu'elle désirait invoquer était la plus simple à tracer. Juste un trait vertical. Un *I* majuscule pour Isa, la rune de la glace.

Elle la grava à même le mur, sous l'eau, puis attendit, quasi paralysée par le froid. À tel point qu'elle ne sut pas immédiatement si cela marchait. Mais, bientôt, elle sentit la cascade s'immobiliser. L'eau ne coulait plus, figée en glace ; même si, autour de Jenny, celle qui emplissait la grotte était encore sous forme liquide, elle ne montait plus.

J'ai réussi ! J'ai arrêté l'eau ! C'est de la glace, de la belle glace ! Elle respira une longue goulée d'air. Cela faisait du bien. Ainsi, les runes lui obéissaient. Elle ne pouvait contrôler le monde des Ombres avec son esprit, mais les runes fonctionnaient.

Il lui fallut encore quelques minutes pour comprendre qu'elle allait tout de même mourir.

Non pas de noyade – du moins pas totalement, quoique cela finirait ainsi. Elle allait mourir de froid. Comme les naufragés du *Titanic* qui flottèrent dans l'océan. Elle allait mourir d'hypothermie – perdre conscience et couler. Puis se noyer.

Et là, elle ne pouvait plus rien faire.

Elle était déjà trop faible lorsque lui revint l'idée de la rune de la torche, Kenaz. Si seulement elle pouvait se la rappeler – retrouver la pierre – ou bouger ses doigts...

Mais la pierre avait disparu et ses doigts ne réagissaient plus. Peu à peu, l'ombre du sommeil la recouvrait. Kenaz... Elle remua vaguement les doigts comme pour en tracer le symbole mais aucune torche n'apparut. Si l'eau pouvait se transformer en glace, c'était moins évident qu'elle devienne du feu.

Des pensées décousues parcouraient son esprit. Au moins n'avait-elle plus mal. Et rien ne semblait plus relever de la moindre urgence – tout ce qui l'avait tracassée quelques instants auparavant ne revêtait plus la même importance.

À l'aide. Elle avait vaguement l'impression qu'elle pourrait appeler à l'aide. Mais il semblait – il semblait que ça n'en valait pas la peine.

M'entendrait pas... C'est ça. Juste ça ? Il ne m'entendrait pas de toute façon. Trop loin.

Quelle importance, désormais ? Rien ne comptait plus.

Gebo, songea-t-elle dans une lueur de cohérence. Un souvenir, juste à l'instant où elle perdait connaissance. Gebo. La rune du sacrifice.

7

Oh, Tom !

La mort n'était rien. Ce qui la faisait souffrir, c'était la pensée de ceux qu'elle laissait derrière elle.

Elle ne cessait d'imaginer ses parents, ce qu'ils diraient lorsque Dee et les autres rentreraient à la maison et leur annonceraient... *Si* Dee et les autres rentraient à la maison et leur annonçaient...

Les pensées se succédaient sans logique, comme les pétales d'un pissenlit soufflés par le vent.

M. et Mme Parker-Pearson – les parents de Summer – avaient tellement souffert en apprenant la disparition de leur fille. Jenny s'en voulait de faire souffrir à ce point ses propres parents.

Et Tom... qu'arriverait-il à Tom ? Peut-être Julian le laisserait-il partir. À quoi bon le retenir si Jenny n'était plus là ? Néanmoins, ça ne semblait pas très plausible. Julian était un homme de l'Ombre, il appartenait à une espèce insensible aux émotions, incapable de pitié.

En revanche, il pourrait bien passer sa colère sur Tom.

Oh non… mais au fond, ce n'était plus très grave. Même la tristesse échappait maintenant à Jenny. Elle était morte et ne pouvait plus rien y changer.

Bizarre, dans ce cas, qu'une morte ressente soudain la douleur – une douleur physique. Une brûlure. L'eau glacée avait pourtant cessé de lui faire mal depuis longtemps et, dès lors, elle n'avait plus la notion de son propre corps. Elle n'était plus que nuée de pensées à la dérive.

Mais voilà qu'arrivait cette brûlure, au début très lointaine, facile à ignorer. Cependant, la sensation persistait, empirait. Jenny percevait la chaleur, une chaleur cuisante qui requérait son attention. Avec la chaleur revint la sensation de son corps.

Mains. Elle sentait ses mains maintenant. Et ses pieds, elle avait des pieds. Elle avait un visage, défini par des milliers de minuscules épingles chauffées au rouge. Et puis elle discernait une vague lueur floue.

Ouvre les yeux.

Impossible ; paupières trop lourdes, mal partout. Retourner dans le noir où il n'y avait pas de douleur. Elle pria la lumière de s'en aller.

– Jenny ! Jenny !

Son nom, crié avec amour et désespoir. Le pauvre Tom. Tom avait besoin d'elle – il devait être mort d'inquiétude. Elle devait retrouver Tom. Mais ça faisait mal.

– Jenny. S'il te plaît, Jenny, reviens…

Oh, non ! Non, ne pleure pas. Ça ira.

Il n'y avait qu'un moyen de redresser les choses, c'était de revenir. D'oublier combien ça faisait mal.

Allez, vas-y. Jenny se concentra sur la lueur en essayant de la faire approcher. La douleur était terrible – ses poumons la brûlaient. Mais si elle avait des poumons, elle pouvait respirer. *Respire, ma fille !*

Cela faisait un mal de chien et l'obscurité l'attirait encore, essayait de la récupérer.

– C'est ça, Jenny. Bats-toi ! Oh, Jenny...

Dans un effort considérable, elle ouvrit les yeux. Une lumière dorée l'éblouit. Quelqu'un lui frottait les mains.

Je l'ai fait pour toi, Tom.

Mais ce n'était pas Tom, c'était Julian.

Julian qui lui frictionnait les mains en l'appelant. Une lumière dorée dansait dans ses cheveux, sur son visage. Un feu de bois. Peu à peu, elle prenait conscience qu'elle se trouvait dans une autre grotte, légèrement plus grande que la précédente. Elle avait des habits secs et était allongée dans une sorte de nid de fourrure blanche, très doux, très confortable. La chaleur du feu la ramenait à la vie.

La douleur n'était plus si forte, bien qu'elle gardât encore la poitrine glacée. Mais elle se sentait faible – trop faible, trop épuisée pour réfléchir rationnellement. C'était Julian, pas Tom... cependant, elle n'arrivait pas à vraiment assimiler cette idée.

D'autant qu'il ne ressemblait même pas à Julian... parce que Jenny n'avait jamais lu la peur sur le visage de Julian. Mais là, les yeux bleus était assombris par la peur, écarquillés comme ceux d'un enfant – les pupilles énormes, dilatées par l'émotion. Le visage de Julian, qui avait toujours semblé modelé par l'arrogance et l'ironie, apparaissait maintenant blanc, même à la lumière du feu – et plus mince, semblait-il, comme creusé, la peau tendue sur les os. Quant à ce dangereux sourire qui courbait généralement ses lèvres... il n'y en avait plus trace.

Encore plus étrange, Julian *tremblait*. Ses mains ne frictionnaient plus celles de Jenny mais vibraient imperceptiblement et elle put constater combien il respirait vite.

– Je te croyais morte, avoua-t-il d'une voix blanche.

« Moi aussi », tenta-t-elle de dire ; mais elle ne parvint pas à émettre autre chose qu'un souffle ardu.

– Tiens, bois, ça te fera du bien.

Là-dessus, il lui souleva la tête pour approcher une tasse fumante de ses lèvres. Le liquide brûlant et doux envoya des vagues de réconfort à travers son corps, chassant les dernières plaques de douleur. Elle commençait à se détendre, absorbant la chaleur des flammes, et se sentait bien.

Julian l'avait reposée avec une telle douceur. Il était si gentil... pourtant Julian n'était pas gentil. Il appartenait à une espèce qui ne connaissait pas ce genre d'émotion, qui n'éprouvait pas de tendresse, demeurait incapable de pitié.

Sans doute ne devrait-elle même pas accepter son aide – mais il semblait si tourmenté, comme s'il venait de ressentir une terrible frayeur.

– Je croyais t'avoir perdue, dit-il.

– Alors ce n'est pas toi qui as envoyé l'eau ?

Il la dévisagea.

Sans doute n'était-ce pas le moment de se lancer dans les récriminations. Pourtant, elle en aurait des choses à dire... par exemple énumérer la liste de tout ce qu'il lui avait fait par le passé. Il l'avait harcelée de toutes les manières possibles.

Mais là, maintenant, alors qu'ils se trouvaient seuls dans cette petite grotte, accompagnés par le crépitement des flammes... tout cela paraissait très loin. Relever d'une autre vie. Julian ne ressemblait plus à un homme de l'Ombre, ni même à un chasseur. Après tout, si c'était un prédateur, il avait sa proie sous les yeux, épuisée, impuissante. Une chance comme il n'en avait jamais connu. Elle ne pouvait lui opposer aucune résistance. Cependant, il continuait à la contempler de ses yeux éblouis, toujours noirs d'émotion.

– Ça t'aurait fait quelque chose si j'étais morte ? articula-t-elle.

– Tu ne le sais donc pas ?

Elle ne répondit pas mais se hissa doucement sur les coussins de fourrure pour s'asseoir.

– Je t'ai dit ce que je ressentais pour toi.

– Oui, mais...

Julian lui avait toujours dit qu'il l'aimait, cependant elle n'avait pas vraiment ressenti de tendresse de sa part. Elle aurait pu lui faire cette réponse, pourtant cela lui semblait déplacé en la circonstance. Elle aurait eu l'impression de frapper un enfant.

– Oui, mais je n'ai jamais compris pourquoi, dit-elle seulement.

– Vraiment.

Ce n'était même pas une question.

– Nous sommes si différents.

C'était fou d'oser aborder ce sujet. Pourtant ils étaient là, tous les deux, à se regarder tranquillement, comme cela ne leur était jamais arrivé, sans se défier le moins du monde. Quand on dévisageait quelqu'un aussi longtemps, songea Jenny, cela voulait forcément dire quelque chose. Elle ne devrait pas faire ça.

Depuis toujours, elle se demandait ce qu'il pouvait lui trouver, comment il pouvait à ce point la désirer. Assez pour veiller sur elle depuis qu'elle avait cinq ans, pour percer le voile entre les mondes afin de venir à elle, pour la chasser, la harceler comme si elle était devenue une idée fixe.

– Pourquoi, Julian ? demanda-t-elle doucement.

– Tu veux la liste ? demanda-t-il imperturbable.

– La... quoi ?

– Ces cheveux d'ambre liquide. Ces yeux verts comme le Nil, énonça-t-il d'un ton si détaché qu'il semblait lire une page d'annuaire. Mais ce n'est pas vraiment une histoire de coloris, plutôt d'expression. Cette expression profonde et douce qu'ils prennent quand tu réfléchis.

Jenny ouvrit la bouche, pourtant il continua :

– Cette peau brillante, surtout quand tu t'énerves, qui scintille d'or.

– Mais...

– Mais il existe beaucoup de jolies filles, évidemment. Tu es différente. Il y a quelque chose en toi qui te rend différente, une certaine forme d'esprit. Tu es... innocente. Douce, même après tout ce qui a pu t'arriver. Gentille malgré cette flamme qui brûle en toi.

– Je ne suis pas gentille, balbutia-t-elle presque effrayée. Audrey dit parfois que je suis trop simple...

– Simple comme la lumière et l'air... toutes choses que les humains estiment normales alors qu'ils ne pourraient vivre sans. Parfois, ils devraient y réfléchir à deux fois.

Jenny avait vraiment peur, maintenant. Ce nouveau Julian était dangereux... et lui donnait le vertige.

– La première fois que je t'ai vue, tu étais comme un rayon de soleil. Les autres voulaient te tuer. Ils me croyaient fou. Ils riaient...

Bien sûr, il parlait des autres hommes de l'Ombre.

– Mais je savais et je te contemplais, continua-t-il. Tu as grandi, en âge et en beauté. Tu étais différente de tout ce que je voyais dans mon monde. Les autres se contentaient d'observer. Moi, je te voulais. Non pour te tuer ou... ou pour me servir de toi comme ils le font parfois ici avec les humains. J'avais besoin de toi.

Il y avait quelque chose dans sa voix qui allait au-delà du détachement clinique. Une sorte de... faim, mais pas cette faim froide et malveillante qu'elle avait perçue dans les yeux des anciens et dans les voix des autres hommes de l'Ombre. À croire que Julian avait faim d'une chose qu'il n'avait jamais eue, habité d'un besoin que lui-même ne comprenait pas.

– Je ne voyais rien d'autre, ne pouvais rien entendre. Je ne pouvais penser qu'à toi. Jamais je ne laisserais quiconque te blesser. Je savais que je devais t'obtenir, à n'importe quel prix. On me disait fou d'amour.

Il s'était levé pour se rapprocher du feu et Jenny eut alors l'impression de le voir pour la première fois, d'un autre œil. Il lui parut... petit. Et presque vulnérable.

Rien ne bougeait au monde que son cœur et elle en avait tout le corps qui tremblait.

Elle n'avait jamais réfléchi à la façon dont les autres hommes de l'Ombre pouvaient considérer Julian. Elle savait que c'était le plus jeune d'une espèce très ancienne mais n'avait pas songé à la vie qu'il pouvait mener, ni à son point de vue. Elle n'avait même pas envisagé qu'il pouvait avoir un point de vue.

– Quel effet ça fait...

Elle hésita et il compléta sa pensée :

– D'être un homme de l'Ombre ? D'épier dans l'ombre tout ce qui se passe dans des mondes qui ne sont pas pleins d'ombres ? Sais-tu que la Terre a des couleurs que tu ne verras jamais ici ?

– Mais... tu peux faire tout ce que tu veux. Tu peux tout créer.

– Ce n'est pas pareil. Ici, les choses s'altèrent, elles ne durent jamais.

– Alors pourquoi rester ici ? Au lieu de juste nous observer, tu pourrais...

Elle s'interrompit de nouveau. Qu'allait-elle dire ? Inviter les hommes de l'Ombre dans son propre monde ? Elle prit une longue inspiration.

– Si tu pouvais changer… reprit-elle.

– Je ne peux pas changer ce que je suis. Aucun de nous ne le peut. Le reste des neuf mondes nous rejette et prétend que nous sommes d'un naturel destructif. Nous ne sommes les bienvenus nulle part… mais nous serons toujours proches de la Terre, à vous regarder, de l'ombre.

Il y avait quelque chose dans sa voix de trop tranquille, d'inaccessible à l'amertume. Une… distance morne au-delà de toute parole.

– À jamais, acheva-t-il.

– À jamais ? Vous ne mourez pas ?

– Ce qui est non né ne peut pas mourir. Nous avons un… début, naturellement. Nos noms gravés sur une stave prévue à cet effet. La stave de vie.

Elle avait vu quelque chose à propos des staves dans le journal de son grand-père. Un dessin à l'encre, représentant une sorte de grande branche plate, ornée de runes.

– Tu graves nos noms sur la stave… et nous naissons à la vie, dit Julian. Tu les ôtes… et nous disparaissons.

Jenny trouva cette notion des plus cruelles, des plus froides, mais les hommes de l'Ombre n'étaient-ils pas froids ? Des créatures non de chair et de sang mais issues d'une gravure dans le bois ou dans la pierre.

Qu'il était lugubre d'être un homme de l'Ombre ! Condamné par son propre esprit de destruction à rester à jamais ce qu'on était.

Julian se tenait devant le feu, le visage à moitié dans l'ombre, le regard tourné vers l'obscurité. Jenny en conçut une sensation de vide. Qu'en aurait-il été, se demanda-t-elle, s'il n'avait pas tenté de la contraindre ?

Depuis le début, il n'avait utilisé que la force et la ruse, pour l'entraîner dans le magasin, l'inciter à acheter le Jeu afin que, dès qu'elle aurait assemblé la maison de papier, il puisse l'attirer dans le monde des Ombres. Il l'avait *kidnappée*. Après quoi il était apparu pour la forcer à jouer à son Jeu démoniaque si elle voulait regagner sa liberté. Il l'avait menacée, blessant ses amis – *tuant* Summer. Il avait tout fait pour tenter de gagner sa soumission.

– Tu ne pouvais pas te contenter de me le demander ? murmura-t-elle.

Elle lui avait dit la même chose dans la tourelle de la maison de papier. « Ça ne vous a pas traversé l'esprit ? Qu'il vous aurait suffi de sonner à ma porte, sans jeu, sans menace, et juste de me le demander ? » Mais, dans la tourelle, ce discours n'était qu'une ruse destinée à la libérer. Elle n'en avait jamais pensé un mot.

Alors que maintenant, oui. Si Julian était venu à elle, apparaissant dans la nuit, sortant de l'ombre pendant qu'elle rentrait chez elle, par exemple, pour lui dire qu'il l'aimait, comment aurait-elle réagi ?

Elle aurait eu peur. Oui. Mais ensuite ? S'il lui avait offert des cadeaux, avec cet air gentil et fragile qu'il arborait maintenant ?

Si elle avait accepté ses cadeaux...

Étrange éventualité, impossible à vraiment imaginer, quoique assez intéressante : elle-même dans le rôle d'une sorte de princesse courtisée par un prince de l'Ombre. Un court instant, elle crut voir la scène, durant une fraction de seconde.

Elle en soie noire, assise sur un trône de marbre noir dans une grande salle où régnait un éternel crépuscule, la peau blanche, de plus en plus pâle, de plus en plus froide, oubliant le monde qu'elle avait laissé derrière elle – mais heureuse, peut-être, de son pouvoir, de sa position. Aurait-elle de petits êtres du monde des Ombres pour la servir ? Saurait-elle contrôler les éléments avec la dextérité d'un Julian ?

Ou alors, pas forcément une robe noire – mais blanche avec de petits glaçons partout, comme la Reine des neiges d'Andersen. Et des bijoux de givre autour du cou, des tigres blancs aux yeux bleus à ses pieds. Que penseraient Dee et Audrey si elles la voyaient ainsi ? Sans doute auraient-elles peur au début – mais elle leur servirait d'étranges boissons, telles que celle qu'elle venait de boire dans la tasse chaude, et ses amies finiraient par s'habituer. Audrey envierait ses jolies tenues et Dee, son pouvoir.

Et puis ? Julian avait dit qu'elle pourrait avoir tout ce qu'elle voulait. Si elle pouvait tout avoir, absolument tout...

Je voudrais Tom...

Elle l'avait oublié un moment, à cause de cette étrange idée de la salle crépusculaire. La chaleur et la force de Tom, son sourire indolent n'allaient pas du tout dans le tableau – ce qui semblait logique dans la mesure où Julian ne l'y laisserait jamais entrer. Mais Jenny ne voulait pas d'un monde sans Tom.

La vision de la robe blanche et des bijoux disparut et elle sut qu'il n'en serait jamais plus question ; elle ne l'oublierait pas mais ne la retrouverait pas pour autant.

Tant pis. Elle n'avait pas envie de s'y attarder ; en fait, il était largement temps pour elle de s'en aller, comme si elle courait un danger en restant ici.

– Je me suis réchauffée, dit-elle en repoussant la fourrure blanche.

Peut-être pourrait-elle quand même le remercier de lui avoir sauvé la vie, quoique, si elle l'avait risquée, ce fût bien à cause de lui. Voyant qu'il la fixait, elle préféra détourner les yeux pour se concentrer sur son mouvement. Car elle essayait de se lever malgré ses jambes encore flageolantes. Elle fit un pas, trébucha.

Aussitôt, elle sentit ses bras se refermer sur elle, l'immobiliser. Elle regarda son torse, dénudé sous le cuir de sa veste, qui se soulevait un peu trop vite sous sa respiration. Et le feu qui dorait tout.

Sans doute ne tenait-elle pas à le regarder dans les yeux. Ce fut pourtant ce qui arriva.

Il avait encore les pupilles dilatées, le regard éperdu dans ces profondeurs désolées.

– Pardon, murmura-t-elle machinalement. Mais il faut que je m'en aille.

– Je sais.

À cet instant, il semblait la comprendre mieux qu'elle-même. Il paraissait très jeune et très fatigué, chargé d'un savoir qu'elle ne partageait pas. L'expression solennelle, il se pencha légèrement.

Jenny ferma les yeux.

Ce fut un tout autre baiser que ceux qu'il lui avait déjà donnés. Non pas qu'il ait été plus doux – les baisers de Julian étaient en général très doux, du moins au début. Non pas qu'il ait été très long – les baisers de Julian étaient en général très longs. Mais ce fut autre chose, au point de lui tourner la tête.

Un sentiment... c'était cela. Pas juste une sensation, mais aussi une émotion. Une émotion si forte qu'elle la laissa toute tremblante. C'était pourtant un baiser tellement innocent, tellement *chaste*. Leurs lèvres qui s'effleuraient, qui vibraient ensemble. Comment un geste si simple pouvait-il la toucher à ce point ?

Sans doute parce qu'il transmettait les sentiments de Julian, son chagrin, cette impression d'un cœur qui se brisait de tristesse, d'une perte irréparable. Si lui ou elle avait été en train de mourir, elle aurait compris un tel baiser.

Il souffre ainsi parce qu'il est en train de me perdre ? Jenny n'avait jamais été particulièrement modeste, pourtant elle avait du mal à y croire. Elle aurait pu rejeter l'idée sur-le-champ – si elle oubliait ce qu'elle-même ressentait.

Comme un bouleversement intérieur.

Quand il recula, elle était à peu près en transe. Elle resta là, les yeux fermés, le sentant encore contre elle, incapable de bouger. Les larmes jaillirent sur ses cils.

Et Tom ?

Le jour où, au collège, il s'était cassé la jambe, il était resté à terre, blême mais continuant de balancer des vannes, accroché à la main de Jenny, sans laisser voir à quiconque combien il pouvait souffrir. Toutes ces fois où il l'avait soutenue, quand elle avait peur au cinéma ou quand elle pleurait sur le sort des animaux errants qu'elle recueillait. Il était resté toute la nuit quand elle avait cru que Cosette, la petite chatte qu'elle avait sauvée dans un parking, était en train de mourir. Il faisait partie de sa vie depuis qu'elle avait sept ans. Il faisait partie d'elle-même.

Et Julian lui avait fait du mal. En quoi il avait à jamais brisé toutes ses chances de s'attirer la sympathie de Jenny.

Reprenant ses esprits, elle rouvrit les yeux, recula et le vit changer d'expression. Comme s'il savait exactement à quoi elle pensait.

– Tom a besoin de moi.

Il sourit, sans joie. Son air éperdu l'avait quitté.

– Ah oui ! Tommy a besoin de toi comme de l'air qu'il respire. Moi j'ai besoin de toi comme...

– Quoi ? demanda-t-elle quand elle comprit qu'il n'en dirait pas plus.

– Comme de lumière, dit-il sans perdre son sourire amer. De ta lumière, bien sûr, comme une flamme pour un papillon. Je t'ai déjà dit de ne pas te mêler de choses interdites... j'aurais dû moi-même suivre ce conseil.

– La lumière ne devrait pas être *interdite*.

– À moi, elle l'est. Elle peut être mortelle pour un homme de l'Ombre. La lumière tue l'ombre, tu le sais. Et vice versa, bien sûr.

Il avait presque l'air de trouver la chose amusante, opérant l'une de ces volte-face dont il avait le secret, au point que Jenny se demandait si la demi-heure précédente avait jamais existé.

– Ne crois pas que, parce que je t'ai arrachée à l'eau, le Jeu est terminé, ajouta-t-il. Il te faut trois pièces d'or pour retrouver ton précieux Tommy. Et le temps passe, *tic-tac*...

– J'en ai une, je te rappelle, je...

Elle s'interrompit soudain, fouilla dans la poche de son jean. Le couteau suisse s'y trouvait toujours, mais le doublon d'or qu'il lui avait jeté dans la grotte avait disparu.

– Attends, je l'avais ! Il a dû tomber.

– Désolé. Vous ne repassez pas par la case Départ, vous ne touchez pas deux cents dollars.

– Tu...

Elle s'interrompit de nouveau, dominant sa colère, mais elle sentait quelque chose en elle se durcir, se geler. Fort bien. Fallait-il qu'elle ait été folle pour s'apitoyer sur Julian – ce pauvre *Julian* ! Elle avait à nouveau les pieds sur terre. Ils étaient adversaires, comme toujours, jouant l'un contre l'autre à un Jeu qui pouvait s'avérer aussi impitoyable que Julian lui-même.

– Je me procurerai ces pièces, si tu m'en laisses la chance. Je ne peux pas faire grand-chose ici.

– Certes. La sortie est sur la gauche. Regarde où tu mets les pieds et sois prudente. Nous espérons que cette balade vous a plu.

Elle tourna la tête et aperçut un rectangle de lumière qui venait d'apparaître. Retenant son souffle, elle s'y rendit en prenant garde de marcher bien droit. Elle ne voulait pas se retourner, pourtant, à proximité de la porte, elle ne put s'empêcher de jeter un coup d'œil par-dessus son épaule.

Il se tenait là où elle l'avait laissé, silhouette noire devant le feu, l'air impénétrable. Alors, elle franchit le portail et aperçut dans le lointain d'innombrables petites lumières qui explosaient et tournoyaient dans un éclat aveuglant.

– Que… ?

Quelque chose l'attrapa.

8

– Merci mon Dieu ! s'écria une voix à l'oreille de Jenny.

Celle-ci se détendit à la vue de la mince silhouette dont les bras puissants venaient l'étreindre.

– Dee... tu m'as fichu la trouille de ma vie...

Les lumières provenaient du dais du manège sur l'autre rive du lac, qui tournait au son d'un orgue de Barbarie.

– C'est toi qui nous as fichu la trouille de notre vie, rétorqua Audrey. Où est-ce que tu étais passée, ces deux dernières heures ? On a couru à travers la mine qui s'effondrait au fur et à mesure derrière nous... et quand on est arrivés à l'entrée de la grotte, on a vu que tu n'étais pas avec nous. Alors Dee a piqué sa crise, elle voulait retourner en arrière alors que tout s'écroulait ; on aurait pu y passer... et quand on est sortis, ça a encore été la course.

– Les bruits d'éboulement s'étaient arrêtés, expliqua Michael, et j'ai vérifié. Les murs de la grotte étaient de nouveau en fibre de verre.

– Et sonnaient creux, continua Dee en étreignant à son tour Jenny. On a fouillé toute la grotte mais tu n'y étais pas. C'était juste un train fantôme.

– On est passés par la même sortie de secours, dit Audrey en désignant la porte que venait de franchir Jenny. Alors maintenant, explique où tu étais. Tu l'as vu, c'est ça ?

Celle-ci regardait ses vêtements à la lumière d'une fontaine voisine – fontaine qui n'était pas éclairée la dernière fois qu'ils étaient passés devant. Son jean était froissé mais sec, ses cheveux, hérissés comme quand elle ne se faisait pas de brushing. Les fournitures qu'elle avait soigneusement accrochées à sa ceinture n'étaient plus là, à commencer par sa torche.

– Je l'ai vu, confirma-t-elle. Je sais en quoi consiste le nouveau Jeu.

Elle expliqua ce que Julian lui avait dit sur les trois doublons nécessaires s'ils voulaient retrouver Zach et Tom, mais ne mentionna pas les autres hommes de l'Ombre, ni les eaux montantes dans sa prison de pierre, encore moins qu'elle avait bien cru mourir. Certes, elle aurait besoin d'en parler un jour, de se confier, peut-être de pleurer et de se laisser réconforter par ses amis. Mais ce n'était pas le moment, il n'y avait pas d'intimité, ici, et à quoi bon les inquiéter davantage ?

Quant à Julian et à ses étranges sautes d'humeur, elle n'avait même pas envie d'aborder le sujet.

– Au moins, on aura tiré quelque chose de cette mine, conclut Michael. Je veux dire, on a failli y passer, on a perdu une partie de notre matériel mais on s'est procuré des armes et, maintenant, on sait où on va. Qu'est-ce qu'on fera une fois qu'on aura trouvé ces doublons ?

– Je dirais qu'on doit passer le pont, répondit Jenny, comme le gamin nous l'a expliqué dans le vrai parc.

Ses amis lui inspiraient autant de reconnaissance que de fierté. Ils étaient tous meurtris et fatigués, ils n'avaient plus que deux torches... mais personne ne parlait de laisser tomber.

– Le pont doit se trouver de l'autre côté du lac. On va le contourner et, ensuite, je suis sûre que Julian nous laissera traverser.

Les lumières multicolores du manège et de l'île se reflétaient dans les eaux brillantes, parfois bouchée par l'ombre des grands arbres. Au centre de l'île, immense et blanc, se dressait le phare. Jenny l'avait aperçu cet après-midi, mais là, il brillait comme un monument, comme un donjon, une prison de prince.

– C'est là que sont Tom et Zach, indiqua-t-elle.

– Par où on commence à chercher ? demanda Dee.

– On pourrait retourner à la mare aux poissons, ou alors contourner directement le lac pour rejoindre ce manège.

– C'est ça, approuva Michael en passant une main dans ses cheveux en bataille. Le tour du lac. Ça nous ramènera du côté du panneau qui parle du concours. On y trouvera peut-être un indice.

– C'est par là qu'on est arrivés, précisa Audrey. Je veux dire, après avoir franchi la porte aux runes.

Ils passèrent devant la baraque du jeu d'anneaux et longèrent la bordure nord du lac, sans vraiment saisir pourquoi certains endroits du parc semblaient animés et d'autres, complètement endormis.

Ils s'attendaient à revoir surgir à tout instant une créature du genre de celle qui avait attaqué Dee, mais rien ne se produisit. Ce ne fut qu'à l'approche du panneau lumineux que Jenny entendit une voix. Une voix grave qui lui fit peur – qui d'autre se trouvait dans le parc en ce moment, avec eux ?

Elle contourna un bosquet d'épicéas et aperçut une roulotte de cirque au toit rouge et aux barreaux métalliques.

– Je suis Léo, le lion mangeur de papier ! piaillait la gueule béante au milieu.

Sauf que la voix... n'avait plus rien de gai ni d'amical. Elle était descendue de plusieurs octaves pour évoquer plutôt celle d'un robot, épaisse et traînante.

– Trop glauque, marmonna Michael.

À la suite de Dee, Jenny s'avança prudemment. Les lumières du chariot éclairaient tout le coin jusqu'aux épais buissons du fond. L'animal *ressemblait* au Léo du parc normal, en plus sombre, le poil caramel, la crinière brune. Jenny examina la gueule en O prête à avaler les déchets qu'on lui jetterait.

– Je mange toutes sortes de choses, grognait la voix gutturale.

– Tu m'étonnes, dit Michael.

– Qu'est-ce qu'il fabrique là ? demanda Audrey. C'est pour nous faire peur, ou quoi ?

Dee promenait sa torche à l'intérieur de la gueule de plastique.

– Je crois qu'il y a quelque chose dedans, annonça-t-elle.

– Tu rigoles ! s'écria Jenny en la rejoignant.

Elle ne tenait pas trop à s'approcher de ce lion mais les exclamations de Dee achevèrent de la convaincre :

– Un truc doré ! Non, juré ! Tiens, regarde, au fond de sa gorge.

Sans trop de conviction, Jenny promena le rai de lumière dans le trou sombre. Il pouvait fort bien s'y trouver quelque chose, mais impossible de préciser si c'était doré ou argenté.

– Ça pourrait être un papier de chewing-gum.

Dee lui posa une main câline sur l'épaule.

– Ne me dis pas que tu fais des cauchemars sur Léo le lion.

Pas vraiment, au souvenir de Jenny. Mais elle l'avait toujours trouvé sinistre, maintenant plus que jamais.

– Je ne mets pas la main là-dedans, affirma Michael.

Dee lui décocha son sourire carnassier.

– Non, c'est Audrey qui va la mettre, avec ses ongles longs. Qu'est-ce que tu en penses, Aud ?

– Ne la taquine pas, lâcha Jenny. Bon, il nous faudrait une baguette ou quelque chose. Non, une canne à pêche, ça ne marcherait pas, ça ne ramassera pas une pièce. Il faudrait y accrocher quelque chose de collant...

– Rien de plus sûr qu'une main, Audrey pourrait...

– Dee, arrête ! lui lança Jenny avec un regard mauvais.

Toujours cette rivalité sous-jacente entre les deux filles, mais ce n'était vraiment pas le moment. Audrey restait un peu en retrait, la tête haute, ses yeux noisette fixés sur Dee avec dédain, faisant la moue. Très calme, très altière.

– Léo a toujours faim... Alors nourrissez-moi, continuait la voix déformée.

Chaque fois que le lion parlait, Jenny sursautait. Comme si elle craignait que cette gueule se tourne vers elle.

Impossible, c'est du plastique. Son cœur lâcherait si ce monstre venait à la menacer. La tranquillité ambiante, l'obscurité n'en rendaient cette poubelle que plus menaçante.

Dee s'assit sur ses talons.

– On dirait qu'il ne s'agit pas que de trouver les pièces, il faut les attraper, ce qui sera peut-être le plus difficile de l'histoire. C'est un jeu de piste.

– De piste ?

– Rappelle-toi ce que je vous ai raconté au sujet des différentes sortes de jeux. Ils entrent dans certaines catégories. Le premier jeu dans lequel Julian nous a entraînés, qui consistait à nous faire grimper au sommet de la maison avant l'aube, c'était une course.

– Oui, et le deuxième, dit Jenny, où des bestioles nous pistaient, c'était une chasse, une sorte de cache-cache.

– Voilà. Et il existe encore un autre type de jeu, où tu dois trouver des choses si tu veux gagner... comme une chasse au trésor, ou le chaud et le froid. Un jeu de piste. Aussi ancestral que les autres.

– C'est normal, énonça Michael. Les humains sont d'extraordinaires pisteurs... ils adorent chercher des choses. La quête du Saint-Graal, par exemple.

– Vous trouverez certainement quelque chose pour nourrir Léo, le lion mangeur de papier. Je *meurs de faim !*

Jenny leva la tête et vit Audrey s'approcher de la roulotte, en examinant ses ongles légèrement attaqués par la course dans la mine. Elle semblait pensive.

– Allez, princesse, ose, si tu peux ! lança Dee.

– Pas de bêtise, Audrey, ajouta machinalement Jenny.

Ce qui était en soi une antinomie. Audrey ne commettait jamais de bêtise, encore moins d'imprudence. Si bien que Jenny ne s'inquiétait pas.

Audrey introduisit la main dans la gueule du lion.

Ce fut Michael qui cria. Jenny se précipita, bien que, sur le moment, tout parût se passer plutôt bien.

L'air concentré, Audrey fouillait dans la poubelle.

– Je sens quelque chose, dit-elle avec un sourire triomphant. C'est froid... je l'ai !

Ensuite, tout se passa très vite.

La tête de plastique caramel fondit soudain, comme dans un effet de cinéma, pour faire place à une masse d'abord vert olive qui vira bientôt au grisâtre veiné d'anthracite. Les yeux firent place à des trous béants, la gueule parut d'abord sourire, révélant d'énormes crocs qui s'étaient fermés sur le poignet d'Audrey.

Dee n'avait même pas eu le temps de réagir. Audrey poussa un cri déchirant, le corps plié en avant.

Ce fut Michael qui se rua le premier en l'appelant désespérément, suivi de Dee armée de son piolet.

À quoi bon ? songea Jenny. *Ce n'est pas un être vivant comme l'autre chose... Slug. C'est de la pierre, du métal et je ne sais quoi.*

– Ne tape pas dessus, Dee. Ça ne servira à rien... C'est Audrey qu'il faut sortir de là.

La chose – qui n'avait plus rien d'un lion mais plutôt d'un immonde cybermonstre – avait pris la couleur d'une vieille statue couverte de mousse.

Audrey criait toujours, à bout de souffle, et son corps sursautait. La manche de son imperméable était remontée jusqu'à son épaule.

– Il m'a coincé le bras !

Au bord des larmes, Jenny tentait d'aider Michael à entraîner Audrey en arrière.

– Non, ne tirez pas ! Ça fait mal.

De la vaseline, songea Jenny. *Ou du savon – pour faire glisser...* – mais ils n'avaient rien de tout cela.

– Dee, essaie le piolet pour lui écarter les dents. Michael, attends qu'elle ait commencé et puis tu tires.

Audrey criait toujours, Michael pleurait. Vaguement en état de choc, Jenny s'aperçut tout de même que la bête de pierre changeait encore, se déformait davantage. Dee introduisit le piolet dans sa mâchoire, entre les dents moussues, puis se mit à peser sur le manche. Jenny vint lui donner un coup de main.

– Allez !

Dee y mettait toutes ses forces et Jenny en venait à simplement souhaiter que le manche de bois ne se casse pas ou ne se détache pas de la tête métallique.

– Tire, Michael !

Michael tira. Le bras d'Audrey sortit.

Ils tombèrent tous en arrière et, dans un même mouvement, s'éloignèrent aussitôt de la roulotte de cirque, qui à quatre pattes, qui à plat ventre ou sur les fesses, toujours accrochés les uns aux autres.

Alors seulement Jenny regarda le bras d'Audrey.

Marqué de morsures... de dents ou d'autres choses qui l'avaient égratigné en laissant de longues traces sanguinolentes.

– Audrey... ça va ? éructait Michael.

– Je parie que j'aurai mal au ventre demain, gargouilla la voix.

Le cybermonstre avait cessé de se transformer pour ne plus présenter qu'un rictus figé sur ses crocs.

– Je ne crois pas qu'il puisse venir jusqu'ici, observa Dee d'un ton étonnamment cassé.

Derrière elle, Jenny regardait pensivement son crâne aux cheveux si courts qu'ils faisaient plutôt penser à des plaques de velours noir brillant comme du mica.

– Quelqu'un a du paracétamol ? demanda Audrey.

Michael, qui avait ôté son maillot de corps pour en envelopper sa blessure, fouilla dans la poche de son sweat-shirt.

– J'en ai... tiens.

Audrey avala le cachet en buvant à la gourde que lui présentait Dee.

– Ça va ? lui demanda Jenny.

Audrey but une autre gorgée puis ses longs cils s'abaissèrent sur ses joues blanches comme de la porcelaine ; toute fragile, elle s'appuya contre la poitrine de Michael. Pourtant, elle hocha la tête.

– C'est vrai ? Tu peux bouger le bras, et tout ?

Sur son bras, le maillot de Michael se colorait de rose, mais ce n'étaient pas ces égratignures qui inquiétaient Jenny. Elle craignait plutôt une luxation de l'épaule.

Audrey hocha de nouveau la tête, sourit faiblement, leva son bras bandé, le tourna, puis ouvrit lentement le poing. Dans sa paume brillait un doublon d'or.

Michael partit d'un éclat de rire.

– Tu l'as quand même attrapé ! Tu n'as rien lâché, petite...

Il l'étreignit violemment.

– Tu peux m'embrasser, dit-elle. Mais ne m'écrabouille pas le bras.

Elle tourna la tête vers Dee :

– Heureusement que ton piolet était solide !

Extraordinaire reconnaissance, pourtant Dee ne parut pas vraiment flattée.

– Bon, maugréa-t-elle, puisque tout le monde peut marcher, on ferait mieux d'y aller. On s'étale en place publique, là, n'importe quoi pourrait nous fondre dessus.

Jenny aida Audrey à se relever tandis que Michael rajustait son sweat-shirt. Le faux lion dans sa cage avait l'air d'une gargouille.

– Qu'est-ce qu'on doit faire de cette pièce ? demanda Audrey.

– Je la prends, dit Jenny.

Cette fois, elle la mit dans la poche de sa chemise dont elle boutonna ensuite le rabat.

– Si on pouvait arriver au manège, reprit-elle, on s'y reposerait un peu. Il y a une espèce de tonnelle à côté.

Le manège n'était plus illuminé mais, derrière les eaux scintillantes du lac, Jenny apercevait le phare éclairé. Tom était là – avec Zach. Elle devait absolument les y retrouver. Quoi qu'il puisse leur arriver en chemin.

Audrey ne voulut pas se reposer longtemps.

– Si je ne me lève pas maintenant, je n'y arriverai jamais. Mais où est-ce qu'on va ?

– Le lion, il était éclairé, il fonctionnait, observa Michael. Et il contenait un doublon.

– Alors il faut chercher autre chose qui fonctionne ?

– Je n'aime pas trop l'idée de me laisser ainsi guider, commenta Dee sans grande conviction.

Son soudain manque d'enthousiasme inquiétait quelque peu Jenny. Dee avait juste voulu se payer la tête d'Audrey, mais quand on voyait comment ça avait tourné…

– Qu'est-ce que c'est, ces lumières, là-bas ? demanda Michael.

Derrière le manège, après un court espace vert, de petites lumières blanches scintillaient entre les arbres.

– Je crois… je me demande si ce n'est pas la salle de jeux, dit Jenny.

– Alors c'est qu'elle est ouverte.

– *Allons-y !* lança Audrey en français.

Ils passèrent devant quelques baraques avant de se retrouver au pied d'une bâtisse éclairée de centaines de lampes qui flashaient. Jenny s'arrêta net.

– Mais… ce n'était pas comme ça, cet après-midi ! On dirait… Là, c'est comme quand j'étais petite.

– En tout cas, c'est ouvert, dit Michael.

Les portes s'écartèrent à leur approche. Prise d'un doute, Jenny franchit le seuil en se demandant pourquoi Julian avait reproduit la salle de son enfance, mais il ne fallait certainement pas y voir un bon signe.

En même temps, elle éprouva une étrange pointe de plaisir en découvrant l'intérieur. Ce n'était plus le rutilant hall high-tech mais une salle ancienne, un peu miteuse, pleine de vieux appareils en bois. Des automates, se rappela-t-elle. C'était ainsi que son grand-père appelait les machines habitées de figurines. Quand il l'emmenait là-bas, il glissait des pièces dans les fentes pour lui montrer les scènes animées.

Son grand-père lui avait toujours consacré beaucoup de temps. Tout ce qu'elle savait, c'était qu'il avait été professeur de ceci ou de cela, mais qu'il ne travaillait nulle part. Il était toujours à la maison lorsqu'elle lui rendait visite avec Zach – sauf quand il était en voyage. Car il voyageait beaucoup, et rapportait chaque fois des cadeaux.

– C'était quoi, ça ? demanda Michael. Là-bas... au fond ?

Jenny ne vit que d'autres meubles.

– C'est parti, continua-t-il. J'ai cru voir une de ces petites bestioles... les machins qui s'enfuient tout le temps. Hé ! Qui veut de la nougatine ? J'ai plein de monnaie.

Le distributeur crachait des cacahuètes enrobées de sucre noir ranci, et des boules de gomme multicolores. Jenny fut pourtant contente d'en mâchonner quelques-unes.

Elle se dirigea vers un juke-box animé de figurines de bois pendues à des fils de fer, la bouche béante.

– Hé ! s'exclama-t-elle. Des vieilles danses western !

– Si on essayait ? proposa Audrey sans enthousiasme.

Jenny la comprenait ; après ce qui venait de lui arriver avec Léo, elle ne faisait plus trop confiance à ces automates.

– Il faudra bien, répondit-elle lentement. Qui sait ? Notre prochain doublon se trouve peut-être dans une de ces machines. Ne t'approche pas trop... et si tu vois quelque chose bouger tout seul, éloigne-toi.

– On devrait commencer par les machines à sous. L'endroit idéal pour cacher un doublon.

Sans s'éloigner l'un de l'autre, ils longèrent prudemment la salle mal éclairée en vérifiant les fentes de toutes les machines, à la recherche d'un éclat doré.

Michael trouva un Mutoscope dont il remonta la manivelle tout en plaçant l'œil sur la lentille pour regarder la bobine de photos tourner. VOYEZ MARIETTA LA COQUINE PRENANT UN BAIN DE SOLEIL, annonçait l'appareil garni de cuivre. ADMIS PAR LA CENSURE, 12 OCT. 1897.

– J'en ai mal au bras ! commenta-t-il quand il eut terminé. C'est juste une bonne femme enveloppée dans un drap.

Audrey s'arrêta devant une autre machine aux sculptures dorées plutôt passées. Dee trouva une sorte d'horloge ancienne qui promettait : DÉCOUVREZ UN HORRIBLE MONSTRE. TERRIFIANT. CHOQUANT. 5 CENTS SEULEMENT. Jenny connaissait cette machine. On y glissait une pièce et elle vous présentait un miroir.

Elle continua un peu plus loin. Pas le testeur de force. Elle ne voulait même pas mettre le pied dessus.

Là... cette demi-vitrine miteuse, qui proposait : INTERROGEZ LE MAGICIEN. DÉPOSEZ 10 CENTS DANS LA FENTE ET LE MAGICIEN VOUS RÉPONDRA. En dessous, on avait collé une bande de plastique : RAMASSEZ ICI VOTRE PRÉDICTION.

Jenny avait toujours apprécié ces espèces de diseurs de bonne aventure qui vous donnaient des cartes. Elle aimait ces prédictions ridicules annonçant que vous alliez vous marier et quelle carrière vous alliez suivre. Elle sortit une pièce.

La fente avait une forme de sphinx. Prise d'une sorte de pressentiment, Jenny hésita un instant, la main posée sur le métal froid. Ne pas continuer, ne pas commettre d'imprudence.

Mais qu'y avait-il d'imprudent à mettre en route un magicien mécanique ? Et puis, il fallait bien trouver ce doublon.

Elle glissa la pièce dans la fente.

9

Comme la pièce tombait dans la machine, Jenny entendit un léger bourdonnement, suivi d'un cliquetis mécanique. La vitre s'illumina grâce à deux néons posés derrière.

Ils éclairaient le buste d'un magicien grandeur nature, arborant une expression des plus désolées, et qui se mit à bouger par mouvements saccadés.

Ses yeux s'ouvraient et se fermaient, ses sourcils se haussaient et retombaient. Sa lèvre inférieure semblait articulée, remuant sous une barbe à l'effet naturel surprenant, comme s'il marmonnait quelque chose, avec sa face de plastique rose, aux lèvres carminées, aux yeux fortement cernés, aux joues rougeaudes et craquelées.

Le pauvre ! songea-t-elle. C'était idiot, mais elle ne pouvait s'empêcher de ressentir de la pitié pour cette poupée mécanique qui semblait d'une tout autre facture que les danseurs western, mais il était visiblement mal entretenu, avec ses cils collés et sa robe de velours noir pleine de peluches rouges.

Une étrange sensation s'empara de Jenny. Qu'avait-elle à s'émouvoir pour cet automate ? Mais il était tellement minable, enfermé dans sa boîte de verre, devant ce rideau de vieux velours rouge…

Et puis il y avait quelque chose dans cette silhouette… quelque chose dans cette figure…

Le magicien tenait une baguette élimée dans son poing fermé. Il la leva, en frappa la table devant lui – on voyait encore la trace laissée par les nombreuses fois où il avait tapé à cet endroit.

Ses yeux s'ouvrirent, se fermèrent, roulèrent sur les côtés. Sans regarder la baguette. Ses lèvres remuaient, découvrant des dents blanches, mais aucun son ne sortait de sa bouche. Comme s'il se parlait à lui-même.

Fascinée par ses mouvements heurtés, presque violents, Jenny se demanda ce qui lui prenait. *Sans doute parce qu'il me rappelle un sans-abri.*

Non, c'était autre chose. Quelque chose dans cette figure de plastique, à l'expression figée sur une indicible tristesse. Les yeux de verre roulèrent encore, comme pour venir la fixer, sombres, étrangement fatigués, étrangement gentils.

Elle comprit.

Maintenant elle savait, mais c'était tellement improbable, intolérable qu'elle commença par repousser cette idée. Trop dingue pour qu'on y pense seulement.

Elle entendit un déclic au bas de la machine et vit tomber une carte, la ramassa instinctivement… s'arrêta un instant, prise d'un nouveau doute.

Ses doigts se refermèrent sur la carte qu'elle retourna pour en examiner l'inscription au dos.

Là, elle crut défaillir.

Les courtes lignes tapées à la machine semblaient altérées par le temps mais encore parfaitement lisibles. Et ce n'était ni une prédiction ni une étude de personnalité.

Toute la carte était couverte par deux mots répétés à l'envi :

AU SECOURS AU SECOURS AU SECOURS AU SECOURS AU SECOURS AU SECOURS AU SECOURS AU SECOURS AU SECOURS AU SECOURS AU SECOURS AU SECOURS AU SECOURS AU SECOURS...

Les lettres voltigeaient sous les yeux de Jenny dans un mouvement noir et blanc. Elle ne put contrôler ses tremblements ni son haut-le-cœur. Elle ne sentait plus ses jambes. Et elle ne pouvait pas crier – même si, à l'intérieur, elle hurlait.

Elle sentit ses paumes heurter le sol avant de se retrouver assise par terre.

– Qu'est-ce qui se passe ? Il t'a fait quelque chose ?

Les autres l'entouraient. Jenny ne put d'abord que jeter un coup d'œil vers la boîte de verre. Elle étreignait la carte avec une telle vigueur que cela lui fit mal à la main.

Ces yeux sombres et fatigués, oh oui ! elle les reconnaissait. Mais ils ne collaient pas avec cette vieille robe de velours ni avec cette longue barbe blanche. Elle les associait plutôt à un corps mince et voûté, vêtu d'un pantalon et d'un cardigan, avec des cheveux qui se faisaient rares. À une odeur de menthe car il en avait toujours dans ses poches.

– C'est mon grand-père, souffla-t-elle. Oh, Dee, c'est mon *grand-père*, mon *grand-père*...

Dee jeta un coup d'œil vers la vitrine avant de revenir vers Jenny, l'air posé.

– Bon, on se calme maintenant. Tiens, bois un peu d'eau.

– Non ! cria Jenny hors d'elle.

Elle frappa Dee d'un faible coup de poing.

– Tu ne vas pas me calmer comme ça ! C'est mon grand-père, je te dis ! Regarde ce qu'ils lui ont fait !

Les larmes inondaient son visage.

– Ils doivent trouver ça drôle. C'était un sorcier, ils en ont fait un magicien. Je croyais qu'il était mort… mais ça, c'est bien pire…

Dee se contenta de lui prendre les mains afin qu'elle ne cause pas de dégâts. Le ton de Jenny s'apaisa quelque peu.

– C'est vrai… Regardez la carte. Il appelle au secours. *Il veut partir !*

Michael ramassa la carte, la montra aux autres.

Dans sa boîte, le magicien bougeait toujours, le regard fixe, l'expression tragique, tapant la table avec sa baguette. Il avait les mains tout d'une pièce mais Jenny devinait la peinture entre les doigts. Elle avait pourtant cru que les hommes de l'Ombre allaient le dévorer – c'était l'impression que donnaient ces yeux affamés qu'elle avait vus dans le placard. Mais, quoi qu'ils aient fait à son corps, son esprit était toujours là.

Ils l'avaient mis… là-dedans. Enfermé dans une gangue de plastique afin qu'il reste immobile à jamais, animé de mouvements d'automate lorsqu'on activait le mécanisme de la machine, à taper éternellement de sa baguette.

Julian avait dit que le parc des Ombres avait été créé dix années auparavant, pour une raison précise. Voilà dix ans que son grand-père avait disparu.

– Ils ont fait ça pour le punir, murmura-t-elle. Ils l'ont mis là pour qu'il ne meure jamais. Ils l'ont enfermé comme il les avait enfermés…

Sa voix devenait de plus en plus aiguë. Michael déglutit. Les narines de Dee se dilatèrent.

Dans un déclic, une nouvelle carte apparut. Dee l'attrapa au vol et Jenny s'appuya sur elle pour lire par-dessus son épaule.

REGARDEZ DANS LE MEUBLE NOIR.

– Là, indiqua Michael en désignant une machine noire et brillante à la large vitre ovale.

Elle paraissait relativement neuve et une plaque annonçait : PARLEZ AUX ESPRITS. RÉPONSES PAR OUI OU PAR NON. 10 CENTS.

Jenny connaissait ce genre de jeu. La vitre s'éclairait et un squelette hochait ou secouait la tête pour répondre. Une sueur froide la traversa, aussi glacée que l'eau dans la mine.

– Vas-y, Michael, souffla-t-elle.

Après s'être essuyé la bouche du dos de la main, celui-ci glissa une pièce dans la fente. La vitre s'illumina. Ce n'était pas un crâne qu'il y avait derrière, mais deux têtes aux yeux fermés, illuminées par le bas d'une lueur bleutée qui montrait crûment qu'elles n'avaient rien sous le cou. À leur vue, Audrey poussa un petit cri, Michael tressauta, Dee serra la main de Jenny à lui en faire mal.

– Alors, vous me croyez, maintenant ? demanda-t-elle en haussant encore la voix. Ils sont là, ils sont tous là !

Michael avait porté une paume sur sa bouche et Audrey continuait de piauler sans s'arrêter. Personne ne répondit à Jenny mais, sous leur dôme, les têtes de Slug et de PC remuèrent.

La lumière bleue soulignait leurs lèvres desséchées. Ils paraissaient inconscients – comme si des mains invisibles les tenaient par les cheveux.

Et ça jouait les durs, songea Jenny incapable de détacher les yeux de ces faces de cadavres. *Ça harcelait les filles, ça cambriolait mon salon, ça entrait dans le monde des Ombres sans invitation. Vous voilà maintenant plus si terribles que ça. Et...*

– Et Summer, geignit-elle. Si Summer... Si Summer...

– Jenny…

– Si on trouvait Summer dans cet état…

Nouveau déclic. Dee saisit la carte la première, la lut en écartant Jenny.

– *Qu'est-ce qu'elle dit ?*

Lentement, elle la leur présenta :

REGARDEZ DANS LA MAISON DE L'ÉPOUVANTE.

– Au moins, ce n'est pas dans un meuble, lâcha Dee.

– Tu crois que ça concerne Summer ? demanda Michael.

– Je… peut-être. Ou… alors c'est un indice pour un doublon.

Dee elle-même n'y croyait pas. Quant à Audrey, elle se bouchait les yeux.

– Je ne peux plus supporter ces choses-là… Faites-les *arrêter*.

Les têtes remuaient lentement d'avant en arrière.

– Je crois que c'est la réponse, dit Michael.

– Oui, mais laquelle… pour Summer ou pour le doublon ?

– Je m'en fiche ! Je veux m'en aller d'ici ! cria Audrey.

– On ne peut pas s'en aller, dit Jenny en s'appuyant contre la vitrine du magicien. On ne peut pas le laisser ici. Je dois l'aider.

– Jenny, chuchota Dee, tu ne peux rien faire pour lui…

Comme son amie s'accrochait, elle ajouta :

– Bon, alors, qu'est-ce que tu peux faire pour lui ?

Jenny n'en savait rien. Rester là… tâcher de ne pas crier. Mettre cette vitrine en pièces.

Mais ensuite ? Aurait-elle le cœur de s'occuper de cette chose à l'intérieur ? De l'emporter comme une poupée géante ? Si elle la cassait, cela tuerait-il son grand-père ? Ou serait-il encore vivant en morceaux ?

Il préférerait être mort que continuer ainsi, elle le savait. Mais comment tuer une chose qui n'était pas vivante, juste enfermée ?

– Oh, pardon, pardon ! geignit-elle en collant la tête contre la vitrine. Pardon...

C'était sa faute – il avait pris sa place. Il s'était livré aux hommes de l'Ombre pour la sauver.

Mais Dee avait raison, Jenny ne pouvait rien faire pour lui en ce moment. Elle passa une main sur la vitre.

– On va voir cette Maison de l'Épouvante, souffla-t-elle. Mais je reviendrai, promis. Je t'aiderai.

Dehors, elle regretta de ne pas avoir de carte du parc, car elle ne se rappelait pas très bien où étaient situées toutes les attractions.

– La Maison de l'Épouvante se trouve vers l'entrée, se souvint-elle. Ça doit être par là, dans la direction d'où on vient.

– Je dirais un peu plus à gauche, suggéra Dee. Ça nous permettrait de couper ici.

Elle se montrait un peu plus bavarde mais n'était plus vraiment elle-même depuis l'accident d'Audrey.

Ils repassèrent devant les toilettes, devant la carriole de rafraîchissements. Autour, tout était fermé, cependant la maison arrivait en vue. Soudain s'éleva un bruit infernal, deux notes lentes et montantes, constamment répétées. Jenny le reconnut :

– La corne de brume de l'Arche.

Effectivement, le grand bateau commençait à s'éclairer ; on vit d'abord la toiture, puis les fenêtres de la petite maison sur le pont. Jenny aperçut des animaux à l'intérieur : un éléphant, une autruche, un hippopotame et, au sommet, Noé qui semblait les considérer d'un regard mauvais.

L'arche se mit à tanguer.

– Ils jouent le grand jeu pour nous accueillir, observa Michael.

Ils entrèrent par le passage en forme de baleine dont la langue servait de tapis rouge. À l'intérieur, les portes étaient inclinées, ce qui ne faisait qu'exacerber l'impression de tangage. Jenny en eut aussitôt le vertige.

Elle ne vit d'abord pas grand-chose. Les lumières noires faisaient scintiller l'imperméable blanc d'Audrey et briller les yeux de Dee. Mais, quand elle se retourna, la porte par laquelle elle venait d'entrer avait disparu, cédant la place à une vitrine contenant un corps humain.

Summer ! Elle sentit son cœur bondir dans sa poitrine et se dirigea vers le meuble, s'arrêta... Elle devait regarder de plus près, s'en assurer mais... *Mon Dieu... je ne veux pas voir ça...*

Une rampe s'alluma dans la vitrine.

Un rire hystérique retentit, un rire de folle qui lui fit tellement peur qu'elle ne saisit pas ce qu'elle voyait. Et puis son attention se fixa. C'était une femme énorme, au visage prognathe, aux grosses taches de rousseur et aux cheveux en bataille. Ses mains s'agitèrent devant elle comme elle éclatait de rire.

Je me souviens... oh, comment s'appelait-elle ? Lizzie la Bouffonne. Elle était dans la salle de jeux et elle me faisait toujours peur.

Jenny examina la face joviale, à la recherche d'un indice qui lui permette de la reconnaître. Et si c'était Summer... là-dedans ?

La petite Summer si menue, avec ses fossettes, ses cheveux blonds duveteux, ses yeux marine, légère comme un pétale dans le vent. Se pouvait-il qu'ils aient détruit son corps pour la mettre dans ce gros machin de plastique ?

À moins qu'il lui soit arrivé la même chose qu'à PC et à Slug, que son corps traîne en pièces détachées sur une table dans les parages. Mais Jenny ne reconnaissait rien dans le regard de la grosse dame, rien qui lui donne envie d'insister, d'autant que ce rire démentiel retentissait encore.

Elle se tourna vers ses amis :

– On continue.

Ils parcoururent d'interminables couloirs, aux sols irréguliers. Un hippopotame ouvrit grand sa gueule à leur passage, un serpent descendit du plafond. De partout montaient des halètements, des grognements, une étrange musique. Au point que Jenny n'entendait plus Dee ni les autres à côté d'elle.

Il était tout autant difficile d'examiner les pièces exposées, souvent inaccessibles ; pourtant, ils devaient s'approcher de toutes les silhouettes plus ou moins humaines, sans oublier ce qui brillait d'un éclat doré.

– C'est trop bizarre, ces trucs, dit Michael devant un homme hilare aux trois visages qui tournaient sur ses épaules.

Jenny était plus déconcertée par les miroirs qui, au sol, figuraient des gouttes à l'infini, tandis qu'au mur elle voyait ses propres yeux verts dupliqués devant les cheveux auburn d'Audrey, le visage blême de Michael, les mouvements souples de Dee comme si des dizaines de treillis s'agitaient dans toutes les directions.

Zach détestait les miroirs, se rappela-t-elle en débouchant d'un couloir. Au point que Julian en avait ajouté dans son cauchemar de la maison de papier. Elle s'avisait maintenant qu'elle n'avait plus pensé à son cousin depuis un moment, tout occupée qu'elle était à s'inquiéter pour Tom – et pour sa propre survie. Pourtant, Zach lui manquait, son regard gris, son visage aux traits accusés, son intelligence sans fioritures. Même si Tom avait été en sécurité, elle serait venue dans le monde des Ombres pour retrouver Zach.

– Berk ! s'exclama Dee. C'est quoi, ça ?

Ils venaient de sortir du labyrinthe aux miroirs pour se retrouver dans une salle obscure où était installée la plus étrange des expositions.

– C'est répugnant... marmonna Michael.

Effectivement, comment se délecter de scènes de torture ? Jenny reconnut entre autres la roue, la vierge de fer, le pilori. Mais certaines lui étaient inconnues, tels les brodequins, lut-elle sur un panneau, qui consistaient à casser les os des jambes du supplicié, ou ces casques de fer aux langues destinées à le bâillonner. Ou ces cages trop petites pour pouvoir seulement y tenir debout. Sans compter tous les instruments destinés à brûler, couper ou mutiler.

– Ce n'était pas là cet après-midi, dit Audrey.

– Ce doit être à cause de moi, s'excusa Dee. Une fois, je suis allée à San Francisco avec ma mère et il y avait une chambre des horreurs dans ce genre. Ça m'a donné des cauchemars pendant des années.

Tout d'un coup, elle tourna le dos à la scène suivante, s'adossa au mur pour reprendre sa respiration.

– Dee ? interrogea Jenny.

– Ouais. Une minute, s'il te plaît.

– Qu'est-ce que tu récites ?

– Ce... c'est un truc quand on flippe. J'ai trouvé ça dans... dans d'anciens manuscrits chinois.

– En quel dialecte ? demanda Audrey. Mandarin ou cantonnais ?

– Bon, d'accord, c'était dans un film de kung-fu ! Mais ça marche. On récite tout un rituel et, à la fin, on dit : « Je suis assez fort pour me défendre. Je suis mon seul maître. »

– « Je suis mon seul maître », répéta Jenny.

Cela lui plaisait. Julian et son peuple étaient peut-être les maîtres de ce monde, mais pas d'*elle*. Nul ne serait son maître si elle ne l'acceptait pas.

– Ça aide ? demanda-t-elle à Dee.

– Pas mal. Au moins je ne vais pas tourner de l'œil ou vomir.

Cette idée choqua Jenny. Comment imaginer Dee sur le point de s'évanouir ? Effrayant. Dee qui n'avait jamais peur de rien...

Sauf peut-être quand elle était confrontée à des situations qui ne sollicitaient pas le courage physique. Tout ce qui les entourait ne faisait qu'évoquer des événements passés... personne ne pourrait rien y changer.

– Je vais m'inscrire à Amnesty International, si jamais je sors d'ici, affirma Dee. Juré.

– On y est déjà, maman et moi, dit Audrey.

Mme Myers ? s'étonna Jenny. Dee en parut aussi surprise. Toutes deux voyaient plutôt cette élégante personne dans les salons de couturiers et les ventes de charité.

– Peut-être que ça sert à quelque chose, finalement, marmonna Dee qui ne l'aimait pas beaucoup.

Jenny avait toujours ce mauvais pressentiment et elle voulait se dépêcher, sans s'attarder sur ce genre d'horreur. Pourtant, il leur fallait bien examiner chaque figurine, chaque visage au teint de pêche, avec ces dents trop blanches. La cire leur donnait un éclat trop doré à la lumière des spots.

Néanmoins, les yeux de verre n'avaient jamais l'expression de ceux de Summer. Et rien ne bougeait, même si Jenny redoutait de voir soudain un cil ou une poitrine se soulever. *Là, je deviendrais folle*, se dit-elle.

– Jenny... balbutia Michael.

Elle se retourna.

– Bleu... dit-il.

Et elle comprit de quoi il parlait. C'était sur une table ; au-dessus, on avait suspendu par une chaîne rouillée une roue de bois hérissée de pointes ensanglantées. Une étoffe bleu roi, exactement la couleur de la robe de Summer. Et il y avait quelque chose dans cette robe.

Un corps tourné dans la direction opposée ; si elle n'en voyait pas le visage, elle devina de petits pieds dans leurs sandales à une extrémité, et des cheveux bouclés à l'autre.

Jenny revoyait précisément Summer arrivant chez elle, le soir de l'anniversaire de Tom, dans cette robe-chemisier, fraîche, délicate alors qu'il faisait si froid dehors.

Maintenant, elle restait paralysée, incapable d'assumer que, dans le monde des Ombres, mourir ne signifiait pas se faire enterrer et disparaître. Bien sûr, ils cherchaient Summer depuis longtemps, et se doutaient qu'elle aurait subi des outrages.

Depuis le rêve de Michael, elle s'était permis de croire que Summer n'avait peut-être pas complètement disparu.

Mais, maintenant qu'elle se retrouvait face à la réalité, c'était insupportable. Jamais elle n'aurait le courage d'aller y regarder de plus près. Et ses amis semblaient tout aussi peu décidés qu'elle.

Il faut regarder. Il faut assumer. Ce n'est sans doute qu'une figurine de cire comme les autres, et ce n'est pas du sang sur ces piques, juste de la peinture rouge.

Sans doute était-ce complètement irrationnel de sa part. Elle savait très bien qu'ils n'avaient pas affaire à un simple mannequin de cire. Comment chercher quoi que ce soit de normal par ici ? Après tout ce qu'elle avait vu dans le monde des Ombres, après ce qui était arrivé à Slug et à PC, ainsi qu'à son grand-père, qu'allait-elle encore se raconter ?

Pourtant, son esprit avait besoin de ces histoires pour lui permettre d'avancer, pour éloigner l'image de la tête de Summer en train de tomber quand elle la saisissait par les épaules, pour écarter des visions de démons aux yeux brillants tout droit sorties de *Rosemary's Baby*.

La roue de bois parut bouger au-dessus de la table.

Je peux. Je vais y arriver. Je suis assez forte.

Elle s'approcha. Elle devinait déjà les boucles mousseuses de la couleur exacte... et les petites mains repliées comme des pétales de rose. Mais elle ne voyait pas encore le visage.

La roue de bois se balançait en grinçant.

Brusquement, Jenny songea : *Je suis mon propre maître.*

Elle tendit la main vers l'épaule...

– *Attention !* cria Dee.

10

Un cliquetis retentit au-dessus de Jenny. Un bruit de chaîne mordant le bois. Elle réagit instinctivement, avant de laisser la place à toute pensée rationnelle, saisissant le corps dans la robe bleu roi pour l'écarter de la table.

Pas assez vite. La roue tomba tout droit – puis bascula sur le côté, déviée par une chose qui jaillit devant Jenny en un éclair noir.

Dee heurta la roue des deux talons, l'un après l'autre, si vite que les coups parurent simultanés et l'envoyèrent s'écraser au pied de la table qui, à son tour, déséquilibra Dee.

Tandis qu'elle la voyait s'étaler de tout son long, Jenny sentit remuer le fardeau qu'elle serrait entre ses bras.

Après avoir envisagé les pires images, elle trouva presque naturel de découvrir le visage de Summer, ses joues fraîches comme des roses sous une pluie d'été, ses paupières qui clignaient sur ses iris bleus.

Celle-ci bâilla, se frotta les yeux.

– Je suis si *fatiguée*... C'était quoi, ce bruit ?

Dee s'était relevée et revenait avec entrain, suivie d'Audrey et de Michael qui s'enquit d'un ton rauque :

– C'est mort ?

Jenny comprit ce qu'il voulait dire. Ce n'était pas parce que Summer parlait qu'elle n'était pas morte – pas ici, dans le monde des Ombres.

Mais ses mains tièdes caressaient agréablement les bras de Jenny, sa peau ressemblait à de la vraie peau, pas à cet abominable mélange de plastique et de cire qui enrobait le corps de Slug. Summer paraissait… vivante, et en forme !

Jenny sentit la tête lui tourner. Elle ne pouvait rien dire, ni elle ni personne d'ailleurs. Tous ne faisaient que regarder Summer.

Celle-ci écarquillait ses grands yeux timides.

– Qu'est-ce qui se passe ? demanda-t-elle d'une petite voix. Ce… ça fait combien de temps que je dors ?

– Summer… ? murmura Audrey en se penchant vers elle.

Comme si elle trouvait ce mot plus étrange que tous ceux qu'elle connaissait dans d'autres langues.

– Qu'est-ce qui se passe ? répéta Summer.

– D'après toi, il y a combien de temps que tu dors ? intervint Michael. Quelle est la dernière chose que tu te rappelles ?

– Euh, j'étais… on était tous… Enfin, dans ce couloir… et vous m'avez trouvée… et on est entrés dans ma chambre, sauf que ce n'était pas ma chambre. Et alors…

Elle s'arrêta, la bouche ouverte comme un oisillon.

– C'est bon, là… coupa Dee avec un geste de la main.

– Alors il s'est passé quelque chose de grave.

– Oui, mais pas la peine de te le rappeler.

– Je ne me souviens pas. Je sais juste que c'était grave. Je suis blessée ? J'ai tourné de l'œil ?

– Là, commenta Michael en regardant les autres, je crois que c'est bien elle.

– C'est elle, confirma Dee en la regardant de plus près. Ça va ? Pour de bon ? Tout fonctionne ?

– Ouais...

– *Summer !* s'esclaffa soudain Jenny.

En même temps, elle fondit en larmes. La contagion gagna Audrey qui, elle aussi, se mit à rire et pleurer en même temps. Michael renifla.

Jenny ne savait pas ce qui lui arrivait. Son cœur faisait des bonds, mais il n'avait cessé d'en faire depuis le début de la nuit. Elle avait le vertige, mais c'était le cas depuis qu'elle était entrée dans le monde des Ombres.

Là, c'était autre chose, une sorte de douleur qui s'emparait de tout son corps sans vraiment la faire souffrir. Elle se sentait plus légère, comme si elle allait décoller du sol.

Dire que Summer était vivante ! Mieux : saine et sauve ! Jenny avait envie de l'envelopper comme un objet précieux et de la mettre à l'abri avant que quelque chose ne puisse lui arriver.

Cependant, quel abri existait-il dans ce monde ? Summer était vivante, certes, mais toujours en danger. Elle allait devoir prendre des risques, comme ses amis.

Et tout pouvait encore leur arriver avant qu'ils rentrent à la maison.

En fait, cette pensée aida Jenny à se reprendre ; le seul fait de visualiser le visage du petit frère de Summer lorsque celle-ci reviendrait lui faisait tellement de bien que c'en devenait inimaginable. D'autant qu'il restait toujours l'éventualité que ça n'arrive jamais. C'était juste une possibilité.

– Je vais quand même essayer de te sortir de là.

Alors seulement, elle se rendit compte qu'elle avait parlé tout haut devant Summer.

– J'en suis sûre, dit celle-ci confiante comme une enfant. Je déteste cette maison de papier. On va chercher Zach maintenant ? C'est lui le prochain ?

Là, il allait falloir lui expliquer bien des choses...

– Euh, on en reparlera un peu plus tard, promit Michael. Dès qu'on sera dehors. Ce coin me donne la chair de poule.

Jenny ne pouvait que l'approuver. Elle se sentait tellement soulagée, tellement heureuse qu'elle en arrivait à surmonter son incrédulité. Quoi qu'il arrive, désormais, elle allait sortir Summer de la Maison de l'Épouvante pour un endroit un peu plus tranquille où elles pourraient discuter.

Alors qu'elle se levait, tout en prêtant main-forte à Dee qui aidait Summer, elle aperçut des yeux dans l'ombre.

Des yeux semblables à ceux qu'elle avait vus dans le puits de la mine, brûlant d'un feu glacé, qui les surveillaient depuis le couloir, pleins de malveillance.

Elle passa un bras sur l'épaule de Summer et la retourna pour qu'elle ne les voie pas.

– Par ici.

Ils ne te toucheront pas. Je te le promets. Je ne les laisserai pas faire. Son euphorie l'enveloppait d'un manteau de protection. Les hommes de l'Ombre pouvaient regarder tant qu'ils voulaient, ils n'approcheraient pas Summer.

Pour son plus grand soulagement, la chambre des tortures s'arrêtait là. L'étroit couloir formait encore quelques méandres et finissait par donner sur une porte à tambour au-dessus de laquelle brillait le panneau lumineux au néon SORTIE.

– Gagné ! souffla Dee.

Avait-elle vu les yeux, elle aussi ?

Summer se dégagea soudain :

– Hé, regardez ! s'exclama-t-elle de sa voix d'enfant.

Jenny avait encore du mal à croire qu'elle pouvait l'entendre à nouveau. Summer se précipita devant un distributeur de confiseries, glissa une main dans la poche de sa robe-chemisier.

– Quelqu'un a une pièce ? Je rêve de chocolat.

– Euh, s'excusa Michael, on ne devrait pas... ?

– On devrait sortir d'ici, affirma Dee.

– Mais j'ai *faim* ! Il y en a pour une seconde et...

– Donne-lui cette pièce, Michael, dit Jenny, qu'on puisse s'en aller.

De nouveau, elle chercha les yeux dans le couloir. Le distributeur de nougatine avait bien fonctionné, pourquoi pas celui-ci ? Elle entendit une pièce glisser, une poignée tourner. Un paquet de M&M's tomba.

– J'espère qu'il n'y aura pas trop de verts, maugréa Summer.

– Laisse-moi le prendre ! intervint Dee. Et ne me demande pas pourquoi.

– Ne mets pas la main là-dedans ! s'exclama Audrey.

Jenny se retourna juste à temps pour surprendre le regard que Dee posa sur cette dernière, avant de récupérer le paquet et de l'ouvrir. Alors qu'elle renversait quelques M&M's dans sa paume, elle poussa un glapissement qui fit oublier tout le reste à Jenny.

Le temps que Jenny arrive devant le distributeur, son esprit put imaginer quelles horreurs tombaient du sachet : insectes morts, pièces chauffées au rouge, gouttes d'acide. Pourquoi n'y avait-elle pas songé plus tôt ? Il lui restait un pas à franchir quand elle vit la réponse briller dans la main de Dee.

– Cinq marron, quatre jaunes, deux verts, un rouge et un doublon d'or, énonça calmement Michael. Pas mal.

Jenny tapota Dee dans le dos.

– Range bien ça, dit celle-ci en lui tendant le doublon.

Jenny le fit briller un peu puis le mit dans la poche de sa chemise dont elle reboutonna le rabat.

– Allez, on y va ! On a réussi. On a obtenu tout ce qu'on pouvait chercher ici. Summer *et* un doublon.

Elle sourit à cette dernière qui la dévisageait d'un air interrogateur.

– On t'expliquera dehors.

Summer récupéra ses M&M's et en parut quelque peu réconfortée. Ils se dirigèrent ensemble vers la porte à tambour.

Ils ne pouvaient passer qu'un par un, alors Jenny poussa Summer devant elle et s'engagea dans le segment suivant de la cage de fer, poussa sur l'épaisse barre de métal afin de sortir le plus vite possible de cette Maison de l'Épouvante. Du dehors, elle n'aperçut que l'obscurité – il faisait vraiment nuit noire et elle ne distinguait pas les cheveux blonds de Summer...

Elle comprit que quelque chose clochait avant même de sortir.

Elle n'avait pas débouché sur l'extérieur mais dans une pièce. Et les autres n'étaient plus avec elle, car elle ne vit s'allumer aucune torche.

Où est-ce que je suis encore tombée ?

Ce fut sans surprise qu'elle ne sentit plus derrière elle les bras métalliques de la porte à tambour. Elle se trouvait dans un endroit sans lumière ni sortie.

Et là, je vais revoir ces yeux.

En fait, une petite lueur bleue apparut et elle repéra un garçon en noir.

– Julian ?

Elle ne le reconnaissait pas, cependant elle courut vers lui pour le retrouver dans l'ombre. Il ne fit pas un mouvement dans sa direction.

C'était pourtant bien la première fois qu'elle était contente de le voir et elle s'arrêta devant lui, triomphante.

– Tu nous as rendu Summer !

– Je vous ai rendu Summer, répéta-t-il d'un ton agacé.

Il était habillé avec beaucoup plus de simplicité que d'habitude.

– Merci. Tu ne te rends pas compte…

Elle marqua une pause. Julian se rendait forcément compte. Il avait observé Jenny des années durant, il savait ce que Summer représentait pour elle. Il savait peut-être même à quel point elle s'était sentie responsable de sa mort.

– Elle… va bien ? insista-t-elle. Enfin, tu sais… au plus profond d'elle-même ?

– Elle va bien. Elle dormait. Comme la princesse qui s'est piqué le doigt avec un fuseau. Elle est toute neuve, maintenant.

Pourtant, Julian paraissait toujours d'aussi mauvaise humeur. Un rien méfiant. Préférant ne pas en tenir compte, Jenny fixa ses yeux bleus, certaine qu'il devinerait ainsi toutes ses pensées.

– Merci, souffla-t-elle.

Il baissa ses longs cils, comme s'il ne pouvait soutenir son regard.

– Julian, insista-t-elle en posant les mains sur ses bras. C'est bien, ce que tu as fait. Tu devrais en être fier.

– Je l'ai fait pour des raisons personnelles.

De nouveau, il détourna les yeux.

– Ne te rabaisse pas, Julian. Tu l'as fait et c'est tout ce qui compte.

Pourquoi fallait-il qu'il lui présente à chaque instant une physionomie différente ? La dernière fois, il lui avait paru triste et vulnérable, au point de presque lui faire pitié. Maintenant, il se montrait froid et buté – plein de ressentiment. Si bien qu'elle avait envie de le *secouer*. Mais on ne faisait pas ça à Julian.

– Tu sais, dit-elle en se rapprochant encore, il y a des fois où je t'ai cru complètement malfaisant. Mais, maintenant, je ne dirais pas ça. Je ne crois pas que tu sois aussi négatif que tu veux bien le paraître.

– C'est là que tu te trompes. Ne mise pas là-dessus, Jenny.

Elle en éprouva une onde d'effroi ; il parlait d'une voix aussi musicale et froide que d'habitude. L'impitoyable musique d'un torrent de montagne qui pouvait d'un seul coup inonder une vallée et tuer tous ceux qui se trouvaient sur son passage.

– Je n'y crois pas, assura-t-elle sans parvenir à se détacher de lui.

– Je t'ai dit que tu te trompais. Je suis comme je suis et rien ne pourra y changer.

Il demeurait figé comme un roc, ce qui ne lui ressemblait pas du tout. Les doigts de Jenny s'accrochèrent aux manches de sa veste.

– Tu n'as donc pas tué Summer dans la maison de papier, articula-t-elle d'un ton presque coléreux, tu l'as sauvée.

– Oui, laissa-t-il tomber avec la même froideur.

– Alors que tu pouvais la tuer. Vos lois t'y autorisaient.

– Oui.

– Et Slug et PC, alors ?

Il se contenta de la fixer.

– Ne joue pas au plus malin, Julian !

Pour un peu, elle l'aurait secoué, sa colère allait bientôt l'emporter ; cependant, elle restait plantée là, à peu près aussi rigide que lui, le visage à quelques centimètres du sien.

– Tu as tué Slug et PC ? C'est toi qui les as mis dans cet état ?

Le regard bleu ne vacilla pas.

– Oui.

– Menteur !

L'expression marmoréenne, il la toisait toujours, mais elle ne se laissa pas déconcerter, même si elle commençait à sentir le picotement de larmes de rage.

– C'est toi qui as fait ça à Slug et à PC ? insista-t-elle.

Relevant insensiblement la tête, il ne se détourna pas mais finit par répondre d'une voix aussi glaciale que ses yeux :

– Non.

– Alors qu'est-ce qui s'est passé ? enchaîna-t-elle.

– Ils ont ouvert la porte du placard et m'ont ainsi libéré. Mais, quand je suis sorti, ajouta-t-il avec un imperceptible sourire, ils se sont enfuis, ils ont quitté la maison de papier pour se jeter droit sur les autres hommes de l'Ombre.

Quelque part, elle se sentit un peu mieux. Sans trop savoir pourquoi elle tenait tant à ce que Julian n'ait pas tué PC et Slug... après tout, n'était-il pas un homme de l'Ombre, lui aussi ?

– Alors c'est eux qui ont fait ça ?

– Ils en avaient le droit. Nul ne pénètre ici sans y être invité.

– Et mon grand-père, c'est eux aussi.

Ce n'était pas une question.

– Cela remonte à très longtemps. Je ne faisais pas très attention à lui. Il ne m'intéressait pas. D'ailleurs, ils ne m'auraient jamais laissé le toucher. J'ai pu garder Summer vivante parce qu'elle *m'appartenait*, c'était la proie que j'avais attrapée. Et j'avais une bonne raison pour la garder, Jenny. Afin de l'utiliser contre toi.

Il parlait d'une voix plus cassante que jamais et c'était tout son visage qui semblait sculpté dans la glace.

– Seulement, tu ne l'as pas fait.

– Non. Mais n'en tire pas de conclusions pour autant. La prochaine fois, je le ferai.

– Je ne te crois pas, Julian.

– En quoi tu commets une grosse erreur.

Toujours aucune tendresse dans son ton, rien pour encourager Jenny. Quelque part, elle avait très peur, pourtant elle se sentait toutes les audaces.

Il y avait donc bien deux facettes en Julian, et cela lui rappela une citation lue sans doute chez Emily Brontë : « aussi différentes qu'un rayon de lune d'un éclair ».

Elle avait envie d'atteindre la première mais ne savait comment s'y prendre. Elle reprit très doucement :

– Je ne te crois pas. Tu n'es pas comme les autres hommes de l'Ombre. Tu pourrais changer... si tu voulais.

– Non, s'obstina-t-il d'un ton morne.

– Julian...

Ce fut cette mélancolie qui la décida. Elle croyait voir son propre reflet dans ses yeux. Sans y réfléchir davantage, elle lui effleura les lèvres des siennes.

– Tu peux changer, murmura-t-elle.

Insensiblement, le baiser suivit, doux et tiède, mais Julian se redressa vite. Une mèche lui tombait dans les yeux, blanche comme les fleurs de cornouiller que Jenny avait vues en venant chez son grand-père. Son masque de glace s'était brisé mais il laissait apparaître quelque chose de beaucoup plus effrayant. Comme une fracture.

Elle avait déjà ressenti cela la dernière fois qu'ils s'étaient embrassés devant le feu, dans la grotte. Cependant, elle était trop enthousiaste pour s'y arrêter, trop proche de la victoire.

– Tu n'es pas malfaisant. Tu *peux* changer, tu peux devenir ce que tu veux.

Une lueur hideuse traversa les prunelles de Julian.

– Je suis ce qui me plaît. Tu l'as oublié et c'est là ton erreur.

– Julian...

Cette fois, il parut s'emporter, l'expression flamboyante.

– Tu veux me voir sous mon vrai jour ? Je vais te le montrer, Jenny. Je m'en ferai un plaisir.

Là-dessus, il la fit tournoyer. La porte à tambour réapparut, surmontée du panneau lumineux SORTIE.

– Julian, écoute-moi...

Mais déjà, il la poussait vers la porte.

– Va-t'en, amuse-toi encore un peu dans ce parc. Tu verras ce que je t'y réserve. Ensuite, nous pourrons en parler.

– *Julian...*

Malgré sa peur, elle se retourna dès qu'il l'eut lâchée. Bien sûr, il n'était plus là. La pièce restait vide. *Quel type impossible !* songea-t-elle furieuse. En plus, il lui faisait toujours aussi peur. Elle préférait ne pas imaginer à quoi il pourrait jouer la prochaine fois. En tout cas, il chercherait certainement à prouver combien il était malfaisant. Et elle risquait de ne pas aimer.

Peu à peu, elle sentit sa respiration s'apaiser. *Summer... l'important, c'est de la sortir d'ici. Quoi qu'il arrive. Il faut absolument que je la ramène dans notre monde.*

Et tant pis pour Julian. Tu ne peux rien faire pour lui. Joue le Jeu et basta. Songe plutôt à Tom.

Réprimant son sentiment de culpabilité, elle se concentra sur Tom ; non, elle ne le négligeait pas. Il ne quittait jamais ses pensées, parfois juste en toile de fond, mais il restait bien présent et c'était même ce qui la motivait pour continuer à se battre.

Elle n'arrêterait pas tant qu'il ne serait pas en sécurité. Autrement dit, elle ferait mieux de s'y remettre au plus vite.

Tirant sur sa chemise, se passant une main dans les cheveux, elle franchit de nouveau la porte à tambour.

11

Tous les quatre l'attendaient dehors quand elle sortit.

– Qu'est-ce que tu fabriquais ? demanda Summer.

– Tu l'as... ? commença Audrey.

Jenny lui fit signe que oui par-dessus la tête de Summer.

– Juste un petit détour imprévu, murmura-t-elle à Dee et Michael. Mais tout va bien, ajouta-t-elle plus fort.

Les M&M's de Summer gisaient par terre.

– Je n'aime pas quand les gens disparaissent, ronchonna-t-elle.

– Allez, c'est bon, assura Michael.

Il se tourna vers Jenny :

– On lui a expliqué où on était vraiment, et à peu près résumé la situation.

Son euphorie l'avait quittée ; elle avait retrouvé Summer, soit, mais Julian leur préparait un mauvais coup... pourtant, que pouvait-il leur faire de pire encore ? Depuis qu'elle le connaissait, il l'avait pourchassée à l'aide d'ovnis, de lutins et d'insectes géants – sans mentionner le loup et le serpent de l'Ombre. Il s'était introduit dans l'obscurité de sa chambre pour lui souffler de terribles messages. Il l'avait bloquée sous un éboulement, laissée se noyer, menacée à l'aide d'un cyberlion. Il l'avait enlevée, traquée dans deux mondes différents. Que pourrait-il faire de plus ?

– Où est-ce qu'on va, maintenant ? demanda Audrey.

Ils regardèrent autour d'eux. Pas une lumière dans le voisinage. Le parc était complètement désert, obscur et silencieux.

– Tiens, prends ça, proposa Dee à Jenny.

Elle lui tendait sa torche pour pouvoir escalader un lampadaire.

– Je vois le phare sur l'île, annonça-t-elle de son perchoir. Et il y a plein d'arbres partout... La grande roue dépasse le reste et monte jusqu'aux nuages.

– Elle est éclairée ?

– La seule chose qui soit éclairée, c'est un truc derrière.... avec une roue hydraulique et des bateaux en forme de cygne.

– Le Tunnel de l'Amour, dit Jenny.

Dee redescendit et tous prirent cette direction. Petite, Jenny avait bien aimé cette attraction, non pas parce qu'elle avait quelque chose à voir avec l'amour, mais parce qu'il y faisait sombre et frais et qu'elle trouvait ces cygnes très jolis. À présent... elle préférait ne pas y songer.

Ils contournaient le lac quand ils aperçurent l'ombre parmi les arbres.

– Une créature ! s'exclama Michael. Une grosse !

Leurs torches la captèrent juste le temps de constater que c'était effectivement un être énorme, à la peau rouge comme du cuir tanné.

– Elle a une tête, observa Audrey. Ce n'est donc pas Slug, ni PC.

– Qui ça ? demanda Summer.

– T'occupe, dit Jenny. On va juste faire attention.

Ils décidèrent de marcher face aux arbres, en tournant le dos au lac. *J'aurais dû interroger Julian*, songea-t-elle avant d'ajouter à haute voix :

– D'après vous, qu'est-ce que c'est ? Et d'abord, comment ils peuvent courir comme ça, en liberté ?

– Sans doute d'autres gens capturés par les hommes de l'Ombre, proposa Dee.

– Des animaux de compagnie, dit Michael.

– Ou peut-être qu'ils font juste partie du décor, risqua Audrey.

Quoi qu'il en soit, c'était un être affreux, abominable, qui lui inspirait au moins autant d'horreur que la petite chose grisâtre en forme de fœtus.

Summer ne dit pas un mot mais les suivit sans lâcher la main de Jenny, scrutant tout ce qui les entourait. Ils formaient un drôle de groupe ainsi, elle en robe d'été bleue, Dee en treillis, armée du pic d'Audrey, cette dernière avec son bras en bandoulière, et puis Jenny et Michael équipés de leurs torches. Ils avaient perdu toutes leurs autres armes.

Jenny remarqua tout de même que Dee se tenait à une certaine distance ; elle n'avait pas l'air d'aller très bien, sur la réserve, toute exubérance oubliée. Pourtant, d'habitude elle aimait le danger, quand elle ne le recherchait pas carrément. Elle aurait donc dû adorer cette escapade.

Jenny se rapprocha d'elle :

– Tu sais, Audrey ne voulait rien sous-entendre de spécial quand elle t'a dit de ne pas mettre la main dans le distributeur de M&M's.

– Je sais.

– C'est vrai, je t'assure. Elle me fait juste un peu penser à ma mère, parfois, quand elle croit te rappeler certaines choses pour ton bien.

– Ouais. Je sais.

Jenny laissa tomber.

Ils passèrent devant une carriole à sandwichs, juste avant le Tunnel de l'Amour. Jenny eut une envie folle de la dévaliser – même un hot dog froid ferait l'affaire – mais elle ne dit rien. Ils avaient deux pièces d'or. Ils étaient près du but. Ils ne pouvaient plus s'arrêter maintenant.

Des lumières bleues, rouges et mauves scintillaient au-dessus de l'entrée. À côté de la roue hydraulique se dressait un petit moulin à vent. Un panneau les invitait à entrer. Cet après-midi, il disait : TUNNEL DE L'AMOUR. Mais maintenant : TUNNEL DE L'AMOUR ET D...

La suite était cachée par des feuilles de lierre.

– Je n'arrive pas à lire, dit Jenny.

– « De la Mort », sans doute, suggéra Audrey. Ce sont les deux choses qui comptent le plus dans la vie, non ?

– Mort de rire ! rétorqua Michael.

Summer serra un peu plus le bras de Jenny.

Un cygne attendait devant la jetée, ses ailes blanches gracieusement déployées sur les côtés, la nuque délicatement courbée. Des gouttes d'eau apparaissaient sur le plastique. Jenny ne tenait pas du tout à monter dedans.

S'il se mettait à tourner la tête...

Seulement, ils n'avaient pas le choix. C'était bien par là qu'ils devaient passer, comme s'ils étaient attendus. Si Jenny voulait son troisième doublon, elle devait monter à bord.

– Allez, bonnes gens ! lança-t-elle.

Le bateau s'inclina lorsqu'ils grimpèrent dedans. Jenny et Dee prirent place à l'avant, sur des planches en bois, avec Summer au milieu, Audrey et Michael à l'arrière. Dès qu'ils furent installés, le cygne partit.

– Vous aviez vu que la grotte était en forme de gueule, cet après-midi ? demanda Michael alors qu'ils approchaient du tunnel.

Pas Jenny, en tout cas. Mais là, c'était patent, avec des roches et des ombres pour dessiner les yeux et le nez, tandis que le trou représentait la bouche.

À l'intérieur, il faisait sombre, humide et cela sentait le moisi. Tout semblait calme. Cet après-midi, on y avait entendu des gens bavarder, quelques rires en écho. Maintenant, tout ce qu'on percevait, c'était le glissement de l'eau autour du bateau.

Jenny tenait toujours la torche que Dee lui avait remise, et elle la promenait à la surface, sur les murailles, sur la tête du cygne. Rien de bien palpitant.

– Alors, pas de scènes avec des personnages, cette fois ? murmura Michael.

– Sais pas, répliqua Jenny.

Cet après-midi, il y avait eu des dioramas, des trucs naïfs du genre hommes préhistoriques jouant aux cartes et dessinant des animaux sur les murs. Mais, là, rien du tout. Le bateau glissait doucement à travers l'obscurité.

Ce fut alors que la torche de Jenny se mit à faiblir, ne donnant plus qu'une lumière orangée. Elle tapa dessus, ce qui ne lui valut qu'un bruit étrangement fort et un rayon qui baissa encore.

– Ça craint, geignit Michael. Moi aussi !

– On aurait dû n'en allumer qu'une à la fois, observa Dee, pour économiser les piles. J'y avais pensé puis j'ai oublié, je suis nulle.

Malgré son inquiétude, Jenny ne put s'empêcher de relever. Dee ne parlait jamais ainsi.

– Écoute, Dee, si quelqu'un avait dû y penser...

– Ça y est ! dit Michael.

Ils se retrouvaient dans le noir total, leurs deux lampes éteintes à peu près en même temps.

– Ça craint, ça craint, ça craint... gémissait Michael.

– J'ai l'impression qu'on ralentit ! lança Audrey.

C'était difficile à dire dans le noir. Jenny commençait à en avoir par-dessus la tête. Elle avait passé la moitié de la nuit à se débattre comme une aveugle au milieu des ténèbres, à se demander ce qui pourrait lui arriver encore, et d'où.

Pourtant, il semblait qu'Audrey avait raison. Le seul mouvement qu'ils percevaient encore était un léger balancement de droite à gauche. Qui s'acheva sur un clapotis.

– On ne bouge plus, observa Dee.

– Dee, ôte ta main de l'eau !

Celle-ci marmonna une réponse inaudible mais Jenny l'entendit remonter sa main.

– Je n'aime pas ça, dit Summer.

Jenny non plus – et encore moins l'idée de sortir de ce bateau pour chercher leur chemin à tâtons.

– Alors on est bloqués, murmura-t-elle dans le silence général.

Je me demande ce qui va nous tomber dessus...

Elle imaginait mille choses plus terribles les unes que les autres. Elle en eut le temps, car ils restèrent là un bon moment. Plus elle s'efforçait de chasser toute idée négative, plus les images se bousculaient dans son esprit. Chacun de ses cauchemars se rappelait soudain à son souvenir.

– Je n'en peux plus, glapit Summer.

– Attends, soupira Dee. Je vais...

Lumière.

Cela commença par une tache bleue dans la vision périphérique, qui se mit à scintiller quand Jenny tourna la tête dans sa direction. Comme un projecteur en pleine pièce de théâtre. Deux autres suivirent, une rouge, une mauve. Les couleurs des projecteurs du dehors... et celles des abat-jour vitrail du magasin Encore des jeux. Là où elle avait rencontré Julian.

– On en revient toujours là, n'est-ce pas ? lança la voix de Julian.

Sortant de l'obscurité, il apparut dans le cercle où se mêlaient les trois lumières. Il portait un tee-shirt aux manches retroussées, sous un gilet noir, des bottes noires qui émergeaient de son pantalon, et arborait une espèce de bracelet sur l'avant-bras. Tout cela lui donnait une allure à la fois urbaine et barbare, genre loubard qu'on pouvait croiser dans les quartiers malfamés, sans nulle part où aller, mais avec beaucoup trop de savoir derrière ses yeux bleus.

En l'apercevant, Summer se réfugia derrière Dee.

Jenny se sentait désavantagée. Julian se trouvait à la place du diorama, mais elle avait l'impression que c'étaient eux cinq dans leur bateau de plastique qui constituaient le spectacle. Il avait trouvé le site parfait pour observer ce qui allait leur arriver – et eux ne pouvaient même pas se lever sans risquer de chavirer.

– Vous avez fait erreur sur le nom de cette promenade, reprit Julian posément. Ce n'est pas le Tunnel de l'Amour et de la Mort, mais le Tunnel de l'Amour et... du Désespoir.

Après un silence, Dee finit par lâcher :

– Et alors ?

– Je me disais que vous seriez contents de le savoir.

Il jeta quelque chose en l'air, le rattrapa. Jenny n'aurait su en déterminer la couleur à cause des projecteurs, mais cela brillait.

– Et ça, reprit-il en contemplant sa main. Ah oui, c'est un doublon !

Dans le bateau qui se balançait, tous se regardèrent en silence.

– Ne voulez-vous pas savoir ce que vous devez faire pour l'obtenir ?

Pas Jenny, mais elle était certaine qu'il allait quand même le leur dire.

– Il vous suffit d'écouter, c'est tout. Nous allons avoir une petite conversation.

Cette fois, Jenny se devait de répondre.

– À quel sujet ? demanda-t-elle tendue.

– De tout, de rien. Du temps. Du désarmement nucléaire. De vous.

– De nous ? gémit Michael.

– Mais oui. Regardez-vous, tous. Quelle triste assemblée ! Et c'est cela qui croit défier le monde des Ombres ?

– Exact, répliqua Dee en se levant.

– Vous êtes incorrigibles.

Là-dessus, il se dirigea vers elle.

Il n'eut pas à en faire davantage car elle se rassit, entre autres parce que Jenny l'avait retenue par la main. Julian lui faisait trop peur en ce moment. Il suffisait de le voir, lui qui s'habillait toujours en fonction de ses humeurs, et là, sa tenue, l'éclat de son regard, sa respiration précipitée, son sourire en coin... tout la faisait trembler. Il était en pleine phase de destruction, prêt à provoquer un désastre. Pas seulement pour chasser, mais pour tuer.

– Bon, tout le monde se calme ! dit-elle.

Julian ne quittait toujours pas Dee des yeux, l'air menaçant.

– Vous êtes peut-être trop bête pour vous corriger, ajouta-t-il. Serait-ce la raison pour laquelle vous refusez l'université ? Vous savez que vous ne serez jamais aussi intelligente que votre mère.

– Ne lui réponds pas, dit Jenny. N'écoute pas.

Elle ne voyait que la silhouette de son amie sur fond bleu, mais elle sentait sa tension et son désarroi.

– Toute cette histoire d'athlétisme n'est que de la poudre aux yeux car vous savez que vous la décevez, poursuivit Julian. Vous lui êtes inférieure dans les domaines les plus importants.

– Dee, tu sais que ce n'est pas vrai...

– Elle sait qu'elle ne sait *rien*. Elle s'est tellement trompée sur tant de choses ces derniers temps... Par exemple pour Audrey et le lion, ou la mère d'Audrey. Imaginer que *Mme Myers* puisse faire une chose dont elle-même a toujours tant rêvé...

– Fiche-lui la paix ! coupa Jenny.

– Or, elle n'est plus rien si elle n'a pas confiance en elle. Ne me dis pas que tu ne l'as pas remarqué.

– La ferme ! cria Dee.

Ce n'était certes pas l'endroit où crier, avec tous ces échos qui répercutaient les paroles. Mais ce qui fit peur à Jenny fut la note de désespoir dans sa voix. Dee ne pleurait jamais. Pourtant là, elle vibrait d'émotion.

– Le *désespoir*, murmura soudain Jenny. Dee, tu ne vois pas ce qu'il veut faire ? Le Tunnel de l'Amour et du Désespoir... il veut te désespérer. Pour que tu abandonnes, que tu cesses de résister.

– Elle devrait abandonner, approuva Julian haletant. Chez elle tout n'est que gloriole, frime, musculation. Histoire de dire : « Regardez-moi, tous ! » Mais il n'y a rien en dessous.

Soudain, Jenny se pencha vers son amie, lui pinça le bras.

– « Je suis mon seul maître. »

Celle-ci tourna légèrement la tête, comme un oiseau surpris.

– « Je suis mon seul maître », souffla Jenny. C'est toi qui l'as dit, et c'est vrai. Il ne peut rien contre toi. Il ne compte pas. Tu es ton seul maître.

Dee poussa un long soupir.

– Elle pêche sa philosophie dans les films de kung-fu, rétorqua Julian. Pour elle, les horoscopes sont de la haute littérature.

– « Je suis mon seul maître », lâcha Dee.

– Exactement.

Jenny en avait mal à la gorge, mais elle ne lâcha pas le bras de Dee et celle-ci tourna vers elle son long cou de cygne noir, ses joues marquées de larmes qui brillaient dans la lumière mauve.

– « Je suis mon seul maître », répéta-t-elle à Julian.

À l'arrière du bateau, on s'agita :

– Elle est intelligente, en plus, ajouta Audrey. Et courageuse. Elle a accompli toutes sortes d'exploits depuis que j'ai été blessée. Elle ne voulait pas me faire de mal et je ne l'ai jamais pensé.

Dee tourna vers elle son œil de biche et se redressa, l'air plus Néfertiti que jamais.

– Et puis il n'y a pas que les livres et l'université dans la vie, renchérit Michael.

– J'aurais cru que c'était le cas pour vous, dit enfin Julian de sa belle voix.

Michael parut se tasser sur lui-même.

– Vous qui lisez tant, car vous avez peur d'agir. Vous parlez de vos livres, vous plaisantez. Vous êtes le clown de la classe. Mais on rit de vous, non de ce que vous dites.

— C’est faux ! se défendit-il avec une étonnante vigueur.

— Vous n’êtes rien, juste un petit bonhomme trop gros dont tout le monde se moque.

— C’est faux ! répéta Michael buté.

Jenny en éprouva un sursaut d’admiration. Michael qui tenait bon... Peut-être parce qu’il avait l’habitude d’entendre ce genre de propos au lycée.

Cependant, Julian affichait une physionomie plus confiante que jamais — et plus cruelle. Il eut un sourire qui glaça Jenny.

— Nous n’aborderons pas vos petites habitudes d’enfant. Par exemple qu’il vous fallait déchirer votre papier hygiénique en morceaux identiques. Ou, quand vous voyiez le mot « mort », vous vous sentiez tenu de compter jusqu’à dix-huit. Jusqu’à *chai*... « vie » en hébreu.

La poitrine de Michael se soulevait de plus en plus fort. Jenny ouvrit une bouche scandalisée, mais Julian poursuivait tranquillement :

— Avant d’interrompre cette liste, demandez donc à votre petite amie si elle vous a jamais traité de « gros lard » dans votre dos.

Michael se tourna vers Audrey ; à l’évidence, son système de défense avait cédé. Au bord des larmes, il ne put que balbutier :

— Tu as dit ça ?

— Bien sûr qu’elle l’a dit, railla Julian. Ça et bien d’autres choses. Par exemple que l’homme de ses rêves était un surfeur blond d’un mètre quatre-vingt-cinq. Qu’elle ne vous gardait que le temps de trouver quelqu’un de mieux.

— C’est vrai ? demanda Michael à Audrey.

Jenny souhaitait que celle-ci réponde non. Mais elle le dévisagea un long moment avant de laisser tomber :

– Oui.

Michael se détourna.

– Parce que c'était juste pour s'amuser, continuait impitoyablement Julian. Ça ne vous amuse pas ?

– La ferme, espèce de monstre ! cria Jenny furieuse.

Son impuissance la rendait folle – elle avait pu aider Dee mais elle ne pouvait rien pour Michael.

– Je vous l'avais dit dès le début du premier Jeu, poursuivait Julian. Désirs dévoilés. Secrets révélés. Souvenez-vous.

Audrey ne l'écoutait pas. Toute son attention se portait sur Michael.

– C'est vrai que j'ai dit ça, expliqua-t-elle farouchement. Il y a longtemps. Je ne le pensais pas vraiment à l'époque, je me vantais.

– N'empêche que tu l'as dit, soupira Michael sans la regarder.

– C'était *avant*, Michael. Avant que tu ne me montres que l'apparence ne comptait pas. Avant de découvrir que je t'aimais.

Elle éclata en sanglots. Si bien que Michael se pencha vers elle.

– Attends... c'est bon, arrête...

– Non, ce n'est pas bon ! explosa-t-elle. Michael Allen Cohen, tu n'es qu'un abruti !

– C'est... ce qu'il a dit.

Audrey le secoua, l'attira vers elle :

– Je t'aime ! Je suis tombée amoureuse de toi. Je me fiche de ta taille ou de la couleur de tes cheveux... c'est toi qui me plais. Tu me fais rire. Tu es intelligent. Tu es *authentique*, pas une gravure de mode qui n'a rien d'autre à offrir que son apparence. Je te connais et je t'aime, abruti ! Et je me fiche de la façon dont tu déchires le papier hygiénique.

– C'était quand j'avais sept ans, précisa Michael.

Audrey pleurait toujours et il lui essuya les joues du bout des doigts.

– En plus, tu embrasses bien, ajouta-t-elle en reniflant.

Elle lui passa les bras autour du cou, posa la tête sur son épaule.

– Eh oui, j'embrasse bien, roucoula-t-il. Tu vas voir ça, quand on sera sortis de... de cette *monstrueuse parade.*

À son tour, il lui couvrit l'épaule d'un geste protecteur.

Jenny en éprouva un élan de joie et de fierté, avant de jeter un regard méprisant sur Julian. Celui-ci ne semblait que moyennement apprécier le spectacle. Néanmoins, il sourit, d'un sourire acéré comme une lame.

– C'est cela, pleurez, mes enfants. Mais vous, ma belle, ajouta-t-il à l'adresse d'Audrey, ne laissez pas couler votre mascara. Vous n'êtes jamais qu'un mannequin trop maquillé.

– On n'écoute pas ! s'écria Michael.

Et il se mit à parler à l'oreille d'Audrey.

– Vous allez finir comme votre mère, cette garce outrancière et suffisante, selon les paroles de votre père, je crois. Vous craignez de ne pas être capable d'éprouver de véritables sentiments.

Trop occupée à écouter Michael, elle ne leva même pas la tête.

– En tout cas, rétorqua sèchement Dee, elle fait bien semblant. Alors bouclez-la, pauvre mec.

Ce fut là que Julian se rabattit sur elle. Ou plutôt, sur Summer :

– Quant à cette écervelée ébouriffée là-devant...

La jeune fille se tapit sur le sol du bateau.

– Je sais que je suis bête, murmura-t-elle.

Folle de rage, Jenny se redressa d'un bond, faisant tanguer le bateau.

– *Alors là, ça suffit !* Si tu as quelque chose à dire, tu me le dis à *moi*.

Et là, elle fit ce dont elle avait le moins envie : elle sauta dans l'eau.

Elle n'en avait que jusqu'aux genoux, mais c'était plutôt froid. Elle se mit à patauger sans trop réfléchir à ce qui pouvait rôder dans les parages ; des vaguelettes venaient lui lécher les cuisses.

En quelques enjambées, elle arriva face à Julian.

– Tu t'adresses à *moi*, maintenant. Si tu oses.

12

– Il n'y a que moi que ça concerne, ajouta Jenny. C'est moi que tu veux désespérer. Alors tu t'adresses à *moi*. Et personne d'autre.

– Parlons de nous, corrigea-t-il. De la vie en général.

Il y avait une intonation de triomphe tranquille dans sa voix, comme s'il jouait au chat et à la souris. Comme s'il savait qu'elle ne lui échapperait pas.

– Sais-tu qu'il existe au Congo des mouches qui vous pondent directement sous la peau ? Les œufs éclosent et donnent des vers qui ne vous quittent plus. Parfois ils approchent de la surface et on les voit ramper sous la peau du bras. Il paraît que lorsqu'ils attaquent le globe oculaire, c'est très douloureux.

Stupéfaite, Jenny s'était arrêtée.

– Telle est la nature dans votre monde ! s'esclaffa Julian.

Jenny retrouva sa voix :

– On n'est pas des vers.

– Non, les humains sont beaucoup plus inventifs. Prends le gaz moutarde, par exemple. Si tu en es victime, ta peau se décolle et se détache de ton corps. C'est arrivé à des milliers de soldats pendant la Première Guerre mondiale. Ce sont les hommes qui ont inventé ça pour l'utiliser contre leurs frères.

Elle avait envie de se détourner mais elle ne pouvait pas, comme fascinée par les lueurs rouges et mauves que les spots faisaient luire dans les cheveux de Julian, par ses yeux brillants comme des miroirs.

– Et c'est la même chose tout au long de votre histoire. Il y a deux millions d'années, tes ancêtres hominidés s'entredévoraient. Au XIIIe siècle, au Pérou, on cassait les côtes des garçons de treize ans pour que les prêtres puissent arracher leur cœur encore battant. Aujourd'hui on vous tire dessus d'une voiture en marche. Les gens ne changent pas.

– D'accord... souffla Jenny.

La voix douce et insidieuse continuait :

– La Nature aussi est cruelle et impitoyable.

– D'accord...

– La vie, fragile et déconcertante. Et la mort... la mort est inévitable et pire que tout ce que tu peux imaginer.

Depuis le bateau, Dee lança d'un ton résolu :

– Et alors ?

– Alors c'est important pour *elle*, répondit-il sans se retourner. N'est-ce pas, Jenny ? Tu ne tiens pas à vivre dans un univers cruel et absurde. Tu ne veux pas être cernée par la malveillance.

Elle se sentait de plus en plus fascinée par son regard.

– Alors, poursuivait-il, le désespoir ne peut être loin. Ce serait compréhensible. Les choses te paraîtront beaucoup plus faciles si tu y cèdes. Détends-toi, oublie...

Il s'approchait d'elle et elle comprit qu'elle ne pourrait pas lui résister. Il allait poser une paume tiède sur sa nuque, ou juste lui serrer la main. Quoi qu'il en soit, elle serait incapable de se défendre tant elle le trouvait beau, irrésistiblement beau.

– Je te crois ! assura-t-elle avant qu'il n'arrive jusqu'à elle.

Il s'arrêta, pencha la tête de côté, l'air interrogateur. Brusquement, elle lâcha ce qu'elle avait sur le cœur :

– Tu as voulu me prouver que le mal existait... je veux bien. Je te crois. Et je n'ai pas réponse à tout. Je sais une seule chose, c'est que tout n'est pas négatif, contrairement à ce que tu dis. Il y a des gens qui sont bons. Comme Aba. Comme mon grand-père. Il est mort pour me sauver et ce n'est pas le seul à avoir donné sa vie pour un autre. Je ne peux pas expliquer pourquoi le mal existe, mais ça ne veut pas dire que je vais y adhérer, ni que je baisserai les bras.

Le sourire de victoire s'était figé et une lueur mauvaise enlaidissait maintenant le regard de Julian. Cependant, Jenny préféra poursuivre tant qu'elle en avait le courage :

– Tu as dit que je ne tenais pas à vivre dans un univers cruel et absurde, et c'est vrai. Mais j'ai autre chose à te révéler. Je tiens à toi, Julian.

Cette fois, il en resta sans voix, presque sur le point de reculer. Car c'était maintenant Jenny qui s'avançait, délibérément, tout en continuant son discours :

– Tu as voulu me démontrer qu'il n'y avait pas de mal à faire le mal, puisque tout fonctionnait ainsi. Je ne suis pas d'accord. Tu as voulu me prouver combien tu étais malveillant, là aussi je dis non. Je tiens à toi, Julian. Je...

Il disparut au moment où elle le rejoignait.

Le doublon d'or tomba à terre.

Jenny mit un certain temps à le ramasser, après l'avoir regardé tourner comme une toupie avant de s'aplatir à terre. Un coup d'œil vers le bateau lui confirma que ses amis l'observaient. Sans rien dire.

Ce n'est pas ce que vous croyez, pensa-t-elle, mais elle ne savait comment le leur expliquer. Certes, elle tenait à Julian, elle avait vu son côté rayon de lune, sa sensibilité qui en faisait un être parfois si vulnérable. Dans un sens... elle l'aimait. Un sens qu'elle découvrait seulement maintenant. Ce qui ne voulait pas dire qu'elle n'aimait pas Tom. Tom faisait partie de sa vie, d'elle. Jamais elle ne le trahirait.

Néanmoins, elle se sentait incapable d'exprimer la situation en paroles intelligibles. Tant pis, ils pourraient bien croire ce qu'ils voudraient...

Alors qu'elle retournait vers le bateau, elle vit Michael se passer la main dans les cheveux en souriant :

– Tu sais, s'écria-t-il, je crois bien qu'on a gagné.

– Et moi, ajouta Dee, je crois qu'on ferait mieux de continuer à pied. Je suis sûre que ce bateau ne nous mènera nulle part.

Personne ne dit mot tandis qu'ils pataugeaient à travers le tunnel. Dee avait pris la tête du groupe, une main sur la muraille humide, pour les guider. Jenny suivait avec Summer, puis Audrey et Michael fermaient la marche, main dans la main. Ils restaient tous un peu assommés par la dernière et terrible attaque de Julian – mais ils avaient tenu le choc et cela n'avait finalement fait que les rapprocher.

Jenny fut soulagée de voir la silhouette de Dee se dessiner sur un fond moins opaque et d'émerger à l'air libre. Ils avaient trouvé le bout du tunnel ! Maintenant, elle apercevait la jetée.

– Non mais regardez-moi ça ! s'exclama Michael. Regardez !

Le parc était réveillé.

Toutes les lumières allumées, tous les appareils en mouvement, les fontaines éclairées, les fusées prêtes à décoller, les voitures sur le point de démarrer, les montagnes russes clignotantes, comme dans n'importe quel parc d'attractions à la nuit tombée, sauf qu'il n'y avait personne dedans.

C'était à la fois effrayant et magnifique, comme si le parc fonctionnait pour des fantômes. On entendait le manège et, plus loin, la corne de brume de l'arche de Noé.

Sur l'île au milieu du lac, se dressait le phare, blanc et silencieux.

– On n'a plus qu'à trouver le pont, dit Audrey.

Jenny déboutonna la poche de sa veste, sortit les trois doublons qu'elle soupesa, les admira, puis referma la main et les entendit se heurter.

– On a un truc à faire avant, dit-elle. Suivez-moi.

La salle de jeux ne se trouvait qu'à quelques pas, elle aussi illuminée ; mais, à l'intérieur, tout restait plongé dans une quiète obscurité. Jenny se rendit tout droit vers la vitrine du magicien.

Elle eut beau s'efforcer de ne pas regarder l'armoire noire, elle aperçut tout de même les deux têtes, toujours aussi bleues et abominables, mais leur tourna vite le dos pour ne s'occuper que du magicien.

Il remuait à peine, comme si une de ses piles ne fonctionnait plus, levant et abaissant sa baguette dans un geste saccadé ; sa tête bougeait un peu, se levait et retombait, ses yeux de verre ne regardaient rien. De temps à autre, ses lèvres remuaient.

– Grand-père, dit Jenny.

Elle s'était rendu compte qu'elle ne pouvait rien pour lui et c'était vrai. Elle l'avait accepté et en était encore plus certaine maintenant. Impossible de lui rendre son âme – si son corps existait toujours, ce dont elle doutait.

Impossible de réparer ou de défaire ce qu'avaient fait les hommes de l'Ombre.

Mais elle pouvait au moins essayer quelque chose. L'idée lui en était venue alors qu'elle parlait avec Julian, lorsqu'elle lui avait dit que son grand-père était mort pour elle. Ce qui n'était pas tout à fait le cas – cependant il l'avait voulu ainsi. Et elle jurerait encore maintenant qu'il préférerait mourir que de continuer ainsi, toute une éternité...

La seule question étant : cela fonctionnerait-il ?

– Grand-père, j'ai pensé à quelque chose, une idée que j'ai trouvée dans ton journal. Un moyen de t'aider. Mais je dois savoir si ça va marcher... et si c'est ce que tu désires.

Les cils teints parurent s'abaisser puis se relever. Les yeux de verre ne la regardèrent pas pour autant et le visage de plastique ne changea pas d'expression. Mais elle avait l'impression qu'il l'écoutait.

– J'ai vu les runes dans ton journal et je sais qu'elles peuvent agir ici, qu'elles peuvent changer bien des choses. Celle à laquelle je pense est Gebo, grand-père. Tu comprends ? Gebo.

– Qu'est-ce qu'elle raconte ? murmura Summer parmi les autres, à quelques pas derrière elle.

– Je ne sais pas. Gebo, c'est quelle rune, déjà ? demanda Dee.

– Chut ! dit Michael.

Jenny continuait de regarder la figurine mécanique dans sa robe de velours et attendait.

Soudain, les yeux se relevèrent et tout le buste frémit, agitant la baguette avec vigueur. Les lèvres carminées s'ouvrirent, se refermèrent, la tête remua.

On aurait juré un sourd-muet en camisole de force qui tentait désespérément de s'exprimer. Du moins était-ce ainsi que Jenny voulait l'interpréter. Si elle se trompait, elle commettrait une terrible erreur.

– Très bien, murmura-t-elle les larmes aux yeux. Je t'aime, grand-père.

Elle n'allait pas se mettre à pleurer tout de même... d'ailleurs, elle n'était pas vraiment triste, plutôt heureuse, juste un peu anxieuse. Contre tout espoir, elle avait pu revoir son grand-père. Cela lui avait permis de mieux se souvenir de lui, de sa bonté, de son amour. Elle avait pu lui dire combien elle regrettait, maintenant elle allait pouvoir lui dire au revoir. C'était plus que bien des gens n'obtenaient, plus qu'elle n'aurait pu espérer.

Elle sortit le couteau suisse de sa poche.

Il était toujours là, en dépit de l'inondation et de tout le reste, et elle en était d'autant plus contente qu'il lui venait de Tom.

Elle ouvrit la grande lame et, appliquant la pointe sur la partie boisée de la vitrine, y traça le X de Gebo, la rune du sacrifice. Curieusement, elle s'était déjà particulièrement appliquée en la gravant sur la porte du sous-sol, sans se douter de son importance à venir.

Elle recula.

Se pinçant l'index gauche entre le majeur et le pouce, elle le fit rougir puis, sans la moindre hésitation, le piqua. Elle ne savait pas si elle aurait besoin de beaucoup de sang. Isa, la rune de la glace, qui lui avait servi à interrompre la chute d'eau, s'en était très bien passée pour fonctionner. Mais elle voulait faire bien les choses, se donner toutes les chances.

Serrant son doigt, elle imprégna le X de sang puis recula de nouveau. La figurine mécanique restait immobile, comme si elle attendait. Tout semblait suspendu à un souffle et, un court instant, Jenny crut qu'elle n'allait pas pouvoir parler ; cependant, les yeux noirs la fixaient, comme s'ils l'encourageaient silencieusement, comme s'ils l'imploraient. Et lui faisaient confiance.

La troisième étape consiste à prononcer le nom de la rune à haute voix.

Jenny prit une longue inspiration avant d'articuler clairement :

– Gebo.

Rune du sacrifice et de la mort. De la soumission de l'esprit.

Tout se produisit alors très vite, la prenant presque par surprise. La figurine, la poupée mécanique revêtue de velours noir et de paillettes dorées eut un spasme, comme frappée d'une décharge électrique. Ses deux bras se levèrent, sa tête roula sur les côtés, la peinture du maquillage se craquela et partit en pièces. Et puis les mains crispées retombèrent, lâchant la baguette ; la figurine s'effondra, la tête en arrière, la bouche bée. On aurait dit une marionnette dont les fils venaient d'être coupés.

Respirant à peine, Jenny contemplait le visage.

Il... avait changé. Il était toujours en plastique – tout craquelé, mais la peinture avait disparu. Le regard qui avait tant serré le cœur de Jenny par son ineffable tristesse semblait maintenant en paix. Et ce fut presque un sourire qui se dessina sur la bouche carminée.

Dans sa dignité retrouvée, le visage s'affirmait maintenant noble et patient. Quoi qu'ait pu faire son grand-père, quels qu'aient été ses secrets, il l'avait payé cher – et cette poupée semblait le savoir, dont l'expression disait assez qu'il avait attendu longtemps la fin du voyage et qu'il était enfin arrivé.

– Tu peux te reposer maintenant, dit-elle en s'essuyant les yeux.

Un déclic attira son regard et elle vit une carte tomber, qui ne contenait qu'un mot : MERCI.

Cette fois, elle fondit en larmes, regardant autour d'elle, comme si elle pouvait voir l'âme de son grand-père s'envoler à travers la salle. Enfin libre.

– Et *eux* ? demanda Dee.

Jenny se retourna pour constater que ses amis reniflaient eux aussi, devant l'armoire noire. Slug et PC étaient encore plus affreux les yeux ouverts.

Ils suivaient chacun de leurs gestes, l'air attentif de chiens qui attendraient patiemment de sortir. Ni l'un ni l'autre n'avaient été particulièrement beaux de leur vivant mais la mort les rendait grotesques. Jenny déglutit.

– Vous m'entendez ?

Les deux têtes se baissèrent.

– Vous avez vu ce que j'ai fait ?

En bas, en haut. En bas, en haut.

– Vous... vous voulez que je fasse la même chose pour vous ?

En bas, en haut. En bas, en haut. En bas, en haut...

Jenny se remit à pleurer et ne put s'arrêter alors qu'elle reprenait son couteau. Elle avait besoin de pleurer. Certes, ces types ne lui avaient jamais été sympathiques mais, finalement, c'était elle qui allait les tuer.

En larmes, elle grava quand même les deux *X* sur l'armoire, un pour chaque tête, se coupa un autre doigt, arrosa l'un des symboles de son sang. Si bien qu'elle ne remarqua l'attaque que lorsque Dee se mit à crier.

Là, elle releva la tête, s'immobilisa. C'était un autre corps, comme celui qui avait saisi Dee dans la mare aux poissons. Qui présentait le même moignon entre les épaules. Celui-ci portait un tee-shirt et une veste noire. C'était PC.

Dans l'armoire, la tête au bandana noir s'agitait violemment – comme pour se dissocier du corps agressif qui attaquait Dee, les yeux terrorisés essayant de suivre ses mouvements.

– Je crois que ce sont les hommes de l'Ombre qui contrôlent le corps ! cria Michael en écartant Summer.

Audrey aussi avait reculé et Dee se battait seule en brandissant le pic, frappant au passage quelques meubles. Jenny restait figée de surprise.

– Allez, vite ! cria Michael.

Il lui prit son couteau, en piqua son doigt pour le faire saigner sur l'autre rune.

– Allez, Jenny !

Sortant de sa transe, elle acheva ce qu'elle avait commencé. Le corps sans tête s'était emparé de l'arme de Dee dont il la menaçait.

– Gebo ! cria Jenny.

Michael fit de même, à tout hasard, puisqu'il avait versé son propre sang sur l'autre rune. Et les événements se succédèrent à la vitesse de l'éclair.

Les deux têtes rebondirent puis leurs mâchoires retombèrent, leurs yeux roulèrent tandis que s'élevait un hurlement venu de partout et de nulle part. Dans le couloir retentit un terrible fracas.

Le corps de PC s'écroula avec le pic sur une vitrine qu'il brisa en mille morceaux, tressaillit puis s'immobilisa tel un ballon dégonflé.

En même temps commençaient d'innombrables musiques ; toutes les machines de la salle de jeux s'étaient mises en mouvement, les figurines dansaient et chantaient, une ballerine tournoyait sur elle-même.

– On fiche le camp d'ici ! cria Dee par-dessus l'orchestre western.

Jenny jeta un dernier regard sur l'armoire noire. Les têtes ne bougeaient plus et elle préféra se dire que leur expression semblait apaisée. En tout cas, plus personne ne les habitait.

Alors, elle enjamba le corps immobile de PC en prenant garde aux débris de verre, et courut à travers l'agitation des automates. Une minute plus tard, elle se retrouvait à l'air libre.

Elle se sentit extraordinairement soulagée loin de ce bruit, dans le calme revenu. Même si le groupe se trouvait toujours au cœur du monde des Ombres. Elle se tourna vers Dee :

– Ça va ?

– Oui, dit celle-ci en ôtant des débris de verre de son jean. J'ai pris quelques éclats, mais ça va.

Quant à Summer, elle gardait les bras serrés contre sa poitrine.

– Et toi ? Ça va ?

Elle lui décocha un pâle sourire.

– Moi aussi, je me suis coupé, dit Michael en lui montrant son doigt.

– Tu as été très courageux, affirma Jenny.

D'autant qu'elle se rappelait sa tête, la première fois qu'elle avait expliqué, dans la cave de son grand-père, qu'il fallait invoquer les runes avec son sang...

– Hein ? demanda-t-il étonné.

– Oublie. Summer, tu peux rendre sa veste à Dee. Audrey, ça va, tu peux marcher ? Parce que j'ai l'impression qu'on ferait mieux de reprendre notre chemin. Ils sont fous de rage, là-dedans.

Elle tapota la poche de sa chemise pour s'assurer que les doublons s'y trouvaient toujours. Il fallait faire vite, maintenant, comme si l'orage menaçait. Les hommes de l'Ombre devaient être furieux qu'on les ait privés de leurs prisonniers.

– Mais attends, intervint Michael. Comment on le trouve, ce pont ?

– On contourne le lac et on voit.

En fait, ils le trouvèrent aussitôt après avoir passé le bouquet d'arbres, élégant comme un arc-en-ciel qui aboutirait sur l'île.

– Je ne crois pas qu'il était là avant, dit Audrey.

– Il n'y était peut-être pas, commenta Dee.

– On va avoir l'impression de grimper encore dans l'arche de Noé, observa Michael.

Tous regardèrent Jenny.

– On y va ! lança-t-elle. Il le faut. On doit libérer Tom et Zach... et vite, parce que ces hommes de l'Ombre pourraient essayer de nous arrêter ou je ne sais quoi. En fait, on ne gagnera le Jeu que quand on les aura retrouvés.

– Je ne vois pas quand les doublons d'or interviennent, murmura Dee.

Ils eurent vite la réponse : arrivés au pied du pont, ils aperçurent un poste de péage à côté d'une entrée barbelée impossible à contourner, si haute qu'on en voyait à peine le sommet.

– À quoi elle tient ? souffla Summer.

– Cherche pas, dit Jenny.

À côté du poste apparaissait une caisse ; trois espaces y étaient aménagés pour recevoir les doublons. Jenny les introduisit l'un après l'autre mais, avant d'actionner le mécanisme, se tourna vers ses amis.

L'heure était grave. Ils avaient terminé leur chasse au trésor et s'apprêtaient à recevoir leur récompense. Elle sentait que le moment était venu de faire un geste.

– Dee ? Tu veux le faire ? Ou toi, Audrey ?

– Tu l’as bien mérité, Jenny. Vas-y, à toi de jouer.

Contente, elle tourna la manivelle et vit les pièces avalées par le mécanisme. Puis le tourniquet jaune et noir s’ouvrit.

– Après vous, dit-elle aux autres en leur faisant signe de passer.

13

Dee prit la tête du groupe, Summer la suivit d'un pas léger, puis Michael et Audrey.

Jenny préférait que les autres la précèdent, en partie parce qu'elle avait peur, mais aussi parce qu'elle ne voulait pas que l'un d'eux essaie de la sauver si elle tombait. Le vertige. Elle avait toujours eu le vertige. Cependant, ce serait bien le diable si elle laissait ce pont l'empêcher de rejoindre Tom.

Au début, ce ne fut pas si catastrophique. Raide, oui. Étroit, oui. Et il n'y avait pas de rampe. Si toute la structure avait été à vingt centimètres du sol, Jenny serait passée aisément, sans risquer de glisser. Le problème était de le faire à plus de six mètres du sol.

Mais si elle baissait les yeux et se concentrait sur ses pieds, elle ne verrait pas le vide.

À cet instant, quelque chose passa à côté de ses pieds, un petit filet de brume. Inquiète, elle tourna la tête.

Non, ils n'étaient pas au niveau des nuages. Ils ne se trouvaient qu'à six mètres du sol. Pourtant, une brume s'élevait autour d'eux.

– Génial ! rouspéta Michael quelque part à l'avant.

– Je ne vois plus rien ! ajouta la voix de Summer.

Celle de Dee lui parvint de bien plus loin encore :

– Donnez-vous la main. J'arrive à trouver mon chemin.

Jenny tendit le bras et s'agrippa à l'imperméable d'Audrey qui n'avait qu'une main valide. Elle avança en traînant les pieds, dents serrées. Tout était blanc autour d'elle. Elle pouvait à peine distinguer ses chaussures de randonnée.

Quelques minutes plus tard, cependant, sa tête émergea de la brume. Elle continua sa progression pour s'en extraire complètement. Ses jambes la faisaient souffrir et elle espérait qu'ils arriveraient bientôt au sommet.

Ce ne fut que lorsque Audrey s'arrêta net devant elle et poussa un petit cri qu'elle leva les yeux.

La brume avait disparu. Ce qu'elle voyait maintenant sous le pont était... surnaturel.

Il faisait sombre et d'autres ponts se croisaient dans l'obscurité, délicats, aériens, certains incandescents, d'autres givrés. Ils menaient à des mottes de terre qui ressemblaient à des îles flottant dans l'espace.

– C'est comme Neverland, chuchota Jenny. Un tas de Neverland. C'est quoi ? Où on est ?

– J'hallucine ! répondit Audrey sur le même ton.

– Moi non ! lança Dee tout en haut du pont. Moi non.

Elle avait rejeté la tête en arrière de son cou gracile. La pâle lueur des ponts effleurait ses pommettes et ses yeux scintillaient.

Certaines des îles semblaient plus brillantes et plus importantes, ressemblant à des paysages que Jenny avait déjà eu l'occasion de voir sur Terre, mais plus riches en détails, plus exquises dans leur netteté. D'autres étaient troubles et vagues, comme si elles n'avaient été formées qu'en partie, puis abandonnées.

Entre les grappes de terre, on pouvait apercevoir des étoiles, mais ce n'étaient pas des étoiles normales. Celles-ci ondulaient comme si on les regardait à travers un ruisseau clair, ou comme si elles étaient parsemées sur une longue écharpe de soie noire. Il y avait quelque chose de terriblement solitaire, d'éperdu en elles.

– C'est quoi, ces trucs ? Ces autres îles ? répéta-t-elle.

Audrey se ressaisit et se concentra.

– Je pense que... que ce sont les neuf mondes. De la mythologie nordique. Nordique, comme les runes. Je t'en ai déjà parlé une fois.

– Tu veux dire... qu'on est au-dessus du monde des Ombres ?

– Je suppose. Ça, c'est probablement Asgard, le sens unique qui monte. C'est forcément lui.

Jenny leva la tête. Loin au-dessus d'eux, au point le plus éloigné des amas de terre, se trouvait une île qui semblait faite d'or et d'argent où elle distinguait une espèce de montagne scintillante s'élançant vers le nuage doré. Le pont qui y menait était très étroit et comme embrasé.

– C'est là que vivent les dieux.

– Les dieux ? demanda Jenny sans détacher les yeux de l'île étincelante.

– C'est ce que prétend le mythe. Bon, et je parie que celle-ci est Vanaheim. Le monde de l'eau primale et de l'abondance où résident les dieux moins importants.

Audrey pointait le doigt vers une île, d'un bleu et d'un vert sombres.

– Vanaheim ? Il y a un lien avec Anaheim, en Californie ? s'enquit Michael.

Audrey réprima un sourire et l'ignora. D'un signe de la tête, elle désigna une île qui se trouvait plus près d'eux, aux couleurs chatoyantes de l'aube : jaune, bleu et vert pâle.

– Et celle-ci, c'est Alfheim, un monde d'air et de lumière. Là vivent des elfes de lumière, comme de bons esprits. C'est incroyable que je me rappelle tout ça, non ? Je devais avoir dans les huit ans quand je l'ai appris.

– Et celles-ci ? demanda Dee en pointant l'index devant elle.

Deux îles flottaient à peu près au même niveau que le pont sur lequel ils se tenaient. L'une rocheuse, comme si elle était battue par des tornades, et l'autre tellement brillante de feux orangés que Jenny ne pouvait distinguer aucun détail.

– La rocheuse est Jotunheim, le monde du vent primal. Et l'autre doit être Muspelheim, le monde du feu primal. Personne ne vit ici sauf les géants tueurs.

– Et ça, c'est quoi ? demanda Michael en regardant vers le bas, sur la gauche.

– L'enfer, répondit simplement Audrey après y avoir jeté un coup d'œil.

– J'ai toujours cru que l'enfer devait être chaud, s'étonna Summer.

Elle écarquillait les yeux comme des bleuets en fleur.

– C'est le monde d'en dessous, où tout s'enlise à la fin. C'est le royaume de Hela, la reine des morts.

Cela ressemblait à un lac gelé, plus sombre et plus froid que l'espace vide qui séparait les mondes. Jenny n'avait jamais vu un endroit aussi dépourvu de lumière et de joie.

Le pont qui y menait ressemblait à un toboggan, large et givré.

– Aucune envie d'aller dans celle-ci. Ou dans celle-là, qui ressemble à une caverne. C'est Svartalfheim, le monde souterrain.

– Plus de grottes ou de caves, merci ! souffla Michael.

Il ne restait plus qu'une île. Celle qui se trouvait juste en dessous d'eux. De là où ils étaient, la surface était obscurcie par une brume noire et des ombres.

– Niflheim, annonça Audrey, domaine de glace et d'ombres. Le monde des Ombres. Je n'en crois toujours pas mes yeux, ajouta-t-elle en secouant la tête.

– Pourquoi pas ? Ce n'est pas plus glauque que tout ce qu'on a déjà vu aujourd'hui, répondit Dee. Mais je ne compte que huit mondes. Où est la Terre ?

Audrey regarda autour d'elle et haussa les épaules.

– Peut-être qu'on ne verra le pont qui y mène que lorsqu'on aura fini le Jeu.

– On s'en fiche. Écoutez, on voulait marcher entre les mondes, pas vrai ? lança Dee les yeux brillants. Eh bien, c'est ce qu'on fait. Alors, on y va ?

Jenny acquiesça. Elle se sentait très petite et insignifiante dans un tel environnement, et sa gorge se noua. Elle avait l'impression que la descente allait être plus pénible que la montée parce que la chute serait encore plus longue.

Ils se mirent en route. Difficile de marcher à cet endroit, entre les mondes. Physiquement difficile. Après deux ou trois pas, elle sentit les muscles de ses mollets et de ses cuisses la brûler. Devant elle, Audrey haletait.

Au moindre coup d'œil d'un côté ou de l'autre du vide, Jenny avait l'impression que ses organes internes allaient jaillir de son corps.

Ses jambes voulaient s'immobiliser. Elle avait envie de s'asseoir sur les fesses et de redescendre ainsi, en se laissant glisser – non, sur le ventre et de *ramper*. Mais ce n'était pas là le pire.

Elle craignait de s'évanouir.

Si je m'évanouis, je vais tomber. Je glisserai du pont.

Au moment où la possibilité de défaillir l'effleura, tout le reste se bloqua. Bien sûr qu'elle allait s'écrouler. Rien que d'y penser, elle avait le tournis. Elle se sentait tellement mal, elle avait tellement peur de perdre connaissance qu'elle eut envie de sauter.

L'hystérie commençait à bouillir en elle. Elle n'aurait pas dû envisager de sauter. Maintenant elle craignait de le faire vraiment, rien que parce qu'elle y avait songé. Il fallait qu'elle évite d'y songer.

Pense à n'importe quoi d'autre. Pense à Tom, pense que tu vas le retrouver. Cependant, l'idée du saut était maintenant ancrée dans son esprit. Elle commençait à se représenter la scène. Cela pourrait se passer très vite. Il suffirait de se tourner sur le côté et de se laisser tomber. Oh non ! Elle ne voulait pas. Mais elle avait peur de devenir folle et de le faire...

La voix vint de son propre esprit, si sévère qu'elle semblait provenir de quelqu'un d'autre.

– *Continue d'avancer, ma fille !*

Jenny se rendit compte qu'elle s'était arrêtée, figée. Elle fixait ses chaussures, le ruban blanc du pont qui se déroulait entre les ténèbres informes de chaque côté.

– *Mets simplement un pied devant l'autre. Le pied droit. Avance ton pied droit.*

– *Impossible*, pensa-t-elle.

– *Si, tu le peux !*

– *Mais si je m'évanouis... ou si je saute...*

– *Tu attends de tous les autres qu'ils affrontent leur peur et tu es incapable d'affronter la tienne ? Tu n'es pas ton seul maître si tu ne peux même pas contrôler tes propres pieds ! Tu n'es qu'une poule mouillée !*

La chaussure droite s'agita un peu et avança d'un pas.

– *C'est bien. L'autre, maintenant.*

L'autre chaussure avança. Jenny marchait de nouveau.

Elle allait y arriver – commander à ses propres pieds. Juste un pied devant l'autre. Et un pas de plus. Et encore un.

Ne regarde pas sur le côté. Encore un pas. Et un autre.

Il ne restait plus que quelques mètres à parcourir. Elle en voyait le bout. Trois mètres, deux mètres.

Une jambe s'était tout à coup ramollie et Jenny trébucha puis tomba sur la terre ferme.

Dee se pencha au-dessus d'elle.

– Ça va ?

D'un geste faible, Jenny tapota sa chaussure.

– Impeccable ! Merci !

– Je n'aurais pas dû te laisser passer en dernier. J'avais oublié.

Jenny s'assit, s'essuya le front.

– Je me suis très bien débrouillée toute seule.

– C'est vrai. On dirait que ça t'arrive souvent, ces derniers temps.

Jenny se sentait très heureuse.

Puis elle se rendit compte qu'ils avaient réussi. Ils avaient traversé.

Tom.

Elle leva la tête si brutalement que sa vue se troubla.

Après l'immensité étrange entre les mondes, elle subissait une espèce de dégringolade. Ils se trouvaient sur l'îlot central du lac artificiel de Joyland Park. Le phare n'avait pas changé, il était toujours aussi blanc et lumineux. Le parc, autour d'eux, offrait une orgie de lumières, mais des lumières banales, éclairant des attractions ordinaires comme une grande roue et un petit train. Tout semblait terriblement normal.

Derrière elle, le pont dessinait une élégante arche par-dessus le lac, dont les eaux calmes renvoyaient le reflet. Il n'y avait pas de brume ni aucun signe des autres mondes. Le pont ne montait pas à douze mètres du sol.

– Une hallucination, je suppose, souffla Audrey. Un de ces trucs de Julian. Et de moi aussi, sans doute, puisque je suis la seule à connaître ces autres mondes.

Jenny ouvrit la bouche, mais se ravisa. Audrey avait probablement raison, mais elle n'en était pas certaine. Les autres non plus, d'ailleurs.

Elle se tourna vers le phare.

– Allons-y, c'est là.

Quand elle se leva, ses jambes flageolèrent, mais elle prit la tête de la petite troupe et Dee la laissa faire.

Au fur et à mesure qu'ils avançaient, le phare semblait de plus en plus grand, comme un vrai phare, avec une passerelle de ronde et une girouette sur le faîte. Il était accolé à un grand bâtiment sombre que Jenny n'avait pas remarqué auparavant parce qu'il n'était pas éclairé. Un restaurant, peut-être, pensa-t-elle.

Sur un flanc du phare, se trouvait une porte en bois avec une grosse poignée en fer. Jenny tendit la main pour saisir la poignée.

– On se met en position « monstres », lui rappela Dee, qui se tint prête à repousser la porte d'un coup de pied au cas où quelque chose d'hostile les attendrait derrière.

– Tom et Zach seront tout en haut, bien sûr, fit remarquer Michael qui attendait les mains appuyées sur ses cuisses.

C'était bizarre, la manière dont cette fin commençait. Jenny avait attendu si longtemps le moment où elle reverrait Tom. Elle était tellement habituée à attendre qu'elle n'était pas prête pour un dénouement. Elle n'y était pas préparée.

Elle se sentait presque incapable d'y faire face.

Mais les choses allèrent très vite. Et, préparée ou non, elle fut jetée dans la tourmente.

Elle tira sur la poignée en fer et la porte en bois s'ouvrit. Dee n'eut pas à la refermer brutalement : tout était illuminé et aucun ennemi ne se précipita sur eux.

Sur la gauche, un escalier en colimaçon menait vers le haut du phare et devant eux s'étendait l'intérieur du grand bâtiment attenant. Le phare n'avait pas de cloison arrière et s'ouvrait directement sur un endroit superbe avec un diorama sur deux étages.

On aurait dit un décor de cinéma, mais les petits drapeaux numérotés piqués sur des pieux trahissaient le véritable usage de ce quai : c'était un minigolf intérieur.

– L'île au Trésor, déclara Michael en jetant un coup d'œil par-dessus l'épaule de Jenny. Des pirates, tu as vu ?

C'étaient effectivement des pirates. Le diorama représentait une fresque sur le mur du fond du grand bâtiment, fabuleusement réaliste avec un volcan à l'arrière-plan, de la fumée et de petites étincelles lumineuses pour montrer qu'il était en éruption. Il y avait également un orage colossal dans le ciel peint et des éclairs en zigzag qui flashaient réellement.

Au bas de la fresque, juste derrière le terrain de golf, deux barques étaient amarrées à des rochers en fibre de verre. L'une d'elles était peinte avec un pirate portant chapeau et bandeau noir, lavallière en dentelles et bottes.

L'autre barque était réelle, contenant Tom et Zach.

Jenny porta sa main à la bouche. Puis elle se mit à courir.

Il n'existait pas de mots pour définir ce qu'elle ressentit ensuite. Quand elle avait été séparée de Tom dans la maison de papier, cela n'avait duré que plusieurs heures. Cette fois, ça faisait des jours. Elle était épuisée, hyper stressée, affamée, au bord de l'évanouissement – et n'avait jamais été aussi heureuse de sa vie.

Il suffisait de le voir pour que lui revienne à l'esprit tout ce qui symbolisait la douceur de vivre d'avant. C'était comme retourner enfin chez soi, dans sa chambre, après avoir séjourné longtemps chez des inconnus.

Sa place était là.

Elle s'accrocha à son cou et resta immobile, le cœur battant la chamade.

– Fais attention, Jenny. Il était ici il y a à peine quelques minutes.

Elle qui avait si longtemps associé Tom à la notion de protection, de sécurité et de confort sentit monter un puissant sentiment protecteur envers lui. Comme s'il s'agissait de Summer. Les yeux rivés sur son visage adoré, à la fois beau et menaçant pour l'instant, et ses magnifiques iris piquetés de vert, elle lança :

– Ne t'inquiète pas, je vais m'occuper de toi.

– Laisse-moi d'abord sortir, dit gravement Tom.

Puis il renonça et lui rendit son baiser. Emportée par son élan, elle accepta ce baiser avec délice.

– Si vous pouviez vous séparer juste une minute, tous les deux... intervint Zach.

Jenny leva les yeux. Son cousin se trouvait à l'arrière de la barque. Oui, ce même cousin qu'elle avait perdu, songea-t-elle, quelque peu en transe. Exactement le même, avec son nez aquilin, ses cheveux blond cendré tirés en catogan et ses doux yeux gris.

– Toi aussi, tu m'as manqué, dit-elle en allant le rejoindre à l'arrière de la barque pour le serrer dans ses bras.

– On est attachés, fit sèchement remarquer Tom.

Jenny vit que ses poignets étaient liés dans son dos avec une espèce de corde épaisse.

– Pas de problème, rétorqua-t-elle sur le même ton en sortant le couteau suisse de la poche.

Je ne partirai plus jamais sans l'avoir dans ma poche, pensa-t-elle en s'accroupissant aux pieds de Zach.

Et elle se mit en devoir de couper la corde.

– Salut Dee ! lança Tom, aussi calme que s'il la rencontrait un samedi au match de foot. Hé ! Salut Audrey, Micha...

Il s'interrompit et sursauta. Jenny lui fit une entaille à la main.

– Assieds-toi, lui intima-t-elle.

Il n'y prêta pas attention.

– *Summer ?*

– Salut Tom, répondit timidement celle-ci.

– *Summer ?*

– Elle n'était pas morte, expliqua Audrey. Juste endormie.

– Assieds-toi, bon sang ! insista Jenny. On t'expliquera plus tard.

– Euh... oui, bien sûr, répondit faiblement Tom.

Il obtempéra et Jenny continua de couper la corde jusqu'à ce qu'il puisse s'en débarrasser. Puis, quand il se frotta les mains, elle se tourna vers Zach :

– Vous allez bien, tous les deux ? Vous n'êtes pas blessés ?

– Non, ça va, répondit Tom d'un air absent. Avant d'être ici, on était dans le phare et ce n'était pas trop dur. Je ne craignais qu'une seule chose : que tu viennes.

– Tu savais bien que j'allais le faire. Enfin, je l'espère.

– J'espérais justement que tu ne viendrais pas. Ça m'inquiétait.

– Tom, il ne faut pas que tu t'inquiètes pour moi.

Levant les yeux vers lui, elle le surprit en train de la regarder, avec cette nouvelle intensité qu'elle lui trouvait depuis la fin du premier Jeu de Julian. Comme si elle constituait un trésor précieux, quelque chose qui le déroutait mais l'amusait. Quelque chose qu'il ne méritait pas mais en quoi il avait confiance.

– Bien sûr qu'il faut que je m'inquiète pour toi ! dit-il simplement. Tout comme tu t'inquiètes pour moi.

Jenny sourit.

– Pour l'instant, personne n'a plus à s'inquiéter. On a gagné le Jeu, Tom. On est partis à la chasse au trésor et on vous a trouvés. C'est terminé maintenant.

– Je serai tout de même plus heureux une fois sorti d'ici, fit-il remarquer.

– Et moi trois fois, quatre fois plus heureux, renchérit Zach.

Jenny jeta un coup d'œil autour d'elle. L'endroit devait prendre un aspect angoissant si on était coincé là, dans l'ignorance, à la merci de tout et de n'importe quoi. Sous la peinture murale, il y avait des entrées de grottes, menant à d'autres parties du golf miniature.

– Ne me dis pas que tu as eu peur du perroquet, railla Michael.

Jenny suivit son regard vers une section du bâtiment à côté du parcours de golf. Apparemment, c'était un petit bistro parce qu'il y avait des tables en plastique orange et des tabourets fixés au sol, ainsi qu'une petite estrade avec une pancarte annonçant : CAP'TAINE BILL ET SÉBASTIEN, LE FABULEUX PERROQUET.

Juste à côté, un téléviseur où défilaient des dessins animés de Woody Woodpecker, heureusement en mode silence.

– Non, on avait peur des yeux, expliqua Tom en sortant du bateau qui oscillait, retenu entre deux bittes d'amarrage.

– Quels yeux ? demanda Jenny.

– Ceux qui se planquent dans l'ombre et vous observent. On entendait leurs chuchotements.

Les mâchoires serrées, Jenny finit de couper la corde qui emprisonnait Zach et lui massa les poignets. Ainsi, les autres hommes de l'Ombre étaient dans le coin.

Tom regarda le bras d'Audrey.

– Qu'est-ce qui t'est arrivé ?

– Crois-moi, il vaut mieux que tu ne le saches pas.

– Vous avez tous l'air de vous être battus et d'avoir perdu la bagarre, fit remarquer Tom.

C'était vrai, pensa Jenny en suivant Zach. Les prisonniers qu'ils étaient venus secourir avaient bonne mine, tels qu'ils étaient avant de disparaître derrière le mur de feu de Julian. Les vêtements un peu tachés et chiffonnés, mais sinon en pleine forme.

C'étaient les secouristes qui avaient l'air secoués et couverts de sang. Même Summer semblait blessée, comme une fleur à la tige cassée. Audrey, habituellement l'élégance même, avait une allure de randonneuse venant d'échapper à un grave accident. Le jean de Dee était couvert de taches noires aux cuisses. Quant à Michael, il avait l'allure de quelqu'un qu'on avait trempé dans la boue avant de le passer au sèche-linge.

– On dirait que vous revenez de loin, déclara Zach en leur lançant un regard compatissant. Merci Jenny.

– Mais qu'est-ce qui s'est passé, derrière le cercle de feu ? Je tenais ta main et tout à coup...

– Je suis tombé, répondit Zach. Et quand je me suis relevé je ne savais pas dans quel sens me diriger. J'ai tourné en rond et je me suis retrouvé dans la base de Julian.

– Sortir du feu pour tomber dans la poêle à frire, commenta Michael.

– Et ensuite Tom est venu à ma rescousse, continua Zach en se tournant vers celui-ci.

Quelque chose passa entre eux, sans nécessiter de paroles. Le photographe introverti et l'athlète star n'avaient jamais été particulièrement proches, auparavant, mais Jenny avait le sentiment que les choses avaient changé. Cela lui fit plaisir.

Michael siffla.

– Ferme-la, *mon cher*, intervint Audrey en français.

Dee les interrompit :

– Voilà une carte du parc.

La carte en question était un bout de bois, peint de manière à lui donner un faux air de parchemin, entouré d'une chaîne de métal.

– C'est donc un parc d'attractions. On a pu en apercevoir une partie de la fenêtre du phare, dit Tom. Bon, d'accord, voilà ce que je prévois...

Mais Audrey, Michael, Dee et Summer ne le regardaient plus. Ils s'étaient tournés vers Jenny, comme en attente de quelque chose. Alors Tom lança un coup d'œil vers Zach qui l'observait, les bras croisés, une lueur amusée dans les yeux.

– Euhhh... bon d'accord, Jenny, qu'est-ce que tu en penses ? Tu as un plan ?

Celle-ci réprima un sourire.

– Non. On n'en a pas besoin. On a gagné et on devrait pouvoir sortir d'ici. La seule chose que je ne comprends pas, c'est pourquoi Julian n'est pas venu.

Ils considérèrent les différentes portes et crevasses sombres.

– Tu penses... qu'il nous surveille ? demanda Summer.

– Bien sûr que je vous surveille, répondit une voix lasse. Je ne cesse de le faire.

14

Jenny se retourna brusquement. Julian se tenait à côté d'un stand de tickets surmonté d'un télescope en laiton, entouré de fougères et de faux palmiers. Il avait l'air... fatigué ?

Vêtu d'un cache-poussière, il avait les mains enfoncées dans les poches. Ses cheveux étaient aussi blancs qu'une lune d'hiver.

Jenny savait que c'était à elle de lui faire face. Elle seule en était capable. Elle avança donc d'un pas, essayant de le fixer dans les yeux, mais ce n'était pas facile – son regard était étrangement voilé, comme s'il regardait à travers elle.

– On a gagné, dit-elle avec plus d'assurance qu'elle n'en ressentait. Enfin. C'est la dernière partie et cette fois tu ne pourras pas changer les règles. Il faut que tu nous laisses partir.

Qu'exprimaient ces yeux ? Ils étaient couleur de minuit et emplis d'ombres, mais il y avait autre chose, quelque chose que Jenny reconnut seulement quand elle sentit une présence à côté d'elle. Tom était là, l'air diaboliquement beau et plein d'une fureur protectrice glaciale. Il ne la laisserait pas affronter Julian toute seule. Il posa une main légère sur son épaule, non pas de manière possessive mais comme pour lui dire qu'il était là pour la soutenir, quoi qu'il arrive.

– Je devrais essayer de vous tuer, dit-il à Julian. Je ne peux pas, mais je devrais essayer. Je le ferai si vous nous jouez encore un sale tour.

Julian ne le regarda même pas.

Mais il n'en éprouve pas moins de nostalgie, songea Jenny. C'était cela. Julian ne regardait pas vraiment Tom mais il avait jeté un bref coup d'œil sur cette main posée sur son épaule, le regard empreint de nostalgie.

L'homme de l'Ombre devant une chose qu'il ne pourrait jamais connaître : l'amour humain.

– Vous allez nous la faire à l'envers ? insista nerveusement Tom.

Bonne question. Jenny s'attendait à une embrouille, elle aussi, prête à combattre Julian, à essayer de l'en dissuader. Chaque fois qu'ils avaient gagné un Jeu, celui-ci avait trouvé une feinte à la dernière minute, une manière de les écraser et de se moquer d'eux.

Jenny s'était attendue à ce qu'il recommence encore cette fois, alors pourquoi ne l'avait-il pas fait ? Pourquoi n'était-il pas apparu avant qu'elle détache Zach et Tom ? Pourquoi n'était-il pas déguisé en pirate, les attaquant avec un coutelas ? Pourquoi ne jouait-il pas au Jeu ?

Probablement parce qu'il leur réservait quelque chose de pire, se dit-elle. *Ce volcan va entrer en éruption. De vrais éclairs vont éclater.* Ou peut-être... peut-être en avait-il simplement assez de jouer.

– On a gagné, non ? demanda-t-elle soudain inquiète.

Elle pensait tirer une plus grande joie de cette victoire.

– Vous avez gagné, admit Julian sans la moindre émotion dans la voix.

Il ne la regardait toujours pas et il semblait très fatigué. Tout son corps semblait fatigué.

Il avait l'air vaincu.

– Je peux donc partir ?

– Oui.

Jenny s'attendait toujours à un revirement.

– Et emmener tout le monde avec moi ?

– Oui.

– Même Tom ? Je peux emmener Tom avec moi ?

– Allons-y, s'impatienta ce dernier en serrant les doigts autour du bras de Jenny.

Elle faillit le repousser. Cela ne ressemblait pas à Julian.

– Je peux partir et emmener Tom, insista-t-elle. Et tout le monde. C'était le dernier Jeu et il est terminé.

Julian la regarda enfin, les pupilles complètement dilatées, avec cette expression qu'elle lui avait vue dans la cave. L'expression d'un regard tourné vers l'intérieur, comme si plus rien n'avait d'importance. Trop fragile pour être amer. Un regard comme un glaçon bleu prêt à se briser et à tomber dans l'eau sombre.

Un regard bouleversant.

– C'était le dernier Jeu, dit-il. C'est terminé, maintenant. Je ne vous ennuierai plus.

Le bord de sa bouche se crispa comme s'il allait encore ajouter quelque chose, à moins que ce fût involontaire. Puis il tourna les talons.

– Fichez le camp !

Sans regarder Tom, il parlait d'une voix distordue, pleine de retenue.

– Fichez le camp d'ici ! Avant que... je ne fasse quelque chose...

– Julian ! supplia Jenny.

– ... que nous regretterons tous...

Il laissa échapper un soupir d'émotion contenue.

Tom saisit Jenny par l'autre bras et la fit pivoter dans la direction opposée. À l'autre extrémité du bâtiment se dressait une grande porte de bois brut, posée entre deux énormes pierres, comme un portail. Mais il n'y avait ni clôture ni mur, simplement la porte dressée dans l'espace, l'air terriblement solide, comme si elle avait toujours été là.

Elle était à peine entrouverte et, de l'autre côté, Jenny aperçut le couloir de son grand-père, y compris la petite console recouverte du napperon blanc. Le téléphone était encore là où il était tombé, sur le carrelage, et décroché.

– La maison !

Audrey avait parlé d'une voix empreinte de tant de nostalgie que Jenny faillit se laisser guider par les mains de Tom. Mais elle s'arracha à lui.

Éperdument, inexplicablement, elle voulait rester et parler à Julian.

Mais Julian ne voulait pas.

– Pars, dit-il. Fiche le camp. Vite !

Même sans voir son visage, elle devinait que sa résolution s'effritait. Elle essaya de le forcer à se retourner.

– Jenny, tu es folle ? s'écria Dee.

Avec Tom, ils essayèrent de l'entraîner, de l'éloigner de Julian.

– Donnez-moi juste une minute !

– Allez-vous la sortir d'ici ! rugit Julian.

Tout le monde criait. Summer pleurait. Et Jenny devait se battre contre les deux personnes qu'elle aimait le plus, Tom et Dee, pour une raison qu'elle ne pouvait pas s'expliquer elle-même.

Elle connaissait les risques et comprenait pourquoi Summer pleurait. Elle sentait la tempête qui bouillonnait en Julian. L'air était chaud et électrique, comme si les éclairs de chaleur allaient exploser. Il pouvait leur faire n'importe quoi.

Cependant, elle ne pouvait pas renoncer.

– Julian, s'il te plaît, écoute !

Il se retourna, si violemment qu'elle dut reculer. Ce qu'elle vit dans son regard l'effraya.

– Tu ne peux pas me sauver de moi-même, siffla-t-il en articulant bien chaque mot.

Puis il fixa Tom droit dans les yeux.

– Emportez-la loin d'ici. J'essaie de jouer à ce Jeu en respectant les règles. Mais si vous ne l'avez pas sortie d'ici dans les trente secondes qui viennent, je ne garantis plus rien.

– Désolé, dit Tom en la soulevant dans ses bras.

– *Non !* hurla Jenny, furieuse qu'on l'oblige à aller là où elle ne voulait pas, comme une gamine.

Et elle était furieuse aussi parce qu'elle venait de comprendre pourquoi elle voulait rester. Julian l'avait dit. Elle voulait le sauver.

C'était comme les maximes sur le miroir d'Aba : « Ne cause aucun tort. » « Aide qui tu peux. » « Rends le bien pour le mal. » C'était ce qu'elle voulait faire : aider si elle le pouvait. Rendre le bien pour le mal quand cela pouvait arranger les choses.

Mais Tom n'était pas le seul qu'elle aurait à combattre. Dee avançait à côté de lui, les yeux rivés sur elle. Sans parler de Michael, Audrey, Zach et Summer qui les entouraient, formant un petit nœud serré pour l'escorter jusque chez son grand-père.

– On va te faire passer cette porte en te traînant par les cheveux, s'il le faut, ma chérie ! menaça Dee.

Juste au cas où les choses ne seraient pas suffisamment claires.

– Il y a des moments où tu es trop bonne, ajouta Audrey. Et là, c'en est un.

Ils prirent tous la direction de la porte. Mais ne l'atteignirent jamais.

La brume était différente du brouillard qui les avait enveloppés sur le pont. Elle était épaisse, parsemée de vrilles sombres et progressait très vite.

Glace et ombres. Un tourbillon grouillant de blanc et de noir.

Jenny s'en souvenait très bien, elle avait déjà eu l'occasion de le voir à deux reprises. La première quand elle avait cinq ans, et le souvenir en était si abominable qu'elle l'avait entièrement réprimé. Et ensuite un mois plus tôt, quand elle avait revécu la scène dans la maison de papier de Julian.

Furieux, Tom se retourna pour invectiver Julian. Jenny en profita pour s'écarter de lui. Sur le visage de Julian, elle put lire qu'il n'avait rien à voir avec cette brume.

En regardant autour d'elle, elle eut l'impression de se retrouver plongée dans un cauchemar – un cauchemar récurrent. Du givre apparaissait sur toutes les surfaces. Il s'accrochait sur les poteaux de bois portant les lanternes qui éclairaient le terrain de golf. Il couvrait les tonneaux et les caisses contenant de la poudre noire. Des glaçons se formaient sur les cordes goudronnées qui reliaient les bittes d'amarrage sur le quai.

Un vent glacial repoussait les cheveux de Jenny en arrière et des mèches lui fouettaient les joues.

– Qu'est-ce qui se passe ? cria Audrey.

– Qu'est-ce qui nous arrive ? hurla Summer au même instant.

Il faisait tellement froid. Aussi froid que dans l'eau qui avait failli noyer Jenny dans la mine. Tellement froid que c'en était douloureux. Douloureux de respirer, douloureux de rester immobile.

Tom criait à son oreille, tentant de la soulever et de la traîner jusqu'à la porte.

Il avait réussi à passer à travers le feu...

Mais allait-il réussir cette fois ? La tempête de glace l'aveuglait. La lumière blanche l'éblouissait et les vrilles noires les fouettaient comme de longs bras souples tendus pour les attraper.

Ils avaient immobilisé Tom. Ils piégeaient tout le monde.

Lentement, le vent se calma. La lumière éblouissante s'évanouissait. Jenny distingua de nouveau quelque chose, constatant que la brume noire se ramassait sur elle-même, s'unissait, formait des silhouettes.

Des silhouettes aux yeux malveillants.

Les autres hommes de l'Ombre étaient là.

– Oh, mon Dieu ! murmura Audrey. Je ne savais pas...

Elle se rapprocha de Jenny. Du givre s'était cristallisé dans ses mèches cuivrées.

Jenny non plus ne savait pas. Elle ne comprenait pas. Elle reconnaissait les yeux cruels et voraces, elle ne pouvait pas se tromper à leur sujet. Mais les corps qui accompagnaient les yeux...

Michael se plaça aussitôt devant Audrey. Summer laissait échapper de petits gémissements de peur. Les yeux brillants, Zach secoua la tête et l'attira plus près du groupe.

Ces... trucs, ça ne peut pas être les hommes de l'Ombre, pensa Jenny. Les hommes de l'Ombre sont beaux, beaux à briser le cœur.

Ces créatures étaient hideuses.

Leurs corps difformes et tordus leur donnaient une silhouette repoussante, et le spectacle aurait été moins effrayant s'ils n'avaient cependant gardé un aspect humain. D'effroyables et obscènes parodies d'humains.

Certains avaient la peau comme du cuir, du vrai cuir, fumé et tanné, d'un jaune brunâtre. La rigidité les empêchait d'afficher la moindre expression sur leur visage. D'autres avaient la peau du blanc cadavérique des champignons vénéneux, froncée et garnie de caroncules.

Ce n'était pas seulement leur peau qui était repoussante. Leurs corps aussi étaient distordus, mutilés, et leurs visages, atroces. L'un n'avait pas de nez, l'autre, un simple trou noir. Un autre encore ne possédait aucun orifice sur le visage ; rien, seulement une peau blanche tendue aux endroits où auraient dû se trouver le nez et la bouche. Une corne pointait sur l'arrière de la tête d'un autre.

Et *l'odeur* ! Ils puaient la pourriture, le soufre. Jenny eut un haut-le-cœur de dégoût.

À son côté, Tom avait du mal à respirer. Elle se tourna vers lui, vit l'horreur dans ses yeux piquetés de vert. Les narines de Dee frémissaient et elle se préparait à une attaque.

Cela arriva brutalement – une des créatures se précipita à travers la pièce pavée et s'arrêta net devant Jenny, qui la reconnut et poussa un petit cri. C'était le fœtus grisâtre qu'ils avaient vu dans le parc. Maintenant qu'elle pouvait l'observer de plus près, elle constatait qu'il n'avait pas du tout l'air jeune. Il semblait vieux, incroyablement vieux, tellement vieux qu'il s'était ratatiné et rabougri.

– Oh, mon Dieu ! murmura de nouveau Audrey.

Summer pleurait. Dee avait pris la position du Chat, en parfait équilibre, prête à entrer en action.

– Je me lance ? articula-t-elle entre ses dents.

Jenny ouvrit la bouche, mais avant qu'elle ne puisse dire quoi que ce soit, le fœtus flétri prit la parole :

– Pouvons-nous vous emmener ? Nous assurons les transports, proposa-t-il, avec des yeux brillants de félin.

Là-dessus, il pouffa de rire, un rire sauvage et obscène, avant de repartir en boitillant.

Je n'ai jamais demandé à Julian qui étaient ces créatures, se rappela Jenny. Ce n'étaient certainement pas des hommes de l'Ombre parce qu'elles étaient trop hideuses. Alors elle regarda dans sa direction, espérant qu'il s'expliquerait, qu'il lui dirait que ce qu'elle s'imaginait était faux.

Il avait avancé d'un pas. Une poussière de givre couvrait sa veste noire et ses cheveux scintillaient comme s'ils étaient, eux aussi, faits de givre. Son superbe visage sculpté et sa bouche n'avaient jamais semblé aussi parfaits.

– C'est qui ? murmura-t-elle.

– Mes ancêtres, expliqua-t-il en détruisant ses derniers espoirs.

– Ces... machins ?

Elle n'arrivait toujours pas à les relier à Julian.

Sans qu'elle puisse discerner la moindre émotion, il s'expliqua :

– C'est ce que nous devenons. C'est ce que je vais devenir. C'est inévitable.

Jenny secoua la tête.

– Comment ? demanda sèchement Zach.

Son cousin était sans doute celui qui ressentait le moins de dégoût, pensa Jenny. Avec son esprit de photographe, il trouvait un intérêt aux choses les plus grotesques.

Mais ce n'était pas le cas de Jenny. Loin de là !

– C'est vraiment leur aspect, demanda-t-elle, ou c'est juste pour nous faire peur ?

Le regard étrangement voilé de Julian croisa le sien.

– C'est leur véritable aspect, dit-il en les observant tous d'un air impassible.

Et il poursuivit sans la moindre trace d'arrogance ou de modestie :

– Nous naissons parfaits. Mais en vieillissant, nous devenons affreux. C'est inévitable. Notre forme extérieure change pour refléter notre nature profonde. Nous devenons des monstres.

Le poème. Le poème sur le bureau de mon grand-père, pensa Jenny. Elle le comprenait enfin. Le vers qui les décrivait en train de tendre leurs doigts osseux. C'étaient là le genre de créatures qui gisaient dans les lieux sombres. En considérant la beauté de Julian, elle n'aurait jamais deviné une chose pareille, ne se le serait jamais représenté ainsi.

Maintenant, elle essayait d'effacer de son esprit l'idée que Julian puisse devenir comme eux, aussi distordu, aussi dégradé. Impossible que cela lui arrive. Et pourtant, n'avait-il pas dit que c'était inévitable ?

– Mais je ne sais pas ce qu'ils viennent faire ici, continua Julian comme s'il n'avait pas remarqué sa réaction. Ce n'est pas leur Jeu. Ils n'ont rien à voir là-dedans.

– Tu as tort, déclara un homme de l'Ombre de grande taille.

Il avait des yeux de crocodile. Sa voix, cependant, était incroyablement belle, distante et solitaire comme un carillon de glaçons au lointain.

– C'est devenu notre Jeu quand elle a volé notre proie, dit un autre.

Cette voix-ci laissait plutôt imaginer qu'il avait mangé du verre pilé et des hameçons.

– Qui a volé votre proie ? hurla Tom.

Jenny eut l'impression que le sol venait de se dérober sous ses pieds.

Ses mains vibraient comme s'ils étaient parcourus de courant électrique. Elle leva les yeux vers Julian.

Les mains dans les poches, celui-ci restait figé, fixant les autres hommes de l'Ombre. Soudain, il remua imperceptiblement un sourcil. Il avait compris.

Il tourna alors le regard vers Jenny, sans montrer la moindre expression.

– Elle a pris le vieillard, expliqua un troisième homme de l'Ombre dans un murmure doux comme de la neige. Et ces deux garçons, ils étaient nos proies, eux aussi. Nous les avions chassés. Ils nous appartenaient.

Autour de Jenny, tout à coup, d'autres voix se joignirent aux leurs.

– Le vieillard nous appartenait de plein droit, déclama une voix qui retentit comme un gong de cuivre.

– Le droit du sang, croassa une voix épaisse et boueuse.

– C'était lui qui avait conclu le marché. Sa vie nous appartenait, ajouta une voix qui résonna comme un coup de fouet.

Julian ressemblait à la mère d'Audrey quand elle avait suggéré à Michael de donner ses vieilles baskets puantes à une œuvre de charité.

– Mais vous en aviez terminé avec le vieil homme, dit-il.

– Nous n'avions pas fini de nous amuser avec lui.

– Il nous appartenait pour toujours.

– Et les garçons, nous avions à peine commencé avec eux, intervint une voix froide comme un blizzard.

– On n'a même pas eu le temps d'y planter une dent...

Encore heureux ! pensa Jenny. Elle était contente d'avoir sauvé son grand-père aussi, de l'avoir sauvé d'une éternité avec ces monstres. Mais elle avait tout de même peur.

Le grand homme de l'Ombre s'avança. Il baissa ses yeux de crocodile sur Jenny : impitoyables et continuellement malveillants.

– Elle nous a volé leurs âmes, dit-il avec emphase comme pour déposer une plainte. Et maintenant sa vie est confisquée. Elle devient légitimement notre proie.

Une vague de bruits s'éleva de tous les coins et s'amplifia, de plus en plus forte, où venaient se mélanger des sons sublimes et stridents, des glapissements et des gémissements, et même des sonorités pures comme de la musique.

Les hommes de l'Ombre riaient.

– Sortez d'ici, espèces de malades ! Partez ! hurla Dee pour couvrir la cacophonie.

Elle se précipita vers les monstres, envoyant des claques, des coups de poing, des coups de pied avec une vivacité et une violence inattendues, une force dévastatrice.

– Non ! hurla Jenny en se lançant derrière elle. Dee !

Elle le fit sans réfléchir et Tom se tenait à ses côtés, prêt à arrêter Dee ou à l'aider à se battre, en fonction de ce que feraient les hommes de l'Ombre.

Jenny craignait qu'ils ne *tuent* Dee. Julian avait réussi à la jeter à travers une pièce sans le moindre effort. Mais les hommes de l'Ombre riaient de plus belle – et disparaissaient quand Dee les attaquait. Si bien que ni ses mains ni ses pieds n'atteignaient jamais un corps solide. Les monstres se dissolvaient comme des ombres chaque fois qu'elle les touchait.

Quand Jenny et Tom arrivèrent à sa hauteur, elle était essoufflée, épuisée.

L'action avait remis les idées de Jenny en place. Elle regarda Julian qui se tenait toujours au même endroit, pas le moins du monde affecté par la vue de Dee devenue complètement folle. Il semblait ailleurs. Pas fatigué, comme avant, mais... déconnecté. Comme si tout cela n'était qu'un jeu modérément intéressant. Peut-être se sentait-il solidaire des autres hommes de l'Ombre.

Jenny se tourna vers Œil de Crocodile, rassemblant son courage pour lui adresser la parole :

– Vous dites que vous avez des droits sur moi parce que j'ai libéré l'âme de mon grand-père.

– Selon la loi, tu nous appartiens, dit le grand homme de l'Ombre. Nous pouvons te prendre et faire ce qu'on veut de toi. La loi ne peut pas être changée, ajouta-t-il en se tournant vers Julian de manière inattendue.

– Je sais que la loi ne peut pas être changée, rétorqua Julian, imperturbable.

– Elle nous a escroqués il y a dix ans, nous a empêchés de goûter à sa chair, mais maintenant elle nous appartient, dit la voix glaciale.

C'est alors que tout arriva, en un éclair. La brume noire se referma sur Jenny, la séparant de Tom et de Dee. Elle entendit Tom crier. La brume était comme des mains froides touchant son corps. Le vent glacial hurlait dans ses oreilles. Ils l'emportaient tout comme ils avaient emporté son grand-père dans le placard, des années plus tôt.

15

Ce ne fut pas une exclamation qui s'ensuivit – sinon, Jenny aurait cru que cela venait de Tom. Pas exactement un mot non plus, mais davantage une vague d'énergie. Et cette énergie était un pur refus. Une opposition. *Non ! Non !*

Stop.

Le brouillard se dissipa et la vue de Jenny devint plus nette. Essoufflée, elle se tenait un peu plus près de l'une des entrées de la grotte. Tom et Dee secouaient la tête en s'essuyant le visage, comme pour se débarrasser d'une brume aveuglante. Eux aussi haletaient. Tous semblaient au bord de l'hystérie. Mais le cri provenait de Julian.

Il se tenait au milieu de la pièce. Un espoir désespéré s'immisça en Jenny. Peut-être pourrait-il faire quelque chose. Cependant, très vite, son espoir s'effrita en poussière.

– Tu connais la loi, répéta le grand homme de l'Ombre d'un ton mielleux.

Julian baissa les yeux.

Ils jouent avec nous, constata sombrement Jenny. *Avec Julian aussi. Ils aiment voir souffrir tout le monde.* Ils ne s'étaient pas arrêtés parce qu'il leur avait crié dessus, ils s'étaient arrêtés pour faire durer le plaisir.

Un autre prit la parole. Celui-ci avait une peau couleur de foie, parsemée de taches comme s'il avait été brûlé à l'acide. Le blanc d'un de ses yeux n'était pas blanc du tout, mais rouge, rouge comme un rubis, rouge comme du sang.

– Nul ne peut nous empêcher de l'emmener, à moins que quelqu'un accepte de prendre sa place.

Il fallut à Jenny quelques instants pour comprendre. Son esprit fonctionnait au ralenti. Et puis elle se rappela – son grand-père. Ils lui avaient dit exactement la même chose. Une vie contre une vie. Quelqu'un devait la remplacer. C'était ce qu'avait fait son grand-père et voilà que Jenny était venue le sauver, rompant le contrat, revenant à la case départ.

Pendant ce temps, le silence s'éternisait.

C'est alors que retentit une voix, une voix plutôt calme et insouciante – et humaine.

– J'irai.

Tom avait fait un pas en avant. Il l'avait dit comme s'il proposait d'aller chercher des pizzas.

Il était *superbe* avec ses cheveux bruns bien coupés et son sourire canaille, et il avait réussi à donner à ses vêtements fripés et délavés un air super branché. Décontracté, il n'affichait pas la moindre trace de peur.

Un instant, sans même y réfléchir, Jenny se sentit fière de lui. Férocement, *passionnément* fière qu'un humain de dix-sept ans qui n'avait pas même entendu parler des hommes de l'Ombre un mois plus tôt puisse leur tenir tête ainsi. Puisse cacher sa terreur et sourire en se proposant de mourir.

C'est comme ça que je veux mourir, pensa-t-elle. Et elle fut submergée d'une étrange sérénité. *Je veux le faire* correctement – *puisqu'il faut que cela se fasse. Et j'espère que j'en aurai le courage. Je pense – je pense vraiment – que je l'aurai. On verra bien.*

Parce que, bien sûr, il était hors de question de les laisser emmener Tom. Elle ne le permettrait jamais.

Mais avant qu'elle puisse le dire, cependant, un rire bref retentit. Dee se tenait à côté de Tom, la tête rejetée en arrière, les yeux étincelant comme ceux d'un jaguar. Elle était aussi belle qu'une déesse de la nuit – quelque déesse *guerrière* venue défendre son peuple. Et elle souriait, de son sourire carnassier qui contrastait avec ses traits délicats. Un sourire que Jenny n'avait pas revu depuis qu'Audrey avait été blessée.

– Non, dit-elle à Tom. Tu n'iras pas.

Elle respirait très vite et riait, presque exubérante.

– Jenny a besoin de toi, débile ! poursuivit-elle. Elle ne te laissera jamais partir. C'est moi qui irai.

– Lâche-moi, Dee ! souffla Tom.

Ses yeux étaient étrangement paisibles, même rêveurs, mais sa voix avait quelque chose d'effrayant. En d'autres circonstances, pensa Jenny, Dee aurait obtempéré.

Seulement là, elle se contenta de rire. Du Dee tout craché – téméraire, guerrière et d'une loyauté inconditionnelle. Dee plus vraie que nature.

– C'est mon choix, dit-elle. Je sais dans quoi je m'engage.

Alors, au grand étonnement de Jenny, d'autres voix se joignirent à elle.

– C'est ma cousine, déclara Zach.

Son visage était aussi acéré qu'une lame, et ses yeux gris empreints d'une lumière intense. Il s'avança à côté de Dee, droit comme une épée.

– Je suis de son sang, si quelqu'un doit y aller, c'est moi.

Audrey et Michael avaient rapidement échangé quelques chuchotements et ils firent un pas en avant. Les cheveux auburn d'Audrey tombaient sur ses épaules et, avec ses vêtements blancs, elle ressemblait à une vierge sacrifiée. Pas élégante, mais délicieuse dans sa manière de se tenir ainsi avec fierté, le teint pâle d'un camélia, la voix froide et nette.

– Si tout le monde peut jouer au héros, nous aussi, déclara-t-elle. Jenny a plus de valeur qu'aucun d'entre nous et on le sait tous. Alors voilà. Vous n'avez qu'à choisir.

– Oui, intervint Michael. Et on ira ensemble, elle et moi. Vous comprenez, pour se tenir compagnie.

Il haussa les épaules puis ses lèvres tremblèrent violemment et il saisit la main d'Audrey. Un instant on aurait pu croire qu'il allait se sentir mal, mais il s'essuya la bouche et se redressa devant les hommes de l'Ombre. Il y avait une certaine dignité dans sa petite silhouette râblée.

Jenny pouvait à peine respirer tant sa gorge était nouée. Elle allait cependant prendre la parole quand une espèce de petit éclair bleu vint frapper l'espace clair au centre de la pièce.

– Oh, non, ne prenez pas Jenny ! protesta Summer.

Les yeux vides, elle semblait terriblement effrayée et aussi fragile que du cristal. Les mots se bousculaient dans sa bouche :

– Je vous en prie... s'il vous plaît... vous ne pouvez pas la prendre. Je ne suis ni courageuse ni intelligente. J'aurais dû mourir dans la maison de papier...

Elle n'alla pas plus loin et s'effondra dans sa robe bleue tel un oiseau abattu en plein vol. Zach alla l'aider, lui qui n'accordait jamais la moindre attention aux filles.

Les hommes de l'Ombre étaient ravis, Jenny l'aurait juré. Ceci devenait un jeu bien plus intéressant qu'ils n'auraient pu l'espérer – bien plus sportif. Ils disposaient de sept souris pour s'amuser et ils se régalaient.

– Êtes-vous sûrs de savoir ce que vous faites ? demanda gravement l'individu aux yeux de crocodile.

– On pourrait le leur expliquer, suggéra celui qui avait les yeux sanguinolents.

– Dites-leur exactement ce qui les attend.

– Comment nous allons nous faire plaisir grâce à eux.

D'autres voix se joignirent aux leurs et les hommes de l'Ombre s'avancèrent. En les voyant, Jenny fut submergée par la nausée comme si elle les apercevait pour la première fois. Ils étaient hideux comme des araignées, vieux comme la pierre. Des abominations. Et l'idée qu'ils puissent toucher l'un de ses amis la révulsait.

Il était temps que quelqu'un mette un terme à cela.

– Ça suffit ! lança-t-elle d'une voix aussi aiguë et autoritaire que celle d'Audrey. Vous vous êtes bien amusés, mais la partie est terminée. C'est moi que vous voulez, c'est moi qui vous ai bernés. Alors oubliez les autres. Allons-y.

Pas mal, pensa-t-elle, et une petite vague de sérénité la revigora. Elle était contente d'arriver à être aussi courageuse que les autres. Elle allait faire les choses bien et c'était tout ce qui comptait, pour l'instant.

Les hommes de l'Ombre, eux aussi, semblaient savoir que c'était terminé. Œil Rouge lui tendit une main, presque gentiment, aux doigts noirs et boudinés comme ceux des gorilles.

Jenny y posa la main.

Il retroussa les lèvres, découvrant de longues dents émoussées comme des défenses.

Quelque chose les sépara brutalement.

Jenny en eut le souffle coupé, décontenancée, elle aussi, pensant qu'il s'agissait d'une sorte d'attaque.

C'était Julian.

Ses cheveux scintillaient comme des éclairs, comme du mercure. Tout son corps semblait empli d'une énergie primaire – d'une terrifiante intensité. Et ses iris brillaient de ce bleu incroyablement lumineux qui précède l'aube.

Il jeta un bref coup d'œil vers Jenny puis se détourna et elle ne vit plus que la pureté de son profil.

– Passez par la porte ! lança-t-il. C'est le chemin du retour. Ils ne vous poursuivront pas.

Il se tenait entre elle et les hommes de l'Ombre. Et apparemment, au contraire de Dee, il pouvait s'opposer à eux physiquement. En tout cas, ils n'avancèrent pas.

– Allez-y ! cria-t-il.

– Il nous faut du sang, insista Œil de Crocodile. Et nous aurons du sang.

– Vite ! s'écria Julian.

Par la porte ouverte, Jenny put apercevoir le couloir de son grand-père.

– Nous avons droit à un mort, insista Œil de Crocodile.

Dans l'air, il arracha un objet long et plat d'une apparence incroyablement ancienne, et Jenny remarqua que ses mains étaient recouvertes d'une peau écaillée comme celle des dinosaures. Puis elle comprit ce que devait être cette espèce de longue planche plate.

Une stave, un tableau de runes. Comme l'image dans le journal de son grand-père, sauf que celle-ci était un objet on ne pouvait plus réel. Un peu comme certains des mondes de l'île, d'une apparence plus lumineuse et plus substantielle, tellement réelle qu'elle semblait vivante, vibrait d'une pure énergie.

Il n'y avait pas seulement des runes gravées sur sa surface, mais d'innombrables lignes, longues et fines comme des aiguilles. Même délicatement insérée, chaque rune se détachait clairement, comme si les entailles étaient emplies de diamants liquides qui brillaient sur le support en bois.

Jenny ne put s'empêcher de fixer les runes. C'était comme lire dans un rêve ; d'abord les détails étaient précis, puis toute la stave semblait grouiller de changements. Les runes donnaient l'impression de se mouvoir avant qu'elle ne puisse les identifier.

C'est la stave de la vie, pensa-t-elle. Ce ne pouvait être que cela.

La voix résonna comme un carillon de cloches lointaines.

– Donne-la-nous.

– Non, répondit Julian.

Jenny sentit du remue-ménage derrière elle. Tom. Et Dee, et Zach soutenant Summer, et Audrey et Michael ensemble. Ils se rassemblaient tous derrière elle et leur chemin était libre jusqu'à la porte. Mais personne ne s'y dirigeait.

– Qu'est-ce qui se passe ? murmura Audrey.

– Tu sais ce qu'on peut te faire, déclara Œil de Crocodile à l'intention de Julian en brandissant la stave de runes encore plus haut.

– Passez par la porte, dit Julian sans se retourner.

– *On peut t'effacer*, cria le grand d'une voix horrible.

C'était comme un bloc de glace qui se briserait, un craquement sinistre de destruction.

– De quoi il parle ? interrogea Tom.

Sa voix calme et posée aida Jenny.

– Ils peuvent supprimer son nom. S'ils suppriment son nom, il meurt. Julian...

– Allez-y ! insista-t-il.

Les hommes de l'Ombre étaient très, très en colère.

– *Nous avons droit à un mort !*

– Alors prenez-le ! hurla Julian. Mais je ne vous laisserai pas passer !

Dans son autre main à la peau d'écailles, le type tenait un couteau. On aurait dit de l'os. Il scintillait comme du givre.

– Viens, Jenny, dit Tom sans bouger.

– *Julian...*

– Allez-y ! lança celui-ci.

Le couteau s'éleva et s'abattit.

Jenny s'entendit hurler. Elle vit la tranche de la lame, la manière dont le diamant liquide gicla comme du sang. Maintenant, il restait une horrible balafre sur la stave de runes, un affreux espace vide. Une blessure. Ils avaient excisé le nom de Julian.

Qui chancela.

Jenny s'arracha à quelque chose qui essayait de la retenir et tomba à genoux devant lui. Ses pensées s'enchevêtraient, partaient en tous sens. *On devrait pouvoir faire quelque chose, trouver un moyen...*

En voyant son visage, cependant, elle comprit qu'il était trop tard.

Les autres hommes de l'Ombre entrèrent dans une bousculade de ténèbres et de vent glacial.

Jenny leva les yeux vers cet ouragan et tenta de relever Julian.

Puis des mains la tiraillèrent. Des mains humaines, l'aidant à soutenir Julian. Jenny se mit à courir, suivie par tous les autres, emportant Julian avec eux. La porte se dressait droit devant eux.

De la glace s'abattit sur le dos de Jenny. Une vrille froide saisit sa cheville. Mais Michael poussa le battant de la porte, Summer et Zach s'élancèrent à travers – puis ce fut au tour d'Audrey, de Tom, de Dee, d'elle-même avec Julian. En passant le seuil, elle sentit une résistance, une force qui lui fit perdre l'équilibre, tituber et tomber à genoux.

Le couloir était trop petit. Il n'y avait pas assez de place pour tous, surtout avec Julian, un poids mort. La console du téléphone encombrait le passage. Ils tombaient les uns sur les autres. Jenny était agenouillée sur une jambe.

– Poussez-vous ! Il faut qu'on ferme la porte ! criait Dee.

Tout n'était que confusion. La jambe sous Jenny bougea et elle vit Audrey s'éloigner à quatre pattes. Elle aussi tenta de ramper en tirant Julian. Tom ramassa la console et, la brandissant par-dessus sa tête, la jeta vers le salon.

Dee ferma la porte d'un coup de pied au moment où la tempête s'abattait sur eux.

– Et le cercle ? cria Michael. Où y a-t-il un couteau ? Vite, un couteau !

Jenny savait qu'elle en avait un mais ne put réagir assez vite. Michael ramassa quelque chose sur le sol. Un feutre, celui qu'elle avait utilisé pour dessiner les cercles de runes. D'un geste vif, il barra les cercles d'une croix. Un X incliné comme la rune Naudhiz. La rune de la contrainte.

– Tu n'as pas besoin de faire ça, dit Julian d'une voix très distante, impuissante. Ils ne vont pas nous poursuivre. Ils ne peuvent plus rien réclamer.

Il était allongé sur le dos, les yeux fixés au plafond. Il se tenait la poitrine, comme si les hommes de l'Ombre avaient découpé son cœur au lieu de son nom.

Jenny prit ses mains froides dans les siennes.

Tellement froides. Comme si elles étaient taillées dans la glace. Son visage en avait la pâleur aussi, et sa beauté évoquait un feu distant se réfléchissant dans un glaçon.

C'était étrange, mais à cet instant Jenny eut l'impression de voir en lui toutes les facettes qu'il avait pu lui présenter. Ses nombreuses apparences.

Le garçon dans la boutique passant à plein volume de la musique acid-house. Le Roi des aulnes en tunique et bottes blanches et le Cyberchasseur en armure noire, un triangle bleu dessiné sur la pommette. Le danseur masqué au bal du lycée, en smoking et chemise noirs.

Comme si chacun était une facette de cristal lui renvoyant son reflet et qu'elle pouvait voir maintenant le cristal dans son ensemble.

Julian se détachant de l'ombre, doux comme l'ombre elle-même. Julian portant les vêtements de Zach, effrayant Jenny avec les abeilles. Julian passant l'anneau d'or à son doigt, scellant le contrat par un baiser. Julian se penchant sur elle pendant son sommeil. Julian dans la mine, les yeux dilatés, le regard bouleversant. Et elle n'avait jamais trouvé la description correcte pour définir la couleur de ses yeux. Parfois, celle-ci s'approchait d'une teinte ou d'une autre, mais les mots manquaient de précision. Car ses yeux ne ressemblaient qu'à eux-mêmes. En ce moment elle pensait y déceler quelque chose qui tremblait, comme une flammèche bleue vibrant dans leur profondeur.

– Tu ne peux pas *mourir*, dit-elle surprise que sa voix soit aussi calme et prosaïque.

Malgré ses yeux qui regardaient loin derrière elle et sa voix faible, Julian aussi était paisible. Il semblait presque sourire.

– La loi ne peut pas changer, dit-il.

– Tu ne peux pas mourir.

Ses doigts s'agrippaient aux siens et se refroidissaient de plus en plus.

Les autres s'étaient éloignés. Jenny avait envie de leur dire que ce n'était pas nécessaire, que tout allait s'arranger. Mais se ravisa.

– Tu étais au courant que Gebo n'était pas seulement la rune du sacrifice ? souffla Julian.

– Je m'en fiche.

– Elle représente aussi un cadeau. Tu m'as offert un cadeau, tu sais.

– *Je m'en fiche*, répéta Jenny en pleurant.

– Tu m'as montré ce que c'était que d'aimer. À quoi pourrait ressembler l'univers. *Si...*

Jenny posa sa main libre sur sa joue. Elle sanglotait en silence.

– Ceci est le cadeau que je t'offre et tu es obligée de l'accepter. Tu es libre, Jenny. Ils ne te pourchasseront plus jamais.

– *Tu ne peux pas mourir*, murmura-t-elle d'une voix rauque, les yeux noyés de larmes. Il doit y avoir une solution. Tu ne peux pas juste partir...

Julian souriait.

– Non, je vais rêver un autre rêve, dit-il. J'ai inventé tellement de choses, maintenant je n'ai plus qu'à entrer dedans. J'en ferai partie.

– Très bien, chuchota Jenny.

Soudain elle sut qu'il n'y avait rien à faire, elle ne pouvait que l'aider de son mieux. Sur son visage, elle put voir la paix s'installer. Elle n'allait pas déranger cette paix, maintenant.

– Entre dans ton rêve, Julian.

– Tu ne m'en veux pas ?

– Je ne t'en veux pour rien.

– Quoi que j'aie pu faire, je t'ai aimée. Peut-être rêveras-tu de moi un jour et cela m'aidera à y entrer.

– C'est promis. Je te rêverai en un lieu sans ombres, seulement de la lumière.

Il la regarda encore et elle vit qu'il n'avait pas peur.

– Rien ne meurt jamais tant qu'on ne l'a pas oublié, dit-il.

Puis une brume bleue sembla se former dans ses yeux et obscurcir la flamme.

– Va dans le rêve, chuchota Jenny. Pars vite.

Sa poitrine restait immobile et elle se dit qu'il ne l'avait pas entendue. Mais elle perçut le plus infime des souffles – non pas avec ses oreilles mais avec son esprit.

– *Ta bague...*

La main qui reposait sur sa poitrine glissa et Jenny y vit l'anneau d'or. Elle le prit.

L'inscription qui s'y trouvait avait changé. Ce n'étaient plus les mots destinés à la lier à Julian.

Avant, ils disaient : « À tout je renonce qui ne me vient de toi. »

Maintenant, il y avait seulement : « Je suis mon seul maître. »

16

Son énergie fondamentale, son esprit si prompt avaient quitté le corps de Julian. Jenny tenait toujours sa main, qui lui sembla soudain moins consistante. Elle la serra plus fort – et ses doigts se touchèrent.

Le corps de Julian se dissolvait en brume et en ombres. Un moment plus tard, même elles avaient disparu.

Tout simplement. Comme de la fumée par une cheminée.

Jenny s'assit sur ses talons.

Lentement d'abord, puis plus vite, ses amis se rassemblèrent autour d'elle. Jenny sentit les bras de Tom et remarqua qu'il tremblait.

Elle blottit sa tête contre son épaule et le serra contre elle tout comme il la serrait contre lui.

Ce furent Audrey et Michael qui se montrèrent les plus efficaces pour les étapes suivantes. Il y avait de nombreux détails pratiques à régler.

Ici, en Pennsylvanie, le soleil commençait à peine à se lever et chez eux, en Californie, il était trois heures du matin. Audrey et Michael se rendirent chez les voisins pour demander s'ils pouvaient se servir du téléphone.

Puis Audrey appela ses parents, les réveilla en les priant de bien vouloir lui transférer un peu d'argent. Michael appela également son père, le réveilla et lui demanda d'annoncer aux parents de tous les autres que leurs enfants étaient sains et saufs.

Jenny se sentit rassurée quand Audrey et Michael lui firent leur rapport. Le père de Michael appellerait M. et Mme Parker-Pearson pour leur annoncer que Summer allait rentrer chez elle. Le père de Michael était écrivain et un brin bizarre mais un adulte et, par conséquent, crédible. Peut-être allaient-ils donc le croire.

Jenny était impatiente de voir la bouille du petit frère de Summer.

Et elle voulait également voir ses parents et son propre petit frère.

Sans parler de tout le reste. Angela, la petite amie de PC à qui il fallait annoncer que celui-ci était bel et bien mort. Ensuite, il y aurait de nouveau la police à gérer et des questions improbables auxquelles il faudrait encore répondre.

Mais elle était incapable de penser à tout cela maintenant. Elle pensait encore à Julian.

« Rien ne meurt si on ne l'oublie pas » – et elle ne l'oublierait jamais. Il resterait toujours une part de lui dans son esprit. À cause de lui, durant toute sa vie, elle serait plus sensible à la beauté du monde – à sa sensualité et à son aspect immédiat. Julian avait été un être très... *immédiat*.

L'être le plus extraordinaire qu'elle rencontrerait jamais, pensa Jenny. Fantasque, chevaleresque, déjanté – invivable.

Il avait été tant de choses. Attirant comme l'argent et mortel comme le cobra. Et sous tout cela, aussi vulnérable qu'un enfant blessé.

Comme un enfant meurtri qui peut frapper avec une précision létale, pensa Jenny en suivant des yeux Audrey qui se déplaçait lentement dans le salon pour y mettre un peu d'ordre. Il avait profondément blessé Audrey et il s'en était fallu de peu pour qu'il tue Summer. Il avait laissé les animaux de l'Ombre tuer Gordie Wilson, seulement coupable de faire l'école buissonnière et de chasser le lapin.

La vérité, c'est que Julian avait probablement été trop dangereux pour vivre. L'univers serait un endroit plus sûr sans lui.

Mais moins riche. Et plus ennuyeux, certainement plus ennuyeux.

Ce fut Summer qui lâcha cette phrase étonnante en se tournant vers la fenêtre pour voir si le taxi arrivait :

– Tu sais, Julian disait que le monde était diabolique et horrible. Tu te rappelles ? Mais ensuite il a lui-même prouvé qu'il n'en était rien.

Jenny émergea de ses propres pensées et considéra son amie, ébahie. C'était ça, exactement, bien sûr. Et voilà pourquoi elle allait pouvoir continuer à vivre et même faire des projets. Dans un univers où de telles choses pouvaient arriver, il fallait continuer à vivre, à espérer, à faire de son mieux. Dans un univers où de telles choses pouvaient arriver, tout était possible.

C'est là le vrai cadeau de Julian, songea-t-elle.

Mais il y en avait également un autre et elle en prit conscience en observant ses amis.

Ils avaient tous changé. Julian les avait changés. Comme la rune Dagaz, le catalyseur.

Audrey et Michael – *regarde-les.* Ils se tenaient par la main. Audrey ne s'était même pas donné la peine de remonter ses cheveux. Michael lui tapotait l'épaule d'un geste protecteur.

Un mois plus tôt, Dee et Audrey étaient des ennemies. Après cette nuit, elles ne pourraient plus jamais l'être.

Et Zach. Zach portait sur Summer un regard passionné, ses yeux gris empreints d'un intérêt perplexe. Tel un scientifique surpris et fasciné par une nouvelle forme de fleur.

Ça ne durera pas une semaine, pensa Jenny. Mais c'était bien que Zach remarque aussi les filles, s'intéresse à autre chose qu'à ses photos et à sa propre imagination.

Julian avait enseigné à Zach que l'imagination n'était pas toujours supérieure à la réalité.

Summer aussi est différente, songea Jenny. *Elle n'est plus aussi vulnérable qu'avant. C'est pour cela que Zach la fixe ainsi.*

Quant à Dee...

Jenny se tourna pour regarder son amie. Au lieu de faire les cent pas, elle était assise, une jambe étendue devant elle. La tête penchée de côté, les paupières aux longs cils baissées, elle semblait pensive.

Eh bien... Dee était Dee et ne changerait jamais, se dit affectueusement Jenny.

Mais elle se trompait. Pendant qu'elle l'observait, celle-ci leva les yeux vers elle et sourit.

– Tu sais, j'ai beaucoup réfléchi. Et je me dis que ça va demander de sacrés changements. Et beaucoup d'études alors que je déteste étudier.

Elle s'interrompit et Jenny cligna des yeux en se penchant en avant.

– Dee ?

– Je songe à entrer à l'université, finalement. Peut-être. Pour l'instant, j'en caresse simplement l'idée...

Dee aussi avait changé.

– Aba serait ravie, fit remarquer Jenny.

Puis elle abandonna le sujet parce qu'elle craignait que Dee ne se braque. Elle avait en effet horreur qu'on lui mette la pression.

– C'est à toi de faire ton propre choix, ajouta-t-elle simplement.

– Oui. En effet. Tout est comme ça. Notre propre choix.

Jenny baissa les yeux sur la bague en or à son doigt, puis posa son autre main dessus.

– Oui, c'est le cas pour beaucoup de choses.

Et Tom était différent. Le fait qu'il laisse Jenny porter cette bague montrait combien il avait changé. Il n'avait fait aucun commentaire à ce sujet, cela ne semblait pas le déranger.

Il *comprenait.*

Sinon Jenny n'aurait jamais pu être heureuse. Étant donné les circonstances, elle savait qu'il ne lui en voudrait pas si elle essayait d'entraîner Julian dans un rêve merveilleux. Il se pouvait qu'il ne veuille pas en entendre parler, mais il ne serait pas contrarié.

Il lui accordait bien plus d'attention et n'avait plus besoin de se montrer aussi possessif. C'était peut-être lui qui avait le plus changé.

À moins que ce ne fût elle.

– Le taxi est là, annonça Michael. Bon, d'abord il faut qu'on aille chez le médecin...

Il considéra une liste gribouillée sur un bout de papier.

– Non, d'abord on passe au bureau de la Western Union et après chez le médecin, corrigea Audrey en lui arrachant la liste. Ensuite...

– Ensuite on *déjeune*, lança Michael.

– *Après vous* ! fit Dee en français.

Et elle leur désigna la porte.

Comme Audrey haussait un sourcil cuivré, Dee sourit et ajouta :

– J'ai plein d'autres mots sophistiqués à vous balancer : *Bonjour. O sole mio. Gesundheit.*

– *D'accord*, rétorqua Audrey en français.

Elle lui sourit à son tour.

Zach et Summer sortirent. Jenny s'arrêta un instant sur le pas de la porte pour regarder en arrière.

Le couloir était désert, la porte de la cave, fermée. C'était une bonne chose. Si les adultes voulaient bien écouter Jenny, elle s'assurerait que cette porte ne soit plus jamais rouverte.

Elle tourna les talons et sortit.

Tandis qu'ils se dirigeaient vers le taxi, Michael énonça le genre de chose que lui seul pouvait dire. Le genre de chose qui vous venait parce que votre père était un auteur de science-fiction.

– Écoutez... Et si un jour quelqu'un gravait de nouveau le nom de Julian sur cette stave de runes ? suggéra-t-il.

Tom s'arrêta net sur la pelouse verte puis se remit en marche et Jenny lui prit le bras.

– Ne m'en parle même pas, marmonna-t-il.

– Ça n'arrivera jamais.

– Non, sans doute pas. C'est tout aussi bien comme ça.

Le bras noué autour de celui de Tom, Jenny acquiesça. Mais, au fond d'elle-même, une petite part se posait des questions.

Elle ne pouvait s'abandonner au léger pincement de chagrin qui la tiraillait. Elle avait une vie à construire. Des choses à considérer. Pour l'instant, elle ne pouvait pas se contenter de suivre Tom à l'université. D'abord elle devait trouver ce qu'elle voulait faire de sa vie.

Qu'est-ce que j'aime ? se demanda-t-elle. *La natation. Les ordinateurs. Les chats. Aider les gens. Les enfants. Les fleurs.*

Elle ignorait comment elle allait rassembler tout cela. Il lui faudrait trouver un moyen. Après tout, n'était-elle pas Jenny Thornton, son seul maître ?

Cependant, juste avant de monter dans le taxi, elle leva les yeux vers le ciel de Pennsylvanie. Il était tellement bleu – d'un bleu plus bleu encore que le ciel de Californie le matin. Une belle couleur lumineuse qui semblait pleine de promesses.

Si Julian devait renaître un jour, elle lui souhaitait bonne chance.

Composition : Compo-Méca s.a.r.l.
64990 Mouguerre

IMPRIM'VERT®

Imprimé en France
par Corlet Imprimeur
14110 Condé-sur-Noireau
Dépôt légal : juin 2011
N° d'impression : 137679
ISBN : 978-2-7499-1429-9
LAF 1311D